清明上河图密码

隐藏在千古名画中的阴谋与杀局

全图824位人物，每个人都有名有姓，佯装、埋伏在舟船车轿、酒肆楼阁中。看似太平盛世，其实杀机四伏。
翻开本书，在小贩的叫卖声中，金、辽、西夏、高丽等国的间谍、刺客已经潜伏入画，824个人物逐一复活，只待客船穿过虹桥，就一起拉开北宋帝国覆灭的序幕。

4

“作绝”张用

冶文彪 著

北京联合出版公司
Beijing United Publishing Co.,Ltd.

图书在版编目（CIP）数据

清明上河图密码：隐藏在千古名画中的阴谋与杀局. 4 / 冶文彪著. -- 北京：北京联合出版公司, 2017.4（2024.9重印）
ISBN 978-7-5596-0066-0

Ⅰ. ①清… Ⅱ. ①冶… Ⅲ. ①长篇小说－中国－当代 Ⅳ. ①I247.5

中国版本图书馆CIP数据核字(2017)第068059号

清明上河图密码：隐藏在千古名画中的阴谋与杀局.4

作　　者：冶文彪
出 品 人：赵红仕
选题策划：读客文化
责任编辑：谢晗曦　夏应鹏
特约编辑：程　峰
封面设计：陈艳丽
版式设计：余晶晶　刘　倩
责任校对：张新元　绳　刚

北京联合出版公司出版
（北京市西城区德外大街83号楼9层　100088）
天津盛辉印刷有限公司印刷　新华书店经销
字数478千字　710毫米 × 1000毫米　1/16　31.5印张
2017年4月第1版　2024年9月第22次印刷
ISBN 978-7-5596-0066-0
定价：69.90元

目录

引 子
飞 楼……

人之所终归，鬼之所藏也。

——沈括

“天爷！”

郑鼠儿被唬得身子一颤，手一抖，旧溲罐掉落在地，顿时跌破，秽水泼溅起来，淋湿了裤脚、布鞋。他却全顾不得，瞪大了眼惊望向蔡河对岸。

他是个肥皂团匠人，今天出门和乡友团聚，散了之后不愿回家，又独个儿乱逛了一圈，天黑才回来。一开门，屋里熏臭无比，溲罐几天没倒了，今天天热，臭气全蒸了出来。他端着溲罐刚出来，才走到岸边，猛听到一声巨响，牛吼一般，却比寻常牛吼震耳百十倍，连地都在颤。

他循声望去，巨吼声是从对岸庭院里传来。那原是一座旧宅，今年正月间才拆除重建。引了蔡河水进去，蓄了一片大池子，池子中间搭了座台子，起了一幢高楼，名叫百艺楼，是为收藏京城百行绝艺而建，又是京城第一营造师李度亲自构拟督造，无比精巧宏丽。

昨晚，这楼才竣工。刚才回来时，郑鼠儿听见那院中隐隐传来歌吹笑语声，里头自然是在庆贺欢宴。他正乏饿，望着那楼窗灯火，人影晃动，知道那里头必定在饮宴，大吞了口口水，白馋了一阵。这时，那院子大门紧闭，院墙挡着，漆黑中只看得见那楼顶上一层，楼门关着，窗纸却透亮，映出明耀烛影。

那巨吼声一直响个不住，震得郑鼠儿耳蜗嗡鸣，连那楼都在隐隐颤动，却不见楼上有人开门出来。郑鼠儿盯望了一会儿，巨响声渐渐歇了。他正在纳闷，眼睛一花，恍然觉得那楼似乎晃了晃。他以为自己饿晕了眼，忙摇摇脑袋，再仔细一看，那楼真的在晃！

郑鼠儿以为地震了，可定神看自己这边柳树，纹丝不动。他忙又望向那楼，那楼晃得越来越急，晃了一阵，竟忽然向上升起！

郑鼠儿又一次惊叫起来。这回不是他一个人，左右邻舍听到巨响，也纷纷跑出来，立在岸边惊望，一起叫嚷起来。

对岸那楼一边摇晃，一边缓缓向上升移，不久便升到围墙之上，现出整个楼体，连台基也连着一起升上半空。楼上门窗全都紧闭，却尽都通明。楼里还传来一阵阵笛箫之声，如呜如咽。今晚云厚，遮住了月光，那座楼在夜幕中缓缓飘升，如同一座云中仙刹。

“里头有人！”不远处一个邻人嚷道。

郑鼠儿忙瞪大眼睛细望，果然，那些窗纸上隐隐映出许多人影，有男有女，衣袂飘飘，像是在团旋舞蹈。那楼却仍不住飞升，越升越高。良久，渐渐小如灯笼一般，最后只剩一点微光，即将消失于暗夜中，忽又陡然发出红亮，如一小团烛光灯焰，之后，便隐没于墨云之中。

郑鼠儿惊得浑身发冷发麻。今天正午，他在汴河虹桥边才目睹了大船化雾不见、白衣神仙降世，谁承想，晚间又撞见这场神异……

他仰着脖，待在那里，指甲一直掐着大腿。正在惊疑，脖颈前猛然一痛，不由得伸手一摸，又冰又薄，是把刀，割进了自己颈项。他张嘴要喊，一样东西忽然塞进嘴里，直抵喉咙。他慌忙望向左右，想求救，但岸边漆黑，只能隐约辨出人影，那些邻舍又都朝天呆望着乱呼乱嚷，谁都没工夫留意他。

他伸手要去拔嘴里那东西，却头脑一昏，栽倒在地，滚下岸坡……

青篇

萝卜案

第一章　便面

虚者，妙万物之地也。

——沈括

清明一早，张用骑了马，带着僮仆犄角儿出城，去祭扫祖坟。

张用今年二十八岁。这几年，他装疯扮傻、佯狂处世，常日里懒于梳洗、任从邋遢。今天要上坟，犄角儿怕老主人在地下怪罪，再三哀缠，才逼着张用梳头洗脸，换了干净衫裤鞋袜，戴了顶细纱黑幞头，罩了件白苎直裰。张用原本生得眉修目俊，换了这一身素洁，顿时显得风神飘逸、洒然脱尘。

犄角儿看了，眼睛一亮，随即摇头叨叹："好好一只云上白鹤，偏生要混进泥淖里做乌鳅。"

张用听了哈哈一笑，随手抓起桌边一把团扇，青绢扇面上是他用乱笔随手涂抹的一根拗虬黑枝，枝头单腿立着只大眼缩脖怪鸟。他一边摇扇，一边抬腿出门，随口应道："云怕风，鹤怕雨，泥怕日晒鳅怕旱。拣东拣西，嫌高嫌低，何如风起为蓬，水来化萍。凉热随寒暑，无形亦无拘。"

他家坟茔在东郊，主仆两个寻到那里。祖父母和父母各合葬了一座墓，两座坟头都生了许多荒草。犄角儿忙取出带来的镰刀去割整。张用则从马鞍上摘下一只鸟笼，里头是昨天让犄角儿去鱼鸟市买的一对绿鹦哥。他祖父爱鸟，张用提着鸟笼走到祖父坟前，躬身一拜，笑着说：“祖父大人，又有两个小友来拜望您啦。您老人家如今仙游何方？”他侧耳听了听，而后道，“南边？好。”他将鸟笼子门打开，伸手进去，先后捉住两只鹦哥，朝南边望空抛去，两只鹦哥扑腾了片刻，随即相引着飞鸣远去。

“我怎么听不到老老相公说话？”犄角儿张着小眯缝眼问。

“魂魄如鸟儿一般，你张着网待等，它会往你怀里钻？”张用又望坟头拜了一拜，笑着说，“祖母，院子里那棵杏花树开了几天了。每天清早，孙儿都替你绕着树赏三圈。花开得极好，比去年多了十三枝，您就放心吧。”

说罢，他转向父母坟墓，见犄角儿正挥着镰刀割草，草间开了两朵黄蒲公英花，他忙叫道：“住手！”

犄角儿吓得一颤。

张用笑望着那两朵蒲公英：“那是我爹我娘。”

“啥？”

“祖父母在旁边，我爹自然不敢远游，常困在墓里又憋闷，必定是我娘撺掇我爹，一起钻出坟头，厮守着开成花，来应这春景。”

“这花又不会说话。小相公怎么认得是老相公和老夫人？”

“你没见左边那朵昂着头，喜滋滋的，恨不得要飞的样儿，不是我娘是谁？右边那朵半垂着头，不情不愿，却又不好违拗，勉勉强强、应应付付的样儿，自然是我爹。但凡上庙、看灯、踏春，他们两个哪回不是这样？众人都说我娘贤德，其实她那性情最受不得拘管。别的花她不变，偏要变朵蒲公英。自然是想，生时服侍公婆，贤德了半辈子，死了便该随性任意，四处畅快游走。等春末花谢，结了绒朵，那时不管我爹愿不愿意，都得随她一起飞了，哈哈。”

“这么一说，还真的像。老相公、老夫人，犄角儿给你们磕头了。”犄角儿说着跪了下来，朝那两朵花连磕了三个头，“老相公，老夫人，你们也瞧见了，小相公虽没胖，却也没瘦，每天都穿得这样干干净净、齐齐整整。从来都早睡早起，也不出去耍闹生事，二老就请放心。朱家那边一直在等，到五月初三，孝期满了，犄角儿会催着小相公把朱家小娘子迎娶过来，到那时，小相公饭食起居就有人上心照管了，二老就越加不用忧心了。”

张用也拜了三拜，这时一阵清风吹来，那两朵花一起摇了摇。“娘又不耐烦了，孩儿就不搅扰二老赏春景了。”张用笑着又拜了一拜，退回到树边，翻身上了马。

主仆二人赏着四野新绿，慢慢往回行去。等回城时，已近正午了。今天出城扫坟游春的人多，汴河两岸、城里城外，到处人拥声喧，张用许久没有上街，兴致大涨，四处乱瞧着，随口说说这个，笑笑那个，高声大语，毫不避忌，不时引得路人惊怪。

一路来去，他都摇着那把团扇。时人有个礼俗，出门时带一把团扇，若是见到熟人，自己正巧内急，或有要紧事，来不及招呼，便用扇遮住脸，以示致歉，叫作“便面”。张用觉着这礼俗极好笑，一路上留意着熟人。行过力夫店时，他见店主单十六站在门前张望，便用扇子遮住一半脸，露出半只眼瞅着单十六，看他作何应对。单十六是个诚朴人，抬头认出是他，虽一愣，但随即叉手一揖，笑着拜问：“张作头，进来歇歇脚？”张用觉着不好耍，笑着眨了眨眼，便驱马而过。犄角儿快步跟着，连声劝道：“小相公又胡乱逗人，逗到肚皮宽大的，笑笑也就罢了，若是遇见窄心窄肠的，平白惹闲气。上回工部那位宣主簿大小也是个领钱俸的官儿，当时恼得脸发青、手直抖，若不是李度相公在一旁开劝，他早就发作了……”

张用却浑未入耳，笑着驱马上了虹桥。这座虹桥本是他祖父当年所造，无梁无柱、无钉无榫，全由短木拴扎拱接而成，至简至牢，历经六十多年，依然稳固如初。直到两三年前，因“花石纲”运送太湖石，虹桥才被拆建数次。不过，每回都照原样装回，只抽换了几块遭虫蛀的木料。如今骑马过桥，仍然稳如平地。

张用想起幼年时常听祖父叨念：“人死功不废，身没智不亡。”至今恐怕没有几个人还记得祖父的名字，不过，这不正遂了祖父心愿？他不由得高声念道：“生而弗有，为而弗恃，功成而弗居。夫唯弗居，是以不去……”桥上过往的人尽都望向他，他却如独行于荒郊一般，自顾自笑诵着驱马下了桥。

刚下桥便瞧见一个身穿玄色长袍的盛年男子骑马缓缓行了过来，是将作监修内司大作头黄岐，身后跟着大徒弟陈宽。黄岐与张用父亲相熟，他在京城宫室营造行名位极尊，为人又倨傲，眼常上翻，寻常人物从不低眉瞧一眼。张用见了大喜，扇遮半脸，迎了上去，拿单眼瞅看着黄岐。黄岐似乎有心事，扫了一眼，并未认出张用，拽缰要避开。张用侧身探头过去，用独眼继续瞅着黄岐笑。黄岐有些着恼，狠盯了一眼，这才认出张用，随即叱道："张用！你做什么？"张用却立即移扇遮住全脸，装作不见。黄岐怒哼了一声，驱马要走。张用又移开半扇，高声叫："黄老伯！"黄岐扭过脸望过来，张用迅即又全遮住脸。黄岐越发恼了，骂了句："疯儿！"便驱马走了。张用移开扇子，见黄岐马后那徒弟陈宽一边快步赶，一边回头愕然望过来。张用朝他挤眼逗笑，陈宽既惊又窘，忙回过头追赶师傅。

张用最爱看世人这神情，常日里个个板着面目装老成，一旦失措，便立即现出孩童般羞腆来。他哈哈大笑着，驱马慢慢跟了上去。那徒弟中途又回过脸，见张用跟在身后，越发慌了，紧跟着师傅，再不敢回头。到了护龙桥前，黄岐师徒拐向烂柯寺那边。张用已经乐够，便没有再跟，向前进了东水门。

刚拐过香染街口，见一群人围在街角查老儿杂燠店门首，张用在马上探头一看，是说书的彭嘴儿在讲黄巾军。他知道彭嘴儿向来一张嘴就乱滚球，便停住马，彭嘴儿每讲一句，他便大声应一个"对"，连应了三声，不但彭嘴儿满脸惊愕停住了嘴，连围听的人都齐齐望向他。里头有认得张用的，不由得叫出来："作绝？"

"否！吾乃对绝是也。"

张用哈哈大笑着拨转了马头，刚一转脸，见斜对面一个人走了过来。那人年过五十，身材粗壮，穿了件黑绢袍，是京城彩画行的黎百彩，身后跟着个蠢丑小徒弟。黎百彩手艺高明，但好说大话，张用曾当众戳破过他几回。黎百彩手里也拿着把团扇，一眼瞅见张用，慌忙用团扇遮住了脸。张用见了，被逗起兴致。纵身跳下马，几步绕到黎百彩身前，站住脚，盯着黎百彩笑。黎百彩移开扇子见是他，忙又遮住了脸，想要绕开。张用却笑着高声道："彩画五装，杂间为王！"引得路旁的人全都望过来。

黎百彩满脸慌窘，忙低声求告："张兄弟莫要乱说……"说着便低头急步走开，慌慌拐过街角，向城外急步走去。

张用这才笑着重又上马，慢慢往家里行去。

一乘轿子在龙柳茶坊前停了下来，轿帘掀开，走出一个女子。

女子体格微丰，脸盘略圆。里头穿着蔷薇隐纹花罗衫、染金丝绢绿裙，外头罩了件孔雀妆窄缎镶边的淡黄绫褙子。样貌虽然生得甜秀，眉眼间却透着不耐烦。

她见轿子停在龙柳茶坊前，离河岸还有二十来步，依她常日的性子，定要坐回轿子，让轿夫再往前抬满这一小截。但今天心里有事，懒得计较，便从腰间摘下绿地蔷薇纹孔雀妆彩缎钱夹，取出一陌钱，又数了二十五文散钱，一起给了轿夫。一转头，见跟来的那辆草篷车也停了下来，那车夫站在车边蠢蠢望着她，她越发有些不耐烦，吩咐道："你到那岸边柳树下等着，莫要乱跑！"说着便快步往河边走去。

女子姓宁，乳名绣薇，今年二十五岁。她生于织锦之家。父亲是宫中绫锦院织匠，只生了她姐妹二人。她姐姐善织妆花缎，在锦上以纬线挖花盘织，又用彩绒绞边，极费时力，一天最多织寸许，有"一寸妆花一寸金"之称。她姐姐心细手巧，所织花朵精细如真，京城人便叫她"宁妆花"。宁绣薇一心要胜过姐姐，见有人用孔雀毛织罗，便将这手艺搬来织缎，又用金线绞边。花朵织出来，明艳华贵，斑斓耀眼。让她如愿胜过姐姐，更得了"宁孔雀"的称号。

宁孔雀今天到这汴河岸边，是来接姐姐宁妆花。

昨天，姐姐的使女小琏先从应天府赶来报信，说许多船都不愿载棺材，好不容易才找见一只船，扶着姐夫灵柩，今天到京城。

宁孔雀才走到岸边，就听见虹桥上一阵叫嚷，她没有闲心去理会，四处张望寻找姐姐，却不见人影。她便先走到梢二娘茶铺后面，向水边那只客船船工打问："你家船主是不是姓梅？"那船工摇头。宁孔雀又去问后面两只客船，都不是。她这才后悔没带小琏一起来，正在烦躁，见河两岸的人纷纷奔到岸边，齐齐望向虹桥。她也不由得望了过去，却见一只船烟雾腾腾从虹桥桥洞下驶过来，直直撞向前头一只游船。她也忍不住随着众人惊呼了一声。那船撞上去后，却越缩越小，消失不见。随后，烟雾中飘出一个白衣道士、两个白衣童子，顺流而下，神仙一般。她心里虽然记挂着姐姐，这时也不由得惊住。半晌，才回过神，忙要去前面继续打问。然而，岸边人都在叫嚷奔呼，她只能在岸边树下寻了个空地，耐着性子等。

闹了许久，两岸的人才渐渐散开。她这才挨着岸边客船一只只去打问，却都不是。两岸问下来，走得口干脚软，她心里不住骂姐姐，做事从来都这般没张没致。除了织缎，样样都像是芋泥拌浆水——黏黏泞泞。但一想到姐夫那样一个活跳人，竟说殁就殁，心底又一阵酸心。她叹口气，站在虹桥北头，呆闷了半晌，见旁边米家客店里空荡荡没有人，便走过去坐到门边临河的座儿上，想买碗茶吃。等了半晌，才见一个中年胖厨妇走了出来。

她没工夫吃点茶，便要了碗煎茶。那胖厨妇取过茶壶茶盏，斟了一杯给她，茶汤瞧着倒也罢了，那茶盏却似乎没有洗净，隐约有些斑渍。宁孔雀心里烦恶，却又不好说什么，只得从袖管里抽出白绢帕，将茶盏边沿拭了拭，这才端到嘴边，尽量不让嘴唇沾那盏沿，微微喝了两口，只润了润喉咙，便放下了。

那胖厨妇在门边一直用眼角偷瞅着，那面上神情古古怪怪的。宁孔雀顿时要恼，但旋即忍住，强换作一丝笑，问那妇人："这位婶婶，今天上午你有没有瞧见一个年轻妇人下船？年纪比我长两岁，样貌和我有些像。外头穿的该是一件靛青锦边的菱纹蓝绸褙子。"

"怪道我刚刚瞧着小娘子有些面善，还纳闷在哪里见过。你这一问，我才记起来。约莫半个时辰前，是有个娘子从这岸边下了船，眉眼和小娘子是极像呢。对了，她搭乘的就是刚刚化烟不见的那只客船。"

"哦？"

"船夫还帮那娘子搬了一具棺木下来……"

"对，是她！她去哪里了？"

"她在这岸边候了半晌，有个年轻男子走过来，唤她'姐姐'，听那声气，两人似乎相识。"

"年轻男子？什么模样？"

"我只扫了一眼，记不太清了。那时店里刚巧来了客人，我去招呼，等安排客人坐好，再回头时，那位娘子已经跟着那个年轻男子走了，还有四个力夫帮着抬那棺木。"

"他们去哪儿了？"

“往沿河西街去了。”

“难道是他？”宁孔雀有些纳闷，又有些恼。

力夫店里空荡荡的，店主单十六坐在自家店前的长凳上，闭着眼打盹。

今天是清明，生意原本会好过常日几倍。单十六特意备足了肉饭菜蔬，一早就让厨子煎好了一大罐茶水。可正午被那仙船仙人一闹，人都争着瞧稀奇去了，力夫店里便没有了食客，喝茶的也不见来。单十六倒也不太介意，他经营这店已经许多年，早已经惯了起落。这生意就如天气一般，好两天，自然会歹两天，有什么打紧？

岸边船上说话声叫醒了他，他站起身，伸了伸腰臂，四处望望，又扭头向店里看去。厨子董瘦子不见人影，自然又去偷空睡觉了，吹哨一般的鼾声从里间一串串传来。只有那个帮厨的杂役解八八，拿着块抹布卖力地擦着桌子。

解八八已经年近三十，唇边一圈黑胡子，身形粗壮，手脚却有些笨。他左手五根手指，四根缠了布条，那是学厨切菜割伤的。右边耳背一道伤才结疤，是前几天剁猪尾时，刀挥得太高，险些将自己耳朵削下来。他原先在家乡学制瓷，却连皮毛都没学到。三年前遇了水灾，逃荒出来。在这京城没有手艺，很难立足，他便死心要学厨。

他去过许多食店茶肆，都做不过一个月便被雇主撵走。最后，来到力夫店求单十六，说白干也成。单十六让他烹一道菜试试，一把韭菜，他竟用了两顿饭的工夫才切完，还切得七长八短。菜下了锅，他更是手足忙乱，如同在与一伙强盗搏命，几次被油烫到手脸。等菜装了盘，一半焦煳一半生，看不得。

店里的厨子董瘦子在一旁瞧着，不时尖声笑出来。单十六也笑着直摇头。解八八这年纪学手艺本已经太晚，何况又这般拙笨。不过，他瞧着解八八一头大汗，又急又惶，实在不忍冷拒，又见他满眼恳切，至少不是贪闲窃懒之徒，便雇用了他。

果然，解八八虽然笨，却极肯卖力，从不让自己闲着，做起活儿来，那劲道简直不把自己累死不罢休。单十六也雇过不少人，但从未见过这么肯下死力的。这桌子今天解八八已经擦了三道，这些旧桌凳原本积满经年油垢，自他来后，全都被擦得净亮。

“成了，趁没人，你也歇歇吧。”单十六劝道。

解八八点了点头，手却不停，像是和那些污垢有冤仇一般，将最后两张桌子都狠力擦亮了，这才住手转身，望向单十六，搓着手局促了半晌。

“你有事要说？”单十六纳闷道。

“嗯……这会儿店里没客人，我……我想告半天假，傍晚就回来。”

“这有什么打紧，赶紧去吧。”

“谢谢店主！”解八八重重点头道过谢，才去里间换了身干净衣裳出来。

单十六忽然想起来：“对了，你要去虹桥那边？灶台上今早煮的那碗清明稠饧，你替我送到甘家食店，给我表弟，表弟若不在，弟媳妇也成。”

解八八忙答应着，去厨房端了那碗稠饧出来，小心捧着出了店，往西街去了。

可直到天黑，解八八都没回来。单十六也并没有在意，解八八来店里三个多月，这是头一次告假，本也该好好要要。可晚上过了二更天，解八八仍没回来。单十六这才有些担心，却没处去找，只得留了门，先睡了。

到了半夜，单十六听见外面咚的一声，连他浑家也被吓醒。他忙摸着火石，点亮油灯，端着出去觑看。只见门大开着，一个人仰天倒在门槛边，嘴里尖耸耸塞着一样东西。

第二章　水运仪象台

观璇玑者，不独视天时而布政令，抑欲察灾祥而省得失也。

——苏颂

张用一回家便钻进后院的工坊。

他家后院紧邻五丈河，这间工坊极高敞。里面凌乱地堆满了各样器具工件、铜铁竹木、盆罐棰碾……行步都难。后墙开了个宽口，外头河里架着一座高大水车，大转轮随流水不断转动。水车下用木桩架起几只木齿轮，或平或立，大小不一。齿轮相互咬合，随着水车大轮一起轧轧转动，接续延伸进工坊。最后那盘齿轮轴上套着一组粗木链杆，随着木轮不断起伏引动。链杆前并排摆着风箱、舂碓、锯架等器械，若要用哪样，便用链杆套接，可借水力拖拉风箱、舂杵物料、割锯木料。

这些都是张用自己制造的。他娘在世时，张用还替他娘造了一架织机，也是用这水车带动，一个人操纵，抵得上十数个织妇。

大宋不限工商，任由货卖。即便宫中工匠，也不再强征严拘，而是招募进宫，全都酬给工钱。因此，诸般工艺迅猛精进，远胜前朝。张用父亲是京中木器名匠，曾任将作监竹木务大作头。张用自幼跟随父亲学艺，十一二岁时，已能造出一等好木器。十三岁，被竹木务破格招为作头。

木器作曾兴起一种“燕几”，一共六张木几，可按宾客多少，随意拼合，能纵横布列出二十体、四十种名目。张用爱观天象星辰，因北斗激起巧思，增加了一几，创制“七星燕几”，可以拼出二十五体，衍化出六十八种式样。这套“七星燕几”进奉御前，曾得官家御口亲赏。才十七岁，张用便接替父职，升任竹木务大作头。

但张用心眼活跳，不愿只拘于木艺，见各样工艺都爱。他父亲认得京中各行名匠，张用便到处拜师学艺。一门技艺，别人三五年才能入门，他却三五个月便能上手。一样学熟，他便转学另一样。二十来年，通习了几十门技艺。虽说并非样样皆精，但常人学艺，只学其技，他却爱究其理，因此，眼界见识远超众工。到二十五岁，他相继兼任将作监窑务、丹粉所、帘箔场大作头，更被军器监东西作坊、皮角场及少府监文思院、绫锦院、染院请去兼差，因此被众人封了一个“作绝”的名号。

他生性跳达，这名号于他而言，若有似无，全不介意。能牵住他心神的，唯有各样工艺绝技。越难，他便越着迷。就如这一向，一桩活计将他死死牵住，行住坐卧，念念皆在此。

他走到工坊左边那张长条木桌边，桌上摊开着一卷长纸，上面画着一幅机械图，构建极其繁密。张用盯着那图，皱紧眉头，不住嗑响牙齿，凝神细想。

“仍不成吗？”犄角儿跟进来小心问。

“浑仪、浑象、漏刻都成了，但三样连在一起，始终有些卯对不上。”

“私造仪象台，那是极大的罪，小相公还是歇手吧。”

张用却浑没听见，手指在图稿上点画，继续凝神思索——他想造一座水运仪象台。

历代观测天象用浑仪，演示天象用浑象，报时则用漏刻。三十多年前，文臣苏颂极尽巧思，耗时七年，集合宫中名匠，将三者连为一体，造出一座水运仪象台。

台高三丈五尺，分三层。最顶上一层是一座铜浑仪，外有赤道、黄道圈环转动，内有窥管，用以观测天象，上有木顶，可随雨晴开闭；中间一层是一间封闭密室，内设一架浑象、一个巨大铜圆球体，外有子午圈、赤道圈、地平圈等，上绘星辰及刻度，不断旋动，演示星辰移转；下层则是一部报时机械，分为四阁，分别报正时、时辰、时刻、日暮昏晓等。每一时辰、每一刻，分别有紫衣、红衣、绿衣木偶，或摇铃、或敲鼓、或击钲、或举牌，报知时刻。

最精妙处在于，浑仪、浑象、报时这三层机械由同一套齿轮机械牵动，而齿轮机械则由流水引动。

中央枢轮上有七十二根木辐，上挂三十六个小水斗，枢轮顶上巧设了一个擒纵机关，卡住枢轮。台边有一组漏壶，上面是注水壶，下面是泄水壶，当水注满，泄水壶便溢出，水流入枢轮上三十六个小水斗中的一个，水斗下坠，牵动链杆，拨开机关，枢轮便转动一格。中轴也随之旋转，从而引动其他机轮转动。木人依次准时报时，浑象、浑仪匀速运转。而枢轮水斗中的水则倾入底下一只退水壶中，用一套打水装置，将水又引回注水壶里，循环往复，运转不休。

这座水运仪象台堪称自古以来神思奇巧集大成巅峰之作。张用的父亲当年应召参与其中木器制作。他常跟张用讲说此事，张用自幼就神往之极。但天象事关国运，民间严禁修习天文。仪象台藏于司天台，是朝廷禁地，张用更无缘得见。苏颂曾著有一部《新仪象法要》，详细记述这座水运仪象台制作细目，但此书也藏于秘阁，一介布衣，哪里读得到？

为能亲眼瞧一瞧这座水运仪象台，张用甚而想读书应考，进入司天监。他父亲见儿子自幼颖悟，原也想让他读书应举、改换门庭，便延请儒士，教张用习字读书。张用书倒是爱读，却偏好老庄放达任性，受不得儒经礼教那等严苛迂板，再眼见耳闻仕途上诸多无趣凶险，读了几年书便倦了。他想：苏颂再睿哲巧思，也不过一个凡人，他做得，我为何做不得？

于是，他四处寻访当年参与营造水运仪象台的工匠，向他们打问其中细目。那些工匠大多已经老迈昏聩，甚而亡故。即便有记得的，也大多只是奉命制作某一部件，并不明白其中道理。张用只拼凑出一个大致样貌，他想这已够了。

父母相继亡故后，再没有人管束，他便细循其理，一边构画精研，一边动手制作。

造这仪器要铜，铜却极难买到，就算买得到，也要炼铜铸模。于是，他就去学炼铜法。他从《淮南万毕术》中读到一句，“曾青得铁，则化为铜”。曾青是胆矾，把铁浸在胆矾水中，能化为铜。他又向一些铜匠打问，饶州、信州果然在用这“胆矾法”炼铜，把生铁锻成薄片，浸渍在胆矾水里，几天后，铁片上生出一层赤煤，刮取下来，三炼便能成铜。

他便照着这法子，托人从江西买来胆矾，自己浸铁，又造了一架小炼炉，用水车鼓风，果然炼出了铜来。

铜虽有了，但这并非单个机械，得让数百个大小机件契合联动。此外，更得精通天文、历算、六壬、太乙、遁甲等秘学，他却不怕。此生无聊，既然寻到这桩趣事，何乐不为？

他四处寻访儒生、道士、方士、术士，向他们求教天文术数之学，用了三年多，渐渐明白仪象运转之理，而后便全力绘制营造图。

这桩事处处艰阻、极耗心智，他却不急亦不疲，登险山、寻胜景一般，一路兴致盎然。

犄角儿照旧从街口买了饭食，给他端了来。他却一直盯着图稿，舌尖在上腭不住弹响，寻思其中一个关窍。犄角儿早已见惯，将饭菜搁到桌上，用瓷匙舀了半匙米，夹些菜肉在上面，递到他嘴边，让他张嘴。连叫了几遍，他才听到，侧过脸，张开嘴。犄角儿将汤匙伸进他嘴中，他才将饭菜含在嘴里。犄角儿叫一声“嚼”，他才慢慢嚼起来，心眼却全在图稿上。

三顿饭工夫，犄角儿才将盘里的饭菜给他喂完，又舀了几匙汤灌进他嘴里，这才用帕子替他拭了嘴，转身离开了。这些他一概不知，更莫说咸淡饥饱。

直到深夜，他仍围着长桌，在黑暗中不停绕着圈儿，寻思那个关窍。犄角儿擎着油灯进来，扯着他的衣袖，用力拽摇了一阵，才将他摇醒。

“小相公，朱家出事了！朱家小娘子不见了！”

宁孔雀寻了半天，都找不见轿子，只得坐来时雇的那辆本打算运载棺木的草篷车。

那车里十分脏旧，到处尘垢，一股膻臭味冲鼻。宁孔雀取出帕子垫在木条上，小心坐下，仍觉着尘垢会渗过帕子沾污了绫裙子。但车一行驶起来，便有些颠簸，她只得坐稳身子，忍着脏，伸手抓紧凳板边沿，后背却无论如何不敢靠着篷壁。

好不容易挨到城南保康桥姐姐家，她忙站起身，回眼一看，那条雪白的帕子果然渗出两片污迹，再用不得，只得丢了。她转身抓着门栏，不让车夫搀扶，愤愤地跳下了车。扭头一看，父亲、后娘和丫头小涟都迎出了门，站在门首，全都又惊又怕地望向她，转而又望向那车子。

她觉着不对，忙问："他们没回来？"

"谁？"她父亲一愣。

"姐姐啊，还有我家那个。"

"嗯？你不是接你姐姐去了？"她父亲忙问。

宁孔雀一惊，随即怨道："那愚竹竿！难道是接到我家去了？唓！尽做些悖晦没时运的多余事！"

宁孔雀顿时恼起来，想赌气不管，但又怎么能不管，气愤愤转身往街口走去。

"这位娘子，雇车钱还没赏呢。"草篷车车夫在身后嚷起来。

"跟我爹要去！"宁孔雀气恨恨甩了一句，走了两步，忽又停住脚，转身望向父亲大声说，"爹，他车子太脏，污了我的新帕子，还丢在那车上，减他十文钱！"

到了街口赁轿店，她雇了乘轿子，又赶往旧曹门外自己家。到了家门口一看，院门关着。她忙付过轿钱，走上去推门，里面闩着。她抓起门环，用力敲起来。半晌，屋里才传来一个虚弱声音："来啦！"是她婆婆段氏。

门开了，她婆婆拄着杖子怯生生望向她，微扯出一丝半僵不僵的笑。宁孔雀不怕人狠，就怕人懦，最见不得这般畏怯模样。她跟婆婆说过许多回："你是我丈夫的亲娘，我丈夫赚不了银钱孝敬你，自该我这个媳妇出钱来养你。你该吃就吃，该笑就笑，我又不是强娘匪婆，你怕我做什么？别人瞧着，倒像是我如何日夜苛虐你，不知道那鸡嘴鸭舌们背地里如何咒我呢。你倒是发发慈悲，笑一笑啊！"她越说，她婆婆越笑不出来，她也只能没奈何。

她没有理睬婆婆，径直走进院里，见里头空荡荡并不见棺木，心里一沉，刚要开口问婆婆，一个瘦瘦的男子从侧房走了出来，是她丈夫牛慕。衣衫松垮起皱，满脸惺忪，自然又在睡白日觉。手里却装样儿，拿着卷书。脸上也和他娘一样，畏怯怯僵笑着。

“你没去接我姐姐？”她大声问。

“嗯？没……我……”牛慕眼里又惊又怯，“我早起去会过几位学兄后，回来便关起门，一直……在攻读《礼记》。”

她望着丈夫，又急又恼，更有些失望。她原以为是丈夫为献殷勤，自作主张去汴河虹桥接走了姐姐。看来自己又高看了他，这根腐竹哪里会动那般心思？接走姐姐的既然不是牛慕，那又是谁？

虹桥边那店里胖厨妇说，那年轻男子口里叫着“姐姐”，两人似乎相识。姐姐从来不和其他男子言语，又哪里来的这个“弟弟”？

汴河两岸一片漆黑寂静，只有力夫店店门大开，里头透出油灯光。

单十六愣在原地，惊了半晌，这才小心走了过去，举着油灯，照向地上那人的脸，一眼看清，顿时一惊，是解八八。

解八八头枕门槛仰脸躺着，眼珠怒鼓，鼻孔大张，嘴里竟塞着个青头萝卜，不住喷着粗气，瞧着极诡怖。再一瞧，他的脖颈处竟绽开一道口子，血水正往外溢。

单十六顿时慌起来，忙蹲下身，将油灯搁到地上，一把拔掉解八八嘴里的萝卜，从怀里抽出帕子，急捂在解八八伤口上，高声朝里喊：“阿蔡！瘦子！快起来！”

他浑家阿蔡和厨子董瘦子相继跑了出来，见这情状，都惊呼怪嚷起来。

“瘦子！赶紧去请葛大夫！阿蔡，快去寻块干净布，我这帕子太小，血捂不住！”

董瘦子慌忙跑出门去，阿蔡也抖着手寻来一张才洗过的包袱布。单十六丢掉那张已经被血浸湿的帕子，将包袱布折成一个厚条，扎到解八八的脖颈上。

解八八眼睛已经闭起，嘴仍张着，不住喘着气，喉咙里发出一阵怪声，似乎在说什么。单十六仔细听了听，没听明白。

阿蔡在一旁说：“他似乎是说，‘他来了’？”

“他来了？”单十六又听了听，果然是这三个字。

解八八重复了几遍，便再发不出声，只急促喘着气。

焦急等待了半晌，董瘦子才背着药箱，半扶半拽地将葛大夫拖了来。葛大夫几乎背过气去，扶着门急喘了一阵，略缓了口气，才忙蹲下来查看伤势。一看那伤口，他不由得惊呼了一声，慌忙从药箱里取出一个瓷瓶，揭开塞子，往伤口上撒药末。那血随即便将药末淹没冲散，一整瓶倒完，才勉强掩住。他又忙抽出一条白绢带，抹了许多黑色药膏在上头，让单十六托着解八八的头，迅即将伤口扎了起来。

“伤口太深，血脉都割破了，我只能替他敷些止血药，你们得赶紧另请大夫。”

“他这命保得住吗？”

“这我不敢说，东水门里赵太丞的儿子是太医局医官，金镞折伤科出身，治刀剑金创，京城第一，号称‘赵金镞’，你们若能请得到他，或许救得回这性命。”

单十六忙要叫董瘦子去请，但随即想到，赵金镞不是说请便能请，便忙去厨房里舀水胡乱洗去满手的血，又快步走进里间卧房，用腰间钥匙摸黑打开床边柜子，揭开钱箱盖子，摸到银子袋，解开绳扣，先摸出一块约二两的碎银，怕仍不够，又摸了一块，也是二两左右。这时，卧房门忽然亮进灯光，是浑家阿蔡，端着盏油灯赶了进来。

“这么些银子？他只是个杂役帮工，白干一年也赔不回来！”

“那是一条命，能瞧着他断气？”

单十六捏着两块碎银，把钱箱柜门留给浑家，快步走了出去，说了句“我去请赵小相公”，随即急步出门，一路跑着过虹桥，进东水门，来到赵太丞医馆，却见门关着。

单十六忙抬手拍门，半晌，门才打开，月影下探出一个头，是个小厮。

“请问赵小相公在吗？有要命急症！”

“啥急症？”

“脖子被人割了，瞧着就要断气了！”

“小相公不在。”

“他在哪里？”

“我也不晓得。”

单十六顿时焦起来：“赵太丞应当在吧？”

“我家老相公主治肠胃症候，这割伤从没治过。”

“性命大似天，就劳烦小哥进去请赵太丞随我去看一看，赵小相公能治，赵太丞自然也通一二。”

“这差远了，鼻子离嘴那么近，天天瞧着嘴吃饭，它就会吃了？”

单十六再顾不得，一把推开那小厮，不顾那小厮叫嚷，径直穿过医馆后门，朝后院奔去。刚进到院子，就见北房门打开，月影下一个人走了出来，看着是个老者。

“赵太丞？”

“我已听见了，我儿没在家，救命要紧。这一带再没有疡科大夫，我只能先过去瞧瞧，但治不治得了……”

“多谢赵太丞，这是一些看诊费，若不够，我再补。”

“钱你先收着。若治得好，再按价收取。白术，赶紧把驴子牵出去！把药箱备好！”

第三章　重诺

阴阳相错，而生变化。

——沈括

犄角儿扯着张用袖子往外拉。

张用却仍仰头寻思："枢轮七十二根辐条，每个时辰转六格；赤道二十八条星宿线，每个时辰二又三分之一宿，一宿转二又七分之四格……"

"小相公别算啦！阿念在外间等着呢！"

"望筒指日，天西行一日，日东移一度……"

"朱家小娘子寻到了本《新仪象法要》！"

"《新仪象法要》？"张用顿时醒了。

"你总算醒了。我诳你的。朱家小娘子没找见那书，倒是她本人不见了！"

"不见了？去哪里了？"

"正是找不见，阿念才来寻你！"

"捉鱼下河、寻鸟上树，黑地里不见了人，该点盏灯笼，找我做什么？"

"嗐！又不是丢了只鞋子。一个鲜嫩嫩大活人，又是小相公未过门娇妻。朱家又只有一个寡母、一个厨妇、一个丫头，小相公不去寻，谁去寻？"

犄角儿强拖着他，穿过满地器具杂物，刚出了工坊，就见阿念焦惶惶奔了过来："张姑爷，我家小娘子不见了！"

张用见阿念急赶着小碎步，腰胯一扭一扭，像只受了惊吓却跑不快的小雏鸭，不由得笑起来。他从未见过朱家小娘子，阿念倒是见过许多回。阿念性情乖顺，心智却似乎比别的女孩儿短缺了三两分，又爱笑，浑身透着一股憨稚气。他从犄角儿手中接过油灯朝阿念脸上一照，阿念额上鬓边满是汗水，小圆脸上原本时常露着笑，团子一般甜糯糯的，这时眉眼鼻头却拧凑在一处，像被挤扭坏了一般。他越发觉得好笑。

"你家小娘子如何不见的？"

"小娘子早晨又雇了顶轿子去银器章家，我也跟着去了。可下午回来的路上，那顶轿子走着走着，忽地就不见了！"

"哦？怎么个忽地？"

"就是唰地就没了！"

"稀罕！"

张用原本一心念着自己的水运仪象台，不愿分神，这时却被逗起了兴致。

朱家是个织锦人家，朱家小娘子闺名克柔。他和朱克柔的亲事是三年前父亲在世时定的。他一直醉心工艺，于一切俗事全不耐烦，对亲事也极不情愿。他父亲厉声训斥说："铁难服软，人难移性。其他事我再管束不到你，唯有这桩亲事，你却必须听我安排。你若不依我，我到地下也永难闭眼，你娘那性情，就更难安生了。你我父子一场，我和你娘被你活生生气了二十来年，你好歹让我们顺一回意……"他爹得了痨症，捂着嘴咳嗽起来，指缝间又渗出些血来。

他忙伸手在父亲后背上拍抚，等父亲喘罢，又取过帕子替父亲拭净口手的鲜血。而后，郑声跟父亲说："爹，您放心，孩儿一定从命。"

从小到大，他都觉得，言语不过是口中喷气、舌尖弄音，与鸟鸣兽嘶并无分别，哪里能当真？后来读了《庄子》，见庄子也将文字视为糟粕，更是欣然大乐。因此，他向来随性而语、信嘴而言，难得认真说话，更没约过什么信、许过什么诺。这是他生平头一回郑重承诺。

父亲听了，这才放心，忙催促他迎娶朱家小娘子。这些礼俗之事，他一概不知，全凭着媒人操持。头面羊酒、聘资财礼、冠帔花粉才备好，正要议定正日，他父亲却断气了。他要守孝三年，才能完婚。他原本十分鄙弃诸般礼俗，这时却觉着这礼的好了。

七七之后，正好逢到端午。媒人便催他备些礼去拜望岳母。他想起自己跟父亲许的诺，便没有违逆，照着媒人所言，去市上买了些百索艾花、银样鼓儿花、花巧画扇、香糖果子、粽子、白团，用红绸匣子盛装，和媒人一起去了。

见了岳母，他一眼瞧见岳母高挺着脊背，摆出尊贵样儿，想要压服他。他顿时笑了出来，岳母立时变了色，气得直颤。媒人忙在一旁极力解劝，说他为人至孝，哀毁过度，有些魔怔，过些日子自然就好了。岳母这才缓顺了一些，去厨房吩咐饭菜。

他有些好奇，想瞧瞧朱家小娘子，便撺掇媒人。

媒人吓得忙偷偷摆手，小声说："这哪里要得？他家虽不是什么仕宦人家，朱家小娘子却也极尊贵自矜。小相公若急着见媳妇，咱们又不是为官做宦的，一年孝满，就能迎娶朱家小娘子了。"

他忙说："那不成，还是满三年才好。"

自那以后，每逢年节，他都随媒人去拜望岳母。岳母也渐渐惯习了他的疯言癫态，反倒对他生出许多疼惜，不时让厨妇或阿念给他送去些衣物吃食。三年来，他却从未见过朱克柔一眼，只从阿念口中听了一些。阿念说话又一向歪瓢捞滑粉——从没个准的。他听来的朱克柔便奇形怪状、颠荤倒素。不过，他倒是越听越乐。

照阿念的话说："姑爷和我家小娘子，一个是琉璃瓦，一个是玉汤匙。一个接雨，一个舀汤，一对耀眼水人儿。连声响都配，一个房檐上滴答，一个瓷碗里叮当，合起来比唱曲鼓琴都好听。"

不过，有一样张用极钦佩——朱克柔善缂丝。

寻常织锦，经纬丝线皆贯通织物，称"通经通纬"。缂丝却只用小织机，先用素丝，在机杼上布好经线，再将图纹绘于其上，而后用小梭引彩丝分片缂织。纬线各不相接，故称"通经断纬"。由于纬线可随意变换丝色、地位，最宜描摹各色诗文书法、山水楼阁、花鸟人物等。织成之后，隔空而观，图样凸显，如同雕镂的一般，因此时人将它谐音妙赞为"刻丝"。

此前，刻丝多做书画包首或经卷封面，当今官家登基以来，倡兴艺文书画，更雅好古器珍玩、茗茶佳酿、瓷器锦绣。刻丝也随之大兴。而其中，朱克柔刻丝名冠当今。她原就精于院体画，擅绘花朵、翎毛、人物。别家刻丝，都是临摹名家书画，她却自出机杼、自画自缂，织纹精至毫末，画风雅逸清远，独称“朱刻”。文士显贵以珍藏一件“朱刻”为傲，连天子也格外叹赏。

仅这一条，张用心里便不如何厌拒这门亲事了。

不过，他好奇的是，朱家小娘子深谷雪人一般，终年藏在闺房里，连他都不见，为何会雇轿出门，去银器章家？

“阿念，你说你家小娘子今早又去了银器章家，这个‘又’字是什么来历？”

“这话轱辘得绕回到正月间。那天，有个穿绿袍、戴黑纱帽的小官儿，来家里求见小娘子。小娘子常日连公鸡公鹅、公猫公狗都要避开，他不但是个男人，做官要是母部的也好，还偏偏说自己是公部……”

“那工部不是公母的公，是工匠的工吧？”犄角儿忍不住问。

“我哪里清楚这个？反正娘让他走了。没几天，他又来了，娘又让他走了。又没几天，他又来了，娘自然仍旧让他走，那人却不走，还拿出官样儿来唬娘，说他是奉朝廷之命来问小娘子一件事。

“娘说：我家又没偷又没抢，每年该交的三十几样税全都足足地交了。便是官家，也没有强见未出阁的民女的道理。何况这几年，我女儿哪年不给官家进奉几件缂丝？官家还在我女儿那幅《碧桃蝶雀图》上御笔亲题了诗呢，你这官阶自然不知晓，要不要我背给你听？

“姑爷，你没见娘说这些话时，比皇太后还有威势呢。娘还真的把皇上那首诗念给了那小官儿听了。那首诗娘也逼我背过呢：‘雀踏花枝出素纨，曾闻人说刻丝难。要知应是宣和物，莫作寻常黹绣看。’

“那小官儿被娘一篇大话压住喘不过气，忙矮下去，变回笑脸狗，说他真的是受了公公部的命，来办一件大事。他从怀里取出一封信给娘，说让小娘子看看。小娘子看了自然会答应见他。

“娘向来爱啃骨头，怕吃烂肉。那人变得稀烂的猪头肉一般，娘推不过，只得叫我把信拿到里头给小娘子看。小娘子看了那信，真的出来见了那人。”

“你家小娘子出来说了什么？”

“小娘子隔着帘子，只对那人说了两个字。”

“哪两个字？”

“我去。”

“信里写了什么？”张用越发好奇。

“我也说不太明白，似乎是一百个公公开铺子啥的。”

“莫非是《百工谱》？”犄角儿插嘴。

“对对对！就是这个名儿。”

听到《百工谱》，张用忽然想起，正月间，他的好友李度引着一个姓宣的主簿来寻他，正是为《百工谱》。那人说是奉工部之命，召集京城百行，欲编修大宋《百工谱》，邀张用前去和京城其他名匠一同商议编订。

天底下的人与事，张用最厌的便是官府。那主簿说的，他一个字都懒得听，倒发起疯症，又笑又骂。那个宣主簿虽然羞恼，见他是真疯，又有好友李度在一旁劝解，才没有计较。

看来，去寻朱克柔的正是那个宣主簿。不过，他没有开言，继续听阿念讲——

“过了几天，小娘子像是中了那猪头肉的邪魔，不顾娘又哭又骂又劝，执意雇了轿子，让我跟着，就去了银器章家。”

“她去银器章家做什么？”

“那堂屋里坐了许多男人，屋角摆了架屏风，小娘子就坐在那屏风后头，跟那些男人说话。不过，小娘子去时一直戴着帷帽，还特地给那件绿绡衫子加了两截长袖，那些男人连小娘子的手指头都看不见。”

“她和那些人说了些什么？”

“我也听不懂。又是鲁班，又是嫘祖，又是木头，又是瓦片的。小娘子看我站不住，就让我去寻章家的丫头阿翠说话。我就再没听见他们说了些啥。他们一说便是一天。轿子是跟王家说好的，来去各一趟，总共二百文钱。到傍晚，等轿子来了，我去唤小娘子，小娘子才出来坐上轿子，我就跟着回家。不过呢，去银器章家比在家里整天被娘骂要好要多了。”

“每回轿夫都是那两个？”

“不是，今天才换的这两个头儿回都没见过。”

“你跟着轿子回家，而后那轿子忽地、唰地就不见了？”

“不是先忽地，再唰地。是忽唰一下里就不见了。”

宁孔雀一夜都没睡安稳。

第二天一早，她又雇了轿子赶往姐姐家。到了那里，她忙急急敲门，半晌，门才开，是使女小涟。蓬着个头，一脸呆困样儿。

“我姐姐回来了吗？”

“没。”

这个女孩儿又倔又懒，惯会拿一对大白眼直愣愣瞪人。宁孔雀早就让姐姐撵了她，姐姐却心肠软、性子懦，一直留到如今。小涟每回见宁孔雀，都有些怕，从来不太敢正眼看宁孔雀。宁孔雀也懒得多瞧她，本想进去问问父亲，但一想，父亲一辈子只会织缎，一句话只要超过五个字，便说不顺展，于人情事理上更不济。问他只有讨气。看来只能自己再跑一趟了。

她气叹一声，忙回头叫住了刚才那两个轿夫：“再送我去东水门外虹桥。八十文钱——莫啰嗦，不到十里地，不论谁家，都是这个价钱，要去就去！”两个轿夫不敢多话，抬着她又往东水门外快步行去。

宁孔雀坐在轿子里，一阵阵气恨自伤。当年母亲在时，万事都是由母亲出头拿定。母亲过世后，家里的事，不知怎么，竟全都落到她头上。那时她才十三岁，家里银钱出入、买丝线、卖缎品、雇厨妇使女、日常炭油米麦菜蔬安排、亲朋往来甚而官府税吏、缎行行事，都是她出头应付。好不容易熬到姐夫入赘进来，至少外头的事被姐夫包了去，她才松了一只肩膀。

又过了两年，她也议了亲，一个远亲做的媒。她听说牛慕是个读书士子，家里只有个娘，小门小户，轻省得很。相亲那天，她隔着帘子偷望了牛慕两眼，一个清瘦本分的书生，心下也就乐意了。自己做主，答应了亲事。谁知嫁了过去才发觉，牛慕是根读书读呆的朽竹子，当不得梁，编不得筐，钓鱼嫌短，挑灯又嫌长，百般无用。婆婆也长痛短病，没有消停。那个家里里外外又全靠她。

如今姐夫好端端又忽然殁了，往后两个家都得靠她。想到这些，她一阵阵胸闷心乏，恨不得这轿子一直不停，让她就这么老死在这窄窄一方清静里。

可轿子终还是停了下来。她闷叹了口气，呆坐了片刻，才掀开轿帘，走了出去。虹桥上下、汴河两岸虽不如昨天热闹，人却仍然不少，到处安闲和乐，这些人来这世上，像是专为享这闲乐，只除了她一个。

她走到桥边，望着河水呆了半晌，见一只客船驶来，才想起来这里的缘由。心想，昨天姐姐搭的那只客船凭空不见了，姐姐若没下那船，跟着一起化了仙，那省了多少麻烦？但随即，她又苦笑一下，想这些没影儿的事做什么？该你担的，一样都省不掉。何况姐姐不知被什么人骗走了。她那性儿，连哭都不敢大声哭，眼下正不知道在哪儿偷偷抹泪呢。

她心里一阵忧烦，忙煞住厌怠，快步上了虹桥。昨天米家客店那个胖厨妇说，那伙人抬着轿子，和姐姐一起往沿河西街去了，西街上自然应该有人见到。她下了虹桥，走到桥根西边的霍家茶肆，店里没有客人，只有个中年男子在柜子边点看茶罐。她走了过去："这位大哥，请问您个事。"

"什么事？"那人没有抬头。

"昨天快中午时，几个人抬着具棺木，还有个年轻女子跟着，一起走到这条街上，您瞧见没有？"

"没有。"

"大哥，劳烦你再仔细想想？那女子是我姐姐，棺木里是我姐夫，他们被人骗走了，至今找不见人。"

"对不住，我忙生意，真的没瞧见。"

宁孔雀心里骂着，转身离开，一眼看见斜对面食店有个妇人在瞅着自己看，门前立的木招牌上写着红漆大字"甘家面店"。宁孔雀便走了过去，那妇人随即低下头去，拿火钩去拨炉里的炭，看年纪三十左右。

"这位姐姐，跟你打问件事……"宁孔雀又问了一遍。

"哦……那些人昨天上午抬了顶轿子，推了辆太平车，停在我店前，领头的是个年轻男子，他们进来各自吃了碗面，稍坐了坐，而后去东桥根，接了一个年轻妇人，抬了一具棺木回来。棺木放到太平车上，罩了块黑油布，妇人上了那顶轿子，一起望西边去了。我将才见到你在对街茶肆里，还愣了一下，以为你是昨天那妇人。”

“那是我姐姐。”

“怪道这么像呢。”

“我姐姐没说什么吗？”

“一声都没言语，低着头就上了轿子。”

“那些人没用强？”

“用强？没有啊。我当时瞧着，还以为你姐姐和那个年轻男子是一家子呢。”

“哦……”

宁孔雀略寻思了一番，没有别的法子，只有沿路再去打问，便道了声谢，往西走去。

看着宁孔雀走远，熊七娘这才放了心。

她是这甘家面店的主妇，今年二十五岁，因常年辛劳，瞧着像是三十出头一样。刚才她瞧见宁孔雀走进斜对面的霍家茶肆，立即警觉起来。

霍家茶肆有个年轻面匠，叫唐浪儿，样貌生得俊俏，那张嘴更是拌了油、抹了糖一般。起先熊七娘倒也没有如何挂心，但那唐浪儿时常跑过街来借醋借葱，也不叫“嫂子”，只一个劲儿“姐姐”“姐姐”的。熊七娘自小就被父母严教，不许和男子搭话，嫁过来后，丈夫又极小气。除了招呼客人，她多一字都不肯说、多一眼都不敢瞧，更莫说和男子说笑。可是那唐浪儿，即便不过来，也常隔着街，拿那双俊眼不住地撩她，那眼神小火苗一般，慢慢就把她的心燎燃了。

她丈夫又常不在店里，一来二去，她抵不住，竟被唐浪儿得了手。这心，就如孵的蛋一般，一旦裂开道口子，便再也阻不住里头的鸡雏要钻出来。她和丈夫成亲几年，从没动过情，这时却春水破冰一般，止不住地涌向唐浪儿。

她没有料到，唐浪儿却是个浪心人，只要见到年轻些的妇人，便要去逗说逗笑。她私底下怨骂过几回，却哪里管束得住？她心里如烧如煎，只能时时警醒，一直盯看着。

昨天她得了一注银钱，打算偷偷给唐浪儿，让他买身新衣裳。可傍晚丈夫偏偏回来了，店里生意又忙，晚间等客人散后，见对面霍家茶肆也已经熄了灯，她只得作罢。今天，她一早就在瞅望，却始终不见唐浪儿出来，又不好过去问。正在燎躁，却见宁孔雀走进那店里。看着宁孔雀那样貌衣妆，她立时有些惭妒，唐浪儿若见了，自然更是狗闻油香，必定要凑上去殷勤。因此，她一直死死盯着，唐浪儿却仍没见露头。

宁孔雀过来问话时，她生怕唐浪儿出来见着。宁孔雀走了，她又开始悬心。都这早晚了，那店主霍祥都早已起来了，唐浪儿还在睡？莫不是着了病？

正没主张，却听见虹桥那头一阵呼喝，两个人抬着张门板，上面似乎躺着个人，快步下了桥，后面许多人跟看。她心里好奇，也走到街口去望。见是两个力夫抬着那门板，直直走进霍家茶肆，门板上躺着个人，脖颈处许多血污。

她远远瞅见那人的面庞，心顿时被狠狠蜇了一下，忙跑过去瞧，一眼看清，几乎昏倒：那躺着的人是唐浪儿，脖颈上一道深口子，血汪了一大片……

单十六等店里吃早饭的客人散罢，吩咐董瘦子收拾桌上那些碗碟。

身为厨子，董瘦子从来不干这些烦贱差事。若是平日，早就尖声唠噪起来了。可今天，他却快性答应了一声，便从厨间走出来，忙不迭去收拾了。单十六朝他微点了点头，以示赞谢。董瘦子抬眼笑了笑：“这算不得啥。解老哥遭了难，替他担担差事，心里才舒坦些。对了，解老哥病情如何了？命可保得住？”解八八比董瘦子大两岁，常日里董瘦子只唤他“双八”。

“仍在昏睡。赵太丞昨晚替他缝好伤口，说能不能保住命，就看他的造化了。”

“唉，解老哥哑牛一般的实诚人，谁下的这毒手？”

单十六也在纳闷，答不出话来，便走进里间那个小宿房。这里原先是董瘦子一人独住，解八八来了后，单十六让他们两人合住，为此董瘦子还抱怨了好一阵。房里只有后墙一扇小窗，有些幽暗。解八八头朝外躺在炕上，闭着眼一动不动，脸色依然蜡白，嘴皮子焦枯起皮。

单十六的浑家阿蔡在炕边弯着腰，正在一只盆里拧帕子。回头见丈夫进来，叹了口气："身子一直烫着呢。"她攥着浸湿的帕子替解八八轻轻擦拭胳膊、脖颈和额头。

单十六看着，也不由得深叹口气，既为解八八担忧，也为浑家和董瘦子欣慰。世人都爱叹人心寒凉，可单十六却始终不愿信，至少不愿自己身边变作寒窖。他选这个妻子、雇董瘦子和解八八，都是先看他们本性心地。今天看来，自己并没有看错。

他曾听烂柯寺住持乌鹭禅师说："境随心转。心冷则境冷，心暖则境暖。"如今细想，果然深有道理。自己经营这家茶食店，虽算不得什么，但这汴河两岸的力夫们吃饭吃茶都不去别家，专爱来这里，怕正是为这里比别处多些暖。

他正在寻思感叹，忽然听到外间有人说话："你家店主可在？"听着声气有些傲横。

单十六忙走了出去，见一个四十来岁、头戴曲翅黑幞头、身穿皂袍、文吏模样的男子站在店外，身边还跟着个小吏。

单十六见过，是开封府左军巡使顾震手下一名介史，名叫程三诚。长方脸，斜耷眼，一把浓黑胡须，脸僵木木的。肩膀极宽，身板却又很薄，像块门板子一般。人们见他这般身形，背后都叫他"程门板"。

单十六还没来得及拜问，程门板先沉着嗓音问："你是单十六？"

"是。"

"你这里也发生了凶案？"

"是。"

"死者嘴里也含了根萝卜？"

"是。不过人并没死，正在里间养伤。"

"没死？"

程门板目光陡然一亮，随即快步朝里间冲去，他的腿略有些瘸。

第四章　空宅

吉凶悔吝，生乎动者也。

——沈括

张用听阿念讲完，笑着拿眼盯住她，定定瞅着，不说话。

“姑爷，你咋了？”阿念慌起来。

“阿念，你说谎。”

“没！没！”阿念先一阵慌，随即蹲在地上，捂着脸哭起来。

“你家小娘子不是在路上不见的，对不对？”

“呜……”阿念哭着不答。

“智者如蚕，不绕成茧不心安；笨人似鼠，只求进洞保身安。你呢，有时智，有时笨。我猜，你弄丢了你家小娘子，怕被责骂，就编出这个笨谎来遮掩推脱。你说你家小娘子是在路上不见的，那便一定不是在路上不见的。对不对？”

阿念吓得怔住，抬起眼惊望。

“你莫怕，我最恨三样事，一是嘴爱漏风，二是肚爱生饿……”

“三呢？”阿念小心问。

“三便是人爱乱问。”

“姑爷，那我不问了……”

“你放心，我最爱的则有两样，一是骗人耍，二是揭人底。你的底虽被我揭了，但骗人这么好耍的事，我哪里会说出去？你若照实说，我便替你寻回你家小娘子。”

“真的？”

“我说真，未必真。我说假，未必假。”

“那到底是真还是假？”

“你揭不了我的底，我却揭了你的底，便该你来说实情。”

“那姑爷千万莫告诉娘。”

“说。”

“今早我跟着小娘子到了银器章家。小娘子进了堂屋，我去寻阿翠说话，她家仆人却说阿翠着了病，回家去了。其他那几个仆妇又都干冷冷的，我跟她们也没好话说，就自个儿蹲在廊檐下瞧蚂蚁。过了一阵子，小娘子走了出来，给了我三十文钱，让我去大相国寺王道人那里买些蜜煎梅子，小娘子只爱吃他家梅子，我却爱吃他家的蜜姜豉。可小娘子只让买梅子。

“我揣着钱去了大相国寺，买了梅子出来，见街边围着许多人，我挤进去一瞅，是一个人在耍掉刀，耍得呼呼唰唰的，好不吓人。那人耍完掉刀，又来一个人弄杖头傀儡，一个绿衫红裙的木头小娘子在一根竿子上舞，那木头小娘子样儿极美，和我家小娘子有些像呢。那人舞完傀儡，前一个接着又舞蛮牌……小娘子从不出门带我看这些，娘也不许我上街耍，我就看了个够。

“看完时天已经昏麻麻的了，那包梅子不知啥时间，也被我吃光了。我吓得哭起来，急忙一路跑回蔡市桥银器章家。到了他家一看，院门关着。我敲了半天，没人应声。左右邻舍也都关着门，没处问人去。我腿都跑瘸了，就坐在他家门槛上等。刚坐下，才想靠一靠，却一骨碌翻倒了。原来他家院门没闩，我爬起来朝里望，那时天已经麻黑了，他家堂屋门开着，却黑乌乌一点声气都没有，更没见一个人影儿。

“京城今年四处都闹鬼，我吓得不敢动，也不敢出声。正怕得要哭，后颈上忽然一凉，似乎有人用冰手摸我。吓得我顿时哭起来，一道烟就跑进了那堂屋，大声喊救命，却没人出来。后背上冰手仍在摸，我又哭着跑进其他房里叫救命。

他家比我家大几倍，跑遍了前院后院，还是不见一个人。我已经吓得觉不到自己的腿脚，半空里飞一般，飞到了院门外。

“这时左右邻舍全都出来了，我才算得了救。背后那只冰手却一直摸到我后腰，拼命打也打不着。还是一位婶婶抓住我，替我看了看，原来不是冰手，是小娘子给我那把玉篦子。我一直插在后髻上，不知怎么，它竟钻进后领子里去了。张姑爷，你说好笑不好笑？”

“好笑，好笑！”

两人一起笑起来，犄角儿也忍不住跟着笑了。

“这会儿不能笑！”阿念猛地收住笑，转而忧急起来，“银器章家隔壁一个婶婶说，傍晚瞧见我家小娘子坐上轿子走了。我就赶忙跑回家去看，小娘子却没回去。娘焦得像个炙腰子，抓着我又撕又骂，快要把我搓成个燋酸赚。她若知道我在这里笑，一定撕螃蟹一般，把我撕碎。张姑爷，我家小娘子明明坐轿子走了，为啥至今不回家？”

“你没去寻那两个轿夫？”

“寻了，两个轿夫也一直没回去，他们家店主也在焦躁呢。”

“走！咱们去银器章家！”

张用去院门边解了马，大步向外牵去，犄角儿和阿念忙紧紧跟着。

银器章名叫章仝，是京城第一等银器作头，张用认得。两家相隔只有三四里地。张用最爱夜行，这一路又无夜市，满街关门闭户，没了行人，繁闹帝都顿时变作一座空城，不见贪夫汹汹、不闻蠢人嗷嗷，只余淡月清风，眼底耳根大清静。他从后腰间抽出那把团扇，在马上一路摇着，兴致涌起，随口吟出一阕《更漏子》：

> 月明来，风淡去，又见满城飞絮。红有尽，绿有边，送云白雪川。
> 烟里笑，尘中傲，一点狂心不倒。山不往，水无还，此行天地宽。

他朗声吟唱，歌声在空街回荡，犄角儿忙劝：“小相公，小声些，当心人骂！”

“惊起梦里客，唤取同游人。哈哈！”

张用仍自顾自吟唱，果然引得一路狗吠人怨。他却浑不介意。一路过了蔡市桥，正对一条巷子，这才止住声，驱马走了进去，来到银器章家院门前。院门关着，阿念忙赶上前，小心伸手一推，门扇应手而开，现出里头庭院，一片空静，遍洒月光。

阿念伸头望了望，小声说：“还是没有人。”

张用跳下马，将缰绳甩给犄角儿，迈过门槛，大步走了进去，站在院子中央环视四周。这座宅院屋宇高大，庭院敞阔。章仝祖籍河北，家小、老店都在大名府，他常年往返于两地照管生意。这里只有一个侍妾、几个仆役。不过他爽快喜客，故而在京中典了这院宅子，用来待客。京城各行都有“上行之所”，供行首行员碰面议事。他便把自己这宅子让来兼做了银器行的行所。

少年时，张用曾随父亲来章家赴过几回宴。庭院格局未变，只有左右两株柏树比当年高大了许多。院子里一片寂静，堂屋门大开，里面黑洞洞的。

犄角儿将马拴在门外马柱上，小心跟了进来，刚要开口阻止，张用已经走进了前堂。借着月影一觑，堂中陈设不似当年，原本左右两排客椅，正中靠里墙一张桌案、两把主椅。这时，所有椅子在堂中围作一个大圈，每把椅子前一只高几，几上摆着茶盏。看来是不分宾主，围坐一圈，好说话议事。张用数了一下，一共二十把椅子。

“我家小娘子就坐在那屏风后边。”阿念小心跟了进来，指向墙角。

张用走了过去，里面越发幽暗，只能依稀辨出角上果然立着一架屏风。他绕到屏风后面，隐约见那里也摆着一张高几、一把椅子。他伸手去摸那高几，却碰倒了一只茶盏，当啷一声，茶盏摔碎在地上，异常刺耳，惊得犄角儿和阿念一起叫起来。

“可惜，盏壁有釉泪，该是建窑油滴盏。”张用笑着又凑近那把椅子，弯下腰贴近椅面，伸鼻子嗅了嗅，隐隐一缕淡香，茉莉、素馨、辛夷和着一丝沉香，“阿念，你家小娘子屁股留的香气还在，她熏的香，是香药柏家买的？”

“才不是呢。我家小娘子原先倒是只买柏家的花蒸香，用了两年，她嫌里头的辛夷气味闷人，便自家合香来蒸，用荔枝壳替了辛夷，蒸出来的辛香气比柏家的要清香许多呢。每年我就盼着七夕那几天，小娘子合香的时候，能得荔枝吃——对了，姑爷，这香气世上只有我家小娘子才有，闻着这香气，就能找见我家小娘子……”

“好主意！”张用一边笑，一边摸着墙找见侧边的一扇门，穿到了侧房。

阿念和犄角儿一边低声争辩能否循香找人，一边忙跟了上来。

侧房也没有人。张用从中间桌上摸到火石、火镰、火绒、灯盏，便打着点亮了油灯。四周一瞧，器具物件都摆放齐整，衣架、箱笼里衣物也都叠挂得好好的。他又穿到后边，一座四合院落，共十二间房。他每间都进去查看了一番，都一样。有两间卧房箱笼里甚至还见到两个钱袋，里头各有不少银子铜钱。

“先睡觉。明天再瞧。”张用吹熄油灯，躺倒在最后一间卧房床上。

“在这儿睡？”犄角儿惊问。

“这床比我的舒坦。”

“那我呢？”阿念犯难起来。

“这么多间卧房，随意选。”

“我不敢睡这里，鬼森森的怕人。”

“犄角儿，你跟她睡一间房。”

“这不成！”两人一起嚷起来。

“有什么不成？快去！我要睡了！”

张用一向说睡就睡，眼一闭，没一刻，便已死了一般。

宁孔雀站在新宋门外，望着城门洞不断进出的人，心顿时凉了。

她从虹桥北头甘家面店一路打问过来，一个卖糕饼的老者昨天见到一乘轿子、一辆太平车进了新宋门，那车上罩着黑油布，瞧着方方长长的，像是棺木。可这新宋门每天不知进出多少人，一旦进了城，行人车轿都多，极易混迹，便就难寻了。

宁孔雀呆立在城门前，不住寻思。姐姐常年只在屋里织缎，大门都难得出。只有年节，宁孔雀强拖她去看过几回灯、赏过几次春。这些年来，莫说男子，便是妇人，姐姐见过的也只有那几个。她没经过什么世事，性子又柔懦，自然极易受骗。那年轻男子一定谎称我爹或我托他去接姐姐。

那年轻男子一伙人难道是拐子？姐姐样貌性情都好，又会织缎，比卖到勾栏里更值价。想到此，宁孔雀顿时慌起来。

虽然自己处处好强，有一样却远远及不上姐姐——那温柔性儿。

宁孔雀凡事都耐不住性儿，更受不得丁点气。尤其是织缎胜过姐姐后，更没了拘忌。我自家织缎，自家养活自家，大半男人一年挣的银钱，赶不上我织半匹缎子，我何必要受人的气？

自得了“宁孔雀”这个名号后，众人也的确大都容让她几分，即便官差税吏，因宫里年年都要回买她的孔雀缎，对她也颇为和气。不过，这世事似乎总爱与人作对，受不得气的，偏生让你避不开气。有些气是恶气，有些气则是善气。宁孔雀受的恶气少，遇的善气却多。就如她婆母和丈夫，那母子两个，性情都一般柔善，处处都畏敬她。可越畏越敬，便越让她气恼。她越恼，那母子便越畏敬。泥涡一般，让她陷没进去，乏到极处，却没处着力、没处喊冤。

从小到大，这样的冤数也数不清。独有姐姐宁妆花，能明白她这些冤苦。

每回冤到说不出时，她便去寻姐姐，在姐姐怀里哭一场。姐姐并不说什么，只是轻抚着她，让她尽兴哭，给她抹泪、替她梳头、帮她妆面，把她重新扮得明明丽丽。而后，她又新新鲜鲜去受下一场冤、着下一回恼，哭着再回姐姐那里……

这么些年，她里里外外操持家计，一直以为姐姐是在靠着自己。这时慌起来，才忽而发觉：姐姐若没有她，照样织缎，照样安宁过活。她若没了姐姐，怕是要像掉进炭火堆里的栗子，从里到外，爆个粉碎。想到此，她顿时怔住，泪水不由自主溢出。

不过，自从母亲亡故，她很快便练出一样本事——不论多少烦难堆在一起，全都先丢到一边，只拣那最要紧的一件，赶紧去做。只要这头等要事做好，回头再看，其他烦难也就算不得什么了。

于是，她抹掉泪水，甩掉其他念头，只在心里告诉自己：赶紧找见姐姐。

程门板快步走进力夫店的里间。

他的腿本就有些瘸，走快了，便越发显豁不堪。但这时他已顾不得了。走到那里间，一股脚臭膻味立即扑鼻而来。房间很小，窗口更小，只透进一些亮光，昏映着那张大炕。炕边有个妇人正在盆里搓洗帕子，炕上则躺着一个人。

程门板忙走到炕边，弯腰凑近一看，那人两眼紧闭，脸白如蜡，死人一般。程门板顿时失望，这人恐怕难活过来。他见那人脖颈上缠着白布，左颈处浸出血来。他问旁边那妇人："是伤在左颈？叫得醒吗？"

妇人没留意他进来，惊得一哆嗦，但随即认出他来："是程介史啊。对，就是伤在那儿，两寸多深一道口子，血流了一盆都多，好不怕人。从昨天夜里昏死到这会儿。命能不能保住都难说，哪里叫得醒？"

"这是什么人？"

"来我店里帮厨的，澶州人，名叫解八八。"

店主单十六跟了进来，接过话头，将昨晚的情形仔细讲了一遍。

程门板听了，越发失望："下午他去了哪里？去做什么？"

"小人没问。"

"这人昏死前说'他来了'，这个'他'是什么人？"

"不知道。他来我店里三个月，做活卖力，却极少说话，从没听他讲起过。"

程门板听了，越发气闷，见跟来的小吏胡小喜在门边伸脖偷瞅，便吩咐："你在这里守着，这人一醒来，立即问明白。"

胡小喜忙点了点头。程门板回头又望了一眼炕上那伤者，还想说些什么，却一时间想不出来，他低头静默了片刻，闷闷离开了那间昏臭小屋。他知道屋里三人都在看着自己，便挺直背，尽量放稳脚步，让自己持重威严些。

他早知道，别人都叫自己程门板，也清楚自己不仅身形像门板，性情也似门板。这人世于他，始终如大川急流，稍一不慎，便会被冲倒。因此，活了这四十来年，他一直这么硬挺着。虽然自知辛苦，却始终松不下来，更找不见其他法子能让自己重而不僵。

好在，连妻子在内，多数人都有几分怕他、避他。除了父母，也并没有人知道，他是在硬挺。父母相继亡故后，他连示弱的人都再寻不见了。

自小他就知道，这世上，能让人增重的，只有钱权二字。他家世代以造簟席为业，“云骑桥程家簟席”在京城席铺行多少也算有些名头。家里前头开着间店铺，后院一个小工坊，常年雇了七八个工匠。在京城十等坊郭户中，只勉强排得上中产之家。而且，能挣到这地步，已到顶了。

他想出头，也读过书，却心思滞钝，科举无望。做其他营生，又不会。见开封府征募衙吏，便想，做不成官，做个吏，至少也能有些威势。他娶的妻子是商户之女，颇懂操持家计，他便将簟席铺坊交给妻子料理，自己去应了吏职。

本朝衙吏原先是在中产以上人户中轮差服役。王安石推行“免役钱”后，衙吏便改为征募，给付酬资。不过，酬资极少，只够勉强糊口，他自然不是为了这点钱。《论语》中，他最爱那句“君子不重则不威”。人一贪，便自轻自贱。因此他从不像其他衙吏，借势刻剥贪贿。他只一心尽好本分、做好差事。

吏分九等，他用了二十来年，从下隶慢慢升到了第三等介史。这两年，他被分派到左军巡使顾震手下当差，顾震见他行事可靠，对他有些信重，他便越发自重勤力，心里暗想，若能升到一等都史便好了。

寒食前两天，有人在封丘门外护龙河边发现一具尸首，是个三十左右的男子，身穿旧布衫裤。死状有些古怪，脖颈上一道深口，嘴里插着根萝卜。顾震把这桩案子差给了他，他最怕这等没头没绪的事，白跑了几天，四处查问，却没人认得那死者，更没法查明死因。

正在焦躁，今早又有人来报，东水门外河湾里发现具尸体，也是脖颈上被割了一道深口，嘴里插着根萝卜。他急忙赶了过来，好在有人认出了死者，说是虹桥西北头的霍家茶肆的面匠，叫唐浪儿。

他问了一圈，却一无所获。反倒听一个人说，力夫店昨晚也有人被杀了，嘴里也插了根萝卜。

三根萝卜，三条性命，这其中究竟藏了什么诡怪？

第五章　丝织图

气韵闲旷，言词精简，有道之士也。

——沈括

张用清早醒来，出门一瞧，银器章家院子里仍一片空寂。

他又里外细看了一遍。各间房里家具什物都摆得好好的，看不到什么异常。倒是最后推开隔壁那间房一瞧，阿念正躺在床上，锦被蹬在一边，摆着个大字睡得正酣。窗边两张椅子对拼，犄角儿拢着一片薄巾，蜷在上面，也睡得正熟。张用看了，有些失望。

这对小男女，一对春雀儿一般，但凡到一处，便不停拌嘴斗舌，各自眼里却都漾着小春意。犄角儿有几次装作不经意问："小相公若是娶了朱家小娘子，阿念跟不跟来？"张用知道犄角儿的心思，有意逗他："她来做什么？笨头笨脑，活儿做不来，话却多。"犄角儿听了，顿时恼闷垂头。张用偷瞧着，乐得不成。

张用极想知道，两人若生了孩儿，不知会是个什么古怪好笑的小人儿。昨晚他特地让两人睡到一处，谁知两人竟规矩成这样。这世间礼俗浸入人骨，哪怕朴如犄角儿、憨似阿念，不须教导，也自然严守。倒不如孔子未生之时，世风淳朴，人心真率。每到春天，桑间濮上，男女欢会，何等自在？孔子删定《诗经》，都未删去那些男女欢爱之诗。倒是后世，个个都板起身脸，像是天生就该受这些拘限。

“可厌！”张用大声嚷了句。犄角儿和阿念全都被惊得跳起来，他却随即转身出去，忽而又觉着好笑，不由得大声笑起来。

他穿过四合院落左侧边一条小门道，朝旁边走去。外头窄长一个小院，靠院墙有三间房。中间是厨房，两侧是柴炭杂物间。他走进那厨房，里面物件虽多，却都各归其类、齐齐整整。连灶台泥炉都干干净净，看不到烟熏油迹，瞧着新刷过。墙上挂着几只野雉野兔，墙边一只篮里，还有些青菜鲜蔬。

里墙有扇小门，他拔开门闩，打开一看，外头是条小巷子，十分僻静，直通城墙下那条街。他探头望了望，并没瞅见什么，便闩上门，转身离开厨房，见小院前头有个圆门，走出去一瞧，来到了前院。

“姑爷，你找见啥没？”阿念蓬着头、犄角儿惺忪着眼跟了过来。

“无。”

“我家小娘子呢？”

“不知。”

“那咋办？”

“她若活着，便是活着；若是死了，便是死了。”

“不成！她得活着！”阿念顿时嚷起来。

“小声些，隔壁人听见了！”犄角儿忙阻道。

“走，寻那两个轿夫去！”张用大步向外走去，这事看来颇难解，正合了他的脾胃，他的兴致越来越高。

出了章家院门一瞧，拴在马柱上的马不见了。犄角儿跟出来一看，顿时慌了神，连声骂自己昨晚竟忘了马。张用却笑起来：“莫怕，李白认得家。”他那匹马是好友李度送的，浑身青里泛白，神采骏发，他又最爱大唐青莲居士李白之豪逸，便给那马起了这名。心想，李白若知道这马叫李白，不知会豪气得哈哈笑，还是豪气得哇哇跳？

“李白自然是被人偷了，哪里能找回家？”犄角儿苦着脸几乎要哭，他极爱李白，天天刷洗照料得极勤细。

“它能回，自然回了；不能回，自然不回了。哪里要你劳神？走！”

阿念忽然问："咦？张姑爷是从我家小娘子那儿偷的这话？有回我淋着大雨，滑了几跤才捉到一只独角仙。养在小笼子里，才一天就不见了。我急得要哭，满屋子寻，小娘子就说过这话。"

"哦？盗亦有道，小窃窃言，大窃窃天。她偷自天，我亦偷自天。德不孤，必有邻乎？哈哈！"

张用笑着甩开袖子，向西行去。犄角儿苦着脸忙和阿念快步跟上。

朱克柔家在染院桥，只有两里多路，到了那里，张用先让阿念带他去租轿子的王家车马店。那店门外站着个中年男子，一见阿念忙快步迎上来："阿念姑娘，你家小娘子回来没有？"

见他这样忧急，张用便知不必问了，便径直大步穿进巷子，来到朱家门前，抓起门环用力敲扣起来。

"来了！来了！"开门的是朱家厨妇刘嫂，一个素净利落的中年妇人，"张姑爷！您找见小娘子没有？孺人快要焦成炭了。"

张用还没来得及开口，他岳母区氏就已经奔了出来，脸色黄苦，枯叶一般，喉咙也已嘶哑："女婿，你没找见柔儿？你没去寻？阿念那贼婢子躲到哪里去了？我的柔儿……"

"岳母大人，您先别哭。等您女儿真的找不见了，再哭不迟。"

区氏一听，哭得更抽成一团，扶着门框几乎要瘫倒。

"那您先哭着，我去喝口水。刘嫂，有吃的没有？早起没吃东西，饿了。"

"有，有！"

张用丢下岳母，抢在刘嫂前面，走进厨房，揭开案上笼罩，见下面一套定窑白瓷碗碟里盛着粳米饭、三样菜蔬，便伸手抓起一把米饭、撮了一坨瓜齑、拈了一块软羊，全都塞进嘴里，混着嚼吞。

"饭菜都是冷的，这是昨晚给小娘子留的。姑爷稍等等，热热再吃，要害肚子呢……"

张用却一气吃掉大半饭菜，讨了碗热水，不顾烫，几口喝下。随后不住打着嗝，走了出去。岳母已经止住了哭声，仍扶着门框在哼唧。犄角儿和阿念小心候在一边。

“岳母大人，我问三件事。一、你家女儿可否说过什么怪话？二、她从外面拿什么物件回来没有？三、她带走什么没有？”

岳母张着失神双眼，没听明白。

阿念忙提醒：“娘，小娘子这几个月不是说了好些怪话，让您哭了许多回？”

“哦？她说了什么？”张用忙问。

“啥公雁飞、母鱼跳的。”

“哦？嗯……她是不是说，天上飞的大雁，谁说只有公雁？”

“是是是！姑爷，你咋知道？”

“跳龙门的鲤鱼，其实大多是母鱼？”

“对对对！”

张用不由得哈哈大笑起来。昨晚他已料定，朱克柔不顾母亲阻拦，去一群男人中间，一同编修《百工谱》，自然是不愿被礼俗拘管，更要为女子赌一口气。不过，他不是为自己猜中而笑。定亲三年来，他见朱克柔谨守闺礼，一面都不肯露，便有些嘲鄙。如今看来，朱克柔并非一般拘执女子，与自己竟有几分相似相通。妻不妻不要紧，倒可引为一友。

他又问：“她拿回、带走什么物件没有？”

“没有，每回她都是空着手坐轿去、坐轿回，除了帕子，啥都没带——对了，这些日子，她让我去书肆里买了许多书回来。”

“什么书？”

“我不认得，小娘子每回都是抄在纸上，让我去买。买回来后，她一卷一卷往半夜里读。我瞧着那些字黑麻麻的，苍蝇一般。她眼里，却像是最爱的酒蛤蜊，吃不厌似的。”

“你带我去瞧瞧……”

“你们还未成亲，柔儿的卧房你不能进……”岳母区氏这时猛醒转过来。

张用却似没听见，拽着阿念就走。阿念口里喊着“不成”，脚却迈得飞快。穿过堂屋，绕到后面，一座小后院，靠北墙三间齐整房间，院里种着一株梅树、几丛花枝，瞧着幽幽净净。

“左边那间房是小娘子的织房，右边是书房，中间是卧房。那些书都在书房里。”

张用推开书房门，一缕淡淡香气随即飘出，书墨香混着花药香。屋中陈设极清简，只有靠里墙一排书架，左墙单个一个书架，右墙一只高柜。对窗一张大木案、一把椅子。除此之外，再无别物。张用见这几件家什全是乌漆花梨木，构造简雅，只在边角上雕着梨花纹，知道是京中漆器名匠梨花方家造的。他走到那排书架前，架上齐整排满书籍，都是历代诗选文集。

“新买的那些书摆在左边这个架子上。这个架子是为放这些新书，特地添买的呢。”

张用转身过去一看，不由得笑起来。架上这些书他亲熟之极，有春秋《考工记》《墨经》，汉晋《淮南子》《淮南万毕术》《博物志》，唐代《兆人本业》《四时纂要》，本朝高承《事物纪原》、沈括《梦溪笔谈》、秦观《蚕书》……都是历代工艺博物之书。此外，还有两排书，是历代正史中的《食货志》。

张用瞧着这些书，对朱克柔不由得生出一阵欢喜赞叹，这个女子果然不寻常。他自幼就不好和其他孩童玩耍，只爱钻研各样器具工巧，独寻其乐。长大后，更不耐俗世，独行其志。二十多年来，从来都自然而然，从未觉着孤独。这时，立在书架前，心里忽然吹来一阵凉风一般，涌起一阵孤寂。

他略怔了一下，被脚步声惊醒，他忙晃了晃头，笑着回头，是岳母焦惶惶赶了进来。

“除了看书，小娘子这一阵还不停画图。”

“画什么图？”

“就是这张……”阿念转身从书柜壁板后抽出一卷压扁的画纸，“这幅图小娘子辛苦画了一个多月才画好，可我那天研墨时，一只鸟忽然撞到窗纸上，唬了我一跳，手一抖，墨汁荡出去，全洒到了画纸上，污了一大片。小娘子却不但没骂我，反倒笑了，说上面的许多字都不太规整，她正在犹豫要不要重新绘一幅，这样便不须犹豫了。她挑了一大张澄心堂画纸，又花了七八天工夫，才将这画重画了一遍，而后让我把这幅污了的拿出去烧掉。我心里偷偷想，万一那幅新的又污了，小娘子要寻这一幅，那时节便要骂我了。于是我寻了几张草纸烧了，把这幅悄悄藏了起来。昨天去银器章家时，小娘子把那幅新的带了去——除了那些字，我也不知道画的是什么。又像云，又像水洼，又像许多虫子在土田里爬。”

张用接过来，放到案上展开一看，上面曲曲弯弯画了一个粗轮廓，果然像一大摊水洼，里头又有许多细线、墨丛，是一张地图。图中散落着许多文字，一些用墨笔，另一些则是朱笔。他凑近细看，见那些红字是地名，“汴梁、成都、邛崃、定州、越州、明州”……地名旁又用墨字写着“蜀锦、越绣、朔绫、定绛、桂麻”……旁边又用细楷小墨字标注，如“婺罗”下小字是“红边贡罗、清水罗、细花罗、婺纱、东阳花罗”。

张用立即明白，朱克柔是在绘制大宋各路州丝织图。

他原本对那《百工谱》并无多少兴致，看着这图，却顿时生出赞叹。士农工商虽然自古并称，士却始终占首位，典籍图书数不胜数；农为生民之本，历朝历代也从不敢轻忽；商关乎财赋，自《史记·平准书》《汉书·食货志》以来，正史中也从未缺过；唯有工，始终被视为贱业，记录工艺之书，屈指可数。自己所读、朱克柔所买的那十几部书，大致已是全部。

这《百工谱》看来并非全然哗众、争名、邀利之举，若百工各行都能如朱克柔这张图一般，详细绘制记述，那真算得上一件大功德。

听说朱克柔失踪不见后，张用并未如何介意，这时却隐隐有些牵念起她来。但他随即警觉，笑了一笑，轻轻挥掉心中这游丝般牵绊。

宁孔雀回到了家里，她从来没这么累过。

为了寻那伙劫骗走姐姐的歹人，她从东水门外虹桥一直追到新宋门，又进了新宋门，四处打问，前后走了二三十里路，脚上都打了泡。可正如她所料，进了城，就雨落池塘，再难找寻。即便这样，进城后她依然沿着几个路口，向街边店肆小摊挨个打问。偶尔问到一个见着那伙歹人的，她便立即顺着方向又继续打问过去。可路口接路口，越寻越无望。

她累到连伤心、焦躁的气力都没了，只得雇了乘轿子把自己抬回了家。她婆母见她跛着脚，顾不得自己腿不好，忙几步迎上来搀住她，随口又大声叫出儿子。牛慕出来见她这样，更慌得扔掉手里的书卷，急忙也奔过来扶住她。

她没有气力说一个字，任由那母子俩大惊小怪，将自己搀回卧房、让她躺到床上，替她脱了绣鞋绫袜，忙烧热水给她泡脚，小心用针将脚底水疱刺破，轻轻挤净，又去街口郎中那里讨了连翘赤芍膏给她敷上，剪了干净白纱包裹好……

以往，无论这对母子如何小心伺候，她都觉着该当，且时常不耐烦，随口就发作出来。可今天，不知为何，她心底里又酸又暖，头一回觉着，自己并不是独自一个人强撑，她有家，有家人。当婆母第三遍小心问她要不要吃些东西，她也没有发作，只轻轻摇了摇头。婆母轻步走出去后，丈夫牛慕守在床边，站不敢、坐不敢，不停搓着手。这样儿又扰得她心烦起来，但她随即忍住，费力撑起身子。丈夫见到，忙扶住她，抓过枕头给她垫好后背。

她望着这个百无一用的文弱丈夫，那双眼极少敢正视她，这时却比往常多了几分关切，望着她，也敢多注视一会儿。她心底又一暖，低声说："我姐姐被人劫走了……"

她把前后情形慢慢讲了一遍，丈夫一直用心听着，眼里既惊又忧。她难得给丈夫说心事，更没诉过苦。这时自己心底和丈夫心底似乎开了条小沟渠，话缓缓流了过去，心里原本窒闷不堪，说出来后，顿时轻畅了一些。

丈夫听完，低下头，半天没有言语。以往有事时，他便是这样。不过，此时宁孔雀却不再着恼，只轻叹了一声："该寻该问的，我都寻问过了，接下来该怎么办呢？"

"我去寻。"丈夫忽然抬起头。

她一愣，见丈夫目光虽然仍虚弱呆滞，却比往常多了些诚恳，心头一暖，便问："你有什么法子？"

"眼下只能先用笨法子，再去挨个儿寻人打问。城里人多，那伙人虽容易藏躲，可从另一头看，倒也是好事。人多眼也多，一定有人留意到那伙人了。"

她没料到丈夫能说出些有用的话来，望着丈夫，不由得露出了笑。这笑，唯有成亲头一两个月才有过，后来便如同冷灶里的炭火一般熄了。

丈夫见到她笑容，眼中一颤，也像被燃着了一般："你就安心歇着，有事就唤娘，我这就去寻姐姐！"

丈夫朝她笑了一下，随即转身快步走出门去。宁孔雀细想那笑容，虽仍有些呆弱，却比常日多了些果敢和牢靠。这两样，她都没见过。

程门板挺着背、板着脸往霍家茶肆走去。

常日里，他走路时腿只是微微有些牵扯不顺当，今天走得多了，两腿上的旧伤酸痛起来，便显出了瘸态。

他这腿伤是为了尽孝得来的。十几年前，他父亲病重，百般寻医问药，都治不好。他想起古时孝子割股疗亲，割下自己身上的肉做药引，来救治父母。他想，百行孝为先，这正是男儿立德立威之时。因此，他去寻来一把尖刀，一咬牙，将右腿后侧的肉割下一大片来。他疼得昏死，他娘和他新娶的娘子都吓晕过去，那块肉掉到地上，竟被家里那条狗挣脱绳子，冲过来吞了去。幸而邻居听到惨叫，忙赶了过来，急寻大夫给他救治。他醒来后，知道自己那块肉竟被狗吃了，恨到极处，想立时去杀了那狗，却又下不得床。他又叫妻子拿刀来，要另割一块肉给父亲疗病，被众人死死劝住。

他爹没能吃到他的肉，没过几天就病故了。他由于下手太狠，割到了筋脉，落下伤疾，走路走快了，便要扯痛。不过，他割肉的事迹却迅即传遍坊巷，那些平素轻忽他的人，见到他都眼生敬畏。那时他入吏职没几年，才刚升到第八等中隶。上司听说他这孝举后，要擢升他三等。他却忙叩首谢拒。他知道，若自己受了这擢升，外人难免会猜疑自己割肉的用心，反倒会看轻他。他要的是真敬重。

没过两年，他娘又病危。他自然又要割肉，他知道众人都在冷眼瞧着。他妻子哭嚷着拼命不许，他将妻子锁到了卧房里。这回他有了防备，早就将那条狗打杀扔了，又请了大夫在一旁看着。为了不让众人说他厚此薄彼，他下手依然狠重。这回割的是左腿，仍是血淋淋一大块。

然而，他娘吃了这肉合的药汤，仍不见效，很快也亡故了。他孝子的威名却稳当当立了起来。

这腿伤虽让他荣耀，却也让他时常难堪。毕竟男儿威不威严，先看样貌举止。走路一瘸，威严顿时便煞了几分。不知情的人，自然会轻视他，甚而在背后嘲笑。他又不能逐个去解释这病症来由。唯一能做的，便是尽力升到吏职第一等，到那时，除了官长，便没人敢看轻他了。

只是，要做到这一条，首先得把眼下这桩“萝卜案”办好。

临到霍家茶肆前，他略放缓了脚步，让腿上的痛稍稍缓了缓，这才稳步走了进去。那店主霍祥见是他，忙迎了上来。霍祥四十来岁，微躬着身，瘦脸上赔着小心，嘴角挂着多年待客迎朋的滑笑，眼里却透着些慌。程门板最厌的便是这等神情。堂堂男人，自轻自贱，将自己弄成个滑头虾的模样。

他腿疼得厉害，进了店坐到了门边一根条凳上，板着脸吩咐：“你把那面匠的事再详细说一说。”

“唐浪儿是去年七月来我店里的，原名叫唐九，今年该有二十五六岁吧。我店里先来那个面匠那时刚辞工走了，唐浪儿是牙人鲁添儿引荐来的。这后生识眼色、人灵便，一进门见一根条凳被客人走时带斜了，他忙过去摆正。他说他会煮面，我便让他试试手。他进到厨房，没一会儿，便煮了碗辣齑面出来。味道虽算不得多好，瞧着却算过得眼。您也知道，来这一带店里吃茶吃面的多是进出城的过脚客，卖吃食，眼相比味相更要紧。我便雇了他。

“来了之后，才发觉这后生有些耍滑，时时偷些小懒，还爱四处逗引勾搭妇人，人才都叫他唐浪儿。不过，他手脚快，又会看人脸色，倒没耽误过生意，故而我就一直留着他。有回他说漏了嘴，我才知道，他这点煮面的手艺是从州桥夜市一个面摊上偷瞧来的。他原先在州桥一带做力夫，见那面摊味道好，人都爱吃，只是那摊主小本买卖，不雇人。他便天天去吃那面，边吃边偷瞧。煮面这手艺本就不难，最要紧是汤水浇头。他连吃了两三个月，几样面的煮法全都记在了肚里，便自己回去试手，试了一个来月，觉着大致不差了，便四处充面匠去应雇。您也知道，这汴京人的嘴个个都是千尝百练过的，他那点手艺在城里难立脚，他便来到这城外，甜嘴巴结鲁添儿，帮他引介到我这里。我开了半辈子茶店，倒被这外乡村人给蒙混了眼。”

“他是哪里人？”

“澶州顿丘人。”

“他昨晚什么时候不见的？”

“下午店里没客，他一个朋友来唤他，两人一起往南边去了。说是傍晚回来，可直到半夜都没见人影。今早您带了他的尸首来，才知道他竟被人杀了。”

“他那个朋友是什么人？”

“力夫店那个也被杀了的帮厨解八八。”

“哦？”

第六章　轿夫

唯其寂然不动，乃能通天下之故。

——沈括

“算盘！”张用喊道。

犄角儿正躲在朱克柔书房门外，伸着头，朝里偷觑。听到喊，忙从便袋中取出一个乌木串档小算盘，可望了望区氏，不敢进这闺秀书房。张用两步过去，接过算盘，回到画案前。他先小心将朱克柔所绘那幅丝织图卷了起来，递给阿念：“小心收着。一千个你蠢累一万年，也不及这幅图之价。”

阿念刚接过去，听了这话，像是被烫到一般：“我一年工钱二十六贯四百钱，一千个我，做一万年工，那是多少钱？”

张用在算盘上飞快拨动，噼噼啪啪，从第一档逐级向左升进。自古算术皆用筹签，到近世才有了算盘。张用这算盘又是他自制的，为外出好携带，只做了九档。一直算到第九档，拨起一颗算珠后，他抬头道：“一亿两千九百一十四万一百六十三。”

“那是多少？”阿念两眼懵懂。

“我算的不是你的工钱，是你家小娘子的去向……”张用刚才想，要寻朱克柔，只有先查明那顶轿子的下落。那顶轿子出了巷子，到巷口便有三个去向，既可上桥，也可向左右两边走。每个方向往前，都有街口。街口连街口，一共有多少条路线？他极爱算术，顽心忽起，细数着沿途街口，不停累加，“从第一个巷口三个方向分别追下去，最北到新酸枣门外草垛巷，最东到广备桥，最南到梁门，各走十六个路口，连四分之一汴京城都没走完，数目已经过亿。就算满城的蚂蚁全都出来帮忙，也未必能找见你家小娘子。”

“柔儿……我找那贼店拼命去！”区氏一听，顿时哭叫着转身，朝外奔去。

阿念和犄角儿忙追了上去，张用则踱着步，笑着跟在后面。区氏奔到巷口的王家轿马店，那店主正在送一个租驴客人，区氏奔上前撕住他的衣领，哭嚷起来：“贼主！还我女儿！还我女儿！”

那店主惶愧之极，却又不敢挣，苦着脸叫屈：“区嫂，我也正在焦烦呢。今天赶早就亲自跑去开封府报过了案，府里已经应允差人去查。”

“你家的轿夫拐走我女儿，你在这里袖着手装良人！你把我女儿还来！”

区氏不停撕扯哭骂，那店主赤红着脸不住辩解，四周顿时围了许多人。

张用在后头一直慢慢瞧着，见人越围越多，便笑着走过去，挤进人群，大声说：“岳母，小娘子走时身上带了多少银子？”区氏听了一愣，顿时停住哭嚷。张用不等她回话，“五十两？谁找见小娘子，这五十两银子全给他？”周围的人听了，一起“喔”了一声，区氏仍愣在那里。

“还有小娘子新织的那幅刻丝——《香稻逗雀图》，原是蔡太师府上定的，也给他！”

众人又“喔”了一声，区氏也才似乎大略明白了，茫茫然点了点头。

“咱们就先回去，把五十两银子和那幅刻丝用匣子装好，等着那人。”

张用搀住区氏胳膊，笑着往回拖。他知道这事，官府靠不得，众人求不得，唯有贪心，不呼自至，不驱自奔，百试百应。

柳七站在人群里，听到张用这话，不由得暗暗疑心。

他是个猫窝匠，今年二十六岁。穿着身白苎麻旧衫裤，却洗得极净，人也生得白净文弱。背上斜背着个青绸袋子，袋里装着剪刀、针线、竹篾、绢帛，是他的营生器具。

柳七知道张用是汴京工匠行有名的“作绝”，却有些疯症，不知他讲的是不是真话。不过瞧着似乎不假。张用嬉笑着搀住那妇人离开后，柳七身边一个豁牙老汉立即口水飞溅大声讲论起来，柳七才知道那丢了的女子竟也不是寻常民女，织的刻丝连当今官家都题诗赞过。

他忍不住凑过去问了句：“那两个轿夫叫啥？”

“一个叫乌扁担，一个叫任十二。”那老汉随口一答，又阔谈开去。

柳七虽已疑心是这两人做的，真听到两人名字，心里仍然一惊。他来这里，正是顺路来寻乌扁担。

乌扁担是他同乡旧友，原名叫乌五，他们几个同乡故友昨天才聚过。见面后，大家听说了一桩凶案，个个都惊慌无比，早早就散了。临走时，乌扁担又跟柳七借了十文钱。

钱财上，柳七向来和人划得极清。尤其朋友之间，最怕借钱。对方若不还，讨又不好讨，不讨又闷气。更莫说零碎小钱，过个三两天，对方恐怕就忘了。自己心里却平白生个暗疥，说痒不痒，说痛不痛，却始终不畅。因此，他只愿活得如柳永那句词，“雨过月华生，冷彻鸳鸯浦”，清清冷冷，各不相欠。

乌扁担正相反，一天挣不到几个铜钱，却伙着那个任十二，吃酒、赌钱、寻妓一样不肯漏，钱不够了就借，借了不但不还，倒像人欠了他一般，到处跟人使蛮耍赖，粗横得扁担一般，人都不唤他名字，只叫他“乌扁担”。为此他不知和多少人结过怨、动过拳。他身板虽壮，脸上、身上被人打的瘀伤却几乎没消停过。

柳七知道乌扁担原先并不这样，本是个直性热肠的汉子。柳七自己虽是个清冷人，却偏偏和乌扁担这种性子投缘。一群同乡故友中，唯独和乌扁担走得近些。乌扁担借钱，他也从没推拒过，只是久了之后，难免厌烦。

今天正逢猫窝团每月一次聚头，柳七背着营生包袱，一早就进城，去见了师傅和几个前辈。猫窝团只是个极小的行团，那几人又不和气，冷冷淡淡没说几句话，就散了。柳七出来后，顺路想来瞧瞧乌扁担，谁知道他竟生出这样的事端来。

这两年，乌扁担得了钱痨症，正渴钱，难道是贪上了那五十两银子？作绝张用刚才说，那小娘子随身还带了一幅刻丝。柳七头一次听说这名字，不知是什么。不过瞧旁边老汉和众人那神情和口水，自然极值价，恐怕远过五十两银子。

三年前，他们一起来到这汴京城。大家原本都是穷汉，家里能有一两贯现钱都算很宽裕了。到了这京城，不但高楼大店多得数不清，见的钱更比这些楼店房舍的砖石瓦块还多，谁不眼热心烫？可对他们来说，只能是大火烧空锅——白热干烫。

就像柳七自己，苦熬了两年，才算有了这点微末营生。除去吃住，连添件新布衫子，都要思量许久。

他生得面皮比其他人白净些，又身子细瘦、好静少言，同伴们都谑称他为“柳探花”。他这样的体格，若去做力夫，自然比别人更吃力，他也实在不愿做那些粗重活儿。他听另一个朋友麻罗劝说，“一门手艺通，银钱来无穷”，便开始寻思出路。

来京城一个多月后，有天他在街上闲走寻活路，经过一家富户时，无意中瞧见一个中年汉子坐在那雄壮院门边一只小凳上，膝上放着团绿彩彩的物事，拈针引线在缝。看那物事，像个包了绿绸的圆箩，周边高，中间凹，上头还绷起个半圆绸篷子，不知是什么。他正在纳闷，那汉子咬断线头，收起针线，似乎完工了。一个绿衫丫头抱了只浑身雪白的猫走了出来，笑着将猫放进那绿绸篷下。猫不愿卧，那丫头抚弄了半晌，猫才蜷卧下来。柳七这才明白，那竟是个猫窝。更稀奇的是，又一个绿衫丫头走了出来，手里拿着两陌铜钱。她里外瞧了瞧那猫窝，而后将两陌铜钱递给了那中年汉子。中年汉子弯腰谢过，收起钱走了。

这也是一种营生？这物事竟值两陌钱？

柳七又惊又恨。都说人富易癫，这汴京城的富贵人更是癫上了天。之前他在相国寺廊市上见到一样精巧物事，一个缠枝纹镂空的铜球，散出一阵阵香气，摸着又极烫手。仔细一瞧，原来铜球里头嵌了两个铜环，可以灵活转动。铜环中间一根细轴托着个铜碗，碗里燃了火炭，熏着香料。那卖家说这叫“被里香球”，不论这铜球如何滚，里头碗口始终朝上，一星儿火渣都漏不出来，可以放进被褥里头熏香，冬天还能暖铺。当时乌扁担也在，哪里肯信，他不停拨弄，那铜球滚了几十转，里头铜碗果然始终稳稳朝上，就算里头盛了水，恐怕也照样一滴都漾不出来。柳七当时惊得说不出话，恨恨想，若肚里能吞下这香球，这些富贵人恐怕连肚肠都要先熏过香，才肯放出屁来。

瞧着那绿灿灿的猫窝，他越发自伤起来。自己活到如今，莫说这富户家的猫，连那猫屙的屎恐怕都不如。这猫屙了屎，还有那两个美貌丫头照管，用细白小手，拿细白草纸，仔细揩净，小心埋到这大宅院名花佳木下头。自己却一生下来便这般粗生贱活，饭不敢吃饱，衣不敢多洗，妇人也只敢夜里梦一梦。哪怕在梦里，想伸手摸一摸，十回有八回摸个空。自己若哪天孤零零死在这汴京城，过往的人恐怕连瞧一眼都嫌厌，也只有寒风过来时，扫一扫尸身……想到这里，他眼睛发湿，险些落泪。

他自小爱曲子词，心里一直偷偷想的是，能做一个柳永那样的倜傥词家，一辈子吃吃酒，填填词，风雅一世，穷死也值……他原本其实姓刘，因柳永也恰巧排行第七，人称柳七。刘七、柳七叫起来易混淆，有人问他名字时，他便有意含糊，念成"柳七"，除了家乡亲旧，人都误认为他姓柳，离开家乡后，他索性改了姓柳。

只是，他从没读过书，连字都认不得几个，声韵格律更是一概不知，只能瞎模乱仿，没人时偷偷填一两阕，自己默吟几遍，伤感一场，而后又去卖力流汗填饥肠。

这猫窝触动他的悲绪，他不由得又想填一阕词来纾解伤怀，便站在街边低头寻思起来。可是，心似被那猫屎腻住了一般，半晌都呕不出一个字来。他只能气闷闷作罢。

不论如不如猫屎、厌不厌这人世，他都得去谋个活路。那猫窝倒是提醒了他，这活计瞧起来并不难。在家乡时，他编过簸箩、织过草鞋，衣裳被褥破了，也都是自己缝补。只是，从未做过这活计，不知那猫窝里外究竟是什么构造、有什么讲究。而且这汴京城各行各业都有行团，若不入行团，自己贸然做起来，恐怕会被人撵打。

于是，他快步追上了刚才那个汉子。

他一向不善言语，更不喜与生人攀扯，边追边想了一些活络话，可一开口，仍只冷硬硬一句："大哥，我想跟你学做猫窝。"

那汉子先一怔，随后说：“这营生冷淡，京城许多大行团有成百上千人，我们这猫窝团原先通共只有十来个人，一半挨不下去，另投别行了，如今只剩了六个人。这样，也才勉强捞个饱肚，你还是另选个财门吧。”

“别的我不愿做，只爱这个。只要大哥收我入团，我白给你做活都成。”

“都是开锅等米的人，哪里有白做的？不过，你若真下定了主意，我们这小团也不是啥银门金槛儿，我倒也可以引你入团，教你手艺，不过……”

“你尽管说。”

“头一年，你跟我学手艺，我管你吃住，没工钱；第二年，你挣的钱我收一半；第三年，你自家挣、自家用，我就不管你了。”

“成。”

那汉子便收他为徒，教他做猫窝。柳七嘴虽拙，心手却都灵巧，这猫窝手艺并没有多难，只是要投富贵人的癖，越精细越好。绸要细滑，絮要松软，绷篷子的竹篾要削得光滑无刺，最要紧是针线得细密匀整。没上三个月，他便大致学会了，剩下的便是用心了。

这时他才后悔起来。可这世间有两样最没用：一是嫌娘胎没投好，二便是后悔。

不过，他生性疏懒，来京城后更没有多少生趣，也懒得争，便忍着师傅的刻剥，慢慢练手艺。至多夜深人静时，躺在半间漏雨草房那张烂木床上，填一两阕没情没绪的寂寞曲词。正如柳词那句“闲窗漏永，月冷霜花堕”。

时日蹉跎易过，慢慢挨过头两年，他该独自做活了。猫窝团只有六个人，六人将京城分作六片地界，各守一片，谁都不能侵街越界，否则其他五人便合起来撵走那个越界人。柳七只是个异乡小徒，更没有地界让他寻趁生意，除非离开汴京。他也想过去其他路州，但这门营生得富户多才有活路，富户多的大城，规矩自然都一样。

他师傅召集了其他五个猫窝匠人一同商议。可生意地界命一般，谁肯轻易让出一寸？何况他的手艺已经渐渐胜过了那六人。那六人合计了许多天，最终把城郊分给了他。

城外地广户稀，寻活儿吃力。他也没法计较，便日日在城外找大宅大园，挨户寻活儿。每天挣的钱还不如做力夫，但毕竟干净轻省，不用淌臭汗。

乌扁担也到处学手艺，却始终找不见门道，见柳七这猫窝活计轻省，起初还跟他学了两天，却耐不下心，那慢工细活太熬磨性子，又嫌挣得少，仍去卖苦力、抬轿子了。

乌扁担若仍在家乡务农，虽苦累，凭着那身气力，倒也能一世稳当。可这人心，水塘一般，就怕搅。没风时，哪个不是水清波平？一旦翻腾起来，便一个比一个浊恶。面上瞧着越静的，底下淤的黑泥怕是越厚。

自从离开家乡来这汴京后，他们的心全都被搅乱。其他人还好，近一年来都渐渐安宁了。乌扁担那粗直性格，始终学不会弯转。山石一般，若不动，能稳一辈子。一旦滚下坡，没了拦挡，只能一滚到底，粉碎为止。

他和那个轿夫伙伴任十二这会儿怕是各分了二十五两银子，正在勾栏里搂着歌妓吃酒吃肉。柳七因时常填词，极善虚想情景，甚而能想见乌扁担那得意大张的鼻孔、歪咧大笑的乱髭大嘴，连喷出的热臭气，似乎都能闻到。

柳七顿时一阵厌恶，但随即想到，乌扁担恐怕是昨天听到那桩凶案，乱了神志，才去绑架人家妇人。还是该亲眼去瞧瞧。

他转身往城南走去，他知道乌扁担会藏身在哪里。

牛慕站在街头，悔沮之极。

出门时跟妻子夸了大口，一定寻回她姐姐宁妆花。可到了街上，问了半天，才发觉要寻那伙贼人，真如麦垛里寻根稻草。新宋门大街直通景灵宫和相国寺，街上每天往来车轿不知有多少，谁能记得前一天进城的一车一轿？

他本就文弱，难得走路，走问了近两个时辰，疲累得几乎要趴在地上。走到太庙街，见巷子角有个小茶肆，便挣扎过去，一屁股坐到进门第一张凳子上，要了碗煎茶，一气喝下，接着又要了两碗，灌饱了肚，才缓过些气力。

他瞅着桌上那只缺了口的白瓷旧茶碗，不由得伤叹起来，自己没用到这个地步，连这三碗茶钱都是妻子给的。

人都称他妻子叫宁孔雀，他自己也深觉娶了一只金孔雀。

他们牛家世代以雕版为业。先祖还只是民间书坊雕工，到他祖父，苦练出一手绝技，刻工精整、刀法剔透，不论颜肥、欧瘦，还是柳体森严，均能穷形尽神、备得其妙，因此，被招入国子监做了官版刻匠，专雕官修监本书版。到他父亲，自幼就受严训，雕功更是精进，做了官中钞引刻匠。钱钞、茶盐引事关朝廷财脉，防伪是头等大事，每张钞引分六印三色。敕字、大料例、年限、背印四道印用黑色，青面用青，红团用红，皆饰以花纹。雕版、印刷均需天下第一等名匠。他父亲专雕敕字印，雕工谨严，精至毫末。围饰金鸡、金花、盘龙、翔凤等纹样，更是圆劲纤密，无人能及。

牛慕上头有三个兄长，都自幼便跟从父业，习学雕工。牛慕出生后，他父亲觉着牛家世代做雕匠，到自己已到了顶，再好也不过如此。便想让牛慕读书应举，升一升牛家门庭，像那些品官人户，起两根门柱，架一座横额，铺上青黑瓦筒，建一座乌头门屋。从外头瞧着，也好让人敬畏敬畏。

于是，牛慕成了牛家几代里唯一一个没学雕功的后人。他父亲倾尽积蓄，延请儒生给他训蒙，又送他进童子学、府学。牛慕也生来安分坐得住，习字读书都不怕。老师让他读，他便读，让他背，他便背，从不拖延，更不偷懒。只是，不知由于雕工家风熏染，还是他生性就刻板，记、写、背诵他都不怕，但只要让他丢开书册，写首诗、作篇文，他便顿时变成根木头，一个字都憋不出。他又偏偏生在王安石变法之后，科举应试首重策论文章。他这等作不得文的，自然如望广寒宫，无梯亦无门。

他读《论语》，最让他感喟的是颜渊那句“仰之弥高，钻之弥坚，瞻之在前，忽焉在后”。颜渊所叹的是夫子之学，终身难尽，而他，叹的却是生途。书卷文字如同一根绳索，将他吊在半空，上不得，下不得，而且年岁渐长，再另寻他路，越来越难。

三个哥哥见他耗尽家底，又老大无成，父亲刚病故，便到官里申诉，分了家，只将一院房和老娘分给了他。所幸者，父亲去世前，替他说了这门亲事，娶到了宁孔雀。宁孔雀不但容貌秀丽，操持营生的本事更是难见。若没有宁孔雀，他和老娘恐怕早已沦为乞丐。

生为一个男儿，竟要靠妻子才得活命，这让他疚愧之极、日夜难安，却又百般找不见其他出路。如今终于有件事能替妻子出力，才两个时辰，他就已疲累无望。若找不见妻姐，他也再无脸面回那个家。

想到这些，愧恨怨哀一起冲上心头，他恨不得一头撞向街沿边那根拴马石柱。心里翻搅了一阵，实在受不得，猛然站起来，狠狠骂自己：

你死都不怕，还怕寻个人？走！继续寻去！

第七章　蜜麻酥

咸酸杂众好，中有至味永。

——苏轼

程门板皱着眉，轻啜了一口茶。

这茶是雅安露茶，霍家茶肆店主霍祥亲手点的，还特地取了一只磁窑茶盏，白釉黑彩剔花海棠纹，瞧着颇精雅。

程门板并不懂茶，不过品茶是雅尚，显尊立威都少不得它。因此他也留意了一些，知道为衬出乳白茶沫，当用黑釉盏。这瓷盏黑白相间，乱了茶色。那雅安露茶也并非今春新茶，茶味略有些陈淡。他见店主霍祥微弯着腰、挂着笑等着他赞，便沉着脸，只微微点了点头，沉声说了句“不差”。霍祥刚要张嘴，他忙不耐烦摆了摆手：“你去忙，我要想正事。”

霍祥忙赔笑点头走开了，那笑容里始终带着些忧烦。程门板知道他是为唐浪儿的尸首而烦。今早见到唐浪儿尸首后，本要抬到厢厅去，可那里已停了具从虹桥那头一只船上发现的尸首，程门板怕两桩案子搅缠，便唤了两个力夫，就近将那尸首搬到了霍家茶肆后面的宿房里，让霍祥锁起来看护好。霍祥自然不乐意，却也不敢违逆。

程门板懒得去为这些皮屑杂事费神，他啜着茶，仔细思忖起萝卜凶案。照霍祥所言，他店里的面匠唐浪儿和力夫店帮厨解八八，两人竟是同乡好友。虽然一死一伤，但情状完全相同，都是脖颈上一刀，嘴里塞了根萝卜，且都是昨夜遇的事。这自然绝非偶然。

解八八昨天午后约了唐浪儿，一起朝南去了。他们去了哪里？莫非是触怒了什么人？解八八昏迷前不住说“他来了”，这个“他”应该正是凶犯，他是什么人？

封丘门外那具尸首，同样口插一根萝卜，他又是什么人？莫非和唐浪儿、解八八也相识？

“霍店主！”他忙高声唤道。

“来啦！”霍祥给一位客人斟好茶，忙提着茶瓶走了过来。

“除了力夫店的解八八，唐浪儿还有什么相识的？”

“嗯……这大半年，倒是有几个人来寻过他，不过来了之后，他们都是到角落或河边去说话，我从没问过。我一向有个主张，来我店的雇工，只要把该做的活儿做好，剩余的事，我一概不问。一来省得雇工在底下抱怨我、防着我，二来我也少惹些……”

程门板不耐烦等他说完，从便袋中数了十文茶钱丢到桌上，转身便走。

“程介史，只是一杯淡茶水，哪里能收您的钱？”

程门板懒得答言，径直向力夫店走去。到了力夫店，见店主单十六正在招呼几个力夫，他走过去问道：“解八八醒了没有？”

“没有。”

“除了霍家茶肆的唐浪儿，他还有什么相识没有？”

“似乎有几个，曾来找过他。不过，我都没太在意，只记得有个文文弱弱，是猫窝匠，似乎叫……柳七，对，是柳七。”

柳七出了南薰门，往南郊走去。

在官道上行了二里多路，横穿进路旁一大片林子，快要走出林子时，他又有些犹豫了。乌扁担为贪钱财，拐带人家妇女。你这样追过去算什么？他未必会领你的好意，反倒会疑心你是去分赃。

离开家乡后，性情大变的不只乌扁担，柳七自己其实也变了许多。只是他的变是顺着本性向下沉。他于人于世本就兴致不高，路上再经历那些事，变得越发消沉。再眼见汴梁这无限繁华，处处热闹，又处处透着森然冷意，就更加心灰意懒。大词家柳永当年几度入京，又都落寞离去，想必也是这般心境。若不然怎会写出“纵有千种风情，更与何人说”的句子来？想到这句词，一股孤寂从心头升起，他不由得放慢脚步。

他和乌扁担等人同经患难，又一起逃荒来京，自然生出同命相怜之感。尤其到这汴梁后，京城人对他们这些异乡人有意无意间都透出些轻慢，他们几个就越发近密。

然而此时，柳七却忽然觉得，同舟同路，哪里就真的同心同意？舟总要到岸，路总须分岔，人终还得独个奔前程。就像他爱填词，却从来不愿让这些朋友知晓。这些人生下来便在尘里走、土里滚，眼和心全被汗泥蒙住，有口肉吃、有碗酒喝，便已是满福，哪里知道人生在世，还有些清雅高远的物事？说给他们听，恐怕比说自己爱吃猫屎，更让他们惊怪。乌扁担若听到，怕会头一个笑起来，至于解八八、唐浪儿他们就更不必说了。

想到此，积压心底多年的孤情悲绪顿时涌了上来，将他浑身浇得冰冷透骨。他停住脚呆望着林子外高天远云，怔怔吟了一阕《采桑子》：

> 小窗孤枕清明夜，月上枝丫。月上枝丫，人似油灯梦似沙。
> 春风细柳寒食路，又见飞花。又见飞花，望尽天涯何处家？

吟罢，觉着自己以往所填几千首，都不及这一首。便又反复吟诵了几遍，愈品愈有滋味，郁闷也随之而散。他心想，柳永听了，恐怕都会屈指赞赏。想到此，他嘴角不由得露出笑来。来京城后，他这是头一次开怀而笑。

心胸开敞后，他不再计较乌扁担粗鄙，倒是想起另一桩心事——身为词家，第一便是要怜香惜玉。柳永便是这般，否则天下那些歌伎怎么会如此眷慕他？他潦倒终老，死后无人安葬，那些歌伎集资安埋，并年年清明相约去他坟上祭奠。柳七却至今从未亲近过女子，这是他心头最大之憾。

乌扁担劫走的那小娘子既能织那般精贵的刻丝，自然不是一般丑蠢妇人。她落到乌扁担手里，就如柳永的词被村头刘二牛那等蠢夫脏口玷污一般。

柳七从不屑和人口角争执，只有一回，那是十五岁还在乡里时。有天他正在田里抡锄翻土，正累得腰都要折了，村头那个刘二牛从田边走过。刘二牛似乎灌了些黄汤，张着臭大嘴，扯着烂喉咙，竟在乱吼柳永那支《蝶恋花·伫倚危楼》。这是柳七心头最爱的一首柳词，尤其末尾那句“衣带渐宽终不悔，为伊消得人憔悴”，他不知吟诵过多少遍，只要念起，心头总会一阵醉涌。刘二牛却挨了鞭一般，一遍又一遍哀号个不停。柳七听得心如刀割，实在受不得，握紧锄头追上去，一锄将那蠢夫敲晕。等那蠢夫醒来后，连自己爹娘都认不得了，整天流着口水傻笑，不住声反复号着那句“衣带渐宽终不悔，为伊消得人憔悴”。柳七见了，越发懊悔，却也无可奈何，从那以后，只能远远躲着那傻儿。

这事他不愿多想，便将思绪扯回到乌扁担的事，心想，柳永若是换作我，若知道那姓朱的小娘子有这遭遇，必定会尽力去救。我怎能忍心不顾？他胸中涌起一阵从未有过的慷慨，如同白衣卿相、浪荡才子柳永附体了一般，大步向林子外走去。

出了林子，是一片大水塘，水塘对面一带是竹林，竹林后有一院大宅子。有回柳七在这南郊寻生意，乱穿乱绕，无意中寻见这座宅子，见宅院宽阔、门楼轩昂，便去叩门询问。没想到开门的竟是乌扁担。

原来这宅子主人是朝里官员，被差遣去南方赴任，举家南迁，只留了个老院公看守宅子。那老院公有回进城，回来雇轿子，正是乌扁担和任十二抬。乌扁担虽然粗鲁，却极敬长者。那老院公也是独自寂寞，便常邀乌扁担来这宅里闲谈玩耍，一来二去，竟结为了义父子。

柳七猜测，乌扁担若是拐了那小娘子，在这京城没有别处可躲，恐怕只能藏在这宅子里。他走到那宅子门前，见院门紧闭，四下寂静。门边一株大李树，落了许多李花在地上，都已枯败，在门前一道行人处被踩得稀烂。

柳七望着那门，又有些踌躇，但还是上前抓住门环，轻叩了两下，里面没有动静。他略加了些力，仍没回应。乌扁担若真的躲在里面，自然不敢见人。他试着推了推，吱呀一声，半扇门竟应手而开。他有些吃惊，小心向里望去，院里花木繁茂，也落了一地的花，静得没一丝声响。他望了一阵，仍不见动静，便抬腿迈过门槛，轻轻走了进去。一眼就瞧见一顶轿子搁在院门左边，半旧绿绸轿帘上绣着个“王”字，正是乌扁担受雇那家的轿子。轿子后面靠着门墙有间小瓦房，柳七上回来时，乌扁担带他进去过，那老院公就住在这间房里。

柳七轻步走过去，见那屋门虚掩着，便轻唤了一声，却没人应声。他走到门边，轻轻推开门扇，探头朝里一望，顿时惊了一跳。昏暗中，炕边地上趴着个人，脸歪向门这边，眼睛瞪着，嘴巴大张，一丝不动，是那个老院公。他忙又朝炕上望去，一望之下，更是头皮飞奓，惊叫了一声。

炕上并排躺着两个人，都一动不动，每个人嘴里都含着根萝卜，脖颈下、枕头上各浸了一摊血。

犄角儿高高兴兴和阿念一起出了院门。

他回头望了一眼，见区氏坐在廊檐下，面前一只大竹箩里满是豆子，区氏边拣豆子边哭。张用则四肢大张，仰面躺在院子正中间，对着太阳，闭着眼，嘴里不住念叨着什么。犄角儿早已见惯，知道张用又在苦想他的水运仪象台，只可惜那身才换了两天的干净白衣裳。

旁边那棵梨树上一朵枯花被风吹落，盘盘旋旋，竟落进张用的嘴里。阿念也正巧回头，惊唤了一声。张用被那枯花呛到，猛地狂咳起来，倏地坐起身，用力将那朵枯花咳呕了出来，吐到了地上。犄角儿和阿念对视一眼，一起捂嘴笑起来。张用却拈起那已经沾湿的枯花，盯着问：“你不想落到泥地里？可你钻进我肚里，迟早还是要屙出来啊，掉进粪池子里岂不是更脏？万物寄形，大化循环。你就莫要勉强了，我送你一程——”说着，他在地上抠了一个小凹，将那枯花放进去，用泥土埋了起来，“我等着你，下回你最好变一粒铜，我让你做我仪象台上报时小铜锣，天天唱更，比做哑巴花有趣些。”

犄角儿和阿念又相视一笑，一起出门往巷子外走去。

刚才从王家轿店回来后，区氏一直哭个不住。张用见廊下晒了一箩豆子，便笑着说：“岳母大人，您老人家再哭下去，不但哭不回女儿，倒要把宅神哭跑。不如干些正事，用‘豆子虔心大法’，请诸佛神仙佑你女儿早些回来。”

“啥大法？”区氏哭着问。

“这是一位方士秘传的法术，极简便，却极灵验。这些豆子，你把又圆又光的拣出来，拿去供佛，叫‘功德圆满，佛光普照’；略有些凹缺的供三清，叫“万化归真，大成若缺”；还有那些生了虫、有黑疤的，拿去巷口供土地公公，叫‘天不厌陋，地不嫌卑’。”

区氏听了，半信半疑。犄角儿知道张用又在信口编造、促狭逗人，正要悄悄劝止，张用却已经将区氏连扶带推，哄按到小凳上，抓了把豆子让她拣起来。

接着，张用便吩咐他和阿念：“你们两个也去办些正事。去银器章家瞧瞧他家人回来没有。若没有，就向左右邻舍仔细打问打问。”

“打问啥？”

“这一向有哪些人去过章家。还有，清明前，朱家小娘子最后一次去章家时，还有哪些人也去了？越仔细越好。你们两个，一个是过耳忘，一个叫心蒙油。记着随身带好纸笔，全都给我记下来。你身上带的钱可够？阿念爱吃什么，让她尽管吃个够。你们两个若想私奔，莫忘了寻个小厮把记下来的单子给我捎回来。快去！我也要办正事。”

犄角儿从没和女孩儿一起出过门，心头又欢喜又局促，连手脚都有些发木。他偷眼瞧了瞧阿念，阿念却似乎浑然无事，抿着小嘴微微笑着。不过她的头昂得比常日略高些，小胸脯也更挺些。犄角儿这才偷笑了一下，也昂起了头。

出了巷子，迎面一个小厮快步走来，端着个托盘，上头三碗热腾腾瓠羹飘着鲜香气。那小厮瞅了他们一眼，眼中露出羡妒。犄角儿以往也是这样羡妒其他小厮，这回总算轮到自己被羡妒，身子陡然高了几寸一般，头也昂得越发高了。

犄角儿姓罗，十三岁就受雇到张家，伴侍张用。他爹是个木匠，不过只能造些寻常桌凳，勉强营生。有回张用的父亲经过他家店门前，旧疾忽然发作，倒在地上。他爹忙将张老作头扶进家，又唤了郎中来看视，救了张老作头一命。张老作头为谢他爹，教他制作一种交椅，上有靠背、扶手，坐板改为绳穿的一排竹片，椅子腿则是前后相交的两个木框，用细铁棍铆合，可以折叠，体轻易携。他爹学会这手艺后，试着做了几把，没想到很快便被买走。他爹便转而专做交椅，生意从此大好，更得了个“罗交椅”的名头。

张老作头一直担心儿子张用行事乖张，见犄角儿性格朴诚，便想雇犄角儿跟随照看儿子。他爹自然欢喜无比，慌忙将他送到了张家。犄角儿本来叫奇乔，张用一见他，就给他改了名叫犄角儿。

犄角儿原是奔着张老作头来，见这个小主人说话没一句正经，行事更是没东没西，心里大为丧气。不过，他自小便实心，来时爹又反复告诫他要敬顺主家，他便只有耐性服侍。整日跟随这个小主人，比追一只小雀更耗神费力。开始时，他每天累得骨头酸疼，心更是疲乏之极。时日久了，才渐渐惯了。

“张姑爷躺在地上做什么？”阿念忽然问。

“他在琢磨难题。说这样面天背地，神才能飞，气才能沉。”

“他快快想出法子找回我家小娘子才好。我家小娘子那样娇贵，换张椅子，都坐不惯。她去银器章家，特地带了个锦垫子。这会儿，不知道她在哪里，那个锦垫子若是丢了，她只有一直站着了。就算找不回她，若知道她在哪儿，我去送些被褥、枕头、手帕、香炉也好啊——对了，还有小茶炉、铜壶、茶瓶、茶盏——她吃茶都是自己煮水、自己点茶，从来不许我碰。已经两天了，她渴也要渴死了……哎，一想这些，我又要哭了……”

“你莫忧，我家小相公比世上所有人都聪明，他一定会想出法子找回小娘子——对了，早起还没吃饭，你最爱吃啥？”

“我心上第一爱吃的是蜜麻酥。”

“第二呢？”

“第二就多了。”

“不怕，我带足了钱，小相公刚刚也吩咐了的。你尽管说。”

“第二呢，有辣菜饼、糖叶子、肉葱齑、澄沙团子、甘露饼、玉屑糕、糖脆梅、蜜姜豉。第三……第三就更多了，先不说了。”

“好！咱们见一样就吃一样！”

两人果然一路走，一路吃。只要见着一样阿念想吃的，犄角儿便立即摸钱。为了让阿念多吃些花样，每样都只要一小份。哪怕这样，吃过七八样后，他怕阿念吃饱了，再吃不下其他，便只让阿念尝一小口，剩下的要过来自己吃掉。

对于阿念，犄角儿从来不敢动歪念，可今天不停吃阿念咬过的吃食，让他心里一阵阵狂喜。吃过十几样后，肚子饱胀还没觉得如何，头脑已经晕醉得要倒。

阿念却只盯着路边的食摊食店，眼珠晶亮，欢得像只小喜鹊一般。

犄角儿不停打着饱嗝，也畅足得忍不住笑。自从老主人夫妇相继亡故后，小主人张用的日用吃穿便全都由他照管。张用于钱财上又浑不经心，所有钱也都由犄角儿掌管。为此，犄角儿的爹特地叫他回家，反复告诫他，张家是我们的恩人，一文钱的歪心也绝不许动。其实犄角儿心里比他爹更看得重，跟随小主人这些年，他早已没有了二心，并且将小主人视为懵顽幼弟一般。小主人的钱，他死死看着。他跟着小主人认了写字，还特地买了账簿，任何花销都一笔一笔记在上面。这三年，已经记了厚厚五本。每回翻看那账本时，他心里都无比郑重，觉着自己值不值价，全都记在这里了。倘若往后某一天不得不离开，便将这些账簿和剩余的钱全都交给小主人。自己虽只是个匠人的儿子，却一文钱都没有亏负过自己的心。

三年了，只有今天，他才敞开钱袋，尽兴花用了一回。吃到二十几样时，他的肚子已经要胀破，再多吃一口，就要从嘴里喷出来。他强忍了一阵，见阿念又在一家果子店前停住脚，瞅着那店口木案上摆的一排青瓷盆，盆里分别盛着皂儿膏、瓜蒌煎、裹蜜、糖丝钱、炒团……

"蜜麻酥！"阿念忽然欢叫起来。

"这是你第一爱吃的，总算找见了……"犄角儿不爱甜食，心里有些畏惧。

"我要两块！"

犄角儿忙问了价，从钱袋里数了十二文钱递了过去。那店主用油纸包了两块蜜麻酥，阿念欢欢喜喜接过来。两人走了十来步，她都不吃，只呆呆瞅着那蜜麻酥，脸上也不见了笑容。

"怎么？这蜜麻酥不对？"犄角儿忙问。

阿念忽然停住脚，眼里竟滴下泪来。

犄角儿顿时慌起来："你这是怎么了？"

阿念抬起泪眼望向他："我娘说我嘴太馋，一直教我要学会忍嘴。说除了爹娘，世上还有谁肯尽兴给你买吃食、让你吃个尽饱？若是嫁了人，犯了嘴馋的毛病，要被婆母和丈夫活活打死……爹娘虽说最疼我，常给我买各样吃食，可从我生下来，从来没像今天这么尽兴吃过。其实刚刚吃的那些，有一大半我并没多馋。我只是想着，这辈子怕是只有今天能这么任着我吃……我知道我比许多人都笨，话也说不好，一张嘴舌头就满天乱甩，样貌也比不上那些鲜靓的女孩儿。可这么笨、这么不会说话、样貌又这么不鲜不靓，却有这么尽兴的一天。那些不笨、会说话、好样貌的，却未必有这么一天，嘻嘻……”阿念忽又笑起来，“我要死死记住今天，这两块蜜麻酥我也不吃，要一直留着，每天瞧着它们。等它们生霉了，就学我家小娘子，回家去，把它们埋到我家院里那棵海棠树底下。往后每年开花时，我就能记起今天来……”

犄角儿听着，眼圈顿时热起来，忙说：“只要你爱吃，往后我都买给你吃，吃一辈子！”

“真的？”

“真的！”

“可是……为啥呢？”

“嗯……我也说不清，可说的真真实实是真话。”

“咦？太好了！”

“怎么？”

“我家小娘子说过，这世上最好的那些，都不可说。就是嘴再能、再想说，也说不清。”

第八章　顿丘九虎

斜行不如正行。

——《棋诀》

“胡小喜！”程门板在外头高声唤。

小吏胡小喜一直坐在那个帮厨解八八的炕沿边守着，听到唤，忙应了一声，跳下炕跑了出去。程门板板着脸，立在店门边，由于背着光，一晃眼，还真像一扇门板。胡小喜一看，险些笑出来，忙拼力忍住，小步急趋到程门板身前。他这笑，越想忍便越忍不住，他微弓起背、垂下眼、狠命掐着手心，用力压住要喷涌的笑，恭声问：“介史，有何吩咐？”

“你去查问一个人，里头那个解八八的同乡，是个猫窝匠人，名叫柳七。看他住在哪里、是否知情。”

“是。小人这就去……”说到最后一个“去”字时，他已忍到了极处，忙转身飞奔了出去，离开力夫店几步远后，笑像爆了一般喷了出来。又怕程门板听见，他用力捂住嘴，弯下腰，又尽力跑了几步，躲到力夫店墙背后，才终于放开笑起来，直笑到扒着墙瘫到地上，快背过气，笑却仍停不住。

或许是这名字没取好，胡小喜自小就有这笑癖，一样极寻常的事，只要触动，便莫名其妙笑起来，一笑便停不住。到今年就要满十八岁，该成人了，可这笑癖却仍不时发作。他父亲一生为吏，见他有这笑癖，便不肯让他走这条路。说官场何等威严的地界，做吏人的，头一件便是恭肃，哪里容得下你这般疯笑？

他也跟人学过生意、练过手艺，却始终入不了心，最想的还是做吏人，替上司跑腿应差，在人前还能有些小风光。去年，开封府衙前招雇吏人，他便背着父亲，偷偷去应募。由于自小耳闻目睹父亲当差，又粗学过一些书算，在一拨人里，他头一个就被选中。

他被差到左军巡使顾震幕下，让他欢喜无比。这开封府，除去府尹，最威风的怕就要数左右军巡使，每日骑着马，带一队人，四处查贼缉盗，谁敢不避让？不过，到了那里，他却被分派给介史程三诚做手下。一见到程三诚，见他不但身形似门板，脸也像扇小门板一般，强板着逞威严，胡小喜立即要笑出来。好在那天怕惧压过了笑，还算忍住了。这之后，每日跟着程门板，天天看他强板的脸、硬皱的眉、死压的声气，还有走路时明明有些跛，却以为没人能瞧出来……胡小喜时时都要笑出来。

有一回，当着程门板的面，笑癖终于忍不住发作，大大笑了一场，让他和程门板都难堪到极点，为此，他一直后怕不已，见到程门板始终心惊胆战。今天不知为何，这笑癖竟又发作。他心里恨自己恨得要哭，笑却仍停不住。等笑终于过了劲儿，他才爬了起来，顾不得旁边路人诧异，忙拍拍衣裤上的灰尘，望虹桥走去。

不过，笑归笑，胡小喜其实很钦佩程门板的人品，不贪不佞、守己尽责。胡小喜自己也愿意这般，凭本分，走正途，尽力办好每件差事，靠着勤力和才干一步步升上去。

跟随程门板一年多来，他们已经查办了十几桩案子，其中有三件办得极好，左军巡使顾震都连声夸赞。眼下这桩萝卜命案，已经两死一重伤，瞧着极凶狠诡异，若能办好，自己也能从下隶升到中隶吧。

刚才程门板去霍家茶肆查问，胡小喜也向力夫店的店主夫妇、厨子董瘦子打问到了一些东西。尤其那厨子，和解八八同睡一炕，知道的事情更多。

三年前，解八八的家乡澶州顿丘遇了水灾，父母妻子都被洪水冲走，尤其他妻子，成亲才三个月。解八八在县城里，攀住了一只木筏，才捡到一条命。那筏子上，还有八个朋友，他们一起使力，划到高处。又一起逃荒，一路来到汴京，还给自己一伙人起了个名号叫“顿丘九虎”。

到了汴京后，九个人各自寻活路，渐渐来往得少了。不过，他们是清明那天到的汴京，便约好每年清明，一伙人聚一次。昨天解八八正是邀了霍家茶肆的唐浪儿，一起去赴会。

解八八常日里闷头闷脑的，始终皱着眉头，像是在跟谁赌气似的。手脚又笨得桌子腿儿一般，没一点弯转。却生了个干活儿的癖，让他挑水，他每天把缸灌得要溢出来不算，但凡有个空盆空碗，全都要盛满水才罢休。又不会说话，直硬硬的能杵死人。见了妇人极怕羞，总是埋着头。尤其是有一回，店主单十六的表弟媳妇、虹桥西头甘家食店的熊七娘来力夫店，解八八刚托着木盘，端了几碗菜羹出来，迎头撞见熊七娘，见了鬼一般，慌得把碗都摔碎了，菜羹泼了一地。

至于他那八个同乡，也都像解八八，为了求个轻省些的营生，各自都去学手艺。除了面匠、猫窝匠，还有裱画的、泥灶的、箍桶的、造肥皂团的、修砧头的。只有一个笨些，学不会手艺，在卖苦力，做轿夫。

至于那几人名字，那厨子只记得面匠唐浪儿、猫窝匠柳七和裱画匠麻罗。

胡小喜想，程门板让自己去寻那个猫窝匠柳七，反正都要进城，正好顺道也打问一下那个裱画匠麻罗。照父亲的话，腿勤一些，多跑两步，跑不断腿，却比别人多出许多地界来。就好比毛虫，多挣两下，便能成蝴蝶。为懒那两步，一辈子活该爬着死。

他自幼爱跑，腿脚快，进东水门沿着汴河大街一路往西，十五六里路，不到一个时辰，便到了开封府。跑得肚皮饿了，他先到对街延庆观前那个常去的饼摊上买了个和菜饼，嚼吃着，又走进旁边香药店里，摸了两文钱，买了两块韵姜，用纸包了，揣在怀里。这才走到对街开封府旁边的公署院，跟门子笑着打声招呼，进院沿侧廊穿到后边户曹院子，放轻脚步，走到西厢一间小房门前，门虚掩着，他轻轻推开，探头一觑，屋中寂静，那个掌户籍的文吏老楚正坐在书桌前，埋头翻检一堆簿册。这一年多，为了查案，他和老楚早已相熟。

“楚大伯，又有事要劳烦您老人家了。”他屈指轻轻叩了叩门。

“说。”老楚没有抬头。

“我奉命来查两个人，都是匠籍。”

“名字。”

“一个是猫窝匠，叫柳七。另一个是裱画匠，叫麻罗。”

“等着。”老楚木着脸站起身，走到墙边一扇门前，从腰间取下钥匙，开了门锁，走了进去。许久，抱着两本簿录走了出来。放到桌上，埋头凑近，翻阅起来，许久才开口说：“柳七，去年六月入匠籍，在西郊福庆坊赁房居住。”

胡小喜忙在心里默记住。老楚则开始翻阅另一本簿录，这回很快寻到：“麻罗，去年正月入的匠籍，住在相国寺东街崔家裱画坊。”

“多谢楚老伯。这是两块韵姜，您老人家常吃酒，每天早起切一片含着，温脾养胃消宿醉。”

“搁下吧。我活了要六十年，连韵姜都不晓得，要你背药书？”

胡小喜嘻嘻笑着，又道声谢，快步离开了。既然那个裱画匠住在城里，就先去找找他。开封府到相国寺极近，很快便到了。他绕到东街，走了百十步，便见街边一家店门前立着木招牌，上写“崔家装裱古今字画”，店面很宽。

他走了进去，见里头古檀桌椅，洁净如镜。两壁挂满字画，满屋沉香古意。一个青绢长袍的老者含笑迎了上来：“这位小哥，可是要裱字画？”

“我是开封府差来公干，寻你店里一个叫麻罗的。”

“麻罗？昨天他出去后，再没回来……”

柳七扶住大路边一棵老柳树，险些背过气，腿抖个不住。

刚才在那宅子里，他强忍着惧怕，小心走了进去，避开地上那老院公的尸首，隔着炕几步远，壮着胆朝炕上那两具尸首瞅过去，靠窗的是乌扁担，靠里的是任十二，都仰躺着，双眼紧闭，脸色青紫，嘴里插着红头萝卜，萝卜上还沾着泥，萝卜缨子已经蔫萎。两人脖颈下都被割开一道深口，血流满侧边枕席，血色已经乌红……

柳七惊得没了魂儿，呆立了片刻，打了一个寒战，随即怪叫一声，早忘了词人的仪态身段，几乎哭着逃离了那宅院，飞穿出林子，慌奔到大路上，看到日头高照、行人往来时，又连连回头，见没人跟着，这才敢停下来。

自出娘胎，他从来没奔得这么快过。半晌，才渐渐缓过气来，头皮却仍发麻，脚踩在地上都是软的。原本装了一肚子的曲子词，这时空荡荡只剩一颗心，芥辣瓜儿一般，悬吊在那里。

他不知道为何会发生这种事。行凶者是谁？难道真是他？

想起昨天的事，柳七不由得又打了个寒噤。

昨天是他们一伙同乡每年的清明聚会，大家约好在东水门外护龙桥上碰头。柳七赶到时，麻罗、解八八、唐浪儿、乌扁担、田牛、马哑子他们六个都到了，乌扁担还把轿夫伙伴任十二也一起拉了来。只差郑鼠儿和江四。大家等了半晌，卖肥皂团的郑鼠儿才赶来。

郑鼠儿名叫郑十，虽然生得壮壮实实，却是他们当中最胆小怕事的一个，乌扁担便给他取了这个绰号。郑鼠儿来时满头大汗、一脸惊慌，一见他们，忙抖着嘴唇说："不好了！江四死了！"

大家都吃了一惊，忙问郑鼠儿。郑鼠儿见四周人多，不肯说，强要大伙儿拐到右边僻静河岸边，这才满眼惊恐压低声音道："江四被人杀了，尸首撂在城北封丘门外护龙河边。脖颈上被人割了一刀，嘴里还插了根萝卜。官府等着人去认尸，我混在人堆里偷瞧，哪里敢言语？"

众人听了，都说不出话来。半晌，才开始探究江四的死因。可争论了半晌，都找不见缘由，更想不出凶手。大伙儿各自垂头，不再作声。

柳七一直没有开口，这时才低声说："难道是他？"

"谁？"大家惊问。

"那萝卜……"

"啥萝卜？谁啊？"乌扁担嚷道。

其他人也都先一愣，但随即都明白过来，脸上全都又惊又惧。

乌扁担也回过神："那鸟货？可他早已……"

麻罗大声喝断："莫胡说！青天白日的闲扯这些鬼迷神道。郑鼠儿刚刚说官府的人已经开始查那凶手，咱们就先莫乱猜。这汴京城有百万人，哪天不出些人命？江四整天穿街走巷，又爱乱结交人，从不分人好人歹。我本想劝劝他，又不好开口。谁知道他触惹到什么霉头凶汉？"

麻罗在他们九人中年纪最长，略识些字，见识也最高，无形中成了头儿。

柳七却第一眼便有些不喜麻罗，那张脸上随时挂着笑，那笑里不知混了多少东西，渴、贪、愤、恨、卑、懦、谄、忍、冷、躲闪、刺探……他却有本事将这些全都揉成一团，搓元宵一般，抹得温软光滑。初看上去，不但不让人厌，反倒容易亲近。

柳七有时想，麻罗自己在搓元宵，造化也把他当元宵搓。孩童时，哪颗心不是清水一般？造化却一层层给你添料，苦一层，辣一层，酸一层，麻一层，见你受不得了，就略给你添些甜。这么一层层搓弄下去，早已辨不出滋味。可人还得活，要活就离不得别人，得让人顺眼顺意。于是便不停抹圆抹滑，抹成这样一副难辨难测的笑。

到了汴京后，麻罗这笑修炼得越发圆熟，原本粗黑的面皮也白净了许多，笑起来，温温和和、滑滑润润的，如煮好后稍凉了凉，刚刚适口不烫嘴的元宵。柳七却瞧得出，麻罗这热笑背后，心其实越发冷了，也藏得更深了。

不过，昨天麻罗说那番话时，却没有带那惯常的笑，满脸冷肃，目光冷沉。大家听了，被他镇住，便都不再言语。

麻罗接着又说："今天就散了吧。咱们都是外乡人，轻易不能沾惹官司，暂时都莫去认尸。先等等看，官府若能查出凶手，咱们再设法安埋江四，好好祭奠祭奠。"说罢，他深叹了口气。柳七知道这声叹是发于真心，认得麻罗这么久，第一次见他流露真情。

才过了没一天，乌扁担竟也死了，死状和江四完全一样，嘴里竟也塞了一根萝卜。

虽然日头正晒，柳七却一阵阵发寒，不由得又往四周看了看。大路宽阔，被日头照得发亮，路两旁绿柳轻摇新枝，一派春景鲜明。往来的路人，或埋头独行，或结伴说笑，都再平常不过。偶尔有人经过时向他望一眼，也只是出于无意。即便这样，柳七仍觉着有人在暗中逼视自己，脊背上甚而能感到那目光寒气。他原以为自己早已看破这尘世，了无生趣，这时却忍不住地打了个寒战。

他不由得笑了一下，声音极怪异。他自己也不知为何笑，只知道这笑和麻罗昨天的不笑，至少有一处相同——怕。

他不知该怎么办，但至少不能在这里久留。可才走了几步，身子虚乏得几乎要栽倒。他这才想起，自己跑了这一上午，一粒米、一口水都没进。肚里饿意升起，头上冒出虚汗。他用袖子抹去汗水，瞧见斜对角有个小茶肆，清冷无客，便走了过去。

刚坐到靠外那张桌边，正要唤那店主，却见一个人埋着头、慢吞吞从城门那头走了过来，身材矮瘦，一身灰旧布衫布裤，身上背着一捆麻绳、一个布袋，袋口露出锯子、斧柄，是马哑子，同乡九友中的一个。马哑子原名叫马百，原先在家乡做过些木匠活儿，来京城后，跟人学手艺，做了个箍桶匠。

柳七一向不愿和马哑子说话，这时却巴不得有个人陪着。等他走过来，忙唤了一声。马哑子听到唤，停住脚，怔怔望过来，认出是柳七后，愣了一下，目光中透着慌怕。

柳七瞧着有些不对，忙站起身迎上去。马哑子先朝茶肆里望了望，见那店主在里间没出来，才咽了口唾沫，声音发着颤，低声说："解八八和唐浪儿也遇害了，和江四一样。"

"啊？"

"解八八还没死，我没敢进去瞧，只在力夫店外头听人议论，说脖颈上挨了一刀，极深，虽说请了大夫医治，九成怕是救不活了。我去寻麻罗，麻罗也不见了。"

犄角儿和阿念一路慢悠悠说笑着，走进蔡市桥那条巷子。

快走到银器章家时，见一个老者扒在章家院门边，推开条门缝，在朝里觑望。

阿念忙扯住犄角儿袖子，凑近他耳边悄声说："那个人我认得！你瞧他那对耳朵，尖不尖，长不长？像不像只长耳朵夜猫子？"

犄角儿忙望过去，见那老者正侧着脸，黑帽儿边露出的那只耳扇向上翘起，果然又尖又长。他从没见过耳朵竟能生成这样。

阿念又低声说："这人住在章家对门，章家的那个丫头阿翠最怕这人，她还拉着我到门边偷偷指给我瞧。说这个老汉姓胡，白天黑夜都竖着耳朵、瞪着眼。左邻右舍大小事，没有他不清楚的。大伙儿背地里都叫他胡老鸮。对了，他明明像只夜猫子，为啥叫他老鸮？我问阿翠，阿翠也不知道，说人就是这么叫的。你知不知道？”

“不知道。”

“哈哈，我知道！我问过我家小娘子，我家小娘子说，鸮就是夜猫子，有些地方还叫猫头鹰。”阿念声音陡然提高，那个胡老鸮被惊得一颤，忙回过头来瞧。阿念慌忙拽着犄角儿转过身，悄悄说：“若打问事情，再没有比他更灵通的了。不过，阿翠说，他那双眼瞪着人时，眼里像是有只长爪子，要把你的魂儿捉走一般。你敢不敢去问？”

犄角儿听她这么一说，果然有些不敢了。

“不敢吧？”阿念又笑起来，“莫怕！你躲在我身后，我去问！”

说着，她转身朝胡老鸮走去，犄角儿忙跟了上去。

“胡老伯！”阿念笑眯眯地侧身道了个万福。

“你是……”胡老鸮瞪眼瞅着她，那对眼珠发灰，目光却果然像有钩子一般。

“您不记得了？我和这家的阿翠是好姐妹，我常来这里。昨天傍晚，我从里头跑出来，险些摔倒，多亏您拉了我一把呢。我娘常说，别人给你一根草，也得当成金珠宝。您拉那一把，起码是一捆草。”

“呵呵，原来是你，昨晚天暗，没认出你模样。”

“老伯，章家的人仍没回来？”

“没。他家搬来这里已经十来年了。就算章员外回河北，家里男女仆人至少要留几个，从没这样过。院门一直开着，却一个人都不见。我不放心，过来看看有没有贼。昨天夜里我似乎听见里头有动静，却被我那老婆子拽住，死命不许我过来瞧。”

“对了，他家前一阵来了好些客人，都是些什么人？”

“章员外结交广，官员、富商、匠作、道士、和尚、歌伎……除了当今官家，怕是没有不来的。”

“昨天呢？”犄角儿忍不住问。他肚子太饱，忍不住打了个嗝。

“昨天？昨天京城‘天工十八巧’来了十五个，绣巧、食巧、楼巧、车巧、医巧、笔巧、墨巧、纸巧、砚巧、银巧、铜巧、玉巧、瓷巧、灯巧、雕巧，只差木巧作绝张用、酒巧班老浆和彩画巧典如磋。”

犄角儿听了，不由得睁大了眼。“天工十八巧”是京城工匠界技艺最卓绝的十八人，张用便名列其首，朱克柔则是其中绣巧。其他十六人中，犄角儿只见过其中一小半。而且这十八人各当其行，从没听说聚到一起过。一想到这盛事，他一馋，又打了个更响的嗝。阿念在一旁捂嘴笑起来。

犄角儿赧笑一下，又问：“老伯，这十五巧之前来过没有？”

“怎么没有？这两个月，他们每隔十天就聚一回。开始是十六巧，彩画巧典如磋也没缺。上个月十一开始，才不见典如磋来了。说起来，章员外虽然钱多脸大，只凭他，也难聚齐十八巧。还不是靠着那位宣主簿，借了工部的势？”

“那位宣主簿昨天没来？”

“每回他都要来。”

“上回他们聚是初一？”

“是啊。嗯？你们两个打问这个做什么？你这丫头我记起来了，你是跟着刻丝朱家小娘子的那个。那些人聚会，你回回都在，却又来问我，莫不是要我这老朽？”

犄角儿一慌，又连打了两个嗝。

阿念忙笑着说：“我们吃得太饱，乱走走说说，消消食。多谢伯伯。”

第九章　天工十八巧

与其无事而强行，不若因之而自补。

——《棋经》

胡小喜站在崔家裱画坊里，盯着那店主寻思起来。

麻罗和解八八、唐浪儿是同乡，那两人一死一伤，麻罗又不见了，这怕不是偶然。他知道这崔家世代装裱书画，在京城字画行里数头位。不但苏黄米蔡、郭李崔王这些当世名家都曾在他家装裱，连宫里所藏历代名画法帖若有了损破，不少都是拿来这里缮补重裱。

“崔店主，麻罗来你店里多久了？”

“两年半，算起来有三个年头了。”

“他是自己找来的？”

“是。他出了什么事吗？”

“他原先就会裱画？”

“他说曾在洛阳一家书画店里佣过工，会一些。究竟出什么事了？”

“您这店里轻易不肯招徒弟，为何会招他？”

“嗯……”崔述笙脸色微变。

“他牵涉到一桩大案，还请崔店主莫要隐瞒。”

胡小喜已经办过些案，查问过许多人。知道这时正是紧要时分，便放冷目光逼视过去。这眼神他对着镜子专门练过，当时自己不知笑倒过多少回。这时已经练得如尖刀一般。崔逑笙原本面相端和，在他逼视之下，顿时露出一丝慌意，随即又生出些惭色。

“崔店主。”胡小喜加了把力。

“嗯……他头一次来我店里时，是初冬天，他只穿着件旧布单衫，怀里抱着个布卷，头脸倒洗得干净，看年纪不过三十岁，头发却已经花白。他进门就说想拜我为师，这样的人我见得多了，便告诉他我家从不收外徒。他解开那个布卷，里头是一轴旧画。他说那是黄荃真迹《芙蓉瑞雀图》，情愿将画白送给我，三年不领工钱都成，只求跟我学裱画。我先不肯信，展开那画，一寸寸细验了许久，笔致精妙，赋色雍雅，果然是‘黄家富贵’真迹。黄荃首开大宋院体画风，存世真迹极少。我问他是哪里得来的，他说是祖上传下来的。他家乡遭了洪灾，他命都不要，拼力保住了这轴画。还说，与其为填肚子卖了这画，不如换一门裱画手艺。这画已在他家传了六代人，虽然到他祖父一代，家道就已败落，却从不敢拿去换钱。送给我这样的识货人，也算没有辜负老祖宗。老朽见他说得诚心，一时贪心，便收他为徒……”

“他真是来学手艺？”

“是。小哥恐怕也知道，我这崔家装裱店有些古久。自太祖皇帝咸平年间扩建大相国寺，我家先祖从洛阳迁来，典下东街这店铺，至今已整一百二十年了。我崔家能在这京城勉强立足，靠的是个‘严’字。且不说托心、镶覆、砑装这些大活儿，单是一个‘揭’字，就至少得练三五年功。我们这一行，书画重过性命。尤其古字画，世间留存就这么一些儿，如今你便是拿整个大宋江山也换不回王羲之亲笔另写一幅墨宝。重裱古字画时，要从旧褙上揭起画心。这是悬崖夜行、一发千钧的活计，略有一丝闪失，便是赔上全家老小性命，也补不回那一点伤破，要招千古人恨骂。为练这揭功，我家孩童六岁起就要练臂悬水盏、手揭湿纸。若跌落水盏或揭破湿纸，便是一顿竹篾。”

胡小喜先还拿练就的冷眼一直逼视着崔店主，听到这里，早已化作惊仰。

崔店主自然也察觉了，面上略露出些得色，不过随即又郑声言道：“麻罗倒是真心学艺，肯下死功。单是揭功，我让他每天练两个时辰，他白天练足两个时辰，晚间又自己加练两三个时辰。整整一年，一天都没缺过。练技艺，要的便是两个字，一个专，一个久。我原本只想胡乱教他一年，便让他走。见他这般勤进，我崔家子孙中没一个及得上，便决意认真教他。他也没辜负我，两年半，已经练成个熟手，一般字画已能放心让他去裱。”

“昨天他什么时候走的？说什么没有？”

“只说是同乡聚会。”

“他那些同乡，店主见过没有？”

“见过几个。头一年那几人还时常来寻他。麻罗一心学艺，话语神情间有些冷淡。那些人便来得少了，这半年再没见过一个。”

“除了那几个同乡，麻罗还有其他朋友没有？”

“似乎没有。除去给主顾送书画，他连店门都难得出。”

“他没说起过旧事？”

“没有，他为人和气，也懂礼数，见人总是笑。不过，言语极少，更难得讲起自家旧事。有时我也好奇问他，他只是笑一笑。那笑里似乎有些隐痛，我猜想是他家人全都遇了灾，不愿提及，便没再问过。”

柳七捉起箸儿去捞面吃，手却微颤个不住。

不但江四死了，乌扁担、唐浪儿和解八八也被害，而且死状都完全相同。马哑子说麻罗不见了，不知是被害了，还是逃了。

他抬眼看坐在对面的马哑子，马哑子手抓着箸儿，却不动，眉头紧拧，盯着碗面上那几片葱油煎肉，眼里满是暗沉沉的怕，像是立在深潭边向下望一般。

马哑子是他们九人中言语最少的一个，常埋着头躲在一边，几天听不见出一声。大伙儿常常忘记有这个人，都笑他像是哑子一般。柳七一向宁愿人明着坏，也不喜人暗里藏。见马哑子那暗闷闷的样儿，心头越发不舒服。

九个人中，能商议办法的，全都或死或逃，如今只剩马哑子、郑鼠儿和田牛。这三个人，一个闷嘴壶、一只胆小鼠、一头独眼牛，全都不济事。但再不济事，至少都比自己有气力，在一处，总比自己单个儿强。

他握紧箸儿说："赶紧吃面，吃了咱们去寻郑鼠儿和田牛。"

"嗯？哦！"马哑子猛地醒过来，忙点了点头，伸箸去捞面吃。

柳七常日吃饭吃得极慢，饭里只要有蚂蚁头大小的渣滓，都要仔细挑出来。这间小茶肆煮的插肉面不知放了些什么作料，汤面上浮了许多细黑渣。柳七这时却再没了那心思，也尝不出滋味，只想把肚子填饱，以免遇见紧急，连跑都跑不动。

马哑子先吃完了面和肉，仍慢吞吞在碗里捞碎菜末吃。

柳七想他恐怕是拖着不愿付钱。若是常日，柳七只会掏自己的面钱，今天再难得计较。他几口捞完碗里的面，从袋里摸数了二十文钱，搁到桌上，随即起身："走吧，先去寻郑鼠儿。"

"哦！面钱我付！"马哑子慌忙说。

柳七懒得答言，转身离开了小茶肆。马哑子背好自己的袋子，忙赶了上来。两人一路无话，往南边赶去。

这时已过正午，太阳正晒，柳丝蔫垂，路上行人少了许多，到处一片静懒。柳七身子发软，像是行在泥水里一般。他不由得想起三年前家乡发洪水时，也大约是这个时辰。

他家乡在澶州，当年真宗皇帝正是在这里御驾亲征，大胜辽人，并缔结"澶渊之盟"，开启了百余年两国太平。澶州紧临黄河，黄河水患年年不断，三年小灾，五年大灾，百余年间，不知耗费了多少人物财力，却始终奈何不得，只能见缺补漏，救些小灾。柳七自小就目睹过几回河水决堤，房屋被淹、田地成海。有年房舍被冲垮，他曾哭着问过爹：咱们为啥非要住在这黄河边，搬走不成吗？他爹只能苦叹着摇摇头。后来他才明白，人就如草木一般，生长在哪里，全然由不得自己。一旦生了根，便再难迁移。

而这天地，哪里有半分怜过人世？尽着它的兴，肆意任为。就如黄河，原本好端端东流入海，它却像是厌烦了，非要改道。仁宗庆历八年，澶州黄河决口，冲溢向北，直到东北泥沽口，才涌入大海。北地与契丹交界，为防边患，朝廷历时多年，在两国交界处开凿出连片塘泊淤田。黄河北流，冲溃边防，大利契丹。到神宗朝，耗尽人力，于熙宁二年，堵塞北道，将黄河引向东道。然而，才过十年，黄河再次决口，依然流向北道。元祐八年，柳七刚刚出生，朝廷再次征调数十万民夫，挽河东流。这回只过了六年，黄河便重又决口，奔涌向北。这人力，哪里能强扭得过天？

柳七自小便常做噩梦，梦见被洪水冲走。却没想到，大水偏生不收他的命。三年前，他在附近瓷窑做活儿。端午那天，正巧是场主生日，便让瓷工们歇一天。雨大，出不得门，柳七便和家人在屋里各自做活儿。厨房锅里煮的端午粽子飘着香气。雨声极响，说话都听不清，他爹却气性大，一边修锄头，一边不住地骂这天这雨。他娘在绩麻，妹妹在织麻鞋，都在偷偷笑。他则捋顺竹篾，正在编筐，心里琢磨着填一首《雨霖铃》。忽然，一声巨雷，房子都被震摇，四口人都被吓得一颤，他妹妹更唬得惊叫起来。随即，一阵轰隆咔嚓声，房顶、土墙全都垮塌，大水猛冲了过来。

一时间，他全然没了知觉，等醒转来时，发觉自己在一片黄洋浊浪中。房舍、爹娘和妹妹早已不知去向。他忙拼力挣扎划水，却哪里划得动，只能被巨浪不断冲击漂转。正在惊慌中，一眼瞅见水面上一只木筏漂过来，上面似乎有人。他忙拼力游过去，几次接近又被冲开，幸而木筏上一个人伸手拽住他，将他拉了上去。当时情急，木筏上又有六七个人，他根本没有留意是谁救的他。后来，在逃荒途中，大家挤在一座破庙里，烧了一堆火，夜里闲谈时，他才知道是马哑子伸手拽的他。他忙连声道谢，马哑子却没应声，缩在暗影里，只咧嘴笑了笑。

大家逃荒路上分吃食，都是柳七来动手，每回他都多给马哑子分些，可马哑子却始终局局促促的。你谢他，他倒极不自在。次数多了以后，柳七也不耐烦了，便索性撇手不管了。

这会儿，和自己的救命恩人并肩走在这大路之上，柳七心里不知是什么滋味。当时马哑子若没有拽住自己，自己怕就和爹娘妹妹一起被大水吞没，便也就没有后头这些艰难、无趣，更不必受这场惊吓，倒还轻省干净。

他不由得恨起自己这求生的心，不论自己如何厌生厌世，每到生死关头，总被这求生之念一把攫住，连一丝犹豫的余地都不给。人都说求生保命，但这性命哪里是自己的？分明是人被这性命操控摆布。它不愿死，你便不许死。它累不动了，你才能倒下。

想到此，他一阵厌倦虚乏，直觉得这人世不过是一场木傀儡杂耍，且耍得又丑又无趣。

他不由得扫了一眼身边的马哑子，马哑子仍埋着头、蹙着眉，闷闷地跟着。若人都是木傀儡，马哑子这个木傀儡就更加乏力无趣，连线都没穿好，头都昂不起来。这么死样寡气活着，图什么？

相识三年，唯有一次，马哑子流露了一些真情。那是去年清明团聚，大伙儿各自都有了营生，总算是在这京城站稳了脚，便比上回阔气些，大家凑钱一起痛吃了几坛子酒。马哑子吃醉后，从怀里摸出个旧布团，打开给大家瞧，里头是一团黑黢黢的物事，像羊粪蛋挤作一堆，早已干皱生霉，不知是什么。

马哑子哑着嗓子，慢慢说起来："那年开春我种了半畦葱，到五月都已长好，端午回家后，我赶早拔了两大捆，想着瓷窑主庆生摆宴少不得葱，便挑去他宅子后门问，掌厨的果然正缺葱，一斤三文钱整买了去，还多赏了十文利市。我心里快活，买了十只粽子，想着女儿阿端也正巧是那天生，刚满四岁。她爱吃这乌李，我又顺道去果子铺，拿赏的十文钱买了这包乌李。回来路上就开始下雨，等我冒雨赶回村里时，路已经淹成了河。我蹚着水，才到院门前，就听见一声震雷，房子竟垮了下来，一股大水从房背后冲了过来，水浪里一个绿影子一闪，是阿端，她身上穿的是件绿衫子，正月间才给她新裁的。我连阿端的脸都没瞧见，就被浪打翻，那是我见女儿的最后一眼……"

马哑子从未说过这么多话，他攥紧手里那包乌李，埋下头，忽然呜呜地哭起来，那哭声像是肠子被当作琴弦拉扯出来一般。

柳七往马哑子怀里望去，左侧腰那里有些微凸，那包乌李恐怕仍揣在身上。这样一条又闷又哑的性命，自己都朝夕难保，却念念不忘另一条已经亡故的性命。柳七不知该如何解释，不由得念起自己爹娘和妹妹，心里恍恍茫茫，如同又冲来一片大水，不知是悲还是寂。

犄角儿恨不得回去的路总走不到头。

他有意放慢脚步，和阿念并肩缓缓走着。他不知道该说些什么才好，虽然这些年跟着张用，见识了无数工艺机巧，这些却又不好跟女孩儿说。除此之外，他整日只有一件事，照料看顾张用。这个更加没趣。至于吃食，来时已经吃足说够。还有哪些能跟阿念说？

更让他不自在的是，阿念也不像来时那般欢喜、说笑个不住。这时她微低着头，两只嫩胖的小手轻攥着那一小包蜜麻酥，一声都不言语。犄角儿偷眼一瞧，阿念抿着小嘴儿，嘴角微含着些笑，又略有些羞。日光已经西斜，照得她嫩白的脸儿有些泛红，衬着小双鬟的油黑发髻、浅绿的罗衫，如同三月春风里开的头一朵桃花一般。犄角儿顿时一阵晕醉，慌忙收回眼，越说不出话来。

“你在偷偷瞅我。”阿念忽然问。

“没……没。”

“你瞧，又偷瞅了一眼。”

“我……”

“我娘说，若是有男子偷偷瞅你，一定不是正经好男儿，赶紧避开。”

“可我……”

“我娘还说，若是有男子大明大白直直瞅着你，就越不是好男儿，避得越远越好。”

“那我……”

“后来我娘又说，女儿啊，若是男子一眼都不瞅你，那你就丑得没边没缝了，这辈子都嫁不出去。”

“那到底该瞅还是不该瞅？”

“我也问过我娘，我娘也答不上来，反倒恼我多舌，骂我是狗啃门槛儿满嘴渣。过了一阵子，我娘忽然又说，偷偷瞅两眼的，才是好男儿。”

“为啥？”

“我也问，我娘说，你生得又不丑，闭嘴不多舌时，虽没有十分美，三两分还是有的。男儿们见了自然要瞅一眼。若瞅了一眼扭头便走的，那是瞪眼瞎，不必睬他。”

“那瞅两眼的呢？”

“我想想……我娘说的跟道士念咒似的，嗯……我娘说，第一眼叫相，第二眼叫中，忍住第三眼叫定。”

“啥？”

“我娘说，第一眼先是相看，愿意看第二眼，就是相中了。男儿家该有决断，相都相中了，还乱瞅什么？若是仍要瞅，不是管不住疑心，便是忍不住贪心。这两样都要不得，丝毫不顾女孩儿害羞。这叫狗瞅骨头，没个餍足。瞅完你，必定又去瞅下一个。这种男人，便该用麻绳捆了，投到枯井里，让他望着天，干瞅一辈子。”

“那我？”

“你只偷偷瞅了两眼。”

犄角儿心里一阵欢欣，阿念也满眼欢喜。两人目光撞到一处，像是两只小雀头一回飞，在空中撞到一般，慌忙各自闪开。犄角儿却清清楚楚看到，原本自己头顶似乎蒙了一块天盖，闷闷暗暗。这一眼，忽地将天打开了。

他一直有个隐忧，自己不会一辈子都跟着张用，若是一旦离开，该去哪里、该做什么？这时，他知道了。

两个人不再言语，却都嘴角含笑，一起默默走着。两肩之间隔着一半寸缝隙。有时，会触到一起，倏而又分开。虽只是轻微一触，犄角儿却如同瞬间又过了一回春天，春风拂面，春水漾心。

他微眯着眼儿，正醉着，阿念忽然说：“不成，我们不能再笑了。小娘子若知道她不见了，我不但不哭，还又吃又笑，怕是要气死了。”

犄角儿一听，忙也收住了心，仔细思想起来。他不知道张用为何让他们来问银器章家的事，也不清楚问到的这些有没有用。既然“天工十六巧”是工部那个宣主簿召集来的，或者该去打问打问他。不过不知道他住在哪里，而且他是朝廷官员，得小心些，不能轻易触惹。

他把疑虑告诉阿念，阿念却立即笑着说：“我知道他家在哪里！”

“哦？”

“娘老说我这对耳朵还不如两片树叶子，树叶子来风了还要哗啦儿声，我的耳朵听了话，却一个字都留不下。其实，我的耳朵比许多人的都灵，小娘子要画各样草虫，她一说我就记得，你信不信，我一口气能说出百十种草虫，蟋蟀、蚱蜢、螳螂、萤火虫、瓢虫这些就不说了，光步甲虫就有上百种呢，大步甲、绿步甲、黑步甲、麻步甲、碎步甲、泡步甲……”

“嗯……步甲虫以后我们再慢慢说，你先说那个宣主簿家在哪里。”

“你瞧我这张嘴，真跟漏水壶一般。那个宣主簿住在定力院南街。二月里我跟着小娘子到银器章家，我到院子里寻阿翠。那个宣主簿正好来了，我听银器章跟他说‘您定力院南街那宅子太窄了些，该换院宽展的’。宣主簿听了，竟咧嘴笑起来，一直笑进了屋。我当时还纳闷，说他宅子窄，他竟乐成这样。”

犄角儿却立即明白，宣主簿官阶低，俸禄薄，自然住不起大宅子，连定力院南街那宅子怕也是赁住的。银器章自然是为了巴附宣主簿，想出钱替他赁院大的。

“定力院离得不算远，咱们一起去打问打问？”

“好啊！定力院我常去，就在内城丽景门里。那里有个白家浴室院，是京城香水行里占头位的，连原先的王宰相、后来的蔡宰相、郑国舅都在他家洗浴呢。他家的澡豆是自家秘法制的，街市上那些肥皂团跟它比，就好似拿我跟我家小娘子比，差了不知多远。用他家澡豆洗浴，皮肤又白又润。你瞧我的手，就是用他家澡豆洗的，细不细，嫩不嫩？”

犄角儿瞅着那白嫩嫩、酥润润的小胖手，忙用力点了点头。

“我家小娘子听人说了他家的澡豆，让我去买几颗回来瞧瞧。我头一次去时，那个院主先还板着茄子脸，说他家的澡豆从来不外卖。我说出我家小娘子的名头，他才笑起来，说情愿白送给我家小娘子，忙用白绢袋儿包了十来颗给我。小娘子得了那些澡豆，想辨明白了自己合制。她碾碎那些澡豆，又是瞅，又是嗅，又是尝，还用水煮火烧。她说唐朝有个药王，叫孙思猫？”

“孙思邈。”

“那我也没记差，猫不是喵喵叫？反正小娘子说那个孙喵喵的药书里记了个澡豆古方，那方子我记得，一共十七味花药，有丁香、沉香、青木香、桃花、钟乳、真珠、玉屑、蜀水花、木瓜花、奈花、梨花、莲花、李花、樱桃花、蜀葵花、旋覆花……十七味够了没？”

“还差一味。”

“嗯……对了，还有麝香。小娘子说，白家的澡豆和孙喵喵的只有八味一样，其他的，她只能认出皂荚、葳蕤、白术、白芷和栀子五样，剩余的至少还有七八样，再辨不出了。她只得死了心，织了一张刻丝帕子，让我给那浴室院的白店主，那店主见了刻丝，笑得眼睛都找不见了。从那以后，我每隔几个月都去他家取一回澡豆……”

第十章　蚂蚁

阅世走人间，观身卧云岭。

——苏轼

胡小喜一路快步，出了城西南的新郑门，赶往西郊福庆坊。

这时，日头已经西斜，他正迎着夕照，耀得眼睛都睁不开，额头汗珠不住地滚。他却毫不嫌累，倒觉着这样才畅快。看着沿路进出城的人，他想，这些人恐怕个个都比自己强，或有力、或有钱、或有势。自己身上没气力，肚里没学问，生得又瘦又平常，真如蚂蚁一般。

不过，他倒从来不自伤自惭，生成猛虎便做猛虎，生成蚂蚁便做蚂蚁，这有什么？爹常说，这叫命分。命要顺，分要尽。你不顺命，便一辈子白恨白怨，倒损折了上天给这命里带的福分。你不尽力，便不知道自己的分到底有多大。就像蚂蚁，那么一丁点，却搬得动比自己重几十倍的麦粒、虫躯。

他想着，自己命里注定做不成猛虎，那就尽分做只蚂蚁，瞧瞧自己究竟扛得起多重、做得到多大。

一路来到福庆坊，这一带上风上水，林木繁茂，多是高官富商的别墅园子。他想，柳七是个猫窝匠，得凑着富贵人家才有利市，当是特地选在这里赁房住。他走到路口一间小茶肆打问，那店主立即说认得，柳七常在他家吃面，干干净净、文文气气一个人，赁的是斜对面那条小巷里麻鞋张家的房子。

胡小喜寻着走了过去，窄门窄户一小院旧房。来开门的是个五十来岁的妇人，脸上含着笑，瞧着极朴善。胡小喜说明来意，那妇人说柳七一早就出去寻生意了。胡小喜听了略放了些心，至少这一个没死，也没平白不见。他又问，能不能去柳七房里瞧瞧？

“他信得过我们，房门倒是从来不锁。可是他人没在，随意进去，怕是……”

“他牵涉到一桩案子，我也只是大略瞧一眼，你跟着我进去看着就是了。”

“啊？啥案子？柳七安安分分、沉沉静静的，多一句话都不说，哪里是惹事的人？”

“不是他惹事，是他朋友出了些事。”

“那你就进来瞧瞧吧。”

胡小喜走了进去，见一个老汉立在正屋房檐下瞪眼瞅着他，瞧着脾性不大好。老汉身后一个十二三岁身穿半旧绿布衫的小女孩儿躲在门边，也望着他，眼里有些惊忧。胡小喜朝他们笑着点了点头，随着那妇人走到西头那间矮房。

妇人推开了门，胡小喜走了进去，窗纸已经发旧，房子有些暗。里头只摆了几件旧家具：一张木床、一只五斗旧橱、一张方桌、两只方凳。但到处极整洁，床上旧布单铺得平平整整，一床旧布被也叠得方方正正。

胡小喜暗想，看来至少早上离开时，柳七并没有什么事。

“柳七从不让我替他收拾屋子，这都是他自家打整的。他在我家住了一年多了，房钱每回一到月头就拿给我们，一文钱都不差。倒时常打些酒给我丈夫，买些果子给我女儿。我还有个儿子，和他年纪相当，却跑出去浪荡，一年见不到三两面，哪里及得上他一些儿？”妇人叹着气。

“柳七他不打紧吧？”刚才那老汉也走到门边，硬声硬气地问。

胡小喜扭头一看，见他如同一根硬木桩一般，心里关切，却不肯流露，笑癖险些又要发作，忙强抑住：“不打紧，不打紧，不干他的事，我只是想跟他打问一下他朋友的事。”

“北城一个轿夫常来寻他，强跟他借钱。那人瞧着不善，生事的莫不是他？”老汉气闷闷道。

“哦？北城哪家轿马店？”

“不清楚。”

“那个人叫乌五……”刚才那个小女孩儿也凑到了门边，仍半躲着，小声说。

“小叶，你咋知道？”妇人忙问。

“我听柳七哥哥这么唤他的。我还听那个乌五骂他家店主叫王八，那家店似乎在染院桥。”

柳七和马哑子赶到蔡河边时，天已黄昏。

这时舟船泊岸、农人归家，柳条映着霞光，两岸格外清静。这一带河岸边也有不少豪家宅园，柳七隔一阵子就要来寻一圈生意。郑鼠儿就住在前头河湾东岸，柳七经过时，若是能避开，都是尽量避开不见。

郑鼠儿在这里一户造卖肥皂团的人家里当工徒。除了麻罗曾去过洛阳，见识过肥皂团，他们几个都是来了汴京才头一次见着。到汴京头一天，大家挤住在汴河湾虹桥西头崔家客店一间脏旧客房里。麻罗出去买了肥皂团回来，柳七他们几个见了，都有些好奇。那肥皂团闻着极香，瞧着赭黑油亮，梅膏一般，都误以为是京城的什么新鲜吃食。乌扁担一把抓过一个，还大大啃了一口，随即便吐了出来，一阵阵粗声发呕。麻罗这才说这叫肥皂团，洗头洗澡极好。又说大伙儿到了汴京，都好生洗干净些，再不能像在乡里，土头土脸的，吃人嘲笑。

柳七先还不觉着如何，更不愿跟其他人一起惊怪，可用过那肥皂团后，才暗暗惊叹，这物事果然极好，于他最切用。洗过之后，浑身上下又净又香又滑，似乎换了道新皮肤一般。

只是，汴京让他们惊叹的物事实在太多，众人见识过肥皂团后，便不太在意了。唯有郑鼠儿暗暗存了心，想学这门手艺。他到处打问，最后寻到蔡河刘家，他家的肥皂团比别家的要劣一些。别家的除了皂角、豆粉、蛋清，还要加许多香料草药，有的甚至有一二十种。他家却只添些樟脑、大黄、蒿本、甘松，略取一些药香气，洗污涤垢却并不差什么，因此卖的价低，一团只卖三文钱。一般下等人户都爱买他家的。

郑鼠儿便上门去求雇，那家却向来只雇熟工，不收他。郑鼠儿胆子虽小，磨劲儿却足。他天天候在那门前，只要主人出来，就上去恳求，说只要有口饭吃，白干也成。那家主人不耐烦，逼恼了，甚而用棍子打着撵他。他却宁愿挨打，仍天天去求。他已年近三十，却好哭，眼皮又薄又皱，一遇事，立时就包满了泪水，乌扁担常骂他是尿泡眼。他就在那门口泪汪汪守着，那主人被他磨得没了脾性，只得收了他。

后来，唐浪儿笑他什么都怕，为何偏偏不怕挨打，郑鼠儿叹口气说："我样样都不中用，若再不忍几顿打骂，哪里有我的活路？更不必说这天底下最要人命的汴京城了。"

那造肥皂团的活计并不多难，料是主人家秘配，不许旁人知晓。工匠们不过是捣末、拌浆、搓团，而后等它凝硬。郑鼠儿却始终学不像，他不只人邋遢，手也极不清利，别人搓的肥皂团幽亮圆滑，他捣弄出来的却总是牛粪团一般。主人家见再三教不会，又要撵他，他又哀惨惨地哭。主人家便让他背一袋子肥皂团沿街去卖。

倒没想到，穷些的人见他这么邋遢，自然觉着他卖的肥皂团价钱一定贱，再一瞧货也不差，反倒都乐意买他的。他每天卖出去的比别人都多些，主人家也不再嫌弃他，还把房后靠河的一小间杂物房腾出来给他住。从此，他吃住都得了靠，便哭得少了，还买了身新衣裳。不过没几天，便又油油腻腻、满身脏垢了。

一伙人都劝他，与其在东家那里挨刻剥，不如自己做个小经纪，除了肥皂团，还可以从别家赊些面脂、手膏、澡豆，自家卖、自家得，多挣些钱，也自在许多。他思前想后，仍是不敢。说东家再不好，有房给他住，每月三贯工钱又不差。自己若单另出来，难保不饿肚皮。

他在顿丘家乡时便是这样。九个人中唯有他原本就无亲无故、独个儿一人。他在乡里从不租田种，只愿给人当长工，每天混两大钵糙饭吃，吊着一条瘦嶙嶙的命，真如藏在人家户墙洞里的老鼠一般。

柳七见他畏畏缩缩又邋遢之极，从心底里又厌又怕，逃荒来京城的路上，始终避着郑鼠儿，不敢细看他那双皱皮泪眼，更怕被他沾碰到。

去年夏末，柳七才从那个猫窝匠师傅手底脱出来，开始自己独干，有天下午走到这蔡河湾寻生意，正又累又渴，刚巧撞见郑鼠儿从屋里出来，硬拽着他进去歇脚。柳七见自己白布袖子顿时被他拽出几个乌油手印，已经极丧气。再进去一瞧，屋里到处乱堆了些脏旧物事，满屋尿臊脚臭气，觉着自己的鞋底都比这屋里任何一样东西干净。

郑鼠儿却满脸欢喜，忙腾开一只脏旧木凳，抓过一条破衫子擦了两把，连声让柳七坐。柳七虽然走得脚疼腿酸，却哪里敢坐？郑鼠儿一边抓起个旧瓷壶倒茶，一边咧嘴笑着说："当年乡里欺负我的那些贼尻子若还活着，知道我在大汴京城有这样一间房住，过得这般自在，流的口水，怕是能把他们再淹死一回，哈哈——来，喝茶！主人家昨晚赏了我些好茶，说是叫金片，蒸压出来，一整片只有杨树叶儿大小，才一两多重，却要一百三十文钱，难怪叫金片。这是早起才煎的，你赶紧尝尝这金水儿。"

柳七一看那缺口茶碗，和他们当年烧制的磁州窑器相近，也是白釉黑彩、流云剔纹。只是碗壁上许多油垢，白处已经发灰，黑纹又已发褐。他连碰都不敢碰，哪里敢喝？郑鼠儿却狠命塞进他手里，连声让他尝。柳七望着破碗里那乌腻腻茶汤，比毒水更怕人。正没办法，前院有人忽然高声叫："郑鼠儿！皂团袋子呢？"郑鼠儿忙抓起门边一个破布袋子，让柳七稍等，快步往前院送去了。柳七正巴不得，像丢火炭一般，将那茶碗撂到凳上，慌忙逃离了那个腌臜地界。这之后，再来这里寻生意，他都尽量绕着走，再不敢让郑鼠儿瞧见。

这时，他和马哑子已走过河湾，前边不远处便是郑鼠儿的住处了。夕阳耀得眼睛睁不开，柳七用手遮住，朝前头望去，却见郑鼠儿房门前河岸边围了十几个人。他心顿时一凉，背上一阵寒起。忙回头看马哑子，马哑子也停住了脚，望着那里，满眼畏惧。

"快过去看看！"柳七忙加快脚步，马哑子却犹犹豫豫不敢向前。柳七顾不得他，急步赶了过去。那处河岸是个小斜坡，下头凹进去一个草洼，乱草生得茂密，遮住了这一小块凹地，在岸上几乎瞧不见。许多人围在那草洼边，正在低声议论。柳七忙走下河岸，透过人缝朝里一瞧，忍不住低低惊呼了一声——郑鼠儿。

郑鼠儿躺在乱草丛里，身子被草掩住，双眼紧闭，头歪斜着，脖颈下一道深口子，凝了一片血污。嘴里塞着根红头萝卜！

柳七惊望着郑鼠儿，不知为何，忽然想起一桩旧事。那时，他们一伙人才相识不久，一起逃荒，半路遇见另一伙汉子，瞅着他们，眼神瞧着不善。乌扁担和江四立即站到前头，他们几人也过去站到一起，唯有郑鼠儿倏地躲到了树后头。那伙人见不是势头，便走开了。乌扁担回头见郑鼠儿从树后慢腾腾蹭了出来，立即大骂："一个男儿汉，胆子却只有豆子大！"大伙儿听了都笑起来。郑鼠儿一直埋着头，一声不敢言语。

有天走累了，夜里刚各自躺下歇息，谁都睡不着，却都不愿出声。漆黑中，郑鼠儿忽然低声说："你们知道我自小经过些啥？"

众人都没应声，只有乌扁担闷声问："啥？"

"你们比我胆大，不过是命好，没尝过那些滋味。"

"啥滋味？"乌扁担又问。

郑鼠儿却不再吱声，这之后也再不说起。

这时，他躺在青草洼里，眼皮微闭，夕阳透过人缝，斜照在他干瘦的脸上，映出一些红晕。他嘴里虽含着萝卜，神情看上去，却像是大大松了口气一般。他活着时，肩臂总是缩着，两只手随时紧攥，搓个不住。这时双臂伸展，手掌摊开，像是累极的人终于躺倒在床上。

柳七心里暗想：至少，你再不必怕了。

暮色渐浓，街边店肆渐次点起了灯。

犄角儿和阿念一起来到定力院南街。到了街口，犄角儿向街角一家茶肆打问宣主簿家，那店主却极不耐烦，摆了摆手，话都不愿答。犄角儿一愣，刚要再问，那店主却转身进去了。

"我们点两碗茶！"阿念却高声唤道，"你这里最好的茶是啥？紫笋有没有？白乳呢？胜雪呢？"

那店主回过头，惊望着阿念，连连摇头。

"龙芽呢？雪英呢？银叶？金钱？都没有？"

"这都是御茶，我这小店哪里敢有？"

"那你店里最好的是啥？"

“峨眉雪芽。”

“小芽还是中芽？”

“那两等太金贵，我这里客人消受不起。最好的只有紫芽，一枪两旗。”

“多钱一盏？”

“十五文。”

“点两碗。”

“是，是！”店主忙朝里头吩咐，“点两杯紫芽！”

“这会儿问你一些话，成不成？”阿念笑眯眯问。

“实在对不住两位小哥小姐儿，将才失礼了。不是我不愿答，这两个多月，来我这里打问的人实在太多了，我这对耳朵都快被问聋了。”

“哦？都是来打问宣主簿的？”犄角儿忙问。

“可不是？自从他出头编那个《百工谱》，京城各行各业蜂子寻蜜一般，全都涌了来，一天都没消停过。”

“都是来巴附他？”

“可不是？一行只选一家。录进那谱里，就如状元登科一般，谁不拼了性命来争这名位？那宣主簿原先只是个小穷官儿，一家十来口，挤在赁来的那院小宅子里，平日连乞丐都难得上他家门。今年却陡然就成了举子们求签祈符的二王庙一般，请托的人把那破门扇都挤坏过几回了。”

“这会儿他可在家？”

“没。这个月初一，他一早出门后，再没见回来。他家人正在四处哭着寻呢。连官府都差了许多人查找，已经十来天了，仍不见人影儿。”

州桥夜市灯火尽都亮了起来，食客游人们也渐渐涌来。

夜市东头相国寺桥口一家小酒店里，牛慕吃醉了酒，趴在桌上正睡着，被店主人轻轻拍醒：“客官，夜市开了，小人店里只有这几张桌，全仗夜市招些买卖。您若实在困，后头有张铺，您去那儿睡一会儿？”

牛慕迷迷糊糊睁开眼，摆了摆手，从袋里抓了一把铜钱丢到桌上，摇摇晃晃站起来，慢慢出了店。迎面却见一顶轿子停在街边，轿帘掀开，一个女子走了出来，宁孔雀！惊得他顿时一颤，再一细看，认错了，只是身形衣饰有些像，眉眼要歪丑许多，像是把个丑妇的头安到了宁孔雀身子上。

他不由得哈哈笑起来，引得那妇人怪瞅了他一眼。他笑着问：“这位娘子为何惊怪？莫非如《诗》中所云：‘未见君子，忧心忡忡。既见君子，我心则降’？”

“贼猕，你胡搗什么？”轿子边一个锦服中年男子大步走过来。

“她瞅我，我问她，干卿何事？岂不闻‘既见君子，我心写兮。燕笑语兮，是以有誉处兮’……啊！”

那男子一巴掌挥过来，正中牛慕左脸，牛慕顿时摔倒在地。那妇人忙拽住男子往夜市去了。

牛慕费力爬了起来，也不管四周人围看，忍着嘴痛，仍大声吟哦着《诗经》句子，摇摇晃晃往前行去：“不敢暴虎，不敢冯河。人知其一，莫知其他。战战兢兢，如临深渊，如履薄冰……”

吟至后来，竟如哭一般。

第十一章　水珠心

求己弊不求人之弊者，益。

——《棋经》

胡小喜忙忙往东城外赶去。

他去西郊查看过猫窝匠柳七的住房，并没瞧出什么。想等柳七回来当面问，便坐下来和房主一家闲聊，却也再没问出什么。眼见天渐渐黑下来，柳七仍没回来，便起身告辞，让房主带话给柳七，让他明早去开封府衙门前等候。

胡小喜跑了一整天，已经十分疲累，却知道程门板的脾性，若是有公事，便一意执着，其他一概都不顾。这会儿，程门板恐怕仍在力夫店等他去回复，若等不到，明天见了，必定又是一场怒。

程门板怒起来和别人不同，他不说话，更不骂，只拿那双冷沉沉的眼瞪着你，让你自己说。你解释一遍，他却仍瞪着，你只有再解释。解释得好还罢了，只要略有些虚谎、推诿，他便瞪得越狠，一直瞪到你说出全部实情，又将自己痛责个透心透肠，他才收回那目光。

别人还罢了，胡小喜又有笑癖，一见程门板那双眼睛，忍不住就要笑。有回，他终于抑不住，噗地笑了出来。程门板脸立刻拧起，朝他怒瞪过来。胡小喜心里怕到极点，却一笑便再止不住。程门板脸色发青，浑身颤抖，眼里似乎要射出钢针来。胡小喜吓得要哭，却越笑越凶，直笑到肠子都绞起，才终于拼力止住。程门板却已怒到极处，眼皮一翻，竟昏死过去。

胡小喜吓得真的哭起来，摇了半晌摇不醒，忙去请郎中来看视。郎中说是气机暴逆，塞了清窍，用酒喂了颗苏合香丸，程门板才渐渐醒转。醒了之后，仍昏昏怔怔。胡小喜跪在他身边，百般谢罪讨饶，程门板却始终死盯着房梁，痴傻了一般。胡小喜实在没法，只得火急赶回家，把爹娘和几位邻居全都拽来，给他说情做证。程门板听众人一起起誓，说胡小喜自小便有笑症后，眼珠才慢慢转动，望向胡小喜。那眼神像是在分辨他是人是鬼。半晌，程门板才微微点了点头，喉咙里低“哦”了一声，而后闭上眼，睡了过去。等醒来后，他已恢复如常，仍挺着背、板着脸，像是什么都没发生一般，只是目光不愿再碰胡小喜。直过了三两个月，才渐渐不避了。

胡小喜也才惊觉，程门板那张冷沉沉的脸背后，竟藏了这么一颗水珠般的心，一碰就破，这之后哪里再敢有丝毫大意？

从西郊到东郊，这一路过去二十里路，再快也得一个半时辰，赶到都要亥时了。他想租头驴子，但一算钱，又有些舍不得，只得咬牙快行。进城后一路往东，到御街时，听到更鼓声传来，已是戌时，却才走了一半，已经累得两腿酸软。他忽然想，都这时候了，程门板或者回家了？他忙转往南边的云骑桥，来到程家簟席铺，见铺门还开着，里头亮着灯。程门板的妻子于氏坐在店门边，手里正在绣一个鞋面，头却不时抬起来向外张望，自然是在等程门板。胡小喜一阵丧气，但还是过去问了一声。

于氏为人和气干练，待胡小喜也一向亲厚，只是有些怕丈夫。听胡小喜问罢，她忙说：“他怕真是在力夫店等你，你还是辛苦些，赶过去吧。若不然，又要恼你耍懒。唉，瞧你，也累得没了形状，我去给你租头驴子，轻省些。”胡小喜口里推辞着，脚却紧跟于氏，到斜对面轿马店租了头驴子，于氏多给了三十文钱，让胡小喜今晚就骑回家，明早再还。

骑了驴，他立刻又精神了，不由得哼起东坡先生那阕《满庭芳》：“蜗角虚名，蝇头微利，算来着甚干忙。事皆前定，谁弱又谁强……”东坡哼完，又换柳词，柳词吟罢，又唱晏家父子，才唱完晏几道那句“觉来何处放思量。如今不是梦，真个到伊行”，就真的到了力夫店。

下驴一瞧，店门虽还开着，里头却只点了一盏油灯，店主单十六独个儿坐在灯边读书，并不见程门板。胡小喜忙进去问，单十六说：“程介史的确一直在这里候着，不过天黑后，一个府吏赶过来报说，城南蔡河边又发现一具尸首，也是被割了喉咙，嘴里塞了根萝卜。”

“啊？死的是什么人？”

“一个卖肥皂团的。我记得解八八朋友里便有一个卖肥皂团的，不知是不是一个人。”

“那个解八八醒过来没有？”

“没有，仍在昏睡。赵太丞下午来看过，说情势不妙，唉……”

胡小喜愣了半晌，心里琢磨，这案子看来只和这一伙澶州人有关，最早发现那具尸首恐怕也是他们一伙儿的。他进到里间瞧了瞧解八八，果然和上午一样，没一丝好转。他犹豫要不要再赶往蔡河，但实在太累，便道声别，骑上驴，往家赶去。

他家在城东北角陈桥门外，一个临街小铺，后面一院小宅。仅靠他爹做吏的那些薪资，难以养活一家。他娘便操持起那个小铺，日常卖些食罩、吊挂、拂子、蒲坐……到家门口时，店门已经关了，门缝里却透出些灯光。

他下了驴，先凑近门缝往里偷望，他爹和他娘正对坐在灯前，一个在翻看账簿，一个在扎拂子。他娘随口念叨：“这家门户跟咱们倒也相当，那女孩儿我也偷偷去瞧过，模样不差，脸盘圆嫩，带些福相。走在路上都抿着嘴、含着笑，性格儿瞧着也和气。只是柴婆说，她家财礼至少得二百贯，也高得太多了些，搭两架梯子都摸不着脚底……”

“只要人好，聘资你莫愁。”

“一个铜钱一只眼，一文逼死英雄汉。我不愁，难不成半道上白抢人家一个闺女去？”

“你就安心相看，其他的莫乱焦，我已安排好了。”

“真的？”

“灯前头谁跟你说梦话？”

胡小喜听了，心里暗喜。他装作刚到，放重脚步，拍了拍门，大声唤：“娘！”

回去路上，犄角儿不住扭头瞧着阿念。

天已经黑下来，阿念的脸隐在夜色里，经过有些店门前挂的灯笼时，才能瞧见她秀巧小鼻头、抿嘴甜笑的嘴角，映着灯光，像新煮的元宵一般，细白香润。他咽了口唾沫，恨不得轻轻咬一口。

“你又饿了？”阿念忽然扭过脸瞅着他。

“没……没有啊。”

“才走了半条街，只要有灯笼，就听见你吞口水。先前还是酒店食店，刚刚那个是靴子店，你也吞口水。你连靴子都馋？”

犄角儿脸顿时通红，他也不知自己为何如此饥馋，竟还被阿念听到。他忙转开话头：“刚才那茶肆店主不睬我，竟被你降伏了他。你真是能干呢！”

“嘻嘻，那都是小娘子教我的。她说，去哪里都不必怕，这世上的人大多是攀高踩低。若有人低看你，你就说出一串最稀罕、最值钱的物事来，要说得像是报自己家里的人名一般。人越势利，胆儿便越小，一串名号就能唬得他们膝盖发软。”

“难为你记得住那么些茶名。”

“我也纳闷，别的我总记不住，小娘子教我的，我一听就能记住。我生下来似乎就是为跟着她。”

“除了茶名，你还记得什么？”

“多得数不过来。不过呢，我家小娘子心上最爱的有四样。头一样是花，第二样就是茶，第三样是酒，第四样是草虫。这四样我记得最多。就好比那些茶，她让我送了一幅刻丝给茶行的行首，每年新茶运到，那行首都拣最好的每样给她送几饼过来。每回她都要让我尝，还让我背下那些名号。她刻丝赚的银钱，一小半都拿来买花、买茶、买酒了。”

“她还吃酒？”

“怎么不吃？她说，男人爱的，我若想爱就爱。男人不爱的，我也想爱就爱。我自自在在一个人，理会旁人做什么？夜里只要有星星月亮，她都要燃一炉香，烫一瓶酒，有花就对着花，没花就对着树，自己闲坐一会儿，谁都不许打搅……你瞧，月亮已经升起来了，不知道小娘子这会儿在哪里？若是在家里，月亮这么亮，她已经吩咐我搬小儿、取香炉去了。不成，我又想哭了……”

“那我们赶紧回去，把打问到的告诉小相公，他一定能想出法子。”

两人加快了脚步，匆匆赶回了染院桥。到了朱家，犄角儿伸手一推，院门没闩。推开门一瞧，里头景象让两人一起愣住。

房里没点灯，黑漆漆的，唯有院里和廊下有两点灯烛光。院子中间地上搁了盏白罗圆灯笼，绣着柳丝翠鸟，照出一小圈亮光。由于没放平，里头烛焰将白罗罩熏出一团黑。张用跪在灯前，面前地上画了一个方框，里头纵横排着一些玉签。这些玉签由青玉制成，香杆儿粗细，有长有短，长的六寸，短的三寸，在灯光下莹莹发亮，是算筹。张用嘴里急急念着一些数字，飞快变换方框里的玉签排列位置。犄角儿知道张用在运算数字。

另一点灯光则在前廊下，是一小截红蜡烛，搁在晒豆子那只竹箩中间，烛焰微微摇动。竹箩里的豆子还剩一小半，朱克柔的娘区氏仍坐小凳上，低着头，一颗一颗细细检视豆子。她竟真的照张用说的，将豆子按好坏分别丢进脚边三个小箩里，神情专注，全然忘了周遭。

犄角儿又向张用望去，张用仍在飞速移动那些玉算筹。犄角儿虽然跟了张用这些年，却只背过《孙子算经》等一些算术口诀，如“一纵十横，百立千僵，千十相望，万百相当……”大致知道算筹横着是奇位数，纵着是偶位数。乘数在上排，被乘数在中排，得数在下排……这时，他只看出张用算的数字不小，而且算式一道道不断更换，估计又是在计算仪象台的那些尺寸数目。

“小娘子的灯！小娘子的算筹！”阿念却奔到张用身边，惊嚷起来，“小娘子最爱净，一点灰末都不许沾，张姑爷竟放在地上……啊？灯罩被熏黑了，小娘子若看见，定要恨死你！”

张用却全没理会，继续埋头飞速运算。犄角儿又扫了一眼张用身旁地上，才发觉满院子地上画满了各样图形，有圆、有方、有条形、有梯形……再仔细一瞧，画的似乎是木杆、齿轮、支架、小木偶……大大小小、长长短短，拼合在一处，正是仪象台草图。

“哈哈，算出来了！”张用忽然大笑一声，将手里剩余的玉算筹一把丢到地上，抬头望向阿念，“你家小娘子这玉算筹平日想必也算不到什么大数目，今天我用它算出了仪象台枢轮尺寸，她若是知道，一定欢喜得紧！”

“才不呢，小娘子说过，这世上最好的都是没用的。”阿念忙俯身去捡拾那些玉算筹，边捡边吹灰拭土。

“哦？她竟说过这话？”

“当然啊。”

“她说过有哪些？”

“多呢。像青天、白云、好梦、诗词、花香、鸟鸣……”

“哦……倒也罢了。还有什么？”

“还有……”阿念却有些犹豫，抬头望向廊檐下的区氏。区氏却仍在埋头拣豆子，全然没听他们说话。阿念脸上露出些羞意，放轻了声音：“还有相……”

“相什么？”张用大声问。

“嘘……”阿念又偷瞅了区氏一眼，声音放得越低，“相……思。”

犄角儿隔得远，听不太清，但看阿念那羞怯样儿，顿时明白是“相思”二字，他心里不由得一荡。

“相思？”张用声音越发大了，“她相思谁？”

这回区氏被惊到，抬眼望了过来，阿念忙用力朝他摆手。

正在这时，门外忽传来一个男子声音：“张作头。”

犄角儿被惊了一跳，忙回头去看，院门外黑暗中站了个人影，看不清容貌。

“谁？”张用回头问。

“我叫柳七。”

在蔡河边看到郑鼠儿的尸首，柳七心里又慌又乱。

人群里两个船夫模样的人争着讲给周围人听，他们撑着船正要回家，路过这里时，一个无意中瞅见岸边草洼里似乎有只人手，他们忙把船靠过来，上岸一瞧，果然有个人……

柳七耳朵听着，心里却不住急想。可无论如何，他也想不出行凶者究竟是谁，一天之内连杀四人，而且手段全都一样。同乡九人，已经死了四个，解八八也重伤难治，麻罗又不见了人，接下来恐怕就该轮到自己了。

他正在慌怕，马哑子慢腾腾走了过来，却不敢下来，只在斜坡上微俯下身，隔着人缝探头觑了一眼，随即被刺着一般，慌忙转过头，不敢再看。

这时河面上吹来一阵凉风，柳七不由得打了个寒噤。他忙朝四周望去，虽然没看到什么，却觉得有双眼睛在暗处盯着自己。他忙几步上去，低声跟马哑子说："快走。"

两人快步离开了那里，柳七边走边不住扫视四周，暮色渐浓，河岸边树影随之幽暗起来。柳七仍不时感到那双眼隐藏于树影、草丛中。他虽然知道没有用，仍扭头问马哑子："我们两个怎么办？"

"嗯……"马哑子埋着头，说不出一个字。

"去寻田牛？"

"嗯。"

两人又默默走起来，寂静中，足音异常响。

柳七始终觉着，除他们两个的，还混着另一个脚步声。他几次回头，都没见有人，不由得加快了脚步。马哑子原本步子滞慢，这时也跟着加快了。柳七心里暗暗庆幸，幸而还有马哑子陪伴。

夜幕落下，月亮升起，路上微有了些亮。田牛住在西南郊一片村舍里，不算远。两人一路都不出声，过了一座小桥，沿着田间土路，往西走去。

九个人中，田牛的性情最古怪。他眇了一只眼睛，不爱说话，极易动怒。

有回唐浪儿无事说了句："这老天也多事，为啥鼻子要开两个孔？一个不就够用了？"田牛原本一直坐在旁边修斧头，听到这话，猛然将刚卸下来的斧柄朝唐浪儿甩了过去，正砸中唐浪儿后脑。唐浪儿痛叫一声，栽倒在地上，后脑立即肿起个大包。唐浪儿虽没多少气力，嘴却从来不输人，爬起来捂着痛处，要和田牛理论，可刚开口骂"你个独——"田牛已怒瞪起独眼，攥着斧头朝他冲过去。江四和乌扁担忙过去死命拦住，麻罗也赶紧叫唐浪儿住嘴，拉拽半晌，才算止住一场恶争。

自那以后，众人都有些忌惮田牛。柳七更不愿触惹这种蛮汉，始终远远避着。唯有乌扁担，说话从不避忌，田牛也单单不和他计较，两人倒常在一处。

若是平常，柳七绝不会动念去寻田牛说话，可眼下这情势，九个人只剩他们三个，无论如何也该见面说一说。

快要走到时，马哑子忽然站住，犹犹豫豫说："找见田牛……怕也没用。"

柳七没料到他会说出这话，忙停住脚，扭头向马哑子望去。月影下，马哑子面容看不太清，他略踌躇片刻，露出一丝苦笑，慢慢说："佛家说诸般都是因果业报。咱们就各寻己路、各投己命吧。咱们九个人中，你是最灵觉的一个，只是心肠太灰冷了些。你好好保重，倘若能渡过这一劫，莫辜负老天恩意，打起兴头，好生过一场。我就自己先回去了。"

马哑子又笑了一下，如同腌皱的老菜叶在热汤里舒展开了一般。随后，他便转身走了，仍埋着头，脚步也仍旧迟慢，但似乎不再滞重。那背影秋叶随风一般，消失于暗夜之中。

柳七愣在原地，不住回想马哑子将才那番话。他从没认真留意过马哑子，马哑子也从没跟他这么说过话。这时他才发觉，马哑子虽然一直缩在暗处，心和眼并不暗，相反，他恐怕比谁都看得清。

第十二章　第十人

静故了群动，空故纳万境。

——苏轼

柳七只得一个人去寻田牛。

天黑路暗，又是独自夜行，寒惧又升了起来，不时听到后头似乎有脚步声，两旁林子里也似有人窥伺。他不敢再慢行，拔腿跑了起来。

他并没去过田牛的住处，只听乌扁担说过。在田路间绕了许久，才寻到乌扁担说的那片村舍。城中房舍赁价太高，外路州来的工匠、小经纪哪里担负得起？便都在城郊赁农舍住，这片村舍便聚集了许多。才进巷口，就听到小儿哭声、妇人嚷声、男子骂声、狗叫声、敲锅声、摔碗声……柳七原本最厌这等嘈乱，这时却备觉安稳亲切。正想找个人打问，旁边一扇院门打开，一盆水哗地泼了出来，他慌忙倒跳两步，躲开了那水，却踩到一片烂菜叶，顿时滑倒在地，后背又被一块石子硌到，疼得几乎背过气。

半晌，他才爬了起来。身上背的营生袋子掉在地上，里头的物件全都散落出来。月光又照不到这边，漆黑中他只能用手摸着一样样装回去。也不知道遗落什么没有。不过随即想到，命恐怕都要不保，还计较这些？于是他背起袋子，转头看泼水那门，却已经关了。夜晚又不好乱敲人的门，正在犯难，巷口走过来一个人，隐约辨出是个男子。他忙迎上去问：“大哥，请问修砧头的田牛住在哪里？”那人抬手一指：“往前左边第三个院门。”

柳七忙道声谢，走到那个院门前抬手敲门。开门的是个妇人，恶声恶气地问是谁。柳七忙问田牛，那妇人厉声说：“没在！”说着砰地关上了门。柳七顿时愣住，想再敲门细问，犹豫片刻，还是转身离开了。刚走了两步，身后那门忽又打开，一个苍老声音问：“你是田牛的朋友？”

柳七忙回转身，月影下，一个瘦高的老者跨出门来，脚似乎有些跛。柳七记起来，田牛在京城四处寻活儿，无意中遇见个修砧头案板的老匠人，顺手帮过那老匠人一把。老匠人感他热心，便收他为徒，教他活计，并让他住在自己家里。

柳七忙答：“我们是澶州顿丘同乡。老人家，田牛没在？”

“田牛昨天说去会同乡，从昨晚一直没回来。”

“哦……”柳七心里一沉，又一个不见了。

“你昨天没见他？”

“见了，不过聚完就散了。”

“头两年，他常跟着那个叫乌扁担的，在外头乱混，夜里常不回来。我劝了他许多回，他都不听。后来才收了心，再没在外头过过夜。莫不是又被那个乌扁担勾走了？”

“我也不清楚，多谢老人家。”

柳七再没心气多言，转身便走。走了十来步，回头一望，那老匠还立在院门前，虽然只见瘦高黑影，却能觉出满心忧念。田牛如此命好，竟能在汴京遇见一个疼念他的人。他不由得想起自己赁住的那房东一家人，尤其小叶那女孩儿的清甜笑脸，令他心头一暖，但随之便涌起一阵悲凉。

这世间人心，有时冷比寒风，有时又暖比冬火。只是寒风始终太大，冬火又从来太弱，一吹便熄。想要再燃，却千难万难。

他已经身心乏极，原要回住处去歇息，但一想，唐浪儿、解八八、郑鼠儿都是在住处遇害，乌扁担藏身在那座宅子，没人知道，凶手都能找见。自己若回去，自然凶险。再想到房东一家人，汴京上百万人里，好不容易遇着那点微火，就莫要引去寒风，让它熄了。

但若不回住处，能去哪里？

自小，他就觉着自己和乡里其他孩童不一样，他不愿睬他们，他们也不愿理他。但那时至少还有爹娘家人，尤其添了妹妹之后，瞧着那乖巧模样，他心头比父母更疼惜这妹妹。他一直都有些虚弱，在妹妹跟前，却忽然生出许多气力，为了护妹妹，便是与百十个凶汉斗，他也不怕。可一场洪水后，家没了，爹娘没了，妹妹也没了。他一直没哭过，不是忍着不哭，而是心里冷透，哭不出来。虽然遇着江四、乌扁担他们八个人，同患难、共逃荒，可心里始终有道沟，护城河一般，围在心外，连桥都难得搭起。眼下，就连这八人，也死的死、散的散。他不知是自己注定孤命，还是这人世本就寂寞。就像柳永，身为天下第一等词人，不也寂寞终老？

他走出那巷子，呆望着月下草野，惆怅许久，被草丛里蹿出的一只田鼠惊到，忙醒了过来，眼下不是悲情愁绪的时候，接下来那凶手便该寻我了，我不能就这么死掉。慌忙中，他忽然想起一个人——作绝张用。

张用要寻乌扁担和任十二，找那个朱家小娘子。眼下虽不知道乌扁担和任十二把那个小娘子弄去了哪里，不过或许和那凶手有关。就算无关，张用在京城大有脸面，又极有智识，若能求得他出头帮助，或许能找出那凶手。只是，那凶手一定不是常人，甚而连是不是人，都未可知，真能找见？找见后又能如何？柳七忐忑许久，最后想，无论如何，试一试总比这样惊怕无措好。

于是他快步进城，向染院桥赶去。一路上仍不时觉得有人跟、有眼盯。又累又慌，总算到了那个宅院，见张用正站在院子里说话。他也不管让不让进，几步走进了院里，径直走到张用面前——

“我知道那两个轿夫的下落。”

“哦？你是来讨五十两银子？”

“我不要钱，但你得答应我一件事。”

“哦？说。”

“这里头有桩凶案，你得答应我，找见凶手。”

“哦？接着说。”

柳七见那两个仆婢全都盯着自己，廊檐下那个老妇人站起身，一个中年仆妇从旁边的厨房里走了出来，全都惊望向自己。他有些犹豫了。

“你就算只说给我听，这几个人也要挨个问我，我也得挨个告诉他们。这一圈挨个下来，够我算出第二层小轴轮的尺寸了。你莫耽误我的工夫。说吧！犄角儿，关院门。阿念，搬个凳子来，这位柳七哥瞧着腿有些软，让他坐着说。”

柳七看着犄角儿忙去关了院门，阿念搬来两只黑漆圆凳，一只放到柳七身后，一只搁在前面，将地上一盏绣灯小心端起来，拿绢帕轻轻掸净底下的尘土，小心搁在凳上。

“柳老弟请坐，你是造猫窝的？”张用笑着伸手示礼。

柳七听了一惊，见张用眼瞅着自己背的青绸袋子，袋口明明扎着，他竟能猜出里头的物件，更凭此猜出我的营生？柳七惶然点了点头，将袋子搁到脚边，坐了下来。可其他人全都站着，只有自己坐着，又有些不自在。

张用忽然蹲了下来，双肘支在膝盖上，两手托住腮，又扭头吩咐犄角儿和阿念：“你们也蹲下，好听柳七先生开讲。”

那两个对视了一眼，犄角儿有些不情愿，但看阿念笑着蹲下，也就跟了蹲在她身边，一起望着柳七。柳七越发不自在了，之前听人说作绝张用有些疯癫，果然没说错。这样的人靠得住？

“你信不信得过我不打紧，眼下你也没有别的人可找——”张用托着腮、眨着眼又笑着说，“你慌得这样，要我帮你寻一个凶手，那凶手必定瞄上了你。你说你知道那两个轿夫在哪里，你说这句话时语气发虚，却不像说谎。那你为何发虚？虚在‘在’这个字上，那两个轿夫既在、又不在。那一定是已经死了。你脚底沾了新泥，裤脚被露水打湿，自然是从城外赶来。这么晚了，你不去寻别人，只来寻我，自然是找不见其他人帮你。因此呢，你说吧。”

柳七听了，越发震惊，再不敢轻视张用，心里也安稳了许多。于是，他慢慢讲起几个朋友相继被害的事。刚讲到看见乌扁担和任十二的尸首，那个老妇人忽然奔了过来：“那两个轿夫死了？我柔儿呢？我柔儿在哪里？”

“岳母大人，这位柳七哥并不知道您女儿的下落。”张用笑着抬起脸。

老妇人仍盯着柳七：“你没见柔儿？你不知道她在哪里？”

柳七忙摇了摇头。老妇人顿时哭起来，张用站起身扶住她，笑着劝道：“您老莫慌，还是好生去拣豆子。您连那一箩豆子都没拣完。您女儿那般娇贵，不拣个三五十斗，哪里能求得回来？”张用哄着老妇人又到廊下坐好，抓了一把豆子在她手里，老妇人抽泣着继续拣选起豆子来。张用这才又回来蹲下，让柳七继续。柳七又将见到郑鼠儿尸首、寻田牛不见的事说完。

张用听后，笑着点了点头，眼珠略转了几转，忽然问：“你们九个人来京城几年了？”

“三年多。”

“我瞧你两只手，原先该是做重活儿的。你们如何在京城谋到生路的？”

柳七有些纳闷，不知他为何要问这个，便将自己一伙人逃荒来京的经过讲了一遍。

张用听后忽然盯住他：“你知道凶手是谁，对不对？”

柳七一惊。

张用仍盯着他：“你虽然知道凶手是谁，但看你的神情，你根本不信这人竟会寻到你们。我猜这凶手必定已经死了，至少死了三年！”

柳七越发惊得寒毛竖起。犄角儿和阿念也一起惊望张用，原本站在厨房门边的中年仆妇也往前走了两步。

“这个死鬼之所以寻见你们，一个一个地杀掉，自然是来报仇。说到他，你眼神里始终有些躲闪，此人的性命是被你们谋害的，对不对？”

柳七惊望着张用，觉着自己的魂被这人剥开了一般，几乎从凳子上跌倒。阿念和那个中年仆妇更在一旁同声惊呼。

张用则仍笑盯着柳七：“你将才说起你们九个人来京城谋营生，有两个字接连说了几次——白干。你求那猫窝匠教你手艺，说白干也成；解八八去力夫店寻活儿，说白干也成；麻罗去裱画店，说白干也成；郑鼠儿去肥皂团工坊，说白干也成……你们不过是逃荒来京，一两个人为求一门生计，说白干倒也不奇怪。但你们个个都这样，这就古怪了。你们袋里自然都有些银钱，估计一两年还是维持得过，因此气才敢都这么壮。你们都是逃荒之人，原先又都不过贫寒农户，哪里来的钱？自然是从那死鬼身上得来的，你们杀他，是为了钱。有了这本钱，你们才一起商议好，若想在京城立足，就得学一门技艺。哪怕白干一两年也成。对不对？”

柳七的心被戳了一刀一般，浑身顿时冒出冷汗。

张用继续说：“你莫怕，我最怕麻烦，你们杀没杀人、自不自首，与我无干。天道循环，有欠有还，何须我插嘴插手？我只是要替岳母大人寻回女儿。如今这事又关联到那个死鬼，你若愿意说就说，不愿意说，我再寻其他法子。这世上千缺万缺，唯独法子不缺。”

“我说……”柳七垂下头，脚尖用力擦着地面，犹豫了半晌，才慢慢开口，“那场洪水中，爬上那只筏子的，不是九个人，而是十个。第十个人叫黄三奇……”

这桩心事一直压在柳七心底三年多，他们九人也始终回避这件事，谁都不愿碰。这时终于被张用戳破，柳七心里顿时轻松了许多。郁积一旦开了缺口，便再止不住洪水外溢……

那天，柳七在洪水里挣扎，眼见那只木筏漂过来，忙拼力游过去，却被激浪不断冲开。若不是马哑子伸手拽住，早已没了性命。他爬上那筏子，呛了半天水，才渐渐缓过神来。那时才看到，筏子上有四个人，江四、马哑子、乌扁担、麻罗。每个人都全身湿透，满脸哀疲。

后来柳七才知道，那只救了他们命的筏子，原也并不是筏子，而是江四家的篱笆。端午那天，江四回到家，见家里篱笆的桩子被雨水泡松，整片倒了下来。便淋着雨去修篱笆，重新将桩子立稳，又砍了许多粗枝条，将篱笆密密扎了一遍。才扎好，洪水便冲了过来。江四被大水冲到篱笆上，篱笆又被连根拔起，他趴在篱笆上，迅即被冲走。回头看自己的家时，早已经被洪水冲塌，房顶的茅草梁柱四散漂开，到处浊浪黄洋，父母妻儿全都不见。他拼力叫喊，声音却被雨水声掩住，连自己都听不清。

他趴在篱笆上大哭起来，漂了一阵，看到水中挣扎的乌扁担，才止住哭，伸手将乌扁担救了上来。接着他们又陆续救了麻罗、郑鼠儿、马哑子和柳七。而后是解八八、田牛、唐浪儿。其中麻罗、乌扁担和柳七早已相识，他们三个同在瓷场做碾工，用木槌捶碎瓷石瓷土。

黄三奇是最后一个被救上来的。认出是他后，大家都有些愕然。

黄三奇在这顿丘县几乎无人不知。他父亲黄藏是个瓷场主，多年前来到澶州顿丘开起瓷场。顿丘县原先只有两座粗瓷小窑，而黄藏则是从磁州一座名窑偷学到精妙烧瓷手艺。当世名窑中，汝、官、哥、钧、定等窑，不论南青或是北白，皆以单色纯釉，讲求清素静雅之致。磁州窑则自成一派，主烧民间瓷器，器形豪朴，更引书画入瓷，独创白地黑绘新技，或剔花、或画花，纹样更是遍及花鸟鱼虫、龙凤百兽、仙凡人物、市井百态……由于工艺精良、花色鲜奇，极得民间喜爱。此外，黄藏又极擅结交官府及豪家，不上三年，便挤走了那两家小窑，独占顿丘瓷市，连外州县的瓷器也渐渐被驱走大半，黄家因此成为当地巨富。黄三奇是家中幼子，依仗父势，更是百般招摇。

大雨洪水之中，众人与黄三奇同舟，起先倒也顾不得多想。那篱笆承不住十个人，侧翻了几回。江四忙招呼乌扁担、田牛、郑鼠儿几个壮些的，下到水中，抓紧篱桩，一起托住，这才勉强稳住篱笆，随洪水一直漂往下游。不知漂了多远，不但水里的江四他们没了气力，连柳七他们在篱笆上的，也几次险些被浪拍进水里。

麻罗望见前头有一处高岸，岸上一棵大树被冲倒，粗枝伸进水里。他忙在篱笆上大声招呼大伙儿，喊着号子，一起拼力，向那岸边划去。几次被水冲偏后，借着一个浪头，他们才终于靠近水边那棵大树。乌扁担一把攀住那大树的树枝，麻罗忙唤柳七他们各自拽住一根树枝，大家一起用力，才费力靠了岸。众人忙纷纷跳了上去，奔到高处，这才一起坐倒。回望过去，只见一片黄浊汪洋，大水淹没了大半个县，除了县城一带，周遭尽成了海。哪里瞧得见人影？各人连自家房址都寻不见。黄三奇家那般大庄院，也尽没在了水底。那庄院正在洪水缺口边，他爹那天过寿，正在摆宴，主客几百口人全都被冲走。黄三奇去州里买到一件寿礼，正骑马往家里赶，才侥幸躲过一劫。

各人焦忧家人，不由得一起放声大哭。只有柳七，呆怔怔坐着，心里结了冰一般，一滴泪都流不出。

哭累后，一伙人仍呆坐在大雨里。天渐渐暗下来，大家都饿了。马哑子身上背的布袋里有给家人买的粽子，他拿了出来，默默分给了大家，正好一人一只。都是青壮汉子，一只粽子哪里填得了饥？但众人身上再都没有吃食。

柳七留意到，他们九人穿的都是旧布衣裤，只有黄三奇是蓝绫衫子、青绸裤，背上还斜背着个白绢包袱，瞧着有些沉重。

乌扁担也发觉了，他大声问："你包袱里背的什么？"

"嗯……是……萝卜。"黄三奇身子往后缩了缩。

"萝卜？拿出来大伙儿吃啊。"

"嗯……刚吃了粽子，接下来还不知道怎样呢，得省着些……"

乌扁担也没再说什么，气闷闷叹起来："接下来咋办？"

"先找个地方躲雨，等明天再寻家人。"江四站起身子，四处望了望，"那边有棵大树，去那里躲雨吧。"

大家一起起身，走到不远处那棵大树底下，是棵老槐树，几个人围抱不过来。大家便靠着树根围坐避雨。虽然头顶枝叶茂密，冰冷雨水仍不时滴落，众人心里又都寒透，互相挤挨着，都默不作声。唯有黄三奇一会儿哭几声，一会儿又怨冷怨疼怨爹娘。乌扁担受不得，何况这时节哪里还分尊卑贵贱？他便吼骂了两声。黄三奇也明白这情势，低声碎叨了几句后，便悄然收声了。

好不容易挨到天亮，众人忙一起回到水边。一眼望过去，仍是一片无边浊海。十个人寻了一整天，一个都没寻见自己家人。只见到一些灾民，都是离洪水稍远高地上的人户。县城外一座小丘坡上，有官府舍粥赈灾。他们在冲坏的房屋里一人寻了一个碗，过去排队领了一碗粥、一只饼。其他人都只喝了粥，勉强止住饥，饼省着没敢吃。只有黄三奇连粥带饼全都吃尽。

大家四散开，又各自继续去寻亲人。柳七沿着水边茫茫地走，越寻心越冷。也愈发觉着，上天无情，活着只有苦，爹娘和妹妹死了恐怕反倒好，少受些磨折煎熬。不知走了多久，天快黑时，他无意中又走回到昨晚上岸的地方，其他九个人竟也全都又聚在了那里，都坐在水边，有的在哭，有的在发怔。柳七疲乏之极，过去默默坐到了一边。

坐了半晌，黄三奇忽然一把抹掉脸上的泪水和雨水，拖着哭腔说："我要去汴梁，我要去寻我二伯父！我二伯父是京城大吏，刑部衙前开拆官，在三品京官儿手底下办大事，比我爹更强。二伯父最疼我，说我最灵便，常唤我去京城，跟着他发迹。你们谁愿跟我去？"

众人望着他，都没答言。

“你们九个里头，我认得一半多，都在我家瓷场做过工？你们三个在碾场——”黄三奇伸出左手尖细小指，挨个儿朝柳七、麻罗和乌扁担点过，又指向马哑子，“哑巴，你是驮釉灰的，对不对？独眼，你是……淘泥的？江老四，你是装坯的？你上回偷瞧我爹装窑，被打了一顿撵走了？”

柳七有些吃惊，他们九个人中竟有六个在黄家窑场做工。场主黄藏怕手艺外泄，将窑场分隔成几个院子，一道工序一个院，让数百名工匠彼此区隔。每个工序的要紧环节，只传给自己子弟亲族，严防雇工偷学。尤其是装窑时，生坯数量、位置与火道布排极有讲究，略有差池，则一窑尽毁。因此，从不许外人偷窥。

黄三奇又望向解八八、唐浪儿和郑鼠儿：“只有你们三个没见过，不过不怕，我不分新旧，只要路上伺候得好，到了京城，我一定让二伯父赏你们个好差事，让你们好吃好穿，好歹也跟着我风光一回。”

大家听了，互相望望，都是贫苦人，又都没有出路。麻罗先点了点头，唐浪儿和乌扁担忙跟着点头，江四、郑鼠儿、解八八、田牛也相继点了下头，马哑子缩在最那头，不知有没有点头。柳七自己则有些见不惯黄三奇那骄横样儿，没有作声。

“你们都愿意跟着我？好！我都带着。也让二伯父瞧瞧，我不是丧家的野犬，只剩个瘦影儿。我脚骨都要断了，再走不得路，你们几个去给我寻顶轿子，天要黑了，我死也再不睡那大树底下，幸好昨晚没有雷，若不然早就被劈成焦骨头了。今晚我得找个舒坦住处。”

第十三章　杀

听其声，求其义，考其序，无毫发可移，此所谓天理也。

——沈括

“嗯，这个黄臭臭虽没被劈成焦骨头，却不知道自己是一根鲜肉骨头，他爹又没教他狗是狼的舅，无事莫乱逗。雨夜荒郊，肚饿牙痒，生生把九个娘舅逼成了九头外甥，哈哈。继续，你们如何杀的这臭臭？”张用笑着问。

柳七听了，心里一阵不自在，像是肠肚被张用伸手进去掏弄一般，这才有些后悔不该来这里，便闭住嘴不肯再说，低头盘算起来。

“你想逃？这凶徒一夜之间连杀你四个同乡，接下来恐怕便是你了，你逃得掉？还有，就算你不说，你们九个只死了四个，还有五个活口。这案子不小，我能轻易猜出黄臭臭的死，官府迟早也能查明白。与其被官府拷问，不如悄悄告诉我，早些找出那凶徒，你也就平安了。至于黄臭臭，他已死了三年多，尸首自然也绝寻不见，到时间你再来个尸骨无存、死无对证，不就脱得净光了？”

柳七望着张用，不知该信还是该怕。但相比张用，那凶手更可怕。当年的凶案，的确像张用所言，尸骨无存，死无对证。哪怕官府查问起来，也能抵死不认。倒不如信一回张用，凭他的过人聪颖，或许真的能查出那凶手。两头相比，最差都是死，他宁愿知道真相后，清清楚楚地死。

定下主意后，他又开口讲起来——

那天，黄三奇刚嚷完腿脚疼，又说肚子饿了。唐浪儿忙从怀里取出自己省下的那只饼，弓着背笑嘻嘻递给黄三奇，黄三奇却不乐意起来：“没有桌椅碗碟箸子也就罢了，这样蠢大一张饼，掰也不掰开便拿给我，当我是花子吗？”

众人听了都一愣。唐浪儿顿时有些难堪，但还是掰开了那饼，讪笑着递了过去。黄三奇一手接过一半，先咬了一口左边那半，边嚼边说：“若是在我家宅子里，那几个使女见我走累了，早就争着来替我捶腿了。”接着，他又咬了一口右边那半，“我又不是蜈蚣，哪有那么多条腿让她们抢？我只许阿七和小梅挨近，这两个丫头还算有些姿色，小梅又比阿七媚一些，我就让小梅捶大腿，阿七只许捶小腿……”

唐浪儿站在那里，嘿嘿讪笑。柳七心里厌恶，瞧不下去，便爬起身走到一边。经过乌扁担时，见他脸生怒气，拳头攥了起来，麻罗在旁边也发觉了，忙拽了拽乌扁担的袖子：“走，我们去寻轿子。”

“我也去！”唐浪儿忙跟了过去。

其他五人都各自低头，坐回到水边。黄三奇也坐了下来，一边嚼吃一边嫌弃，一边不住夸耀自己家中诸般富贵尊享。柳七虽隔得有些远，却也听得清清楚楚，越听越厌恨。但黄三奇所言的那些，都是他从未经见过的。他曾听人感叹“富贵压死人”，当时还不以为然，心想你富你的，我穷我的，有什么相干？柳永一生潦倒困穷，但这世间所有富贵也敌不过他一句词。然而，这时他才发觉，“富贵”这两个字果真如山一般重，就如渴思水、饥求饱，根本由不得人。人说不相干，只是并未真的见识到富贵。真站在富贵面前，不知道骨头要多硬，才能挺直。柳七知道，自己虽不爱听，但在黄三奇面前，气立时便弱了几分。

他默默吃完自己那只饼，其他几个也都四散悄悄坐着。黄三奇继续夸耀着富贵，没人出声打断。等了好半晌，才见麻罗和乌扁担扛着个木架子回来了，唐浪儿跟在旁边。那架子瞧着极粗陋，两根才砍削的长树枝，手腕粗细，两头用短棍扎住，中间用藤条编了个兜子。

黄三奇见了，立即嫌弃道：“这是什么鬼糙物事？不把我屁股扎破？”

麻罗忙说：“四处都寻不见轿子，就算有，我们也没银钱借赁。幸好乌五腰里还别了把柴刀，我们就现砍树枝，扎了个檐子。您就先将就将就，到前头村镇再想法子。”

“跟着我还愁没银钱？在这顿丘县，便是知县的轿子，我说借，他也不好推辞的，谁敢跟我讨赁钱？算了，天也不早了，只好委屈我的尊腚了。”黄三奇说着走过去，跨过木杆，坐到了中间藤兜儿上，把背上的包袱转到胸前抱住，大声吩咐，“走！去汴京！”

麻罗在前，乌扁担在后，一起抬起那檐子，柳七和其他人也都起身跟在后面，往南边赶去。

小雨一直在飘，天色渐渐昏暗。黄三奇一路哼着小曲，猫叫一般，柳七听得心都要揪起。不只如此，后来，黄三奇竟哼起柳永那首《蝶恋花·伫倚危楼》。到末尾那句“衣带渐宽终不悔，为伊消得人憔悴”，竟也不住声地反复哼吟。柳七听着，就如肚肠被黄三奇扯住绞拧一般。他瞧着乌扁担后腰别的柴刀，恨不得立时拔出来砍死黄三奇。可就在这时，那檐子忽然一歪，黄三奇怪叫一声，滚栽到了泥地上。原来是麻罗在前头滑了一跤。

黄三奇顿时骂起来：“瞎了眼的贼囊囚，这个独眼都没跌倒，你倒白鼓瞪着一对卵子，望屎汤里栽。知道我身上这件衫子值多少银子不？路都走不好，怎么跟我去京城厮混？你立刻给我滚！”

乌扁担听了，顿时恼起来，抬起腿就踹黄三奇。

“你踢！你踢踢试试！”黄三奇从泥地里挺起上身，反迎了上去。

乌扁担见他这样，顿时有些生畏，脚临踢到他胸口时，不由得停住了。

“你也给我滚！寻你家那些水鬼去！”黄三奇爬起身尖声骂起来，“剩下你们几个也给我听着，我伯父是刑部开拆官，你们知道刑部是做什么的？专门追拿全天下贼人匪盗。你们胆敢惹到我，我让伯父发一张海捕文书，你们便是逃到番蛮地界、荒沟野洞，也把你们揪出来，绑到市口上示众砍头！独眼丑怪，你瞪着我做什么？你——啊！”

黄三奇忽然怪叫一声，倒在了地上。是麻罗，从地上抓起一根烂树根，一猛棍敲中黄三奇头顶。大家都吃了一惊，一起望向黄三奇，黄三奇瘫倒在泥地中，一动不动，昏死过去了。

“兄弟们，我有件事跟大家商议——”麻罗站在夜色中，面目看不太清，但身子微颤、声音发紧，“我受雇去他家窑场，原想着能学一门手艺，可三年多，成日只许我们踏木槌、碾瓷土，这活儿，便是驴子也做得来。那些真实技艺，全都藏得密密实实，多问一句，便是一场骂；多瞧一眼，更是一顿打。三年只做了头没饿死的骡子。跟着这人，我们只有受欺受虐，不如自己奔自己的命。”

“对！”乌扁担气哼哼应道。

“不过——咱们家已没了，钱也没了，手艺更没有。这往后的路恐怕极艰难。这人说他包袱里是萝卜，我瞧着不像……”

麻罗俯身从黄三奇身上解下那个包袱，搁到藤兜儿上，伸手解开。柳七和其他人全都凑了过去，昏暗中，见包袱里是一根油纸包的长卷儿，一个青绢袋子。

麻罗先拿起那长卷儿，打开油纸，里头是一个卷轴。他展开那卷轴，原来是一幅画，画布黄旧，上头画着一枝花，还有两只雀。柳七不懂画，其他人也一样，看了都有些失望。麻罗将那画卷好，用油纸重新包卷起来，搁到了一边。又去取那青绢袋子，一提，极沉。他便放了下来，解开了袋口的系绳，将袋子捋了下去。哪怕天色昏黑，柳七和其他人一眼看到，都不由得低低惊呼了一声。

锦袋里是亮锃锃的银铤，而且是一堆，在夜色中银幽幽闪着亮。

“这一锭得有五十两吧？”唐浪儿险些落下口水。

“一共十锭，五百两。”江四数了一下。

柳七自生下来，从没见过这么多银子，不由得打了个寒噤。其他几个人头挤在一处，也都瞪直了眼。乌扁担更是咕咚一声，大大吞了口口水，青蛙跳水一般，异常响亮。

麻罗压低了声音：“十锭银子，我们一人一锭。还剩一锭，拿来当路上盘缠使用。如何？”

“好！”乌扁担立即应了一声。

柳七则先有些犹豫，但看到泥地上死蛇一般昏瘫的黄三奇，不由得点了点头。其他几人也半犹半豫先后点了头。

“那好，我还有些话——”麻罗环视一圈，沉了沉气，“咱们九个命大，才逃过这一劫。可像咱们这些穷贱人，活在这世上，哪天不是在洪水里讨命？这滋味，大伙儿怕也都是尝饱了的。如今家也没了，往后只能四处漂流。若是单个儿一个人，就未必这么好命了，死了都没人知道。我有个主意，咱们今天就结拜为兄弟，往后火里一处热，水里一齐冷，好事同欢，难事同担。大家看，如何？”

“好！”乌扁担又头一个应道。

“我赞同。”江四郑重点了点头，“活路艰难，咱们正该互相帮扶。”

“我也赞同！”唐浪儿也忙应道，“我自小没兄弟，一下得八个，嘻嘻！”

柳七正在寻思得了那一锭银铤，该往哪里去。听他们这样讲，先是一怔，随即望向身边这八个人，虽然没有一个真正能投他的意，这时却忽然觉到一阵亲暖。除家人之外，从没有过。他不由得轻声说：“我也愿意。”

解八八、田牛和郑鼠儿也先沉默了片刻，而后一起重重点了点头。最后只剩站在外围的马哑子，他一直低着眼在寻思，抬头见大家都望着自己，微有些窘，但随即露出些笑，点了点头。

“好！咱们往后就叫顿丘九虎！”乌扁担高声说。

“顿丘九虎？嗯，不错！”麻罗笑起来，大家也一起笑了。柳七虽觉着这名号不够雅，却很能壮胆气，也跟着轻笑了一下。

麻罗却随即收住笑：“眼下还有一件要紧事。这鸟货说他伯父在京城刑部，应该不是鸟扯。我们若这么走了，保不定哪一天被捉到……”

大家一听，顿时犯起愁来。

乌扁担喘了一阵粗气，忽然重重地说：“那就弄死他！反正这黑天野地，没人瞧见。”

“我也是这意思。大家看呢？”麻罗又扫视了一圈。

柳七刚讲到这里，张用忽然问：“你当时怎么答的？”

“我？”柳七一慌，忙说，“我没出声。”

“哦。那你继续……”

柳七当时的确没有出声，他想起之前用锄头砸傻的刘二牛。那回他并不觉着自己有错，那是为了惜护柳永的词。黄三奇虽也和刘二牛一样，用那脏嘴玷污了他至爱的柳词，但杀黄三奇却是为了钱。心中傲气让他不愿意做这等事。

他望向其他几个，那几人都眼现惧意，犹豫不宁。

昏蒙蒙中，一阵静默，只有雨声不止，落沙一般。

半晌，乌扁担闷声开口："你们怕，我不怕！我来动手！"

"不成——"麻罗沉声说，"这事要不做，都不做。要做，便一起做。若不然，没动手的，日后难保不去给官府做证见，只要有一个松口，咱们都逃不过。"

"可分了银子，没人撇得开。"江四忙说。

"杀人要死，劫钱却不。我亲身见识过，人为了保命，什么事做不出来？"麻罗语气如刀一般。

又一阵静默。一溜儿雨水从柳七后脑滑进光脊背，冰冷入髓。

麻罗忽然又开口道："这么办，我先来动手——这样，我罪责最大，我也愿意担。但你们必须一人补一刀，不论轻重，只要动过手便成。"

说着，他伸手从乌扁担腰间抽出那把柴刀，那刀面虽然积了一层锈，刀锋却仍寒光一闪。柳七心上像是被划了一刀，又打了个寒战。他身旁的郑鼠儿跟着颤了一下，其他几人也都露出避退之意。

"若想分银子，就得动手。不愿动手的，赶紧说——"麻罗握着柴刀，环视众人，"不得这五十两银子，当然活得下去。不过，我不知你们如何想，我是不愿再活得牲畜一般，每天累断腰，却只够吃两碗粗麦饭。想学门手艺，活得轻省些，可手艺是财路命根，非亲非故，平白谁肯教你？地上躺的这鸟货，一生下来便大宅大田、吃穿不尽。享尽了福不算，还倚仗他家老鸟货的势，到处欺人辱人。我听人说，'一门手艺通，银钱来无穷'。有了这五十两银子，再加上诚心、气力，便能去学一门手艺。有了手艺，便再不用牲畜一般被拴死、困死、累死，想去哪里活，便去哪里活。"

柳七原本已生出退心，听到这番话，脚像生了根一般，再拔不动。其他几个也一样，都望着麻罗，目光在夜影里急剧颤动。

"我再问一遍，有没有不愿动手的？只要有一个，咱们就把银子留给这鸟货，各自奔自家的苦前程。"

柳七心里一阵忐忑，"不"字根本说不出口。其他人也都静默不语。这时雨下得大了，噼噼啪啪砸在头脸上，又冷又疼。

"没人说不愿？既然没人，那我就动手了。"

麻罗握紧了手里的刀，微咧着嘴，牙关紧咬，身子有些发颤。雨滴砸到刀背上，发出当当重击之声，似在不停催促。麻罗低头望了一眼手里的柴刀，像是站在悬崖边向下探看。柳七的心也随之一紧。

麻罗重重呼了口气，右手再次紧捏刀柄，转头俯身，左手一把揪住黄三奇头顶的发髻，将柴刀抵向他的脖颈，黄三奇却仍昏迷不醒。麻罗像杀猪匠试刀一般，连换了几处位置。柳七眼里瞧着，觉着自己脖颈上一阵阵割痛，身子都紧绷起来。

麻罗试准了位置，右手臂略微一抬，左脚向后一蹬，柳七忙闭上了眼。他似乎听到唰的一声，身边几人全都随之低低惊呼。片刻后，又全都没了声响，只有雨声噼啪。他小心睁开眼，见大家都惊望着麻罗，而麻罗则已回转身子，仍握着那把柴刀，刀身上水不住滑落，黑暗中看不清是雨还是血。柳七小心望向泥水中的黄三奇，黄三奇仍那般躺着，脖颈处似乎有道黑口子，雨珠不断落向那里，黑水不断外溢。

“我已做完，下一个。”麻罗声音既冷又硬。

静默片刻后，乌扁担重重说了句：“我来！”随后从麻罗手中接过刀，大步走到黄三奇身边，背对着柳七，双手握柄，高举起来，略一停顿，随即重重戳下。柳七又忍不住闭住了眼，身边又是一阵惊呼。等他睁开眼，乌扁担已转过身，喘着粗气，大声喝道：“下一个！”

柳七这时真的怕起来，想逃，却根本迈不动腿。

“田牛，你来！”乌扁担走到田牛身边，把柴刀强塞进他手里，“这烂鸟一路上唤你独眼，你忘了？”

田牛原还有些推拒，听了这话，立即握紧刀，走到黄三奇身边，挥刀朝他的脸砍去。柳七第三次闭上了眼，耳中却听见噗噗噗三声，心也随之颤了三次。

“还剩六个——”麻罗的声音已经恢复镇定，“既然这事已经做下了，谁都莫要躲。”

柳七小心睁开眼，见田牛已侧转过身，定定站在那里，手里紧攥着柴刀，鼻孔里喷出一阵阵粗气，那只独眼朝上狠狠瞪着，像是要把天瞪穿个洞出来。

乌扁担要回柴刀，走到江四面前，抓起他的右手，把刀柄塞进他手里。江四虚握住柴刀，慌望向众人。

“赶紧！每个人都得砍一刀。”乌扁担催道。

江四一惊，手里的刀顿时跌落到泥水里，他忙俯身捡起，低头犹豫了片刻，而后抬脚朝黄三奇走去，脚步虚软，虽然只有三步远，却像是走了十几步。走到黄三奇身边，他又犹豫了半晌，乌扁担又催了一声“快啊”。江四这才狠起心，挥刀朝黄三奇腹部砍去。刀落得有些轻，听不到一丝声响。哪怕这样，江四仍慌忙后退两步，急急把刀还给了乌扁担。

江四刀落下去那一瞬，柳七耳边忽然响起黄三奇刚才滥吟柳永词的歪赖声音，心头怒火冲起，这回再没闭眼。他瞧着江四挥刀没有用力，更激起一丝莫名鄙夷，涌起一阵奇异嗜欲。他两步走过去，从乌扁担手里要过柴刀，走到黄三奇身边，一刀重重挥下，像劈柴一般，砍中黄三奇胸口。咔的一声，刀刃砍进肋骨，嵌在里面，竟拔不出来。这时他才慌怕起来，乌扁担过来推开他，将刀拔了出来。

柳七忙逃到一边，胸口急剧起伏，太阳穴一阵阵剧跳，心里又怕又悸，却又有些爽畅，连头发都似根根竖了起来。

乌扁担朝他点了点头，满眼赞许，随后将刀塞给了唐浪儿。唐浪儿却忙转塞给身边的解八八：“你先来！”解八八要推拒，唐浪儿却从背后一把将他推到了黄三奇身前。解八八踌躇呆立了片刻，见乌扁担和麻罗在两旁盯看，便一狠心，挥刀在黄三奇腹部砍了一刀，随即慌忙转身将刀递还给唐浪儿。唐浪儿见躲不过，便强笑了一下，朝黄三奇腿上轻轻砍了一刀，而后撂下刀就蹿躲到一边。

乌扁担从地上拣起刀，走向站得最远的郑鼠儿和马哑子，一把将刀塞到郑鼠儿手里，郑鼠儿像摸到火炭一般，手一抖，刀跌到了地上。他慌忙捡了起来，颤虚虚握着刀，快哭了一般：“我一个人不敢，马哥，咱们两个一起去。”

马哑子听了，慌忙要避开。郑鼠儿却一把抓住他的手，硬按到刀柄上。马哑子挣了几次都抽不出手。郑鼠儿死死攥住他，用力拖扯着，两人一起趺趺绊绊走到黄三奇身旁，却都不敢动手。乌扁担大声喝道：“只剩你们两个，赶紧！”

郑鼠儿身子一颤，尖嗓怪叫了一声，攥着马哑子的手，握紧了刀，高举起来，用力戳下……

第十四章　空谷壳

万事以心为本，未有心至而力不能者。

——欧阳修

张用见柳七说罢后满头汗水，便从腰后抽出那把团扇，摇着替他吹凉，笑着问：“你们杀了黄娇娇，又知道他伯父在京城刑部，却偏要来到京城。这也是那个麻罗的主意？”

“嗯。他说全天下最好的手艺人全聚在京城，一辈子若没到过汴梁，便是白活一场。黄三奇的尸首我们抛进水沟里埋了起来，并没人瞧见，他伯父也绝不会知道。除了黄三奇，我们并没一起再招惹过谁。黄三奇当时说自己包袱里背的是萝卜，这话也只有我们九个人知道。”

“黄娇娇那个伯父呢？”

“我们到京城后，偷偷去打问过，那年六月份，黄三奇的伯父因为贪渎被人告发，家产被抄，人被发配到沙门岛去了。家里只剩个老妻和三个儿子，赁了间小房，卖些鼠药蚊烟勉强度日。”

“嗯……那就和他伯父无干了。听起来，麻罗谨慎，江四稳重，剩下你们七个，除了乌扁担那根愣木头，都不是莽撞人，自然不会让那个黄呆呆留一口气来报仇。那晚他自然是死了。而那个凶手一夜之间连杀你们四人，仅算四人住处之间路程，都有五六十里地，驿递急脚快马都要累倒，活人就更难做到。这么说——”张用陡然提高声量，“是鬼！”

柳七吓得一哆嗦，阿念尖叫一声，犄角儿噗地坐倒在地上，廊下一阵噼啪乱响，区氏也被惊到，竹箩被颠翻在地，里头的豆子四处滚跳。厨妇刘嫂忙过去帮着捡拾。

张用则哈哈大笑起来。其实，为验证这世间到底有没有鬼，他曾煞费过心力，甚而半夜偷偷跑到坟地里，一座坟、一座坟挨个去招呼。见没有一丝回应，他又找了根竹竿插进坟墓里去捅，捅遍了整个坟地，仍没有丝毫动静。父母亡故后，他又整夜不睡，等父母亡魂来相会，也毫无响应。不论陌路，还是至亲，都没寻到鬼的影迹。他想，就算真有鬼，也绝非世人所言——能往来世间、与人感应、为福造祸。

因此，他断然不信是黄三奇亡魂杀的那儿人，一定是活人所为。朱克柔失踪，竟牵扯出这么一桩古怪来，更引逗得他兴致大盛。

更让他好奇的是，柳七说到自己提刀去砍黄三奇时，目光陡然一灼。他笑着问：“我从没杀过人，杀人滋味如何？”

柳七听了先一慌，忙垂下眼，望着地面，半晌才低声道：“解恨。这世上太多可恨之人，每天都有让你想一刀杀死的人。只是……”

“解过恨后，滋味便不好了？”

“嗯……杀人不难，杀了人后，寻个借口替自己开脱也不难，最难的是——”柳七神情顿时颓暗下来，“这世间最难的不是穷贱、吃苦、受累、被辱、挨骗，而是发觉自己不是个好人……其实，那一刀砍下去之前，我从没想过自己是个好人，也并不觉得做个好人便真的好。可那一刀砍下去之后，才发觉——我先砍死的不是黄三奇，而是心底里那个自己。”

“以前我从没察觉过这个自己，他一直躲在心底里，没形没象，你说不出他有什么好，却更说不出他有丝毫不好。他是心底里一面镜子，不管外人如何说你不好，只要回头照见他，你便能心安。我那一刀，把这面镜子砍破了，也把镜子里头那个自己砍碎了。等我回头再去照镜子时，空荡荡，再没有了人影……没了家，你还能一砖一瓦重新盖造。没了自己，还能去哪里找？就如一粒空谷壳，便是填满了世间所有的好，也成不了一粒米，照旧是个空谷壳。”

张用听后，立时想起《道德经》中那些句子：“谷神不死，是谓玄牝。玄牝之门，是谓天地根。绵绵若存，用之不勤……”他不由得啧啧赞叹起来，更用力替柳七扇着扇子，笑着问：“其他人呢？”

“我们九个，虽说都不是大善人，却也都不是恶人。那晚各自砍下一刀后，大家都没再说起过这事，但其实大家都变了。那时我才知道，不止我，每个人心里原本都有个好人。那一晚，我们都把自己心里的好人杀死了。”

“你成了个落寞失魂客，其他呢？”

“解八八生怕自己闲下来，拼力做活，想尽法子让自己累；唐浪儿成日寻乐子，到处逗引妇人，其实一个人时，他神色极慌怕；田牛越来越易怒，哪怕旁人全无笑他独眼的意思，只要略有些影儿，他便立即发作；郑鼠儿原本就胆小，变得越发胆小，有时却忽又变得极自大；马哑子本就不爱言语，那之后就更难得听到他的声音；乌扁担变得最凶，几乎成了无赖汉；只有麻罗和江四不太一样……”

“怎么个不一样？”

“麻罗尽力装作无事，平常也瞧不出他有什么不一样，但那以后极少见到他笑。”

“江四呢？”

“他？他便是我说的那颗想用各种好填满自己的空谷壳。他说要赎还这罪过。”

“哦？如何赎法？”

“他每天去太平惠民和剂局门外守着。”

“哦？守什么？”

“我们才来汴京时，合住在一起，有回郑鼠儿着了风寒，又喘又咳，浑身发烫，躺在炕上起不来。那房主让我们去西大街的惠民药局买药，说那是官卖药所，药价比市价低。我和江四一路寻到那里，一个医官模样的人询问了症候，让我们买了六颗通宣理肺丸。一颗比市价便宜三文钱，可拿回去给郑鼠儿吃了两天，不但没好转，反倒更重了。江四忙去医铺请了一位大夫来，那大夫看了最后剩的一颗药丸，摇头说这药大约是五六年前的旧药，不但没了药力，反倒生了毒。他诊过脉，开了副汤剂。郑鼠儿吃了几道后，才渐渐好了。

“后来江四跟着一个泥炉匠学手艺，他原本就做过泥活儿，上手快，半年就能自己出去寻活儿。他一天替人泥炉灶，最多不过挣一二百文钱。每天忙完活路，只要得空，他就去惠民药局门口等着。看到穷苦人要进去买药，便上前拦住，劝他们去其他好些的药铺，还拿出自己的钱添补给那些人。人都笑他疯了，药局里的人只要见他，就拿棍棒来追打。他却说，劝走一个，保不准便能救一条命……”

柳七话未说完，院门忽然敲响。

敲门的是胡小喜。

胡小喜回到家时，爹娘正在商议他的亲事，听到他敲门，立即住了嘴。他爹见他牵了头驴，嫌他乱费钱，面色顿时一沉。他忙解释了原委，他爹却越发气恼，数落起来：“有钱就自家租驴子，没钱就走路，年纪轻轻能走折了你的腿？让上司的娘子替你租驴子，往后他们要你做些不尴尬的事，你咋拒？为人处世，最怕一个贪字。这世上除了爹娘，谁会平白让你得利？你沾了人一文钱小利，人便要你还十文钱的情债。十文钱还算好的，有些里头藏了阴钩暗饵，一旦被钩住，这辈子前程怕都要毁在里头！”

这些教训胡小喜早就听厌，又不敢辩驳，还好他娘在一旁打断。可他娘又过于碎叨，连声问他吃了没有，在哪里吃的，吃的啥，那摊子上摆的饼有没有罩住，路上灰那么大，该找个干净的店，吃碗热面、喝些汤水也好……

胡小喜实在听不得，心里一直念着打问到的染院桥那轿夫，再一想程门板去南郊查案了，自己却几无所获，这驴子白歇在这里又可惜了，便忙说：“你们先睡，我忘了件要紧事，得立即去办，若不然明天又要挨程门板责问了。”

他爹顿时骂起来：“啥程门板？他好歹是你上司，你到衙前一年多，竟连尊卑礼节都不顾了？”

“是，爹，我赶紧先去了。”

胡小喜慌忙逃出门，骑上驴子往城西北赶去。

到了染院桥，他找见那个王家轿马店，就在街角，门首挂着盏灯笼，上头大大一个“王”字。他走了进去，店里伙计全都不见，只有店主一人坐在灯前，皱着眉发呆。他过去一问，这店里果然有个叫乌五的轿夫，绰号“乌扁担”，澶州顿丘人。他见那店主焦闷闷的，神色瞧着不对。再一问，那乌扁担竟牵涉到一桩绑架案，绑走的竟是“天工十八巧”里头的刻丝朱克柔。那店主已去开封府报过案，至今没找见一丝踪影。

胡小喜见那店主瞪着那双驴一般的大眼，灯光映照下，瞧着泪汪汪的，他忍不住又要笑，但强力抑住，问到朱克柔家就在巷子里，忙转身出来。他骑来的驴子拴在门前桩子上，也瞪着驴眼，泪汪汪地瞅着他。他再忍不住，趴在驴背上就笑了起来，直笑得捂着肚皮弯下了腰。那驴子被笑声惊到，抬起后腿就朝他踢来，一蹄子正踢中头顶，疼得他大叫起来。捂着头一转身，却见那店主出来站在门首，纳闷瞅着他。他一见那双泪汪汪的大眼，又噗地笑了起来，一边要命地疼，一边止不住地笑。那店主越发纳闷，他再不敢看那双大眼，忙牵住驴缰绳，捂着肚皮拐进了巷子，腿软得再也走不动，靠着墙瘫倒在黑影里，笑得几乎要断气。

良久，笑才终于止住，身子也软得没一丝气力。他歇了一阵，才终于爬起身，牵着驴，一扇扇数着门，走到朱家院门前。黑暗中摸到门环，他连叩了几下。门开了，一个黑影站在门里问他是谁。背着光看不清那人面貌，只隐约瞅见一双小眯眯老鼠眼，一看之下，笑癖竟然又一次发作，拼尽气力也忍不住，笑得站不稳，忙伸手扶住门框。

这时眼前一亮，院门里多了两个人，其中一个是女孩儿，穿着身绿衫裙，提着盏白罗彩绣的小圆灯笼，白嫩嫩的小圆脸，抿着小嘴瞧着他直笑。

女孩儿身旁是一个白衫乌帽男子，眉眼俊逸，手里摇着把团扇，眨着眼笑嘻嘻盯着他。这人胡小喜见过，是京城有名的作绝张用。刚才开门那个这时也才看清，是张用的僮仆，似乎叫犄角儿。三人一起望着他，像是在看猴儿耍戏一般。胡小喜懊丧无比，自己来查案，却先在人前出丑，这公事还怎么办？何况还有一个娇甜女孩儿。这一沮，笑顿时缩了回去。

张用哈哈笑起来：“羞臊个什么？人便该像你这样，裸身来，赤心去，笑就笑，哭就哭。天生一个自在人，何苦自缚百千绳？”

胡小喜因这笑癖，莫说父母责备、旁人惊怪，他自己也始终自责自疚不已，一颗心始终被紧勒着，从没有人跟他说过这些话。这时猛然听到，像是绳结被轻轻一扯，顿时松了绑，心里忽而涌起一阵委屈和感激，眼泪顿时滚了出来。

他忙要忍住，张用却笑着制止："要哭就哭，怕什么？人都以为能忍能憋不掉泪，才是真英雄。其实这泪水呢，流出来是泪，憋回去变尿。有泪不敢流，偏要胀尿胞，道是真英雄，实则一个傻尿桶。"

胡小喜听了，噗地又笑了出来，鼻孔里猛然喷出个大鼻泡出来。他慌窘欲死，忙伸手揩掉。张用和那女孩儿却一起大笑起来，那女孩儿笑得尤其大声，捂着肚子，眼泪都笑了出来。犄角儿先还绷着，后来也忍不住笑了出来。胡小喜见他们笑得真率，毫无恶意，也不再顾忌，跟着笑起来。笑声惊得邻舍的狗吠起来。隔墙一个老者推窗大骂："夜半三更的，鬼叫什么？爷才蒸好一笼羊肉小馒头，刚揭锅盖儿，就被你们闹醒了！"他身旁一个老妇立即嚷道："老咬虫，又背着我偷吃！"两人似乎抓扯闹骂起来。他们一听，更笑得止不住，都笑得没气力了，才终于停歇。

张用坐倒在门槛上，揉着肚肠笑问："鼻泡兄弟啊，你是来查萝卜案的？"

胡小喜才点了下头，张用又说："你只知道有四桩萝卜案，我这里又发现一桩。我可以替你解开这案子，但你必须听我的。"

程门板提着灯笼，走下河岸，查看过郑鼠儿的尸体后，他心里暗暗犯愁。

除了嘴里含的那根萝卜，尸首上找不见凶手的任何线头。看伤口血色乌凝，再听旁人讲述，只能大致推断应该是前一晚行的凶。当地的里正一直候在旁边，说昨晚对岸那个宅院里发生一桩神异，一幢才建成的楼竟凌空飞走，河这边的人全都奔到岸边去瞧，凶手怕是那时趁乱下的手？程门板朝河对岸望过去，那宅院黑漆漆的没一点灯光，什么都瞧不见。他向来厌烦这些鬼怪邪说，没有答言，叫里正寻两个人守在尸体旁，不许任何人靠近搬动。

安排完后，夜已深了。他背转身偷偷摸了摸钱袋，只剩几十文钱，不够租驴子，只得步行往家里赶去。

其实，即便钱够，他恐怕也舍不得。他每个月月钱不足五贯，为查案办公事，时常要倒贴一些，剩下的只勉强够他一个人日用，家计全靠妻子操持那间簟席铺子。妻子倒从没说过什么，他却始终有些愧疚。有愧疚，便难在妻子面前立住威望，这是他最怕的，因此，他不肯丝毫流露。为藏得好，便反其道，转愧为傲，常在妻子面前板着脸。妻子果然对他始终有些畏敬。

他得偿所愿，心中愧疚却因之更甚，要更多傲冷才抵得过。于是，愧与傲如两头不断增重的挑子，压得他异常难受。而且，妻子性情、品性、才干其实都让他暗地赞悦，极想爱慕疼惜妻子，却同样不敢表露。由于存了这些戒心，虽然同床共枕，本是世上最亲近之人，反倒比旁人隔得更远，这让他有时沮丧之极。人活一世，真正是画地为牢、作茧自缚，却又不得不继续垒墙、缠丝，把自己生生作弄成个孤牢独囚。

独自走在夜路上，这孤寂之感尤其浓烈，他却找不见其他破除解脱之法，唯有强煞住念头，转而去想公事。刚才他从那家肥皂团工坊的工匠口中得知，郑鼠儿也是澶州顿丘人，三年前逃难来京，同乡好友一共有九人，号称“顿丘九虎”。

这个消息让程门板总算稍稍看清些眉目，后头这三桩萝卜案遇害人都是顿丘同乡，最早发现的那具尸首恐怕也是。这么看来，起因若非是同乡内讧，便是一起得罪过什么人。至于萝卜，恐怕是事件起因。

中午他让胡小喜去查问那个猫窝匠人，不知道查得如何了。一想起胡小喜，程门板心里隐隐一刺，有生以来最让他羞辱的便是胡小喜那次笑。虽然事后知道他自小有这笑癖，并非是轻辱取笑人，却仍让程门板一想起心里便如油煎一般。他原想撵走胡小喜，但这样一来，周围人恐怕会越发嘲笑自己。他只能强忍羞愤留下胡小喜，至少能得个宽怀大度的名儿。另外，胡小喜在身边，还能时刻警醒自己，任何人都能羞辱你，任何时刻都不可松懈。

好在胡小喜办事勤快，这一年多倒也替自己分担了不少差事。让他去查问那个猫窝匠，他自然不会偷懒。“顿丘九虎”剩下的几个人也只能等明天再去查问。

他一路默想，不觉间走到南薰门外，护龙河岸两边小街灯烛荧亮，夜市上传来一阵阵肉香油香，他才想起自己夜饭都没吃，肚里饥饿起来。他停住脚，有些犹豫。每天不论多晚回去，妻子都在小泥炉上给他煨着饭菜，烹煮手艺也比这夜市多数摊贩好许多。但妻子每待他一次好，他心里愧疚便多一分。许多时候，他都宁愿在外头吃，多辜负几回妻子，心里反倒轻松些。他望着夜市，寻思了片刻，不由得沮丧焦躁起来。堂堂一个男儿汉，日日尽为这些琐屑烦心，还成得了什么大功业？但旋即，他心底里隐隐觉得，自己这辈子恐怕只能这么碌碌琐屑到死。他顿时一阵悲凉，望着四周往来行人，竟不知该何去何从。正在发怔，忽被旁边一阵叫卖声惊醒："燋酸豏！麻油鲜煎燋酸豏！"

他扭头望去，见街角一个小食摊上，挑着盏白纸灯笼，一只泥炉上架着口浅底锅，锅里浸了一层热油，滋滋地响，油面上十来个小面角儿，煎得焦黄润亮，那摊主正拿着一支小铲不住翻动，散出一阵阵香气。

他忽然想起新婚那年元宵节，他带妻子去州桥看灯，他本就不爱言语，妻子那时又极怕羞，两人一路上一句话都没说。路过夜市时，他发觉妻子扭头盯着街边一个小摊，他顺着看过去，是燋酸豏。他问："想吃？"妻子羞怯点了点头。他便过去买了四个，用油纸托着，递给妻子。妻子却先拈起一个递给了他。他们身旁树上挂着盏桃红细纱罩的走马灯，里头一层透亮白绢，绣了一枝鲜艳桃花，不停旋转。灯光映着妻子秀巧的脸，如春光映桃花一般，给那娇羞平添了几分明艳。尤其那秀眼明眸，春水一般莹莹闪动，让他心头一阵颤。他怕被妻子瞧破，慌忙接过那燋酸豏，低头咬了一口，里头是腌酸豆角馅，酸香爽脆，他虽见过，却是头一回吃，不由得点了点头。妻子一直盯着他，见他爱吃，欣然一笑，也拈起一个轻轻咬了一口。四目相对，两人一起笑了起来。成婚几个月来，这是他头一回笑。也是许多年来，唯一一回情不自禁、满心欢悦。

想起那时情景，他心头一暖，不由得走到那摊子边："四个。"

第十五章　萝卜

物一理也，通其意，则无适而不可。

——苏轼

宁孔雀坐在绣架前，轻拈绣针、细引乌丝，在白绢上慢慢绣着。她绣的不是花鸟，而是《般若波罗蜜多心经》。

去年，她夫妻两个约了姐姐、姐夫去东郊赏春，回城时经过烂柯寺，姐姐宁妆花要烧香，他们便陪着进去。她从不信这些，不愿进佛殿，便独自在院里看那株梅树。树枝头一只小蜘蛛悬着丝落到她头上，她忙一把扫掉，连发髻上那支青玉孔雀簪也拍落在地。这是京城第一玉匠、天工十八巧里头的“玉巧”裴虾须特地为她雕造的，裴虾须镂雕功夫精至毫末，阴纹纤细圆劲，如同虾须，因此得了个“虾须雕”的名号。宁孔雀忙捡起玉簪一瞧，见簪上沾了许多灰尘，尤其那些细缝里，灰尘钻进去拭都没法拭。而那只小蜘蛛则在不远处慌逃，恼得她过去一脚狠狠碾死了。

这时，身边忽然有人感叹：“花落不因蜂蝶去，风起何关燕雀来？阿弥陀佛。”

她扭头一看，是个小和尚，左手合十，右手拿着卷经书，瞧着温文和善。她虽没听懂小和尚念的是什么，却也知道他是在责怪自己不该杀生，便反驳道：

“是它来招惹我，你倒来怪我？”

“道是怨莺啼春乱，只因心事难与言。阿弥陀佛。”

宁孔雀听了，心忽而一颤。许多夜晚，终于绣完当天的活计，又将家中里外都安排停当后，她才能回到卧房，坐在绣墩上歇口气。望着镜子里的自己，始终那般疲惫，像只用旧的绣枕一般，里头空洞洞，填满了委屈。这委屈跟姐姐都没法说，日日堆积，化成百样焦躁，随处发作。她自己其实不愿这样。

她不敢再轻忽这小和尚，忙敛容恭问：“请问小师父法号？”

“小僧弈心，多舌唐突，还请女施主宽恕——”弈心望着她，眼神中隐隐有些关切，“这部《心经》请女施主收下，若有烦恼，默诵一遍，有宁神静心之益。”

“可我识不得几个字。”

“不识字更好。佛法不在文字言语中，只在一心清明间。”

她没再推辞，道过谢，双手小心接了过来。回去后，她掀开那经书，见大半字都不认得，但一想弈心小和尚那话语神情，料必不会诳人，便另请木匠制了一张绣架，裁了三尺白绢，绷在上面。心里躁郁时，便坐下来，用墨丝将那经书上的字一个个绣出来。果然如弈心小和尚所言，只要坐下来绣这经书，心顿时便能清静下来。一年多来，她已经绣了十几幅，绣好一幅便拿去卖给绣坊。她绣的《心经》价自然高，一幅甚而卖到十贯。她六七岁便开始跟着父母进丝绢、卖锦缎，自小便养成分文必争的性儿。然而，卖绣经的钱，她一文都不愿用，全都拿去施舍给穷苦之人。这成了她抒泻心中躁郁的唯一渠路。

不过，今晚她不是由于躁郁而绣经，相反，她从没这么安悦过。嫁给丈夫牛慕三年多，就像是嫁给了一只会走路的空袋子一般，不但丝毫没有助力，反倒要日日往这袋子里填米填肉，填满后又得背负它度日。直到今天，这个丈夫终于像丈夫了。不但愿意替她分担忧愁，那言语神情间一冲而起的男子气概，更让她一直强撑了许多年的心终于能歇一口气。虽然牛慕那样一个人，百事不通，恐怕也打问不出什么。不过只要他有了这心，她已极知足。

她坐在绣架前，反复回想丈夫临出门前那些话语和笑容，一个人不由自主便露出笑来，甚而连姐姐失踪的事都暂忘了。

眼看着窗外天越来越黑，她渐渐有些担心起来，不知丈夫去了哪里。正在忧心难宁，忽然听到院门砰地被撞开，接着便传来丈夫的叫嚷声，她心里一沉，丈夫似乎吃醉了。

她忙起身迎了出去，见丈夫歪坐在门边，靠着门框，扯着嗓高声念着什么“知我者谓我心忧，不知我者谓我何求”。

她顿时愣在堂屋前，像是炎夏天猛然被冻雨浇透。婆母听到，也忙赶了出来，见到儿子这样，挣着老腿急步过去骂道：“呆茧儿，你这是造死啊！宁家姐姐不见了，你却出去灌尿汤，还敢在这里高呼大嚷的！”

牛慕却似乎没听见一般，抬起头望向宁孔雀，嘿嘿怪笑了两声，随即拖着舌头骂道：“女子四德，除了妇功，你算略尽了些本分，其他三样，妇德、妇言、妇容，哪一样你沾得上半毫？三年了，连个鸟卵也怀不上，你是想让我牛家断后？我容让你三年，已容让够了。你若再不悔改，我也便再无恩义，一纸休书，逐你出门。”

宁孔雀直觉得这些话，一字一字，利箭一般，尽都射向自己胸口，射穿了心。她冻住了一般，分毫动弹不得，泪珠一颗连一颗大滴滚落。

张用坐在门槛上，摇着扇，弹着舌头，略想了一阵。

这萝卜案藏了许多鬼，但此鬼非彼鬼，乃是有人扮鬼。他最爱的便是揭破这人间之鬼，因此兴致大涨，连水运仪象台都暂且靠后了。

他站起身，一把扯起胡小喜：“鼻泡老弟，走，去力夫店！”

胡小喜有些诧异：“都已过二更天了。”

“茶待蛰后，姜趁霜前，捉鬼正要夜半时。犄角儿，拿灯笼，咱们租驴子去。”他又望向仍坐在院里垂头落寞的柳七，笑着说，“杨八兄，你也一起去！”

柳七先是一愣，随即明白了他的用意，知道他是在替自己遮掩身份，便忙站起身。

“小娘子没找见，我睡不着，我也要去。”阿念回头看了一眼仍在廊下拣豆子的区氏，望向张用，脸露哀求。

"好！"

"谢谢张姑爷！我另取一盏灯笼。这盏不能拿出去。几年前，官家见了小娘子刻丝，爱得了不得，特地赐了这盏灯笼，让内侍送来的。小娘子说官不官家的她不管，但这上头绣的这只翠鸟神态极好，她夜里吃碧光酒时，专要点这盏灯。有天还吟了句诗呢，说'柳借春光吟翠鸟，花凭细雨谢东风'。"

张用听到那句"官不官家的她不管"，心里一动，越发觉得朱克柔这女子堪可为友。

阿念慌慌跑进堂屋，片刻后又快步跑了出来，手里提了盏白绢圆筒灯笼，上头绣了一丛兰草，草叶上一只红壳双叉角的甲虫："上回找不见那只独角仙，我伤心了两天。小娘子特地给我绣了这只独角仙，让我拿到白虎桥灯笼顾家，请天工十八巧的'灯巧'顾星山绷了这只灯笼。张姑爷，你瞧，这只独角仙和我丢的那只一模一样。"

"难怪你爱梳这双叉髻，犄角儿偏又叫犄角儿，你们两个叉叉对叉叉，正好一起去叉鬼，哈哈！"

张用大笑出门，摇着扇大步走在前头，胡小喜忙牵了驴子，跟着其他三人快步跟在后面。到了巷口，那王家轿马店已经吹灯关门。张用用力拍门，叫醒店主，让犄角儿付钱，租了四头驴子。五个人骑着驴，一路铃声伴月影，向东水门外行去。

途中，犄角儿将"天工十六巧"齐聚银器章家、工部那个宣主簿失踪不见的事讲给了张用，张用听了，越发欢喜，这事环扣环、谜缠谜。两边又都和朱克柔有关，正好一处勘破。

过了虹桥，来到力夫店时，店门也已经关了。张用跳下驴，又用力拍门。半晌，店门开了，店主单十六端着油灯，一脸纳闷。

"单老哥，那个八八哥死了没有？"

单十六才摇了摇头，张用已从他手里抢过油灯，径直朝里走去。他常来力夫店，知道厨子住的小宿房在右边靠里，一把推开门走了进去，一股膻臭味立即扑鼻而来。靠门这头炕上，一个人光着干瘦脊背腾地坐起身，是那个瘦厨子，瞪着睡眼惊望。张用并不理他，见靠里墙那头还躺着个人，便走了过去，凑近举灯一照，见那人面色青灰，发如枯草，紧闭着眼，眉头拧皱，嘴唇焦裂，脖颈处包着一条青绢，浸出黑褐药汁。他伸手摸了摸额头，极烫，便问那瘦厨子：“他醒来过没有？”

瘦厨子忙说：“一直这样，只昏昏怔怔说渴，我喂过几道水了。”

张用又凑近解八八脖颈，轻轻揭开包扎的青绢，粘附的药膏随之也翻卷起来，露出底下伤口，紧靠着喉头，有三寸多长，已经用细丝线缝合，但伤口乌红，有些脓肿。喉头左上方，还有一处小伤痕，斜斜一小道，不深，血已凝住。张用看了，心里一动，闪过一个念头，笑了一下，凑近那青绢嗅了嗅，又重新轻覆到伤口上，回头问：“敷的什么药？”

单十六已跟了进来，忙答：“是赵太丞看治的，敷的是南星散，另还开了内服的麻黄散，用温酒喂过两道了。”

张用闲来爱读药书，一听便知道，这两道方子都来自三年前官家诏令太医局编修的《圣济总录》，这内服外敷两个金创方子都只是止血止痛。解八八这时显然是疼痛胀闷、阳虚热燥，便说：“明天换个药方试试，白薇散内服，磁石散外敷。赵太丞应该知道。走，咱们到外头去。”

他刚转身就见柳七和胡小喜、犄角儿、阿念都挤在门边朝里张望，柳七眼中闪着忧惧，他朝柳七微点了点头，便朝外走去，那几人忙让开了路。

走到外间店里，张用用油灯照了照地上：“这地上血迹清除了？”

“嗯。”单十六忙跟过来，“解八八脖颈上那血泉涌一般，这门边淌了一大摊。我替他捂那伤口，帕子和布全都湿透了。葛大夫来才勉强止住了血。我知道这凶案场地不能乱动，一直留到上午程介史来查看过，又唤了仵作来查验记录过后，这才让浑家清洗掉了。”

“其他地方还有没有血迹？”

“咋没有？满处都是血！”单十六的妻子阿蔡走了出来，眼里满是后怕，指着地上比画，“门边一大摊，门外棚子下头那根凳子边一小摊。我把那血帕子和布裹成一团捧着，到河里去洗，血水沿路洒了一溜。今早起来看，从门到厨房地上也洒了一溜。”

“是我手上的血，我去厨房里洗过手。”单十六补充说。

“我让他去河里洗，他却忙着要去请赵太丞。厨房水瓢、缸沿儿、盆子、菜筐子里到处沾的血。还好上午店里没人，若让客人见了，还敢做生意？尤其门边这一大摊，我铲了两锹炉灰都没吸干净，这会儿还有印子呢。”

张用弯下腰拿灯照过去，见门边地面上果然有一大片灰印子。他又弓着背朝厨房一路细细照过去，阿念也忙挑着灯笼过来照。地上也隐隐有些扫抹后的暗痕，仔细瞧，辨得出原本是一滴一滴，或左或右或中间，横隔不过一尺，断断续续一直延到厨房里头。厨房临着河岸，灶台靠着里墙，一张大案板摆在窗边，上面摆着砧板、菜刀、几摞碗碟。右墙边则并排摆着米缸和两个大竹筐，一个筐里几只尚未煺毛的鸡鸭和几只生猪头，另一个里装了些青菜葱韭萝卜。墙角则是水缸，缸沿上果然有两滴血痕。张用又照向菜筐，菜筐沿儿上也有几点血迹。

他回头一瞧，其他几人全都跟了进来，他从那菜筐里取出一根青头萝卜，回头问：“解八八嘴里含的那根萝卜呢？和这个一样吗？”

“一样！”阿蔡叫起来，“怪道今早我来看时，菜筐里菜叶子上有几点血迹！我还骂我丈夫张着血手到处乱摸，赶紧把那几片菜叶子摘下来丢了！”

“解八八嘴里插的那只萝卜我收在柜子里了……”单十六忙转身出去，很快又回转来。手里拿着个旧布卷儿，他打开布卷儿，里头是个青头萝卜。

张用将手里的萝卜并过去一比，果然一样，根须上都沾着些红泥。

单十六忙说：“这是去年的冬萝卜，一直藏在地窖里，就剩最后几个，前天才取出来，里头都絮糠了，不中吃，只能拿来炖汤，取些味道。”

“那凶犯钻进这厨房，咱们都没听见！”阿蔡怪嚷起来。

“昨晚月光钻进我房里，我也没听见，哈哈——”张用笑着走了出去，来到店门外，其他人全都跟了出来。棚子下左右各摆着一张长方桌、两根条凳。

阿蔡指着左边靠外那根凳子：“就是这下头有一小摊血。”

张用俯身一照，地上也有片乌印子。他略想了想，而后直起身子，笑着朝河边望去。

阿蔡在一旁又说：“我去洗帕子和布，到河边一路滴的都是血，不过白天上下船来往的人多，都踩没了。”

张用却听而不闻，笑着念起《庄子》里的句子：“摄缄滕，固扃鐍，此世俗之所谓知也。然而巨盗至，则负匮揭箧担囊而趋，唯恐缄滕扃鐍之不固也……”

众人都有些纳闷，张用回头望向一脸蒙然的胡小喜：“鼻泡小哥，这里已经查完，咱们去看那唐浪儿的亡命地。”

他将油灯交还给单十六，骑上驴子就往虹桥那头赶去。其他几人也忙骑驴跟着。这时已近午夜，店铺的灯光都已灭了，沿河街上更不见人影。张用想着这萝卜案，比他预料的更加幽曲，让他越发畅快。

一路上了虹桥，却见有个人影立在东桥栏边，望着河两岸。张用经过时，就着月光一瞧，是个中年男子，身上挎着个木箱，背影微偻，心神凝注，浑然不知周遭。他立刻认出来，是宫中画院待诏张择端。

张择端工于界画，最善画宫室楼台舟车。几年前，他曾找见张用和好友李度，向他们请教屋宇间架构造。张用见他为人木讷，不通世故，全部心思都在画上，是他最爱的一等人。无事时常去寻张择端，逗他说笑。张择端却从来听不懂顽笑，张用自己笑得要倒，他却愕然张大眼，像是在瞅一幅乱抹的画一般。张用正是要看他这神情，便笑得越发开心。

他见张择端半夜立在这里，自然又是在琢磨一幅新画，便扯住驴子，下去悄悄走到张择端身后。张择端却浑然未觉，口里喃喃念叨：“米家客店前两只，房家客栈、章七郎酒栈前五只，力夫店前两只，左岸一共九只船。还有，米家客店前外头那只船上丢了一根红头萝卜……”

张用一听，大为纳闷，忙问：“红头萝卜？”

“嗯。”张择端却并不诧异，更没回头，继续呓语般念叨，“不过，那只萝卜丢得晚一些，不必画进去。梅船上那具棺木下得早，也不必画……”

张用知道这人一旦入痴，便是陨石也砸不醒，便拍拍他的肩膀，笑着转身回去，见胡小喜诸人都停下来望着他。他翻身上驴，说声“走”，驱驴便下了桥。

胡小喜见张用这么疯疯癫癫的，心里暗暗后悔。

他早就听说张用得了疯症，这时看来，那疯症并没消尽，一阵极聪敏，一阵又顽童一般，言语行事全没道理。自己已经累得骨头酸疼，大半夜还跟着他疯癫。

不过他再一想，张用虽疯，智识依然远超众人，眼光又极锐利，似乎能看穿人心一般，自己那笑癖便被张用一眼瞧破、一言化解。何况他对这萝卜案似乎极热心，未婚妻朱克柔又牵连进去失了踪。跟着他，说不准真的能破了这案，再辛苦些，也值。

于是他赶到前面带路，一起往东行了一小段路，在月影下认出岸边一棵歪柳树，便停了下来："唐浪儿的尸首就是在这里发现的。"

今天上午，他跟着程门板一起赶到这里时，岸边围着几个人。他大声驱开那几人，过去一瞧，岸边是片小草坡，唐浪儿歪着头仰躺在草上，嘴里塞了根萝卜，脖颈上一道深口子，血流了一大摊。

胡小喜见围观的人中有个挑担的后生，认得是卖乳酪的牛小五，每天早晚都走这条路，忙向他询问。牛小五似乎巴不得被问，忙红涨着脸、溅着口水大声说："我瞧见了！昨天我出城时天已经麻黑了，走过这里时，先闻见一阵酒香肉香，扭头一瞧，见两个人坐在黑影里，只瞧见背影，脸没看见。不过，其中一个说的话我还记得，那个人舌头发硬，已经半醉了，大声教训另一个，说'你这愚木头，妇人便是要骗，你越骗，她们越心欢。你实诚，她们反倒嫌你呆蠢，没点儿风流性儿'。我忙着回家，便没停脚——咦？不对！不是这里，还要往东一些！这棵歪柳树我最熟，每天挑了东西到这里都要歇一脚。昨晚我是过了这棵歪柳，往东走了一小段才见到那两个人。和这死的没干连？"牛小五吓得忙闭住了嘴。

胡小喜听了，忙走到尸首旁，弯腰凑近闻了闻，唐浪儿身上有些残余酒味，再抓起一只手一瞧，手指上油油的，散出些肉甜香，似乎是蜜烧鸭的味道。他便让牛小五带他去昨晚那个地方，两人往东走了百余步，牛小五忽然叫道："是这里！看那酒坛！"

胡小喜朝岸边一瞧，草坡下乱草丛里倒着只小酒坛，旁边有两只粗瓷碗。还散落着一些啃净的鸭骨头。他忙跑去向程门板回复，程门板让他立即去查问这酒和鸭的来历。

离这里最近的是温家茶食店，他家的蜜烧鸭极有名。他便小跑着去了温家茶食店，一问那个侍女雷珠娘，果然有这回事。说昨天傍晚天快黑时，桥对面霍家茶肆的面匠唐浪儿进来买酒和蜜烧鸭，他是独个儿进的店，不过，店外头似乎有个人在等他，那时店里客人正多，她也只瞧见一个背影，记不清了。唐浪儿没带盛酒的器皿，要跟雷珠娘借。雷珠娘不敢答应，叫了店主温长孝来。温长孝认得唐浪儿，便把酒坛和两只碗借给了他……

胡小喜将这些事都讲给了张用，张用听了，笑着不应声。

阿念却问道："凶手难道是和他吃酒的另一个人？"

"你忘了那凶手是来报仇的？"犄角儿忙反驳，"唐九若认得凶手，逃都来不及。若是不认得，怎么会买酒跟他一起吃？这一起吃酒的应该是熟人朋友，难道是解八八？可他们在那边吃的酒，唐浪儿却死在这里。或者是解八八先走了，或者见到凶手杀了唐浪儿，吓得逃回力夫店，结果还是被凶手追到了？"

胡小喜一听，忙问："报仇？你们知道凶手来由？"

张用在一旁笑着接过话头，望着柳七说："这位杨八兄弟认得唐浪儿，说有回吃醉了酒，大家各自吹嘘自家本事，唐浪儿讲起当年在家乡一桩秘事，他们九个同乡曾杀了一个富户子弟。"

"哦……原来如此。这样凶手就有些眉目了。那富户子弟既已被杀，凶手难道是他的亲旧？"胡小喜忙问，"这位杨大哥，你还知道些什么？"

张用又抢了过去："我都已问过了，他只知道这一些。其他再不清楚。"

胡小喜隐隐觉得张用在隐瞒什么，那个姓杨的人瞧着也有些可疑，却不好再多说。

张用从阿念手中要过灯笼，走到那草坡下仔细照着查看，那片青草已经被压乱，一丛草叶上沾了许多暗红血迹。他瞅了一会儿，抬头说："去发现酒坛那里。"

胡小喜忙带着张用等人继续向东，来到那片草坡。那只酒坛和两只碗已经和唐浪儿尸体一起搬到了霍家茶肆。草丛里只剩些鸭骨头。张用挑着灯笼照了半天，似乎并没瞧出什么。他又照向水中，岸边凹进来一个小水湾，湾里浮积了许多枯叶、碎木、浮渣。河水在这里略微一旋，随即又向下游流去。张用望着水流，不知在琢磨什么，呆了半晌，回头问胡小喜：“唐浪儿嘴里含的萝卜是什么样的？”

“是个红头萝卜，应该是江南运过来的冬萝卜，而且洗过，极干净。”

张用听了一笑：“好，这里看罢，咱们去南郊另两处凶地！”

胡小喜已经累得要瘫倒，张用却不管不顾，提着灯笼，骑了驴就走，像去赴宴一般。

第十六章　爱胜欲

令入神，乃到妙处；唯用心不杂，乃是入神要路。

——黄庭坚

阿念骑在驴子上，欢心无比。

自小她就不爱和其他女孩儿们一起玩耍，无非是掐掐花、弄弄朵儿、穿穿针线、斗斗嘴儿。尤其那些小气性，蚂蚁头大的一点事便怄了气，她便是瞪裂了眼眶子也瞧不出来，为何要怄这些气？但她又不愿像男孩儿们那般粗野顽劣。她好静，却不是女孩儿们那等静；也好动，却不是男孩儿们那等动。她自己也说不清楚，这其中究竟有什么分别、自己究竟想要什么。她只知道就是不一样。正是这不一样，让她常常发蒙发怔，旁人瞧着，都说她有些失心症。

她听多了，也当了真。

后来到了朱家，跟了朱克柔。有天夜里朱克柔焚起香、烫了酒，独自在小院那株梨花树下慢慢啜饮。阿念头一次见女儿家吃酒，多嘴惊问了一句，朱克柔却清淡淡说那句话："男人爱的，我若想爱就爱；男人不爱的，我也想爱就爱。我自自在在一个人，理会旁人做什么？"阿念听了，心里顿时开了扇天窗一般，猛然明白：自己要的不一样，便是这样的不一样。不管女孩儿，也不管男孩儿，只管照自己心意活自己的。

只是，她没有朱克柔那等天资绝艺，挣不到那些钱，也学不来她那般雅姿傲态。从小到大，事事都难由自己，行动言语都得看旁人脸色。

今晚，跟着张用这样半夜四处乱走，她才觉着自己真正活过来一般。她要的便是这样，想走便走，想笑便笑。虽然查的都是人命凶案，她却丝毫不怕，反倒觉得极有趣。何况身边还有犄角儿。

她从没见过像犄角儿这般实心实意的人，每回见到她，犄角儿那眼神都像是一双手，又暖又厚实，要把她小心捧住，护惜全天下最珍稀娇贵的花朵儿一般。阿念自然知道，自己哪里有那么珍稀娇贵，甚至一丝儿都没有，相反，犄角儿那颗心才是真珍稀。许多回，她都偷偷告诉自己，你不能像小娘子那样要什么就能得什么，但你好命撞见了这么一颗心，这比金山玉海还值价。就是再苦再难，你也要死死护住。

想到这里，她不由得望向犄角儿，犄角儿也正望向她，灯笼光照不到他们，月光又被薄云遮住，夜色里只隐约看到犄角儿目光一闪，阿念心里暖暖一漾，抿着嘴偷偷笑起来。犄角儿似乎发觉，也咧开嘴笑了。

他们两个在最后头笑，张用在最前头，伴着驴蹄声哼着歪调调，胡小喜和柳七在中间，都一言不发。

他们沿着护龙河向南绕过城墙角，向西到了南薰门外官道，一路上只见到几个夜行人。向南又行了几里地，路旁出现一片林子。柳七驱驴赶上张用，在前头引路，向左穿进了林子间一条小道。林子里极幽静，只有驴蹄咯噔咯噔的声响，漆黑中那盏灯笼光瞧着也有些幽诡。

阿念浑身一寒，有些怕起来，但又觉着异常畅快，像是大夏天钻进漆黑地窖里偷喝冰雪水儿一般。犄角儿扯着驴子向她靠近了些，她觉得出，他也怕了，但更怕她怕。她想说："我不怕，你也莫怕，咱们在一起，就是被鬼围住也不怕！"却又怕被那三人听见，看着月影下犄角儿拽着缰绳的手，便壮起胆子，伸手过去，在那手背上飞快拍抚了一下。自十一二岁后，这是头一回触碰男儿的手，粗粗实实的，又有些暖，像是太阳底下河滩上的软泥地一般，她幼年时最爱赤脚去踩。犄角儿惊了一跳，忙望向她。她又慌又羞，忙撤回手低下了头，心里却暗暗欢喜。她能觉到，犄角儿比她更欢喜。

出了林子，月光下一大片水塘，镜子一般。绕过水塘，是一座大庄院，黑沉沉的。院门虚开了半扇，露出里头庭院，月光下满地的枯花落叶，瞧着像是个鬼宅一般。

阿念又朝犄角儿望去，犄角儿紧紧攥着缰绳，越发怕拒。阿念心底里涌起一阵疼惜，抿着小嘴偷偷笑起来：往后你常这样怕才好呢，正好让我陪着你、护着你。

柳七望着那院门，心里一阵寒惧。

他见张用跳下驴子，举着灯笼笑嘻嘻向他照过来。他忙低下眼，也翻身下了驴子。他从没见过张用这样的人，行事疯癫，却极有眼力见识。他不知道自己是否找对了人，不过，张用在那个吏人面前替自己遮掩身份，看来至少还算守信。这时多虑无益，只能咬牙往前走，瞧瞧能走到哪一步。

他踏上砖阶，推开了那院门。吱呀一声，异常刺耳。院子里月影斑驳，比中午来时更幽怖死寂。

张用提着灯笼抢先走了进去，先站在庭院中四处照了照，一扭头瞅见那顶轿子，快步走了过去，掀开帘子，把头伸进去，在那轿座上嗅了嗅，而后笑着回头说："荔枝花蒸香，朱家小娘子乘的那顶轿。"

胡小喜听到，忙也探头去嗅了嗅。接着阿念也赶过去嗅了一阵，随后嚷道："是小娘子的花蒸香！小娘子在哪里？"

"十步咱们才走了半步，要找见她，还早。"张用笑着回头望向柳七，柳七忙用眼朝他示意旁边那座小瓦房，张用提着灯笼便走了过去。

柳七中午走得惊慌，没有关门。

张用站在门外，先将灯笼探进去照了照，而后才轻步走了进去。胡小喜忙跟了过去，阿念和犄角儿在门边互相望了望，才一起小心走了进去，那眼神瞧着甜甜热热的。然而，刚走进去，阿念便尖叫了一声，犄角儿也惊得一颤，两人同时伸出手，握在一起。随即发觉身后还有柳七，又慌忙分开，一起站到墙边，惊望着炕上。柳七瞧见，心里有些酸涩。自己在这个年纪时，心里发春，却只能远远偷瞅几眼村里的少女，至今何曾有过这般亲昵？

他不愿进去，便站在门边张看，目光尽力避开那张炕。张用手里的灯笼光不断摇晃，屋中暗影也不停游移，影子投到墙上，巨大幽魂一般。他大致照了一圈，转身走到房子另一头的一张方桌边。柳七这才留意到，方桌上摆着些吃剩的酒菜、三副杯箸。正中间是一只大青瓷钵，里头剩了个鸡骨架。瓷钵四面围了四只白瓷碟，三盘分别是残剩的肉葱齑、冷拌萝卜丁、炝豆芽，靠里一盘被瓷钵遮着，瞧不见是什么菜。朝炕这边的凳子脚边有只小酒坛。张用俯身抓住酒坛口，扳斜了朝里照看，瞧着很轻，想必是喝尽了。

张用放回酒坛，挑着灯笼又回到炕边，从左往右慢慢照看，嘴里低声念叨着什么。柳七忍不住好奇，还是走进去两步，朝里望去。张用又俯身拿灯去照地上那个老院公的尸体。老院公只穿了件汗衫，两条腿光着。头朝外，脸向着门这边，双眼紧闭，脸和嘴唇都有些胀紫。右手伸向前头，指甲在地上抓出五道深痕。柳七只匆匆扫了一眼，便忙避开了。

张用却似乎浑不介意，从头到脚细细查看了一遍，这才直起腰，重又挑着灯笼照向大炕。柳七终究忍不住，又跟着那灯光望了过去。乌扁担和任十二的尸首仍躺在炕上，被子都盖得好好的，若不是脖颈周围的血迹和嘴里各自高耸的红头萝卜，瞧着像是在睡觉一般。

这张炕并排能睡五六个人，三个人睡极宽松。乌扁担睡在左边，离窗户有四五尺。任十二睡在中间。最右边被子掀开了一半，枕头也有些歪斜，自然是那老院公的铺位。铺盖都是半旧青绢被褥，枕的是方竹枕。窗户这边靠墙角，另整齐叠放着一床干净青绢被子，被子上搁着一只干净方竹枕。乌扁担和任十二的衣裤都丢在各自被脚，老院公的衣裤则放在枕头右边。

柳七一眼瞧见乌扁担枕头底下露出个布袋子，张用也发觉了，他伸手一把扯出来，里头叮当铜钱响，他递给胡小喜："数数有多少钱？"

胡小喜忙接过去打开袋子，在灯下数了数："三陌整钱，还有……二十三文散钱。"

张用听了，笑着扭头说："阿念，这两个轿夫并没有劫走你家小娘子。这个乌扁担下午身上没钱，还跟朋友借了十文。袋里这些钱自然是你家小娘子付的轿钱，从北城到南城，应该是多付了一百文，两人拿了钱，又花了一些。"

"那我家小娘子去哪里了？"

“暂时不知。”

“那轿子在院子里，难道他们把小娘子抬到这里来了？”

“否。”

张用笑着摇摇头，又挑灯照向墙角，那里并排摆着两个黑漆大木箱子。张用一步跨过地上老院公的尸首，走到箱子那边，打开头一个箱盖，伸手进去乱翻。柳七瞧不见里头有什么，不过看张用动作，似乎是些轻薄衣物。张用翻了一阵，应该没发现什么，接着又掀开第二个箱盖，伸手进去又翻了翻，顿了一下，随即回身走到炕那头，去翻老院公枕头边的衣裤，找见了一小串钥匙，解下来抛给胡小喜：“去瞧瞧那箱子里那只小木盒。”

胡小喜忙双手接住，走到那箱子边，张用用灯笼照着。胡小喜从第二个箱子里抱出一个红漆镶铜、一尺见方的旧木盒子，放到旁边箱盖上，拿那串钥匙挨次选着试，试到第四把时，打开了盒盖。犄角儿和阿念一起凑过去看，柳七不愿进屋，仍在原地望着。胡小喜从盒子里拿起一块东西，亮莹莹的，是银子，五两左右，随即他埋头点检：“里头还有两块碎银，铜钱估计有一贯，还有两块玉、一根银耳挖……”

张用笑着一挥手：“完工！去第四处。”

犄角儿忍不住偷偷笑起来。

他生性安分怕事，又自小被爹娘教导做人要忠顺。没想到，自从跟了张用，这“忠顺”两个字顿时变了意思。做仆从，自然该忠顺于张用，但张用行事从来颠倒任性，忠顺于他，便要处处坏规矩，于人情世理便是大大的不忠顺。这让他烦恼不堪，曾回去问他爹，他爹皱着眉思忖了许久，忽然抬起头说：“他是你主家，你只能忠顺他。好比一个忠臣，就是皇上再暴虐，不也始终忠顺？”

他忙问：“皇上若是叫忠臣去杀个好人，也要忠顺？”

他爹噎了一下：“嗐！除了杀人，其他的你都得忠顺！”

“那偷呢、抢呢、害人呢？”

“这……这些也不能去做。”

“那我还忠顺不？”

“当然要忠顺！”

“可……”

“可啥可？让你忠顺，你就忠顺！这是盘古开天地做人的规矩。再说，张小相公杀人了、偷抢了、害人了？”

“这倒没有……”

“这不就是了！”他爹大大松了口气，笑起来，“你命好，没碰到昏主，跟了个不做歹事的主家，好好忠顺就成了。其他烦难，是留给那些大忠臣扬名立身的，哪里轮着你去瞎想？”

于是，他只能忠顺张用，可时时忍不住要规劝，劝了张用也不听。明知道不听，下一回忍不住仍要劝。他觉着自己越来越像个唠叨婆子，经常极沮丧。只能照着爹的话开解自己，皇帝越不好，才越能显出忠臣的好，不然能轻易叫忠臣？

可今天，犄角儿却觉着极开心。张用虽然仍旧怪诞任性，却是为了寻回朱家小娘子。这自然一丝都不须劝阻，只该全心忠顺。更要紧的是，阿念跟着出来半夜乱跑，似乎极欢喜。犄角儿偷藏了许久的心愿，自己都不敢深想，今天却全都成了真。不但和阿念在一间屋里过了一夜，还一起上街，尽兴给她买了许多好吃食，今晚阿念竟偷偷摸了他的手背，刚才两人受惊，还情不自禁牵了手……想着阿念那酥嫩嫩的小手，他甚而冒出一个念头——幸亏朱家小娘子失踪了。当然，他立即慌忙把这念头摁掉了。

张用提着灯笼大步往外走，犄角儿偷偷望了一眼阿念，阿念也正望着他，两人又相视一笑，犄角儿心里甜得像是灌了一大杯蜜酒。他和阿念并肩跟着张用，一起走出这荒宅院门，进来时的惧意一扫而光，倒像是一起踏青游春一般。

那个柳七跟在他们两个后面，犄角儿觉着柳七瞧他们时，目光里似乎怀着些酸妒，他心里暗乐：我自己也酸妒别人好几年了。胡小喜走在最后，他关好小屋门，出来又关紧了院门。张用跨上驴子，“嘚儿”一声驱驴便走，他们忙各自骑驴赶上。

穿进林子间那条小道，行至阿念偷偷摸他手背的地方，犄角儿忍不住望向阿念。阿念微低着头，虽看不清神情，却能觉出她在抿嘴羞笑。犄角儿心儿一颤，忍不住也想摸一摸阿念的手，但随即忙在心里喝住自己：人家是女孩儿，摸你的手是出于情；你若去摸她的手，哪怕也是出于情，更多的却是欲。不但对不住她那番情，更是欺她。

他不由得望向正摇头哼曲、逍遥前行的张用，忽然想起去年一件旧事，张用的鞋子穿破了，左脚露出脚后跟，右脚露出大脚趾，他却浑不在意。犄角儿本要给他买一双回来，又怕张用像以往一样，东西略不合眼，随手就丢。正巧那天经过相国寺东门外的讲堂巷，那里靴鞋店最多。他便硬拽着张用去挑一双，那天张用忽然来了兴致，一家一家靴鞋店挨着选，只要看到好的，便高声赞叹，拿起来里外细细打量，并拉着店主讨教技艺。一路赞了十来双，却一双都不买。最后，只随手抓了一双布底麻鞋，试都不试，拿了就走。犄角儿虽然早已见惯张用的怪诞，仍忍不住问："小相公，那十几双好鞋子不买，为啥要这双麻鞋？咱们又不是买不起。"张用随口应道："达人以爱胜欲，愚夫以欲灭爱。"

这句话犄角儿琢磨了许久都不明白，这时却隐约懂了，爱一个人或一件物事，只要有了贪占之心，便是欲。一旦得了这人这物，爱惜之心自然逐日而减，直至于无——这便是以欲灭爱。

犄角儿不愿以欲灭爱，却又抑不住想得想占之心。他顿时沮丧烦乱起来，却想不出如何才能以爱胜欲。正在闷想，眼前忽然敞亮，已经走到了大路，月光洒在地面，如同一条宽阔大河，他的心也随之一开。他扭头望向阿念。阿念抿着嘴回望向他，笑意清甜，目光莹澈，似乎在说"我不怕，你也莫怕"。

他心底一阵暖涌，不由得郑重点了下头，心里暗暗起誓：我拿性命作保，一定对得住你这份情，若有一天欲灭了爱，我便不许自己再活！

阿念似乎听懂了一般，笑着朝他点了点头。他心底再无疑虑，不由得长舒了一口气，觉得这月光、大路、树林、天地从未这么敞亮过。

他正在振奋不已，却见张用忽然翻身下驴，将灯笼插到鞍子上，而后伏身躺倒在大路中间，嘴里含糊说了句："我困了，先睡觉。"

第十七章　露宿

工拙系乎用之者。

——沈括

程门板清早起来，穿了衣服走到外间，见妻子于氏已端着盆水过来，搁到院边盆架子上，扭头笑着说："洗脸吧，早饭已经备好了。"

程门板见她眼含欢悦，知道她是为昨晚买回来的那四个燋酸豏。自己只做了这一些儿，妻子便已欢悦得这般。他心里又一阵愧疚，甚而有些恼。他装作没瞧见，低着眼走过去，埋头去洗脸。他家其实雇了两个丫头，一个帮着看店，一个照管家务。于氏却始终要自己亲手操持程门板的饭食、衣服，乃至洗脸、洗脚水。程门板说了许多回，于氏都不肯听，只说："娶妇娶妇，浆洗缝补。你娶的是我，又不是那丫头。"

这世上之人，包括父母在内，程门板都从没有愧疚，唯独这妻子，亏欠日积月累，渐渐如山一般。这时，妻子又拿着干净帕子在旁边候着他。他把脸埋在盆里，不停捞水洗脸，不愿抬起头，但又不能一直这么洗。实在无法，只得停手，板着脸不看妻子，从她手里接过帕子。妻子仍候在旁边，他从眼角瞥见妻子眼里仍含着欢悦温柔。他越发不愿直视，胡乱揩了脸，将帕子丢到妻子手中，正要转身，一个人穿过前边店铺，快步走到后院，大声说："程介史，城东南又发生了一桩萝卜命案！”

是他手底下另一个小吏，二十出头，瘦瘦的脸，一双大眼，翻嘴皮，露出两颗大门牙，牙缝极宽，说话有些漏风，人都叫他范大牙。

程门板听了一惊：“城东南哪里？死的是什么人？”

“陈桥门外青林坊，我家离那里近，那里的坊正让人去给我报的信。死者叫马百，是个箍桶匠。”

“澶州顿丘人？”

“是。介史如何知道？”

程门板没有应声，扭头望了妻子一眼，妻子略有些扫兴，但仍轻声问：“吃了饭再去吧？”

“不了。”程门板摇摇头，避开眼，转身向外快步走去。

于氏却赶上来说：“好几里地呢，租驴子去吧。”

他刚要摆手，妻子已经快步赶到前面，出店过街，走进斜对面那家轿马店。程门板无法，只能在店首停脚等候。片刻，一个小厮牵了两头驴子过来，将挽绳分别交给他和范大牙。他只能伸手接过，临上驴子时，又回头望了一眼妻子，妻子站在那轿马店门口，望着他笑着招了下手，笑容亲暖。他心里微一颤，却不愿妻子发觉，更不愿范大牙看到，只微摆了下手，骑上驴子便走。

只要关涉人心人情，程门板始终不知该如何应对，他想把心思移到那萝卜案，却难以专注，一路都有些闷郁。范大牙不似胡小喜那般灵敏，却胜在不多语，只默默跟在后面。

一路无话，出了陈桥门，来到青林坊，这里是一大片农舍，大多都赁给小匠人、小经纪们居住。刚走进中间那条土街，就见前面不远处一座村院门前围了许多人。其中有人回头见到他们，忙说：“官府公人来了！”

众人让开了一条道，程门板过去下了驴子，径直走了进去。院子不大，却站了许多人，正在议论。一个五十来岁身穿青绸衫的男子迎了上来，程门板以前见过，是这里的坊正，姓裴。

“程介史，您来了就好了。这家主人叫史三，就是他——”裴坊正回身指向一个三十来岁的汉子，那汉子满脸忧怕，“史三赁了最左边那间房给一个叫马百的箍桶匠，已经住了两年半了。房钱一月一付，今天正好是交房钱的日子，史三怕马百起得早，走了碰不上，就早早起来唤马百。屋里亮着油灯光，马百却不应声。他从窗纸缝里往里觑看，却见马百竟死在里头。他慌了神，忙去唤我。我赶过来一瞧，那马百死状好不可怖。那房门从里头闩着，推不开，我不许他们乱动，赶紧叫人去给您报信。你过来看看……”

程门板跟着走到最左边那间小房，只有一扇窗，窗纸裂了几道口子。他凑近一道纸缝，拨开朝里望去，昏暗中，一眼看到里头一个瘦脸汉子仰着头僵在那里，相隔不到一尺远，嘴里插着一根红头萝卜，脖颈上一道深口子，血淌满了胸口。

程门板虽已预知，这么近猝然看到，仍惊了一跳，幸而没有叫出声。他暗呼了口气，又仔细环视，原来靠窗摆着张小木桌，那汉子坐在桌边一张椅子上，正侧对窗户，头仰靠在椅背上。

程门板回头问那个史三：“这人昨晚什么时候回来的？”

“大概过了二更天，我们都已经睡下了，给他留了院门。只迷迷糊糊听见他开门进来，闩好院门，进了自己屋子，跟着也闩了屋门。”

“只他一个人？”

“嗯。”

“再没有开门关门声？”

“没有。”

“没听到其他响动？”

“没。”

“你早起看到里头亮着灯？”

“嗯。刚刚才灭的，该是油烧尽了。”

程门板走到那门边，推了推，里头闩着，推不开。他回头吩咐范大牙：“把门撬开。”

范大牙忙从袋里掏出一把小刀，蹲到门边，把刀伸进门缝，慢慢拨开门闩，而后起身让到一边。程门板轻手推开了门扇，一股霉味混着汗臭味扑鼻而来。他先朝里上下左右仔细查看了一圈，并没发现什么，这才小心走了进去。屋里极狭窄，靠里墙是一张旧木床，一床旧被子叠放在床头，旧褥子平展展的。门后是一只旧木橱。右边靠窗则是那套桌椅，死者马百仰靠着椅背僵坐在那里，桌上有个粗陶灯盏，盏里的灯油已经烧干，只剩一小根焦黑的灯芯。

他在屋里四处查看，并没见到任何可疑之处，更不见凶器。木橱里只有几件破旧衣物，底下压着个小布袋，里头有四陌铜钱。他又弯下腰去看床下，只有一双破麻鞋、一捆麻绳、几块木条，其他再没发现什么。

难道是鬼？他心里一阵发寒。前三起萝卜案多少还能想象凶手，到这一起，门窗紧闭，毫无声响，又一直点着油灯，人却被杀。这案子越来越诡异，也越来越无痕迹，根本不知该从哪里入手去查。

他站在屋子中间，烦闷不堪，回头又望向那死者，死者右手垂在腿边，左手攥成拳搭在腿上，拳头里似乎捏了件东西。他忙过去，抓起那只手，用力扳开僵指，里头是个旧绢团。他用力扯出那绢团，包着些东西，他忙打开一看，是十来颗蜜饯果，早已干透发黑生霉，闻着微有些甘香酸涩，似乎是乌李。

他越发纳闷，不知这人捏着这包乌李做什么。皱眉寻思半晌，也猜不出其中因由，便揣进怀里，又环视了一圈屋中，再查不出什么，便板着脸、挺直背走了出去，随手带好了门。

裴坊正、史三和其他人都站在门外瞅着他，他沉声吩咐裴坊正："这家主人男女老幼全都监看好，不许走掉一个。这屋里也不许人进去，等仵作来查验。"

史三听了忙叫屈："我啥都没做啊！"

程门板却不理他，径直朝外走去，范大牙忙跟在后面。程门板骑上驴子，一直挺着背，不让人看到丝毫烦乱，心里却坠了块大石一般，根本不知道下一步该去哪里，只能驱驴先离开这里。

行了约半里路，迎面一个后生骑着驴急急赶来，是胡小喜。

胡小喜不知道自己是不是又惹了祸。

昨天半夜，他跟着张用去那宅子查看完后，才走到大路上，张用忽然躺倒在大路中间睡起觉来。他惊愣之极，笑癖险些发作。阿念忙问犄角儿，犄角儿却只苦着脸说："他常常这样。"随即下了驴子，从袋子里取出一卷东西，展开铺到张用身边，是一块薄毡。而后他弯下腰用力推张用，张用竟已睡死，任由犄角儿把自己推了个滚儿，躺到毡子上。犄角儿又取出另一个卷儿展开，是块薄毯，他小心盖到张用身上，而后坐到张用脚边，抬头说："你们先回吧。"

"他这样睡一夜，你就守一夜？"阿念忙问。

"嗯，他得天亮才能醒来。"

"我家小娘子莫说躺在大路上，自家的床，被褥若换新的，都先要浆洗几道，大太阳下晒三天，再拿花蒸香熏过，还得好几夜才睡得着。这往后若成了亲，两个人可怎么过？唉……至少也该把张姑爷挪到路边吧？怕车马过来踩到。这两位大哥，一起帮忙抬抬吧。"

胡小喜一路上都在偷瞧阿念，觉着她和常日见的那些女孩儿大不一样，生得甜糯，又爱笑，胆儿还格外大。他竟有几分动心，听到阿念求助，像着了魔怔，忙下了驴子，回头招呼跟在后面那个姓杨的。那人性子极冷淡，听见招呼，略迟疑了一下，才懒懒下了驴。两人一起走过去，犄角儿抱头，胡小喜和姓杨的各抬一只脚，将张用抬了起来。阿念忙扯过薄毡，铺到路边一块草地上。三人将张用抬到那里放平，犄角儿又拿过薄毯盖好。自始至终张用都睡得极沉，还轻吹着气哨儿，三五岁孩童一般。胡小喜心里不由得叫苦，自己大半夜不歇觉，平白跟着这么一个癫人做什么？

阿念却对犄角儿说："我陪你一起守着。"

"晚间有露水，你要着病。"

"那你不也要着病？"

"我惯了的。"

"那我也惯一回。我还没在大路边、月亮底下过过夜呢。"

胡小喜见两人甜来蜜去，心里有些泛酸，心想：你们要成好事，我偏要搅。于是他高声说："难得这么好的月夜，我也不回去了。杨哥你呢？"

那姓杨的又迟疑了一下，既有些诧异，又有些厌拒，但仍微点了点头。

胡小喜越发高兴："男女有别，张相公身子两头正好各有一棵树，阿念姑娘就靠着细些的那棵睡，咱们三个靠着这棵粗的睡。男女既隔开了，又互相瞧得见，缓急有个照应。"说着，他便坐到了那棵粗柳树下，又朝那姓杨的招手，姓杨的仍迟疑了一下，才慢慢走过来，坐到了树背后。

"犄角儿你也来啊。"

"我得守着小相公。"

胡小喜见犄角儿耷拉着头，阿念噘起小嘴，都有些扫兴着恼，心里暗自偷乐。没想到阿念却又说："张姑爷是我家姑爷，我也要守着。"说着就坐到了张用脚边，犄角儿则坐到了另一侧。

胡小喜计谋落空，不好再说什么，跑了这一天又实在困乏，便赌气不再看他们，靠着那树闭起眼，很快便睡着了。

不知睡了多久，他被一阵怪声惊醒，睁眼一瞧，是张用。弯着腰，盯着他笑："鼻泡小哥，起床，查案去！"

胡小喜睡得衣裤湿冷、全身酸痛，头上身上粘了许多泥土草棍，叫花子一般。再看其他人，全都已经起来，状貌和他都差不多。尤其阿念，头发蓬乱，半颊尘土，困睁着眼儿，像只草坡上滚晕的小呆羊一般。胡小喜猛地笑了起来，张用龇着牙嘿嘿了两声，随即正色，转身去骑驴。阿念看他笑，再望望犄角儿，也猛地笑起来。犄角儿正在收拾油布羊毡，望了一眼阿念，也嘿嘿笑了。那个姓杨的，则在一边满眼的厌，仔细拈身上的草、拍衣襟上的灰。胡小喜看见，越发笑得止不住，身子抽成了一团。阿念也笑得弯下腰，几乎背过气。

许久他们才终于笑罢，发觉张用早已走远，忙一起骑驴追了上去。张用今天像是变了个人，眼瞪着前方，舌头不住弹响，发痴了一般。

一行人一路都不作声，张用虽然痴痴怔怔，却似知道路一般，一直行在前头，到了一个岔路口，他拐向西，来到蔡河边，沿着河岸又向南行去。行了几里路，前头两岸出现一片房舍，胡小喜记得这里有家制卖肥皂团的工坊，那工坊后头河岸边有两个人坐在草坡上。张用行到那里，停住了驴子，探头朝河岸下面望。胡小喜忙赶上去，也往下看去，见草洼里似乎躺着个人，身上盖了片旧布，头部那里高高耸起一个尖儿。坐着的那两人忙站起身，其中一个瞅见胡小喜身上的皂隶公服，忙问："你们是公人？"

"嗯，程介史来过？"

"昨天傍晚来的，查看过后就回去了。坊正让我们两个看着这尸首，都守了一夜了，也不见人来替一替。"

张用跳下驴子，走到那草洼边，一把掀开那旧布单。底下果然是一具尸首，仰天躺着，嘴里插着根红头萝卜，脖颈上一道深口，血已经凝住发黑。死状和唐浪儿完全一样。

胡小喜忙也下驴，走下去瞧。除了伤口和那根萝卜，却再瞧不出其他。他望向张用，张用盯着那尸首，眼珠不停地转，舌头不住弹响。

半晌，张用忽然笑起来："哈哈，我知道凶手是谁了！"

"哦？是谁？"

"你去给那个程介史报个信，咱们去力夫店说。还有，你最好顺路再去查一个人，姓马，是个箍桶匠，不知道这人是死是活——"张用转头望向岸上那个姓杨的，"那马哑子住在哪里？"

"嗯……陈桥门外青林坊。"

"鼻泡哥，赶紧去！"

"可是……程介史最不愿闲杂人插手案子。"胡小喜忙说。

"那他愿不愿找见凶手？"

"这……"

"好了，快去——咦？对面那座楼怎么不见了？"张用扭头望向对岸。

岸上那汉子忙说："你们没听说？那楼前天夜里飞走了。"

"飞走了？嘻嘻，李度那痴儿又在耍怪了，改天再问他。"张用笑着望了片刻，回到岸上，骑了驴子，高叫一声，"走，去力夫店！"

胡小喜忙跟上："张作头，你真的知道凶手是谁了？你可别戏耍我，害我叫了程介史来，他那性子可不是好戏耍的。"

"哈哈，凶手跟他比，谁更不好戏耍？"

"这咋能比？"

"你若不想去叫他，也好，这谜我已解开，再无意趣。我仪象台第一层枢轮尺寸才算好，其他转轮还排着长队等我呢。咱们就此别过。"

胡小喜尽力瞅着张用的双眼，却瞧不出他究竟是戏耍还是当真。心里急急盘算，若他是胡闹，最多再挨一次重责，但他若真的猜出了凶手，岂不是立了件大功？他忙说："别别别，我这就去叫程介史！咱们在力夫店见！"

他急忙驱驴快行，向城里赶去，一路都念着菩萨。自从上回在程门板面前笑癖发作后，他心里藏了个病根始终除不掉，见程门板总有几分畏忌。程门板对他一直也隐隐有些避忌。胡小喜卖力应差办事，一小半原因正是想赎回那个罪过。这桩萝卜案让程门板焦烦不已，凭他的智识，恐怕难破案。倘若借张用之力，解开这桩奇案，想必会让两人之间缓解一些。

他进了城，先赶往程家簟席铺，到了那里只见到于氏，于氏说程介史去陈桥门外查命案去了，死的是个箍桶匠，似乎姓马。

胡小喜听了大惊，张用让他去查的正是这人。这么看来张用恐怕真的知道凶手是谁了。他忙掏出身上所有一百来文钱："嫂子，这驴子我还得再借一下，这些钱先给您，剩余的过后再补。"

"拿回去！你整天替他东奔西颠的，却连我家一口好汤水都没喝过，租头驴子还要跟我算明细账？"

胡小喜又假意让了让，这才嘻嘻笑着收回钱，道声别，骑着驴子望陈桥门外赶去。快到青林坊时，正巧碰见了程门板和范大牙。他忙迎上去将张用的事情禀告了一遍。

果然，程门板一听张用自作主张来查萝卜案，胡小喜竟跟着乱跑，他脸色顿时黑沉下来。等听到张用去那空宅子查看那两个轿夫的尸首，他更是气得脸都要拧起来。可是，当胡小喜说张用知道凶手是谁，他的目光顿时一颤。

胡小喜这才稍稍心安了些，小心补充说："张作头毕竟是京城五绝之一，'天工十八巧'之首，人虽有些疯癫，心思却极聪敏。而且若不是他未婚妻被那轿夫劫走，他并不敢贸然查案。另外，张作头也说了，他绝不是要擅作主张来插手这案子，只是作为苦主，理当效力，协助查案。至于案情推断、凶手认定，自然由您来做主。"

程门板听了，脸色才稍稍缓和，但仍板着脸说："那就去听听他胡说些什么。"

第十八章　鬼

乘虚沉谋默战于方寸之间，解难排纷于顷刻之际。

——《棋诀》

柳七不但疲惫不堪，更是懊悔不已。

跟着张用奔波一夜，又露宿街边，弄得满身尘土，乞丐一般，却一点实情都没得到。张用看了郑鼠儿的尸首后，忽然说知道谁是凶手了，却又不明说。他一直冷冷瞅着张用，始终辨不清此人究竟是真疯还是装疯。那个犄角儿和阿念又一路眉来眼去的，他越瞧心里越厌烦。但终究割不下那一点好奇，还是跟着张用又回到了力夫店。

上午力夫店里仍没有客人，店里清清静静的。店主单十六独自坐在靠河岸的凉棚下，喝着茶在出神。张用下了驴子，没有打招呼，径直进店，朝里间走去。柳七也跟了进去，站在门边向里张望。解八八仍躺在炕上一动不动，但脖颈处包扎的青绢似乎新换了一条。柳七心里说不出是什么滋味，觉着他即便能活过来，也不过整日闷着头，做活儿受累，哪里有什么生趣？还不如就这么死去，或许更好些。

张用伸手摸了摸解八八的额头，随后回身出来，望向柳七，目光仍似笑非笑、似顽似真。柳七不知这人为何能时时如此欢悦，不愿和他对视，随即避开，转头向外间走去。

店主单十六听到声响，起身走进了店里，朝柳七点了点头，而后望向张用："张作头，今天清早赵太丞来看过解八八，我把你说的药方讲给他听，他听了，说有道理，又添了白及、三七、地榆几味药，另开了内服外敷两个方子，我去合了药，回来给他喂过、敷上了，这会儿似乎略好些了。"

"嗯，他的病情，药只能暂消些烦渴，能不能活命，只能看造化动哪根指头了。"

"唉……赵太丞也是这么说。"

张用却径直走到店外凉棚下，回头问："单老哥，昨晚单嫂嫂说的一小摊血是在哪条凳子边？"

单十六走出来指了指自己刚坐过的那条靠外临河的长凳，柳七也跟出去瞧了瞧，凳脚地上已经看不到血迹。张用坐到那凳子上，左扭一下，右扭一下，又望着汴河略思谋了片刻，回头唤道："犄角儿，脱裤子！"

犄角儿和阿念站在一旁，正在笑着对望，听到唤，忙扭过头："啥？"

"快脱了裤子，去河里寻件东西。"

"啥东西？"

"一把刀。"

"嗯？"

柳七听了也一惊，杀解八八的凶器丢进那河里了？张用是如何猜到的？

"呆瞪个什么？快！单大哥，借你火钩子给他用一下。"

"我去！"那个瘦厨子不知何时站到了门边，随即飞快跑进去，旋即又跑了出来，将一把火钩递给犄角儿。犄角儿拿过火钩，却仍犹犹疑疑立在原地，不肯去。

阿念忽然开口："张姑爷一定是猜到凶器被丢进那河里了，是不是？犄角儿你去寻一寻嘛。"

"果然是根死犄角，还不如元宵妹子心思圆转。"

"张姑爷又乱取诨名。"阿念抿嘴笑起来。

犄角儿瞧了瞧阿念，脸泛起红，不肯脱裤子，只把裤腿高高挽起，慢吞吞走到河边，又将鞋袜脱下，搁到干处。小心蹚水走进河里，用那根铁钩在水里左右慢慢划探。寻了许久，越走越深，河水都已没过腿根浸湿了裤管。他忽然停住手，快速捋起袖子，把手伸进水里去抓，接着便大叫："找见了！"他高高扬起手，手里握了把牛耳尖刀，这时日头已经高高升起，映得刀刃耀眼。

阿念顿时拍手高声大赞，柳七惊望向张用，张用却已站起身，哼着曲儿向店里走去，左歪一下、右扭一下，喝醉了一般，不知又在做什么。

"张作头！"是胡小喜，骑着驴子，身后还有两个骑驴人，都身穿皂隶公服。一个中年人，冷着脸，另一个二十出头，龇着一对大板牙。

张用听到唤，停住脚。胡小喜下了驴忙跑进店里："那个箍桶匠也死了！在他赁的那间农舍里，今早那房主才发觉。那箍桶匠坐在桌前，头仰靠着椅背，嘴里也插着根萝卜，喉咙割了道口子。房门从里头闩着，找不见凶器，也没查出其他什么。他房里的油灯直到早上烧尽了油才灭掉。另外，他手里攥着个白绢团，里头包了十几颗乌李。"

柳七听了，立时惊住，马哑子竟也死了。

张用却大笑起来："哦？哈哈！好！"

"好？"胡小喜一愣，随即忙低声说，"张作头，莫要闹了，程介史也来了。"

张用却不理他，笑着迎出门。程介史还没下驴，张用走到驴前，弓下身子深深一揖，头几乎要低过膝盖："草民张用拜见程介史，这萝卜案案情诡怪，死伤连串，惊动整个汴京，幸而有程介史尽忠尽责、果敢睿哲，草民能在程介史驴前微效一二薄力，实乃万幸。"

柳七正震惊于马哑子的死，忽见张用变了个人，说出一串马屁话，不由得暗暗吃惊，没料到张用竟是这等卑颜附势之人，心里顿生鄙夷。但再一细瞧，张用低着头，嘴角微露出一丝笑意。他这才恍然，张用又是在戏耍。那个程介史却挺背沉脸，摆出威严，傲然接纳，根本没有察觉。

"草民能否央告一件事？"张用又问。

"什么？"

"草民知道杀害那箍桶匠的凶器藏在哪里，能否恳请程介史派个人去取？"

"藏在哪里？"程介史一惊。

“草民若没猜错的话，那箍桶匠身子前头、桌板底下木缝里应该插了把刀。”

“哦？你如何知道？”

“此事能否容后再禀？”

柳七听了越发吃惊，胡小喜只说了三两句，张用又能猜出凶器下落？

程介史则盯着张用，犹疑片刻，回头吩咐那个大板牙小吏：“你立即回青林坊去查查看。”

那小吏忙点了点头，掉转驴头，向回赶去。

张用又躬身道：“请程介史进店，听草民细禀。”

程介史下了驴子，走进店里，坐到靠里一张椅子上，那板肃仪态，仿佛一位高官一般。柳七和其他人跟着张用走了进去，围站在店里各处空地上。

张用站在店中间，又朝程介史躬身一拜，随即直起身，脸露笑意环视众人，像是个说书人一般，从腰间抽出那把团扇，轻摇两下，这才开口说道：“讲这萝卜案之前，得先说一段前缘。话说三年前端午那天，天降暴雨，黄河决堤，顷刻间便淹没澶州顿丘县。数千人户中，有九个人扒上一只木筏，侥幸逃生。他们分别是裱画匠麻罗、泥炉匠江四、帮厨解八八、面匠唐浪儿、箍桶匠马哑子、卖肥皂团的郑鼠儿、轿夫乌扁担、砧头匠田牛、猫窝匠柳七……”

柳七听到自己的名字，心里一颤，顿时有些不自在。

张用却一眼都没瞧他，继续笑着讲：“接着，这九人又救上一人，那人是个豪户子弟，名叫黄三奇。这黄三奇身背银两，却向那九人谎称是萝卜。又为人骄横，惹怒了那九人。那九人便合力杀了他，分了他身上十锭大银，并结拜为兄弟，号称‘顿丘九虎’，一起来到京城。这便是萝卜案前因。”

“这前因你是从何得知？”程介史抑住惊讶，冷冷问。

“只是机缘巧合，无意中得知。”

“那凶手是谁？”

“鬼。”

“鬼？”

“嗯。世间万鬼，皆由心造。杀了人、劫了财，心中自然有愧，这‘愧’字便是心中之鬼。这九个人，心里各藏了一只鬼。只是，虽都名为鬼，其实面貌各不相同，有怯鬼、有怨鬼、有暴鬼、有堕鬼、有耻鬼。

“不敢直面心中之愧，不愿被它纠缠，便生出避逃之心。但这鬼一旦生根，便如影随形，终身难逃。于是，性懦者便臣服于鬼，甘被驱使，是为怯鬼；性狭者，自己敌不过这愧，便转而归咎于人，由此生成怨气，或怨人、或怨世，是为怨鬼；性强者，被这愧激怒，化为暴虐之气，有善根者虐己，无善根者虐人，是为暴鬼；性弱者，无力应付这愧，便索性堕落自弃，或厌世消沉、或玩世不恭，是为堕鬼；唯有性直者，能直面心中之愧，生出羞耻之心，知耻而后勇，以悔过之心，行向善之举，赎已犯之罪，是为耻鬼。”

其他人听着，多少都有些茫然发怔，柳七的心却像是被重锤一锤锤中，他知道自己心中那只鬼是堕鬼，让他日益厌世消沉。

程介史却有些焦躁：“我不是来听你歪扯，凶手究竟是谁？”

“呵呵，若无前因，何来后果？程介史既然心急，我便先奉上果子。杀唐浪儿的，是里头躺的那个解八八！”

“啊？”屋里众人全都惊呼起来，柳七更是震惊莫名。

“这解八八，他心里藏的便是只暴鬼。他生性梗硬，不知该如何对付心中之愧，便生出暴怒之情。只是他天性还算朴直，并没有将这暴怒发泄于人，转而自惩自虐，不停做活儿，用劳累责罚自己。一张桌他擦几遍都不够，挑水能将瓢盆碗盏全都注满，明知自己不是学厨的材料，却执意苦学，劝都劝不转。至于唐浪儿，心里藏的则是只堕鬼。他生性虚浮，知道自己抹不去这愧，便放任自流，自甘堕落，玩骗妇人。”

程介史神色略缓，但脸依然冷沉着：“解八八为何要杀唐浪儿？”

“凡事有初因，有终因。好比房子倒塌，修造时若有隐患，或台基不稳、或梁柱不正，这是初因。一场地震，或遭受虫蛀，这便是终因。初因加上足够终因，便能让一座房子倒塌。

“解八八杀唐浪儿的初因来自三年前那场合伙杀人，当时第一个动手的是麻罗，他杀了那个黄三奇后，让每个人都必须补一刀。乌扁担第二个动手，接着是田牛、江四。而后，乌扁担将刀子交给唐浪儿，唐浪儿却转而塞进解八八手里，推着解八八先动手。解八八当时恐怕正在犹豫不定，但邪心已生，初因已在。被唐浪儿这一推，终因也至，便向黄三奇尸体扎了一刀。解八八心中暴鬼正生于此，被愧疚折磨时，自然会怨责唐浪儿，这便成了他杀唐浪儿的初因。”

“终因呢？”

“终因在一个妇人。”

“什么妇人？”

“单大哥的表弟媳妇，虹桥西头甘家面馆的熊七娘。”

柳七先听前头那段，觉着极有道理，心里竟有恍然之感。及至听到熊七娘的名字，又全然蒙住。其他人也都满脸惊异。

“鼻泡小哥，能否去甘家食店把熊七娘唤过来？”

“嗯……”胡小喜望向程门板，程门板这时神色又缓和了一些，眼中透着纳闷和好奇，微点了点头。胡小喜便快步跑了出去。

“好，咱们继续来说这终因——”张用笑着摇了摇团扇，“三年前顿丘那场洪灾，解八八的父母妻子全都被大水冲走。尤其那妻子，穷人娶妇不易，解八八年近三十才娶到这妻子，自然极疼惜，成婚又才三个月，正是如糖似蜜的时节。痛失妻子，他心底之伤可想而知。董厨子说解八八见了妇人极怕羞，总是埋着头。这恐怕不只是怕羞，梗硬之人，一旦生情，根扎得比常人更深。解八八见到其他妇人便低头，怕更有曾经沧海难为水之意。然而，有一回，熊七娘来到这里，解八八举止却极异常。董厨子，你再说一说当时情景……”

董厨子顿时有些慌，结结巴巴说起来：“那天熊七娘来店里，要寻个力夫去挑米，解八八刚端了几碗菜羹出来，迎头撞见熊七娘，见了鬼一般，慌得手一颤，托盘掉在地上，碗全都摔碎了，菜羹泼得熊七娘满鞋满裤。解八八却钉在那儿，呆了一般，都不知道道声歉。店里吃饭的几个力夫一起笑起来，他才涨红了脸，慌忙躲回厨房里了。”

“他当时那神情真是见了鬼一般？”

“嗯。”

“我听鼻泡小哥讲起这件事时，先以为熊七娘正是解八八的妻子，但熊七娘几年前就在虹桥边开店了。为何解八八见到她那般震惊？原因恐怕只有一个——

熊七娘容貌极像他过世的妻子，所以才会有见了鬼一般的神情。”

柳七听了，大为心服。其他人也都轻“哦”了一声。连程门板都微挪了挪身：“那个唐浪儿四处玩骗妇人，熊七娘也是其中之一？这便是解八八杀唐浪儿的终因？”

“这是终因之一。另有一个因由——清明那天，顿丘九人聚会，江四没来，郑鼠儿却带来一个噩耗，江四被人杀了，嘴里还插了根萝卜……”

“那头一个死者叫江四？”程门板猛然提高声量。

“嗯。江四是这萝卜案第一个遇害者。他嘴里插的萝卜，外人无论如何也猜不出。至于顿丘其他八人，一开始也都没有想到。还是猫窝匠柳七头一个想到了三年前那桩旧事，这让他们八个惊慌无比，压于心底那只心鬼顿时翻腾而出。心中之鬼虽不是世人口中所言之鬼，却最能扰人心魂、变人性情。这叫作三年旧鬼化新鬼，原本初因作终因。若没有这个新鬼作祟，解八八恐怕还在犹疑。他心底里藏的又是一只暴鬼，自虐哪里除得掉？

“唐浪儿临死前，和一个人坐在河边喝酒。卖乳酪的牛小五经过时，无意中听到唐浪儿吹嘘自己如何玩骗妇人。我猜测那另一个人正是解八八，顿丘八人匆匆散后，他们两人正好同路，又各怀心事，便一起吃酒解闷。唐浪儿那番吹嘘更激怒了解八八。虽说熊七娘恐怕只是像他妻子，但他这样的人极易生成执念，唐浪儿玩骗熊七娘，便是玩骗他妻子一般。

“另外，还有一件极巧的事。他们喝酒那片河岸跟前有一个小湾，上流漂下来的东西极易漂聚到那里。我有一位画师朋友张择端，清明正午见到虹桥边一只船上丢下一根红头萝卜。或许那根红萝卜正巧漂到两人喝酒那个小湾里。解八八见到那根萝卜，心里暴鬼自然更被触动。让他想到借那根萝卜，伪造又一桩萝卜凶案。两人喝完酒，离开时，他伸手捞起那萝卜，两人前行一段路程后，前后无人，他便动手杀了唐浪儿，造出第二桩萝卜命案。”

“证据？”程门板问。

“犄角儿，刀！”张用从犄角儿手中接过那把从河里捞起的牛耳尖刀，“我推断解八八便是用这把刀杀死了唐浪儿，随后丢到了河里。刚才一捞，果然捞起。”

“你如何断定这刀便是……”

程门板话未说完，胡小喜引着熊七娘走进了店里。熊七娘神色不安，不住扫视店中诸人。

“熊七娘好！你家的盐豉汤我最爱喝，比城里窦盐豉家的都醇浓些。”张用笑着拜揖，随后又问，“你家清明那天有没有丢失一把刀？”

“嗯？你怎么知道？”熊七娘大惊。

“你瞧瞧，是不是这把？”

熊七娘接过那刀，反复认了认，又仔细看过刀口上的铭文，忙说：“是这把！这上头刻的字，是贝家刀器的刀。我特地买来剔骨肉的，有回我的箱子锁坏了，我丈夫拿它撬那锁头，把这刀尖弄缺了。这刀就是清明那天不见的，我到处找遍了也没找见。”

“大约什么时候不见的？”

“那天中午，我才剔了半盆肉，就搁在案子上。下午要用时，就不见了。”

“那天下午，解八八是不是端了碗清明稠饧到你店里？”

“嗯，是表嫂熬的，表姐夫让送过去的。”

“他送过去时，你在店里？”

“嗯，我丈夫整日在外头赌钱，平常都是我一人在店里。”

“当时店里有其他人没有？”

“没有，中午生意才散了，一天也就那会儿清闲些。”

“你觉着解八八这人如何？”

“嗯……闷闷的，不爱说话，瞧人时眼神有些古怪。”

“怎么个古怪法？”

“偷偷瞅着，像是要把你剥开一般，有些怕人。”

“那天，你和解八八说了什么没有？”

“没……没，我正忙着熬豉汤，他把稠饧搁在案子上就走了。”

“真的没说什么？”

“真的没……”熊七娘的脸顿时涨红。

“你是不是跟他打问唐浪儿了？”

“没！”熊七娘慌起来。

“你莫怕，杀了唐浪儿的是解八八，我们正在寻证据，你的话极要紧。”

熊七娘先是一惊，又低下眼犹豫了半晌，才赧然开口，声音极低，又有些发颤：“我是随口问了几句唐浪儿……”

“解八八当时神情如何？”

“他垂着头，不看人，应应付付的，似乎不愿提起唐浪儿。那会儿送菜蔬的来了，我便过去选菜。他就走了。”

张用笑着望向程门板：“证据有了。清明那天下午，解八八从这里出去时，尚无杀念。但听到熊七娘打问唐浪儿，心底怒火被激起。他见到案上那把剔骨刀，便随手窃走。再听说了江四的死，惊恐、悔疚、怨怒被心底暴鬼一起催起，为护熊七娘，杀了唐浪儿。”

“啊？”熊七娘惊得瞪圆了眼睛。

柳七听了也震惊之极，瞪大了眼，心底一阵阵翻涌。再看其他人，也都惊异无比。

程门板也有些坐不住，但强行挺直腰背，冷压着声音问：“解八八又是被谁所杀？”

“自杀。”

第十九章　不安生

动静迭居，莫测奇正。

——《棋诀》

张用见众人都张大眼睛，等着解谜，便摇了摇扇，笑着继续讲起来——

“解八八杀唐浪儿，初因在于三年前那桩杀人劫钱案。他心头藏的那只暴鬼并不会跟着唐浪儿一同死去，相反，唐浪儿虽然推他杀人，又玩骗妇人，却罪不至死，他杀了唐浪儿，心里只会又添新鬼。两鬼夹击，将他逼到绝处。何况亲人全亡，孤身无依，他那梗硬性情，再难寻到生趣。那晚，回到这店外，他恐怕在店外头那把长凳上坐了许久，最终拿出这把尖刀自刎。

“然而，即便再无生趣，求生之心仍大过一切。他脖颈上有两处伤，一处是那道深口，深口旁还有一个小刺痕。他恐怕是先拿刀抵住脖颈，却下不得手，只留下这个小刺痕。又坐了许久，终于还是不愿再活，便又咬牙，在脖颈上狠狠割出那道深口，那条凳子下就留下一摊血迹。

“世间之惧，莫大于死。血从伤口中涌出时，他恐怕顿时慌怕起来，求生之念重又涌起。此种时刻，人之智力远胜平常。他也随即想出遮掩之法，忙将这把尖刀抛到河中，随后推门跑到厨房里拿了一根青头萝卜，而后出来将萝卜插进嘴里，再重重撞开店门，倒在地上，惊醒单大哥来救他。若能侥幸活下来，他便成了第三个萝卜凶杀受害人，轻巧掩去杀害唐浪儿之罪行。

“至于证据，在店里地上那一溜血迹。其实那不是一溜血迹，而是四溜。单大哥替解八八捂伤口时，手上沾满了血，他跑去厨房洗手，在地上留下一溜血迹。昨晚我来查看时，还辨得出，地上血滴洒了一尺多宽，血滴或左或右，或在中间。单大哥去洗血手时，两只手自然是略略伸开在胸前，应该在左右各留下一溜血迹，中间一般不会留下血迹。中间的血滴自然是别人留下的。

“另外，单大哥只是去厨房舀水洗手，而菜筐里菜叶上却也留下血迹，自然是别人所留。杀解八八的若真另有凶手，一来凶手自然是有备而来，不会杀了解八八后，才想到寻萝卜；即便是，也未必知晓力夫店厨房里有萝卜；就算知晓，为一根萝卜，甘冒被人发觉之险钻进厨房去取，也未免太蠢；二来，用刀割伤解八八脖颈，凶手手上也绝不会沾到太多血，更不会滴洒一路。因此，中间两溜血迹只能是解八八进出时所留。”

张用讲完后，摇着扇，微笑环视众人，连程门板在内，诸人都惊在那里，说不出话来。一片静默中，里间忽然传来一阵嘶吼之声，是解八八。

单十六忙快步走了进去，张用和程门板也跟了进去。只见解八八身子急颤，两只手不住乱抓，喉咙中发出一阵阵嘶喊。单十六忙过去按住他的双肩，连声安抚，解八八却仍不住声，听了一阵后，才听出他在不断重复两个字：“是我，是我，是我……”

片刻后，解八八喉咙里陡然发出一阵怪声，像是困兽哀鸣一般。随即身子一挣，头一歪，再不动弹。张用过去伸指探他脖颈侧边的脉息，已经死了。

张用早已看惯这世间悲欢，大多只如痴儿争影，争得痴狂，到底无谓。因此，他也久已不屑卷入人间恩怨。这回无意中涉入这桩萝卜案，初时觉着难解，引起斗心，及至渐次窥破其中真相，乐趣随之大减。这时，看着解八八僵卧在炕上，圆瞪着双眼，大张着嘴，似乎仍在嘶喊“是我”，他不由得收起笑，深叹了口气。解八八被那只暴鬼折磨三年，临死拼了命，才逐走了它。

他转身离开那里，程门板也跟了出来：“其他几个人呢？又是谁杀的？”他的语气软了许多。

张用笑叹了一声：“我已经说累了。”

“两桩凶案已经解开，就请张作头再辛苦一下，将另三桩也一并说了罢。”

张用见他压低了声音，显然是怕被其他人听到，他这样一个古板人，肯向人伏低，也是不易。张用笑着点了点头，走到店中间，盘腿坐到了地上——

“沾多了鬼气，我得多吸吸地下元气。大家也都坐下吧。刚才让你们仰着脖子听了半天，这回换你们俯视。我们再来说第二桩，两个轿夫——乌扁担和任十二。

“昨晚，我去查看过那凶杀之地。一座空宅院，一间小瓦房。房里一张方桌上摆三副碗筷，中间一只大瓷钵，四面四碟剩菜。一张大炕，铺了三床旧被褥，靠窗那头，还叠放了一床新被褥。看起来，那晚屋里一共有三个人，乌扁担、任十二和那个看院的老庄客。其实，当晚还有第四个人……”

“啊？”胡小喜、柳七、犄角儿、阿念四个去过的人一起低声惊呼。

“先看那桌上，三人同桌，那老庄客自然坐中间，乌扁担和任十二坐两边。四个菜碟摆放时，自然也该方便老庄客夹菜。然而，四碟菜却是照着四人同桌的摆法，中间那只大瓷钵将老庄客对面那碟菜完全挡住，看都看不见，更不必说夹菜。另外，还有一只小酒坛搁在凳脚边。若是三人同桌，桌子一面空着，酒坛又不大，自然该摆在桌上那空处，才好筛酒。因此，当晚应该是四人同桌，不过，第四人将自己的碗碟收掉了。

“再来看炕上，三人铺位两边都空着，乌扁担靠窗边，任十二睡中间，老庄客靠里墙。乌扁担的铺位和窗户之间空了四五尺，足够一个人睡，这空铺靠里墙叠放着一套新被褥。我说的那第四人应该便是睡在这里，那套新被褥正是给他备的。证据有三——

“第一，三人被褥都是半旧的，自然是常常铺盖，而那套新被褥，显然是临时抱来给新客人用，否则就该收在柜中，何必叠在炕上积灰当摆设？第二，老庄客的衣裤脱了，放在枕头右边的空处。乌扁担和任十二的则放在被子脚。任十二睡中间，衣裤放到被脚倒也自然，但乌扁担脱了衣裤，便该顺手放在身旁空处，何必要费事放到被子脚？显然，他旁边原先睡了人。第三，乌扁担和老庄客是义父子，任十二只是顺带的朋友。若没有第四人，三人同炕，依常理，按亲疏，铺位有两种铺法，或者老庄客在中间，或者乌扁担在中间，没有道理让任十二睡在中间。而且，那第四人应该与乌扁担相熟，与老庄客则较生疏，因此，此人才睡在最外边，乌扁担则在他和任十二中间。这才是亲疏次序。我猜这第四人应该是顿丘九人中的独眼田牛……”

众人听了都惊愕一声。

程门板抑住吃惊，沉声说：“上面三条证据，都瞧不出是那个独眼田牛。”

张用笑着解释：“关于独眼田牛，前头只略略提了一句。田牛眇了一只眼，恐怕原本就受尽旁人歧视，胸中积满怨气。那晚第四人我为何猜测是他？理由在于前头说的初因。三年前杀那个黄三奇时，乌扁担动过手之后，将刀强塞给了田牛，并拿话激他，说那个黄三奇一路上不住叫他独眼。田牛最恨人叫他独眼，自然早已心生怨怒，被乌扁担一激，更是怒火冲头，上前连砍了黄三奇三刀，一只怨鬼由此生出。

“他极难正视心中之愧，只能顺着已有怨气，更加仇视世人。只要人提到一个‘独’字，便会激怒他。他们九人中，田牛唯独不生乌扁担的气，乌扁担跟他说话时，也最无顾忌。他恐怕是觉得乌扁担性情爽直，哪怕叫他独眼，也无歧视嘲讽之意。来到京城后，田牛常跟着乌扁担、任十二到处胡作非为，这恐怕让他觉着能泄胸中之愤。然而乌扁担却让他失望了。

“那次凶杀之后，乌扁担心中也生出一只鬼，是一只暴鬼。不过不同于解八八的虐己，乌扁担是暴世虐人。原本好好一个质朴农夫，来到京城后，成了蛮横无赖，吃喝嫖赌样样都来，四处欠人钱，与人殴斗。越凶暴之人，内里其实越荏弱，他不过是被心中那只暴鬼日夜追撵，不得安宁，才将一腔暴戾之气撒向周围。他欺虐人，自然也包括田牛。后来田牛不再跟他出去胡闹，恐怕正是看明白了这一点。乌扁担比其他人更轻视他，因此才毫无顾忌直呼他独眼。那个任十二恐怕也跟着乌扁担一起嘲辱他。

“我猜想，清明下午，田牛听说江四死讯后，心中那只怨鬼顿时蹿出来，让他惊惶之极。要发泄这怨气，乌扁担无疑是头一个。他跟着乌扁担到了那空宅院，四个人一起吃酒，田牛自然不会多吃。一坛酒吃光，四人睡下，田牛等那三人酒醉睡熟，悄悄起来，先后杀死乌扁担和任十二。桌上那四道菜中有一道是冷拌萝卜丁，田牛恐怕已暗留了两个萝卜，插在两人嘴中，伪造出萝卜命案。那个老庄客恐怕被惊醒，不过看他死状，应该不是田牛所杀。他恐怕是慌忙想逃，却跌下炕去，强挣了片刻，心竭猝死，因此死后面色紫胀，地上留下了指甲抓痕。田牛便更无顾忌，叠好被褥放到墙边，又收拾了自己碗筷带走。”

程门板听后，思寻了片刻：“可是仍没有证据证明凶手是田牛。”

“嗯，这里还缺一个终因，我只能推断到这里，证据还得你们去寻。不过，乌扁担和老庄客的钱财全都没有被偷，凶手不是图财害命，而是为了泄愤报仇。而那萝卜的秘密，只有他们顿丘九人知晓。当时活的八个人中，最有动因杀乌扁担和任十二的，是田牛。”

“那么，卖肥皂团的郑鼠儿和箍桶匠马哑子呢？”

“杀了郑鼠儿的，应该是马哑子。”

“哦？”众人又一惊。

“我依然没有确凿证据，不过三年前那场凶杀，七个人都刺过一刀后，乌扁担将刀子递给了郑鼠儿，郑鼠儿胆子最小，便强拉着马哑子，和他一起动手。郑鼠儿心中生出一只怯鬼，而马哑子则生出一只怨鬼。他的怨又和田牛不同。田牛是怨世，马哑子则是怨单个人——郑鼠儿。

“马哑子寡语少言，原本只是个贫寒农人，守着妻子和女儿安分度日。洪水冲走妻儿，又被强拉着杀了人，他心中自然极难安宁，却只能隐忍克制。江四的死，让他心中那只怨鬼再难压住，郑鼠儿又是这鬼的初因。因此，他是杀死郑鼠儿的最大嫌疑，他的死可以做一条证据。我推测，他也是自杀。”

“自杀？”程门板没能掩住吃惊。

“理由有三。其一，他赁住在农舍中，房主人却没听到任何动静，今早才发觉他死了；其二，凶手就算会亮着灯杀人，杀死后要离开那屋子，一般会吹灭灯，才好趁黑脱身；其三，马哑子手里攥的那包乌李。那是三年前发洪水那天，马哑子买给自己小女儿的。女儿死后，他一直揣在身上舍不得丢掉。他若是被人杀害，也应该是猝然遇袭，即便手里先已攥着那包乌李，也会掉落在地。他却至死都攥在手里。

“马哑子并不是凶恶之人，他杀郑鼠儿，是被心中那怨鬼操弄。杀死郑鼠儿后，即便那怨鬼随之消失，更大的愧意会生出另一只鬼来。他再无可怨可逃，那只新鬼化成一只堕鬼，死拽住他拖向地狱。相比于生，死于他而言，恐怕才是安宁解脱。他或许盼着能去阴间与妻女相会，所以临死取出那包乌李，攥在手里，想着能去阴间，将乌李给女儿。

“他之所以会口含萝卜，造出被杀假象，并不是为了欺瞒别人，而是信了江四的死，是被黄三奇的冤魂讨走了命债。他信因果，这样自杀，是想以同样死状，拿性命向黄三奇谢罪，偿还这一世命债。”

“你为何猜测凶器会藏在桌板底下？”程门板又问。

“沉默寡言之人，往往最看重自己名声，因此才尽量少说话、少露怯。”张用见程门板目光一颤，知道也说中了他的痛处，便装作没见，继续讲道，“马哑子以死谢罪，还清命债，不愿让人知道自己是凶手、是畏罪自杀，死后还被人唾骂。自刎后，他必定会将凶器藏匿起来。而那时，已无力将凶器丢到别处，最近便的地方，无疑是插进身前桌板下面。我的推断对不对，等你那位大板牙下属回来便知。”

程门板低头寻思了半晌，又问：“头一个死的江四又是被谁所杀？”

“不知。”

“不知？”

“江四是这一连串萝卜案的初因，你们并未查出什么线头，我也并不知道其中详情，因此一无所知。包括马哑子杀郑鼠儿、田牛杀乌扁担，证据都得你们自己去寻。好了，多谢各位看官，今日书会到此歇场。大伙儿各鸟投各林，有虫再相聚！”

张用从地上爬起来，向众人躬身一揖，而后转身便朝外走去，经过柳七时，他笑着问：“杨老弟，你是留在这里吃茶，还是跟我去喝汤？”

柳七仍在震惊中，愣了一下，低声说：“我跟你去。”

张用摇着扇大步出门，跨上驴子，迎着春风煦日，朝东边轻快行去。耳听着三头驴子紧跟在后面，他却没有回头。一直穿出汴河北街，跨过小木桥，行到东边那片寂静疏林前，他才掉转驴头，停下来笑望向后面跟来的三人。

“张姑爷，你来这里做什么？”阿念一脸纳闷勒住了驴子。

张用笑而不答，瞅着柳七。柳七停住驴，也有些纳闷，而且目光犹疑，隐隐有些不安。刚才在力夫店时，他便是如此。

张用知道自己没有猜错，便笑道："这里没旁人，也没旁鬼，说吧，江四是谁杀的？"

"嗯？"柳七目光一颤。

"江四死时嘴里并没有插萝卜，那根萝卜是你插的，对不对？"

柳七越发吃惊，嘴不由得张开，抓着驴缰的双手微微有些发抖。犄角儿和阿念来回惊望着张用和柳七。

"我如何知道的？是你自家说出来的。"

柳七瞪直了眼，虽然慌怕，却全身僵挺、极力自抑。

"你话说得虽圆满，却留下两个漏子——其一，清明那天你们聚会，郑鼠儿赶来报知江四的死讯。大家猜疑半天，谁都没有想到这事和三年前黄娇娇的死有关，更没想到那萝卜的寓意。头一个开口提示那萝卜的是你；其二，一天之内同伴一个接一个死去，若你真是清白，先想到的自然该是保命。你却非但不躲不避，反倒要查明其中真相，更来寻我相助。乍瞧起来，像是个有胆色、重情义的人。可实情呢？你是壁上看雪客，一个傲冷人，寻常人很难入你的眼。虽然你们九人结拜兄弟，你说起他们时，语调里听不出有多少关切。那么，你为何连死都不怕，如此想查明白这一连串萝卜案的真相？

"这让我想起幼年时一件事。有家院里种了棵枣树，枝子伸出墙来。我和巷子里几个孩子一起偷过那树上的枣子。过了几天，我们几个又经过那里，我逗他们耍，大叫了一声，主人家来了！刚喊完，那院门就开了，一个老婆子拿了根竹杖奔出来打我们，其他几个全都拔腿逃开，我却吃了一惊，心里大乐，以为自己有了驱魂唤鬼的神力，眼瞧着老婆子挥起杖子来打我，我仍站在那里，大声叫，打不到！结果头上挨了一杖子，这才醒了。你做的事，便和我幼年一般。

"鄙弃凡尘，孤峰赏雪，原本清高超逸得紧。只可惜呢，这世上太多眼高心高命不高的人。眼逐天上云，脚陷泥淖中。若生在富贵之家，你定能成个翩翩公子、清雅词客，但你偏偏不是。不甘有几多，怨愤便有几多。尤其是三年前杀了那黄娇娇后，如你自己所言，你连你自己都瞧不上了。不自怜自惜的人倒也罢了，你却是衣服上沾不得一点草芥的人，平白染了一摊血污，自然让你日夜难安。你心里便生出一只堕鬼，让你日益消沉厌世，再见不到一线天光。”

柳七颓然低头，身形渐渐萎下去，秋草一般。

张用心里升起一丝不忍，但随即想，这人心里积了许多愤郁，索性扎破，替他放出来。于是继续言道：“你自命不凡，却只能背个旧袋子，成日走街串巷，到富户门前低声下气求点衣食钱。而其他八个人呢，个个都寻到了营生，渐渐站稳了脚，看着越活越顺当。他们对当年那件事只字不提，都像是忘了一般。人心最怕不均，大家一起做的事，为何只剩我日日受它熬煎？这自然让你极恼恨。

“当然，除了你，还有一个人——江四。江四也时刻记着这事。不过，江四心中藏的是只耻鬼，你们九人中，只有他敢直视愧疚，每天尽力救人行善，以期赎回罪过。你们两个正相反，一个尽力自新，一个不断自弃。棺材店最恨医药铺，看着江四精神奕奕，你自然嫉恨不已，甚或还对他动过杀念。不过，你敢来寻我追查萝卜案真相，应该是没真的动手。杀他的，另有其人，只是被你发觉了。是不是？”

柳七仍垂着头，嘴紧紧抿起，并不应声。

“你不安生，便希望人人都不安生。看到江四的尸首，你想到一个主意，造出个讨命鬼来，搅乱其他七人，让他们陪你一起不安生。三年前黄娇娇谎称自己袋里银子是萝卜，这件事只有你们九个人知晓。于是，你偷偷插了根萝卜在江四的嘴里。清明聚会那天，郑鼠儿将噩耗告知大家后，谁都没有往当年那桩事想，更没猜出萝卜的用意。你先还不作声，到后来实在忍不住，便开口提示那萝卜。众人心中本来都藏着鬼，顿时想到一处，随即惶惶四散。

“然而，让你没想到的是，这个萝卜假戏，竟引来一连串凶案。你心中有鬼，自然惊疑恐惧，疑心是自己招来了黄娇娇的冤魂。不过，你的傲冷，让你宁愿冒险，也想知道其中真相。于是，你便来寻我……”

柳七慢慢抬起头，眼中慌怕散去。他盯望着张用，嘴角忽然咧起，露出一丝古怪笑意。

红篇

焦船案

第一章　燕燕于飞

远不可太疏，疏则易断；近不可太促，促则势羸。

——《棋诀》

清明正午，于燕燕身穿孝服，坐在轿子里，呆望着街边店铺行人。刚过香染街，她一扭头，猛然看见那个妇人正站在孙羊店门前。

她忙扒住轿窗盯望过去，那妇人年纪瞧着约二十出头，眉眼秀巧，梳着朵云髻，身穿浅绿罗褙子，看上去性情柔静，并不似奸恶人。她身旁还有个中年妇人，怀里抱着个两三岁大的孩子，正一起瞅着面前一个贩子的大筐，筐子里垫着些草，里头似乎是几只兔子。于燕燕还要细看，轿子却已经过了孙羊店，她想让轿子停下来，又唤不出口。扭头再一瞧，跟在轿子后的大伯典如磋竟下了马，走向那个妇人。她心里一惊，但轿子旋即出了东水门，再瞧不见。她坐在轿子里，百般难宁，心里翻腾不已。

于燕燕今年刚满二十岁，生于乐器匠人之家。自唐末至今，于家手艺已传了十几代，尤擅制悬编乐器，宫中钟磬、乐坊方响，均首推于家。尤其钟磬，自古便是宫廷雅乐八音之首，用以定音律、协韵节。于家又爱在钟磬上雕镂凤凰图案，前代有位宫中乐师借《诗经》中那句“凤凰鸣矣，于彼高冈”，给他家取了个“凤凰于”的名号。

到燕燕这一代，上头连生了九个哥哥，只有她这一个女儿，自幼极得父母兄长爱宠。她父母又是见识过大雅大贵的人，虽只是匠人之家，于她的婚姻上却极挑拣。门户高了怕她受气，门户低了怕她委屈。门户相当的，又怕人口多了受排挤，人口少了又势单。更不必说夫婿的模样性格、营生本事。选来选去，几乎耽搁了年岁。直到去年春天，才相中了京中彩画名匠典家的二儿子。到夏天，总算嫁了出去。

她的名字是父亲请一位儒士取的，也是出自《诗经》，“燕燕于飞，差池其羽。之子于归，远送于野……”这是一首送嫁相别诗，至此，才终于名副了实。

燕燕自己倒宁愿嫁不出去，在家事事都好，猛然间孤身一人，被丢到另一户人家，想想都怕。成亲那天，她穿戴着夫家送来的花冠锦帔，被两个嫂嫂扶上了锦绣彩缎花车，哭得心肠都要裂掉，觉着父母是要将自己抛进狼窝一般。可到了典家偷偷一瞧，公公和善，大伯温雅，大嫂爽利，他的夫婿典如琢则身材秀挺，眉眼清和，文文气气、忠忠诚诚的，像个士子一般。与她对视时，还略有些腼腆。看到这腼腆，燕燕心里的怕惧顿时消去一大半，倒逗起了她素日的顽性。夫妻两个独处时，倒是她说笑多些。丈夫却像只填满了絮的闷钟，半天敲不应。她虽然有九个哥哥，却没有一个性格像丈夫这般的。这倒勾起她的好奇，不时逗弄逗弄丈夫，丈夫却总是腼腆笑一笑，再无多话。她也不心急，越发觉得这样一个本分静默男子，比那些巧舌耍嘴的更靠得住。

成亲大半年，丈夫才和她渐渐亲睦起来。可上个月，丈夫竟突然死了。

那是二月初八傍晚，燕燕在窗边一边刺绣，一边等着丈夫。她绣的是丈夫画笔匣的套袋，丈夫原先的袋子只是用粗麻布缝制，她瞧着有些粗陋，衬不上丈夫那温文气。她便选了一块素青绢，见丈夫最爱兰花，便决意绣一株兰花上去。

其实，燕燕生性好顽，虽然五六岁时，她娘就开始教她针黹，她却受不得那静忍功夫，胡乱绣几针便丢下去玩耍了，始终毛毛躁躁学不好，她娘也奈何不得。及至嫁到典家一个多月，有天丈夫做工回来，衣袖刮破了一道口子。燕燕发觉，忙向大嫂胡氏借来针线，替丈夫缝补。大嫂和使女阿青进来瞧她这个新妇的针线，两人见到针脚歪歪斜斜，一起笑起来。胡氏抢过针线，拆了重缝，不一时就缝好了，针法极细，若不仔细瞧，竟看不出缝过。燕燕又羡又愧，暗暗赌气一定要练好针线。

她自小就任性随心，一件事，若心上不愿意，再逼再诱也不肯做，但只要心上愿意，多苦多难都不怕。比如针黹她便不愿意，烹饪她却极愿意，儿时每到煮饭，她便跑进厨房，跟着厨妇去学。她娘如何劝阻都不听。菜刀太沉，她根本抬不动，便缠着最疼她的三哥，去外头寻铁匠给她打了一把巴掌大的小菜刀。才十一二岁，她已能独自烹煮出几十样菜肴。

被笑当晚，她便寻来一块布，在上头一行行开始苦练针线。练了几天后，她便发觉，这针线和切菜其实有相通之处，都得匀整有节律。发觉这一点后，她顿时爱上针线，再不觉得苦忍难挨，反倒入了迷。才过一个多月，就已飞针走线、轻巧随心了。她又跟大嫂去学刺绣，刺绣比缝补要难许多，却也更加有趣。她从小看父兄在乐器上雕镂纹样，跟着学了不少。描起花样来，比寻常妇人高明许多，剩下的便是配色与针功。她家制作乐器，和色彩无关。但她夫家是彩画名家，配色正是当行。她便向丈夫请教，丈夫典如琢平日话语极少，但说起配色纹样，便顿时有了神采，不厌其烦细细给她讲解。她天性颖悟，领会起来极敏捷。第一次绣一朵莲花，虽然针法有些稚拙，韵态上却已经比大嫂胡氏绣的更自然有生意，引得大嫂和阿青一起惊呼，让她总算赚回一场得意。又苦练了半年，渐渐得心应手起来。

这回绣兰花，她是背着丈夫，想等绣好后再拿给他瞧，因此没有向丈夫求教。不过之前丈夫讲起各类花朵写生，说花各有态，描画时能勾出各花气韵才算好。丈夫养了一盆兰花在卧房里，她便对着那兰花细细琢磨，越瞧越觉得这兰花的气韵极像丈夫。初看淡淡静静，和周遭始终有些疏隔。一旦亲熟了，尤其说起醉心的彩画，顿时有了灵逸之气。就如兰草开花一般，比其他花都清雅。她心里念着丈夫，先在纸上一遍遍描图样，兰花倒还不很难，兰叶则极讲功夫，每条线又曲又长，得一笔轻盈勾出，才能有那逸气。三茎短叶、两茎长叶，她练了上千遍，才算合意。这才在青绢上描好图样，细细绣起来。

二月初八那天，燕燕才绣完兰叶。这一向她身子有些不适，倦倦怠怠的，但仍强自振作，先去厨房给丈夫烹制了几样菜蔬，又烙了十几张油栗饼，搁在笼屉里用小火温着。典家虽然只有二子，却是彼此分爨，房宅也用矮墙隔成三个小院落。老父典白玉住中间，兄弟两个分住东西。典白玉每天的饭食由兄弟两家分单双日轮流端送。燕燕起初有些纳闷不解，偷偷问过大嫂，大嫂笑着说，是老父亲担心典如琢若娶了妻，怕妯娌不和，两年前开始四处相亲议婚时，才隔开的。那天正好轮到燕燕这边，她将菜和饼分出一份，用托盘端到中间堂屋，一个中年胖仆妇忙迎了出来，是服侍她公公的阿黎。阿黎笑着接过了托盘，燕燕趁公公没出来，忙转身回去了。她又用碟子装了几张饼，从后边绕到东院，送给了大嫂胡氏。妯娌两个都是不爱拘检的人，性情相投，在后门边说笑了几句。小侄子珏儿也凑了过来，她又逗哄了一会儿。前头传来大伯典如磋的唤声，燕燕才忙转身回去了。

丈夫还没回来，她便拿出绣作，坐到窗边，借着夕照开始绣花茎。绣得入迷，都忘了时日。等天色暗下来，都已经看不清针脚了，她才停住手，揉着酸痛脖颈，纳闷丈夫到这时间还没回来。丈夫的彩画活计也得有天光才能做，而且他一向本分，生性又清淡，不爱多结交人，满心只想苦练画艺，追上哥哥典如磋。每天做完活儿便立即回家，极少在外头流连。尤其这两三个月，和燕燕渐渐亲熟，又爱吃她烹煮的菜肴，有朋友约，都一概推拒掉了。

燕燕收拾起绣作，藏到柜子里头，走到院子外小门道边朝外张望。昏黑中，什么都看不到，只听见正屋那边公公典白玉在和阿黎说话，她公公性子和善，又爱诙谐。不知说了什么，逗得阿黎又咯咯大笑起来。

燕燕闷闷转身回去，想拿出绣作继续绣，却听到门道外传来脚步声。是丈夫，但脚步比常日重。她忙迎了出去，先闻到一阵浓重酒气，随后见丈夫踉跄着走了进来。她忙要去扶，却被丈夫一把甩开。昏黑中丈夫面色似乎有些愤郁。她微有些恼，但还是忍住，轻声问："你这是去哪里吃酒了？"丈夫却不答，从怀里掏出一团东西丢给她，她没接住，掉到地上，她忙俯身捡起，是一团丝线。

清早，她让丈夫替自己买一团绿丝线来。丈夫问要几分绿，她比照了半天也没说清楚，丈夫急着出门先走了，原来竟没忘记。她捏着那线团，恼气顿时消去，不由得笑了笑。丈夫却丢下她，摇摇晃晃走向右边那间小房。那是丈夫的画房，常日无工时他便独自在里头学画。燕燕忙赶了过去，丈夫进了屋，竟随手把门重重关上。燕燕被关门声震得一颤，愣在那里。从小到大都是她给别人摔门，何曾被人摔过门？她怔望那漆黑门板，心里一阵委屈，眼泪不由自主滚落。呆立半晌，甚觉无趣，又听不见里头声音，便黯然转身，回到卧房里，侧身躺倒在床上。百般想不出丈夫为何生恼，泪水又忍不住流了出来。她也不擦，仍由它流，哭得乏倦，不知不觉睡了过去。

不知过了多久，燕燕被饿醒了。她爬起身，浑身虚乏，恹恹出了卧房，朝厨房走去，经过丈夫画房时，她原本一眼都不想瞧，但转念一想：他或许是在外头和朋友怄了气，我又何必在这里白自恼？迟疑了片刻，还是走到画房门边，先听了一阵，里面静悄悄毫无声响。她有些不放心，轻轻推开了门，里头黑漆漆什么都瞧不见。她赌着气唤了一声，丈夫没应声。她又问了一声，仍然没声响。她顿时恼起来，摸着黑走到屋中间那张大木桌边，伸手摸到桌上的油灯，却想起来，这里头没有火石火镰。她忍不住又大声问了一句，丈夫还是没声响。她忽然怕起来，忙转身出去，奔到厨房，摸到案上一截蜡烛，在炉火里点着，用手护着烛焰快步回到画房，才进了门，朝里一望，顿时惊叫起来——

丈夫身子悬在半空，一根绳索套着脖颈，吊在房梁上。

张用揭穿了柳七，柳七却忽然笑起来，笑声极古怪。

张用知道他心性傲冷，被人说破隐秘，其实极慌惧，却又不肯伏低，便用这笑来强撑，更知道他这一笑，便再不肯说出实情。张用毫不介意，只觉得好笑，便也跟着放声大笑起来，声音迅即盖过柳七。柳七脸色顿时一僵，立时停住了笑。张用也旋即收声，笑瞪着他。柳七先还和他冷冷对视了片刻，而后便不自在起来，目光左右游移了一会儿，沉着脸，下了驴子，望着张用狠狠说了句：“你没证据。”随即转身离开。

张用瞧着他清瘦的背影一直硬挺着，像是河水里一根枯枝，虽倔强不肯沉没，却也只能随波起伏。张用笑着叹了口气，驱驴赶上，经过柳七时，并不停步，也不看他，只仰头高声唱了句柳永词：“一场寂寞凭谁诉。算前言、总轻负。早知恁地难拚，悔不当时留住。”

他不知柳七听了会如何，也懒得多想。他向来觉得，世间之人，皆难自主。唯心力强者，才能挣破私心隘见，跳脱于桎梏之外，委命自然，与大化同流。而心力弱者，你指以正道，他反倒视为歧途重负。如同惜苗寒冻，灌以热汤，未解其难，反增其累，倒不若顺其自然、各自相安。

至于柳七不愿说出江四的死因，他反倒觉得更好。难得碰见这样一个连环谜题，要借他人之力才能解开，还有什么兴味？

他驱驴回到力夫店，见程门板仍坐在里面，旁边还有个黑衫中年男子正在跟他说话，男子脚边放着个木箱，瞧着像是仵作，恐怕是刚查验完解八八的尸首。张用跳下驴子，笑着走进去："我又回来了！"

程门板虽仍挺着身、板着脸，看见张用，目光却一动，但迅即掩住。

张用笑着拱手一揖："做事得有始有终，江四的死因还没查明白，我愿再效一二薄力。程介史能否让我瞧一瞧江四的尸首？"

程门板略一沉吟，转头吩咐站在店角的胡小喜："你带张作头去。"

"多谢！鼻泡老弟，咱们这就去？"

张用不等胡小喜答应，已转过身，快步出门。犄角儿和阿念刚在外头下了驴子，他伸手一挥，两人又忙翻身上了驴子。胡小喜也快步跟了出来。四人骑着驴，犄角儿另牵着柳七那头驴子，一起进城，来到开封府侧边一个小府院。驴子拴在门外，犄角儿看着。胡小喜向门吏打声招呼，引着张用走了进去。阿念也想瞧，紧紧跟在后面。庭院不大，铺着青砖，正中一间黑漆公厅，两侧都是青瓦黑门高房，门都锁着。瞧着有些冷肃，四处飘着些臭味。张用从没来过这里，站在庭院中间，笑呵呵四处瞧着。胡小喜快步走进公厅，片时和一个老衙吏走了出来。那老衙吏引着张用三人走到左边一间房门前，取出钥匙打开了黄铜门锁，一股腐臭气顿时扑出。张用知道这是尸臭，平日难得闻到这气味，不由得连连抽鼻深吸，细品其中滋味因由。胡小喜和阿念却都用手指捂住了鼻孔。

那老衙吏先走了进去，张用忙笑着跟上，房子里有些昏暗，臭气越发熏人。满屋排满了简陋木板床，床上停放着尸首，都用旧麻布罩着。床脚用细麻绳拴着张白纸，上头写着字。那老衙吏走到右边一排，一个一个检看纸上文字，到第四张床时停住了脚："就是这个。"

张用走过去伸手一把揭开了麻布，底下露出一具尸体，一个三十出头的男子，头戴灰头巾，身穿旧布衫，面孔已经有些青黑，眼看就要腐烂，脖颈上一道深口，血水也早已凝得乌黑。张用凑近那张脸仔细打量，眉毛浓黑，眼窝微凹，鼻梁挺直，厚嘴唇，鼻翼两侧纹路有些深。神情虽已僵住，瞧面相，却仍能想见生时当是一个诚朴人。张用回头问："他身上有什么物件？"

"都在这个袋子里。"那老衙吏从尸体脚边抓起一个灰旧布袋，将里头的东西倾倒在床边空处，只有几样东西——一小串铜钱，一块肥皂团，一盒胭脂，一张绿绢帕子。

张用一样样拿起来细看，肥皂团和胭脂都是新买的，没用过。他展开那张绿帕子，见里头包着一绺乌黑头发，用一根绿绳扎成了一个小卷儿。

"那是阿翠的帕子！"阿念忽然叫道。

"哦？银器章家那个使女？"

"嗯！头两回去章家，阿翠手里拿的就是这张帕子，角上绣了朵石榴花不是？后来，她换了张石青色的，我还问过她，她却没听见，紧着把话头移到我穿的那件白绸衫子上。原来帕子被这人偷去了。"

"不是偷去，估计是阿翠送给江四的，还有这绺头发，是定情物。"

"他们两个认得？还定情？"

"银器章家厨房里灶台干干净净，像是新刷整过。江四又是泥炉匠。他家的炉灶恐怕正是江四去刷整的。江四和阿翠怕也是那时相识，彼此都动了情、中了意……这肥皂团、胭脂瞧着都是新的，没用过，应该是江四出去买给阿翠，回去途中被人杀了……"

"清明那天，我跟着小娘子去银器章家，没见阿翠。仆妇说她着了病，回家去了。"

"阿翠怕是也已经死了。"

"死了？"阿念哀叫起来。

"鼻泡小哥，你赶紧去查问江四的住址。"

第二章　焦船

胜不言，败不语。

——《棋诀》

范大牙骑着驴匆匆赶往力夫店。

张用说杀死马哑子的刀一定藏在他身前桌子板下面。程门板吩咐范大牙去查看，范大牙将信不信，甚而有些怨张用害他跑腿。可到了青林坊马哑子那间小房里，他蹲下身子，钻到那桌子底下抬头一瞧，靠近马哑子尸首那边的板缝里果然插着一把尖刀。而且下头地上滴了几滴血，只是有些暗，不凑近仔细瞧，根本瞧不见。

范大牙拔出那把刀子，站起身就着窗光一瞧，是一把极常见的尖刀，刀身一层乌锈，沾了许多乌红血迹。他用指肚试了试刀锋，新磨过，还算锋利。他不由得转头望向马哑子，马哑子的尸首仍僵坐在桌边，右手垂在腿上，手里那包乌李被程门板拿走，被扳开的手指僵成抓取状，像是要讨回那包乌李一般。范大牙瞧着，心里又纳闷，又有些伤悯。不知那包乌李有什么要紧，这人至死都要牢牢攥着；他孤身一人在京城，不知有没有家小；他亲人知不知道他死在这里？

想到这些，范大牙忽然念起一个人——他的父亲。

范大牙其实自幼就没有父亲，连父亲的模样都不知道。幼年时，他还常跟娘要父亲。但只要一提到父亲，他娘便立即伤楚起来，他便不敢再问。后来，他才知道，外祖家原先经营着一家客店，有个淮南来的应考士子住在那里，不知如何引得他娘动了情、失了身。那士子没考中，便悄悄溜了。他娘怀了身孕，肚子越来越隆。他外祖羞愤之极，将他娘撵出了家门。他娘执意生下了他，也不嫁人，到处做活儿，独自一人将他养大。

没有父亲，范大牙还受得住，从小最让他闷恨的是这对大板牙。这对门牙比常人的大许多，龇出一截在嘴皮外，无论如何也包不住，说话也难咬清字。他娘生得清清秀秀，牙齿更是齐齐整整玉贝一般。他偷着远远去瞧过外祖父和几个舅舅，牙也都生得好。这对大板牙自然是那个士子传给他的。

这对大板牙让他自小就受尽其他孩童嘲笑，像个刺眼招牌一般，时刻提醒他：你是个大板牙负心男丢弃的丑孩儿。更像是一扇冷沉沉关死的门，挡住了许多出路，让他无论做什么，都比别人更吃力。

他娘却安慰他：不怕，老天公道得很。给了你一样不好，必定补给你另一样好。你嫌这牙不好，老天就给了你一双这么清亮亮的大眼睛。这街坊儿百户人家，哪家孩儿的眼睛比得过你的？只有蠢人才尽瞅别人的不好处。往后他们若笑你的牙，你就用这双眼笑着瞅他们。若他们鼻子生得好，你就夸他们的鼻子；若嘴生得好，就夸他们的嘴。谁不想自己的好被人瞧见？你若真心夸他们的好处，他们自然也就不会再笑你的不好处了。

他一向听娘的话，其他孩童再笑他的板牙时，他尽力想夸他们的好。可那一张张脸都可厌之极，就算有生得好的地方，也被坏笑笑扭笑丑了，哪里夸得出来？他倒是恨不得寻把刀，将那些脸全都砍烂。当然，他始终还是听娘的话，不跟他们争执，低着头只管走开。

不过，他娘说他眼睛生得好，让他心里宽缓了不少，看人时便不那般畏怯了。而且越大越觉得庆幸，无论谁，看人都先看眼睛，生一双好眼比一对好门牙要好得多。就像胡小喜，跟他是同一年应募，一起差到程门板手底下。胡小喜生了一双细缝眼，拿小刀在柿子上割了两个小口一般，一瞧就极小气，也难让人信重。何况他还有那笑癖。他们头一次见面，是在开封府衙前应募时，胡小喜一见他的门牙，立即笑起来，竟笑得坐倒在门阶上。范大牙虽然从小被笑惯了的，可从没人这么笑过，何况是当着开封府的衙吏和那许多来应募的人。他当时用力抿着嘴，想用嘴皮把门牙藏住，甚而想把自己整个都包藏起来。可哪里藏得住？连脚也移动不得半分，只能傻立在原地，任众人目光灼烤自己。

他没料到的是，自己龇着这对大板牙竟被选中。不过才狂喜了片刻，便得知自己竟和胡小喜分到同一衙。他立即想辞了这份差事，可回去后他娘劝他：儿啊，你这几年做的那些行当哪个是有出路的？给官府当差，好歹是一桩有门有脸的差事。再说，自在难成人，越难处，才越有生路。若不然，这全天下人人都该有轻快好营生了。你听娘的话，就硬起心闯过去，过了这一关，路就开敞了。

他只得硬挨着去应了差，才到左军巡使府衙前，又遇见了胡小喜。他本来想避开，胡小喜却急忙走过来，连声跟他道歉，说自己自小有笑癖。他听了有些不信，但胡小喜是头一个笑过他后跟他道歉的，他便也不再记恨了。后来胡小喜竟当着程门板的面也笑瘫在地上，他才真的信了。又见胡小喜心地不坏，做事肯卖力。这正投了他的意，两人渐渐有了交情。

更让他庆幸的是，程门板瞧着始终冷沉着脸，似乎极难亲近，但从头一回见他，程门板便没有特意去瞧他的那对大板牙，只盯着他的眼睛。他又最不怕被人盯看自己的眼睛，因而在程门板面前几无畏缩，只是满心恭敬。程门板待人极严厉，他却不怕，他一向守的念头是，不管别人如何待你，你总归都得把事情尽力办好。

他和胡小喜虽说是朋友，两个人却彼此暗暗较着劲。前一阵一桩案子，胡小喜寻到一条紧要证据，立了功。这回萝卜案，他又找来作绝张用相助。范大牙心想，自己得加力了。

他向那房主讨了张草纸，将那把刀子仔细包卷好揣在怀里，迅即出门，急驱着驴子，一路赶回了力夫店。作绝张用那几人都已经走了，程门板仍坐在店里。他忙将那把刀子取出来恭递过去，仔细说了一遍这刀的情形。

程门板听后，“嗯”了一声，垂下眼思寻片刻，而后望着他：“你去查查那个独眼田牛的住处。他若在，便缉拿到府里去，若不在，就去查出他的下落。”

范大牙正巴不得，忙答应一声，转身小跑着离开了力夫店。知道那田牛是修砧头的，便可以去砧头行打问出他的住处了。

程门板坐在那里，想着张用，心里不知该谢还是该恼。

这桩萝卜案自己四处奔走，却连一丝头绪都未能理清，张用却袖着手一席言谈，便轻松破解开。程门板当年读书时便已发觉，人与人智力之差，简直犹如长相之别，高低悬殊，生而不等。他听人说勤能补拙，便下死力去补。然而，几年下来，自己费尽了气力，才勉强进得几寸，而那些天生聪颖之人，谈笑间便将他撇开几尺，甚而几丈远。他心底里渐渐塌出个黑渊，发觉自己便是用力到死，也绝难追上那些人。他又听人说，物各有短，人各有长。只要找见自己长处，便能出类拔萃。可他寻来寻去，也没找见自己哪里是真的长处，这让他越发灰心，甚而生出轻生之念。倒是他娘随口一句苦叹提醒了他："儿啊，你又何必这么自苦？这遍世间怕是再没有比你更要强的。"他顿时醒悟，自己最大的长处就在要强。人要安命，自己的命便是要强。

于是，他咬紧了牙一直要强到了今天。其间艰难苦楚，他一个字都没跟外人讲过，包括妻子于氏。

可张用那嬉笑挥洒，顷刻间便将他的要强之心击碎，将他扔回到当年之无望中。他坐在那里，心中一片灰凉，却又不能露出颓然之色，让人瞧见。

他正沉着脸，硬挺着身躯，等待胸中郁乱舒解。一个小吏匆匆奔了进来："程介史，您果然在这里！左军巡使顾大人让您赶紧去五丈河升庆坊下河湾，那里又出了一桩命案，死了好几口人！"

程门板正想寻一件事来排遣，忙站起身，回头让那个仵作去青林坊查验马哑子的尸首，又让那个小吏回府里捎话，叫人将解八八、唐浪儿和马哑子的尸首运走。交代完后，他立即骑上驴子往北边五丈河赶去。心想，无论这桩新案子有多繁难，也不许旁人插手。

到了东北水门外时，已近正午，他才想起来，自己一早便没吃饭，这时饥火烧起来，额头大滴渗出虚汗。城门外街两边有些小食店，他却不想耽搁，越晚到凶案发生地，案子便越难查。他见路边有个饼店，驴子都没下，摸了十文钱出来，买了两个和菜饼，一边干咽一边赶路，吃完后竟不住打起嗝来，让他极不耐烦，可越想忍却越忍不住，只能听任它。一路打着嗝，沿五丈河向下游寻去，行了不到半里路，渐渐不见了人户房舍，只有大片田地。前边河岸边围了七八个人。其中一个听到驴蹄声，回头瞧见他的皂色吏服，嚷起来："坊正，官府人来了！"

程门板刚下了驴子，拴到路边柳树上，一个着轻绸袍的中年男子迎了过来，他认得，是这一带的坊正，姓杜，脸上有些焦忧："程介史，您来这边瞧瞧，男女老幼六口人哪……"

程门板跟着他走下河岸，一眼便瞧见水岸边浮着一只船，被烧得焦黑，船篷船壁已经烧尽，船身、船板外缘也烧得残破，船舷也被烧出几处缺，河水渗漾进去，积了两寸多深，浸熄了火焰，又不致让船沉没。船尾处垂着一根粗绳索，是锚索。锚索没被烧落，这船架才没被河水冲走。船板上散落着几样烧黑的盆罐条凳小桌，那些物件中间，躺着六具尸首。

程门板忙走近水边望去，其中五具尸首衣服皮肤尽都烧得焦烂，认不出面目，只大致辨得出五官身形，其中一个是幼童，一个年轻男子，一个年轻妇人，一个老年男子，一个老妇人。另有一具壮年男子尸首并没有被烧，身穿半旧布衣布裤麻鞋。

他扭头问坊正："这六个——"刚一开口，便猛然打了个嗝，声音极响。岸上那几人都正盯望着他，听到这声嗝，想笑又不敢笑，个个紧绷着脸、紧抿着嘴。他扫过那些眼神，心里一阵羞恼，却只能尽力沉着脸，装作没事一般。但那嗝偏生要和他作对，他刚要张嘴再问，又打了一个嗝。

幸而那杜坊正是个识礼的人，像是没听见一般，忙开口讲道："旁边那片田是岸上那个瘦胡九佃的，他今早牵了牛来犁地，到这河边饮牛，才发现这只船。他忙去报给了我，我带了这几个人来看过后，立即叫一个腿快的去开封府报案。我一直守在这里。这船上的识记也被烧了，认不出是谁家的船。这几具尸首我们也仔细辨过，都认不出是谁。我已经叫他们几个去四处传了话，看看有没有人知道这只船和这五个人，眼下还没得信儿……"

程门板听后，点了点头，回头又望向那六具尸首。这只船应该是昨夜失的火，它为何泊在这僻静处？失了火，船上人为何没能逃出来？难道是睡熟了，被烟熏得昏死过去？那壮年男子尸首为何没被烧？他又是死于何因？

他想了一阵，却想不出任何头绪，却隐约觉得，这案子恐怕不是失火这么简单。这让他心里升起一丝斗志和喜悦。

宁孔雀昨晚一夜没睡。

丈夫牛慕头一回生出豪气，应承要替她做事，找回姐姐宁妆花；又头一回喝得烂醉回来；更头一回指着她那般恶骂。便是一座冰山猛然从空中落下，狠狠砸中她，她恐怕也不会这般错愕。她说不出一个字，只呆呆望着丈夫。丈夫瘫坐在院门边，如同装满烂泥的破袋子一般。月影照着他的脸，看不清面容，却能觉到那双醉眼里满是猖狂解恨。

原来如此……

宁孔雀只能想到这四个字，至于其中含义，却并不清楚，也没有丝毫气力去想。她只轻轻叹了口气，转身慢慢回到卧房里，轻轻合上门，闩上门闩，靠着门呆立在那里，身子空得纸袋一般。院子里婆婆在骂牛慕，牛慕在反驳，两人说了什么，她一个字都听不真，只觉得像是风在巷道里乱舞乱鸣。

半晌，她望见烛台边的绣架，那幅《心经》只绣了一半。她茫茫然走过去，轻轻坐了下来。刚才听到丈夫回来，她将绣针随手一插便出去了，这时才发觉，那针插在了“心无挂碍”的“心”字上头一点。她不由得笑了一下，像是咬破了一颗生李子，心底里泛出一阵辛酸涩苦。她瞅着那银亮的针，伸出手拔了起来，又刺下去，又拔出，又刺下……良久，她才惊觉，那个“心”字已被自己扎烂，变成了一个破洞。她忙停住手，有些慌，像是回到幼年，做错了要紧事一般。她忙从针线盒里拿起小剪刀，先剪去烛芯上结的焦头，剔亮了烛光。而后凑近那处破洞，将洞边缘细细剪匀整。而后从针线盒中取过一团白丝线，估了估长短，咬断一截，穿到最细的针上，埋下头，照着那白绢的经纬，一针一线细细织起来。

不知用了多久，才将那个破洞织好，外头已经寂静无声。她伸手去端铜烛台，才发觉蜡烛已经烧尽，烛芯斜倒在一摊烛泪里，看看要熄。她忙起身，腿脚肩膀都已经酸麻，她揉拍着走到柜子边，从里面寻出一根红蜡，回来点着，插稳在烛台上，端着去照那处破洞。果然不负自己多年的绣功，便是凑近仔细看，也很难看出这里补织过。她伸出食指轻轻摸抚，平滑如新。她不由得又笑了一下，心也似乎被织好了一般。

她放好烛台，重新坐下来，拈起墨线绣针，先仔细将那个“心”字绣好，而后继续往下绣去。一根蜡烧尽，她又取了一根。等这幅《心经》全部绣好，窗纸已经微微透亮。她收起针线，细细打量眼前的绣作，字她仿的是唐欧阳询楷体，衬着白绢，清劲秀挺，如同一片布列齐整的墨色竹林一般。她自觉比以往都绣得好，心想：这幅我得自己留着。

她将白绢从绣架上小心取下，轻轻卷好，又找出一块黄绸包裹起来。而后端着烛台照了照镜子，面色极苍白，发髻也略有些散。她想，不能就这么出门。她回身见下午婆婆打来的半盆水还在，便将就那水，洗过脸，坐到镜台前，淡施了一些脂粉，略描了描眉。用梳子抿好发髻，选了一根绿丝绳扎稳，挑了一枝碧玉莲花簪，配了两朵水红珠花。又从衣箱里选了件桃叶绣的淡绿绸褙子、绿石榴罗裙，仔细换上。而后打开柜子里的钱箱，里头有五锭十两的银铤，还有三贯铜钱。她想了想，只取了两锭银铤、五陌铜钱，连那幅《心经》一起包在绿锦包袱里提着，轻手开了卧房门，院子里静悄悄没有人影。她轻脚走过院子，拔开门闩，走了出去，又将门轻轻带上。

她不知道自己要去哪里，只知道必须离开这里。

第三章　扫雪

乘机制变，不可豫图。

——《棋诀》

于燕燕始终哭不出来。

从发现丈夫典如琢悬吊在梁上，到胖仆妇阿黎听到惊叫赶过来，忙去唤了她公公、大伯、大嫂来，她都始终呆立在门边，惊望着丈夫，像是在做一场冷梦。大伯慌忙爬上桌子放下典如琢的身子，急忙查看时，早已没了气。她公公趴到幼子尸首上号啕大哭起来，大伯、大嫂、阿黎、阿青也都不住地哀泣，她却仍哭不出来。

大伯典如磋伤痛了一阵后，拭净泪水，转头吩咐妻子胡氏："莫哭了，先赶紧寻寻如琢的衣裳，有新的就备好，没有新的就赶紧去买布帛裁一身。一家人孝服天亮前也得备好。如琢那两个徒弟做孝子守灵哭棺，他们的孝服尤其要紧。我得去报知坊正，还要买棺木、设灵牌，寻徒弟们搭灵棚、报丧……"说着，他便急冲冲出去了。

大嫂抹着泪问她："正月间，全家人都裁了新衣裳，如琢那套还没穿吧？"

她愣了片刻，才回过神，忙点了点头。

"那你赶紧去寻出来，汗衫里裤鞋袜都要新的，若缺了，等下那些徒弟来了，赶紧让去买。我去办孝服了。”

她怔怔点点头，看大嫂唤了阿青急急出去，又扭头望向公公，公公一直趴伏在桌边，声音已经干涩，却仍哽咽痛哭着，声音灼辣干裂，像是火炭在喉咙里滚一般。阿黎守在旁边，仍在抹泪。她丈夫典如琢则静静躺在桌上，闭着眼，睡着了一般。她也像才睡醒，昏昏蒙蒙，转身向卧房走去。

卧房里一片漆黑，她走到屋中间的方桌边，摸到桌上那个定窑白瓷筒，抽出一根细长薄木片，那是引火用的“发烛”，顶端涂了硫黄。她将发烛头朝外搁到桌沿边，又摸到火石火镰，一下一下敲击，火星不断飞迸，滋的一声，发烛头燃着了。她拈起发烛，点亮了娘家陪嫁的缠枝银雕烛台上半截红蜡，端着走到丈夫衣箱边，放到旁边桌上，打开了箱盖。里头衣衫都叠得齐齐整整，她一件件取出来，找见了压在底下的那套新春装——白绢袜、黑绢面牛皮底鞋、白绢汗衫、白绢里裤、青绸外裤、青绸长褙子。此外还有一条回字纹青锦腰带，这是她初学刺绣时绣的，针法虽不够细整，却也是尽足了心力。

她将这套衣鞋小心抱出来，整齐叠放到床上，呆呆注视着。开春以后，她见丈夫始终穿着那两身旧衣，瞧着至少已经穿了三五年了，便取出这套新的要丈夫穿，丈夫却说这一向都要在外头绘彩画，会污了衣裳。她当时还笑着问：“你这辈子都得绘彩画，难道一辈子都不穿新衣？”丈夫听了没答言，只笑了笑。笑的时候，低着眼，并不瞧她。

这时回想起来，她心里忽然一颤——那并不是笑，是遮掩。他不愿跟我多言时，便用这笑来回避。而不笑的时候，更是常微低着眼，望着地下，似乎在思寻什么。她曾问：“你总是望着地下，是不是丢了钱？”丈夫一愣，随即笑了笑，仍是那遮掩的笑。

想到这些，她心里忽然陷下去一大片，同床共枕八个月，自己却似乎并不认得这个人。他始终用静默和淡笑遮掩住自己，心和魂一丝都没流露过，哪怕肌肤相亲之时，也似乎总有些犹豫。她原以为那是腼腆，现在想来，那或许只是敷衍应景。

她望着那套衣衫，竟而有些怕起来，不由得倒退了两步，腿脚也有些软，忙坐到了旁边的绣墩上。在家里时，人人都宠爱她，包括那些嫂嫂。她周遭事事物物都透透亮亮，从没想过谁会对自己藏起心，因而也从未想过要去猜谁的心。这是她头一回发觉，人心可以藏得这么深，深到没一丝踪影，而且是她全心全意要托付终身的人。

“不成！”她不由得呼出了声，“我得瞧瞧他的心。哪怕他死了，我也得瞧瞧。”

这时，院中传来一阵急促脚步声，她忙起身出去，是丈夫和大伯的那些徒弟。典家在京城彩画行地位颇尊，门下徒众有上百人。不一时小院就挤满了人，那间画房中更是传来一阵阵男子哭声。她忙退回去，关起了卧房门，静静坐着。大嫂胡氏过来取殓衣，她忙抱给了大嫂。阿青拿了孝服来，她便默默换上，仍呆呆坐着。外头一直走动闹嚷不休，天微明时，阿黎唤她去哭灵。她跟着走了出去，见灵棚已经搭好，堂屋院子里跪满了那些戴孝的徒弟，哭声一片。阿黎扶着她走到灵桌前跪下，望着棺木和灵牌，她却哭不出，只是默默垂着头。大嫂胡氏在一旁偷偷拽她袖子，她也毫不理会。

她心里默默想：我得瞧见他的心，不管好歹，瞧见了，我才哭。

张用带着犄角儿和阿念去西城寻一个好友。

这好友名叫李度，是当今第一楼阁营造师。李度的父亲名叫李诫，曾任多年将作监丞，十八年前曾奉敕编修《营造法式》颁行天下。这书汇集古今建筑制度、源流、丈量、算度、布局、构造、用材、配料直至木、石、竹、砖、瓦、泥等料例估算，数目精至尺寸厘、斤两钱，是有史以来第一部建筑营造集大成之作。一书在手，营造楼阁屋宇时，工序、预算、工时、配料等都井然有据，尤其是官修建筑，再难臆测妄为，大大降低虚耗浪费、贪渎克扣。

李度自幼耳濡目染，习得第一等营造见识。他和张用一样，醉心工艺，不愿受仕禄拘困。十年前他父亲李诫亡故，天子下诏赐其一子官位。李度几位兄长都已入仕，他却将这官位让给了一个堂弟，自己只在营造行里做了个自在匠人。他痴迷于营造，常常立在桥头街心，看着楼宇殿阁，细品其间优劣，无论风雨，也不避车马。张用难得与人结友，和李度却一见便相投。两人常在一处，被人笑称为“李痴张癫”。

年初，那个工部的宣主簿要编修《百工谱》，先说动了李度，又求李度一起来说服张用，被张用一场胡闹撵走了。之后张用便一心扑进水运仪象台，这两个月再没见过李度。

朱克柔也是为《百工谱》去的银器章家，清明那天失踪，银器章家的人同天全都不见。而这之前，宣主簿就已经找不见了人。那个泥炉匠江四，和银器章家的使女阿翠竟有牵扯。这其间兜转瓜葛让张用极开心。

无事时，他最爱笑观这人世，密密匝匝，层层叠叠，千头万绪，勾连缠绕。任何人、任何事都绝难孤立于外，这回连自己也牵连其中。

他虽爱老庄，却不愿做逃世之人，何况这人世之网，弥天漫地，你往哪里逃？即便陶渊明之桃花源，也是男女老幼群居之地。有群便有高低强弱之别，有别便有争，有争便有恩怨悲喜，哪里真能清静？除非一人隐居于深山野岛，但那依然得饥求食、渴思水、困欲眠，哪里真有自由？若要真自在，除非自决，舍掉这性命。不过，为惜命而舍命，这又未免太可笑。好比人爱惜自己的脚，怕走坏了它，便密密包裹起来，一步都舍不得走。这还不够，为了让脚全然无损，干脆剁下来，供在香案上，天天珍赏。逃世之人便是这般，把自己这心与命看得太重，当作珍宝一般藏起来，生怕有丝毫损折。在张用看来，这其实是贪吝。每每见到求长生的道士、苦念经的和尚，他都忍不住想笑。他见到的不是道士和尚，而是一只只想狠命攥住命的手。

心与命，只是偶然得来、终必归还，何苦非要死死攥住，又哪里攥得住？它们与世间万物一样，若不用，便无用。就如眼睛，不睁开视物，护得再好，也只是两颗死肉珠子。因此，张用极爱父亲给自己取的这名——用。得了眼，便该好生去看；得了心与命，便该尽兴去用。用，才是真惜。

这一点，李度和他一样，只凭心而行、乘兴而为，从不介意得失。只是李度不像他这般狂癫，常日极平和沉静，站在哪里，一动不动能站一天，一棵树一般。因此，张用只唤他作“李子树”。

到了城西便桥边，他驱驴进了北边的巷子，在一院青瓦小宅前下了驴子，上前抬手用力叩门，开门的是李度家的老仆，素来相熟。那老仆没等张用开口，便先问道：“张相公，你来寻我家小相公？他已经一个多月没回来了。”

“哦？他没说去了哪里？”

“先说是在蔡河湾造楼，又去和人商议什么百工谱，而后就找不见人了，不知又去做什么了。您若见了小相公，让他赶紧回来，老夫人时时在念呢。”

张用笑着点点头，略想了想，便上驴离开，往西出了新郑门，沿着金明池缓缓前行。阿念和犄角儿一直在后头悄声细语说话，不时哧哧偷笑。张用并没回头，心里却也跟着乐。这样才对嘛，过一两年便能生出个孩儿了。他极力揣摩，却始终想不出两人生的孩儿会是什么模样儿，越想越好奇。心想，为了瞧那孩儿，得早些撺掇他们两个做成事才成。

他笑着望向身旁的金明池，水天碧阔、柳绿风清，胸襟不由得大开，伴着驴铃畅吟了一阕《鹧鸪天》：

风自天涯送落花，水从云际卷飞沙。来来往往尘间客，起起伏伏梦里鸦。

何必酒，岂须茶，天知我意醉烟霞。人生踏尽清风路，随处斜阳随处家。

他在前头吟唱，阿念在后头跟着哼起来，犄角儿听了也拍着腰间钱袋子和起节拍。三人欢欢乐乐来到金明池西头，沿着水岸一排高高低低宅院楼宇，都是妓馆。张用驱驴来到北边一座粉墙青竹的院子前，门边立着一只莲纹雕花木框长方灯笼，白绢上是大词曲家周邦彦墨笔题字：“素兮馆”。

这馆中住着一位名妓，名叫何扫雪。她极擅丹青，画品秀逸清绝，名列汴京“念奴十二娇”，被称为“画奴”。萧逸水那阕《念奴娇》中“淡毫扫雪”写的便是她。她虽善用彩色，却格外钟情于清素，从《诗经》佚句“素以为绚兮”拈出“素兮”二字，替掉了原先靡艳的馆名。

除了“画奴”，何扫雪还有一个名号叫“雪菩萨”。她为人清高孤傲，却见不惯贫寒妇人、柔弱女子受人欺辱，但凡听到哪个女子受了冤屈，一定出钱捐物相助，或请讼师替她们写状打官司，总要帮她们讨回公道才肯甘休。因此，穷门小户的妇人都唤她为“雪菩萨”。

李度和何扫雪父亲相熟，常来看顾何扫雪。两人见了，并没有多话，只是相对坐着，或吃茶，或看花。有时甚而只干坐着，一两个时辰一言不发。张用笑他们是雪池对枯树，两个冰人。不过，笑虽笑，张用却极赞叹此中妙趣。世间言语，至少有一半多余。剩下一半，或说者词不达意，或听者臆断曲解，徒然生出许多隔膜误解。因此，善默者，方为知言。

有一回张用曾戏问李度："你中意何扫雪，为何不使些银钱替她脱了妓籍，娶回家去？"

李度却反问："我爱云，便要上天去摘一团下来？"

张用听了哈哈大笑，能有此佳友，又亲见这样一对妙人，实为一大乐事。因此，他不时也跟着李度来瞧何扫雪。不过，何扫雪极爱洁，见不得片尘微渍，院里房中从来一片雪亮。张用却常常满身油污尘土。每回张用来，何扫雪都只许他在前院回廊下站着说话，连栏杆都不许沾。张用却哪里管她，一会儿踩着栏杆去嗅栏外枝上的桂花，一会儿从台阶下泥土里掘出蚯蚓去喂池子里的鱼，一会儿又钻进厨房随手乱抓乱尝，一会儿又跑进马厩去逗马，出来踩得满院子马粪……何扫雪气恼不已，却也无可奈何，只得央李度莫带张用来。李度也奈何不得张用。只要张用跟来，他连院门都不进，只跟看门的妇人说一声"告知扫雪，我来过了"，便拽着张用去别处。因此，张用也有许久没见过何扫雪了。

他下了驴子，径直朝院门走去。阿念在身后惊叹："这里是妓馆？我还从没进过妓馆呢。"他没有回头，笑着应了声："犄角儿，快蒙住她眼睛。她爹娘若知道你带她来这里，你头顶真要被他们打出两个肉犄角来。"

素兮馆的门如常虚掩着。张用刚走到门边，一个中年妇人已经迎了出来，开了门，见是张用，忙用身子挡住："张相公？"

"李子树可在里头？"

"李相公许久没来了呢，怕有两个月了。我家姐姐常在念呢。张相公若见着他，让他来望望我家姐姐。"

"哦？那里娘在盼，这里姐在念，这李子树却变梅子树，没啦？你家姐姐总在吧？"

"我家姐姐正作画呢，不见客。对不住您了，张相公您好走。"

那妇人说着就要关门，院里忽然传来一个清细冰凉的声音："万嫂，请张相公进来，我有话要请教。"

张用听了，笑着回头望向阿念：“要不要进去瞧一眼？”阿念有些怯，又有些盼。张用笑着一挥手：“来吧！”说着便走了进去，阿念忙快步跟了上来，犄角儿想拦却不好拦，也只得随着。

院里如往常一般幽净，青石铺地，碧水凝池。一丛风竹苍翠，两株梅树虬古。斗拱门窗都绘成碾玉装，纹饰雅逸，满眼莹秀。一个年轻女子从前厅款步走了出来，一眼望去，如同素衣玉女踏云而至，是何扫雪。年纪二十四五，白罗衫，白罗裙，只在袖边裙脚细绣了一圈浅绿水纹。乌黑头发梳成回心髻，斜插一枝银簪，横络一串浅绿珠花。双眉细长，两眼明净，脸如莹雪一般。

张用笑着迎上去，躬下身子深深一揖：“雪花妹妹好！”

“张相公。”何扫雪轻轻侧身一福，目光在张用身上略扫了扫，自然是在查看他身上的尘土，见他衣襟上粘着些草棍、灰尘，眉尖不由得微微一蹙，不过比往回还是轻了许多，“张相公可知李哥哥这一向都在忙什么？”

“你家李哥哥怕是又站到哪座楼前，脚又生根，动弹不得了。”

“张相公多久没见他了？”

“两个月？”

“哦……”何扫雪眼中闪过一丝忧虑。

“雪花妹妹莫怕，等我寻见他，立即拖他过来，罚他在雪花妹妹窗边呆站三天三夜。不过，雪花妹妹也少在太阳地里站，你若被晒化了，李子树怕是要变成石榴树了。”

“张相公又促狭，这石榴树又是什么典故？”

“他若寻不见你，悲之悼兮，悔之痛兮，中心碎兮，如石榴兮……哈哈！”

何扫雪启齿一笑，冰雪乍融一般。她望着张用，似乎想起什么事，秋波微漾，略一寻思，而后笑着问：“我听说张相公最爱猜谜。”

“爱！”

“你愿意跟我赌吗？”

“赌什么？”

“我有个谜，你来猜。若猜不出，就把我这院子里外、方圆一丈之内清扫得干干净净，一棵草棍、一点泥渣不许见。也不许找人代你，你得亲自扫。往后也不许再踏进我素兮馆的门。”

“成。我若赢了呢？”

“往后随你来我这院里，我再不拘管你。”

“不公！赌须对等。你提你的，我讨我的。”

“好，你说。”

“我若赢了，就在院子中间大大屙一泡屎，三个月不许清扫。如何？”张用有意逗她。

何扫雪面色顿时一沉，眼中显出厌恶。

“不答应？那我走了。”

“好，我答应。”

“哦？是什么谜？”张用大为意外，也越发好奇。

“京城彩画五装，当头那五家，每家都会有人自杀。你猜猜看，他们为何要自杀？”

“哦？”

“我可以给你个线头——”何扫雪回头轻声一唤，“廷珪！”

一串铃声响起，一只黑犬从厅里奔出，跑到何扫雪身边，不住欢跳。身形矫健，浑身黑亮。何扫雪给它取这名是源自名墨。南唐时，造墨名家李廷珪所制“廷珪墨”有天下第一品之称，胜过潘谷、陈赡等名墨。到如今已是稀世珍品，万钱难购一丸。

“线头是它？”张用笑着唤逗那黑犬，那黑犬却一向不喜他，朝他嘶声低吼。

“嗯，谜底能从廷珪身上找见。”何扫雪脸上浅笑轻漾，眼中却寒光微颤。

第四章　吊捆

自古及今，弈者无同局。

——《棋经》

程门板望着那只焦船残躯，默默思忖。

这船看着是一只小客船，中间船舱最多能容八人挤坐。舱里靠两侧壁板，原先应该搭了两根长条木凳，烧得只剩了几截焦黑凳腿，水渍中还浮着几片未烧尽的黄绸，应该是坐垫的余烬。舱中间一条矮腿长方木桌，也已只剩几根焦木，几只熏黑的瓷碗散落其间。

舱门外船尾板上架着一只小风炉，炉上一口铁锅，炉边一只铁壶，都已经被烟熏得乌黑，不知火是不是从这里燃起。程门板探头过去仔细查看，炉子周边那片艄板浸着水，虽也烧黑，烧痕却并不比他处更重。他又细看其他部位，船舱、前船板都没瞧见烧得格外重的地方，找不出火源在哪里。似乎这船是通体一起燃着。为何会是此等燃法？

他又凑近细看那五具焦首：两个妇人和孩童在右舷那边，年轻女子身形纤瘦，头向船头、背靠壁板蜷伏；老妇人有些矮胖，仰躺在右壁板边，头向船尾。幼童瞧着只有两三岁大，仰躺在两个妇人脚中间。两个男子则靠着左舷这边，年轻男子中等身材，头向船头，面朝壁板侧躺；老年男子身形高大魁梧，头向船尾趴伏。

五人同在这船舱里，瞧着似是一家人。不过，船不像房屋，着了火，其实容易扑救，也容易逃生。难道是在睡梦中先被烟熏呛昏迷了？

至于那个壮年男子，衣服完好，显然是火灭后才死的，他蜷伏在年轻男女中间，面朝那年轻女子。他是如何死的？为何而死？

这船船舱最多只能挤坐八人，自然并非远途客船，应该是在这五丈河上载客的游船，或者只是自家打鱼载货的船。这一带船户都有户籍可查，得先查明这五人身份，才好往下查。

程门板正在低头寻思，忽听到岸上有人大声唤坊正。回头一瞧，是两个年轻村夫，两人快步走到坊正跟前。

其中一个喘着气说："整个升庆坊船户总共有八十七家，这种小船共有三十二只，那三十二家我们两个都问遍了，并没有谁家不见了船和人。"

"嗯……"杜坊正转头望向程门板。

程门板心里失望，却未流露，略想了想："你找人写二三十张告示，贴到远近路口，看看有没有人知道这家人的身份。知情者奖……奖一百文钱。"

"我这就去找书手写，让他们赶紧去贴。"

坊正带着岸上那些人快步离开了，岸边只剩程门板一人独对那只焦船。他做事一向最怕等，这时却不得不等，像是被捆吊在了半空一般，不由得躁闷起来。这些年来为了不等，自己事事都咬牙尽力，可总有些力不从心。尤其那些最要紧的事，似乎都做不得主，且大多等也等不来如愿。他忽然觉着，自己哪里仅是这会儿被捆吊，其实从生下来，便始终被捆吊着。

他曾听人说过一桩禅宗公案，一个小沙弥向三祖僧璨求教解脱法门，三祖不答反问："谁缚汝？"小沙弥答说："无人缚。"三祖笑道："何更求解脱乎？"小沙弥顿时大悟。

程门板当时听了便迷惑不解，至今仍纳闷不已。三祖若问他"谁缚汝？"他恐怕能说出上百条，哪里会是"无人缚"？而且终此一生，恐怕都会被牢牢缚住，永无解脱之日。念及此，他顿时无比虚乏，硬挺的身板似乎要瘫成一个空皮囊，心里涌起一阵阵悲意。

莫要这般丧气！他忙警醒自己：一旦丧了这股气，你便再休想立起来！

他不愿再等，思寻片刻，抬起脚，一步跨上了那只残船，想凑近去仔细查看是否有其他物证。可刚踏上那船板，船身顿时一斜，河水立即涌了进来，船随之开始往下沉。他慌忙转身急跳回岸，可脚底湿滑，一跤摔趴在岸边。他似乎听到无数嘲笑声，顾不得痛，慌忙爬了起来。低头一看，腿脚上全是泥汤，双手也被砾石擦破，火辣辣地疼。他忙望向岸上，幸而左近无人，只有近旁那株柳树上几只雀儿惊飞四散。他这才稍稍安心，没人瞧见自己露丑。

可这时，身后响起汩汩之声，回头一瞧，河水不断涌入那只焦船，船身慢慢沉向水底……

胡小喜又去了趟开封府户曹，查到泥炉匠江四的住址，城西北万胜门外，赁的一间民房。

他骑着驴赶往万胜门外，寻到了那里，那家房主是个老者，说江四上个月月底搬了，至于搬去了哪里，江四没说。

"是他没说，还是你没问？"

"我问了，他支吾着笑了笑，就把话头岔开了。"

"他为何要搬走？"

"我也问了。他仍只笑了笑，说其中有些缘故不方便讲，等过些时候再告诉我。他在我这里住了近两年，家中稍重些的活路，他一概不让我们夫妻做。你瞧这门，去年坏了，是他修的。那缸里的水，他从来都挑得满满的。房瓦也是他重新铺过。他搬走前一天，还挑买了许多石炭回来，一筐一筐码在后院，半年都够用了，唉……"老者眼中泛出泪来，忙用袖子拭去，"我们夫妻两个没有儿子，只有两个女儿，一个嫁到南城，腿脚有残疾，难得来瞧我们一回。另一个又跟着丈夫去了江南。我们两个正合计，想认他做义子，他却搬走了。他说过几天就来瞧我们，这已经十来天了，他也没来……"

胡小喜怕那老者又要哭，哪里忍心告诉他江四已经死了，忙道声谢离开了。

他骑在驴上，心里纳闷，不知道张用猜得对不对。不过，凭张用那眼力智识，恐怕不会错。若是真的，那江四去银器章家泥炉子，却拐带了他家使女阿翠，自然不敢再住在这里，另寻了个地方藏身。这汴京城这么大，两个人若躲起来，哪里寻得到？户籍税簿每年夏秋两税时才重新检录，他们另赁个住房，至少这几个月官府不会查问。至于银器章家，逃走一个使女，除非卷带了许多财物，否则未必会多在意。何况据阿念说，章家的仆妇说阿翠是着了病，回家去了。看来那个阿翠是装病离开的。

想到这里，胡小喜不由得再次惊叹张用的眼力和智识，一个人竟能聪敏到这地步。我若有这本事，早做成官了，三品五品不敢说，六品七品怕是抬脚就到。他不由得叹了口气，这老天生人，恁般不公。才沮丧了片刻，他又笑起来，张用名虽叫“用”，老天给的绝顶天资，他却偏偏不会用，成日疯疯癫癫，行事没张没致。看来老天还是公道，给你一样，便夺你一样。似我这般，给得少，也夺得少。

想明白后，他心里顿时轻快，乐了一阵，转而又专心琢磨起案子来：江四搬去了哪里？这汴京百街千巷、数十万人家，如何去寻？还有，那个阿翠真的跟江四在一处？张用为何说阿翠恐怕也已经死了？

阿翠和人私逃，章家或许不管，阿翠爹娘哪里会不闻不问？他们还不知道阿翠不见了？得先去打问出阿翠家在哪里，这个应该不难。

幸而程门板的娘子于氏帮着租了这头驴子，不然又得跑断腿。想起程门板夫妇，他又笑叹起来，这一对夫妻配得奇特，程门板那般板硬，妻子又这般活络。或许这又是老天的公道处？不知道老天会给我配个什么样的女子，若能像阿念那般的，就再好不过了……他一路乱想着，往银器章家赶去。

范大牙躺在地上，疼得全身抽搐，两只脚不住狠命蹬身后那棵老榆树。

他奉了程门板的命，去查问那个田牛的住处。进了城，寻了许久才找见一个修砧头的。上前一问，田牛是个独眼，那人一听便知道，说田牛住在砧头老孙家，城南蔡河湾齐家庄。

范大牙便往城外赶去，走到蔡河边，没留神，被一条半露出地面的榆树根绊倒，前头又偏偏有块石头，牙齿重重磕到石头上，疼得他魂魄都要裂开。良久，才稍缓了些，见石头上洒了一溜血，吓得他忙坐起来，小心摸了摸嘴，手指才碰到门牙，一阵钻心痛。他忙爬起来，走到河岸边，趴到卵石间的水洼边照了照，满嘴是血，不知道哪里磕破了。他捧了一捧水想漱嘴，牙齿一沾到冰水，又一阵钻心痛。他强忍着痛漱了一口，吐掉血水，又朝水里一照，才看清，左边那颗门牙斜缺了一块。他心里顿时一凉。

这两颗大板牙让他受尽了嘲笑，多少回他都恨不得敲掉它们。如今缺了一块，更丑了。往后人们再见他，不但第一眼要瞧他的大板牙，第二眼必定要瞅这块缺处。他极少落泪，这时泪水却顿时涌了出来，忍不住呜呜哭了起来。

他一直都觉得人世艰辛，生而不易。全凭一口气拼力撑着，才能勉强活出些样儿来。这一磕，连这最后一口气也磕破泻尽。他伤心过许多回，但都不及这一回。不知哭了多久，嗓子都哑了，泪水也干了，他才止住。心里空荡荡的，浑身没有一丝气力，更没了丝毫再活的兴头。

他坐倒在石头堆里，望着河水，呆了许久。日头渐渐西斜，将河水映得金亮刺眼，对面房舍顶升起了炊烟。望着那炊烟，他忽然想起自己的娘。娘一个人把我辛苦养大，再不愿活，你也得好生活下去。他长叹了口气，爬了起来。泪水干了后，眼睛脸颊都绷得难受，他从水洼里捞了些水，随意抹了两把。夕阳照得睁不开眼，让他有些晕眩，那颗门牙的缺处仍时时作痛。他却懒得理会，上了岸，继续慢慢往齐家庄行去，心里灰漠漠地想，生而为人，怕就是这般，从不管你情不情愿，一场苦接一场苦，只看你熬得了几时。

到了齐家庄，黄昏中，那村子一片安宁，一缕缕炊烟在半空里飘散。只有几个背箱囊的匠人和扛锄头的农人，身形疲惫，各自默默归家。范大牙慢慢走进村中间的巷子，关起的院门里偶尔传来狗吠声、孩子笑闹声、妇人斥骂声，能闻到柴草烟气、饭菜香气。

幼年时，他和娘便赁住在城郊这样一个村落里，每到这个时分，他都早早坐到那张小木桌边，等着娘煮好饭菜。那张小木桌他记得清清楚楚，粗木制成，极牢实，不知用了多少年，边角早已磨滑，娘总将它擦洗得光光亮亮的。他最爱趴在那桌上嗅那味道。混着木味、油味、菜汤味……还有许多说不清的积年味道。他从没敢告诉娘，不知为何，他心里偷偷觉得，那味道是父亲的味道。有些委屈不好跟娘说时，他就趴在那桌上，偷偷说给那桌子听。那桌子虽从不应声，但说多少它都不厌，始终默默听着。每回说完后，他心里都舒坦无比……

旁边一扇院门半掩着，透过门缝，他一眼瞧见那院子中间也摆着一张小木桌，和他幼年时那张有些像，只是瞧着极小，他一个人便能占满一整边。当年那张桌子恐怕也变得这般小，再承不住自己的委屈了。他不由得笑了一下，笑得有些酸楚，却也忽然多了几分气力，发觉自己真的已经长大成人，再不需要父亲。而且，也该拿出儿子的气概来，卖力做事，挣柴米钱，好生养活娘。想到此，牙虽然仍在一阵阵作痛，他心里却舒畅了许多。

他走过去推开那院门，见一个瘦长脸老汉坐在房檐下，盯着地上出神。他走进去一步，问道："老汉，请问修砧头的老孙住在哪里？"

"哦？我就是。你是……"那老汉惊了一下，慌回过神，第一眼望向范大牙的门牙，第二眼果然盯向左牙那个缺口。

范大牙顿时有些不快，语气也硬起来："我是开封府衙吏，来查问公事。"

"哦？啥事？"老汉慌忙站起身，又瘦又高。

"田牛可是住在这里？"

"是。他出了啥事？"

"你只答我的话，其他的莫乱问。他人在哪里？"

"我也正在寻，清明那天他出去后，再没回来。"

"他住这里多久了？"

"差半个月满两年了。"

"你们是如何相识的？"

"我头回见田牛是前年开春，也是傍晚时分，我和女儿阿善一起回家。那之前阿善着了场病，身子极弱，她又不肯在家里闲着，出去做活儿又累，那天走到途中忽然昏倒了。我慌忙背她去寻大夫，可我这脚又跛，走了半截路便走不动了，路上又偏生找不见个熟人来帮忙。正急得没法，田牛从那头过来了。我瞧他眇了一只眼，面色又冷，有些怕人。可看看天色就要晚了，实在没法，只得开口求他。他停住脚，没答言，瞅了瞅我，又瞅了瞅我怀里的阿善，略迟疑了一会儿，走过来弯下腰，把阿善背到了背上。我忙给他指路，一路上他都不吭声，走得飞快。我尽力跟着，心里始终有些怕，不住留意他的两只手。他两手一直握着拳头，只用手腕托着阿善的腿。这自然要吃力得多，我先有些纳闷，后来才想明白——他瞧出了我的戒备，出于礼防，怕手指头触到阿善的腿，宁愿吃力，也一直攥着拳头。我贱活了这几十年，常听人说正人君子，可难得见到。那天瞧着田牛那双攥紧的拳头，才算亲眼见了一回。”

范大牙先听得有些不耐烦，听到这里，不由得入了神，走了许久，有些累，便抓过小桌边的一只凳子，坐到了孙老汉对面。

孙老汉也坐了下来，继续讲道：“到了市口那家医铺，田牛把阿善背了进去，我忙过去托住阿善搀了下来。等我把阿善放到椅子上，回头去瞧时，田牛竟已走了。我记挂着女儿，没去追，忙唤大夫来看治。大夫看过后，说是血虚，熬了一碗钩藤汤，灌醒了阿善，又抓了几服逍遥散给我，让回去好生调养……”

“囔饭！”旁边忽然传来一个妇人的粗声。范大牙扭头一看，是个五十来岁胖壮村妇，立着眉，鼓着腮帮，气哼哼端着两碟子菜，牛一般从厨房里撞了出来。啪啪，将菜碟撂到桌上，一碟酱瓜，一碟豆芽。妇人瞅了瞅范大牙，而后恶瞪了一眼孙老汉，转身边走边骂：“碗筷也不拿，只让老娘燎毛狗一般奔里奔外累到死。你倒好，囔饱了，不是念你那个丧门女，就是记挂那个独眼贼。啥时间把老娘往心坎里搁过……”

孙老汉瘦脸一红，忙低声解释：“这是我浑家，阿善的继母。”

“继母？”壮妇猛然又端着两碗粥出来，“你生怕世人不知道我是跟脚进来的，只配吃二道老馊肉？我这继母咬了你女儿的肉，还是嘬她的血了？”

“唉……有客人在，你稍稍收敛收敛。”孙老汉越发羞窘，忙问范大牙，“小哥也还没吃饭吧？穷门寒户，没啥好菜肴，将就吃一碗粥？”

“我只煮了两个人的饭……”

“我不是来讨嘴的，莫搅扰公事……”范大牙瞪了那壮妇一眼，而后又问，“田牛那天走了，之后你又是如何遇见他的？”

那妇人立时闭住嘴，坐到桌边端起碗，自个儿吃起来。

孙老汉才安心了些，又缓缓讲起来：“那以后，我出去寻活儿时，一直盼着能撞见他。过了一个多月，有天回家，天叫我又碰见了他。我忙上去道谢攀话，一问才知道，他是逃荒来的，想学门手艺，却没人肯带他。我一听忙说，我这修砧头的活计，虽说低贱了些，却并不如何累人，只要手脚勤快，三两口人还是养活得过。”

那壮妇听了，歪着鼻子，狠狠撇了撇嘴。

孙老汉装作没见，继续说：“他听了，心里极愿意，但那脾性却犟拐拐的，不肯说出来。我又问他住哪里，他说和同乡赁了小半间房挤着睡。我忙强拽他来了我家，就让他住那间空屋，跟我学手艺。他却执意要把吃住钱算给我。我说你救了我女儿一条命，住破草檐，吃些清汤糠菜，还要算钱？他不大会说话，只是不肯。我怕他走，只好应允了。直到这个月，他都照月给我一贯钱。我哪里肯用，都替他收着。”

“清明那天，他走时没说什么？”

“只说去会同乡。对了，他同乡里有个叫乌扁担的不是善类，是不是那个乌扁担又做出些歹事，牵连到田牛了？”

“这是公事，暂时不能透露。”

范大牙见他毫不知情，看看天要晚了，而且一说话嘴唇便会碰到门牙缺口，疼个不住。他便起身告辞，孙老汉送他到了院门外，眼里满是担忧。范大牙却只能装作不见，他实在没有多的心气去照管这些。

暮色渐浓，他忍着牙痛，沿着蔡河快步往回赶，心里不知怎么，又暗闷起来。

第五章　彩画

君子可以寓意于物，而不可以留意于物。

——苏轼

典如磋请来了开宝寺僧人设坛做斋、诵经礼忏。

大嫂胡氏和使女阿青扶着于燕燕避回到后头。其实于燕燕哪里需要扶，大嫂和阿青也只是做做样子，进了西院，两人便撒开了手。大嫂盯着她问："燕燕，你莫不是惊坏了？哭也不哭，一滴泪也没有。莫说公公直瞅着你，极不乐意，那上百徒子徒孙，也都瞧着呢。"

"大嫂，我倦得很，你让我歇歇。"于燕燕涩涩一笑，连说话的气力都没了。

"那你歇着吧。"大嫂似乎有些着恼，丢下她，转身和阿青一起出去了。

于燕燕怔望着这个小院落，顿时觉着这里黯如灰梦，哪里再有丝毫家的亲熟？丈夫典如琢画室的房门开着，里头一片幽寂，连房子都死了一般。她不愿再瞧，慢慢走进了卧房。里头也昏昏暗暗，透着幽冷。只有窗边那张桌子映着亮光，她走过去坐到了绣墩上。桌子上摆着娘家陪嫁的铜镜、螺钿首饰盒、唇脂牙筒、铅粉盒、画眉墨盒。唇脂和铅粉上个月快用完时，她让丈夫替她买些回来。走之前她反复叮嘱只买染院桥香粉顾家的三品脂粉。傍晚丈夫回来，买的竟是一品的。她心里虽喜欢，却嫌贵了。丈夫却随口说了句"你该用一品的"。说这话时，他背转了身，瞧不见神情，语气也似往日一般平淡。但那是成亲以来，丈夫头一回赞她。她当时好不甜喜，特地洗了脸，细细涂抹了那唇脂和铅粉，让丈夫瞧。丈夫却只略看了一眼，淡笑着说了声“好”。那天她格外欢喜，缠住丈夫问：“究竟是脂粉好，还是人好？”丈夫却避着她，只应了句“都好”。

这时回想起来，她仍不知丈夫当时是真赞，还是应付。在家里时，她二哥和四哥都嫌妻子不合意，平日夫妻说话时，难得正着瞧一眼，话也能短则短，能不说最好。为此，她常护着两个嫂嫂，和两个哥哥理论。她反复回想丈夫那语态笑容，似乎和两个哥哥有些像，却又有些不像，她辨不清。

她忽然很伤心，人要婚姻做什么？两个全无相干的人，忽而就住进一间屋、睡在一张床。你不知我心，我不知你心。像是背靠背被捆在一处一般，谁也看不清谁的真面目，恐怕到死都是一对陌生人。

她伸手挪过铜镜，望向镜里的自己。她原本生了一对笑眼，眼睑微弯，眸子清亮，时时瞧着都满面娇甜欣悦。可这时，镜里那个女子似乎忽然间长了几岁、瘦了几分。眼角眉梢的甜悦全然不见，神色间透出一些苦寂。她顿时怔住，自己不但不认得丈夫，如今连自身也认不得了。遍体一寒，一阵酸辛委屈顿时涌了上来，又夹着些惊惧。她忙移开眼睛，站起了身。

这时，院子里忽然传来一阵脚步声，一听到那脚步声，她的泪水顿时涌了出来，是三哥，最疼她的三哥。

她忙奔了出去，果真是三哥于仙笛，穿了一身素服，身材清瘦，面容端朴，颔下一缕短须。她全然忘了避忌，也顾不得旁边还跟着那个仆妇阿黎，如同幼时一般，奔到三哥面前，扑进他怀里大声哭起来。三哥先还有些顾忌，但随即伸出双手揽住她，如同当年一般轻轻拍抚。

许久，她才止住了哭，和三哥一起走进正房，在那张黑漆梨花木雕花方桌边坐下。阿黎来时手里提着只青瓷茶壶，她从桌上茶盘中取过两只定窑白瓷莲花盏，给两人各斟了一杯，而后轻轻放下茶壶，转身出去了。

于燕燕等阿黎出了院子，忙急急说：“三哥，你得帮我！你得帮我去查查，昨天他去了哪里？会过什么人？为何回来就自尽了？”

张用骑在驴子上，一阵一阵地笑。

阿念追上来不住问："张姑爷，你笑啥？是不是见了那个何扫雪，乐得心尖痒颤？她样貌瞧着虽然比我家小娘子稍稍强半厘，可她的嘴唇也太薄了些，刀削的一般，哪里及得上我家小娘子那小嘴儿？人都爱拿樱桃比美人的嘴，我也见识过许多美人的嘴，除了我家小娘子的，哪个真像樱桃了？不是挤扁的荔枝，就是水泡的杨梅。那个何扫雪的嘴，更是了不得，薄得那样，涂了胭脂的扁豆一般……"

张用却听而未听，心里一直在琢磨何扫雪设的那个谜。

何扫雪说彩画行当头几家，每一家都会有人自杀。何扫雪是个极清冷的人，便是达官显宦去访她，她也只是浅笑礼待，从来不会像其他同行一般施尽媚术。至于那些豪富大商，她更懒于应付。因此，那些人也大多丧了兴致。汴京"念奴十二娇"中，素兮馆生意最清淡，何扫雪却似乎毫不介意。她这样的女子，自然不会轻易顽笑，更不会跟张用戏耍，她说的应该不假。但那彩画行几家一起自杀？张用忍不住又笑出来。

"张姑爷，你又笑！"阿念有些恼，"我家小娘子至今寻不见，你却去瞧妓女，瞧完了还笑个不住！"

"阿念莫急！咱们这就去碾玉典家，去见典如磋；典如磋和李子树最好，见了他，便能打问到李子树的下落；找见了李子树，便能知道那个银器章和宣主簿的下落；知道了这两人的下落，便能寻见你家小娘子了！"

"不是我家，是你家未婚妻子！"

"好好好！"张用随口应着，心里却继续琢磨何扫雪设的那谜。

他虽爱各样工艺，却对彩画并无多少兴致。彩画是给房屋楼阁绘饰彩图纹样，像是给屋宇穿上彩装一般。张用从来懒得花半点心思在衣饰上，避寒还好说，遮羞他则只觉得可笑，有时夜里兴起，他索性脱光了出门，在月下长街上畅走。因此，哪里会对彩画经心？

不过，好友李度醉心于楼阁营造，于彩画极讲究，他也跟着听闻了许多。最初，古人只是用丹朱矿料或黑漆桐油涂于梁柱上，是为防腐防蠹。这一条张用倒没有异议。及至春秋时，各诸侯国渐兴奢华之风，有了丹楹刻桷、雕梁画栋之雕镂彩饰。从这里起，张用便有些厌了。

不过直至隋末唐初，彩画主用红白二色，所谓“朱柱白壁”，只在斗拱、天井等处绘饰云纹、龙纹、锦纹，倒也还算文质相成、繁简得宜。中唐以后，彩画渐趋繁丽，兴起团花、连珠、莲瓣、卷草等纹饰，并且遍满枋柱，称为“遍地华”。张用当时听了，随口便叫它“遍地华不住”。

在张用瞧来，这世间万事，只要奢心一起，便再难停住。他曾细观过对街一个妇人。那妇人生得倒也不丑，只是嫁的这户人家以修幞头帽子、补角冠为生，衣食营生只粗粗过得。前二三十年，文士雅客们纷纷效仿苏东坡所戴乌角巾，中间一个黑漆纱罗高方筒，外围左右各附一层矮壁，戴时一棱向前，露出筒角，叫作“东坡巾”。这十来年，世风渐奢，民间稍有家底的男子也开始兴仿。那妇人的丈夫趁机仿制这东坡巾，赚了些银钱。那妇人起先朴朴淡淡，从不描眉涂脂，家计稍稍宽裕后，先开始抹些唇脂；脸上只两片嘴唇艳红，太豁眼，便又学人描眉；黑眉红唇底下却是一张粗面皮，极不衬，便又开始涂面脂；脸鲜靓了，得些钗环头饰配着才相宜；头美了，便要些好衫裙来映衬……几个月后，这朴淡妇人变作了一个美艳女子。原先做活儿时，身手爽爽利利的，这时却变得娇娇款款的。她丈夫的脸却一天黑似一天，常听他背地里咒骂苏东坡。

彩画到了大宋，因世风大变，一改唐代宏壮奢丽，渐次养成精雅鲜丽之风。用色以青、绿、朱三色为主，辅以黑白，间用金黄褐紫。绘饰也日益精细，仅纹样便有一百多种。又依照品级演化出彩画七门，分为五装二刷：五彩遍装、碾玉装、杂间装、青绿装、解绿装及丹粉刷和黄土刷。

按品级，五彩遍装最高，只有皇宫才能绘饰。但论技法高妙，当今又属碾玉装典家最高。尤其是典家长子典如磋，自幼习画，技艺精妙。他原本立志要进御画苑做画待诏，可惜机缘不到，屡试不中，只得回到祖传本行。碾玉装以青绿为主，善用深浅叠染色晕，又以白色衬边。远望去，如同白玉青碧一般。典如磋以画艺绘梁栋，自然远比一般匠人高妙许多。经他所绘之屋宇殿阁，莹润鲜明，清丽雅逸。尤其那些写生花枝纹样，鲜活如生，因而名列汴京“天工十八巧”。何扫雪的素兮馆翻新彩画时，便是请了典如磋亲自绘饰。

李度最器重典如磋画艺，自己所造楼宇，多半都是由典如磋来绘饰，两人是多年挚友。只是典如磋自负画艺，为人有些清高，脚踏尘土，眼望青云，从来瞧不上同行。张用笑他是啄木鸟叮旗杆，认错林子选错树，为此，典如磋曾大大恼怒过他。若说自杀，他那性情，倒也不意外。

张用好奇的是，犄角儿和阿念去银器章邻居那里打问到，典如磋起先也为《百工谱》去章家按期赴会，上个月十一以后便再没去过，不知道其间有何原委。

典家在西外城汴河金梁桥边，不一时便到了。典家世代以彩画为业，甚有根基，宅院虽比不上高官富商，却也院宇宽敞，厅堂齐整，在一般民居中，算上等之家了。到了那宅院门前，张用跳下驴子上前拍门。半晌，一个胖仆妇开了门，以前见过。这胖妇往常爱穿些花花缭缭的衣裙，今天却一身白布素装，神色瞧着也不似往日那般和气。张用心里暗诧。

"胖嫂嫂，典大可在？"

"出门去了。"

"哦，没死？他去哪里了？"

"不知道。"

"典二呢？"

"殁了。"

"殁了？何时？"

"上个月。"

"因何？"

"不知道。"

"自杀？"

"嗯……"

"原来应在典二身上了……"

牛慕睡在书房的那张小竹床上，被母亲大声唤醒。

"蠢儿，快起来！你媳妇不见啦！"

"她去哪里了？"牛慕许久没有醉过，头疼欲裂，勉强睁开了眼。

"你问我？你灌饱了尿水儿，便该在外头躲一晚，偏生要回来。回来又说出那些割心拔舌的话来。莫说是她，便是个猫儿狗儿，挨了这般歹话，也要挣跳得远远的。你赶紧起来寻去。”

“那是她该骂，我忍了许久了。”牛慕想起昨夜，心里后怕，却不愿服软。

“该骂？你个忘恩负心货！我们母子身上一丝一线，肚里一米一菜，哪样不是她挣来的？你爹在时，我们穿过哪样、吃过哪样？你瞧这两个月京城物价涨上了天，邻居们个个都在叫苦，咱们却照旧该吃肉吃肉，该穿绸穿绸，哪里短缺过一些儿？”

牛慕再对不出话来，背过身，闭起眼，缩在被子里。这床褥、被子、枕头，连同这间书房里其他物件书籍，也都是宁孔雀成亲后给他新置办的。布置完后，宁孔雀唤他进来瞧，笑着跟他说：“其他的，你都莫分心，只安心读书就好。便是考不中也不怕，我听人说‘天地君亲师’，这师也是至紧要、至尊贵的。若考不中，你就招些小学童，在这里教他们读书，能教出几个进士来，也是件大功业。”

宁孔雀不识字，连她绣过许多回的《心经》，也只知字形，不知其意。她曾央牛慕给他读解过，也只听了个囫囵。她却喜欢瞧他写字，听他读书。又怕搅扰他，每当他读书时，她便将绣架支在书房窗外，边听边绣。还说，听着他读书，绣的花纹都似乎多了些雅气……

想起宁孔雀那语态神情，牛慕心里如同群蚁在咬一般，慌乱如麻。他娘仍在床边叨骂，催他去寻。他不由得一恼，翻身坐了起来：“成成成！我这就去寻！”

“饭已经给你煮好了，你赶紧洗脸漱口，吃饱了就去。我寻思她一定是回娘家去了，你便是跪烂了膝盖，也把她接回来。”

他听了越发焦躁，趿了鞋子愤愤离开书房，一瞧院子里，少了个人，四处竟顿时变得静悄悄、空落落。他转头走进自己和宁孔雀的卧房，里头也幽暗冷清，像是许久没住过人一般。他忙走到柜子边，打开里头那只钱箱，见里头三锭银铤、三贯多铜钱——宁孔雀只拿走了一小半。家用的钱日常都放在这里头，他若用钱，便从这里头取。他娘那里，宁孔雀按月另给一些零用花销。剩余的钱，宁孔雀都锁在床底下一只铁箱里，每凑够一百贯，便拿去解铺里放债生利。牛慕并不清楚宁孔雀绣那孔雀缎能挣多少钱，只听宁孔雀说过，生的钱息已足够每个月的用度。他忙转身趴到床边，低头去瞧那只铁箱，箱子锁着。他伸手推了推，有些沉，宁孔雀并没有拿走这里头的钱。他顿时瘫坐到地上，定定望着那只铁箱，心也瘫作泥一般。

其实，他早已知道自己百无一用，他也想自振自救，但就如他拼死了力也提不动一桶水，而这命远比一桶水更重。败过无数回后，他再无心力，每天只能装出读书的样儿，做给宁孔雀看，其实早已一个字都入不了心。唯独孔子骂弟子宰予那句“朽木，不可雕也；粪土之墙，不可圬也”，只要读到，他都异常刺心，便将那行字用墨涂去。可一行黑墨越发刺眼，真如发黑的朽木粪土一般。他索性将那一整页都撕净。然而，每读到那里，心里仍然一紧，像是杀了人埋在必经之路上。后来他连《论语》也不敢碰了，偷偷丢到了水沟里。

他怔了许久，他娘又在外头催他。他闷应了一声，想爬起来，一眼瞧见铁箱边摆着一双绣鞋，牛皮底子，绿锦面，尖翘玲珑，鞋面上绣着一朵牡丹，是宁孔雀自家绣的。那牡丹娇丽鲜妍，就如宁孔雀一般。

他眼里顿时涌出泪来，自己全然配不上这样一位好女子，她早就该走。只可惜，成亲三年，自己半分用处都没有。好歹也该替她做成一件事，帮她把姐姐宁妆花寻回来，也算是临别谢礼吧。

他用袖子抹去泪水，站了起来，转身朝外走去。

第六章　大板牙

投棋勿逼，逼则使彼实而我虚。

——《棋经》

程门板好不容易才拖住那只焦船，没让它沉下去。

可船舱里已经积满了水，那五具尸首也全都浸泡在水中。只要一松手，河水便会涌进船中，他两脚踩在河泥里，扳住焦黑船舷，小心往下按，想把船里的水排出来些。正在忙乱，岸上忽然传来一个声音："程介史！"

他扭头一看，是将才跟着坊正的那个小厮，身边还有个中年汉子。程门板脸顿时涨红，自己这么些年尽力防着在人前丢丑，却偏生被人瞅见这狼狈相。但这焦船物证比颜面更要紧，他忙喝叫："快来帮忙！"那两人应声奔下岸来，顾不得泥水，一起把住船舷，将船身扳倾斜，放出里头的积水，船重新浮了起来。程门板又让那两人一起用力，将焦船半拖上岸，放稳后，这才放了心。

他松开手，用手背抹去满头汗水，不住喘着气，眼睛却盯住那小厮，见他并无异样，这才暗暗大松了口气。

那个跟来的中年汉子却来回瞅着那只焦船，连声惊呼："这是我的船！这是我的船！"

"哦？"程门板望向那小厮。

小厮赶忙解释："这人叫张六，是个船户，家里有只小游船，常日载客人在这五丈河上游赏。前天一个客人租走了他的船。他听人说了这焦船的事，忙去见坊正，坊正让我赶紧带他来认一认。"

"张六，这真是你的船？"程门板忙问那汉子。

那汉子回过头，满脸惊异，不住点头："这拴锚的绳索上有三个结，是我打的，还有船板边这个小坑，是上个月有个客人非要自己撑船，不小心撞到岸边水里头一根树杈，顶破的……"

"租你船的是什么人？"

"不认得，是个客人。前天傍晚，我送走一伙儿游河的客人，刚把船泊到岸边，一个人走过来说要租船。那人年纪将近三十，左边眼珠子发灰，也不动转，似乎是个死眼珠，面相瞧着有些凶。他穿了件半旧布衫子，不像个富贵人。我便说我这船租一趟得三百文钱。他说不是租一趟，是租一天。我说租一天至少得八百文钱，他说成，问我押多少钱。我听了有些纳闷，忙问他，客官不要小人撑船？他说不用，他会撑船。

"我忙说给他听，我这船是二百贯买来的，虽说已经七八年，有些旧了，可至少也值一百贯。往常也有客人租整天，也不愿外人在船上，不过都是些官宦富商。若是熟客，便不需押钱，若是头回买主，便押一百贯。那人瞧着虽穷，听了却似乎浑不当事，当即从背的一个旧褡裢里取出了一锭五十两的大银铤。我惊了一跳，这两年，造假银假钱的极多，他模样瞧着又有些古怪，莫不是来诓骗我？

"我接过那银铤，掂了掂分量，又用牙狠咬了几口，仔细查验了几遍，瞧着不像假银。我仍不敢放心，让那人跟我一起去银铺验验。那人瞧着不情愿，却也没说话。我引着他到了街市那边的一家银铺，求里头的经纪帮着验过，果然是真银。我这才放了心，把船交给了那人。那人上了船，钻进船篷，坐在里面，似乎在等人。天色晚了，我便也回家去了，一路回头瞧过几回，都没见人上那船。后来如何，我便不知道了。不过，一晚上，我心里头始终有些不安生，可哪里知道那人果然不是善货，竟做出这等事来！五十两银子如今哪里买这么一条船去？"

"这船上那壮年男子是不是那人？"程门板指着船舱问。

那船主怯怯瞅了瞅，半晌才说："看身形，似乎是……"

程门板忙走到船边，扒着船舷，伸手将那具没被烧的壮年男尸用力扳转过来。一眼之下，惊了一跳，那男尸左胸口插了一把匕首，正刺中心脏，血浸了一大片。

那船主在一旁怪叫了一声，随即嚷道："就是这人，租船的就是他！"

程门板忙又伸指扳开那尸首左眼皮，眼珠果然发灰，坏死已久。

胡小喜骑着驴子来到蔡市桥边那条巷子里，已近傍晚，人户的门都紧闭着，满巷斜阳金光，极安静。

他正想寻个人打问银器章家，却见一个老者扒在一座宅院大门前，透过门缝向里张望。那老者听到驴蹄声，慌忙转身，朝胡小喜瞅了一眼，随即装作无事，背着手走到对面一座小院，推门进去了。胡小喜一眼瞧见那老者的耳朵生得奇异，耳扇上翘，又尖又长，猫耳一般。他顿时想起，昨晚阿念在路上跟张用说，银器章家对门住着个老汉，生得像夜猫子一般，最爱窥探人家动静，人都叫他胡老鸮。应该便是这人，自己正想寻他。

他忙跟过去下驴敲门，刚才那老者开了门，见是胡小喜，有些惊疑，又略有些慌。胡小喜一见他那双耳朵，再配上这对鼓瞪的老圆眼，笑癖发作，顿时噗地笑了起来。那老者越发吃惊，继而恼怒起来。胡小喜拼力想忍住，但这笑一旦喷开，哪里收得住？笑得弯下了腰。那老者惊望了半晌，砰地关上了院门。胡小喜再无顾忌，索性靠着那门，坐倒在地上，尽兴笑了一场。

终于歇止后，他才沮丧起来，迟早有一天，这前程要被自己笑掉。不过他随即又想起张用所言："笑就笑，哭就哭。天生一个自在人，何苦自缚百千绳？"也是，虽说自己这笑癖是个病症，但比起其他病症，算是大福分了。总比范大牙强许多，龇着那对大板牙，整日心事重重，嘴不敢大张、话不敢多讲。我哪怕因这病症笑死了，也是一场快活。

想明白后，他心里顿时通畅，爬起来拍掉屁股上的土，整了整衣帽，又去敲那门。开门的仍是那老者，满脸惊怒："你、你做什么？"

"我是开封府左军巡使手底下的，左军巡使大人命我来查问一些事情。"

"啥事？"老者有些慌怕起来。

"你知不知道银器章家在哪里？"

"就在对门不是？"

"他家的人都不见了？"

"嗯，清明那天不见的。"

"这两天再没人回来过？"

"他家那个使女阿翠回来了。"

"哦？啥时间？"

"将才。"

胡小喜大惊，忙转身快步走向对门，抓住门环用力叩响。半晌，门才开了，只开了一道缝，里头露出一张年轻丫头的脸，年纪二十左右，宽脸庞，一双水亮大眼睛，眉毛柳叶一般，头上戴着一顶油黑特髻，穿着件绿绢衫子，瞧着竟有几分大户人家闺秀气，只是眼里闪着些惊疑。

"你叫阿翠？"

"嗯。"

"我是开封府官差，这几天你去哪里了？"

"回家养病去了。"

"你家主人去哪里了？"

"不知道啊，我回来一个人都不见了。官差大哥，究竟出啥事了？"

"你不知道？你认得一个叫江四的泥炉匠吗？"

"江四？不认得。"

"真的？"

"嗯……你说的是那个泥炉匠？"

"你认得？"

"说不上认得，我主家厨房里头那炉灶时日久了，烟熏得满处都是黑灰。正月间开始，又要宴请'天工十八巧'，便让管家寻了个泥炉匠来重新刷整。我去厨房时，见过两回。不过，那泥炉匠蹲在灶台边，只瞧见后背，没见脸面。"

"这么说你不认得那人，没和他说过话？"

"生里生分的，又是个男人，我咋能跟他乱说话？"

“你那张角上绣了石榴花的绿绢帕子呢？”

“绿绢帕子？哦，那张绿帕子，不知丢到哪里去了，到处都寻不见。”

“什么时间丢的？”

“上个月月头？那帕子咋了？”

“你家在汴京？”

“我是主人家家生的奴婢，原先我跟我爹娘都在大名府大娘子跟前服侍，前几年爹娘都过世了。我家主人来汴京讨了二娘子，说我手脚轻便，让我跟了来服侍二娘子。我爹当年认得一个造车子的匠人，他们结拜了弟兄，又让我认了义父。我义父母前年搬来了汴京，住在城南，我就把那里当成了家。前几天身子不好，我告了假，去义父母家里养病。今天回来一瞧，主人家竟空了，一个人影都不见。我问过对门胡老伯，他也不清楚。这么大一个宅院，只剩我一个，好不怕人，我连屋子都不敢进，一直站在前廊边……”

胡小喜听了，心里蒙怔怔的，看来张用这回猜错了。他见阿翠大眼睛里急出泪来，不知该说些什么才好。忙从怀里抽出一张帕子，要递给阿翠，可一看那帕子，已经用了两天，满是汗污，慌忙又收了回去。阿翠瞧见，噗地笑了出来，眼里闪出感激。

胡小喜心里一颤，也嘿嘿笑起来。

范大牙牙齿缺处一阵阵作痛，心里更是一阵阵懊闷。

白跑十几里地，去查独眼田牛，一丝信息都没捞着，反倒摔缺了牙齿。回去途中，他先绕路去了西城梁门外的建隆观。他听人说，建隆观里有个于道士，在东廊卖齿药，极灵验。范大牙赶到时，天色已经发暗，进了建隆观，却见许多人排在东廊。有个老道士坐在廊下一张方桌边，正替最前头一人看牙，应该便是于道士。他排在最后，远远望过去，一眼瞅见那于道士竟也龇着两个大板牙，和他的极像。他心里猛地一撞，既有些亲，更有些厌，说不出是什么滋味。甚而涌起一个念头：难道这人是我爹？可就在这时，排在他前头的一个妇人回过头，朝他这里望了一眼，那妇人也撅着一对大板牙。范大牙见了，心里一阵气苦，这遍天下龇着大板牙的人，怕是上千上万，你见一个就乱认爹，成个什么了？若让人知道，还不被嘲死？

他垂下头，越发沮丧起来。等了许久，才终于排到了他。他望着那老道的大板牙，甚而有些怕拒，想转身走开。才一犹豫，那老道抬头望过来，一眼瞧见他的大板牙，也是微微一愣，但随即问：“磕的？”他点了点头。老道让他坐到身边一只旧方凳上，凑近来瞧，那对大板牙就在他眼前白森森地晃。范大牙只在镜子里瞧过自己的大板牙，从没这么近看过别人的，看得心里一阵阵发悸，却又忍不住地想看。那老道似乎觉察了，嘴皮用力一包，遮住了自己的大板牙，随即转过头从身边木箱里取出一个青色小瓷瓶，抖了些许灰白药粉在一个白瓷盅里，又取过桌上一只白瓷酒瓶，倾了些酒在瓷盅里，用竹签搅匀，递给范大牙：“喝了它，莫咽下，含在口里。我再给你三天的龙骨粉，回去也用酒兑了，含一刻时再吞下去。总共四十文钱。”

范大牙刚喝下那药水，一听这耳屎般一点药，竟要这些钱，险些喷出来。但瞧着那老道冷冰冰的眼、贪傲傲的大板牙，只能忍住火，从钱袋里数了四十文丢在桌上，又看了一眼老道那对牙，心里越发恨大板牙了。老道用草纸包了一小包那药末，只比指甲盖子略大些。范大牙拿了小药包，气呼呼转身离开了。好在那药水含在嘴里，清凉凉、麻酥酥的，牙疼果真轻了许多。

他家住在新郑门外。他娘当年被父母逐出家门后，肚里怀着他，寄住在观音院里，跟里头的姑子学做特髻。用金丝、银丝绷出个小山形髻篷，再用发丝或黑马尾编梳成发髻模样，上头插簪子、饰珠翠。妇人买去戴在髻顶上，既能笼住头发，又可妆成高髻，因此极风行。观音院的特髻都是卖给富贵人家。他娘听说南方有一种皂罗特髻，是用细篾丝绷篷子，外头罩的是黑丝罗，虽不及特髻，远看却也有些仿佛，而且价钱贱很多。他娘便动了些心思，裁了几尺黑丝罗，试着做了几个，果然不差。

那时他娘已生下了他，他又好哭，寺里要清静，不能在观音院久住。他娘便离了观音院，用攒的工钱，先在城郊村户里赁住了两年，自己织造了皂罗特髻拿去街市上卖。等积蓄了些钱，便在新郑门外街边赁了一小间铺子，专卖皂罗特髻。起先买的人不多，她又加力用心，尽力做精做细，那些寻常人家的妇人渐渐都愿意来买了。辛苦了十来年，总算将那间铺子，连后边一小院住房都典买了下来。

范大牙到家时，天已经麻黑，铺子门开着，门里亮着油灯光。娘自然是仍在灯下编特髻。望着那昏弱灯影，他眼睛一阵发酸。娘被那个大板牙薄情书生害得，独自苦挣了这么多年，这两年鬓边已经有了白发。生了个大板牙的儿，偏又没本事，至今没法让她过得清闲些。

这一伤感，牙又疼了起来，他怕娘看见又要叨念担忧，便站在铺子边的大柳树下，等疼劲儿过去后，才走进了铺子。他娘并没在里头。墙上、左右两排柜子上都摆满了各色特髻，靠里那张方桌上，那盏粗瓷油灯盏孤零零亮着。他有些纳闷，正要去后面，他娘却走了出来。

一见到他，他娘立即高声嚷道："儿啊！他来了！他回来了！"

"谁？"

"你爹！你爹他回来了！"

他顿时惊住，再看娘，全然变了个模样，常日间都是素素净净的，这时却戴了顶自家制的特髻，上头插满了珠翠。脸上搽抹了厚白脂粉，嘴巴艳红，眉毛也描得浓黑斜挑。身上穿了件过节才穿的桃枝纹蓝绸锦边半臂褙子。

"傍晚，我正给一个妇人选特髻，他忽然就走进来了！我先还没留意，再转眼一瞧，竟是他！你爹！他虽老了一些，留了须，可那面貌仍没变，尤其那对眼睛，跟你一模一样，只是身量比你略高略胖一些。我赶忙减了十文钱，催走了那个妇人，而后就哭了起来。你爹走到我跟前，连声跟我说他对不住我。可这些年他从没忘记我。他说他回到淮南也艰难，苦熬了许多年，才算寻到件好营生，在淮南东路安抚使府里谋了个幕职，这几年才算挣了些家底。上个月他奉命来京城公干，遇到个人，刚巧是你外祖家的邻居，从那人口中他得知了我的下落，立即赶来了这里。他说自己虽娶了妻室，却只生了两个女儿，并没有儿。他要我带了你，跟他一起回淮南。他急着要见你，可又有公事，实在等不得，才走了。你若早一些回来，就能见着你爹了！不过，他说了，明天还要来，让你傍晚一定在家里等着。儿啊，你心里觉着如何？"

范大牙却早已呆住，身子一直在打冷战。

宁孔雀不知道该去哪里。

家她不想回，姐姐、姐夫都不在了，只有父亲。那个老父亲从来只会闷头做活儿，世事上能忍则忍，能让则让。这时回去见他，只会让他越发没了主张，胡忧乱叹。至于姐姐，该问该寻的都已经问寻过了，如今也只能看老天的颜面。何况自己已经疲累之极，再没有气力去做什么。

自小她就有主意，更有一股子不服输的气性，觉着凡事只要肯用心思和气力，总能做得好、办得成。可这会儿，她忽然觉着自己败得一丝不剩，而从前那些胜，也不过是硬撑着口气，强顶着。像是拿冰柱子做房梁，节气一到，便碎成几段，化得不见。

她拎着包袱，也不看路，任由自己茫茫然走。不知走了多远，竟走了一整天。傍晚时，实在累得走不动，朝四周一瞧，已出了东城，来到汴河虹桥边。路旁传来一阵饭菜香，她才发觉自己又饿又渴。抬头一瞧，是十千脚店。她便走了进去，店里伙计迎了上来，见她独自一人，略有些诧异。她也不管，沿着木梯上了楼，见梯口西边那间小阁没人，便走进去对着汴河坐了下来。心想：在这世上活了这些年，时时处处，都在顾虑身边亲人，啥时节痛痛快快自顾自活过几天？

她从袋里取出一锭银铤，搁到桌上，望向跟进来那个伙计："头等酒菜，上！"

那伙计越发诧异，却不敢说，忙应了一声，赔了个笑，咚咚咚下楼去了。她呆坐了半晌，咚咚咚，那伙计又飞快上楼，左手一个红漆托盘，里头是官窑青瓷梅花纹酒瓶、酒盏、汤匙和一双象牙镶银箸，右臂自手至肩叠着五六只琉璃碧棱菜碗。啪啪啪，顷刻间便摆好在桌上，他又偷觑了一眼宁孔雀，小心说了声"这位娘子请"，说着小心带门出去了。

宁孔雀盯着那些菜碗，的确都是精贵菜肴，花炊鹌子、鸳鸯炸肚、五珍脍、炙獐脯……然而，她却没有一丝胃口，即便她最爱的鹌子，这时瞧着也如草秆树棍一般无味。她不由得悲笑了一声：你一直抱怨不痛快，这时由你痛快，你却晒干的瓠瓜一般，心都枯了。

她怔坐了半晌，抓起那瓷酒瓶，也懒得斟，对着瓶口，径直灌了一大口。那酒清冽劲利，直刺脑顶，似乎是御库内造的流香酒。她觉着痛快之极，喘息片刻，又猛灌一大口。没用多时，一瓶酒便已喝尽。她也浑身如烧，头晕心跳，再坐不住，趴伏到桌上。匙盏被撞落在地，跌了个粉碎，她却已经昏然不知。

第七章　入神

夫万物之数，从一而起。

——《棋经》

于仙笛坐在金梁桥边一间茶肆里，一直望着典家的巷口。

方才他去典家祭奠妹夫典如琢，见了妹妹燕燕，燕燕哭着求他，要他查明白丈夫为何要自尽。其实，即便燕燕不求，他也极想知道其中原委。他只有这一个小妹，父母替燕燕相亲时，他一直暗地里旁观，其中有几个，父母都相中了，他却觉得不妥，忙极力劝止。直至相看了典如琢，他才觉得门第、样貌、性情都般配。即便如此，他仍去典家周围仔细打问了一番。

典家不比一般匠户，是彩画世家，皇城里一半楼阁都由他家翻新重绘过，见识自然不俗，家风里养有几分清贵气。而且典家虽然门徒众多，家室却不大，只有两个儿子。老父亲典白玉常日笑呵呵的，脾性极随和，人都唤他“笑佛”。长子典如磋一支妙笔早已名扬京师，为人也清雅不群。至于次子典如琢，于仙笛曾暗中细瞧过，有两样让他极中意。

当今宰相王黼得势后，家里养了一班歌女乐伎，去年派人去于家选买了几十件乐器，于仙笛送乐器去丞相府时，典家兄弟也正在那里重新绘饰厅堂。于仙笛见典如琢踩着高梯，一手托碗，一手执笔，正在一处栱木外端眼壁上绘图。那眼壁大略呈“几”字形。其上彩画以粉白为底，深青、浅青迭次晕边，边缘用白色晕衬一道，最外又用深绿勾边。一眼望去，恍然微凸，真如一方碧影青晕的白玉。于仙笛这才明白“碾玉”二字的由来。典如琢正用细笔蘸着草绿汁，在中央白底上细细描画，是细密枝条卷曲盘绕成海石榴花。那壁眼只有人脸大小，典如琢也只绘出大半朵，枝叶却已经有上百条，密密丛绕，却没有一丝轻忽紊乱，尽都圆妙舒展，鲜绿如生。于仙笛从未细看过彩画，那时才惊叹彩画工艺竟然繁细精妙至此。

而更令于仙笛赞赏的是，他正在仰头细赏，一只花斑雀忽而飞落到典如琢头顶栱木上。于仙笛一惊，怕那鸟扰了典如琢，乱了笔墨。谁知典如琢却浑然未觉，仍全神贯注勾画枝叶。于仙笛自幼学制琴，也曾苦练多年，虽然技艺门类不同，其理则一。他深知，学一门功夫，才分尚属其次，最难在于入神。

生如闹市，艺似闲庭。世人尘心杂乱，神志难宁，犹如身处闹市之中，哪里能专注一艺？若不能专注，便永难入门，更何谈深造？唯有心志专一者，才能踏入门庭。入到其间，又得关门闭户，与世隔绝，才能神气完足，潜心修习。许多人耐不得那静寂，入而复出，半道而废。唯有入神者，方能忘怀尘世，一心潜入。就如庄子所言捉蝉人，身如枯根，臂如槁木，万物之多，唯知蝉翼。如此用志不分、一凝于神，才能练得一项绝技。

此外，于仙笛更有一处自家体悟，外人瞧着，这学艺如同囹圄受刑，太苦太难。而入神之人，心得其美、神游其妙，如同嗜饮之人醉心于酒，乐且不尽，何来苦累？因而，学一门艺，全凭一个缘字，投缘便能得其乐，尝其乐，便易于入其神，才气、灵气亦随之而来。若不投缘，便是苦修百年，也只是个死心匠。

于仙笛见典如琢能如此入神，心中大为快慰，入神之人，往往心思专一，燕燕嫁给他，烦扰也要少许多。

还有一桩是件小事。于仙笛随后又到典家附近打问典如琢为人，却又不好问他家近邻，怕日后说出去不好相见。他便来到金梁桥这家茶肆，装作闲谈，向店主打问。店主说典如琢为人忠谨，事父兄极孝悌，只是话语少些。正说着，典如琢骑着驴子出了巷子，这时正巧一个妇人带着个三四岁大的孩童走了过来。那孩童顽皮，挣脱了妇人的手，跑跳到前头，不小心摔倒在典如琢驴子旁边，顿时哭起来。典如琢原本无干，他却勒住驴子，跳下来扶起了那孩童，瞧了瞧他的小手，又替他拍了拍灰，见那个妇人奔过来，便留下那孩童，翻身上驴，转弯儿走了。那妇人在后头高声道谢，他却头也没回。

目睹这桩小事，于仙笛越发放了心，能善及孩童，此人值得托付。于是他在父母面前极力促成了这桩亲事。

成亲后，于仙笛和这个妹婿单独对谈过几回，典如琢话极少，问他才会答言，不问便静静坐着听人说，略有些清冷。于仙笛去看望燕燕，燕燕也抱怨丈夫性子太闷，从他嘴里讨句话，比讨金子还难。于仙笛当时听了，并没在意，反倒笑着劝妹妹说，这是君子言贵、清士心淡。谁知道，成亲还不到一年，典如琢竟自尽了，害得燕燕如此青春便失了依怙。

将才离开典家时，于仙笛抽空跟典如磋说了两句，典如磋也嗟叹连连，不知自己弟弟为何竟会自尽。于仙笛这才后悔起来，言少之人往往心事重，更不轻易表露，心里易积压负重。不知典如琢究竟遭遇了何等繁难之事，竟让他厌世轻生？

他坐在那间茶肆里，连吃了几杯茶，看看天色将晚，父母兄弟们还在家中等候消息，便起身付了茶钱。刚转身要走，却见一个十七八岁、身穿白布孝衫的后生走出巷子，正是他要等的人，典如琢的大徒弟。

他忙迎了上去："小哥，你可认得我？"

"三舅爷！"后生忙躬身施礼，样貌纯纯朴朴的。

"我有些话要问你，咱们去那间茶肆坐坐。不知小哥贵姓？"

"我叫施庆。"

两人走进那茶肆，店主略有些诧异，并没多嘴，忙又斟了茶，随即走开了。

"施小哥，你可知道你师傅为何会寻短见？"

"这两天我也在百般思想，却一丝儿都想不出来。师傅只收了我和阿庄两个徒弟。我跟阿庄私底下一起反复回想，他也没觉察哪里不对。师傅一向话少，除了教我们手艺、分派我们活计外，难得多说一句。他在手艺上极严，略有一笔不对，都立即叫我们停手，而后示范给我们看，从来难得责骂人。我们两个对他都又敬又怕，多余的话也从来不敢说、不敢问。"

“出事那天，你们见他没有？”

“一整天我们都跟师傅在一处。上个月，浪子丞相李邦彦的妻舅在西城万胜门外买下一座宅子，请师傅给他重新绘彩。师傅带着我们两个，又从大师伯那里借了八个徒弟，从早到晚我们都在那宅子里做活儿。那天也是，一直到傍晚，天光要尽时才收了工。师傅验过我们的活计后，就让我们各自回家了，他也骑着驴子走了。”

“他回家时吃得大醉，你可知道他是跟什么人吃的酒？”

“我也正在到处打问这事。师傅常日往来交好的只有三四个朋友，昨天他们都来吊丧了。我都问过了，这一阵他们都没见过师傅。那天师傅回去时还好好的，哪晓得当晚就……我还盼着再跟师傅好好学两年，便能独个儿揽活立业了……”施庆眼睛一红，落下泪来。

于仙笛也一阵伤怀，越发纳闷，听起来，那天一切如常，典如琢为何会寻短见，难道是回家途中遇见了什么？

张用骑在驴子上，又弹响舌头，思忖那谜题。

何扫雪说彩画五装几家当头的，每家都有人自杀。其中碾玉典家无疑占首位，而典家二儿典如琢竟已真的自杀。那个胖仆妇又说不出个因由，只说一家人谁都没料到。他想进去问典家老父，胖仆妇说老主人病倒几天了。张用只得作罢，掉头去北城。彩画七门中品位最高是五彩遍装，他想去寻访五彩史家。

何扫雪在弄什么鬼戏？难道典如琢自杀和她有关？她施了什么法术，竟能让人自杀？其他彩画名家也真会有人自杀？若是真的，何扫雪为何要做出这等事？她虽然一向爱替贫弱妇女出头出力，却从来不曾听说将谁整治死，何况典如琢是自杀，什么高明能耐能让人自杀？若真是何扫雪做出来的，她为何会自己说出来，还让我猜解其中秘密？张用越想越觉得艰奇有趣。

阿念身后嘀嘀而言：“好好的人咋会自杀？一定是那个何扫雪使的巫术，穿一身白寡寡的衣裳，那双眼比冰还冷，一瞧便是个妖巫。说到彩画那几家有人要自杀时，她还笑了一笑，我当时瞧见，后脊背凉飕飕，一阵阵发寒。”

犄角儿小心反问：“有让人自杀的巫术？”

“你没听见过勾魂术、厌胜术？我娘说，我家后街有个婆子就是妖巫，穿件白衫裙，插根白骨簪，阴阴怪怪的，常有人半夜偷偷去她家里。还有，上一个官家，哲宗皇帝的孟皇后不是也使过厌胜术？又是烧符灰，又是扎纸人，想厌死刘婕妤。”

“刘婕妤后来不是好端端的？倒是孟皇后事情败露，被废了。她一个皇后都寻不到灵验法术，何扫雪能有那般高强手段？”

“我不跟你说了。我说的，你都不信。”

“你说的其他话，我不都信了？”

“那是从前，往后呢？”

“往后？往后该信的自然信。”

“我便知道。”

张用在前头听着，大笑起来：“两只雀儿争一虫，一啄头，一啄尾，眼斗眼来嘴顶嘴。”

两人顿时闭住了嘴，一路闷闷跟着张用行至北御街五丈河大桥，左边是染院桥朱克柔家，右边是青晖桥，五彩史家便在青晖桥那头。到大桥边时，天已黄昏，阿念避开不瞧犄角儿，望着张用说：“张姑爷，我得回去了，娘怕是一直在骂我呢。”说着便转头往左边行去，犄角儿涨红了脸紧望着她。

张用笑着催道：“呆角儿，还不赶紧跟上。当心她厌了你这两角愣头羊，去寻独角犀牛。”

犄角儿“哦”了一声，忙催驴追了上去。张用则笑着独自往右，前往五彩史家。

五彩史家祖上原是南唐宫中彩画匠，上承晚唐技艺，专攻五彩遍装。彩画七门中，五彩遍装居首，设色最富丽，纹饰最繁细，颜料也均为头等，主用石青、石绿、朱砂，精研细淘，浅深分明。再配以紫黄黑白，更间用金汁。边缘叠晕，内绘华饰，纹样有华文、琐文、云文、锦文、飞仙、飞禽、走兽等百余种。绘饰之后，楼阁奢丽耀目，纹彩焕然，通体妆裹了锦缎一般。

南唐被灭后，史家随后主李煜北迁，定居汴梁。只是太祖开国以后，崇尚俭朴，为惜民力、节财用，不但严禁宫中楼宇绘彩泥金，连皇后妃嫔头饰衣裳都不许销金。民间依照礼法制度，更是严令禁止。太宗皇帝继位后，曾命工匠绘饰殿宇，却被大臣直谏，中途停工，只刷饰了丹粉。其后真宗、仁宗也曾屡屡下诏，禁止奢华耗费。史家因此难有施展之机。

不过，贫时求俭易，富后拒奢难。大宋百年太平，国力日盛，奢风渐次兴起。尤其到本朝官家，崇尚华奢雅逸，臣僚豪富乃至民间，皆纷纷效仿。民宅原本连黑红二色都禁止随意涂饰，这二十多年来，但凡有些财力的人家，房宅都要刷饰一番。

史家也趁势而起，几代精研画艺，绘风愈来愈精雅典丽。现今这一代当家人叫史焕章，已经年过五旬，是京城彩画行行首。他投合官家意趣，深研院体画风，设色雍雅，勾描精妙，所绘楼阁一派皇家气象，宫中几大正殿都由他率徒众重新绘饰，曾蒙官家赏赉，赞他有大雅之风。行里人便都唤他“史大雅”。

只可惜，四五年前，史焕章从梯子摔下来，摔折了手臂，虽经御医调治，得以痊愈，但再执刷握笔，已全无原先灵巧，只能中止画业，凭一生见识，教导子弟，督训徒众。

张用骑驴进了巷子，来到史家门前，一个中等宅院。史焕章为人持重，并不敢绘饰彩画，只用了丹粉刷饰，墙面雪白，细处绘饰了一些暗红琐文，配着墙头露出的青竹绿树，比相邻那些宅院清雅许多。

张用上前正要敲门，院门忽然开了，一个男子牵着头驴子走了出来，年近三十，眼、鼻、身量都细细长长，神态瞧着拘谨本分。张用见过，是史焕章的独子史景鲜，人都叫他“史小雅”。

“小鸭兄，张用这厢有礼！”张用笑着叉手一拜。

“哦？张作头？”史小雅恭敬还了一礼，却神色不定，似有急事。

“令尊可在宅里？”

“我爹？出门访友去了。”

“你宅中可有人自杀？”

“自杀？”史小雅顿时惊愣住。

“没有？那就好。哈哈。”

“张作头……你这是？”

“许久没来拜望大鸭先生，今天正巧经过，顺道来瞧瞧你们是否健在。”

史小雅满眼惊疑，盯着张用瞅了一会儿，似乎醒悟张用是在发癫症：“抱歉，在下有些急事要办。”

“小鸭兄可认得素兮馆的画奴何扫雪？”

“不认得，抱歉，在下先行一步。”史小雅躬身一揖，随即翻身上驴，急喝着快步离开了。

张用望着那急促背影，像是去奔死一般，本要追上去，眼角却无意间扫到史家院门外墙角边，暮色昏昏中有一团黑物，似是一只黑犬。再一瞧，原来是一块黑石头，只是形状略有些像狗，卧在那里，静默不动。

张用盯着那石头，心里一动，不由得凝神细想，过了半晌，心头一亮，恍然明白了何扫雪那提示，不由得哈哈大笑起来。

牛慕又打问了一天，仍然一无所获。

他又饿又渴，看看天色又暗，斜靠在新宋门外护龙河桥栏边歇息，望见不远处有间酒肆，不由得又想去吃酒。他原本难得吃酒，即便吃，也只小酌几杯。昨天太疲累，便要了一碗酒解乏，谁知一吃便止不住，吃得大醉，回到家向妻子宁孔雀说了那些毒话，气走了她。

他忙告诫自己，绝不能再如昨天一般。你已是个徒耗盐米的无用之人，若再陷进酒汤之中，便再无可救，哪里有颜面苟活于世？

他深叹了口气，不由得想起李白那句“天生我材必有用”。这些年，自己并非没有尽过力，为熟读经史，苦熬过多少日夜？但这世间万事，哪里是你尽了力便可如愿？相反，自己正是尽了力，才发觉自己无用。他抬起头，望向漫天云霞，心底大声哀问：苍天，我之用在哪里？

然而，云霞自煊，苍天自高，哪里能听到这哀问？即便听到，又哪里有闲心看顾他？他心中凄楚，不由得涌出泪来。进出城的人来来往往，他忙背转身，望着河水冰凉慢流，悲情难抑，心中陡然生出一个念头，不如跳下去，一死百了。但旋即想起家里老娘，娘身子本就不好，宁孔雀又愤而离去，往后只能依靠自己。他犹豫再三，终还是断了轻生念头，叹着气用袖子抹净泪水。

这时，忽然有人轻拍他的肩膀。他惊了一跳，回头一看，是个五十来岁的男子，一双大眼，几绺稀须，龇着一对大板牙，略带着些笑：

“这位公子，你是否在寻你家姐姐？”

“是……你是……”

“我也在寻那伙人。”

第八章　救人

凡世之所贵，必贵其难。

——苏轼

程门板一直等到傍晚，才见仵作急冲冲赶来。

那仵作还很年轻，名叫姚禾，今年才继替了父职。正月间，程门板有桩小案，便是姚禾去验的尸。当时程门板嫌他太年轻，及至勘验起来，却见他极勤谨，心思也细敏，很让程门板意外。

姚禾快步下岸，走到程门板身边，歉笑着拜问过后，立即放下背的箱子，走到那只焦船边细细查看起来，从船头至船尾看过一遍后，他回头说："程介史，火势瞧着前后均匀，没有哪里烧得格外重，倒是船舱中间似乎比四周略轻些。"

他回身打开木箱，取出一把匕首，俯身凑近船舷，用刀尖戳下去，撬开面上焦木，挖了约半寸多深，露出了底下原木。他又小心跨上船，避开那六具尸首，蹲在中间一处空板，又用匕首去挖，约三四分处，底下原木便露了出来。姚禾又蹲到靠外的船舷处，继续拿匕首去撬，只一二分，原木便已露出。他前后望了望，慢慢说道："这火应该不是从舱室里燃起，而是从外向里。而且，船头船尾是一同燃起。船舷靠岸这一边烧得深，朝里那一边最浅，应该是有人站在岸边，朝船上浇油纵火。"

那个小厮和船主一直张着眼在旁边瞧，听到后，一起低声惊呼。

程门板则暗暗惭愧，自己只能大致推断这船是有人纵火、通体燃起，却没找见这般确凿证据。他尽力沉着声说："你再查查那些尸首。"

"这六具尸首可曾动过？"

"只动过中间那具没被烧的。"

姚禾跳下焦船，从木箱里取出一根软尺、一本验尸簿录、一支笔、一方石砚、一丸墨，拿砚台舀了些河水，飞快磨了些墨汁，而后将簿录放到木箱上："烦请程介史记录。"

程门板点了点头，但看那木箱太矮，只能蹲下去写，身形难免蠢丑。他暗暗后悔该带胡小喜或范大牙来，却也只能沉着脸蹲到了木箱边，拿起笔，蘸饱了墨。

姚禾又跨上船去，俯下身一边细查，一边解说："尸首六具，均倒于舱中。五具烧焦，一具完好。舱室纵长八尺，横阔五尺。男尸一，屈膝侧卧，年纪约五十许，头向前梢，距舱门五寸。面向左，背距舱壁七寸……"

查录完尸体位置布列后，姚禾又小心翻检各尸体身上留存物件，一样样报给程门板。年轻女子头上银簪一支、珠翠三朵、玉篦子一把，左中指银戒指一枚、右中指青玉指环一枚，右腕缠丝银镯子一个，这些饰物尽都熏黑。女子面朝壁板侧卧，腰下压着一个荷包，只被烧去一半。姚禾小心从她身下取出，蓝绸上以绿线绣的竹纹，里头装着两小块碎银、两颗橄榄。

姚禾一一报完，程门板仔细记下，生怕误漏了一个字。他最爱做的便是这事，每回即便不是他亲自抄录，也都在一旁紧盯。在他眼里，这每个字仿佛都是一颗钉子，将物证牢牢钉在纸上。簿记做得谨细，交至推官那里，审理起来才少疏漏。这些年，他正是凭这谨细，才得了官长信重，一步步稳稳升进。这个年轻仵作姚禾似乎也和他一般，心极细，手脚又轻稳，眼力更是比他敏锐。

记完后，程门板撕了一张纸条，在上面写下"五丈河焦船年轻女尸"几字，头上戳个小洞。打开姚禾的木箱，从里头取出一只小布袋，袋口缝有扎口细绳。他走到船边，将姚禾排放在舱板上那些物件全都收进袋子里。正要扎紧袋口，姚禾却忽然说："稍待，身子底下还有没烧尽的衣料。"

姚禾轻轻扳动那具女尸，将她身子下面压的衣料残烬小心抽了出来，一片浅绿罗褙子残片，四尺多长，底边镶着竹节纹青锦边。另有一截粉绿绢衫子残片、一截素白绢裤残片和一截墨绿罗裙残片。姚禾又轻轻抬起那女子的脚，底下也残存了小片白绫袜和绿绸竹叶绣的鞋面。

程门板见了，大感欣慰，至少知晓了女子衣着。从这女子饰物衣裙来看，应该是中等人户。他忙从姚禾手中小心接过，一片片轻卷起来，放进布袋里。用细绳穿上那张纸条，扎好袋口。而后又执笔蘸墨，在簿录上仔细记了下来。

姚禾继续去查看其他几具尸首，那四人身上物件要少得多，不过身子底下都残留了衣料。那个老妇穿的是褐绫襦衫、深青罗裙、白绢裤、褐绸鞋；小童是蓝罗衫、绿绢裤、青绸鞋子；年轻男子黄绸褙子、白绢衫、白绢裤、青绸鞋；老年男子蓝绫褙子、白罗衫、白罗裤、黑绸鞋。

程门板一一记下，又将这些物证分别装好。姚禾最后才去查看那具没被烧的壮年男子尸首。那人布衣布裤，腰间拴了个旧布袋，里头只有几十文铜钱，此外并无他物，全然无从查知这人身份。程门板执笔记完，心里有些恼闷，扭头见姚禾抓起尸首的右手查验起来。

“程介史，这人是自杀。”

“哦？”

“他右掌下侧和小指底边沾了些血迹。”

程门板忙起身，不想腿已蹲麻，几乎跌倒，他硬挣着走到船边。姚禾抓着那尸首右掌伸给他看，手掌底边、小指根附近果然有些发乌血迹。

“若是他杀，死者用手去捂伤口，该是手指和掌心沾到血迹。而此人血迹却在手掌底侧，只有自杀才会如此——”姚禾放下那只手，抓起身边的匕首握在手里，比画给他看，“右手握刀刺向自己左胸口，手掌底侧才会贴近伤口、沾到血迹……”

程门板看着姚禾手势，又望了望那具尸首，心里一阵发蒙。多年来，最令他沮丧的便是这一件，每遇到难题，他心头总会浮起一团雾，将心蒙住，让他很难寻出个主意来。

他正在惊怔，姚禾又说道：“至于其他五具尸首，都躺得安安稳稳，瞧不出挣扎迹象。乍看像是熟睡中被烧死，但夜间天凉，这舱板上却没有铺盖被褥。而且，睡得再沉，火烧起来，应该也会被烟呛醒，五个人尽都睡死未醒，有些不合情理。另外，舱室中间还有这几根烧残的木条、一只陶灯盏和五只小碗。应该是摆了一张桌子，老小五人分别坐在两边。没有碟子和箸儿，碗里应该不是饭，而是茶或汤。小人估计，那茶汤被人下了药，这五人在火起之前便已昏倒……”

胡小喜被自己的念头吓到了。

他站在银器章家院门口，向那个使女阿翠问完话，原本要转身离开，但一眼瞧见阿翠眼中有些发怯，自然是不敢一个人待在这座大空宅里，甚而有些不愿他离开的意思。瞧着那双水闪闪的大眼睛，他心头一颤。这等心思自知事以后，也曾动过许多回，却从来只敢偷偷流涎、白白馋羡。而这时，他和阿翠相隔只有一尺多，阿翠身上的脂粉香气如同轻声细语，在向他低约浅唤一般，让他甚而生出一丝邪念。这邪念之前也曾有过，但都被他随即摁灭。此刻，天已昏暗，街巷无人，大宅空寂，他的胆子大了许多，何况自己是官府公人，阿翠是嫌犯干连人，更让他有了底气。

于是，他清了清嗓，拿出公干腔调：“我得进去查一查。”

阿翠听了，顿时有些慌怯，拿大眼睛瞅着他。他强作严厉，盯了回去。阿翠忙低下眼，怯怯拉开了门扇。他左右一扫，巷子里仍没有人，便抬腿跨进门槛。但毕竟心虚，那门槛又高，左腿刚伸进去，不知怎么忽然抽起筋来，腿一抽、脚一滑，顿时跨坐到门槛上，裆部猛然一蹾，疼得他几乎闭过气，急切间又站不起来。正在痛不欲生，一只手忽然搀住他的胳膊，是阿翠。

阿翠用力拽住他，他也忙伸手撑着门框，两下使力，才算站了起来，将右腿也抬进了门槛。但这一摔，扭到了筋，半步都走不得。他半弯着腰，两手撑着腿，疼得不住呻唤。阿翠忙跑去前厅，飞快搬了把方凳出来，放到他身后，扶着他坐下。坐了半晌，他才勉强缓过气来，见阿翠守在身边，大眼睛里满是关切，他又羞愧又感激，忙憋口气说了声：“多谢。”

“谢啥呀，人都说这门槛有些邪气，害过好几个人闪了腿呢。”

阿翠眼里闪着亮，面庞净白，春月一般，将胡小喜心底那点邪念顿时照得无影无踪。他反倒犯起难来，这腿扭了，走不成，驴子也骑不得了，可如何是好？

阿翠却又继续道："公差哥哥，你的腿闪得这样，怕是动不得了，这凳子坐着不安适，我扶你去主人书房，那里有张竹榻，你躺靠着要稳便些。"

胡小喜未及答言，阿翠已经伸手扶住他的臂膀，慢慢搀着他起来，一步一步轻挪，穿过庭院，走到厅堂旁边一间侧室里，那房中有些昏暗，隐约可见中间摆着一副桌椅，正墙立着博古架，上头摆列着些铜鼎、铜爵、盆景。侧墙一架大书柜，摆满书册，木格边沿镶着缠枝铜纹。靠窗果然有一张竹榻，上头铺着绿缎面薄褥子。阿翠将他扶到竹榻边，小心扶他躺下，又取过一只包了绿缎面的竹枕，搁到他头下。

除了生病有娘照料外，胡小喜哪里被人这样近身服侍过？何况阿翠手臂这般软嫩轻柔，那身上香气更是早已将他熏醉。他微闭起眼，都不敢直视阿翠。阿翠轻声说了句"公差哥哥，你就好生躺躺"，随后便轻步走了出去。

胡小喜忙侧耳细听，阿翠沙沙脚步声行至院门，走了出去，片刻后，响起驴铃声、驴蹄声，阿翠将他的驴子牵了进来，牵到院子左边角上。他的心里一阵甜喜，驴子牵了进来，阿翠自然是要留他在这里过夜。想到此，他的心咚咚剧跳起来。阿翠的脚步声又轻快地转往院子右边，之后便听不见了。

这时，屋中越发昏黑。胡小喜躺在那里，心里不住歪想出种种香情艳景，头脑一阵阵晕胀。过了许久，阿翠脚步声又响了起来，他顿时大大咽了口唾沫，身子也随之一僵，屏息静候。

窗外映闪过一团灯光。阿翠端着个托盘走了进来，托盘里点了盏白瓷高颈油灯，旁边是一只青瓷大碗，两只青瓷小碟。她将托盘搁到一只乌漆木凳上，搬到竹榻边，随后扶起了胡小喜，将一对乌木镶银丝的箸儿递到他手里，笑着说："厨房里那些菜蔬不是蔫就是烂，都不中吃了，我只寻了些粳米、腊肉，煮了碗腊肉饭，配了些姜豉和芥辣瓜儿，公差哥哥将就填填肚子。"

胡小喜瞧着她笑眼流波，越发失了张致，只会满嘴说着谢。阿翠却笑着催他："这时辰了，公差哥哥也该饿了，快些吃吧。"

"你不吃？"

“我来时买了几块花糕，已经吃过了。公差哥哥你慢慢吃，吃完了就搁在托盘里，我明早来收拾。你今天怕是走不得了，就在这里歇息。”她一边说，一边走到旁边柜子，从里头抱出一条绣花绿绸薄被，放到竹榻一头。又从墙角取过一只凫状铜夜壶，搁到竹榻脚上。胡小喜看到那夜壶，顿时有些发臊，又有些心跳。阿翠却若无其事，笑着说：“吃过后，公差哥哥就早些安歇。你若要查这宅院，明早腿好了再查。还真得多谢你呢，若没有你，我就得一个人守着这大宅院。若你的腿没崴到，我又不敢留你在这里过夜。说起来，该谢那门槛，呵呵。公差哥哥快些吃吧，腊肉饭凉了腻口。我就在后院睡，公差哥哥若有事，就大声唤我。”

阿翠抿嘴一笑，随即转身出去了，脚步沙沙绕过前厅，再听不见了。胡小喜则愣在那里，心里大感失望。

新曹门内，靴筒巷里，黄瓢子和妻儿四口人围坐桌边，正在吃饭。

黄瓢子三十出头，生得矮矮壮壮，一张宽扁脸，下巴上弯，皮肤又晒得红褐，像个木瓢一般，众人便给他起了这个诨号。叫得久了，都忘了他的本名。

他是个彩画匠，不过是彩画七门中最低一等的黄土刷饰。以黄土矿料研磨做涂料，刷时边缘配少许白粉或黑漆，只用于低等房宅、廊屋、散舍、厅堂、门楼、凉棚等处。因此，比起其他六门，要低微许多。

这几天，他刚去一户人家刷饰了一栋旧宅，寒食清明都在忙活儿，节都没回家过。那宅子房舍多，得了几贯工钱。他特地裁了半匹新绢，给妻儿换春衣，又买了些羊肉菜蔬，让浑家阿菊好生烹制了七八样菜，摆了一满桌，一家四口欢欢喜喜坐下补过节。他家只在正月间吃过羊肉，瞧着妻儿乐得眉开眼笑，他心里极慰足，总算没白做个丈夫和父亲。浑家阿菊还拿了三十文钱，让大儿出去给他打了半角中等酒回来。他小呷了一口酒，细细一咂，醇劲冲脑。又夹了一块炒羊，慢慢一嚼，满嘴油润鲜肥，畅美之极。他不由得嘿嘿笑出了声，妻儿听见，也跟着一起笑了起来。

四口人正在欢吃欢笑，外头忽然有人敲门：“瓢子哥在家吗？”

黄瓢子没听出是谁，忙放下筷子出去开了门，门外一个年轻男子，黑巾白衣，眉眼俊逸，手里摇着把团扇，浑身没半点安分，是作绝张用。

黄瓢子惊了一跳，他早就听闻张用大名，不过直到去年年底，张用在城南红绣院造一座绣楼，边上厨房和凉棚叫了黄瓢子去刷饰，因此才有机缘认得。他忙点头拜问："张作头？"

"瓢子哥在吃夜饭？"张用朝里头堂屋瞅了一眼，笑着径直走了进来，回自己家一般，往堂屋大步走去。黄瓢子忙关上院门，跟着张用走进堂屋。张用走到桌边，嘴里问候着："瓢子嫂嫂好！两个小瓢子好，大伙儿都好！"眼却瞅着桌上的菜，"正巧饿了……"说着便伸出手，从羊肉盆里拈了最大一块肉塞进嘴里，边嚼边大声赞叹，"瓢子嫂好手艺！这豉酱用得好！嗯……还用了盐梅除腥，我再尝尝——"他又拈了一大块，继续大嚼，"桂、椒压膻，葱、韭起味……还放了些饴糖和味，对不对？"

"张作头竟比那些正店里头的茶饭博士还精到！"阿菊早已站起身，睁大眼惊叹。

"你这肉里加上盐，总共才用了八种味。上回品香馆的吴盐儿烹了一道鲜蹄脍考我，里头有十九种味料，倒是考倒了我。我只猜中十八种。她切了几片香橙在汤水里略熬了片时，借了些香气，我却猜成了桂皮。"

"吴盐儿？莫非是'念奴十二娇'那个馔奴？蹄脍里头熬香橙？天娘娘，这些人精贵到这地步？咱们连听一听的耳福都没有。"

"这饼子也好！"张用抓起一张新烙的羊脂韭饼，大口嚼着说，"忘了正事，瓢子哥，我有件好事寻你。"

黄瓢子一直愣在一旁，半晌才回过神："哦？啥好事？"

"救人。"

"救人？"

"碾玉典家二儿上吊死了，你也去拜祭过吧？"

"嗯……"黄瓢子有些迷惑。

"不止典家，彩画五装领头那几家，彩画史家、杂间黎家、青绿孟家、解绿夏家都触了霉头，怕都要出事，你愿不愿意去查探查探？"

“我？”黄瓢子睁大了眼，不由得扭头望向浑家，阿菊站在桌边，手里攥着箸儿，也是满眼惊怕。

张用却仍笑着说：“京城各行，你们彩画行彼此最亲善，你又常衬他们的光。这回若救得到他们，往后岂不是更便宜？”

“哦……”黄瓢子蒙然点了点头。

第九章 绒线铺

出新意于法度之中，寄妙理于豪放之外。

——苏轼

于仙笛先去了绒线铺子。

燕燕说那天清早，她让丈夫帮她买些绿丝线，典如琢晚上回来将线团丢给她，便进了画室。由于当时怄气，燕燕回到卧房，随手将那团线丢到了针线篓子里。说起这件事，她才过去将针线篓子拿了过来，从里头找出那团绿丝线。可拿在手里一瞧，她顿时呆在那里，眼里滚下泪来。于仙笛忙看那线团，那并非一整团线，而是几束用一根白绳扎在一起，有鲜绿、翠绿、草绿、青绿。

燕燕抹着眼泪说："他问我要几分绿，说彩画里头绿由深到浅分大绿、二绿、三绿和绿华四品。我说不清，只说二绿和三绿中间的绿，他忙着出去，我以为他心里不耐烦，谁知他竟记着……"

于仙笛听了，心里也一阵伤叹，忙问燕燕常日在哪家买丝线，燕燕说自己从没去买过，都是大嫂的使女阿青去买，大嫂只让她去西水门内便桥边的何家绒线铺。她不知道典如琢是在哪家买的。于仙笛跟燕燕讨了那团线，决意先去丝线铺打问打问。

典如琢的徒弟施庆说，他们那天做活儿的宅院在西城万胜门外，典家又在金梁桥，万胜门和金梁桥正好是一个矩形对角。典如琢回家，进万胜门后，既可以沿大街直行，再往南拐到金梁桥；也可先往南到便桥，再沿汴河向东到金梁桥。

于仙笛便骑着驴子先到了便桥，桥南边沿街都是丝线布帛铺子，他挨着寻过去，果然瞧见一家门前立的木牌子上写着“何家绒线锦帛”，便拴了驴子走了进去。店里只有个中年妇人。

于仙笛取出那团丝线：“这位大嫂，请问这丝线可是在你这里买的？”

那妇人接过线团瞧了瞧：“是。这丝线倒是各家都有，不过这白绳是我扎的，应该不差。这位相公问这个做什么？”

“我是来问个人，上个月初八那天，是否是一个年轻男子来买的？”

“上个月？我这里每天主顾进进出出的，哪里记得住上个月的事？”

“劳烦您再细想想，那人二十三岁，生得清瘦文气，穿了件旧青绸袍子。”

“记不得。”

“那大嫂记不记得一个叫阿青的女孩儿，常来您这里买丝线？”

“在彩画典家做使女的阿青？她我怎么不记得？爽爽利利一个女孩儿——哦！我记起来了，上个月月头上，是有个年轻相公来买绿丝线，都快傍晚了，他进来先问阿青是不是常在我这里买丝线。我说是，他才说要买绿丝线。我取出线样儿让他选，他比照了半天，才选了这四样绿。我当时还暗暗想，一个男人家还这般细细琐琐的。”

“他当时神色瞧着如何？”

“冷淡淡、拘谨谨的。”

“他可吃醉了酒？”

“没，好端端的。他买了线出去时，见那把扫帚倒在门槛边，还帮我捡起来靠好了。”

于仙笛一听，忙望向门边，那里果然斜靠着一把竹扫帚。他心里暗想，至少买这丝线时，典如琢既没有吃醉，也尚无轻生之念，否则便不会如此细心挑选丝色，更不会去扶起这扫帚。

程门板骑着驴子回到家里，累得腰腿麻木，脸更沉得生铁一般。

才走到街口，便一眼瞧见妻子于氏立在店门首灯笼下，清清瘦瘦，一枝秋风孤菊一般，正朝这边望，自然是在候他。他这时最受不得妻子关切多语，好在于氏远远一望见他，略一怔，随即便转身进去了。虽然隔得远，却仍能觉到那目光似乎有些怨。自然是清早冷淡了她，仍在计较。他想，也好，自己正一个字都不愿多说。

他先去对面车马铺将驴子还了，而后拖着疲躯走进了自家店里，九岁的女儿牵着三岁的弟弟站在后门边，一见他，女儿怯怯唤了声爹，便转身跑进后院去了，儿子则笑着朝他颠颠奔过来。他除了板起脸立威严，至今不知该如何做个父亲。女儿自小就有些怕他，从不敢凑到身边。儿子却毫无知识，欢叫着爹，扑过来一把抱住了他的腿，他只得伸手摸了摸儿子头顶。儿子却拽住他的衣襟，猴儿一般要往他身上爬。他有些不耐烦，但一眼瞧见儿子那憨嫩小脸，心忽然一软，俯身抱起了儿子，心里却有些抵拒。心一软，人便会软，费力树起的威严也会软塌。若没了威严，他不知自己该如何存身立世。

儿子不住摸弄着他的耳朵、髭须，他尽力避着，走进后院，见小堂屋点着油灯，女儿端着一盆水颤颤漾漾搁到了盆架上，扭头怯怯说："爹，洗脸。"他看到女儿那怯生生模样，心又一软，微点了下头，放下了儿子。女儿忙过来牵住弟弟，小声让他莫要再闹。

程门板洗过脸，回头一瞧，妻子端着饭菜从厨房里走了出来，经过时并不瞧他，轻步走进堂屋，将饭菜轻轻摆到桌上，而后背转身唤了儿女，一起进厨房去了。程门板站在廊下看着，略有些发愣，妻子从没这样过。不过他不愿多想，进屋走到桌边坐下，一瞧，一碗烧肉、一碟拌生菜、一碗肚羹、三张韭饼，另有一大盅酒。荤素匀当，肥鲜相宜。妻子总是这般，比他自己更清楚他的胃口。他呷了一口酒，抓起箸大口吃嚼起来，像是要将琐碎家事全都吞下，好腾空了心，尽快理出个头绪，想明白那桩焦船纵火杀人案。

可是今天不像往常，心思始终凝不到一处，不时要抬头朝厨房那边望一眼，耳朵也尽力听着厨房里母子三人压低的说笑声。他觉着这一向，自己似乎越来越不像自己，他不喜这般。

他一口将那盏酒全都喝尽，望着空酒杯，尽力凝神寻思案子：那焦船纵火凶手并非外来之人。那人当时一定就在那船上，而且和那一家人相熟，否则他如何在茶汤里下药，又如何能确保那老小五口人都喝下去？只要有一个人没有喝那茶汤，便会尖叫呼救，甚而逃生。看来，凶手应该是那没被烧的壮年男子。他去租船时，说自己会撑船。船自然是他划到那个僻静处，而后熬好茶汤，下了药，哄骗那五口人全都喝下，等他们昏倒，浇油烧了船。只是，他为何要杀那五口人？难道有什么深仇大恨，又为何会自杀？真是由于畏罪？

想到自杀和那只坏死眼珠，程门板心里一动，猛然想到萝卜案里那个独眼田牛。那凶手会不会是独眼田牛？但随即，他苦嘲了一声，哪里会这么巧？这汴京城眇了一只眼的恐怕有几十上百人。那萝卜案尚未结清，这焦船案又毫无头绪，自己这是头痒乱抓须。

他心里烦闷，想再吃一杯酒，想到酒在厨房里，只得作罢，抓起一张韭饼闷嚼起来。

陌生中年男子邀牛慕进了附近一间小酒肆。

两人在角落一张桌边对坐下来，那男子唤来酒保，要了一大碗蹄子脍、一盘肝腰什件儿，又叫配两碟辣瓜、醋姜，筛一角酒。等上菜时，男子龇着那对大板牙问："你一定奇怪我为何知道你在寻人。"

牛慕蒙然点点头。这些年，他除了几个同样落榜的书生朋友，难得与人结交。

"你在寻你姐妹？"

"我娘子的姐姐。"

"我在寻我女儿，也被那伙人劫走了，唉……"

"你知道那伙人？"

"嗯，那是一伙拐子，专在汴河边瞅单身女子，装作相熟，将她们骗进轿子，而后拐去其他地方。我姓范，是个贩运铜镜的行商，和京中一户人家议了亲事，携女儿来汴京成婚。途中女儿受了风寒，着了病。我便在应天府下了船，去了一位朋友家中，给女儿治病。我在京中另有一笔买卖，已和人约好，耽搁不得。我悔不该为了贪利，便留女儿在朋友家中，托他夫妇照料，自己先来了汴京。

"寒食前，那朋友从应天府捎信给我，说女儿已经痊愈，他寻了只相熟稳靠的客船，送女儿来京城。让我初八上午到虹桥接女儿。到了那天，我紧忙出城，赶到虹桥，却一直等不到女儿搭的那只客船。一打问，才知道那船早已到了，我寻见了那船主，那船主说我女儿上了岸后，有个年轻男子来接她，说是我派去的。女儿便上了那人的轿子，被抬走了。”

“你找见那伙人没有？”牛慕大惊。

“嗯。我寻了几天，都没找见女儿下落。清明那天，我又到虹桥边，正巧瞅见一个年轻妇人下船，还带着一具棺木……”

“那正是我姨姐！”

“嗯。令姨姐站在岸上，左右张望着，似乎在等人。这时一伙人朝她走了去，其中领头的是个年轻男子，他口里唤着姐姐，可令姨姐似乎不认得他。那年轻男子说是令姨姐家人雇了他们来接她，令姨姐便跟着他们走了。我起了疑心，偷偷跟了过去，见令姨姐上了他们的轿子，那具棺木也被抬上一辆太平车，罩了一张黑油布。而后一行人便沿着汴河一路往北去了。我一路跟着，一直跟进新宋门。

“那伙人在一间棺材铺前停了下来，那领头的年轻男子跟那店主说了一阵话，那店主到太平车前，揭开罩布，仔细看视了一番那具棺木，进去取了块银子给了那年轻男子。两个帮手将那棺木抬下了车，搬到铺子里。而后一伙人抬着那顶轿子、推着空太平车，继续往前，行了一段路程，又停在一间车马租赁铺前。

“那年轻男子进去唤出了店主，店主出来看视了一番轿子和车子，又取了几吊钱给了那年轻男子，年轻男子便带着帮手一起走了，轿子和车子留在了那里。我等他们走远，忙赶过去掀开那轿帘，里头竟没有人！”

“啊？”

“我亲眼瞧着令姨姐上了那轿子，一路都盯着，不敢有丝毫闪失。不知那伙人用了什么法术，令姨姐竟凭空不见了。”

“怎会如此？”牛慕瞪大了眼。

“我忙去问那车马店店主，那店主说那伙人清早赁了他的车轿，来还他的。”

“那具棺木呢？”

“我赶回到那棺材店一问，棺材店店主说那年轻男子将那具棺木卖给了他。”

“里头的尸首呢？”

“那里头真有尸首？”

“嗯，是我姨姐夫。”

“我当时便有些疑心。在虹桥时，那具棺木瞧着很沉，四个帮手一起扛都有些吃力。可到了棺材铺前时，两个人便轻轻将那棺木从太平车上搬了下去。我特地问过那店主，那店主笑起来，说他只做棺木生意，买尸首做什么？我仔细盯看他那语笑神情，应该没有说谎。这么说来，即便之前里头有尸首，送到那里时也已经空了。若不是亲眼瞧见，我自己也决计不肯信。”

牛慕听了，惊得说不出话。

于燕燕坐在窗边灯前，埋着头一直在绣那个画笔匣的套子。

她想赶在丈夫出殡前绣好它，算是私心里跟丈夫做一场送别。兰花花茎快要绣到末端时，绿线却用完了。丈夫那晚抛给她的那团绿丝线，又拿给了哥哥于仙笛去查证。她顿时有些空落，不知该如何是好，呆坐在那里，耳听着正屋那边和尚们击磬诵经敲木鱼之声，心里一阵空茫，不由得想起丈夫。

这时念及“丈夫”这个词，她忽而觉得极陌生。自己独自一个人，进到一个陌生人家，跟一个陌生男子同住一屋、同寝一床。跟他每天说的话恐怕不到十句，八个月，总共不上三千句。三千句……想到这个数目，她不由得怔怔抬起头，窗扇开了一半，月光极亮，满院浸了凉水一般。她心里默默自语，三千句，说起来也不少呢，一部《诗经》也不过三千来句吧。

七八岁时，她知道自己的名字取自《诗经》，便要爹娘哥哥们教她读《诗经》，可她家只是世代乐器匠人，哪里会读那等古经？她却是一旦生了念头，便再压不住，连饭都闹得不肯吃了。还是三哥于仙笛，曾读过几年书，通些文字，见她这般想学，便去外头求拜了一个儒士，教他读《诗经》，学了回来再转教她。第一首学的便是那首《燕燕》。她原以为那首诗必定十分欢悦，谁知道竟那般伤怀：“燕燕于飞，差池其羽。之子于归，远送于野。瞻望弗及，泣涕如雨……”

三哥细细讲给她听，说这是一首送女远嫁诗。她听了，虽然并不真懂其中意味，却也极伤心，大声说："这诗写错了！出嫁明明是离开家，为何说归？"三哥愣了半晌才慢慢说："女孩儿迟早要嫁人，嫁了人才算真有了自己的家。"她大声嚷："我不要嫁，别人家不是我家，这里才是我家！"

回想起儿时那句话，她心里一酸，泪水又忍不住滚落。父母闲谈时曾说，各人福分皆有限量，早用早尽，晚用晚享。自己生下来便受父母兄嫂宠爱，怕是早已用尽了福分，到这时，便注定要遭遇这孤凄。

哀凉之余，她心里又隐隐升起些不甘。当年三哥于仙笛教她另一首《頍弁》，里头一唱三叹："茑与女萝，施于松柏。未见君子，忧心奕奕；既见君子，庶几说怿。"三哥说茑与女萝都是藤蔓，要依附松柏才能生长。女儿家便是女萝，遇见可信可敬之君子，一生得靠，因此心里悦怿。她却立即嚷起来："自家立不住，靠别人才能生长，还不如不活呢。"三哥听了，笑着赞道："古人中也有像你这么想的，因此把《诗经》的句子都改了，《古诗十九首》有一句'与君为新婚，菟丝附女萝'，诗仙李白也有一句'君为女萝草，妾作菟丝花'。菟丝也是藤蔓，和女萝便没有了高低强弱，两个互帮互扶，同生共长。你心里是不是更乐意这般呢？"她忙用力点头："本就该这么样嘛。"

她心里默默对丈夫说：典如琢，你我既约为婚姻，便该同心共老。我不知道你遭遇了什么，你一句都不跟我说，便自作主张，撒手离开。"凄"是妻之泪，你心里既从没当我作你的妻，我又何必为你哀凄？我是女萝，你却并非菟丝，更非松柏。

她望着手里那幅绣作，心想，绿丝线用完了，花茎略短了些，就由它短吧，这不正是我这场姻缘？她从针线箩里挑出一卷浅蓝丝线，打算接着短茎开始绣花朵，这朵兰花绣完，这场情分也便终了。可刚寻到线头，拈起针要穿时，头忽一晕，随即胸中一阵泛恶，猛地呕了起来，连寻唾盒都来不及。半晌，她才喘过气，却猛然想起娘悄悄嘱咐的话，不由得呆住，低头望向小腹，心里一凉：这个月的月信已迟了几天，这一向身子也时时疲乏倦怠，莫非……

张用从黄土刷饰匠黄瓢子家出来，骑着驴又去寻另一个人。

这人是个贼，名字张用已经忘了，只记得姓毛，便随口唤他“毛毬”。两年前，犄角儿因父亲患病，回家去照料。张用独自在家，在院子里乱瞅时，瞧见娘留下的那只母鸡在鸡圈角落小窝棚里孵卵，他忽然生出个念头：母鸡孵卵，瞧着并没有其他特异，只是用肚羽保暖。人若用小火慢焙，能不能孵出小鸡来?

他不能有念头，一旦生出，便得动手。他立即去厨房寻了一个扁腹小陶瓮，里头铺了一层软絮。又想直接火烤怕会过热，便搬来个大铜盆，舀了大半盆水在里头，架在泥炉上，将陶瓮浸在水盆里，这才燃起了炭火。这间隙，他去选了十几个鸡卵，小心排放到陶瓮里软絮上，又用一块软布盖在上头。而后跑进鸡圈，顾不得那只母鸡惊叫扑腾，抓起它，伸手试它腹温。记在心里后，又跑回炉边，不住用手测水温和絮温，等絮温和母鸡腹部差不多时，将铜盆端下炉子，放到一边，盖上了笼盖。炉子上另烧起一大壶水。

等水烧热后，他又取来三根自制的细“渴乌”。东汉时，一个名叫毕岚的人曾创制一种汲水之法，将竹管去节相连，制成长弯管，用漆封胶，密不透气。一端置于河水中，另一端越过河堤，置于田地中，在出口端燃烧干草，待火灭竹冷，管内抽出气，以气引水，便可吸水而上，引入田中，取名叫“渴乌”。后世隔山取水便沿用此法，计时刻漏也用渴乌引水。张用参用这法子，用竹竿自制了许多大小渴乌，用来汲井水河水，甚而洒水。他家吃水从来不需挑水，只用渴乌引水进水缸里。

他那三根渴乌粗细相同，他用第一根将水缸里的冷水引至炉上烧水壶里，第二根从烧水壶接到孵卵铜水盆，第三根则将铜盆里的水引回到水缸。如此，不须手动续水，缸里凉水不断注入烧水壶，热水不断引入孵卵铜盆，里头凉却的水又不断回流到水缸。只要看住炭火，孵卵水温便能大致恒定。

他怕有疏漏，又跑进鸡圈，趴在那小窝棚边，隔着竹篾缝，探头瞅那只母鸡。过了许久，那母鸡出来急急啄了些食，饮了些水，屙了摊屎，又飞快回到窝棚里，竟用爪子将那些鸡卵一个个拨弄翻转了一遍。张用大乐，原来鸡卵要敞敞气，还得不时翻转。他忙跑回去，揭开笼盖，将陶瓮里那些鸡卵也一个个翻转了一遍。添了些炭，又趴到鸡圈里看那母鸡。

如此来来回回，竟一天一夜未睡。次日清早，鸡圈里公鸡打鸣时，他才发觉天亮了，有些困乏，不由得打了个大哈欠。但他记得这鸡卵大约得孵二十来天，那只母鸡这一整天将鸡卵翻转过四回，大约每三个时辰得翻一回。万一自己睡过去，误了更点，孵不出小鸡，岂不恼人？

他忽而又冒出一个念头：人若不睡觉，能忍几天？

他决意趁孵这鸡卵，立即验一验。白天还好过，能四处走动、摆弄摆弄其他物事、不时寻些吃食。到了晚间，四下里安静下来，即便站着，眼皮也越来越沉，头也越来越昏，恨不得一头栽倒在地。他在屋里不住走动，想起好友李度头两天曾说，前朝名臣沈括曾推演出一种算法，叫“隙积术”，将一堆酒坛一层层堆垒起来，求其体积。

而《九章算术》等历代算学中只有“刍童术”，刍童指草堆，草料为刍，山无草木为童。刍童术是求一个顶面小、底面大的四棱台体积。隙积和刍童相比，外形虽大体相似，每个酒坛间却都有空隙，如何除去这些空隙，得出堆体准确体积？

张用这时正困，给炉子里添了些炭，将那些鸡卵翻转一道后，便在地上画出一个隙积图样，开始琢磨这个算法。人在困乏中，心思极难凝结。他盯着那图，尽力让思绪聚拢。渐渐地，心趣被一点点逗起，精神也随之焕醒，全然忘了困乏，一心沉入那难题之中，不住弹响舌头，在屋里转来转去。油灯燃尽，他都没有发觉。

漆黑寂静中，一阵金属敲击声将他惊醒，是从父母卧房那边传来……

第十章　孵鸡

故乐有志，声有容，其所以感人深者，不独出于器而已。

——沈括

张用侧耳细听，那金属声是敲击铜锁的声音，有贼！

这时，远处传来更鼓声，已是四更丑时，他不由得笑起来，果然是“三更鬼，四更贼”。不过他迅即想起那些鸡卵一更时翻过一道，正好隔了三个时辰，再看炉子里的炭火也几乎要熄。他先夹了几块炭添进炉膛里，又揭开笼盖，摸黑将里头的鸡卵挨个儿翻了一道。再一听，父母卧房里那敲击声仍未停，他又笑起来，此贼蠢如斯。

他悄悄打开厨房后门，走到河岸边，那里架着一个木绞轮，上头一根吊杆上拴着一只渔网兜。他娘爱吃鱼，他自创了这个捕鱼架，吊杆头上安了一个机栝，如弓弩一般，撑开一根牛筋，扣住一只转轮。机栝连着一根细绳，系住渔网兜，垂进水里。若有鱼进网，只要扑腾挣扎，便会触动顶上机栝。机栝迅即弹开，转轮急转，将渔网兜吊起。有了这个捕鱼架，他家鲜鱼从没断过。即便冬天河水结冰，他凿开一个冰洞，仍能捕到冬鱼。

他轻轻将那只渔网兜从架子上解下来，轻步出了厨房，来到父母卧房前。门半开着，那蠢贼仍在里头撬锁。他悄悄走了进去，借着窗纸外微弱月光，见一个黑影缩在床边那只铁箱子边捣弄锁子。他轻轻走到那贼身后，张开渔网袋子，罩头兜了下去。那贼惊了一跳，登时坐倒，他趁势往下一捋，再一勒一扎，将那贼连双臂捆兜起来，那贼在地上慌乱挣扎。他哈哈大笑着跑去厨房，从炉子里引了火点着油灯，飞快回到父母卧房，拿灯一照，见那贼困在渔网兜里，仍在乱挣。他凑近一照，那贼两只小眯眼、一张圆毬脸，腮上毛茸茸生了些软须。

张用原本已近两天两夜没有睡觉，这时却精神大振。他蹲到那贼跟前，笑嘻嘻问："贼毬，想要这箱子里的东西？你若帮我做件事，我就把里头的东西送你。你若不愿，我就解你去见官。你自家选。"

"哦？做啥事？"

"陪我说话，不许睡觉——不愿做？好！我这就嚷起来！"

"我答应！我答应！"

那贼其实全然不信，张用刚替他解开渔网，他拔腿就逃。张用并不追，也不出声，只瞅着他笑。那贼奔出院子，忽又停住脚，转身走了回来："张相公，你没诳我？"

"你既知道我是谁，自然知道我最不爱诳人。我正在做一桩极要紧的事，不能睡觉，因此要你陪我说话。怎么样？毛毬，你仍不肯？"

毛毬将信将疑，但没再逃。张用便叫他一同到厨房里，搬了两只小凳，坐在小桌边。犄角儿走时，怕张用不好生吃饭，让街口食店伙计每天按时送饭菜来，昨晚送的是一盘炒羊、一碗肚脍，还有三个焦蒸饼。张用忙着孵鸡卵，只吃了两个饼。他去搬了酒坛子来，筛了两碗，让毛毬尽兴吃。毛毬似乎饿了，不一会儿就吃下大半盘炒羊、半碗肚脍，又喝了两碗酒。张用一直好奇做贼的活计，便向他询问。毛毬吃得畅快，嘴也没了闸，一件件喷唾抹油地讲起来。张用听得入迷，也再无困意，不觉间天已大亮。

张用去添了炉炭，翻了一道鸡卵，跑到鸡圈，又趴下来看那母鸡孵卵。毛毬见了，十分好奇。听张用说要孵小鸡后，竟惊喜无比，忙连声求张用让他打帮手。更说自己儿时也想过，还在被窝里用肚皮试着孵过，却从没孵出来过，反倒压破了鸡卵，挨了娘一顿责打。张用这时已经极困乏，正巴不得，便仔细教给了他。毛毬居然极尽心，定时添炭、翻卵，做得格外欢喜，更学着张用趴在鸡圈里瞅那母鸡动止，习学孵卵关窍。

张用放了心，便忍着困，继续寻思那隙积术。一直挨到傍晚，吃过饭后，终于再熬不住，不知不觉趴在小桌上便睡了过去。等他醒来时，已经是第二天上午。他出去一看，毛毬趴在鸡圈窝棚边，正扯着呼噜在酣睡。一只公鸡踩到他头上，屙了摊屎在他脸上，才将他惊醒。看到张用，他连鸡屎都顾不得擦，忙跳起来，连声道歉。张用见他如此憨诚，和自己也算同道之人，心里极爱。

两人便同心协力，一同孵那鸡卵。其间，张用如愿破解了沈括那道隙积术。而那些鸡卵，孵到第二十一天，竟然真的孵出小鸡。见到头一只鸡卵晃动起来，发出咄咄咄之声，而后，卵壳破裂，一只小鸡竟从里头湿漉漉钻出来时，两人欣喜无比，抱在一起欢跳起来。

张用如约打开了父母卧房那只箱子，里头是大半箱旧鞋，全是张用的鞋子。从他出生后，每穿破一双鞋子，他娘都舍不得丢，全都收在这箱子里，说这些鞋子是儿子生长的见证，鞋底的尘土是儿子在这世间走过的所有路。

毛毬听了之后，竟呜呜哭起来："张相公，我怎么敢要它们？这是您家老夫人的一片慈母心，您得好生留着。"哭完之后，他又求道，"张相公，我再不愿做贼了，我能不能把这孵鸡卵的法子拿去做个营生？"

张用自然一口应允。毛毬回去后果真做起了这营生，虽说十只鸡卵最多只能孵出五六只小鸡，却也有数倍之利，足以让他衣食丰足、家计无忧。张用只去寻过他两回，两人已经许久不见。

张用在五彩史家看到那块形似黑犬的石头，想起何扫雪那只黑犬，猛然醒悟，已大致猜出彩画行自杀之谜，只是需要有人相助，黄瓢子虽已应允，还需一人出力。于是他骑驴来到毛毬家，东郊一座农家小宅院。

院门敞开着，张用跳下驴子，大声唤着"毛毬"走了进去。才进院子，便听到一片小鸡唧唧鸣叫声。左右一看，两边都用一尺高竹编围起大圈栏，里头一团团、黄绒绒，全是小鸡，恐怕有上百只。张用见了，顿时笑眯了眼。

"张相公！"毛毬快步走了出来，满眼惊喜，脸越发圆胖，肚腹也鼓了出来，大毬叠着小毬。他身后跟着个同样圆胖的年轻农妇，他连声催着："快拜见张相公，咱们家这些福分全是张相公赏的。张相公，这是小人的媳妇！"

“娶妻啦！恭喜恭喜！满院都是小毛毬啦，哈哈！我今天来是有事要求你相助。”

“张相公说啥求字？这不是要折小人的寿数？您说，便是跳茅坑、钻蛇窝，小人也绝不眨眼！”

张用凑近他耳边，低声说出所求之事。毛毬听了，顿时犯起难来。

“你莫怕，这不是你往常那些鸡鸣狗盗，是增寿延年的好事，做一桩长五岁。你若帮我做成，我再告诉你一个诀窍，让你的鸡卵孵十个，便保管出十只小鸡。”

“真的？”

“又说这些鸡嘴抹漆、鸡脚穿鞋的多余话。”

“嗯……那成！”

“好，我等你的信儿。”

张用笑着转身离开，浑不管毛毬夫妻追出来留他吃饭，骑上驴子便往家赶去。事情已了，再无挂虑，他要回去制模炼铜，造那水运仪象台。

程门板坐在灯前，一直在默想那焦船案。

但目前没有其他证据，想不出什么头绪。枯坐了半晌，人也累了，便脱衣上床。他妻子一直躲在厨房里，等他睡着后才进来。虽然开门声很轻，他却顿时醒了。他没有睁眼，只听着妻子脱衣裳、吹灯、轻步过来、小心躺下。妻子身子紧靠床沿，自然是有意跟他隔开一段空隙。

他心里微有些空落，却随即想：这样也好，她原本就该恼我。恼了我，便不会如以往那般殷勤周全，我也便无须再愧负她。不过，她若想用这恼来压服我，那是一丝余地都没有。想明白后，他也便放心睡去。

今早醒来时，妻子仍面朝外躺在床沿边，他却能觉得出她其实已醒，只是在装睡，不禁有些不以为意，爬起身从床脚下了床，没有触碰妻子。他走到衣架边，见自己的吏袍和妻子的浅青衫裙挂在一处，像是两人并肩静静站着。他心里忽然莫名一动，似暖又似凉，竟有些伤感。他一向不喜这等心绪，如妇人或酸文士一般，便迅即挥掉，拿过吏袍穿齐整，又取过吏帽戴端正。一身皂黑上身，顿时又恢复了威严。他没有瞧妻子，径直开门走了出去。

洗面水、早饭自然是没有，他自己舀了瓢水，胡乱洗过脸，便出门向府里走去。左军巡使厅在开封府左侧一座小院，他走进去一瞧，两廊边站了许多人，五十来个衙吏几乎全都到齐。左军巡使顾震虎着脸，坐在厅里，主管万福立在旁边，挨个唤衙吏上前回报。程门板站到左廊下候着。身旁几个衙吏在低声私语，他越听越惊，这一向京城各类凶案竟如乱草一般齐齐冒出，每个人手头至少都摊了一两桩案子，而且大都古怪异常。仅工匠各行，便发生十来桩凶杀案。

程门板不禁有些失望，他原以为自己破了那萝卜案，又能立一大功。这时一比，顿时被比了下去。只有加力把那焦船案也尽早破了，才能勉强不输于其他人。想到此，他心里顿时烦乱起来，却又不愿让人瞧出，便硬挺着身、板着脸，像是被拆下来放错了地方的旧门板一般。

万福主管终于唤到他名字时，他略舒了口气，才抬脚挺胸走向前厅。每回见官长，他都最为难。既不愿失了自家品格，像他人一般狗谄蛇媚，又觉着不能缺了尊上敬贵之礼。这比头顶一碗水行路还难，略一不当，不是过傲，便是过卑，其间分寸，他始终把持不好。哪怕顾震一向不拘小节，十分豪爽通脱，他却仍有些局促。

他垂首躬身致过礼，顾震便问那桩萝卜案如何了。他忙将前后因果细禀一道，稍一犹豫，略过了张用相助一节。说完后，心内始终有些不安，便补了一句：“这桩案子，作绝张用出了些力。”

“张癫子？他醒转回来了？”顾震笑起来，但随即正色道，“这萝卜案里头还有些疑窦，头一个江四的死因还没查明，那个独眼田牛，也并没有十分证据断定他杀了两个轿夫。你尽快去查确凿，早些结案。”

程门板忙沉声应诺，随即又将焦船案大致讲了一遍。

顾震听了，皱了皱眉，随即吩咐：“这里头六条人命，也不能轻忽。只是最近凶案太多，府里通共就这些人手，像你这般老练沉着的更缺。只能辛苦你，两头都加紧。”

程门板听了，心里却一阵快慰，忙又躬身应诺，退了下去。走到院门边，一眼看见胡小喜和范大牙候在那里。他挺身稳步走过去，出了院门，到墙边人少处停住脚，那两人快步跟了过来。

胡小喜先抢着将泥炉匠江四的事细讲了一遍，最后说："小人跟作绝张用去查江四的尸首，作绝张用说江四死因和银器章家使女阿翠有关。小人去了银器章家，见了那使女阿翠，她并不认得江四。"

"你再去尽快查明白江四后来的行踪……"程门板听了有些焦躁，随即转头问范大牙，"独眼田牛查得如何了？"

"我去了他的住处，那房主也不知道他去了哪里。"范大牙瞧着神色有些委顿。

程门板越发焦躁："都快去再查！"

两人答应一声，忙转身各自快步走了。程门板则呆立在原地，想着那焦船案，不知该从哪里入手。

于仙笛清早又来到便桥那家绒线铺门前，却没有进去，只在路口站着寻思。

典如琢那晚回家时一身酒气，吃得大醉。他在这绒线铺买丝线时，尚未醉，那便是回去途中吃的酒。他应该不会单独在外头吃酒，是遇见了什么人？那人又有什么大原委，竟使得典如琢自尽？

于仙笛打算从绒线铺这里沿路寻过去，一家一家酒肆去问。他一向倾心老庄自然无为之道，尤其自幼习学乐器制作，头一样学的便是认材选材，不论竹木金石，都得因其材、依其形、就其质，才能器形得宜、音色天成。因此，日常处事，他难得去强求什么。然而，这回典如琢的死，他却极难委于自然、放手不管，执意想查明白典如琢死因。

这固然是为了替妹妹解开心结，但心底里，他知道自己其实是想减轻心中之疚——这个妹夫是他替燕燕相中的。他相中了典如琢能凝神专注，却忘了一条，专注之人往往易于偏执。无论典如琢死于何因，恐怕都是由于这专注脾性，钻进死角，不知转还跳脱。自己当初未能预见这一条，让妹妹新婚不到一年便遭遇丧夫之灾。这疚痛，他无论如何都难以释怀。

从便桥到金梁桥沿河一带，有数十家酒肆。于仙笛不厌其烦，挨家去细细打问。只是典如琢样貌并无特异，傍晚客人又正多，问了十几家，都没人记得，倒惹得几个店主极不耐烦。于仙笛却并不泄气，反倒觉着多费些气力、多讨些厌，心里要舒坦些。不过这个念头旋即又让他更增愧疚，不禁想起多年前那桩旧事——

他们于家视艺如命，所有子弟自三岁时便辨识各般乐器，五岁习学乐律，七岁认材，九岁起学制八音乐器，先习土、匏，次学竹、木，后学丝、革、金、石。直到十八岁，才依个人情性优长，专攻一门，并依器取名。于仙笛独爱竹乐，尤善制笛，又排在仙字辈，便取名为于仙笛。定名那天，每人得拿出一件定名乐器。

他等这一天已经太久，攒足了一口气，精选了一段从浙江余杭远购来的一等白竹，竹形圆匀、质地坚密，是霜降那天所割，竹龄已有五年，又风干了两年。他先用细沙磨去竹身青皮，接下来便得烤竹。借炭火烤软竹身，将竹管内外扳直修正。这极考火力分寸，火力过了，易烤焦竹身；火力不足，又难以扳整。他原本最善烤竹，然而烤这一根时，心里有了顾忌，烤时极小心，生怕烤焦，比常日多费了许多功夫才终于烤好扳直。之后便是定距、开孔、修孔、压孔、校音、上漆、缠线、镶玉。这些工序他早已熟得如同旧路归家，要的只是谨细。一根笛子制成，笛身秀挺，音声圆润，他大为欣畅。

到了定名那天，他父亲特地请来京城当年第一笛师鼓儿封，替他品鉴这支笛子。鼓儿封从他手中接过笛子，先细细摸抚审验了一道，连连点头，露出赞许之意。于仙笛这才略松了口气，但见鼓儿封两根食指均缺了一截，心里暗暗纳闷，父亲该请个能吹笛的人才对。然而，鼓儿封却横过那只笛子，道一声献拙，便吹奏起来。他略跷起两根残缺食指，用其余三指按住孔位，手法瞧着有些古怪，却竟丝毫不碍乐音。曲为《杨柳引》，笛声一响，便觉春风如缕、春水如碧，丝丝嫩柳拂人面，丛丛青草遍天涯。一曲奏罢，众人都齐声喝彩。鼓儿封却笑着说：“缺指人冒渎佳笛，献丑。果然碧梧栖小凤，这笛已是名家品格。不过……既然于兄要我来鉴笛，贤侄又年轻，将来路还长，我便直说了。贤侄烤竹时恐怕添了顾虑，失了常心，烤得略久了些。竹中水气被烤尽，新吹时，音色倒也清润，但竹壁如肤，亦有毛孔，失水后毛孔张大，久后水气返潮渗入，音色便要暗闷。”

他听了后，像挨了一重锤，沮丧了许久都难以释怀，不停拿废竹来烤，看似在苦练技艺，实则是在自罚。幸而被父亲察觉，及时喝止。鼓儿封听说后，也来开解他，说自己当初学笛时，也是这般，若当众吹错一音，梗在心里许久都不散。再吹到那里时，总有些忌惮，始终吹不好。后来经老师点醒，才明白，不论学艺还是为人，皆难免出错，不同者在于如何对待这错——

有一等疏懒人，错了便错了，浑不介意，更不知改过，这等人万事都难做好；另有一等利落人，错了便改，改后便进，这等人时时清朗、日日皆新；还有一等狷介人，做错一桩事，错倒在其次，更重在心病，或耻或疚，久难释怀。究其因，只是自视过重，觉着自己绝不该出错。这叫以错为牢，自囚自陷。唯有打破这自重之心，才能得解脱。

他当时听了，不由得汗流后背，自罚之心却也随之而散。那之后，他再不敢自视过重，行事处世因之松畅了许多。可这两天猝闻妹夫之死，自责自罚之心重又生出。他长叹了口气，暗暗提醒自己，这桩灾祸可悲可悼，妹夫死因也应去尽力查明，但莫要以此自囚。

想明白后，心里顿时松了口气，他又继续走进下一家酒肆。又连问了五家，依然没人记得典如琢。他并不泄气，又去了第六家，见一个伙计正坐在门外石墩上晒日头，便过去询问。那伙计一听“典如琢”，连声说记得，随即站起了身子。

于仙笛忙问：“他是和什么人一起来的？”

“没有别人，他独个儿进来的。”

“哦？”

“典二爷进来后坐到角上那张桌边，要了一角酒。我问要什么下酒菜，他呆愣愣地沮着脸，失了魂一般，根本没听见。我又问了两遍，他才说随意上两碟。他往常也和朋友来过我家店里，一向文文气气的，并不是这般模样。我也不敢多嘴，便去筛了酒，又端了一碟抹脏、一碟瓜齑。他吃过了酒，酒钱都没给，就晃晃荡荡走了。我赶忙追出去讨，他从钱袋里取出一陌钱，甩给了我。我忙说酒钱八十文，抹脏二十五文，瓜齑十文，还差四十文钱。他听了，又从钱袋里连抓了两把钱塞进我手里，随后便走了。那时天已经黑了，我忙跑到灯笼边数了数，多了两文钱，忙唤他，他却头都不回。我便没再追，回到店里一瞧，那两碟菜原式原样，一筷子都没动，酒也还剩了小半。我当时心里还纳闷，不知他遇见了啥难心事。昨天听一个老主顾说，那晚回去后，典二爷竟上吊死了。”

于仙笛听后，不由得愣住：这么说来，典如琢是先遇见了什么事，让他失魂落魄，而后才独自进到这家酒肆吃闷酒。

他究竟遇见了什么？是在哪里遇见的？

第十一章　飞龙

局方而静，棋圆而动。

——《棋经》

昨晚，张用走后，黄瓢子和浑家阿菊商议到深夜。

阿菊一向最要紧团拢人心、活络人情，这回却有些不情愿："那个作绝名头虽响亮，却成日疯疯癫癫，他的话多半不能当真。你去了那几家咋开口？说你家死人没有？这样蝎蝎蜇蜇，不是平白讨嫌？就算那作绝说的是真的，他为何自己不去，偏要指使你去？典家二儿好端端就上吊自尽了，咱们那天去吊孝，你没听见？连他亲父亲、亲哥哥都不知道他为何寻了短见。我猜一定是招了邪祟，那张用自己不敢触这霉头，却拿你当驱邪符。那五家，家家都比咱们旺实百倍，他们都敌不过这邪祟，咱们这小户薄命，躲都来不及，还有撵着去浑搅浑招的？咱们虽欠了那五家一些情分，可这些年，哪个节气咱们缺过礼数？这该报的也算报得够了。他们出一两银子，只是牛身上掉一撮毛，咱们还一贯钱，却是斩下条牛腿来。再说，他们若诚心要你好，为啥从来不教你些彩画本事，让你也升进升进？他们五彩六颜的，一家比一家明艳，你却一辈子只在黄泥里打拌。"

黄瓢子最怕惹事，本就有些疑虑，阿菊又比他更有成算，听浑家这么说，越发犹豫起来。但转念想到，父亲死得早，自己本事又低，这些年来，全仗其他六家帮扶，生计才算得了稳靠。张用若只是戏耍，那再好不过。可他说这事时，并不像说笑，反倒一再叮嘱，这事得极隐秘，去打问时，一定要小心，千万莫让那几家人察觉。万一张用说的是真事，这人命天一般，哪能不管？

他一向顺着阿菊，这回却拿定主意，不管真假，都去探问探问。阿菊死劝不住，恼得丢了句："起头拧，到头悔。你若不顾惜这家，便随你去招灾引祸！"说罢蹬掉鞋子，衣裳都不脱，上床躺倒，脸朝着墙，再不睬他。他也脱衣吹灯上了床，赔着笑让阿菊脱了衣裙再好生睡，阿菊却一动不动。他又温声劝道："我只是去探一探，又不做啥。别的不说，若不是史行首和其他几家热心出力，你我能结成夫妻，能这么躺在一张床上？凭这一条，我也不能坐着干瞧。"

阿菊却仍一声不出，黄瓢子便也不再多话，扯开被子，小心替阿菊盖上，而后躺在黑暗里睁着眼，心里翻腾不宁。他五岁便没了娘，虽然自小便随着父亲学黄土刷饰，可他心手都有些迟慢，一样活计，别人学一年，他得磨三五年。父亲过世时，他才十五岁，手艺只学到三两成。好在他父亲为人忠直重义，在彩画行里留了些善缘，人都愿意帮他。行首史大雅更屡次出面，让其他黄土刷饰匠人带携他。他跟着那些匠人做些零余活儿，继续慢慢学手艺。几年间都只够讨些饭食钱，哪里敢想娶妻成家的事？

阿菊的父亲姓何，原也是一位彩画名匠，学的是杂间装。彩画七门中，杂间装最晚出，技如其名，杂收其他四装二刷纹样手法，混糅出一套装样。只是如同烹煮菜肴，一菜一式，原本各有风味标格，若将几道菜乱混一处，势必味乱格散，难以下咽，甚而令人欲呕。因此，杂间装始终被视为杂流，难入上品，只有少数暴富炫奇之家才爱。阿菊的父亲见识却超出前辈，他主取碾玉装，上汲五彩，中鉴青绿、解绿，下收丹粉、黄土二刷，渐渐融炼出自家面貌——明润为底，饰以繁纹华彩，如同绣络美玉、锦妆彩服，虽仍有些浮艳，却焕然耀目，隐然有并驾碾玉、齐辔五彩之势。除此之外，他更有一门绝技，极擅描绘龙纹。所绘之龙矫然遒劲，几欲从檐额上昂然而腾、卷云而飞，人都唤他"何飞龙"。

五年前皇城翻造藏书秘阁，新楼建成后自然少不得彩画。这项御差由史大雅管领，召集典如磋、何飞龙及其他各门名匠，一同奉命绘饰。门额上须绘龙纹，自然由何飞龙承担。何飞龙绘制完龙身龙首，想着龙眼是全楼最醒目之处，得养足精神，一气点就，便空下龙睛，先去绘其他斗拱。那天是工期最后一天，众画匠一起忙到天黑才终于完工。何飞龙疲累过度，竟忘了点那龙睛。第二天，官家来巡看秘阁新楼，才上石阶，抬头一眼便瞅见门额上青龙缺了双睛。天颜大怒，虽未治死罪，却也将何飞龙发配到沙门岛，此生再无生还之望。

阿菊那时十七岁，母亲早已病故，家中只有一个小她五岁的幼弟。父亲在时，仗一身绝技，银钱来路不愁，又素来爱呼朋聚友、助困救穷，钱财随挣随散，不但没有积蓄，反倒欠了不少债。父亲这一去，几个债主一起来逼讨，将她家那院宅子连同家什器物全都分占去。她只能带着幼弟，去人家做仆婢，辛苦自活。

行首史大雅怜惜阿菊孤弱、黄瓢子穷寒，便亲自出面替他们说合，又召集其他几门，各自出钱出物，备办羊酒、添置家什，给两人完了婚。自此，两人才互有了倚靠，一同操持起这个家，渐渐过上这安稳时日。

黄瓢子不由得想起父亲在世时常叨念一句话："有恩不报，阴债不了；见善不行，福缘自停。"他一直活得窝窝缩缩，难得有扬眉伸头的时候。自欠了那几家的情后，越发觉着矮了一截，在他们面前始终直不起身来。这回正好一次还清，更能在人前显一次威、挣一段名。念及此，他心怦怦而跳，甚而有些激奋。心里不由得暗念：菩萨保佑，张用不是在戏耍，那几家真的要遭凶难。

范大牙昨晚翻腾了一夜。

一是因那颗大门牙时时作痛，脑仁嗡嗡跳响个不住；二则是为自己的父亲。多少年他一直盼着父亲有天能回来，可如今，自己已经长大成人，这心也刚刚死掉，再不须等谁靠谁，这人却忽然回来了。想到"父亲"二字，他心里既厌又怕，像是空房见鬼一般。他娘却欢喜得那样，这让他越发厌恨那人，更不愿见那人。

天才微微亮，他再躺不住，翻身下床，先去厨房缸边猛灌了一瓢冷水，牙痛才消了些，心头燥火也略降了降。想起那牙疼药，又从怀里取出那个小药瓶，家里没有酒，便小心抖了些药粉在嘴里，捧了一口水含着。呆立在那里，环视了一眼厨房，房子极狭窄，堆满脏破什物，余下的空地只够站两个人。其他两间卧房也都这般窄促，没有几样略值些价的物事。即便这般，也是他娘十几年辛劳，制卖了几千上万个特髻才勉强挣来。那人说他已经发迹，要接他们母子去淮南享福。娘辛苦这么些年，的确也该享些清闲了。想到此，范大牙心里一阵酸楚，又一阵恨，恨自己不成器，没能给母亲挣到富足安逸。而且，照眼下这情势，将来怕也难有大作为。这么活下去，还有什么可盼？他顿时无比灰心，垂头望着缸里冷幽幽的水，恨不得一头杵进去溺死。可这时，娘的卧房门响了，他忙收回心神，走了出去。

他娘披着件旧衫，蓬头困眼的，越发显出疲老来：“儿啊，你今天起这么早？”

“府里有公干。”

“我赶紧生火煮饭。”

“天还早，你再睡睡，我去外头吃碗面就成了。”他不忍细看娘的脸，埋下头朝外走去。

“今天一定早些回来，你爹要来见你！”

范大牙没有应声，快步走到外间打开店门，怕他娘追出来，忙闪身出去，随手关上了门，而后大步向开封府赶去。到了左军巡院，竟已有不少衙吏候在院门前，其他的吏员也渐次赶来。众人瞧着都有些异样，三三五五聚在一处高谈低论。范大牙不爱凑堆，便去对面饼摊上，牙痛，热的硬的都不敢吃，只买了两块麦糕，揪成小坨塞进右半边嘴里，小心吞嚼着，回到府院边，独自站在墙角听那些人议论。原来，每个人几乎都摊到一桩案子，而且尽都稀奇鬼怪。他听着，越发丧了气，自己只分派到萝卜案一点小零碎，且断了头绪，哪怕查出那个独眼田牛的下落，也丝毫轮不到功赏。

正在烦怨，左军巡使顾震骑马来到，神色瞧着有些闷重，不似往日那般雄壮。他下马进了府院，万福随在身后，那些高级衙吏全都跟了进去。随后，程门板也来了，仍板着脸挺直身走了进去，一眼都没瞧范大牙。范大牙独自候在外头，想着心事。半晌，见胡小喜骑着头驴子赶了过来。范大牙不想说话，只点头唤了一声。胡小喜下了驴子，也没多话，眼里却闪着亮，似乎藏着些欣喜不愿人知道。两人一起走到门里，瞧着顾震挨个分派差事。隔得远，听不清楚厅上言语，不过看诸人神色，都有些肃重。

等了一阵子，程门板领完差走了出来，听过他和胡小喜的回报，只躁躁喝了句："都快去再查！"范大牙原想着能另分一些更要紧的差事，心里大为失望，却不敢言语，只得躬身应诺，随即忙转身离开。

他边走边恼闷，自己被人这般呼来喝去，不知哪天才能舒眉展眼活几天？一时间，甚而想撂了这吏职，另寻一个活路。可默寻半晌，哪里有更好的活路？当初不正是没有其他好活路，才来应这吏职？他一阵沮丧，顿时觉着，这天地虽大，却只给他留了一道窄缝，连喘口气都艰难。可转念想到自己父亲，他又激起一股傲气：再窄再难，这也是我自家的路，并不要他来给我什么好路。

于是，他加快脚步，一路又赶到南城外砧头老孙家，到了一看，院门开着，里头不见人，便走了进去，院里静悄悄没有人声。他一眼又瞧见那张小木桌，心里一刺，忙转过头，唤了两声。一阵窸窣脚步，那个凶胖妇人从旁边小房里走了出来，一只手缩在背后，似乎藏攥着什么。她瞪着圆鼓眼上下扫了两扫："又是你？老贼虫出去寻生意了。"

"寻你也一样。"

"寻我？我啥都不知道。我只是这家里没嘴的牛、没眼的驴、没耳的狗。"

"那个田牛你总见过吧？"范大牙正没发气处，顿时提高声量唬喝起来。

妇人顿时怯了，斜翻着眼，嘴里却仍不服弱："那一只眼的闷锤子，你若想寻他，该去找阿善。"

"哦？阿善在哪里？"

"在城里一家生药铺帮工。清明那天，天黑时，她还回来过一次，那神色瞧着似乎又惹了是非。爷女两个躲在这小房里唧咕了一阵子，老贼虫让她睡一晚，明早再走，阿善却不肯。老贼虫放不下心，把阿善直送到了巷口外，我扒在院门边瞅了瞅，见一个黑影等在巷口边，跟着阿善一起走了。我一眼就瞧出来，是那个独眼闷锤子。"

"哦？阿善是在城里哪家生药铺帮工？"

"丑婆婆药铺——对了，小哥，你认得字吧，你帮我瞧瞧这纸上写的啥？"

妇人将藏在背后的手伸出来，手里攥着一张纸。范大牙接过来一看，是一张钱契，印着秦家解库的图纹，上头钱数写的是二百贯，放债人名字则是孙十七。他忙问："孙十七是谁？"

“那老贼虫。小哥，这纸上头究竟写的啥？”

范大牙心里暗惊，孙老头只是个砧头匠，修补一个砧头，不过一二十文钱，哪里来这么多钱，竟还能在秦家解库放债收利？他忙看日期，是昨天才签的。

“这是从哪里来的？”

“昨天夜里，有人敲门，那老贼虫出去开的门，我听着是个后生的声音，把这张纸给了老贼虫，说‘你女儿让我给你送这个来’，两人低声说了几句，我没听清。赶出去看时，那后生已经走了。我问老贼虫这纸是啥，老贼虫鬼绰绰的，不告诉我，贴肉揣在怀里，今早出门前又悄悄藏在了他女儿床褥子底下，一个字都不跟我讲。”

范大牙越发惊疑，随口说：“哦，是道观里祈的吉符。”

妇人大是失望，接过那张钱契，又瞅了一眼，撇起嘴：“这也要偷偷藏藏，怕我窃沾了他那指甲缝都填不满的福？老娘稀罕？”

“你将才说，阿善又惹了是非，她从前惹过是非？”

“一个妇人家，再穷也该穷死在自家房里，她却偏要去给人做奴做婢。去做奴婢，便该本本分分，她却依仗自己生得有两分颜色，装娇装怜的，白白让主人家占用了身子，怀了身孕，被主人家娘子撵出来，孩儿也没保住，生下个死胎。去年才将息好身子，又出去贴门贴户做奴婢。”

“那个田牛和她？”

“他们两个？那是隔墙闻饭香——白馋。独眼闷锤自从住进这里，一见到阿善，便直了眼，这两年口水不知吞了几缸。老贼虫心里也想着招赘了他。阿善却把自己当成娇小姐儿，一直不肯。老贼虫又宠得她金叶儿一般，也没敢强说——对了，还有一桩事，爷女两个都瞒着我……”

“啥事？”

“独眼闷锤不是有个轿夫同乡？”

“乌扁担？”

“就是他。那个乌扁担来这里寻独眼闷锤，一见着阿善，眼珠子几乎掉出眶子，我那时就瞧着这贼汉怕是要做出歹事来。去年夏天，有天傍晚阿善回来，头髻散着，裙子也破了。老贼虫问她出了啥事，她不肯说，只是哭。爷女两个又躲在这间小房里唧咕，我偷偷听阿善说是那姓乌的。你想，这还用猜？自然是被那乌扁担奸污了。老贼虫听了，当即就跛着腿冲出来，抓了铁锹就奔出院去。半晌，又浇了雨的老鸡公一般垂着头回来了。他自然是想去找乌扁担火并，可找见又能做啥？他连乌扁担的大拇指怕都拧不过，那乌扁担自然是藏在半道上僻静没人处做的这事，证见都没有，就是告到官里也断不出个一二。再说，阿善已经有过上回，这回丑话再传出去，这名声便是泼天的水也洗不净了……"

"田牛知道这事吗？"

"这个我就不清楚了，那独眼闷锤子从来不在我跟前吱半声。不过，那以后再没见乌扁担来过，独眼闷锤子也似乎再不跟乌扁担来往了。我估摸，他就算不清楚，也隐约觉察了三两分。"

范大牙心里暗惊，作绝张用看来没猜错，那晚杀了乌扁担和另一个轿夫的，恐怕真是田牛，杀因正在这里。

第十二章　姜豉

人为动物，唯物之灵；百忧感其心，万事劳其形；有动于中，必摇其精。

——欧阳修

黄瓢子早早起来，趁浑家阿菊还在睡，偷偷下床进了厨房。

他打开橱柜，最下头排了十几只小陶罐，都只有五六寸高，用油纸麻绳封着口子，里头是阿菊酱造的姜豉。阿菊厨艺极好，为帮衬黄瓢子团拢人心，她常整办些豉酱、韵姜、芥辣瓜儿，每逢年节，分送给行里帮得到他们的人。物虽轻，滋味却胜过街市上卖的。黄瓢子心想，白剌剌的不好去那几家，便取出了五罐豉酱，将自己日常背刷具的木箱子腾空，放在里头，盖好盖子，才一转身，却见阿菊立在厨房门边，唬了他一跳。

“你非要去？”阿菊盯着他。

“嗯，这是关人命的事，我撂不下。正好也把过往的恩债都给他们还了。”

“唉……也好，各欠各还，落得干净。只是你这双眼从来辨不清盐白矾青，去了莫乱张嘴，死没死人这等不吉利的话，更莫乱问。若瞅着那几家没事，问过安，就赶紧闭嘴回来。”

“我知道。我只是去探一探，若真没事，哪敢乱张嘴？”黄瓢子笑着过去，捏了一把阿菊的手，阿菊却一把甩开了。他咧嘴笑了笑，这才背着箱子出门，一路往北，朝青晖桥走去。

他想先去五彩史家瞧一瞧。一路上不住琢磨，去了史家该说些什么。自然不能张嘴就问人宅里是不是有凶事。只好说是寒食清明耽搁了，去补问个安。到时再看情形，探探口风。他嘴虽笨，脸又生得瓢子一般，却有个好处，眉梢和眼角都朝下弯，下嘴皮略包着上嘴皮，又朝上弯。因此，即便恼怒时，也憨朴朴、笑眯眯的。这笨嘴笑脸给了他极大便宜，和人搭不上话时，就尽力赔笑，人也难得嫌厌他。何况这回并不是去讨要什么，而是去行好事，并不须怕什么。

想到自己能帮到五彩史家，他心里尤其畅快。京城彩画行里，他最敬的便是大雅史焕章。十几年前蔡京升任宰相，大治门庭宅院。他府中楼阁亭台建成后，招集京城彩画名匠去绘饰，总领头的便是史大雅。黄瓢子的父亲也被唤去刷饰一些边房角墙。那时黄瓢子才七八岁，父亲带着他去开眼界。清晨进了蔡府，日出红霞之中，一抬头瞧见那宏丽正堂，他顿时惊得嘴合不拢。那哪里是彩绘？简直如几千匹销金宫锦裹成的。遍体锦纹煊烂烂，满眼彩饰华耀耀。任一椽头栱面上的一笔花纹，他恐怕一辈子都画不出。那时他才明白，为何彩画七门，五彩为王。虽然这天底下赵官家最大，但他私心里，史大雅甚至高过官家。这之后，只要见到史大雅，他都如同元宵灯会在皇城宣德楼下仰见了天子一般。更何况史大雅亲自出面，帮他做成了婚姻，这恩德如同生父一般。

不过，可惜史家生息不繁，史大雅女儿生了十来个，儿子却只有一个。史大雅盼着儿子能及早承继家门绝艺，督迫极严，儿子才学会走路，便教他习学彩画。到如今，其子功力已自不俗，气象又天然华贵，人称“史小雅”。但毕竟年轻，天资似乎也略有不及，功力比父亲尚差了许多。

至于史家上百弟子徒孙，史家祖传妙技自然不肯轻易外传，即便有灵气、悟性，肯吃苦，也得不到真传。

因此，自史大雅摔伤了手臂后，五彩史家后继乏力，已不如往昔，被碾玉典家、杂间黎家夺去了不少光彩。黄瓢子瞧着，都替史大雅惋惜，为此常被阿菊贬嘲。这时，他又不禁担忧起来，若是史家再遭些灾事，怕更是秋苗遇旱霜，难缓过气来了。不过担忧完，他又自嘲起来，史家再不济，根底家势仍在那里，就算从此衰倒，毕竟显达过许多年。自己这辈子便是拼死，也挣不到半分那等富尊。

左右寻思间，已来到了史家，院门关着。每年过节，他都要来这宅院拜望史大雅，虽说不上两句话，这宅院也远不及那些达官显贵门庭，他却都始终像寒士登科入朝堂，总是满怀欣悦荣耀。

他整了整衣服头巾，从木箱里取出一罐姜豉，又顺了顺气，这才走上台阶，抓起那镶了狮子头的铜门环，轻叩了两下。半晌都没人应门，他稍稍加了些力。这回有人从里头应了一声，他认得那声音，是史家仆人老江。老江开了门，一个精瘦老汉，一见是他，神色间顿时露出些轻慢。

“黄大郎啊，你是来望我家老东人？他前天下午拜访老友去了，还没回来。你有事？”

“没……没啥要紧事。浑家新酱了些姜豉，让我送一罐子过来，说宅里的娘子们口里乏淡时，略佐佐味、过过口。”

“上回送来的都还没动……你跑这么远路，这心意老东人如常还是要领，我就替你拿进去。等老东人回来，我会跟他说。”

老江微皱着眉，接过小罐子，望了他一眼，眼里有些嫌，又有些怜，随即便关上了门。黄瓢子立在那里，顿时有些脸红，望着那黑漆门板，只得笑了笑，转身要离开。一扭头，却见一个年轻男子骑着头驴子，慢慢行了过来，是史家公子史小雅。史小雅自幼受父亲严教，性情温驯拘谨，从不恃才骄慢，待人一向有礼。黄瓢子忙赔起笑迎了上去，躬身点头问候。

史小雅见是他，有些惊异：“黄老哥，有事吗？”

“过节没来拜问史大伯，今天得闲，来请个安。”

“黄老哥多礼了，不过，我爹出门访友去了。等爹回来，我一定转告厚意……”史小雅翻身下驴，似乎不愿多言，牵着就要进院。

黄瓢子见他神色恍惚，不似常日，心里一动，遇事的莫非是他？他忙凑上前半步，却不知该如何开口，想起浑家阿菊说过，与人攀话和蒸饭一般，最怕断了火、冷了汤，不管顺不顺理，眼里瞅见啥，拎起便说，万莫梗在那里。他眼睛急扫，一眼瞅见史小雅肩头沾着片柳叶，忙开口说：“柳叶！”

史小雅听见，回过头有些纳闷。黄瓢子忙补了句：“小官人，您肩膀上沾了片柳叶。”史小雅扭脸瞅见，伸手挥掉那片柳叶，道了声谢，随即转头唤门，一眼都再不瞧黄瓢子。这火仍断了。

黄瓢子又急急在史小雅身上扫寻，却再寻不见啥可说的话头。这时，门吱呀一声开了，仍是老江。

“老江，我爹回来没有？”

“没……”

史小雅不再言语，将驴绳丢给老江，随后快步走了进去。黄瓢子见老江没接住驴绳，忙上前弯腰抓起来递给老江，老江接过去只随口说了声谢，把驴子扯了进去，随手又关上了院门。

黄瓢子立在那里，空张着嘴，一个字都未来得及说。

于仙笛又来到便桥沿河一带。

典如琢那晚进那家酒肆前，一定是遇见了某人，生了些事，否则不会失魂落魄独自去吃酒，那个人应该正是令他寻短见的缘由。只是，酒肆还好挨家打问，若是在途中遇见的那人，又是暮色昏黑中，便无从查寻了。

他站在河边街头，有些灰心。可一想到妹妹燕燕，又不忍退缩了。人活于世，大多只为一点心念。贫者念富，病者念愈，父母念儿女安顺，妻子念丈夫一心一意……若这心念被硬生生斩断，性命之根便也随之摧折。何况燕燕连这心念断自何处都不清楚。她生性又坚执，凡事都要明明彻彻。于她而言，悬念比断念更加苦楚难熬，除非解开这心结，否则永难安宁。

想到“念”，于仙笛深叹了口气。念字是今日之心，可人心何曾有片刻停驻于今日？它由过往之念缠缚到今，又绵延至将来。如同绕丝成茧，纠搅不绝。若将这丝抽尽，人心恐怕一无所剩。正如佛家云，心为幻，莫执念。种种苦楚，到头皆空。然而，人生来即有知，有知便有念。虽然苦恼牵缠，这一点心念却是人之为人仅有之凭据。若没了这凭据，人与木石又有何分别？存活于世，又有何意趣？何况，念也并非尽都是苦，它也有乐、有美、有善。替妹妹除去念之苦，便能帮她寻回念之乐。妹妹乐了，我也才能得念之安与喜。

想到此，他不再犹豫，一路上只要见到店肆摊铺、游商走贩，便过去打问。

可一直走到昨天那家酒肆前，一丝影儿都没问到。他身心俱疲，立在路边，默默寻思其他法子。正在犯愁，昨天那个伙计从店里走出来，一眼见到他，忙问：“这位客官，您还在打问典二爷的事？”

“嗯。”于仙笛苦笑着点点头。

“昨天您走后，店里有个老常客，叫胡胖子。他说那天傍晚，瞧见典二爷在路上跟一个妇人说话。”

“哦？什么妇人？”

“胡胖子并不认得，只说那时他正巧走在典二爷后头，见有个妇人抱着个两三岁大的孩儿，等在路边。典二爷过去时，那妇人上前拦住典二爷，叫了声‘少东家’，典二爷见了她似乎有些吃惊……”

“他们说了什么？”

“那妇人唤了典二爷去河边说话，胡胖子便继续走了，并没听见他们说什么，只瞅见那妇人生得颇有些姿容……”

毛毬犹豫再三，还是打算替张用去做那桩事。

自从张用那里学到孵鸡卵的法子后，他便罢了手，没再做贼，一心一意去孵小鸡卖。起初人都笑他变成了一只母鸡，他却浑不介意。做贼能做到老？总得寻个收场。而且，他之所以做贼，是由于自小身子弱、手脚慢，其他营生都学不会，爹娘死后，再没依靠，才逼得去跟人学偷。可做了贼才知道，贼尤其得眼尖、手快、腿脚利落。为了偷些活命钱，他不知道挨过多少打。他也早已认了命，想着自己生来便是个无用之人，能挨到哪天算哪天。谁知道老天竟给他指了条生路，让他碰见了张用。

张用那法子果真奇妙，只需二十来天，一堆鸡卵便成了一群喳喳叫的小鸡，利钱能翻几倍。天底下哪里寻这等巧营生去？头一回自己孵出二十多只小鸡，他乐得几乎要大哭，生下来二十多年，做人终于有了用场。更妙的是，他的笨和慢，在孵鸡时竟成了长处。这活计最考的便是耐性。这个他最不缺，做贼时，同伙常让他把风，哪怕冬夜寒风里，他也能一蹲便一两个时辰。

那些笑他的人见他赚了银钱，都来跟他讨问。但金可送、银可送，营生不可送，这是他活命的根本，哪里能轻易传给别人？他怕张用将这法子透露出去，瞅了许多时日，并没见第二个做这营生的，这才放了心。

这孵鸡营生让他有了银钱，能安生吃饭，敢躺平睡觉，更娶了妻室。在他心里，张用如同上天派遣的活命神仙一般。昨天张用来找他，让他出力做件事。原本张用哪怕要他一条臂膀，他也愿砍下来给他。可一听那桩事，他心里顿时千百个不肯——张用要他去绑劫一个人，京城彩画行碾玉典家的长子典如磋。

自从过上这安稳时日后，他宁死也不愿再去做贼，何况是绑劫人？

张用却说，这是一桩救人命的善事。他想问详情，张用又不肯说。只拿孵鸡来诱他，说知道为何有些鸡卵孵不出小鸡来。这桩难题他已经寻思了许久，却始终找不出缘由。他孵鸡已经入了迷，一听张用知道其中秘诀，顿时动了心。再瞧张用，应该不会有什么歹心，便犹犹豫豫答应了。

可是，他只做过贼，从没绑过人，根本不知道该如何下手。张用走后，他又有些后悔了。倒是浑家提醒了他：“咱们孵鸡，十只卵最多才能孵出五六只小鸡，若能孵一只得一只，利钱不是能涨一倍？再说，张作头瞧着不是恶人，他又说这是在行善。就算他真做出什么歹事来，罪也在他，不在你。你虽没绑过人，你从前认得的那三个贼伴啥事做不出来？他们时常来借钱借物、讨吃讨喝的，哪个还过一文钱？那些钱怕是下辈子也讨不回来，正好让他们出力，替你做了这事。他们还你的情，你还张作头的情，风推水、水推舟，不是大家都便宜？”

他一听立即去旧日常聚的赌坊寻见了那三个贼伙，拉到僻静角落，说了这事。原先做同伙时，那三个人常欺他人笨，只唤他“毛尾巴”。合偷一只鸡，他只能轮些翅尖、鸡腚、鸡脚吃。等他改换了营生，三人见他发了迹，见面时脸上都撮出笑，叫起毛哥来。可这时，听到他有事相求，三人又立即嗒嘴咋舌，摆起了乔样儿：“毛哥，咱们是一窝里生的一般，你的事我们哪里能不帮？可绑人不是耍的，一旦事发，必定要进囚牢、挨杖子、刺字发配，到那时节连口馊水都没人给我们送。”

毛毬知道他们无非是想勒钱，便说旧账抹清，每人另给三百文。三人仍不松口，又继续磨，直磨到一人三贯钱。毛毬一算，三人九贯，得孵两千多只小鸡才赚得平。他有些心疼，但这事既已答应了张用，又望着张用说出那孵蛋秘诀，只能忍疼答应。不过，他深知三人品性，便坚执一条，事成后才拿钱。三人又缠了一阵，他却死咬住不松口。三人只得应允，一起跟着他寻到碾玉典家。

到了典家，其中一个装作主顾去问彩画生意，敲开了门。开门的是个胖仆妇，说典如磋出门未回。他们便坐在巷口的茶肆里等。一直等到深夜，茶肆都打烊了，典如磋却仍没回来。想着典如磋若是半夜回家，更好动手，四人又躲在巷口暗处，一直等着。那三人等得都睡着了，毛毬许久没有蹲守过，也几次倦极而盹。直到天亮，也没见典如磋回家，他以为困倦错过了，又让那个同伙去敲门打问。那胖仆妇说典如磋仍没回去。那三人实在熬不住，且白天也不能动手，便先回去了。

毛毬却忍着疲乏，继续守在那里。瞅了一整天，典如磋仍没回来。

牛慕又来到虹桥一带。

前晚那个大板牙陌生男子找见他，说瞧见一伙人骗劫了他姨姐宁妆花。更奇的是，大板牙男子虽然一路盯看，轿子里的宁妆花和棺木中的尸首竟凭空不见。牛慕起初不肯信，但见那大板牙男子满眼焦忧，说自己姓范，女儿也被那伙人劫走，想和牛慕合力追查那伙人下落。牛慕正愁找不见任何踪迹，有人相商，自然极好。可是，两人商讨了许久，都猜不透宁妆花和她丈夫的尸首怎么会凭空不见。夜深后，只得各自回去，约好今天上午在虹桥碰头，再一路仔细查寻一道。

牛慕回到家中，心里还盼着妻子宁孔雀已经回来，可一进家门，他娘便赶出来问宁孔雀的下落。他心里一阵怅闷，只得随口说宁孔雀回父亲那里暂住两天。他娘仍不住数落他，他实在受不得，逃回自己卧房关上了门。看着那空房空床，他心里越发空落，不由得又自怨自责、自伤自悔起来，可事已至此，已无力回天，只能怅闷闷脱衣睡觉。一晚乱梦纷纷，天不亮就醒来了。

他怕娘又叨嘈，穿上衣服，悄悄出了门，在外头店铺里讨了洗面汤，草草洗漱过，胡乱吃了些东西，便赶到了虹桥。

那个姓范的男子还未到，他便站在虹桥上向北岸张望寻思。那姓范的说，宁妆花是在桥东根米家客店前下的船，那伙人接着她，抬着棺材，到了桥西头的甘家面店门前。宁妆花在那里上了轿子，棺材被抬上太平车，而后一起向西去了。

宁孔雀打问到的也是这样，她还向甘家面店的那个主妇证实过。

这伙人自然是惯贼，但不知他们用的什么秘术，竟能在那姓范的紧盯之下，让轿子和棺材都变空。他望着甘家面店，默默思寻了一阵，心里一动，忽然想到一样物事——那张黑油布。姓范的说，那伙人将棺材搬到太平车上，上头罩了张黑油布。车载棺材，再常见不过，为何要罩块黑油布？姓范的一直盯着，但黑油布张起来时，便能遮住他的视线！虽然时限极短，若是惯贼熟手，恐怕足以将棺材里的尸首搬出来。而宁妆花上了轿子后，轿子那一侧壁板若是动过手脚，人从靠墙那边下去，站在街这边，也看不到！

牛慕睁大了眼睛，身子都有些颤。不过，迅即又想到，用油布遮过人眼，搬尸下车、活人下轿，都还好办。之后一人一尸又去了哪里？青天白日的，又怎会凭空消失不见？

他又急思了片刻，猛然想到：甘家面店！

第十三章　黑影

故宜用意深而存虑精，以求其胜负之由，则至其所未至矣。

——《棋经》

黄瓢子赶到了陈桥门外杂间黎家。

如今京城彩画行中，除了碾玉典如磋，便数杂间装黎百彩名头最盛。每回见到黎百彩，黄瓢子心里多少都有些不自在。

黎百彩和他的岳丈何飞龙是师兄弟，当初杂间装是由何飞龙提振起来，何飞龙漏画龙睛，触怒了龙颜，被发配海岛后，黎百彩才接过杂间装门头的位儿，广揽徒众，兴作起来。画技上，黎百彩略逊何飞龙，但在胆色上，黎百彩却几乎百无禁忌。他说既然是杂间装，便该杂收杂取，哪般好，便该用哪般。

若是早年间，彩画等级极严，哪里能由他任意妄为？但这些年，朝廷礼制纲常散乱，世风又竞逐浮华。黎百彩正逢其时，为官宦富商绘制屋宇时，只投主家喜好，丝毫不拘常规，所绘庭园极尽奢丽炫目，因而声名大盛，势头强猛。其他四门瞧着，自然都有些不乐，但彩画行五装二刷一向亲睦，众人都不好说什么，只能由他。

黄瓢子的浑家阿菊却只要一提及黎百彩，便一肚子酸恨。黄瓢子自己也时常暗叹，若是岳丈仍在，黎百彩哪里能这么得意？自己也便能跟着岳丈习学杂间装，妻小也便不须为吃一顿羊肉便欢喜得那般。不过，转念又一想，岳丈若在，自己哪里能高攀到他家女儿？说回来，这世间事真如点蜡烛一般，亮了一头，便亮不得另一头，哪里有两下里全都燃着的道理？想到此，他又忍不住呵呵乐起来。就像黎百彩，名声家业都挣到了，却连娶八房都没有生育，直到五十多岁，娶了第九房小妾，才得了一个儿。这原本是天大喜事，可儿子生下来后，黎百彩既不办酒，也不让人瞧那儿子。众人纷传他生了个畸儿怪胎。去年阿菊去黎家，在后院无意中瞅见了那孩儿，嘴眼歪斜，的确有些痴傻。黎百彩不甘心，去年又娶了第十房，那小妾居然真的怀了孕。只是谁知道又会生下来个什么？老天给了你九成九的福，缺的那一分，必定格外狠一些。

黄瓢子一路想着，不觉已到了黎家院门前。不像五彩史家，黎百彩的宅院前立着一座新崭崭黑漆门楼，是官户气派。去年黄河水灾，黎百彩向朝廷献纳了一万五千束秆草，谋到一个本州助教的小散官，因此翻造了宅院，虽不敢大用色彩，却也描青点绿、勾红涂朱，装饰了一番。黄瓢子见院门大开着，正在犹豫该不该进去，却见一个中年妇人挎着只篮子走了出来，是黎家的仆妇刘嫂。他心里暗暗庆幸，忙从木箱里取出一罐姜豉，迎了上去："刘嫂，你这是去买菜？"

"黄大郎啊？你是来寻我家员外？他才和大娘闹了一场，生气出去了，你不用进去了。"

"哦？黎员外和大娘一向和睦，怎么会争闹？"

"还不是为九娘？"刘嫂压低了声音，"上个月头上，九娘抱着小公子、带了那个新雇的养娘回娘家去了，一个月了还没回来。大娘问员外，九娘啥时间回来，员外回了句：'你干吃酱瓜闲操心，她回不回来干你盐醋？'大娘自然委屈，哭了起来。其他几个娘都在，全都护着大娘说话。员外焦躁起来，连骂带踢，闹了一场。"

黄瓢子原以为出了何等大事，却原来只是妻妾争醋斗气。

"你手里这罐子是啥？"刘嫂问。

"哦，这是我浑家新酱的姜豉，拿些来孝敬员外和夫人。"

"里头仍在哭呢，你莫进去。我替你收了。你上回送的那些芥辣瓜儿几位娘都说好，你下回再送些来。"

“好，好！”

于燕燕顿时惊住，自己怀孕了。

正院那边僧人击铙敲钹，好不热闹，她心里却一阵阵发凉。

典如琢不告而别，她也全然冷了守节之心，只想等查明白典如琢死因，便离开典家。这时却发觉，自己这一生将永陷典家，再难抽身。生平头一回，她真切看到男女之别——男人说走便走，一干二净，片缕不留，天上的云一般；女子却如地上的土，只能等、只能望、只能受，风吹来一粒草籽，一旦生了根，便占尽这片土，再难清静，更难斩除。

她低头惊望自己小腹，似乎已觉到里头有活物在蠕蠕而动，甚而不敢伸手去摸，心里又慌又怕，忙避开脸，却一眼看见桌上给丈夫绣的笔匣袋子。兰花还没绣，那花茎瞧着断了头一般，不正是这段婚姻？有始而无终。身为女子，和这袋子有什么分别？男子娶你，不过是要你替他盛装后代。他若绝了情，不但弃你如破布袋，连袋里的后代也可决然不顾。她一阵怨恨，从针线篓中抓起剪刀，颤着手握紧，要去剪烂那绣袋。剪刀尖要刺到兰叶时，却下不得手，那并非剪绣袋，而是剪自己的心。她怔望片刻，再忍不住，趴到桌上哭了起来。

哭了一阵，她心中忽而涌起一阵恼愤：我为何要哭？该哭的是你典如琢。我并非猫犬，更非物事，被人捡着收着便欢喜，被人丢弃便自伤自怜。你愿走愿丢，由你。即便能拦，我也不会拦你。我要生下这个孩子，自己好生把这孩儿抚养成人。若是女儿，我便教她自珍自爱，绝不倚靠男人。他若是儿子，我便教他守信守义有担当，绝不负心于人。

念及此，她抬起头，两把抹尽泪水，从针线篓中拣出一束蓝色丝线，拈起绣针穿好，重新拿起那绣袋，开始绣那朵兰花，心里默默说：“他负我，我不能负己心。我要绣好它，拿到灵前烧给他，让他知道，这世上并非人人都不守信，似他这般轻舍轻弃。”

不知绣了多久，外面传来脚步声。她抬起眼透过窗户望去，是阿黎引着三哥于仙笛进来了。三哥神情瞧着若有所思，应该是查出了什么。她心里一颤，轻手放好绣袋，起身迎了出去。

三哥瞧见她，眼里又是疼惜又有些忐忑，她让三哥坐下，等阿黎斟了茶出去后，才涩涩露出些笑意，轻声问："三哥，你查到什么了？"

"如琢那晚买了丝线回来路上遇见了一个年轻妇人，抱着个孩儿，在河边说了一阵话，而后如琢独自去了酒肆，吃了许多酒，才回的家。"

"什么妇人？"她心里一刺。

"不清楚，只知道那妇人唤如琢叫'少东家'。不知她跟如琢说了什么，竟让如琢……"

"少东家？那一定是这里雇过的仆妇。我去问问……"

于燕燕立即站起身，快步出了小院，想追上阿黎，可到了外间一看，已不见阿黎身影。她忙要追到前院去，可一听院子那边一片诵经声，不好贸然出去，只能停住脚。正在急不可耐，却见大嫂的婢女阿青从后边绕了过来，手里端着个托盘，上头是个青瓷碗，冒着热气。

"二娘，娘熬了些粟米粥，让我端一碗过来。"

"阿青，这家里以前有没有雇过其他使女？"她忙迎了上去。

"其他使女？我不知道。我来这里快三年了，除了阿黎，并没见其他使女。"

"你来之前，一定有其他人，你没听说过？"

"没……没有。"

"阿青，你莫骗我！你一定听说过！"

"我……我只影影绰绰听着，我来之前，是有个使女。"

"你还听见过什么？你一定要告诉我！二相公自尽那天，见了那妇人。二相公就是因她而死！"

"啊？"阿青前后望望，见没人，才压低声音，"二娘，我说出来，你千万莫说是我说的……我隐约听着，原先那个使女似乎不安分，和二相公有些……有些……我说不出口，反正不干净。这都是我乱猜的，二娘千万莫说出去！"

程门板站在河岸边，闷望着那只焦船。

坊正怕那船沉没，唤人将它拖上了岸边，斜搁在草坡上。开封府里人手正紧缺，搬尸的一直没来，那几具尸首仍摆在船板上，用两张破席子罩着。悬赏告示也已张贴在各个路口，却没有人应。

程门板心里焦躁不已，面上都有些藏不住了。坊正见他候在那里，也不好走开，便叫人搬了两块石头，拂净尘土，请程门板坐下来歇息，自己也陪坐一边。程门板见那坊正坐得无聊，几回开口想闲谈，他始终板着脸，一声不应。坊正越发没趣，坐在那里如同受刑，不住扭挪着。程门板自己也难熬，却只能熬，且要做出沉思之状。其实心像是被黑油膏腻住，哪里有分毫主意？

一直挨到午后，天阴下来，飘起了雨丝。那坊正忙站起身："下雨了！"程门板屁股早已坐麻，也站了起来："这船还是得差人轮流守着，就劳烦你了。"坊正面露难色，却只好点了点头。

程门板刚要转身离开，却见一个小厮引着个农夫快步走了过来："程介史，这个人前晚上见过这只船！"

"哦？你在哪里见到的？"程门板忙望向那个农夫，三十出头，朴朴实实的。

"就是这里！小人去城里卖菜回来，天已经黑了。经过这里时，这船靠在岸边，船上亮着灯光，帘子挡着，瞧不见里头。只听见里头有人说话。是个年轻妇人的声音，似乎是在唤爹娘喝姜蜜水，一个小儿嚷着也要喝……小人那时口正渴，故而听得极清。可又不能去讨一口喝，便忙着赶路，没停步。才走了两步，就猛然瞅见旁边这棵大柳树背后躲着个黑影，似乎是个男人。小人唬了一跳，可咱这等人嫌狗欺的草命，哪敢惹是非？于是小人装作没见，赶忙走过去了……其他的小人再不知道了。"

程门板心里暗惊，莫非这黑影才是凶手？

牛慕终于等来了那个大板牙男子老范。

他忙将自己推断急急说了出来："清明那天，我姨姐宁妆花并没有上那顶轿子，姨姐夫的尸首也没被搬上那辆太平车，这一人一尸，一定是藏进了甘家面店！"

老范听了，顿时呆住，手把住虹桥桥栏，龇着那对大板牙，惊了半晌，才连声说："对对对！那天那伙人接了令姨姐走到甘家面店前，轿子和太平车已停在那里。两个壮汉先将棺材抬上太平车，而后在车子这边展开一大张黑油布，要罩上棺材时，领头的年轻男子走过去叫住两人，指着那油布，比比画画说了一阵。那两个壮汉里外瞧着那油布，似乎是在争辩正反面。争执了一阵子，才将油布罩在棺材上。这恐怕正是障眼的法子，挡住视线，有意拖延。另外几个帮手都站在车子那一侧，被油布挡着，便能趁机将棺材里头的尸首搬走。至于令姨姐，我倒是瞧见她上了那轿子。不过，正如你所言，朝里那一侧轿板若做过手脚，便能打开，胁迫令姨姐从那边下去，而后掳进那间食店。那伙人则抬着空轿、拉着空棺，假意进城……若真是如此，那甘家面店的人便是他们同伙，至少是买通了的。走！我们这就去问问！”

两人快步下了虹桥，来到甘家食店前。店里尚无客人，只有那个看店的妇人熊七娘坐在门边，垂着眼呆望地下，愁愁闷闷的。牛慕向她先后打问过两回，瞧着不过一个寻常妇人，这时望过去心里不禁有些畏惧。

那个老范却快步走过去，径直问道：“清明那天，那个妇人和那具尸首去哪里了？”

熊七娘惊抬起头，怔在那里。

“快说！”老范又问了一遍，随即板起脸，“你串通那一伙人，劫走良家妇人，若不照实说，这就扯你去见官！”

熊七娘眼露慌意，怯怯站起身：“是那伙人做的，不干我的事，他们说，我若透半个字出去，便天天来砸我的店，让我做不成买卖。”

“你得了他们的钱？”

“……他们拿了块五两的银子，强塞进我手里，我原不要，他们逼我收下。”

“他们把人带哪里去了？”

“从我这店里穿到后门，后面巷子里有辆厢车等在那里，他们用刀逼着那妇人强推上了那车……”

“那具尸首呢？”

“也从棺材中搬了下来，抬到后面，放进了那车，车夫紧忙就驾车走了。我怕死人，没敢细瞧，只瞅见那尸首身上穿着件紫锦衫……”

黄瓢子走后，阿菊始终有些心神不宁。

她去常日那几家富户收了些衣物回来，又挑了两挑水。倒了一箩豆子，让一对儿女拣里头的沙子和草棍。她则蹲在砧板边，抓着捣衣棒捶洗起来。这家单靠黄瓢子，生计始终有些窘涩，她便常制些豉酱、辣瓜儿拿去卖，又替人浆洗缝补衣裳，略贴补一些。

她原本就胆小，自母亲离世、父亲遇事后，更加没了依仗。她先已定了亲，正待出嫁。夫家见他父亲触怒龙颜，遇了这等天祸，赶忙退了亲。

债主又霸住她家房宅，将她姐弟两个撵出了家门。她带着幼弟，站在街头，除了哭，全然不知该如何活下去。直觉得这人世真是黑茫茫一片苦海，每一脚踩下去都是无底深渊。

她想到父亲的师弟黎百彩。京城各行向来看重行内情谊，彩画行尤其仁善重义，行员之间从来都亲似一家，一直为京城百行典范。早先，朝廷沿袭隋唐旧制，常向百行任意征调货物、差遣力役。到神宗年间，各行都不堪重负，纷纷上诉求告。正是彩画行率先起头，提议每年宁愿向朝廷缴纳一定钱数，以免去强征勒索之苦。彩画行凝成一心，抱着赴死之志，又说动了几十个行团，一起上书，终于得见正力图变法的宰相王安石。王安石听后，甚是认可，随即推出“免行钱”新法，各行才得以解脱。

阿菊的父亲何飞龙生性热诚爽直，最爱惜这百年行规，一向极重同行情谊，于同门师兄弟更是肝胆相待，尤其看顾黎百彩这个师弟。黎百彩也对她父亲甚为敬顺，两人亲兄弟一般。阿菊带着弟弟去求助，黎百彩却连院门都没让进，只从钱袋里取出一块不到二两的碎银给她，板着面孔说：“若是我亲侄女，倒还好说。你这年纪的女孩儿，我若留你在家，必定要惹来许多闲言秽语。”

这是她头一回见识人间炎凉，一时间全身冰冷，嘴唇颤抖，说不出一个字。黎百彩关上了院门，她仍惊在那里。她那幼弟何奋一把从她手里抢过那块碎银，狠力扔向那黑幽幽院门，大声骂道：“黎百彩！这些年你吃我爹、拿我爹的，比这多出一百倍！这银子你拿回去喂狗，我们再穷，也是何飞龙的儿女，不是来你家讨剩饭的花子！”

她忙止住弟弟，拽着急急离开了黎家。可来到街上，再不知还能去求谁，茫茫然竟又回到自己家宅院前，却不敢靠近院门，只能坐在墙外柳树下那块青石条上。虽说那青石条又冷又硬，却是他父亲特意放在那里，晴热天，好坐着和街坊闲谈。坐在那里，好似回了家、见了爹娘一般。

她和弟弟一直坐到天要黑，幸而街坊一个婆婆过来说，素兮馆的何扫雪一向愿救助孤贫女子。她再无别路，便带着弟弟寻到那里。何扫雪听了她的身世，立即收留了他们姐弟两个，唤仆妇给他们安顿食住。

何扫雪每日要作画，阿菊自幼看父亲调色描图，常帮着研磨淘兑颜料，虽不是作画，却也不隔。何扫雪便让她替自己照管笔墨颜料。这差事原本算轻省，只是何扫雪事事极讲精洁，作画蘸笔时，连颜料碗沿儿都不多沾一点。而且，她心虽善，面色却始终有些冷，阿菊在她跟前，一个字都不敢多言语，每天都战战兢兢，生怕有一丝一毫差错，梦里都时常惊醒。

她弟弟何奋那年才十二岁，只跟父亲学了一些彩画入门浅近技艺。何扫雪说男孩儿留在素兮馆不妥当，便托了碾玉装的典如磋，收他为徒弟。可她弟弟才去了一个月，便逃了回来，说典如磋弟子上百，一个月通共没说上三句话，那些徒弟看他年纪小，又是杂间装何家的子弟，便都欺负他，只让他做些粗杂活儿，哪里能学到丁点技艺？他气愤愤说："我爹是杂间装，我也只学杂间装，便是饿死也不学其他装！"

何扫雪听了，不但没恼，反倒笑起来。她与工部一位侍郎官往来颇密，见何奋天资聪敏，又识得些字，便荐他去那侍郎官家里做了个书童。她弟弟这回如了愿，极知勤进。服侍那侍郎官几年，见识通熟了许多官府体例。蒙那侍郎官照拂，后来做了工部一名书吏。如今已经任差三四年，早已熟惯。

阿菊自己虽然衣食有了着落，却毕竟是好人家女儿，在这妓馆中始终难稳便。亏得行首史大雅做主，撮合她嫁给了黄瓢子。

黄瓢子只是一个黄土刷匠人，手艺又粗疏。若是爹娘在，绝不会让她嫁给他。但爹娘当年选了几十上百个家，最终将自己许给那户人家，说是能保一生稳靠，可最先往她井里丢石头的便是那户人家，因此，阿菊再也不信门户。成亲前，史大雅的娘子让她偷偷瞧过黄瓢子，虽然那模样有些丑，可一见到黄瓢子脸上那笑容，她心里便已取中——那是最底处的笑。

阿菊自己跌到了最底处，深知其中的苦。人在那苦中，若还笑得出来，只有两种，一种是为了向人乞讨巴结，另一种则是真的生来憨朴，再苦再难都碾压不死。黄瓢子那笑容里虽也有小心赔笑，目光里却没有讨要的饥馋。阿菊看到那目光似乎不住在说："我有，我够。"

她果然没有看错，虽然黄瓢子一辈子都恐怕难给她爹娘在时的富足，却能让她一辈子稳靠。她极知足。

成亲几年来，两口子从来没有口角，哪怕起了争执，也总能往一处想，心平气顺寻出个好主意。唯独这一回，黄瓢子不听她了。

对这人世，阿菊心里若说还有什么不平，那便是彩画行其他那几家。自己的父亲原本是里头最重情义、手艺也最高妙的一个，可如今那几家个个昌盛丰足，唯独她家，落了个破屋窄院、门户寒微。一听到张用说那几家一起要遭难，她心里涌起一阵快意。她知道这快意不好，却忍不住。她能做的，也只有不笑出来。黄瓢子却听从张用，要去解救。当年的愤怨委屈顿时一齐涌了上来：我爹落难时节，谁来解救过？我们姐弟被撵出家门，谁来看顾过？

黄瓢子走后，做起活儿来，她心绪才渐渐平复，想起当初何扫雪收留、史大雅说媒，彩画行其他家也都出钱出力，不由得暗自愧疚。但这愧疚旋即又反激出一些不平。自从受了那些恩，她像是背了块石头一般，在那些人面前，始终直不起腰身，唯有尽力设法回报那些人。何扫雪还好，她行了善，并不计较你如何待她。彩画行那几家则不同，见到她，多少都有些不自在，似乎不愿多睬她，怕她不知足又要索讨什么一般。而她，除了报恩，偏生还得时时仰仗那些人，给丈夫谋些活计。

她不由得深叹了口气，这便是穷贱的苦处。你不得不受人施舍，不得不一辈子感念。为生计又不得不始终矮着身子、厚着颜面、赔着小心，由着人把你看得越来越轻贱。最可怜，是你原非狠心歹肠之人，却唯有等那些强过你的人落难，才能让你舒一口气。

想到此，她眼中忍不住滴下泪来，忙用湿手背抹掉，不愿再多想，用力捶打起衣裳。这时，院门忽被推开，有人走了进来。抬头一瞧，是个十来岁的小厮，常日里专替人跑腿送信送物，名叫陈六，阿菊的弟弟何奋便常使陈六来送东西。

阿菊见他拎着个竹篮，忙要站起身，一对儿女已经欢叫着扑了过去，争着抢过那只篮子，嘴里欢叫："舅舅又送好吃食来了！"

"阿嫂，这是何哥让送来的桃穰酥，还有你要的磨刀石。"

"多谢！阿奋怎么自己不来？我都两个多月没见他影儿了。"

"他说官里公事忙，今天又摊上一件远差，耽搁不得，已经启程去洛阳了。"

"这么急？"阿菊纳着闷看陈六出去，回头一瞧，小儿女已经揭开篮子盖布，各抓出一块桃穰酥吃起来。

"两只馋痨虫。"阿菊笑骂着，提起篮子拿进厨房，将桃穰酥一块块取出来，搁进食盒里。桃穰酥拣完后，最底下有个黑布包，她伸手去拿，很沉，忙用两只手打开，一瞧之下，顿时惊住。

里头哪里是磨刀石？亮锃锃，竟是银铤。一锭五十两，共有六锭！

第十四章　捽盆

宁输数子，勿失一先。

——《棋经》

黄瓢子继续去访第三家，青绿孟家。

青绿装全称叫青绿叠晕棱间装，不做花饰，纯以青、绿二色，以深浅叠晕之法，或内青外绿，或外青内绿，互为映衬。画饰之后，斗拱梁柱如同碧琉青玉，极清雅莹秀。五彩、碾玉、杂间等装，黄瓢子从不敢奢想，也觉着过于繁丽，他心底里最爱的便是这青绿装，常暗暗盼着有朝一日能学到这手艺。可一门手艺如同别家一座钱库，轻易哪里入得去？年纪越来越大，这心也随着慢慢灰掉，只能偶尔白馋白羡一番。

黄瓢子曾听父亲说："心品便是艺品，有哪等人，便有哪等艺。"这话他越活越觉得有理。像他自己，一没灵性，二没巧劲，三又不善讨好别人，只会埋头吃笨苦。这土块一般的心品，能学到这黄土刷的手艺，已是满限了。而像五彩史家父子，即便立在那里不言不动，瞧过去也满眼贵气。碾玉典家则是一门雅气。杂间装黎百彩，虽然为人有些老滑，却也百灵百透，难怪能将杂间装振兴得那般煊赫。

至于青绿孟家，如今掌门的叫孟青山。京城彩画名家中，孟青山是最清静的一个。常日间，除了彩画营生，孟青山便只爱花石竹木。他在北郊陈桥门外置买了一座园子，自己种花养树，极少与人结交。恐怕正是这般清静人品，才练得出那般清逸手艺。虽然只有青、绿二色，在他手底下，却能演化出许多清趣逸境。黄瓢子曾见识过孟青山彩绘的一座楼宇，整幢楼看过去青莹莹、碧鲜鲜的，像是用青锦绿缎绣成。走近再细看，那青与绿又各有不同：朝阳一面，碧水天光一般明透；背阴一面，翠竹清池一般幽秀；两侧则晴空绿树一般翠静。单是一面斗拱，中间左右上下也都深浅有别、渐次变化，简直如同碧水青影凝冻而成。黄瓢子当时连连惊叹，青和绿，每日都见，哪里知道其间竟有如此多层层叠叠、浅浅深深变化。

每回见到孟青山，黄瓢子都有些局促，一个字都不敢多言，生怕惹得孟青山厌烦。他曾听阿菊说，岳丈何飞龙最好热闹，性情正与孟青山相反。当年何飞龙几次邀孟青山一同去欢聚畅饮，都被孟青山冷拒，令他当众难堪，因此，两人始终不和。黄瓢子不知道自己今天这般冒冒失失过去，会不会惹恼孟青山。何况，看五彩史家、杂间黎家，似乎并没有出什么祸事。孟青山那般清冷人，恐怕更不会卷进什么是非中。

黄瓢子犹豫了一阵，忽然想到孟青山的弟弟孟清溪。虽然一母同胞，两人却大为不同，孟清溪手艺远不及兄长，性情却极躁进，事事都要争出头。每回彩画行相聚议事，孟青山能避则避，孟清溪却不请自到、次次不缺。不论关不关己，都要强说几句，却极少能说得近理。又一张口，嘴角便要斜撇，人都背地里笑他是“孟歪嘴”。

黄瓢子心想，青绿孟家若遇事，怕也该是弟弟孟歪嘴，不如先去他家瞧瞧。两兄弟家其实在一处，孟歪嘴好酒好赌，不置家业。孟青山只得帮扶他，将自己那座园子分了几间房给弟弟，出钱替他娶了亲。又嫌弟弟成日呼朋聚友，不得清静，索性起了道墙，给弟弟隔出一个小独院。

黄瓢子提着箱子一路来到陈桥门外，寻到孟家那座宅院。东边青瓦粉墙围着一大座园子，里头花木葱茂。西边角上窄小一座院子，墙皮斑驳、门漆剥落。两下里对照，像是人穿了件雪白长衫，腰间却系了个脏布破袋。

黄瓢子走到小院门前，轻轻叩门，半晌，门开了，却是一个年轻妇人。一张大宽脸，眼珠子圆瞪瞪的，左边颧骨上一片青瘀，孟歪嘴的娘子马氏。这妇人在彩画行极有名，心气极高，性子又刚强，自从嫁了孟歪嘴后，百般不如愿，夫妻两个时常吵闹厮打。她颧骨上那片青瘀恐怕又是孟歪嘴打的。

“黄瓢子？啥事？”妇人气横横问。

“孟二嫂好，孟二哥可在？”

“没在！”

“出去做活儿了？”

“老娘哪里知道？”妇人说着就要关门。

黄瓢子忙取出一罐姜豉：“这是我浑家才酱造的姜豉，让我送一罐给二哥、二嫂，闲时略过过口。”

“你们两口儿总是这么有心，连我这歹命背时货都常记着。”妇人神色顿时和缓下来，眼圈不禁泛红。

黄瓢子瞧着，心里一阵恻怜，又混着些自叹，我们夫妻两个竟也有被人感戴的时候。他怕马氏真的滴下泪来不好看，忙转过话头：“隔院孟大哥不知可好？许久没拜问过了，又怕搅扰他。”

“伯伯他善人得善报，其他都好，只除了我家那贼骨头时常让他不安生——”妇人眉头又拧了起来，“那贼骨头灌黄汤灌成了鸡爪风，画刷子都拿不稳，却整日痴想发迹。这一向又疯症起来，燎毛赶屁，想入《百工谱》。连伯伯那等手艺都不敢想，他却歪扯着那张尿泡嘴，指天戳地夸口。这两天不知又去哪里赶丧挺尸了，只愿老天收了他，从此大家都清静！”

黄瓢子不敢再接话，小心赔着笑，道了声别，忙转身离开了。

范大牙忙离开砧头老孙家，往城里赶去。

那萝卜案中，张用推断杀乌扁担和任十二的是独眼田牛，却不清楚动因。照老孙头浑家所言，田牛中意老孙头女儿阿善，阿善又似乎曾被乌扁担强暴过。杀因恐怕正在这里。那妇人又说清明那天天黑时，阿善回过家，却不肯过夜，神色瞧着有些不对。独眼田牛又在巷口等她，两人莫非在合计报仇？当天夜里，乌扁担和任十二便被杀了，这应该不是巧合。

昨天晚上，阿善又托人给她爹送来一张钱契，竟有二百贯，这么大一笔钱不知又从哪里得来的，这里头怕还有其他隐情。范大牙原本觉着这差事太过琐屑，不值得跑腿，这时又有些动心了。

他一路赶到丑婆婆药铺，寻见了那个姓林的管账。那人去年打了一桩官司，还请了讼绝赵不尤替他诉讼，是范大牙经的手，因此认得。

“林主管，你店里可雇了个叫阿善的妇人？”

“嗯，不过她已走了。”

“走了？啥时候？”

“走了有一个多月了。”

“一个多月？！她去哪里了？”

“她说有个财主雇她。”

“哪个财主？”

“她没说。”

“她在你店里时，有没有一个独眼汉来寻过她？”

“是有个独眼汉，来过许多回，不过他并没寻过阿善，只在我店前头探头伸脑瞅阿善。我问过阿善，阿善却说不相识。那神色瞧着却并不是不相识，还有些羞恼。我见她不愿见那人，便出去喝走了那独眼汉。那独眼汉涨红了脸，赶忙走了，看着倒不是那等泼皮无赖。那之后，便再没见过他了。”

“多谢……”范大牙犯起难来，这线头又断了。临转身之际，他忽然想起来，从怀里取出那个牙药瓶：“林主管，这治牙疼的龙骨粉你店里有吗？卖多少钱？”

林主管接过去，打开瓶塞嗅了嗅：“这药大些的药铺都有，这里头只有小半瓶，我店里满瓶是三十文钱。”

范大牙一听，越发懊闷，果然着了建隆观那道士的骗。

毛毬终于瞧见一个男子穿进巷子，走向典家院门。

那男子三十来岁，身穿青锦褙子，看那身形步履，像是回家的样儿。正巧一个孩童从巷子里跑跳出来，毛毬扯住孩童，低声问那人可是典如磋，孩童点头

“嗯”了一声，毛毯忙快步赶了上去。可他从没绑过人，何况大白天，那三个同伙又不在。慌急中不知该如何办，只知道典如磋一旦进了家门，便再没机会。情急之下，他高声唤道：“典大官人！”典如磋离院门只有两三步，听见后停住脚回转身望向毛毯，面容肃郁。

“你可是典如磋典大官人？”

“是。你？”典如磋被直呼姓名，微有些不快。

“我……我知道你家二官人的死因！”毛毯刚才在巷口茶肆里坐等时，打问到典家二儿典如琢上个月莫名其妙自尽，紧忙中想到了这个借口。

典如磋果然一惊，盯着他，却没有出声。

“我知道，我全知道！”毛毯加重语气。

“你是什么人？”

“你莫管我是什么人，我只问你，你想不想知道你家弟弟的死因？”

“你真知道？”

“那是当然。你若想知道，就跟我来！”毛毯见这借口生了效，心里顿时有了些底气。

典如磋犹疑了一下，随即微点了点头。毛毯忙转身引着他朝巷子外走去，边走心里边急急思寻，该引去哪里才好下手。可这金梁桥一带尽是人户店铺，哪里有僻静之所？何况典如磋身量长大，比自己高出半截，自己一个人哪里应付得过？走到巷子外，看大街上人来人往，更是没了主意。

“你带我去哪里？”典如磋忽然问。

“嗯……这里人多，不方便说话，得寻个僻静处。”

“我有个地方。”

“哦？那正好。”

典如磋转身朝西边走去，不再言语，毛毯也正不愿多话漏风，忙快步跟着，心里偷乐：这是他自己挖井自己跳，可不干我这扛锹的。

典如磋引着他走了一小段路，而后左拐右拐，拐进一条窄巷。巷子里极冷清，不见一个人影。典如磋走到最里头一座院子前，黑漆门上着锁，他从腰间袋里摸出一把钥匙，打开锁，推开了门。里头院子里堆满了木料砖石，堂屋门大开，里面空荡荡，看来正在翻建整修。毛毬看了越发窃喜，哪里有比这更好的绑人之地?

典如磋回头示意他进去，毛毬忙抬脚跨进门槛。典如磋随后进来，回身关上院门。毛毬朝院子里扫寻，一眼瞅见木料堆边搁着一把铁锤，忙走过去，俯身去抓那铁锤。手刚摸到锤柄，后脑猛然挨了一重击，一阵剧痛，顿时趴到了地上。他痛叫着忙滚身扭头去瞧，却见典如磋手里紧握着把铁锹，面色冷青，盯住他沉声问：“说，你都知道些什么？”

典如琢出殡那天，那个使女竟上门来吊唁了。

当时正要起棺，于燕燕跪在棺木前，大伯典如磋扶着父亲典白玉站在一边，典家的大小徒众全都跪在庭中。众人都已经哭过，只有典白玉仍在呜呜悲泣。自始至终，于燕燕仍流不出泪，更没有哭。她见典如琢的大徒弟施庆走到自己身前，抱起地上那只烧纸钱的灵盆，准备要摔。她忙低声说了句“等等”，随即从怀里取出那只画笔匣袋。袋子上的兰花已经绣好，前晚绣到最后一针，她拿起剪刀要剪断那根蓝色丝线时，她心里忽一阵隐隐扯痛，握着剪刀停在那里，竟下不得手。

三哥于仙笛打问到，典如琢自尽前，在路上遇见了一个妇人，是典家原先的使女，两人有过私情。于燕燕从大嫂婢女阿青嘴里听到后，顿时愣住。她千想万想，都没想到，典如琢竟有过这等旧情事。她心里顿时涌起一阵醋意，又杂着些鄙夷厌恶。就如自己一条最中意的新裙子，竟被别人偷偷先穿过，而且是个使女。再想到丈夫竟为这个女子而死，她心底越发翻滚起来，不知是苦是辣、是酸是咸，诸般滋味如烧如灼。那是个何等样的女子，竟会有这般夺魂戮命的本事？她忙进去告诉了三哥，三哥听后，也是一惊，但随即纳闷起来，男主女仆私情并不少见，何况已经情过事迁。那使女半道上一席言谈，典如琢为何便会自尽？那使女究竟说了什么？三哥细想了半晌，也想不明白其中缘由，只能安慰她：“妹婿一向心重，或许只是一时心智昏乱便寻了死。你不必再过于执着，好生爱惜身体，等孝期满了，咱们再商议去路。”

她不愿三哥和家人担忧，便强笑了笑，送走了三哥。可这心结却越缠越紧，实在受不得，她从后边绕过去，寻见了大嫂，偷偷问那使女旧事。大嫂一听，面色大变，随即悄声问：“你从哪里听来的？这事可不好四处宣扬的，原不过是主子奴婢那点旧茧儿，这时说出去，倒会惹来许多乱叨嘲，坏了咱们家的名声。那时两人都正在发春的年纪，免不得背着人偷些腥、尝点鲜，后来把那妇人也撵走了，并没有其他缠扯。你万莫乱想！”

她却哪里停得住，仆妇阿黎过来送饭时，她又抓住阿黎问。阿黎也先是一惊，随即笑起来：“咄啰啰，您连这竟也能打问出来。嗐！您也是过于多思多虑了。这汴京城，但凡稍有些家底、雇得起奴婢的人户，哪家没几桩偷云摸雨的事？饥馋了吃口肥羊肉一般，抹抹嘴便揩净了，哪里有那么多油汤滴水的？”

“那个使女叫什么？”

“您就莫再乱打问了，这里头也没啥好打问的。不过是关门吹灯，你男我女、你投我送那点子老荤话儿，再说都已经过去两三年了，便是拳头大的枣子，也早枯成渣了，还能有啥可嚼的？二相公过世，您不哭不痛的，老相公已经一肚子埋怨。殡都还没出，您又起兴挖刨那些陈年烂谷子，再让他知道，连我也要撵了。”

阿黎慌忙走了，于燕燕却像是被钉住了一般。虽然什么都没打问到，但阿黎几句村俗言语间，那使女顿时像是立在眼前，活生生起来，更似乎撩眉搔首在嘲笑她。她心里如同有把剪刀不住在戳、在搅，又痛又愤，烦乱到半夜。实在躺不住，才猛然坐起身，黑暗中恨骂自己：于燕燕，你竟落到这等地步，为一个从没认真看待过你的男人、一个乱了主仆规矩的使女，竟煎熬得这样。你这颗心从小被父母哥哥们爱惜宠护到如今，你便是不顾惜自己，也该时时念着他们的心血，莫要再徒耗在这些不值、不配的人事上。

她下了床，点起了油灯，取出那画笔匣袋，如同奋力脱去负赘一般，咬牙将剩下的兰花花瓣绣完，而后握着剪刀，怔望了片刻，觉着那兰花也在冷冷暗嘲她一般。她狠力一剪，剪断了丝线，而后站起身，对着那株兰花，默默说：“典如琢，你我情分到此终结。从此，你是你，我是我，你我再无相干。”

今天出殡，她将那笔匣袋子一直揣在怀里。要摔灵盆时，她忙轻声唤住，不管众人目光，取出那绢袋，起身到蜡烛前点燃，而后拈住袋角，定定看着火焰将那朵兰花噬尽。身心随之一轻，典如琢留在她心底里最后那点牵系，也化为了青烟。

正在这时，那个妇人从院门外走了进来。她一身素衣裙，提着一摞纸钱，微低着头，绕过地上跪满的徒弟，径直走到灵盆边，瞧了一眼于燕燕，目光似乎有些哀悯。但随即便垂下眼，将那摞纸钱燃着，轻轻放进盆里，默默看着烧尽，才直起腰身，扭头望了一眼棺木，定了片刻，随即转身离去。她始终微垂着头，一眼都不瞧周围的人，像是从荒径穿过一般。

于燕燕有些纳闷，抬眼一瞧，见公公和大伯都瞪着那妇人的背影，目光又怨又恨，更有些惊惧。她心里一颤：难道是她？

她忙扭头去望，那妇人却已出门不见了。这时，主丧人高唤了一声："摔盆！"施庆忙端起那只灵盆重重摔碎在庭前，砰的一声，碎陶片飞跳，纸钱和笔匣袋灰烬四处飘散。主丧人又唤了一声："起棺！"八个徒弟早已准备好，一起扛起了棺木。

于燕燕心里慌乱，忙避到一边，婢女阿青凑近她，低声说："二娘，将才那妇人就是那个使女……"

第十五章　善

与其恋子以求生，不若弃子而取势。

——《棋经》

黄瓢子觉着自己似乎是被作绝张用戏耍了。

他连走了彩画行三家，都没发觉什么不妥，更没有什么自杀凶事。这让他有些不舒坦。被戏耍倒在其次，看那几家都没事，他竟有几分失望。觉察到这心思，他顿时又愧又怕，忙望向四周，路上并没有人瞧他。他暗暗自责起来：你难道盼他们出事？

从小到大，他始终觉着自己虽然笨，却至少还是个良善之人。见着比自己高强的，虽都自然赔着小心，却也尽力让自己不谄不妒。这时一眼瞅见自己心里竟藏着这等恶念，他不由得打了个寒战。像是在平地上走着走着，忽然发觉脚底竟是一片薄冰，轻意一踩，便会踏裂，下头则是无底黑渊。以往，看到人行恶，他始终纳闷，同样是人心，这人为何会坏到这地步。这时他才发觉，坏的绝不是一些人心，所有人心恐怕都是这般，常日里只是用薄薄一层皮包藏着，外头瞧着都是良善之人，一旦有事戳破，里头全是黑水。

想到此，他后背一冷，不由得停住脚，怔望向四周往来的路人。这些原本好端端的人，竟都变作了裹着人皮的恶鬼一般，而这街市、这人间，也顿时变作寺壁上画的地狱。他连连打几个寒战，心底里又慌又怕，手紧紧攥着木箱提绳，像是攥着救命绳一般。

这木箱是他父亲留下来的，提绳早已磨光，在手心里甚而有些打滑。他不由得想起少年时，跟着父亲去做活儿，他总是争着背这刷具木箱。

那时身量矮，肩挎提绳，木箱几乎要拖到地上。父亲得了钱，也放在这木箱里。有回得的钱多，他几乎背不动，心里却极欢喜，大声说："我要赶紧学好手艺，也要挣许多钱。"

父亲听了笑着说："挣钱可是世上最苦的事，人辛苦挣钱时，和牛马并没分别。里头若没有善，便只是受长罪，如那牢城营里的囚犯一般。"

"善是啥？"

"善是欢喜。这世上挣钱的法子有千千万，任一样手艺学好了，都能挣钱。可能让自己欢喜的，却不多。就如我这黄土刷营生，在彩画行里虽是最低一等，却能让我欢喜。我研磨涂料时，磨得细、调得匀，心里便欢喜；一堵糟土墙，刷得匀整鲜明了，瞧着更是欢喜；墙刷得好，顾主给钱给得欢喜，我拿钱也拿得欢喜；得了这钱，让你和你娘饱暖不愁，那更是大欢喜。有了这些欢喜，做活儿挣钱便不是受罪。一样营生，于己于人，处处能得些欢喜，便是善……"

想起父亲这番话，他忽然若有所悟：做人做事相通，人心己心，也都一样。但凡是人，生来恐怕都带着些恶。只是，起心虽同，归心却异。归于善，便善；归于恶，便恶。恶是苦，既苦己，又苦人；善是欢喜，自己欢喜，别人欢喜。

想到这里，他心里顿时一松，不由得长舒了一口气，咧嘴笑了起来。心想：有恶念不怕，只要能归到善处便好。眼下并不能断定作绝张用真是在戏耍，彩画五装，碾玉典家不须去，只剩解绿夏家。夏家和别家不同，一定得去走一遭。无事最好，若真有凶事，能帮则一定要帮，其他不必多想。

于是，他挎起箱子，大步朝解绿夏家走去。

和青绿装相比，解绿装多一层土朱色。先用红料刷底，边缘用青绿叠晕装饰。近年来，解绿装也效仿五彩、碾玉等装，绘制一些花饰，叫作"结华"。如今解绿装手艺最高明的是夏升。夏升今年不到三十岁，最擅用红、绿二色，红者明艳如蕉花，绿者鲜翠如蕉叶，因此人都叫他"夏芭蕉"。

夏家最为人称道的却并非夏芭蕉，而是他娘盛氏。夏芭蕉六岁那年，他爹做活儿时，不慎从楼檐上失足摔死。夏芭蕉那时年幼，还没来得及学彩画手艺，他家祖业原本便要从此中断。谁都没料到，他娘盛氏自嫁入夏家后，一直留意丈夫做活儿，从颜料选矿、研磨兑色，到画艺技法、通体配色，全都记在了心里。她便凭着记忆教导儿子学彩画，不到十年，竟教得儿子学成了一手绝艺。她更仔细揣摩五彩、碾玉和杂间装，将“结华”技法引入解绿装，让儿子超迈父祖，卓然自成一家。

为了让儿子在彩画行立足，她又竭力团拢几大名家，求他们提携。她为人活泛，话语甜巧，那几家又念着他们孤儿寡母不易，都尽力帮扶，连那年宫中秘阁绘饰彩画，也招了夏芭蕉同去。才两三年，夏芭蕉便已在京城彩画行稳稳立住脚。解绿装那些老手名匠瞧着他结华技法新鲜夺目，反倒都来向他求教。人靠人推，名借名重，无形中，他隐然成为解绿装第一名匠。盛氏怕儿子自骄自满，一直严加管束。儿子交什么人、接什么活儿都得先经由她相看取舍。她家虽早已不愁钱粮，又娶了儿媳，仆婢也雇了几个，儿子一饮一食、一衫一袜，她都仍要亲自照料。

黄瓢子浑家阿菊最仰羡的便是盛氏，盛氏也从不嫌贫爱富，见阿菊做事勤谨，也甚是喜爱。黄瓢子和阿菊当年的亲事，除了行首史大雅，出力最多的便是盛氏。

黄瓢子进了内城，来到榆林巷。进了巷子，一株大榆树旁边一座小小院落便是夏家。黄瓢子轻轻叩了叩门，半晌有人开了门，是夏家仆妇，认得。

“盛大娘在家吗？”

“出门望亲戚去了。”

“夏小相公呢？”

“小相公在里头学画呢，你有事吗？”

“寒食没来拜节，今天得空来拜问一声。”

“那你进来吧。”那仆妇引着黄瓢子走到左边一间侧房，“少爷，阿菊的丈夫来瞧您了。”

黄瓢子站在门边，摆着笑脸，微弓着身子朝里探望。夏芭蕉果然在床边一张大桌案前执笔描花，他只“嗯”了一声，并没有抬头。黄瓢子见他画的是一大朵海石榴花，花瓣极细密繁复，仅望过去，便已经眼晕。他不由得暗暗吐舌：这等精贵饭碗我是端不起。正瞅着，夏芭蕉一笔下去，似乎略重了一些，一条线画得粗斜了些。他顿时皱起眉，在那花朵上愤愤乱抹了几笔，一朵花顿时被墨涂污。随即，他将笔一丢，抬起眼朝黄瓢子瞪过来，眼睛极大，眼白又占了大多半，白刺刺的有些吓人。黄瓢子忙尽力撮着笑连声道歉。

“你来有要紧事？”夏芭蕉仍瞪着眼。

“我……来拜望盛大娘。”

“她出门去了。”

“噢……这是我浑家新酱的姜豉……”黄瓢子慌忙从箱子里取出两罐姜豉，他特地给盛氏多拿了一罐。

“给楚嫂吧。还有其他事吗？”

“没……没有了。”

天上飘起细雨，程门板只得闷闷回家。

焦船案那些死尸仍然不知身份，凶手更是毫无头绪。除了等候消息，他再想不出其他主意。做事总是这般艰滞，也不知是由于没时运，还是自己真的愚钝难成事，只隐隐觉得恐怕是后者。但若一旦信了，便再没气力活下去。他不敢深想，忙尽力把思绪往案子上扯，却始终凝不起神来。

独自一人行在细雨中，衣帽渐被打湿，浑身一阵阵发冷。那一家五口毙命焦船的情景不断浮现于心，他忽而念起自己家人。他从未将公事与家事牵扯在一起过，更莫论这等凶案。这时却不知为何，不由得问自己，若他们也遭这厄运，会如何？想到妻儿全都弃己而去，他心里顿时一片荒茫茫、寒漠漠。自少及长，他都极孤单，这时所感却远胜以往，心底没了丝毫依凭，如寒风里一片飞蓬，无根无援，没有归处，也无去处。

他从未料到妻儿于己，竟重如斯。心里极为震惊，甚而有些慌怕，像是猛然间被人剥光衣裤，赤露原形。他从来不愿亲近谁，也不愿人亲近他，此刻却发觉，自己与妻儿何止亲近，原本就是并枝连叶、同根共体，缺了哪一个，自己都极难再活。随即，他也发觉，自己并非不愿亲近妻儿，而是怕亲近，如同一块冰，怕靠近炉火。可身在炉火边，我为何要死死抱住一块冰？或者，我本身便是一块冰？

他心里一阵冷、一阵热，根本难以把持，身子都随之颤抖不住。快到街口时，他一眼望见那株大槐树下站着两个孩童，一高一矮，同撑着一把伞，是女儿和儿子。女儿怀里另抱着把伞，他们自然是在候他。他心头一暖，却迅即又被寒冰包住，甚而想转身避开。可儿子已一眼望见了他，立即从姐姐怀中抢过那把伞，尖声欢叫着跑了过来。女儿忙用伞替他遮住雨，也一起快步迎了上来。他不知该如何是好，见儿子跑到近前，高声叫着爹，将怀里那把伞费力举起，笑着伸向他。他脸上不住抽颤，讷然接过伞，俯身将儿子抱了起来，又朝女儿点了点头。儿子紧紧揽住他的脖颈，女儿则怯怯唤了声爹。他心里一怜，想伸手牵住女儿，但手被伞占住，腾不出来。反倒是女儿将自己的伞杆用胳膊夹住，从他手里接过伞，替他撑开，小心递回给他。他接过来，又朝女儿点了点头，嘴角尽力扯出一丝笑。女儿见到，眼里一闪，有些惊异，更有些欢喜。他越发难过，却不知能说什么、做什么，只能抱紧儿子，朝家里走去，女儿快步跟在旁边。

到了簟席铺前，妻子等在檐下，目光原本含着关切，等他走近，迅即变得冰冷。他知道那是假冷，是为了应对他的真冷。他忽然想道声歉，嘴唇动了动，喉咙却干涩难语，只能望着妻子歉然点了点头。妻子却立即发觉，略愣了一下，随即装作不见，伸手接过伞，淡淡说了句：“快去把湿衣裳换了吧。”语气里已散出常日的柔。

他放下儿子，去后面卧房换了衣裳出来，到堂屋一看，桌上饭菜已经摆好，冒着热气，妻子和儿女都已坐好等他。主位上摆着酒盅，白瓷钵里烫着一瓶酒，酒香溢满屋中。他身上心里都一阵烘暖，却仍说不出话，也笑不出，但面色已非常日那般僵冷。他低着眼过去坐了下来，抓起酒瓶斟了一盅，呷了一口，而后抓起箸儿去夹面前碗里的脯腊鸡块。儿子却忽然嚷道：“爹，箸儿反了！”他一瞧，手里的一双箸反了一根。女儿眼中顿时闪出慌怕，每天碗箸都是她摆放。他忙望向女儿轻声说：“不当事。”嘴角尽力露出些笑。女儿这才松了口气，也怯怯笑了一下。妻子坐在对面，面色先有些紧，这时也微露出些笑意。他低下眼不敢对视，却能觉到妻子目光中含着欣慰，甚而有几分感激。他心里暗暗生愧，却不知能说什么，只低着眼吃菜吃酒。

这顿饭不似往常，略有些尴尬，但更多了几分亲暖。吃饱后，他放下箸儿，望向妻子，低声说："案子没头绪，我带了证物回来，再仔细验看验看。"他已经许久没有跟妻子说过公事，妻子略有些意外，但笑着点头轻应了一声。那笑容依稀又回到新婚那年。他心里一热，忙避开目光，转身离开，走进旁边的书房，关起门后，才轻舒了口气，身心似乎轻畅了许多。

他不知道这是好是坏，略怔了怔，不愿多想，便坐到桌前，打开拿回来的证物袋，一袋袋倒出来仔细验看，看了许久，仍未看出有什么新线头，心里却已不躁不急。最后验看那个年轻男尸的证物时，他忽然发现那黄绸褙子残片上隐隐有几点污迹，凑近细瞧细摸，又嗅了嗅，似乎是油漆颜料。他心里一动，忙又查看白绢裤、青绸鞋残片，也分别有几点。

他急急思忖起来，此人恐怕是油漆匠或画匠。若是只滴到衣裳下襟、裤子、鞋面上，所涉行业不少，但连这片黄绸褙子肩背处都滴到，那便是在高处漆画，只有两种匠人，或是寺庙壁画画匠，或是楼宅彩画匠！

毛毬刚要开口，脑顶又挨了重重一锹，随即昏死过去。

等他醒来，发觉自己坐在一间空屋里，嘴被一条破布勒住，身子被捆在柱子上。典如磋立在跟前，手里仍握着那把铁锹，冷瞪着他。他忙要嚷，却被破布上头的尘土霉气呛得狂咳起来，几乎要呕，却只发出闷闷呜声。心里更是惊惶至极。

"这宅院在巷子最里头，你便是喊，也没人听见。你照实说，我便放你走，若答错一个字，便挨一锹——"典如磋冷声说罢，将他嘴里的破布扯了下来，随即将铁锹头抵在他胸口，"说，你知道些什么？"

"我啥都不知……"毛毬忙大声辩解，话音未了，胸口就被典如磋铁锹重重一捣，铁刃砍到肋骨上，疼得他顿时痛叫起来。才嚷了半声，脑顶又挨了一锹，他忙闭紧了嘴，不敢再嚷。

"说！"

“我真的啥都不知道！”刚说罢，脑顶又是一锹，敲得他脑袋一阵晕痛。他忙哀求，“典大爷，你饶了我吧，我真的啥都不知道，只听说你家二爷死得古怪，赌钱输急了，想诈两个钱花销，才想出这个蠢法子！”他哪里敢说是来绑架？何况张用只让他来办事，并没有细说其中缘由。

典如磋却全不信，又用铁锹在他胸口重重戳了一下，疼得他几乎背过气，忙要把实情说出来，但随即想到当年做贼时，那三个同伙曾反复教导他，就算被抓住，也绝不能认。一旦松了口，那些人不把你肝肠肚肺掏尽，绝不罢手。再看典如磋面色铁青、目光狠黑，一副要人命的模样，只能咬牙反复说不知道。

典如磋又连连狠戳狠敲了十几下，他体格清瘦，瞧着没有多少气力，也累得有些气喘，只得停了手。毛毯头晕身痛，哭着连声哀求。

典如磋瞪了他片刻，冷声道：“你既然记不得了，便在这里好生想想。哪天想起来，愿意说了，我再放你走。”说罢丢下铁锹，俯身过来，将破布条又勒住他的嘴，随即转身走出屋子，一阵脚步声，随即响起院门开关上锁声，之后院子里顿时静下来。

毛毯不住念着典如磋最后所说“哪天”两个字。他将我捆在这里，不知道要囚禁多少时日？越想越怕，不由得又哭起来。哭罢，想起是张用害了自己，不由得怨恨起来，想痛骂几句，却生来不会骂人，憋了许久都憋不出一个脏狠字，心里又气又委屈，只能继续呜咽啼哭。

正哭着，院子里忽然嘭的一声，惊得他立即闭紧了嘴，随即传来一个妇人痛嚷，竟是他浑家的声音。他更是惊得身子一震。半晌，才听见浑家不停呻唤着走了进来，浑身尘土，双手抱着大腹，腿一瘸一瘸的。一见他被捆着，她忙急步强挣过来，替他扯掉嘴里的破布条，又帮着替他解绳索。

他忙连声问：“你怎么来了？你是翻墙进来的？你怀着孩子，哪敢做这些莽撞事？”

“你一夜没回来，我也一晚没睡好，心里放不下，又怕你那三个贼帮手不上心，就跑来瞧你。刚好瞅见你和典家那人一起进了这巷子，我还想着你得了手，在巷子外等，过了半天，却见那人自己出来，不见你人影儿。我吓得魂儿都没了，等他走远了，才进来寻你……”

第十六章　求助

善胜者不争，善阵者不战。

——《棋经》

范大牙离开丑婆婆药铺，不知还能去哪里查问砧头老孙女儿阿善的下落。

天上飘起细雨，牛毛一般钻进脖颈，浸起丝丝凉意，牙齿又开始一阵阵作痛。他想回家去歇息，可一想娘说那人今天要去家里等着见自己，心里一阵厌拒，不由得停住脚，站在街头，怅茫茫望着匆匆路人，竟觉无处可去、无路可走。他不由得悲怨起来，做人为何会有如此多不如意，受这些烦难又是为了哪般？倒不如做一株草、一块石，无心无情，任从冬夏。

远处观音院那边传来一阵暮钟声，以往他始终纳闷，有些人百般富足，却宁愿出家，受那等清苦。这时却忽然明白佛家所言，生即是苦。但凡是人，无论再高再强，恐怕总免不得烦恼苦楚，有了这般，便缺那般。更何况如自己这等微贱之人，几乎寻不出一桩如意事来。他心里一阵灰冷，忽而极想脱了这一身吏服、剃去这一头黑发，去做一个清静和尚。但一想到那已经显出老态的娘，哪里忍心抛下？那人说要带娘去淮南享福，不知是不是又在诳娘？若是真的，我便没了牵绊，正好去出家。只是，那人家里已有妻室，娘去了算什么？那妻室容得下娘？我娘在自己家中，事事都由自己，去了那里，势必处处都得赔小心，这又何苦？

他心里七转八绕，正在起伏纠结，忽然听到身后有人唤，回头一瞧，是丑婆婆药铺的伙计，似乎名叫阿奇。

“范哥，我知道阿善去哪里了。”

“哦？”范大牙忽然想起，刚才在药铺里打问阿善时，阿奇一边招呼买主，一边不住侧耳听他和管账对话，看那神色似乎极在意阿善。

“上个月月头，有天傍晚，店里包药的草纸没了，总管让阿善去买，我也正巧去给一个官宅送药，就在她后边走。没走十来步，便瞅见一个中年男人拦住了阿善，拉着她到墙角边说了一阵子话，瞧着鬼鬼绰绰的。第二天，阿善就辞工走了。”

“那人你可认得？”

“认得，是彩画行的丹粉刷匠人，姓仇，人称仇蝇子。我原先帮工的那家药铺就是他粉刷的。不过，我瞧着阿善似乎并不认得他。”

“那人住在哪里？”

“原先似乎住在城南靠近陈桥门的白柳巷，不知搬了没有？”

范大牙听了，心头又亮起一线光，忙道了声谢，转头望城南快步走去。心里不住说：我不能让那人把娘带走，我得做好差事，尽力往上升，多挣些银钱，让娘跟着我享些福！

他一路小跑着，赶到白柳巷，问到姓仇的粉刷匠人果然仍住在巷里。他去敲门，开门的是个五十来岁的男子，身穿蓝绸褙子，身形矮胖，脸上有些纳闷，嘴边眼角皱纹却勾出一副古怪神情，似在谄笑，又有些倨傲，闪烁不定。范大牙一见心里便不舒坦，这等人他见过许多，生性势利，眼逐高低，脸色因人而异，随时变换，久而久之，生成这副模样。

“你可姓仇？彩画行匠人？”

“是。你是……”

“我是开封府公差。来问你一件事。”

“哦？什么事？”

“你可认得一个姓孙叫阿善的女子？”

“孙阿善？不认得。”

“上个月月头，你到丑婆婆药铺，拦住一个女子说话，这事你不记得了？”

“丑婆婆药铺？”姓仇的眼皮子不住地翻眨，半晌才装作恍然，“哦……你说的是那个妇人？我那天去买药，寻不见丑婆婆药铺，跟她问了问路。她有什么不妥么？”

“只是问路？”范大牙见他目光闪烁，越发起疑，“问路为何要拉她到墙角说话？有什么见不得的事吗？”

姓仇的面色一窘，随即龇牙笑起来，笑得像老油勺一般：“我听她说在药铺帮工，我家里正缺个妇人使唤，我瞧她模样干净，性情也和顺，就问她愿不愿去我家，情愿多给些工钱，她却没答应。我也便作罢了。”

“你没雇她？”

“她不答应，我哪里强求得来？”

“之后再没见过？”

“没有。”

范大牙见他死咬定了口，便没再作声，道了声打扰，便转身离开。走了十来步后，他猛然回头，姓仇的正在那里伸头张望，顿时一窘，忙龇牙笑了笑，随即转身进门了。范大牙越发认定，此人藏了见不得光的勾当。只是这等人的嘴极难撬开，除非寻见确凿铁证，否则他只会抵死不认。

他边走边思忖，却寻不出好法子，忽然想起一个人，张用。那桩萝卜案里，张用并没去凶案现场，却能猜出箍桶匠马哑子是自杀、所用匕首藏在桌板下。不如去求求张用，或许能得些启发。于是，他快步出巷，向北行去。在巷口险些撞上一个人，一张脸生得木瓢一般。

撞上范大牙的是黄瓢子。

黄瓢子连着探访了彩画四家，没瞅见丝毫不妥。最后去解绿夏家时，还扰得正在描画的夏芭蕉描错了一笔，险些招来一通骂。他赶忙连连道歉，急急逃了出来，在路上不住摇头苦笑。恐怕张用真的是在戏耍自己，不过，能被作绝戏耍，倒也难得。何况也不算白跑，各家都去拜问了一遭，也算尽了礼数。

见天上飘起细雨，他原本要回家，但心里始终有一丝不踏实，作绝张用再疯癫好耍逗，也不至于无缘无故寻到我，何况典家二儿典如琢的确死得古怪。行到城南，他想起丹粉刷仇家。

丹粉刷自古即有，最常见，比黄土刷高一阶，主用土朱粉和白灰浆，以红白二色刷饰楼宇房舍，略装饰一些图纹。京城丹粉刷由仇家当头，如今的家主仇伯辉已经年过五十，手艺自然老到，为人更是圆熟，最会应景凑趣、巴附帮衬，人都叫他“仇蝇子”。但凡强过他的，便是没缝也要强钻出道缝，软贴硬凑上去，再冷的人，他也能磨出几分热气来，因此，他在彩画行里上下通熟、左右热络，尤其彩画五装那几大名家，更是奉承得殷勤。这两年，杂间装黎百彩势头最盛，他便每日都赶到黎家，有事出力，无事陪话，侍候得极尽心。

黄瓢子想，那几家若真的有事，仇蝇子恐怕是头一个知情人。只是仇蝇子对低过他的人，连鼻孔里哼一声都嫌耗精气，黄瓢子一向不太敢靠近此人。他犹豫再三，还是决意去一遭，能打问出些什么最好，打问不到，至多也不过再受一回冷脸。自己是鞋底不怕尘、砖石不怕踩，损不得什么。只可惜，姜豉没多带一罐来。

他忐忐忑忑来到仇家，小心敲开了门。果然，仇蝇子只开了道门缝，一见是他，面色顿时塌冷下来：“黄瓢子？有事吗？”

“寒食没来拜问仇大伯，今天来补问一声安。”

“哦，谢了。你回去吧，我这里没有活计给你。”

“仇大伯！”黄瓢子见他要关门，忙凑近半步，“我听着，咱们彩画行似乎遇到些事，仇大伯听说没有？”

“啥事？”仇蝇子目光一寒。

“只听说是彩画五装那几大家……”

“究竟啥事？你听谁说的？”仇蝇子神色越发有些惕意。

“嗯……只是偶然间听人说起，也没太听真……”

“好端端能有啥事？人穷闲心多！”

仇蝇子砰地关上了门，黄瓢子被震得一哆嗦。

胡小喜赶到云骑桥，还了驴子，小心来到程门板家的簟席铺门前。

程门板让他查问泥炉匠江四的死因，他却无意间得遇银器章家的使女阿翠。他常听人说艳遇，却从没福气遭遇过。昨天傍晚不小心闪了腿，竟得阿翠悉心照料。今天上午，他又跑到银器章家，阿翠仍一个人在那大宅院里，见了他，有些欢喜，却又有些怕羞。那对大眼睛水闪闪地瞅着他，又娇又灵，更有些可人的怜，让他心里一阵阵酥痒。

两人关了院门，坐在厅前的石阶上说话，无非说些吃食、衣裳、节庆要处、京中风物。阿翠极善言谈，再寻常不过的物事，在她嘴里都勾描得无比有趣，胡小喜也听得极有兴致。他从没想到男女之间竟能如此干净投契，连邪念都不敢也不忍乱动了。到了午间，阿翠去整办了几样菜，搬了张小桌摆在院中大柏树下，虽然只是寻常蔬肴，胡小喜却觉得如同天上仙筵一般，四目对视，未酒却醉。

吃过饭，两人又继续谈说，直到天上飘起细雨，他才惊觉过来。自从得了吏职，他偶尔也贪耍躲懒，却从未这般浑然忘怀过。想到程门板那张脸，兴致顿时被浇冷，忙起身告辞。阿翠虽未说什么，眼里却有几分不舍。胡小喜见了，心里又一颤，却只得骑了驴子匆匆赶到程门板家。

一路上，他想了许多说辞，又怕被程门板识破，忐忐忑忑走进簟席铺，迎面却见程门板大步走了出来。他刚要开口，程门板却已先吩咐起来："我正要去寻你。你赶紧去彩画行查问，是否有一家人失踪不见。"

他见程门板神色有些急切，小心问："介史，这是新案子？"

"嗯，昨天五丈河边发现一只焦船……"程门板竟比常日耐心，细讲了一遍案情，最后说，"那年轻男尸衣裳滴有油漆涂料，应该不是彩画匠人，便是壁画匠人。你立即去彩画行查问，我去壁画行。这是尸检簿录，你也细看一看，瞧瞧能不能发觉什么线头。"

他怕程门板问起泥炉匠江四，接过那几页簿录，答应一声，忙转身出门，快步向北，赶往彩画行行首家。雨虽不大，到五彩史家时，衣裳已经浸湿。开门的老仆见他是官府衙吏，便引他进去见主人，却是个细高身材的年轻男子，神色瞧着有些拘谨。胡小喜记得行首史大雅有五六十岁，便问："我是开封府公人，有桩案子牵涉到你们彩画行，史行首没在家？"

那年轻男子听了一惊，但随即微挺了挺身，清了清嗓："我爹出门访友去了，行里的事暂由我打理。不知府里要我们做什么。"

胡小喜见他摆出一副管事人的神气，乳犬初学吠人一般，险些笑出来："能否请你去行里查问查问，可有一家五口失踪不见的？"

"哦？姓什么？"

"正是不知，才要查问。"

"好，我立即派人去问。老江，你叫庄六他们几个来。"

"多谢！明早我来收回音。"

胡小喜转身出来，想到昨天一夜没回家，便快步往家赶去。行到开宝寺前，天已昏黑，又下着雨，夜市却仍旧纷纷设摊开张。他浑身寒飕飕，便去一个食摊前买了两个和菜饼，要了碗盐豉汤，热腾腾吃了个饱。见雨还不住，又舍不得买伞，跟那摊主讨了张油纸，遮在头顶。行了一段，见一个摊上在卖油煎蛤蜊，鲜香气直扑鼻。他心里一动，想起阿翠上午说爱吃这个，她这时一个人在那大宅院里，恐怕正在孤恓，这里离得又不远……他心里一甜颤，忙数了十五文钱，买了半斤，用油纸包了，兴昂昂望蔡市桥走去。才走了半截路，却见前头一个背影瞧着眼熟，到一家酒店灯笼下才看清是范大牙。他忙赶了上去，猛拍了一下，范大牙惊了一跳，回身见是他，恼得捣了他一拳。

"你这是去哪里？"他笑着问。

"嗯……"范大牙含糊了一阵，才说去寻作绝张用求解个难题，而后大致讲了讲独眼田牛和砧头匠女儿阿善的事。随即一眼瞧见他手里那个油纸包，反问："你是去哪里？"

他一慌，忙随口应："巧！我也是去求作绝，程介史又摊了个命案，极难解。"

"那正好。"范大牙龇着牙笑起来。

胡小喜一眼瞧见他门牙缺了一块，若是平日，早笑了起来，这时却全没了兴致。

张用一连声笑个不住，他自己都没想到，今晚竟会如此热闹。

昨天回家后，他钻进后边工坊便再没出来。他在朱克柔家算好了水运仪象台各个木轮的尺寸，回来后，又细细复算了一道，之后便开始描画图样。大大小小数百个木轮、木架、铜枢、铜球、水筒、水箱……组配起来，极费心力。他浑然忘记一切，不停描画，不知画了多少稿，地上丢满了废稿。直到鸡鸣，才终于画好。他瞧着那图，哈哈笑了两声，随即困倒，趴在桌上睡死过去。

不知睡了多久，有人轻轻将他拍醒，睁眼一瞧，是乐器名匠于仙笛。

几年前，当今官家重定雅乐，由于声律乐器自古以竹管黍粒定音准，但古今尺寸长短有变，竹管粗细难定，黍粒又大小不均。因此，有宋以来，朝廷虽然屡次考证修订，却始终五声难准、八音不协。当今官家最重礼乐艺文，继位以后，命文臣乐工齐力修订雅乐。丞相蔡京破除先儒累黍旧规，说夏禹制乐，以身为度，因此奏请以天子指节为律度，铸造帝鼐、景钟，编订新乐，赐名《大晟》，颁之天下，播之教坊。当时，于仙笛受命造钟，张用则时任官中铜器作大作头，钟磬所需之铜，由张用督炼。两人由此相识。

张用见于仙笛精通乐律，为人又淡静，极赞赏。乐律又与五行、术数相通，他最好这些高妙技艺，总忍不住探问，便向于仙笛请教。于仙笛也毫无吝惜，倾心解说。两人故而成为好友，常日里却极少见面。上回相见，还是去年夏天在琴奴那里。于仙笛为琴奴制了一张新琴，琴奴又嘱托画奴何扫雪，请李度在莲池中替她起造一座琴亭，又求张用替她制作一张琴几。亭几都造成后，她邀三人同赴琴会，众人欢聚了一场。

于仙笛望着张用，歉然一笑："你院门没关，唤了半晌，没人应，我便自己走进来了。"

张用大打了个哈欠，见于仙笛神色不似常日那般清和，忽然想起那桩事，笑着问："你是云外客，无事不登门。你自己的难事，不会来烦我。是为你家小妹？我也正想去寻你。"

"哦？你知道了？"

"嗯。不过，你家妹婿自尽，我一无所知。你应该知道了些内情，却理不出原委？"

于仙笛忙把所得知的讯息细说了一遍，而后皱眉叹息："与婢女私通，算不得什么大不得的事，不知那妇人跟鄙妹婿说了些什么，竟令他寻了短见。撇下舍妹，至今郁郁寡欢。我们原本要接她回家，她却又怀了典家骨肉，如今进退两难。”

“那婢女你找见了吗？”

“没有。”

“嗯……这事……”张用正在琢磨，外面忽然传来一阵嚷叫，出去一瞧，是毛毬夫妻两个，慌慌张张地奔了进来。

“张作头，你托的那桩事，我实在做不得！”毛毬苦着脸，前不搭头、后不着尾地诉起苦来，说了半晌也说不清，幸而他浑家在一旁打断，接过去将事情经过讲了出来。于仙笛在一旁听着，极吃惊，却仍能沉住气，没有开口问扰。

张用听到典如磋反绑了毛毬，心里一沉，不由得弹响舌头，摇头叹道：“迟了，迟了。恐怕已经做下了。”

“什么？”毛毬夫妇一起问道。

张用正要答言，又有个人走了进来，是黄瓢子。

第十七章　黑犬

人生而静，其情难见；感物而动，然后可辨。

——《棋经》

张用睡了个饱足，天大亮才起床。

昨晚黄瓢子来讲过自己去彩画行那几家打问的经过后，胡小喜和范大牙又接着登门求助。张用已经一天一夜没吃饭，闻到胡小喜手中那个纸包里油煎蛤蜊香气，先一把夺过来，一边坐下剥开吞吃，一边听两人讲述。听完之后，他忍不住大笑起来，却并非由于好笑，而是诧于人心之贪狠愚执。

那几人愕然望着他，他却丢下最后一个蛤蜊壳，搓了搓油手：“我困了，各位先回。鼻涕小哥，你去告知你那个门板上司，让他召集彩画行五装二刷那几家，明早在彩画行行所碰面，这几桩事情咱们明天一起了结。缺牙小哥，你去工部寻一个叫何奋的文吏，看他现在哪里。若寻不见何奋，再去打问一下，平日常替他送信的是谁，前两天何奋是否要他去彩画行几家送过信。若寻见，叫那人明天也去。”

说罢，他丢下那几人，走进卧房，躺倒便睡。今早醒来后，肚皮饿得几欲生烟，他脸都不洗，先出门去巷口面店连吃了两大碗插肉面，这才打着嗝，慢慢步行前往大相国寺。彩画行行所在寺后一间临街厅房。到了一瞧，范大牙和一个小厮候在门外，见了他忙迎上来："张作头，其他人都已到齐了。何奋从前天起便不知去向。你要我寻的那个送信人倒是找见了，就是他，名叫陈六。大前天他替何奋给彩画行四个人送过信。"

张用瞅了瞅他身边那小厮，笑着说："有劳小哥，等一会儿要你帮个小忙。"随后他大步走进厅中，见程门板僵坐在上首主位那张乌漆太师椅上，于仙笛、杂间装黎百彩、碾玉装典白玉、青绿装孟青山、丹粉刷仇伯辉分别坐在两边客椅。典如磋、史小雅和夏芭蕉矮了一辈，只在两侧侍立。黄瓢子、胡小喜、范大牙三人则站在门边。诸人都神色肃然，一起望向他。

张用拱手左右一晃，笑着说："各位都到了。我早起脸都没洗，眼有些睁不开，小鸭哥能否给我一瓢水？"

史小雅忙唤门外一个徒弟端来一盆水，张用捞了两把，胡乱抹了抹，而后用袖子擦干，这才走到中间，笑着环视众人："程介史召集大家来，各位恐怕都已心知肚明？"

彩画行那几人听见，都神色微变。张用一扫，知道自己猜得不错，便继续道："程介史公务繁重，为这几桩案子更是累得唇干口焦。就由不才代劳，说明原委。"

程门板始终冷沉着脸，这时嘴角微微一抖，有些不自在。张用心里暗笑：您那糟木心若稍稍灵透一些，何需我回回越俎代庖？但想到即将入正题，要动手一层层剖开暗污，他便有些笑不出来了。厅堂中一片寂静，众人全都神色发紧盯着他。他伫立当中，觉着自己如同立在坟墓之中。

半晌，他才徐徐开口："这一个月，许多人死得古怪，更有一些人活得凄惶。尤其是前天，五丈河发现一只焦船，船上五具焦尸，一对老夫妻，一对年轻夫妻，一个幼儿。乍看起来，这是一家五口人惨遭灭门。但其实——这被烧死的五个人并非一家人，而是来自五家人！"

"哦？"程门板不由得闷呼了一声。

"我看过尸检簿录，之所以断定那并非一家人，是由五具尸首各自方位推断得来。两个男子躺在左舷，两个妇人倒在右舷，孩童则卧在两个妇人中间。他们原本面对面坐在两根长凳上。若是一家人，照礼数，该是父母同坐一根长凳，儿子儿媳坐另一根。他们却并非依辈分来坐，而是按男女之别。”

程门板先有些恍然，但随即问：“寻常人家未必会严守礼数，有些人看来，男女之防或许大过辈分之尊。”

“还有一个疑点——那个孩童。”

“那孩童能瞧出什么？”

“这五个人先喝了下过药的茶汤被迷晕，而后遭人纵火烧死。喝下迷药后，人并非立即昏倒，总有片时惊疑慌张，若那孩童是四人亲骨肉，危急之中，总该有一个先想到去护孩子。然而，从死状来看，四个成人头各自朝向舱门，孩童躺在两个妇人脚中间。没有一个成人去管顾那孩童。”

程门板寻思片刻，半信半疑又问：“你知道这五人的来历？”

“知道，而且证据也不仅在五人死状。不过，这焦船案头绪太杂，一时间难以解说明白，暂搁一搁。咱们来说说另一桩案子——典如琢自杀之谜。”

典白玉一直黯然垂头，听到幼子名字，身子一颤，猛然抬头望向张用，目光又惊又灼。他面庞原本红润饱满，因丧子之痛，已变得灰暗枯悴。立在他身后的典如磋更似被蜇到一般，满眼惊疑。

张用心中有些不忍，但事已至此，揭破真相，才是公道。于是他慢慢讲解起来：“典如琢临死之前，路遇一个妇人。那妇人跟典如琢说了一席话，典如琢灌醉自己，回家之后便上吊自尽。那妇人原是典家使女，三年前与典如琢有过私情，并怀了身孕，却被逐出典家。她究竟说了什么咒语，竟能让典如琢自尽？区区一段主仆私情，自然不会让典如琢轻舍性命，除非这段私情关涉到某样重大隐秘，能让典家身败名裂……”

典白玉、典如磋父子听了，目光都慌颤起来。

张用逼视二人，继续说道：“那天傍晚，那妇人还抱了一个两三岁大孩童，这孩童才是事情关键。按理说，那妇人当时所怀是典家骨血，典家又不缺钱财房舍，即便撵走那妇人，也该留下那骨血。典家却没有。事后，典家更是密封此事，家中仆婢私下里都不敢谈论。一个使女，能有什么要不得的丑事？至少可以断言，这丑事与外界无关，否则哪里掩得住？

“另外，典家还有一处古怪，兄弟父子原本十分亲睦，却于两年前将宅院分隔成三院，并没有分家，却分爨而居。这桩丑事恐怕与这隔墙有关，它隔的并非饮食，而是男女。反过去一想，隔墙之前，不但共饮食，更共男女。与那妇人有染的，不止弟弟，更有其兄……”

众人听了，齐齐盯向典如磋。典如磋立在椅后，早已面色红涨，这时更变得青黑，嘴角抽搐，想要开口辩解，却噎在那里，吐不出一个字。

张用不睬他，继续道：“单是兄弟两个，这丑事仍不足以让典如琢自杀，除非连他们父亲也卷入其中……”

众人越发吃惊，又齐齐望向典白玉。典白玉也顿时满脸涨红，连说了几个“我”字，忽而猛弯下身子，抱住头，发出一阵怪声，似哭似咒。典如磋则面目黑狞，避开众人目光，埋头转身就要向外逃。

张用高声制止：“典兄且慢！你还有更要紧的事未了。”

胡小喜和范大牙听到，忙上前一起拦住。典如磋只得停住脚，目光焦乱，急喘粗气，额头青筋怒胀，身子几乎要爆了一般。

张用望着他，心中既厌又怜，继续慢慢说道：“父子聚麀，致使那妇人怀孕，却不知是谁的骨肉，因此，他们才逐走那妇人，连同那腹中胎儿也一起舍弃。这之后，父子兄弟再难和睦，又怕外人知道这家丑，也不敢分家，便在家中隔起墙，各自分爨。直到上个月，那妇人抱着孩童，在路上拦住典如琢，自然是威胁，要将这丑事宣扬出去。而典如琢一向沉默少言，行事谨慎。这等人心事重，顾颜面，这事一旦宣扬出去，此生再难做人。那妇人正是瞅定了这一条，才用言语逼死了他——

“不过，这里头有个疑问，那妇人当初被撵之时，为何没有搅闹生事？为何要等到两三年后才来报复？其实，并非她蓄意报复，另有一个人，寻见了她，点了一把邪火，将她的仇怨燃了起来——

“这世上专有一等人，见不得人好，又不愿花气力、行正道，因此养出一副既贪又妒的心肠。因其贪，故谄富媚强；因其妒，更爱搅弄是非。最喜穿门过户，钻探人家隐私。典家这桩丑事便是被这样一个人打探到，而后撺掇那妇人去胁迫生事。此人便是彩画行有名的仇蝇子！”

张用说着望向丹粉刷仇蝇子。仇蝇子听张用说起那妇人，便已有些不安，却一直强装无事，定定坐在那里。

听到自己名字，顿时有些慌窘。但他久经历练，旋即藏住，脸上仍挂着老油笑纹，慢悠悠开口道："张作头，我不知你在说什么。"

"呵呵，你不知，我不知，天不知，地不知，神不知，鬼不知，偏偏丑婆婆药铺里有个小伙计知。"

仇蝇子脸上油笑顿时收住，旁边范大牙则惊讶了一声。

"那妇人姓孙，名叫阿善，是个砧头匠的女儿。你可认得？"

"我……"仇蝇子张着嘴，不敢应答。

"去年起，孙阿善一直在丑婆婆药铺帮工。她人如其名，本是个柔善之人，虽被欺凌、被撵逐，却只会隐忍，并没有声张。上月初她在路上遇见了你，一席话之后，第二天便辞了工。"

"我不记得有这回事情。"仇蝇子强辩道。

"呵呵，你自然不记得，因为雇了她的不是你，而是黎百彩。"

黎百彩顿时嚷起来："张作头，你莫白口污人！"

张用笑了起来："你家上个月新雇了一个养娘，那养娘叫什么名字？这几天去了哪里？"

黎百彩顿时呃住。

"你家新雇的养娘正是孙阿善！而且，孙阿善当年流了产，并没有生育。她去见典如琢时，抱的孩童并非她所生，而是你的儿子！"

黎百彩又惊又惧，大张着嘴说不出话。其他人则都瞪大了眼睛。

"你老来得子，孩子却有些残障，你视为羞耻，从不让外人瞧见。"

"张用，你莫辱人太甚！"黎百彩仍不住吼起来，脸红涨，青筋暴跳。

"哈哈，黎大伯怒了，这辱我便暂且收回来揣着。咱们再来说典家兄弟。没有几个人见过黎大伯那幼子，典如琢自然也没有见过，他瞧那孩子痴痴傻傻，误以为是自己父子兄弟造的孽，加上孙阿善威胁，才羞悔自尽。

"不过——你们要害的，并非弟弟，而是哥哥。因此，典如琢出殡那天，孙阿善有意去吊丧。清明那天，典家去郊外扫墓，孙阿善又有意抱着你的儿子，等候在东水门。典如磋自然忍不得，去找孙阿善说话，孙阿善当然故伎重演，逼他自杀。”

“你……你……你拿出证据来！”黎百彩厉声嚷道。

张用笑瞅着他，等了半晌，才又继续：“黎大伯莫慌莫急。你若稍有一些宁耐之心，咱们今天也不会聚在这里瞪眼鼓舌。这几年，你在彩画行虽想争头，嫉妒典如磋名望胜过你，但应该尚无害人之意。直到今年，京中百行发生一桩大事——工部编订《百工谱》。”

黎百彩猛然间像是被钉住了一般，仇蝇子也身子一缩，脸上油气随之萎暗。

“彩画行中，当今能名入《百工谱》者，依公论，非典如磋莫属。而这两年，你杂间百彩的势头正劲。仇蝇子又一向巴附你，终于等来这天大时机，便说动你，寻见孙阿善，借典家那桩丑事，共谋灭了典家，好让你名入《百工谱》。”

黎百彩又要张口辩驳。

“慢！待我讲完！今日是我召集这一会，自当我说话。待到公堂之上，自有你辩驳的时候。”张用提高声量喝住他，才又继续言道，“若没有《百工谱》，你们这逼杀之计恐怕已经得手，且没人能识破。只可惜，这事本就起于《百工谱》，而贪望《百工谱》的，又并非只你一人……”

孟青山、史小雅、夏芭蕉三人听到，脸色一起微变。

“工匠自古低微，能名留典册、千古流传，除了非常跳达之人，实难抗拒这荣名之诱。何况五彩史家虽是行首，却家道衰落，大鸭手臂摔伤，小鸭羽翼未丰，正可借这时机重振家门；青绿装孟青山性情傲冷，从来不甘心屈于人下；解绿装夏芭蕉后生崛起，正雄心勃勃……”

史小雅和夏芭蕉被点出名姓，越发慌乱，却不敢出声。

孟青山原本面色清冷，孤坐一旁，这时则身子前倾，发起急来，他亢声喝问：“张作头，言须有凭，话须有据。你若拿不出凭据，孟某不会甘休！”

“凭据自然会有，孟老兄莫焦莫急，待我慢慢道来。所谓有鱼争食，必有争食鱼者——这里另有一人没有现身，此人叫何奋，是当年杂间装何飞龙的幼子。”

众人又一惊，黄瓢子在一旁更是忍不住“啊”了一声。

张用略顿了顿，才又言道："何奋现任工部书吏，他便是你们这彩画行鱼池边的钓鱼人。黎百彩和仇蝇子密谋之初，此人其实已先谋划好，与孙阿善暗中结盟，借职任之便，拿《百工谱》做大饵，分头向在座几家许诺——除掉典如磋，入选《百工谱》。

"当然，在座几位都非愚人，不会轻易入套。何奋当然也知道，因此承诺先逼死典如琢，以做信证。典如琢果然如他所言，旋即自尽。在座几位见了，便不再怀疑，一起落入套中。何奋这一招，可谓一饵钓五鱼。

"若单只是争名逐利，倒也罢了。此等争逐，世间太多，时时处处皆有。我们在这里说话，门外千百万人，正在汴京城、在各路州、在天下各处厮杀争抢。何奋这鱼饵，钓出的远不只是贪狠。现在我们再回过头看那焦船案……"

那五人全都垂下头，像是等着受刑一般。程门板和其他人则都惊望张用，急等下文。

张用却走到孟青山旁边，孟青山身子不由得缩了一缩，铁青着脸惊望向他，张用却朝他眨眼一笑："污黑莫过人心，借老兄茶水清一清肝肠，再蹚下一摊黑泥。"说着从孟青山身边小几上端起他的茶盏，一口喝下。而后用袖子抹了抹嘴，转身回到原地。

他微叹了一口气，才又开口继续："程介史将才问焦船上那五具焦尸的身份，其实若不是程介史发觉其中那个年轻男尸衣襟上沾有漆点，我也绝想不出那五人身份。前襟裤鞋能沾到漆的行业不少，但肩后能落漆的，唯有在房梁斗拱下做活儿的彩画匠人。"

程门板听到这里，脸上才略微有些舒展。

"另外，那焦船上还有一具尸首，没有被烧，是自杀，并且眇了一只眼。程介史曾疑心他是萝卜案中那个田牛，程介史并没有猜错，此人正是独眼田牛。借由衣襟上漆点和那只独眼，我才将这几桩事件勾连起来，由此推断出，那具年轻女尸是孙阿善。"

"哦？证据何在？"程门板忙问。

"证据在何奋身上，何奋借《百工谱》一饵钓五鱼，固然是为钱，更是为了泄愤。"

“泄什么愤？”

“他父亲原是杂间装名匠，当时风头正劲，却漏画龙睛，触怒龙颜，被发配沙门岛，丢下何奋姐弟两人受尽凄凉。何奋自小气性大，看着彩画行其他五装各个兴盛，心中由此迁怒怀恨，借《百工谱》设出互斗互杀之局，要毁掉整个彩画行。这杀局正设在那只焦船上——

“他让田牛租了那只船，他自己则和孙阿善两下里分头行动。这一头，何奋分别与在座四位约好，在那船上见面付钱，钱数想必不会少，以各家的财力，也不是难事；另一头，孙阿善在清明那天，故意在东水门现身，让典如磋去寻她。孙阿善照旧用那孩子威胁，典如磋却不似其弟，岂肯轻易就范？不过，若想解除威胁，唯有灭口。

“典如磋便暗中尾随孙阿善，孙阿善则将他引到五丈河那只船。船上已聚齐四个人，孙阿善又口里有意唤爹唤娘，让岸上的典如磋误认为是她家人。船里那几人各怀鬼胎，不明就里，喝下孙阿善煮的药汤，一起昏倒。典如磋以为他们都已睡着，便趁机浇油焚船，烧死了五个人……”

“且慢！”程门板满眼糊涂，忙高声打断，“你是说那船上被烧死的是这四个人？”

于仙笛、黄瓢子、胡小喜、范大牙也都纳闷不已。黎百彩、孟青山、史小雅、夏芭蕉四人则都垂着头，面无人色，典如磋更是已经形如鬼魅，低垂着头，不住攥紧拳头，骨节拧得咯吱吱响。

张用略停了停，才慢慢开口：

“船上被烧死的除了阿善，其他四人分别是史大雅、孟青山的弟弟孟清溪、夏芭蕉的娘、黎百彩的幼儿。男女老幼，正好凑成一家五口的模样。”

“什么？”程门板惊呼。

张用扫视那彩画四人，心里一阵黯郁：“在座四位，这两天家中各缺了一个人，史小雅的父亲、孟青山的弟弟、夏芭蕉的娘、黎百彩的幼儿。其实，何奋和这四位约好后，还做了件事——分别送了封信给他们。陈小哥——”

陈六一直候在门边，听到唤忙快步走了进来。

“何奋是否让你把信送给彩画行四家？他说什么没有？”

“何相公说必须亲手交给这四位相公……”陈六分别指向黎百彩、史小雅、孟青山、夏芭蕉。

“何奋自己并不想动手谋害人，只想看人谋害人。我猜测，这四封信内文应该大致相似，都是告密信。他写这告密信，是想验证人心。信里告诉四人，那船是个陷阱，去了会丢掉性命。可惜，人心最经不得验。这四位收到告密信，必定都将信将疑。信若是假的，去船上送了银钱，自己便有望入选《百工谱》；若是真的，只要自己不亲自去那船上，便无须多虑。只是，让谁去？

“何奋用意正在于此。贿赂衙吏，抢夺《百工谱》名额，这等事必须极其隐秘，唯有至亲之人才能告知。恰好史大雅亟望儿子能重振家声；夏芭蕉的母亲半生辛苦，也是为儿子成才成名；孟清溪常年仰赖其兄，也盼着哥哥孟青山入选《百工谱》，自己能沾带些好处；唯有黎百彩，并无亲近可信之人。

“但四位各有一桩心病，正被何奋戳动——史小雅自幼被父亲严苛训教，满腹委屈，却从不敢有丝毫违逆；夏芭蕉则被母亲事事包办，养出一身娇气，成名之后自然急盼自主自立；孟青山被无赖弟弟拖累多年，早已难忍；黎百彩半百得子，却有残障，他视之为羞耻，新纳的小妾又怀了身孕，并不担心子嗣。另外，雇请孙阿善一事，也是一桩把柄隐患，必得除之方能安。

“在座四位，收到密信后，不约而同，将至亲之人当作祭牲。成，则自己得名利；不成，则借人之手，除去心病。哪怕心有愧疚，罪责却不在自己。

“这便是焦船上那几具尸首的来由。一边是典如磋想杀人灭口，另一边是彩画四家想借刀争名、借人杀亲。两下里被设计，凑到一处。一场大火，焚灭人心……”

张用言罢，大厅中寂无声息。彩画行那些人全都已如枯枝僵尸。于仙笛、黄瓢子、胡小喜、范大牙则个个惊张着口眼。

只有程门板，愣坐在上首，左右扫视良久，才忽然问：“船上死的那个年轻女子真是孙阿善？她既然知情，为何不逃走？”

“我推测，照原先谋划，孙阿善带黎百彩的幼儿去那船上，收了另三家的钱后，交给独眼田牛带走，而后煮好药汤，灌晕四人，自己从船的另一侧悄悄凫水离开。然而，她并没有走，反倒也喝下药汤。大板牙兄弟查问到，孙阿善不仅被典家父子玷污，后来又被轿夫乌扁担强奸。接二连三被人欺凌，她恐怕早已没有多少生趣。逼死典如琢后，也并不会好过多少，只能越发厌世，宁愿于昏睡中死去。”

“独眼田牛既然走了，为何又死在船上？”

“他虽缺了一眼，心却比常人更坚执。他暗慕孙阿善已久，那晚从船上取走银钱，应该是去交给何奋，而后等待孙阿善来会合，却一直不见孙阿善来，他自然又回去寻，却发现孙阿善也已经烧死。于是拔刀自尽，死在孙阿善身边。生时未能结缘，死后相伴共眠……”

厅中越发冷寂如窖。

“好了，我所知，便是这些。该搜该寻、该拷该问，由你们发落。告辞——”张用抬手一揖，转身便走，口中高声吟哦：“人凭艺立身，名逐虚成妄。百年彩画行，一朝成沙场。”

他出了门大步向西，朝素兮馆走去。一路上，清风浩荡，飞絮如雪，心中却积满厌闷，他不管路人，仰天大喝几声，方才吐出胸中郁气。

一路来到素兮馆，门虚掩着，他用力推开，大步迈进，高声嚷道：“解谜人来了！”

何扫雪那只黑犬猛然从墙角蹿过来，不住朝他狂吠。张用瞪起眼，也学它的吠声，怒喝回去。一人一犬，互吠不止。这时，廊下传来一声清叱：“廷珪！”是何扫雪，仍旧清素明洁，白梅一般。那只狗听到唤，立即止住了声，转身跑到何扫雪身边，蹲伏下来。

张用望着何扫雪，大声道：“黑犬者，默也，吠犬不咬人，咬人犬不吠，谜底是默杀。人心之恶，随处皆在，只是大都藏而不露，隐而不发。不露不发却未必无伤无害。有时，隐默之恶，胜于行凶。彩画行一连串凶死其实是三场默杀。

“第一场默杀是多年前，杂间装何飞龙的死。何飞龙漏画龙睛，原是自己过失。但当时彩画行几大名匠都在场，史大雅、典如磋、孟青山、夏芭蕉……那是皇城秘阁，彩画绘制完毕，必定要细细验工。何飞龙疲累之极，疏漏了，但其他几人难道也都没有发觉？当时何飞龙一支描龙笔，绝技压众，杂间装更是融汇各家，异峰突起。彩画行一向亲睦，其他人虽然嫉妒，却不好流露。验工时，史大雅等人即便发觉何飞龙漏画了龙睛，恐怕也装作不知。他们不害何飞龙，却以默代杀，坐视他罹祸。这场默杀当时恐怕无人发觉，但何飞龙的幼子何奋是个精细负气人，成年后恐怕渐渐醒悟过来，正巧今年工部修订《百工谱》，他便以此为饵，诱使彩画五装彼此默杀。

“第二场默杀，是彩画四家默许孙阿善逼死典如琢。

“第三场默杀，则是彩画四家各自将亲人送至焚船。

“何奋姐弟当年曾受你救助，孙阿善应该是听闻你雪菩萨的名号，前来向你求助，你们一同谋划了这一场回环默杀。你们并不动手，只设诱因，引动他们互杀。你不愿如他们一般默而不语，才叫我去解谜。这谜我已经解开，照约定，得收利了……”

张用说着将长襟撩在腰前，一把扯下裤子，露出光腚，蹲在院子中间，先大大放了个响屁。

何扫雪原本一直静静听着，眼中微含笑意。这时猝然变色，眉头蹙起，雪白面庞顿时泛红。

张用却哼着小曲，仰脸笑瞅着她，酝酿屙意。蹲了一会儿，又用小指掏起耳孔，左旋右旋，抠出一点耳屎，轻轻弹到面前地上。接着便拽起裤子，站起身，哈哈大笑：“我只说屙屎，并没说从哪个孔屙。记住，三个月不许清扫！”

说罢，他丢下何扫雪独自羞怔，转身出门，高声吟出一阕《阮郎归》：

浮云万里问苍茫，无根聚散常。春来秋往雁成行，风吹大梦凉。

如蚁乱，似蜂忙，争得满目狂。归来万户闭秋霜，人间落叶黄。

皂篇

艮岳案

第一章　通神

技进而道不进，则不可。

——苏轼

清明正午，黄富贵骑着匹青鬃马，前有仆人牵缰，后有徒弟跟随，沿着汴河大街缓缓回城。

黄富贵原名黄岐，今年五十五岁，是将作监修内司大作头，精于宫室布局、殿阁营造。他头戴婺罗黑幞头，身穿玄色杭绢道袍。面皮白皙，须发乌黑，仪容端雅，神色间却透出些严凛之气。

一路上，他都在暗暗盘算一桩心事——他准备杀一个人。

他要杀的人名叫云戴，和他名头相齐，同在修内司任大作头。如今京城宫室营造行共有三大名匠，除了他们两人，另一个是李度。他们三人被坊间合称为“黄阁、云台、李氏楼”。三人技艺难分伯仲，但各自旨趣不同。黄岐善造御殿皇阁，极尽典丽雍雅，因此得了“黄富贵”这名号；云戴则偏爱亭台朴逸、林园清旷，人称“云野逸”；唯有李度，年轻随性，无甚偏好，一向依势而设，随境而变，人称“李自然”。

对于李度，黄岐虽觉得后生可畏，但毕竟相隔一辈，得自惜身份，不愿与之争竞。云戴年轻时与他却曾是好友，只因一桩旧事，彼此生出嫌隙，加之志趣相反，随着名声渐长，竟成对立之势。二十多年来，两人路上相遇，能避则避，不能避则心照不宣，点头而过。直到去年，一项御差让他们正面相对、再无可避。

当今官家嫌汴京周回几十里平阔，无峰岭峻景，而帝王非形胜不居，又听信方士所言，若加高皇城东北地势，则能龙嗣繁盛，因此下诏在皇城东北堆土叠石，营造高山峻岭。蔡京于苏州设应奉局，遣朱缅督运"花石纲"，从东南搜寻太湖石、灵璧石、奇花美木、珍禽佳兽，源源不绝水运到汴京。官家委命宦官梁师成督造，历时三年多，才堆叠出南北两座奇峰峻岭，初名万寿山，又因八卦中，东北为山、为艮，后定名为艮岳。

山石树木垒植完毕，便须在山峰瀑池间营建亭台馆阁。去年年底，梁师成召集黄岐、云戴、李度三人，命他们各自谋划布局，分别交出一纸艮岳楼台图稿，一起上呈官家，由官家从中选定最优者，再动工营建。

黄岐出身于一个小木匠之家，全凭自己多年精勤，才挣到如今的地位。这一次图稿若是能被官家选中，则一生荣耀到顶、圆满至极。只是，云戴和李度两人均非俗手，必定也一样全力争逐，黄岐并没有十成胜算。

这几个月来，黄岐一边苦心谋划图稿，一边不住盘算这个疑虑。说起来，当今官家酷好风雅，崇奉奢丽。这些年宫中翻新营建殿阁，比较图稿时，半数以上都选用了黄岐的图样，云戴和李度远远不及。这回营造艮岳，朝廷更是不惜物力，穷极华奢，殿阁楼台自然也该务求富丽雍雅。黄岐自忖，胜算应该仍高过那两人。

不过，其中有个隐忧。黄岐去那两峰上下遍览过后，见它全然依照自然山水营造，即便奇险诡秀之处，也是依势造景，几乎看不出人工斧凿。人在那峰岭池谷间行走，苍苍茂茂、郁郁秀秀，如同移步换踪于泰岳、嵩山、庐岭、峨眉之中。这里若仍照皇城规格营造楼台殿阁，难免会有些突兀不合，而且，官家虽爱精雅，却非一味堆金砌玉，相反，他博览文墨，书画双绝，于典正精雅之外，更求自然韵致。翰林画师画花鸟，个个都须精求是否合于时辰、节候、天气、物理，些微差错，官家均能一眼看出。艮岳的楼台馆阁自然也得尽力与这山水景致相合。这一门，黄岐向来没有深研过。

技艺一行，初学时，如同撒种种苗，随处皆可，任何一门都易入手。等学到深处，便成了大树，根深难移，不再是人习艺，而是艺使人。就如人说话口音，一旦养成，再难更改。若想另换门径，千难万难。何况这回图稿，时限极短，仓促间哪里能迅即学到？

而云戴，本就精于山水园林造景，最擅楼台亭轩与花木水石之呼应掩映。李度则一向心无成见、因势赋形，见了艮岳奇峰秀谷，自然能生出许多佳构妙思。对此，黄岐不能不忧虑。

好在年初，一桩事牵扯了李度的心思。工部编订《百工谱》，李度被邀去参议。听到《百工谱》，黄富贵自然也难免心动，但李度是官户出身，其父李诫又曾奉旨编定《营造法式》，他入《百工谱》是理所当然。想要争，得费些气力。艮岳楼台图稿时限又紧迫，黄富贵反复盘算后，只能弃掉那一头，只专心攻取艮岳这一头。谁知上个月，李度竟不知下落，四处寻不见。听他徒弟说，艮岳楼台画稿才完成一小半。今天是期限最后一天，明早就得交稿。即便能找见他，也已经来不及了。上天做成，一个劲敌便这般自行消失。

剩下的便只有云戴了。

梁师成差了后苑造作所一位内侍殿头官来催督此事，那殿头官找不见李度，怕再有遗失，便将黄岐、云戴和李度的徒弟白岗监押在艮岳山脚下一座宿院中，派了门值轮班看守，让他们在那院中绘制画稿。黄岐、云戴、白岗都已先后完成画稿，明早便要进呈御前。一生大计，只在今晚。

黄岐起初并没有这杀人之心，是被云戴一步步逼出来的。

那殿头官将他们禁闭在那宿院中，只许他们各自带一个徒弟伺候，另派了一对庖厨夫妻照料他们的饭食。黄岐带了大弟子陈宽，这弟子自幼跟随他学艺，已近二十年，一向极恭谨小心。可到了那艮岳宿院中，陈宽却性情大改，虽不敢违逆顶撞，眼中却时时露出怨愤之气。有一回，黄岐无意中撞见陈宽和云戴的徒弟在中厅门边低声说话，一见到他，两人忙各自躲开。黄岐这才明白，自然是云戴派了徒弟来挑拨陈宽，离间他们师徒，扰乱他的心绪。云戴一向自诩淡泊，黄岐却从来不信人真能超然物外，到这要紧关节，真性便会逼现。

云戴手段不止于此。黄岐有一桩旧耻，其他人并不知道，只有云戴一人知晓。那还是四十年前，黄岐才十六岁，刚拜师不久，跟着师傅去给前朝名臣沈括修造府第，云戴和他师傅也应募了那差事。到饭时，那府里端出几笼热馒头。黄岐正饿，分到馒头后，忙大咬了一口，里头竟是肥鲜的羊肉馅。他父亲只是个小木匠，家里儿女又多，一年难得吃到一回羊肉。黄岐忍不住惊呼了一声：“羊肉！”他随了父母的密州口音，肉字读出来是“幼”音。大家听到“羊幼”，全都大笑起来，从此都叫他“黄幼幼”，其中云戴笑得最古怪。过了几年，大家各自分散，才渐渐没人这么叫他了。可是到了艮岳宿院，几天后，那厨妇不时便要蒸一回羊肉馒头，端来时，又偏生连连念叨“羊幼馅”。黄岐听一声，心里便如被揭开一层皮一般。起初他还以为只是巧合，后来发觉那厨妇说“羊幼”时，不时瞅着他，眼里露着打探暗笑之意。他再不怀疑，一定是云戴暗中唆使那妇人来羞辱自己。

即便如此，黄岐也绝未生出杀心，直到惊闻了一件事。

有一天，那厨妇又来送饭菜，弟子陈宽去后院净手，黄岐正在案前描画艮岳北面万岁山东峰万株梅树间一座山根堂馆，名叫萼绿华堂。那厨妇凑过来唤他用饭，一眼瞅见案上的图稿，不由得惊奇道：“这幢楼和云作头画的一模一样呢。”黄岐听了大惊，忙问是哪座楼，那厨妇指向南面寿山山脚那座楼。

寿山两峰并峙，青嶂如屏，峰顶之上开凿深池，设有闸门，山坡垒叠灵璧紫石。开闸之时，水瀑喷涌，飞泻而下，汇入山脚一片大池，名叫雁池。池北矗立一座高楼，官家已经定名绛霄楼，是自南进入艮岳，迎面所见第一要紧之处，自然得构型雄秀、气象宏丽。这正是黄岐最擅长之处，他却丝毫不敢轻忽，花费了半个多月，才精构细设而成。楼体形制略似宫中睿谟殿，但瓴脊矫劲，飞檐秀逸，殿基一半悬架于雁池之上。楼身彩画，以金、红二色为主，后映飞瀑，前照碧水，宏壮之外，更增凌虚飞升之态，正合“绛霄”之意。他反复观摩，觉着这恐怕是自己生平第一佳构，当今世上，应无第二人。然而那厨妇所指，正是这座绛霄楼。

他不肯信，忙问：“你莫不是看差了？”

“哪会看差？云作头那张图上第一眼见的也是这座楼，也是五层，这般半架在水上，金金红红的耀人眼。这顶上屋脊也是这么飞飞翘翘的。窗扇也都门一般宽大，雕的也是祥云纹样。”

黄岐再不疑心，其他还好，这窗扇他是大胆破了成例，特意加宽，以便推窗便能见雁池阔景。至于窗格雕花，他用云纹，是为了寄寓“绛霄瑞云”之意。他顿时惊住，云戴竟然偷窃自己心血，这里再无别人，自然是徒弟陈宽窃传给他。这时陈宽恰好进来，他装作无事，过去吃饭。那厨妇也再没多言，悄悄出去了。

第二天，快到饭时，他有意支走陈宽，让他去洗笔。等那厨妇来送饭菜，他让她看图上另一座楼。那是南北两山之间，几十顷平阔青芜，中间一条御道，两侧数百块巨石林立，其间一块巨石更是高六仞、阔百围，名唤神运峰。那座楼背倚青山，正对神运峰。黄岐同样花费许多心思，依照那地形景致，独构出雁翅状楼形——主楼伟岸，雄立于前，两侧辅楼沿山形向两侧迂曲伸延。若从山顶俯瞰，便如一只鸿雁栖息于草海石滩之中。黄岐造楼，向来端平方正，从未有过这般巧思。相比绛霄楼，这幢楼更是意外之喜。

谁知那厨妇一见之下，又惊叹起来：“这片楼也和云作头画的一样呢，我还多嘴问云作头，这楼是不是叫大雁楼，云作头笑说，这楼名得由官家钦定。”

黄岐虽然有所预料，但真的听到，心头仍重重一撞，又悲又怒，说不出话来。倾心教导了二十来年的徒弟竟背叛自己，而那个自称无心名利、只爱园亭的野逸之人，行径更是如此卑下。他本欲立即冲到云戴那边，当面痛斥这盗贼，但随即想到，云戴自然会矢口抵赖，甚而反咬是他剽窃，他却拿不出证据来。徒弟陈宽既已做出这等事，自然也绝不会承认。

一连几天，他都悲愤莫名，却毫无主意。他自幼就不善言语，只爱做木工，一做起这些活计，便全忘了时日饥渴。五六岁时，他已能独力做出木凳。十一二岁，便跟着父亲出去做工，造房屋木件，起先只是栏杆、叉子、篱墙等小木作，到十五六岁，他的手艺早已超过父亲，连同门扇、窗格、外檐、天花、楼梯、龛橱等四十多种小木作手艺，他已经全套精熟。

十六岁那年，朝廷从内库拨钱，翻修景灵宫，黄岐和父亲也去应募。景灵宫是供奉皇灵、修国忌、行香礼之所，工程由将作监修内司大作头管领。黄岐领到的活儿是雕造窗扇。一座殿几十个窗扇原本只需一个样式，黄岐却觉着这景灵宫并非寻常之所，该显出皇家尊贵，便每一扇窗都选了一样瑞祥花式。这自然极费工时，却不会多得工钱。他宁愿白花一倍工，熬夜雕凿，每一个卷瓣都务求精细圆劲，一丝都不愿苟且。那大作头来验工时，看到那些窗扇，惊了一跳。再看他的年纪模样，有些不信。询问了一番后，才信了，随即问他愿不愿意拜师做学徒。他喜得说不出话，只会连连点头。那大作头却又说：“有句话我先得问明白。你学艺若只为谋衣食，便不必跟我。以你眼下这双手，已能稳稳端牢一碗好饭，跟我学艺，便得忘掉这些。每一门手艺，里头都住着个神灵，如日如天。我们学艺，不是为己，是为敬事这神灵。世间一切之乐，都难及被这神光照拂之乐。只是，唯有极尽心血、除尽杂念，方能得见这神光。所谓尽心始通神，忘己方成艺。你肯不肯舍了自己，全心为艺？”

自小做木工活计，他从来不觉得苦，反倒觉着里头似乎有甘蜜一般，做得顺手顺心时，那甘蜜便似由手指流注到心里，说不出的甜畅。这时一听，才恍然大悟，那甘蜜正是神光。他忙重重点头，大声说：“我肯！”

于是，那大作头便收了他，让他尽弃以前所学，从头学艺。先由小木作起，精熟之后，才转向柱额、铺作、檐顶等大木作。这一学便是十来年。等他能独自营造屋宅后，师傅又教他宫室庭园这些大计度、大营造。

活了这五十年，他眼里心里全都是这木作，是真尽了心、忘了己。渐渐深入这门手艺后，也真切觉到里头确有一股神灵之气，与他心手感应。时常让他觉着，不是自己在做活计，而是木神借他之手，雕凿营建出一件件精绝之器、宏壮之楼。

娶妻生子后，他原想将手艺传给儿子，但这时家境已经丰足，几个儿子都嫌木工活计太苦贱，没一个肯学。他只得着意选了几个弟子，其中尤其看重陈宽。这弟子肯下死力，心思比他更灵透，时常能有些异思妙想，将来成就一定会胜过自己，于是他将陈宽当作自己儿子一般悉心教导。哪晓得，行至一生最紧要关头，竟遭徒弟背叛、对手偷窃。

这艮岳图稿中，他最善造的是楼殿，心血却被云戴偷去，剩余的多是山亭水阁，又是云戴所长。这一战，自己必输无疑，而且，输的不仅是艮岳这一纸图稿，自己这一生似乎都被人卷窃一空。

他也想过以偷报偷，设法去窃取云戴图稿。然而，一动此念，胸中一股傲气随即腾起。自己一生全凭手艺存身立命，偷窃别人技艺，即便赢了，哪里会有片时安心？

思来想去，恨意越聚越深，一个念头被逼生出来——杀掉云戴。

这念头一旦生出，便再消不去。起先，他还十分怕惧，不敢深想。直到三天前，他去前庭，正巧碰见云戴。两人仍没有说话，云戴却瞅着他微微一笑，那笑里满是嘲讽得意。他一眼瞥见，怒火顿时腾起，心中再不顾虑。

剩下的便是如何杀。

他一生醉心木艺，勤恳做活儿，与人争执都极少，哪里会杀人？更不愿为杀这等卑劣之徒，赔送了自家性命。他想了几天几夜，只想到一个办法——下毒。

那艮岳宿院后厨常备有酒，且是宫中法库御酒。每天夜饭，厨妇送饭时，总要给他和云戴各烫一瓶酒，只要偷偷潜入那后厨，将药下到酒里，这事便能做成。只是，他从未进过那后厨，如何才能不被发觉？

一连三天，他夜夜苦思难寐，却始终没想出个妥善之策。今早起床，神思困乏，去拿压在枕底的符袋，一不留神，袋子掉落到床缝里。那是领到艮岳这桩御差后，他去鲁班祠求来的吉符。他扒在床缝边摸了半晌也没有摸到，心想，佩了这符袋，不但没得吉利，反倒遭遇这被窃之厄，便不愿再理会。可刚爬起身，猛然想到了一个主意：要取出这符袋，得搬开这床才成。这是张檀木大床，极沉，至少得两个人才搬得动，可以唤陈宽去叫那庖厨夫妻来帮忙，趁他们搬的时候，赶去后厨，将药倾在酒坛中。

下药的法子有了，药该去哪里买？他想到街头野郎中常卖鼠药，艮岳图稿已经完成，交给了那内侍殿头官拿去装裱，裱好后，今晚拿回来再让他们验核一道。加之这两天过节，那殿头官不再拘限他们，他便借故出城扫墓，叫陈宽回家牵了马，先出东郊扫过墓。回来途中，一路都在暗暗留意卖药的。

行到虹桥一带，都没寻见，却遇到张用拿了把团扇，遮着半张脸逗耍他。他一向厌烦张用疯疯癫癫、没张没致，便怒斥了一声，驱马便走。走过军巡铺，一眼瞅见护龙河边走来一个人，背着个药箱，手里挑着个布招子。他隐约记得以前曾见过，这人似乎叫彭针儿。

出门前，他已想好主意，忙勒住马，谎说自己钱袋不见了，让陈宽和马仆都回原路去寻。那两人不敢多问，一起往回寻去。他等彭针儿走近，下马问他可有鼠药，彭针儿连声说有。他摸出三文钱，买了一小包，怕不够，又买了一包，仍担心酒坛大，药量不够，索性买了五包。

彭针儿有些纳闷，他装作未见，付过钱，捏着那五包药，上马便走。走到东水门边，才停住马，掏出手帕将药包好，连钱袋一起贴胸藏进怀里。而后，下马牵到路边，等候陈宽和马仆，心却咚咚暗跳，手微微抖个不住。

第二章　大匠

有道而不艺，则物虽形于心，不形于手。

——苏轼

陈宽也在寻卖药的，他也准备杀一个人——他师傅黄岐。

师傅说丢了钱袋，他却有些疑心，自己一路都跟在马后，并没见到掉落什么。人都说伴君如伴虎，他却觉得伴师才真如伴虎。师傅说去寻钱袋，他只能去寻，从师二十多年来，事事都是如此。

他和那马仆刚回到虹桥口，桥上河里便乱了起来。循声一瞧，河里一只客船烟雾蒸腾，撞向前头一只游船，随即消失不见，烟雾中竟飘出一个白衣神仙，身后还立着两个仙童，飞撒红花，顺流而下。他还好，虽然惊诧，只是张大眼睛惊望，身边那马仆却发出一串怪声，见岸边有人跪下，他也要奔过去下跪。陈宽忙一把拽住那马仆，喝他赶紧寻钱袋。可这岸边人众纷杂，即便钱袋真的丢了，也早已没处寻去。他念着心事，便吩咐那马仆一路寻回郊外墓地，自己在这虹桥一带寻。那马仆一向怕他，又见那神仙已经漂往下游，忙答应了一声，追着望东跑去。陈宽则走进温家茶食店，在靠门边的凳子上坐下来，眼瞅着外头乱挤乱嚷，盘算自家心事。

陈宽今年已经三十五岁，他是十三岁拜的师。那之前，他父母遭瘟疫双双病亡，他独个儿流落到京城，跟着一班木匠四处寻活儿讨食。他虽生得瘦小，手却巧，那些木匠锯好了斗拱，让他凿榫头。这活计不需多少气力，却要精细。他照着图样，打好墨线，锯、凿、削、磨，无不严丝合缝，人都唤他“小榫头”。那年太学重修辟雍明堂，由黄岐监造。那时黄岐虽还未挣到“黄富贵”的名头，却已是京中造楼名匠。这类活计远轮不到陈宽，他却早闻黄岐之名。听说后，便借钱买了一坛上等羊羔酒，寻见应募了这工程的一位作头，苦苦乞求，并拿出背去的凿锯木块，当着那作头的面，制了一个榫头。那作头看过他的活计后，总算答应了。

到了太学，黄岐将他们一干木匠召集到一处，一样一样吩咐差事。那时黄岐还不满三十岁，身穿一领淡青绸衫，俊眼修眉，仪容清肃，站在一众木匠当中，如同一竿翠竹立在乱草丛里。陈宽瞧着那威严气度，简直如同见到庙里的神君一般。

他领的差事仍是凿制榫头。他只跟着那些低等木匠修造民宅，样样都简陋。及至见到黄岐分给他的图样，惊得合不住嘴。那图上的榫头，五穿六插、七拼八叠，哪里是榫头？竟像是七宝玲珑的铜锁玉雕。仅撑梁柱的斗拱名目，便听都没听过：令栱、华栱、瓜子栱、慢栱、齐心枓、交互枓、散枓、平盘枓……好在他身边是个老木匠，手艺惯熟。他便偷偷瞄着，依样去做。两三天下来，便发觉这些榫头变化虽多，理却仍是一个理。只需照准图样，把严尺寸方位，便不会差。于是他放手制作起来，手脚比那老木匠快，活计却不比他差。半个月的工，他十天便已做好。

这榫头原是由黄岐手底下一个作头监工查验，陈宽却存了个心，单候着黄岐。瞄紧黄岐走过时，他壮着胆上前，请黄岐来验看。黄岐听他说已经完工，眼中先露出疑厌之色，盯了他片刻，才走了过去。瞧过第一根散枓的榫头，不由得回头望了陈宽一眼，接着凑近细看其他。一一验过后，便沉声询问他的出身来历。陈宽忙照实说了，跟着便扑通跪下，拼了胆问：“黄大作头，求您收我为徒！只要您教我手艺，我情愿一生一世服侍您！”

黄岐先一愣，继而沉声道：“我不需你服侍。我只问你，你为何学艺？”

他心里想的自然是能吃口好饭，但知道绝不能这么答，略一犹豫，才想到个妥当回答：“我想成个师傅一般的大匠。”

“你可吃得了苦？”

“便是苦断了手、苦烂了脚、苦残了心，我也不怕！”

“你若跟了我，先戒掉这滑嘴滑舌。”

“是！师傅！”他忙重重连叩了几个头。地上有些碎石，磕得额头出血，他却丝毫觉不到痛，反倒觉着唯有出些血，才表得忠心与大欢喜。

黄岐却微皱了皱眉，转身走了。他不敢出声，望着师傅英挺背影，在原地连连跺脚欢跳。

那天傍晚，黄岐使了个仆人唤他去自己宅里。他喜得心头发颤，忙跟着去了。那是西郊一所新造的宅院，虽不多大，外头瞧着只是寻常民居，走进院里，却见房舍修造得异常精整，连一根根椽头面都打磨得极平滑。

他小心走进堂屋，见黄岐端坐在中间一把黑漆交椅上，恍如神君吕洞宾一般。他忙要跪下磕头，黄岐却一摆手，随即站起身，指向身后墙中间供桌上一个神龛，里头供着匠神鲁班神像，左手执墨斗，右手握凿锯。

“你先来拜过祖师。我们这一门手艺由祖师所创，他乃万世匠神。我只引你入门，得不得道，全在于你。你要发愿立誓，就在祖师面前立。你可欺我、欺己、欺人，却欺不得神灵。”

他听了，心里一凛，忙小心走过去，肃然跪下，连磕了三个头。他四处流荡惯了的，向来会看颜辨色、信口附会。这时却说不出一个字，只在心里默默祷告：“祖师爷保佑我，学到师傅的全套手艺，做一个师傅一般的大匠。”祷罢，觉到师傅在背后盯着自己，心里升起畏意，又双手合十默誓了一句，“只要师傅肯尽心教我，我陈宽这辈子一定忠心服侍师傅到死。”

“好了，起来吧。阿辰带你去看宿处。”师傅语气微有些和缓。

他忙爬起来跟着那仆人阿辰走到旁边一间耳房，推门进去一看，屋子虽不宽阔，却极清整。床铺、桌椅、箱柜全都新崭崭的。床上齐整叠放着一套衣裤鞋袜，也都是新绢缝制。阿辰让他换上那套衣裳，随后带门出去了。

他站在那里，顿时呆住。他只是个小木匠之子，自小眼里所见，只有穷困。父母亡故后，更是尝尽了诸般孤苦滋味，哪里住过这么整洁的房舍？他忙脱掉旧衣，换上那套新衣鞋，伸手摸一摸，新绢细柔绵软，直舒服到心底。这新衣一上身，陡然觉着自己顿时脱胎换骨，只是手脚都有些发僵，连路都不太会走了。

他在屋里来回摆弄慢踱了几圈，才稍稍顺当了一些。想着师傅，不敢耽搁，忙开门出去，回到前面堂屋。师傅站在门外，立在檐下，沉着脸望着他。他忽而觉得，像是见到父亲一般，心里暖涌，双眼一热，几乎涌出泪来。师傅却沉声说："你去锯那块木料，墨线我已画好。"

院子角上摆着条做木工活儿的长宽凳，凳上放了一块长木板、一把小锯子。他不敢顾忌刚换的新衣，忙快步过去，放正那木板，将边上打的墨线与凳沿摆齐，而后抬起右脚踩牢木板，握紧锯子小心锯起来。他锯功一向不差，这时手虽有些发紧，却也依然锯得平直。锯完后，他小心放好锯子，回头望向师傅。师傅脸色却越发冷沉，一言不发，大步走了过来，他忙让到一边。师傅看了一眼锯面，随后将木板往凳子外面稍挪了两分，抓起锯子，抬脚踏稳，将锯刃贴着那木板边沿不到一厘处，沙沙沙锯了起来。锯声轻稳，细浪淘沙一般，极有节律，十分悦耳。片时，师傅已经锯下薄薄一片，随后放下锯子，沉声说："照我这样，锯出一片，再吃饭。墙边那些木板都是给你备的。"说罢便转身进屋去了。

他忙从地下拾起那木片，薄得只比粗纸略厚些。再看师傅锯的那一面，更是惊呆。即便是积年好锯匠，锯出来的木面，总难免有些斜痕，他自己锯的那一面便布满锯痕。师傅锯的却光光洁洁，刀削一般，看不到一条锯痕。锯穿那一瞬，锯刃更是难免打斜。师傅尾缝却结得异常平滑。他惊罕之极，人的手艺竟能练到这等地步！再一想，这锯功只是师傅手艺中极寻常的一项，他一身不知练就了多少绝技？这之前，陈宽只是仰慕黄岐名头，这时才真正满心敬服崇叹，心里也顿时涌起一阵热血，似乎瞧见自己若干年后也能练成如此神技。

他忙抓起锯子锯起来，可要锯那么薄，谈何容易？只要手底气力略一岔，锯条便立即打斜，中途便锯断了。他偷眼一瞧，师傅坐在那把交椅上，一动不动盯着自己，吓得忙又埋头锯起来。锯了百十回，一根木板已去了大半，才算勉强一锯到底，锯下来的木片却厚薄不均、歪歪斜斜，根本看不得。这时天色渐暗，屋里飘出饭菜香气。他扭头一看，师傅已不在堂屋，后边传来妇人轻语、孩童笑嚷、碗匙碰响声，他们在吃饭了。

陈宽劳累一天，早已饿了，却只能白吞一口唾沫，又埋头锯起来。等天色昏黑，里头已经吃罢了饭，那个仆人阿辰挑了个小灯笼出来，挂到他身边的墙上。看到那灯笼，他知道师傅不是白说的，自己头一天学艺，更不能懈怠。好在他自小便比其他孩童能坚执，便忍着饿，在那灯下继续苦练。一直练到深夜，虽能锯出薄片了，却仍难像师傅那般匀平。屋里的灯光全都熄灭，师傅一家睡了。他也已累得手臂酸麻、饿得虚火直冒，但想着师傅恐怕一直在听锯声，只能咬牙继续。到后半夜，灯笼里的蜡烛燃尽，他却仍锯不平滑，加之气力耗尽，更没了准头。他只剩一丝执念："若熬不过这一夜辛苦，这辈子也休想熬出这穷苦命。"

月光尚明，大致还辨得清。他便反复念着这一句，继续锯，继续锯……锯到后头，已不是他在锯，而是锯子在拖扯着他，不住拉动，阴间那些受无尽刑罚的鬼魂恐怕便是如此。天色微亮时，他总算锯出薄薄一片，用手摸，虽仍有些微细锯痕，瞧上去却还算平滑匀齐。他再撑不住，腿一软，瘫倒在地上，昏了过去。

等他醒来，发觉自己躺在宿房那张床上，师傅立在床边望着他，手里捏着他最后锯的那片薄木。他忙要起身，却浑身虚乏，手臂酸痛，根本撑不起来。

师傅神色肃然，沉声说："从今天起，我是你师傅，你是我徒弟。你这锯功仍差得远，等歇好了，起来继续练。未练好前，每餐只有一个馒头、一碗粥。等练好了，再加饭菜。"说罢，便转身出去了。

他呆呆点了点头，心里却说不出是什么滋味。这一关都如此艰难，后面不知还要吃多少苦，自己熬得过去？但又一想，若不熬，哪一天出得了头，如师傅这般，锦缎随意穿，酒肉尽兴吃，处处受人仰重，在人前头活人？

犹豫再三，他还是咬牙强挣起来。这时仆人阿辰给他端了饭食进来，果然只有一个馒头、一碗清寡寡的粟米粥。他却如见珍庖，三五下，便吞掉馒头、喝光那粥，碗里最后一两滴都用舌头舔尽。虽远没有饱意，却已经有了气力。他忙跑到前面，不见师傅身影，也不敢问，抓起锯子又练了起来。

直练了半个月，他终于能锯出跟师傅一样平滑的薄片。师傅瞧了，只微点了点头："明天开始练中锯。"

那晚，他的饭食多了一碗青菜。他已经许久没沾过青菜，第一口吃下，喜得如见亲娘一般。

果然如他所料，练完中锯，练大锯，练完大锯，又是削功、刨功、凿功……这些器具练完，他已经十六岁，才开始顿顿能见些肉。其间艰难苦累，早已数不清。然而，师傅却说，这才算刚刚站到了门边。接下来便是小木作诸般技艺，制门、窗、篱、梯、阑槛、藻井、井亭、壁帐……

练完小木作，师傅说勉强能跨进门槛了，开始教他大木作，造料、栱、飞昂、爵头、梁、柱、栋、椽、檐……这又是五年。

他以为自己总算挣出了身，师傅却说："你若只希图做个匠人，这勉强能立住脚，但我不是教你做匠人，是教你起造楼殿。只懂木工，哪里能造起一幢楼？"于是，他又开始学雕作、石作、瓦作、泥作、竹作、砖作……

直到二十八岁，诸作遍习之后，师傅才从取正、定平、立基开始，教他屋宅营造。而师傅在这个岁数时，却已能独自担当，监造宫殿，相形比照，他心里无比闷苦。

这十五年来，师傅从未对他露出过一丝笑，更没赞许过一个字。始终板着面孔，嫌他做得不够，时时处处，他都得尽力小心小意。虽说从未担忧过衣食，却也从没稍稍安心过片刻，睡梦中都觉着师傅随时要责骂。平日里，除了师傅教的活计，师傅家中无论大小事，他都得尽力抢着去做，有时觉着连个家奴都不如。

即便如此，他心里始终牢牢存着感念：师傅这是愿我成大材，这恩德一丝一毫不能忘。

唯有三桩事，梗在他心里，怨意越积越深。

头一桩是钱。学艺头几年，师傅管饭管衣，他感戴之极。可练到小木作，皆是在楼殿园宅工地上做活儿，照理便该有工钱，师傅却一文都不给他。等大木作练成，工钱早该翻几倍，他仍然一文钱都摸不着。师傅后来又收了几个徒弟，那几个人起头几年也没有工钱，到小木作时，他无意中听到，他们每月竟都能得两三贯钱。他顿时惊呆，不知道师傅为何单单对自己这么刻薄，心里虽然震怪，他却不敢问师傅，只能忍。直忍到如今，早已练出第一等手艺，却仍连花子都不如。

第二桩是婚姻。他拜师时才十三岁，年纪尚幼。过了几年，渐知人事，心头开始痒热起来。外头见到女孩儿，总忍不住偷偷瞅、暗暗念，却只能干馋白瀉，一心盼着手艺练成，便好论这男女之事。等到大木作练成，已经年过二十，足以成家立业了，师傅却丝毫不言此事。那时师傅于他，已真如父亲一般，这婚姻大事，师傅不开口，他哪里敢提敢问？只能继续等。其他几个徒弟起先都住在师傅家中，大木作练成后，有家的回家，没家的师傅也让搬出去赁房自住，有活儿时才来做工。“黄富贵”的徒弟，在京城到处都说得起话，一般门户的女儿都愿嫁，那几个先后都娶了妻。唯独他，到如今，都已三十五岁了，却仍是个孤桩单杆儿。

第三桩则是名位。起初，莫说他自己，便是旁人，哪个不说，他这个穷门孤儿，能被黄岐收为徒弟，是积祖修来的福报。可后来，他却渐渐疑惑起来：自己拜师原是为能学成本事、挣出个头。可诸般手艺都学成后，他却仍得埋头跟在师傅身后，一步都不许远离，连抬眼直视、大声说话都不敢。其实，师傅的全套本事他都已经学到，而且师傅只知严守成法，不善变通。他却心思活泛许多，有时成法不足，他能因地因势想出些新主意，既不失堂正宏丽旧范，又能出些新鲜意趣。有了他相助，师傅才声名更盛，稳稳坐牢“黄富贵”的名头。这些，外人却一概不知，声誉尽归师傅。以他如今的本事，全天下走到哪里，都是一等大匠，在师傅跟前，却狗一般。许多回，他都想偷偷逃走，可一见到师傅那威严目光，他连挪开半步的气力都没有。他盼出头，盼了整整二十二年，这头却被师傅死死摁在腔子里，越盼越丧气，越等越灰心。

今年，师傅又领了艮岳御差，这是天底下头一等差事，京城三大营造师，李度不知去向，云戴又只善园林野逸之风，于皇家富贵一向力有不逮，师傅胜算极高。师傅若赢了，便能稳占天下头一位匠席。一旦到那地步，师傅只会越发威严，又正当盛年，自己这辈子恐怕都走不出他的地界，永难出头。

上个月，还未到艮岳宿院时，师娘见师傅为构画图稿，连熬几夜，便在一旁劝说：“你也爱惜些身子，这图稿只是个引儿，一旦官家选中了，后面工程才要耗气力呢。你若累病了，谁来监造？”

他在一旁听到，一个念头忽而暗生：师傅若不在了，他的构画意图只有我最清楚，这艮岳工程，自然没人能跟我争。若能监造艮岳楼馆，还愁出不得头？

随即，这些年的冤屈愤懑顿时翻涌出来，杀意随之生出。不过，毕竟是相从二十多年的恩师，他哪里敢深想这等事？直到他们师徒被那殿头官拘禁在艮岳宿院后，每日眼见着云戴师徒之间亲亲善善、有说有笑，他无比震惊，师徒之间竟能如此和气？而他师傅，却比以往更加严厉，动辄高声斥骂，甚而扔笔摔盏。最后几天，只要见到他，师傅眼中便腾起怒火，要吃了他一般。

他再忍不得了。

这两天，他暗暗想出了个投毒之策。这法子最好下手，而且，云戴和师傅多年不和，众人皆知，如今正面对敌，偏生又同住一院。师傅若死，先怀疑的自然是云戴师徒……到明天，图稿便要上呈天子，今天是在那宿院最后一晚……

他正在思忖，一眼瞧见卖药的彭针儿举着招子、背着药箱走了过来。他忙从怀里掏出一个布包，里头有几十文钱，是常日里替师娘跑腿买酱醋绒线脂粉，尽力讲价，偷偷攒下来的。他拿着那些钱，快步迎向彭针儿……

第三章 莫争

不寓心于物者，直所谓至人也。

——欧阳修

虹桥大乱时，云戴正巧行至桥上。虽然四周扰攘，他却不愿理会。他心里坠着一件大事——杀黄岐。

云戴比黄岐小两岁，今年五十三岁，中等身材，面相温朴。与黄岐物物皆求精贵相反，他向来事事随意，只戴了顶半旧黑纱帽，穿了件青绢旧袍。他见徒弟周耐挤到桥栏边去瞧热闹，有些不耐烦，正要去唤，一扭头却瞧见黄岐骑马从桥南头经过，后面跟着徒弟陈宽。他惊了一下，做贼被撞见一般，忙扭转了身子，心里暗暗惭愧，事情还没做，方寸已先乱，竟心虚到这地步。再想起家训，更是五内翻腾，额头渗汗。

云戴这营造手艺来自祖传，他家世代以修屋盖舍、建楼造亭为业，早在唐末五代，已是汴梁名匠。宋兴以来，更是代代皆有子孙出任将作监修内司大作头。京城营造行行首之位也都是由他家承袭。他家虽说艺统深厚，祖训却只有两个字："莫争"。

云戴自幼就听父祖教诲，这营造一行，时时要记着"莫争"二字。莫与物争，莫与人争，莫与天地争。不论起高楼，或是建小亭，第一得先依自然之理。

地势、地形、方位、土质、水况、草木皆有分定，只能因地取正，万莫争拗。眼前争得一分巧，日后不知赔还到几分，此乃天地好还之理。第二得依间架之理。楼宇屋宅，安固为先。基之深浅、台之宽窄、墙之厚薄、栋之高低、梁之粗细……皆有定数，此乃先祖千百年精测细算而成，只能严守其则，万莫争违。争在毫厘间，祸藏尺丈外。第三得依物力之理。营造一行，最耗财力，且无底止。我们身为匠人，虽说只是受人之雇、替人兴造，管不得雇主耗费几多钱财，更无法劝止官府滥耗民财。但世间百工，行行皆有其德，业业皆是修行。不管雇主如何，我们胸中始终得有惜物之念。营造之时，贵在适得其用，万莫争奢。须知，一砖一瓦、一梁一椽，既是天赐之材，更是世人心血。惜一分财用，便是积一分功德。第四则是人情之理。身为匠人，尽本分便是尽天职，心中得常怀一个“敬”字。敬天地赐我禀赋，助我自食其力；敬先祖传下这手艺，让我谋生有路；敬雇主给予活计，使我家小得靠；敬同行尽心尽力，令这行当日日昌盛。因而，万莫起争妒之心，更莫存自傲之念。任一门手艺，都博深似海，没人能穷得尽、到得顶。这天下的钱财，也各有分定。莫妒他人含金匙，莫羡他人得盛名。捧牢自家粗瓷碗，方为人生安稳时。

云家家法极严，云戴自幼就受这训导。五岁起便开始练锯功，七岁开始背诵营造口诀，这口诀中大半都是尺寸斗方数目，从取正、定平、立基到柱础、殿阶、踏道，再到木、竹、泥、瓦、石、灰等作功、功限、料例、数量，加起来，有数千条目。到十二岁时，这些数目字全都刻在了他心里，终身不忘。起楼造园前，只需丈量过宅地，他一口便能说出所需木材、土石、砖瓦等料量，差误不出尺斗。当年李度的父亲奉敕编修《营造法式》时，其中许多细目，都是从云家得来。

除去学营造，云家也延请儒师教导子弟识字读书。云戴却性喜朴淡，独爱老庄。不愿奢丽，务求清素。尤其所造园林，从不刻意雕琢，只取草木竹石天然之态，借流水清池掩映之趣，略装点以一二亭台轩榭，于野朴之境，生闲逸之致，因此，极得雅士文人赞赏，得了“云野逸”的名号。

云戴与黄岐相识于神宗皇帝元丰二年，当时两人都还年少。之前，名臣沈括受王安石变法牵连，因上书言免役法被贬宣州。那年七月，神宗皇帝重新起用沈括，召他回京复职龙图阁待制。沈括那次上书，是请求减免下户役钱，并建言将旧差役法和新雇役法相合并用，有钱者出役钱，无钱者仍出力役，两得其便。京城工匠都极感戴，替他抱屈。沈括要修宅第，雇请了云戴的父亲，云戴的父亲自然十分乐意，自己不收工钱，又请了京中名匠、黄岐的师傅一同监造。云戴便是在那工地上头一回见黄岐。

那时黄岐才拜师不久，身子十分羸瘦，穿着身旧布衣裤，肩上、膝盖都破了口。他的木作手艺却极精细，碾玉雕花一般。云戴虽自幼受严训，都有些及不上，因而极赞佩黄岐。两人又年纪相仿，工闲时，他便有意凑近，寻黄岐话说。云戴出身名匠之家，其他匠人见了他，无不奉承。黄岐却不愿多言，问一句才简短答几个字。云戴越发觉着这人有些不同，反倒更愿与他结交。

沈括待工匠极善，每顿饭食都尽力让工匠们饱足，头一天便让厨下蒸了几大笼羊肉馒头。黄岐一口吃到里头的羊肉馅，平日不爱言语，那时却大声惊呼了句“羊幼”。众人听见后都大笑，之后更唤他“黄幼幼”。云戴虽也觉得好笑，但看到黄岐脸涨得通红，顿时收住了笑。黄岐当时扫了他一眼，非但没有感念，眼中反倒越发刺痛，目光像是被蜇到一般，冷战了一下，随即低下头，盯着手里的馒头，半晌都不肯再吃。云戴十分纳闷，却想不明白其中原委，只记住了黄岐心性极敏细，之后跟他说话时便格外当心，生怕伤到他。

那工地上还有一个十来岁的小匠徒，名叫崔升。崔升手艺也极好，而且性情温善，与云戴很快便成为朋友。两人又都对黄岐有些好奇，三人便常凑在一处。黄岐始终难得主动开口说话，唯有谈及木工技艺时，话语才多一些，但也是问得多、听得多，答得少。

开工头几天，云戴的父亲先在沈家宅地上丈量、取正、定平，并唤了云戴、崔升、黄岐三人打帮手。先在基址中央朝向太阳放置了一块圆板，当心插了一根细铜标杆。太阳照到标杆，投下日影，用墨笔记下正午最短之影顶端位置。在其上架起一支望筒。望筒由一节粗竹制成，长一尺八寸，当中两壁用轴架夹固在一根三尺高立柱上，两头封节处中央各开一个直径五分的圆孔。依照最短日影方向，将望筒指向正南，让日影正透过两端圆孔。在两孔中央各垂下一根绳坠，绳坠所指，便是正南、正北，由此确定正四方。

接下来便是定平。在正方四角各竖立一根标杆，杆上刻有尺度。基址中央安放一只水平。水平是一块长方铜板，架在四尺高的立桩上。两头各开一个小方池，中间用一道浅水槽连通。灌上水后，依照水位，将水平调到正平。两头池子里各放一枚水浮子，站在水平一侧，望齐两头水浮子尖端，分别遥对四角标杆刻度，便能知道地之高下。

他们丈量、取正、定平时，沈括一直在旁边观看。沈括一生最爱探究万物之理和诸般工技，那时又领了一项官事，奉敕编修天下各路州县地图，名为《天下州县图》，又叫《守令图》。历代绘制地图，平地尚可，如遇高山丘陵，则差误极大。道路弯曲时，里数也极难相符，为此，古人创制了“飞鸟法”，如鸟越山岭曲路，在空中直飞，则能免去地图里程差误。这一方法道理虽好，施行却难。沈括为此耗费了许多精神，却始终寻不到更好的法子。那天看到这些测量之术，大受启发，忙向云戴的父亲请教，由这小宅地测量，悟到不少大地图测量的好法子。

崔升也爱琢磨物理，又极钦敬沈括，只要见到沈括，总要寻各种由头上前问安。一来二去，竟真讨到沈括的欢喜，做了沈括的亲随。宅子造好后次年，沈括任鄜延路经略安抚使，出知延州，抵御西夏。崔升留在京中服侍沈括家人，云戴和黄岐则继续苦练营造技艺，三人仍往来不断。两年后，由于永乐城大败，沈括被贬随州，崔升跟随沈括去了湖北，一去便是七年。

这前后十年间，云戴和黄岐已各自练成本事，虽然尚未赢得“黄富贵”“云野逸”的名号，却均已初具大匠之风，被目为营造行两大秀才。两人路数这时也已显出泾渭之别，黄岐一味求精求贵，云戴则越来越爱朴淡野逸。

随着声名渐起，黄岐身上傲气也逐年而长。两人到一处时，黄岐话仍不多，言语却越来越冷利。云戴先还能容让，后来便渐渐受不得了。黄岐这等人他其实见过一些，出身穷寒，勤力上进，却心地偏狭，对人世始终存有一股怨愤之气。一旦得志，则极自负，时时处处不忘报复、泄愤。云戴这也才明白，为何当年黄岐喊出“羊幼”被众人嘲笑，自己忙收住笑，黄岐瞧见，却越发刺痛。偏狭之人，视一切皆可怨，他们眼中，善尤其可厌。他们不肯信这世间会有真善，只认定善是作伪之恶，因而是更恶之恶，加之云戴生于名匠之家，黄岐的怨恨便越发加倍。

当然，云戴并不愿与之计较，他从不缺朋友，少一个算不得什么，于是他决意从此疏远黄岐。可就在这时，神宗驾崩，哲宗继位，照例大赦天下，沈括得以内迁。崔升跟随主人回到京城，寻见云戴和黄岐。那天恰好也是清明，云戴雇了只船，三人在金明池游赏吃酒。

久别重见，云戴发觉崔升也变了许多，已无当年温善，言语神色间既骄又愤。原来，这些年他跟随沈括，受了不少闷苦。大赦之后，沈括才重新振作，发奋编修《守令图》，崔升在其间出了许多力。这回回京，正是由于《守令图》已经编制完成，沈括被特许进京上呈。崔升因此既深感骄傲，又难免回首自伤，进而酸辛愤郁。

云戴才要疏远一个傲友，又重见一个骄友。三人言谈起来，话风极乖拗。他们交情原本不深，又分别多年，叙过旧后，再找不见话头。崔升便不住声夸讲《守令图》如何精密绝伦、远超前代。云戴不好拂了他的意，尽力附声赞叹。黄岐则越听越不耐烦，听到第三遍时，鼻子里不住地蔑哼。崔升自然觉察到了，顿时没了兴致。

正巧云戴那天置办了一盘软羊，崔升便抓起箸儿夹了一大块羊肉，笑着说："不闲攀这些了。来，吃羊幼，吃羊幼！"云戴听到，险些笑出来，但知道利害，忙绷住了。黄岐果然脸顿时涨红，鼻翼翕张，嘴唇急颤不止，怒瞪向崔升。崔升却装作无事，笑望回去："黄兄，为何酒也不饮，幼也不吃？"云戴顿时觉得不妙，还未及开言，黄岐已端起面前一碗石肚羹，猛然掷向崔升。羹汤泼了崔升一头，肚丝挂满头巾衣衫。崔升又惊又怒，愣了片时，随即怒喝一声，也抄起一碟辣齑粉摔向黄岐。船舱窄小，黄岐没躲过，碟子正盖到脸上，油汤粉片糊了一脸，眼睛更是辣得睁不开。他怪叫着，用袖子揩净了眼，摸着桌子，绕过去扑向崔升，两人顿时扭打起来。云戴坐在这一头，慌忙起身过去，费了死力，才将两人拉开，又忙唤船家靠岸，两人愤愤下船，各自怀怒而去。

云戴以为这桩事就此了结，自己也无心再与两人交往，便没有去补救说合。谁知过了两天，官府公差找见他，说崔升那天赴约后一直未回，到处都寻不见踪影。云戴平白惹上一桩公案，去开封府挨了几顿审讯。后来，官府疑心是黄岐挟仇报复，却始终查不出佐证。崔升也一直下落不明，扰攘了一个多月才不了了之，这桩案子只能悬搁下来。云戴和黄岐彼此心中都存了芥蒂，从此再无往来。

之后二十多年，两人各自成了名。宫中御差大多由黄岐包揽，云戴心中先还有些不自在，随后一想，自己原本就不喜营造那等奢丽楼殿，承当御差，又禁忌极多，名荣而实难。而京城之中，显宦富商无数，但凡有些财力的，都争着在城郊治别墅、造园林，这正是自己所长所乐，活计从来忙不歇，又何必羡妒他？正好各行其道、各遂所愿。

唯一让云戴不乐的是，自当今官家登基以来，天下奢靡之风愈演愈盛。原本连宫中殿阁都不许泥金，如今民间都纷纷私下里违越礼制，争相夸富斗奢。云戴和黄岐原本齐名，随这奢风渐烈，“富贵”便日益胜过“野逸”，京城营造行匠人们也转而争相效仿黄岐。云戴的兄长现今虽然仍是营造行行首，云家却一年年冷落下来，早已无当年之尊荣。不少好友甚而劝他们兄弟，也照着黄岐那路径去行。

云戴一生散淡，从没深恼过什么，这一句劝，却如钉子一般钉进心头，既愤且耻。他不断以“莫争”二字家训自我劝解，这濍郁却越积越深。

他没想到的是，官家营造艮岳楼馆，竟让他和黄岐、李度三人各自构画图稿。他一生醉心山水园林，从没有哪座园林及得上艮岳，更没有哪片园子能有这真山真水一般的宏阔奇秀，自己图稿若能得中，这一生便真正圆满无憾。

然而，这毕竟是皇家园林，黄岐自来便精熟于此，云戴几无胜算，何况还有后起强手李度。好在李度中途失踪，劲敌便少了一个。如今只剩黄岐。

云戴反复思量，忽而醒悟，这艮岳毕竟不是皇宫，官家耗尽数年资财造它，并非要造另一座皇宫。它以山水取胜，其中大多都是亭轩馆阁，官家心中所望，也是要尽力依自然之理、营天然之态，而这正是自己所长。这么一想，自己胜算又高过黄岐。

于是，他便放手去构画。可心中存了争心，神思再难如常日那般轻畅无拘，一念生起，总有许多羁绊。越想清除杂念，杂念便越发萦缠不休，方寸随之大乱，整整一个月，他连一座小亭都安排不定。

直到李度失踪，他和黄岐被拘押在艮岳宿院中，有天在庭中，两人遇见，一眼看到黄岐目光也焦灼不宁，他才顿时松快。我乱，他亦乱，我又何必过于忧烦？心这一松，他才稍稍安宁下来，能凝住心神构思图稿了。

即便如此，只要一放下画笔，他立即便会想到黄岐，心中一个念头越来越盛：这回我必须得胜。艮岳一旦建成，将是天下第一盛景。天下园林从此必然以它为旨归，它奢，天下奢；它朴，天下朴。我这并非是争，而是扳，扳转华奢靡丽之风，让天下归于素淡。而要扳转这世风，便得先惩处罪首。若能除掉黄岐，不但我能必胜，天下也能因之得福。杀掉黄岐、毁他画稿的念头由此生出。

这念头先让他一阵慌惧，但想到天下之任，他旋即有了依仗和底气，不让自己再多顾虑。

他暗暗思谋了几天，才想好投毒之策。今天，他借故出城，支开徒弟周耐，向街头一个卖药郎买了一包砒霜，准备今晚动手……

第四章 能耐

是以安而不泰，存而不骄。安而泰则危，存而骄则亡。

——《棋诀》

虹桥两岸闹嚷起来时，周耐其实哪有闲心去瞧热闹。

他挤到桥栏边，是去望两岸寻人，寻个走街卖药的。

今天跟着师傅云戴出来后，他一路都在留意，走到下土桥，好不容易见着个卖药的野郎中迎面走过来，他正在慌想如何避过师傅，师傅却忽然说："你去沈家买几丸墨来。"师傅说的是土桥南头的那家歙墨店，那店里只卖名匠沈珪所制漆烟墨。师傅爱其坚牢润亮，从来都只用它。艮岳宿院中备的虽也是歙墨，却是油烟御墨，由歙州张遇独创，以麝香、冰片、梅片、金箔入墨，世称龙香剂。师傅最不喜这等华靡之物，但这回画稿要上呈御览，哪好用自家之墨，只得忍着。

周耐心挂着那卖药的，忙说："上回买了三十丸，才用了一半不到。"

"沈墨一点如漆，十年如石。多蓄存一些怕什么？"

师傅这一向脾性都有些异常，今天更是神色古怪，他不敢多话，赶忙跑去买墨。买回来后，那卖药的早已不见了，他心里暗想：难道是师傅命不该绝，老天在佑他？

周耐买药是准备今晚投在酒菜里，毒杀师傅云戴。这念头虽已存了许久，但直到这几天，才终于下定了决心。错过今晚，恐怕再难寻到这种良机。

他跟在师傅身后，继续一路寻找卖药的，既盼着寻见，又怕寻见。师傅说去郊外走一走，踏踏青，便一路来到东水门外。师傅为人一向温温淡淡的，今天却有些躁郁，一路上已发过几回火。这哪里是踏青的心绪？难道师傅察觉了？周耐越发怕起来，几回想断掉那个杀念。走到虹桥时，他心里暗暗说：到桥上四处最后再望寻一回，老天若真要保师傅的命，便叫我寻不见。

到了桥上，河中那只客船忽然发生危急，船桅眼看要撞到桥梁。周耐忙趁势挤到桥栏边，朝两岸急急搜寻，一眼瞅见北岸力夫店门外有个老者挑着个布招子，他心里一颤，再一瞧，不是卖药的，是卖卜算卦的。他既失望，又有些庆幸。但旋即想，这些卖卜算卦的有时也会顺带卖些杂药。这时，师傅在身后高声唤他。他回头一瞧，师傅既恼怒，又烦躁，目光中更透出一股寒气。他从没见过师傅这等神色，心里一惊：莫非师傅真的瞧破了我的心思？但随即想到，师傅极有见识，行事从不慌急。他若真的瞧破，或是不动声色，看我如何施为；或是直言说出，逐我出门，绝不会如此躁乱。他恐怕是心系那艮岳图稿，才乱了方寸。

于是，他忙答应一声，离开了桥栏。可就在这时，河里那只船已驶过桥洞，划向上游，船身却忽然蒸腾起烟雾。桥上两岸的人越发惊怪起来，全都围聚过去叫嚷。连他师傅云戴也不由得停住脚，望了过去。周耐心里急想：趁乱去寻那卖卜的，他若不卖药，便真的死了这心。

他见师傅仍在惊望河里那船，便再不犹豫，立即拔腿，一道烟飞奔下桥，火急奔往力夫店。到了那里一看，那卖卜的老者也和众人一起站在岸边瞅望。他忙走过去唤问："老伯，你可有鼠药？"

"有——"老者从怀里掏出个两寸多高的土陶瓶，"一钱五文钱，你要多少？"

"这里头有多少？"

"大约还有七八钱。"

"我全要了。"他忙抓过那小瓶，随即从钱袋里取出一陌钱，胡乱捋了一大半在那老者手里，头都不敢抬，慌忙转身就走，右手紧攥着那瓶子，竟觉得火炭一般烫。

快步回到虹桥，那里越发混乱，他一眼看到师傅已下了桥，在街口四处张望，正在寻他，也一眼瞧见了他。他慌忙把右手藏到腿后，小心走到师傅身边，尽力笑着遮掩："将才眼花，见一个人下了桥往东去了，错认作师傅，竟蠢跟着白走了一段。"

"走，回去。"师傅并没有心绪理会他，转身往西走去。

周耐跟在后头，忙将药瓶藏进袋里，满手心都是汗，他连连在裤腿上擦了几把，腿都有些抖。再看师傅的背影，原本走路时极宽缓从容，这时却有些发紧发僵，像是着了病一般。他心里一颤，竟悲怜起来。

周耐今年二十九岁，他是七岁那年寒食节拜的师，如今已经整二十二年。

云家手艺虽然世代家传，但身为行首，每一代都要在行中选一些别家孩童，教他们手艺，以帮扶壮大营造行。周耐的爹只是个低等木匠，做一些粗重活儿。周耐却生来似乎便是该吃这口饭，三四岁时，抓起凿锯，便如模如样的。他爹便着意教他，到七岁时，他已能熟用凿锯。

那年，正逢云戴招徒，他爹忙送了他去。到了云家，院子里已挤满了上百个孩童。云戴立在厅前廊下，头戴一顶黑纱新头巾，身穿一领新绢白长衫，脚蹬一双白面新丝鞋，微微笑着，满面和风，一身清暖。周耐呆呆瞅着，心里却有些纳闷。那时，"云野逸"的名头已经传响京城，周耐一直想着，这样的人必定极高极伟，得仰弯了头颈才能望见。谁知这么和气，浑身上下瞧不见一丝奇处，他不禁暗暗有些失望。

云家招徒，首看锯功。一百多个孩童每人发了一块木板，上头均用墨线画了一个圆，要依这墨线锯出一个圆盘来。周耐早已练过，抓起锯子就锯了起来，一盏茶工夫，便已锯好。他往左右一看，其他孩童没有一个锯完。他大为得意，举起那个圆木盘，高声叫道："我锯好了！"

云戴正在四处踱看，听到叫，走了过来，从周耐手里接过那木盘瞧了瞧，向他笑着点了点头，随即转头让仆役又拿过一块小方木、一把凿子、一只小锤，笑着递给周耐："你再把这荷花雕出来。"

周耐接过那方木一瞧，上头用墨线绘了一朵荷花，并不繁难，只有一个圆花蕊，周围六片花瓣。他忙说："这个我会！"

其实周耐只凿过桌椅接榫方孔，这是头一回雕花。他却浑然不惧，想着见过的那些门窗雕花，不过是把空余处凿凹，让花瓣边沿凸起来。于是他埋头雕凿起来，先将花蕊外头一圈凿陷下去，中间果然凸显出一个圆台来。不过，他随即发觉，自己疏忽了——花瓣和花蕊相接处不应该凿去。他顿时有些慌，抬头一瞧，云戴正笑瞅着他。他不肯示怯，忙说："花蕊原就比花瓣高，我再把花瓣外的空处凿低些，这样花蕊、花瓣、底子便是三层，才更似真的哩。"

云戴并不答言，仍微微笑着。周耐一赌气，照着自己所想，将花瓣外的空处全都凿得更低，凿完后一瞧，一朵荷花活崭崭现了出来。他无比开心，不禁又抬头望向云戴，云戴却已经走开，在瞧旁边另一个孩童雕花。那孩童正吃力凿着花蕊，憋得满头是汗，而那圆花蕊被他凿得如同被咬了几口的饼一般磕磕缺缺。云戴却仍微微笑着，像是没瞧见那些缺口一般。周耐越发负气：好，你这般笑，不好，你仍这般笑，连好坏都辨不出来，如何做人的师傅？

这时，云戴又去瞧其他孩童，始终都那般笑着。周耐不知道他笑什么，为何不变一变笑脸？再瞧其他孩童，手脚一个比一个慢，他等得极不耐烦，不住跟爹抱怨："这些人都没吃晌午饭？一个个不是大壳龟，便是慢蹄牛。"他爹忙忙捂他的嘴。似乎等了几个月一般，所有孩童都才锯完凿罢，周耐已等得浑身的皮都快蹭破。

这时，云戴重新站回到厅前台阶上，笑着道了一番谢，又将那天到的所有孩童齐齐赞了一大篇。周耐听得心里直抓挠，好不容易，云戴才开始宣布选中的徒弟，头一个便笑着唤周耐的名字。那时周耐只叫周三，并没有正名。他心里早已算定自己必被选中，听到自己的名字，仍然异常欢欣，忙高昂着头，大步走出人群，站到了阶前。再一瞧一百多个孩童全都望着自己，眼里全是羡妒，他更是得意无比。

那天一共只选了八个徒弟，等目送其他孩童跟着各自父亲全都失望而归后，云戴这才坐到厅中一把交椅上，令八个新徒弟一个个上前行跪拜礼。头一个仍是周耐，他爹喜得嘴唇直抖，几乎要哭出来，忙牵着他的手，快步走进厅里，慌慌把他推到跪垫前。周耐这时也觉着无比肃敬，端端正正跪了下来，恭恭敬敬连磕了三个头，郑郑重重唤了一声“师傅”。

云戴温声笑语：“你既已是我徒弟了，我便先给你取个名字，叫周耐。你可喜欢？”

周耐听了一愣，随即觉得这名字听着像是“周奶”，心里有些不乐意，却不敢言语，只点了点头。

“你可知道我为何给你取这个‘耐’字？”

周耐摇了摇头。

“学艺一道，最要紧便是这个‘耐’字。不管才分多高、心思多敏捷、手脚多灵便，若缺了这个‘耐’字，都难有所成。你可知道这‘耐’字说的是什么？”

“我知道！”他忙答道，“是能耐。”

“呵呵，答得也算不差。人得先能耐，而后才会有能耐。”

周耐听得糊涂，不由得皱起眉。

“能耐，是能耐得住。一个人能耐得住多少辛苦烦难，便会有多少能耐。一切耐中，最难耐的是时日，最缺不得的也是时日。譬如庭前那株梨子树，耐不过冬，便发不得芽；耐不过春，便开不得花；耐不过夏，便结不得果；耐不过秋，便成不得熟。我看你，一切具足，只缺一个耐。跟我学艺，你怕是得二十年才能出师自立，你可耐得住？”

他微一愣，随即大声答道：“耐得住！”

其实，他才七岁，连八岁会如何，都无从设想，更莫论二十年。师傅听后，笑了笑，随即唤他起来，叫其他徒弟跪拜。

自那天起，周耐便跟着云戴学艺，也渐渐惯习了这个新名字。

其实，即便拜了师，父母欢喜到那个地步，周围匠人们尽都羡叹不已，见到他，再不敢视为孩童，话语神色间满是恭敬，周耐自己也甚是得意。但他心底里，多少都有些不以为然，直到见识了云戴的技艺，他才越来越敬服这位师傅。

云戴的技艺精深到浑然无迹，随意一锯一凿，看着都极寻常，但再一细瞧，那身形、手势、气力、分寸都恰到好处，多一厘或少一厘都嫌过。做出来的构件，更像是天生便该如此一般。到如今，周耐早已学到师傅全套本事，也见识了许多一等大匠，但心中真正折服的，仍只有师傅一人。

师傅为人又极和淡随性，即便在徒弟面前，也是如此。他从不讲求师徒礼敬，曾说："这'敬'字哪里能强求？真敬了，自然敬；不敬了，又何必伪饰？何况，我只求心安，你敬与不敬，与我何增何减？"因而，他们师徒之间极畅快随性，这让其他师徒都有些惊诧。

周耐最受不得的是师傅那笑。师傅时常在笑，就如头一回见到的那般，徒弟做得好，他笑；做得不好，他也笑。过了几年，周耐才渐渐分辨出来，那笑其实有分别，大约有五种：头一种是笑问：徒弟没尽力，做得不够好，他并不责骂，只笑望你一眼，让你自家生愧；第二种是笑慰：徒弟若尽了力，却仍没做好，他便温然一笑，让你莫气馁，继续上进；第三种是笑励：若徒弟做得不好亦不坏，他只轻笑一下，让你再多尽些力；第四种是笑赞：徒弟做得好了，他会点头而笑，却不明赞，让你欢喜，又不能自满；唯有第五种：周耐想不出名目。当徒弟做得极出色，师傅目光会陡然一亮，连连点头笑赞"好"。

只是，这第五种笑，极难见到。这二十二年来，周耐只见到过十来回，而且没有一回是为他而笑。

云戴前后一共收过几十个徒弟，周耐自视手艺最高，其他徒弟和行中匠人，也大都这么认定，唯有云戴始终不置一词。

周耐有一回实在受不得，跑去问："师傅，我究竟哪里做得不好，让师傅始终不愿夸我一句？"

云戴听了，又笑了笑："等你不须来问这句话时，你才能寻见其中缘由。"

"什么？"

"我只能教你如何好，却教不会你如何不好。若有不好处，只能你自家去寻，旁人帮不得。"

"我正是寻不出来，才来问师傅。"

"你诸般都好，只被一个'躁'字拿死。程明道先生有句诗，'万物静观皆自得'。能静，方能明。譬如以水照物，搅动不宁，哪里照得清？你因这一个'躁'字，事事都难做透彻。一样功，至多只能做到九成，剩余虽只有一成，却如天井被遮挡，始终难见天光。人人皆有个命门短处，能成大器者，都是填得了自家短处者。你来瞧这个……”

师傅从柜子里寻出一颗黑漆佛珠，有龙眼大小，放到了桌子中央。又取出一样物事，竟是一栋正方小楼，只有半尺多高，却精细无比，是用上百块微细木片嵌造而成，台基梁柱、斗拱瓴椽、门窗栏槛样样皆备，细看与真楼毫无二致。台基底面正中央抠了一个小圆洞，也是龙眼大小。师傅抱着那小楼走到桌边，俯下身子，将小楼底面圆洞对准佛珠扣了下去，正好嵌进一半。而后，他又极仔细调正小楼，半晌，才极小心松开双手，那栋小楼竟稳稳立在那里。周耐看到，顿时惊住。

“这是我十三岁时所制。”师傅说话虽很轻，话音仍微微震到那小楼，小楼随即倒了下来，珠子也滚向桌边，师傅一把抓住那珠子，笑望着他，“你若能照样做出一个来，便能出师了。”

周耐最受不得技不如人，自那以后，只要得空，他便动手做那小楼。造这样的楼，只需细心，不上半个月，他便依样做出一栋，然而嵌到那珠子上时，无论如何也立不住。他知道这得更加精细匀称才成，便烧了那小楼，动手又做第二栋，每个细件都仔细称量、严密计算。小楼制成后，却仍立不住。他又开始做第三栋、第四栋，始终立不住。

他开始疑心师傅是否在耍弄自己，师傅自家那栋小楼一定是动过什么手脚。但心里仍不肯服输，又做了第五栋，还是立不住。他再无耐心，丢掉不管了。

他将全部心思都花在营造手艺上，苦练十年后，自信技艺虽不及师傅，却已远胜其他师兄弟，便是放在京城营造行，也已是一等匠人。然而，其他师兄弟少则五六年，最多学十年艺，师傅便许他们出师，独自去兜揽活计。唯有他，过了十年，师傅仍不许，只说还欠一些，再练两年。

若是别人的徒弟，私自脱离师门，多少或许还能谋到些营生。他却是云戴的弟子，云戴若不发话，营造行没有一个人敢给他活计。他只能继续跟着师傅学艺，一蹉跎，转眼又是十年，师傅却仍不松口。

他恼怒起来，喝了些酒，冲去问：“师傅，你当年收我时，说二十年才能出师，如今已经整二十年了！”

师傅却笑着答道："再等两年。"

师傅虽然随和，他也吃了酒，心里却始终存着敬畏，不敢再顶撞，只能气恨恨退下。

两年倏忽又过，他又去问师傅，师傅却又说："还没熟，再等等。"

他不知道这一等，又得多久。看师傅那笑容，恐怕又是三五年，甚而又一个十年。再瞧其他师兄弟，皆已成家立业，一个比一个兴旺。他胸中怒火越腾越旺，师傅却像没见一般，仍那般笑着。

这回艮岳御差，周耐才真正看清师傅面目，师傅一向自诩淡泊，真的轮到这等名利大事，脸也青了，眼也赤了，哪里有半分忍耐？他心中所存敬畏顿时化作轻蔑，继而演为憎恶。

我只求出师，你执意不肯放手；你想出头，我也不能让你轻巧！

与其被你辖制，不若一了百了！

杀念由此生出。

第五章　执心

行远而正者吉，机浅而诈者凶。

——《棋经》

清明正午，白岗牵着幼子，出了东水门，在护龙桥上略歇了歇，而后继续向城外走去。

白岗是楼痴李度的徒弟，已经年近四十，生得清清瘦瘦，背略有些驼。今天那个殿头官准许他们离开艮岳宿院一天，他先赶忙回到家中看望妻儿。浑家俞氏一见他，忙踮脚从柜子顶上摸下一个纸包塞给他。他有些畏惧，不敢接。浑家却一把撩开他的衣襟，将那纸包强塞进他怀里，瞪着他小声说："一生只行三回运。头一回，你拜了师；第二回，你娶了我；这是最后一回，也是最要紧一回。天予不取，必招其否。若错过这一回，老娘可不陪你耽穷受霉。"

他听了，只得点点头。浑家这才换作笑脸，挽住他的手柔抚着，甜声问他想吃什么。他却哪里有丝毫胃口，便说得去郊外给父母扫坟。浑家顿时撒开手，说这两天不受活，走不得远路。他也不敢勉强，转身要走，却见儿子扒在门边瞅他。儿子才三岁多，一个月没见，竟已有些怯生了。他过去抱起儿子，温声问他愿不愿去拜祭祖父母。儿子笑着点点头，顺势揽住了他的脖颈。他心里一暖，心想：便是为了儿子，也该做成那事。

浑家送到院门边，便关门进去了。他抱着儿子走到香染街口，在路边一个纸马摊上买了四串纸钱、一对纸马。一扭头，瞧见旁边孙羊正店的大招牌，便走进那店里，让切了二斤软羊，又要了一瓶上等酒。出来后，见卖干果的刘小肘挑着担儿走了过来，忙唤住，先拈了一块霜蜂糖塞在儿子嘴里，又让他尽意拣了些糖脆梅、金橘团、栗黄，包了一大袋，路上吃耍。

每逢这种时候，他都不由得感慨一番，如今我也是敢大手使钱的人了。不过，袋里银钱宽裕后，他也才发觉，穷时，多几文钱，都能宽怀，如今再多百十贯，似都不够。就如儿子的小衣鞋，才缝了一套合身合脚的，没穿三两个月，身子却又长了。身脚都还好，长到二十来岁，便不长了。这欲求，却如树木一般，不到死，便年年月月都在长，根本由不得人，想到这些，他忍不住叹了口气。浑家盘算的那桩事，恐怕还是得做。

他抱着儿子来到郊外爹娘坟地，烧过纸钱，祭奠了羊酒。儿子在旁边草丛里追蝴蝶耍，他跪在爹娘墓前，想起他们到死连一顿羊肉都没饱吃过，一阵悲酸，不由得落下泪来。

他爹是个泥瓦匠，虽然极肯吃苦，却有些笨拙，很难寻到活计。即便寻到了，出活儿又慢，工时比别人多一半，挣的银钱，只够一家人吃些稀汤水。他娘常年帮人浆洗衣裳，勉强贴补些油盐钱。

白岗上头有几个兄姊，全都早早夭折。他是老胎，命却硬，竟活了下来。十一二岁，他便跟着爹出去做泥瓦活儿，他手脚要灵便许多。但毕竟年纪小，人家只肯付一半工钱。直到十七八岁，他才能领到整钱。他爹却失脚从房顶上摔下来，送了命。家里穷，买不起坟地，只能去火场烧了，骨殖盛在陶罐里，暂放家中。

他爹一辈子虽没大本事，却极疼惜妻儿。出去做工，但凡挣钱略多些，必定要买些肉回来，自己却一块都不肯拈，尽着他们母子吃，说自小脾脏受不得荤腥。他和他娘都信了许多年，直到有回白岗跟着爹去出工，那雇主心善，完工时，煮了一大盆肥猪头肉犒劳他们。一帮匠人都是馋痨，咧嘴笑着，纷纷举箸去抢。他爹忙先给他碗里连抢了几大块肉，而后自己竟也夹了一块，大口吞嚼起来。他在一旁看到，顿时惊住。他爹这才发觉，忙笑着说："我只是尝一口。"

他听了，越发难过，眼泪顿时滚了出来。他爹慌忙放下碗，伸出手，想劝抚他。那时他已十三岁，又当着众人，父子之间已不好再亲近，他爹只拍了拍他的肩，假意问："呛着了？"他也忙别过脸，装作擦汗，用衣袖蹭干了泪水。

这等事，数也数不过来。爹过世，却连土都入不了。白岗暗暗发誓，一定要攒钱给爹买一块坟地。于是，他拼力做活儿，一文钱都舍不得乱用，攒了两三年，却只攒了几贯钱，他娘却又染了寒证，那几贯钱全都拿来求医，却没能救回娘的命。娘的尸首也只能火化装罐，和爹的摆在一处。

白岗又开始拼力攒钱，足足用了十年，才终于攒到十五贯钱，在这东郊买了一小块坟地，置办了一具棺椁，请了兴国寺的两位僧人做了场法事，将爹娘好生合葬。那时他已经年近三十。

二十来岁时，有户姓俞的人家在宅子里加盖两间新房，雇了白岗去铺瓦。俞家积年制卖鞍辔，在京城鞍辔行有些名头，算得上中等门户，宅子后院有个小花园。那天，白岗正在房顶铺瓦，忽听到一串笑声，异常清甜，像是谁舀了一瓢蜜水儿望空中漾过来一般。白岗循声望去，笑声是从后院那小花园传来。那时正是三月天，小园里桃杏开得正好，两个女子在花树间嬉闹。笑声来自一个桃红罗衫的年轻女子。只是两个女子都背对着他，又有花树遮掩，看不清面目。白岗紧盯着那桃红罗衫，极想看一看她的脸。望了许久，那女子忽一转身，面庞从桃枝间现了出来，肌肤粉白，面容秀媚，尤其那一双眼儿，明明媚媚，琉璃盏里的甜酒一般。白岗顿时痴在那里，那女子也一眼发觉了白岗，竟朝他俏然一笑，随即闪到树后，笑着飞躲进屋里去了。

白岗再忘不掉那女子，活计做完后，便去那鞍辔店附近偷偷打量，盼着能再瞧一眼，那女子却再未现过身。他只打问到那女子名叫俞芳，今年十六岁。他当然知道，自己这等穷丁，这辈子也休想娶到那等女子。但他生来一股执性，爱上哪样，便念念皆系于此，其他再好，也难移开他的心。

他一边辛苦攒钱安葬爹娘，一边日夜念着那女子。念得入了魔，觉着时时处处都能见着那女子，只是始终隔着几步，一寸都近不得。等爹娘终于入土，他已是壮年，实在渴极，暗中去打问了一番，得知俞家父母一味攀高，始终没有找见合适人家，如今俞芳已经二十二岁，却仍未嫁出去。

白岗心里忽而生出一丝奢想，又辛苦了两年，攒了三贯钱。那女子似在等他一般，竟仍未许配。他便壮着胆，去那附近寻见一个媒婆，请她替自己到俞家提亲。那媒婆一瞧他年纪样貌衣着，顿时笑起来，让他寒窑破洞里莫乱做春梦。他咬牙拿出一贯钱给那媒婆，求她无论如何去问问。那媒婆缠不过，便收了钱去问。回来后，摇头撇嘴说："我说莫瞎求，你非要撅头，这一贯钱我是不退的。俞老舍人说了，他女儿年纪虽长了一两岁，却仍是囫囫囵囵一朵鲜芍药花。营造行里，除非是黄阁、云台、李氏楼这三人的徒弟，其他人莫想。"

他听了，心里反倒有了一丝亮光，忙去打问了一番。营造行那三个大匠中，黄岐选徒极严，没缝钻。云戴只收幼童，也莫想。剩下只有李度，年纪才刚满二十，尚未收徒。那时白岗已经三十二岁，这年纪想拜李度为师，连他自己都觉着荒怪。可再荒怪也抵不住俞芳当日一笑，何况如他这等光棍汉，哪里还有什么脸皮可惜？

于是，他开始四处找寻李度，只要寻见，就偷偷跟在李度身后。人都唤李度"楼痴"，样貌生得极清雅俊逸，人却果真痴得怕人。路上好端端走着，忽然便停下来，望着身旁某幢楼，比比画画、念念叨叨，也不管主人阻拦，直直走进去左看右瞧、上寻下探。有时又立在街边，泥塑木桩一般，一动不动，晒也不管，雨也不顾。

白岗先有些为难，可再一想，这样的痴人怕是反倒不会顾忌常理。于是他尾随李度回到家中，李度刚要进院门，他忙赶过去，扑地跪到地上，大声说："李官人，求您收我为徒！"李度惊了一跳，回头望过来。白岗再不管面皮，连连磕头乞求。李度有些愣窘，没说话，只歉然笑着摇摇头，便进门去了。

白岗心里念着那女子的笑，便一直跪在那院门前。李家仆人出来看到，也极惊愕，忙进去回话，半晌跑出来将院门关上了。白岗横下了心，继续跪在那里。为了那女子，便是跪到死，他也甘愿。这一跪，便是一整夜，膝盖痛到没了知觉，想爬都爬不起来。仆人清早开了院门，一见到他，又惊了一跳，随即大声喝他走。白岗却垂着头，不管不顾。半晌，李度出来了，温声说："你回去吧，我不招徒。"

他死硬着心，不停磕头求告："求李官人收我为徒！"

李度为难半晌，才问："你可识字？"

他忙摇摇头。李度微微笑了笑，转身进屋去了。他茫然不解，正在疑惑，李度又从屋中走了出来，手里抱了厚厚一摞书，递给他："你若是能把这部书全都背诵下来，我便收你为徒。"

他怔怔接过那摞书，像抱了一座山，让他啃光一座山，也恐怕比背下这摞书容易。但看李度面容温善，并非在戏耍他，他一咬牙，重重点了点头。

他拜别李度，抱着那摞书，见路上有个文士模样的人，忙上前请问，才知道这摞书是李度父亲所编《营造法式》，教人如何造楼。他原本极犯难，一听，顿时有了些兴头。既然要拜师，本也该用心学一学这里头的门道。

于是他便拿了头一卷，只要碰到识字的，便去求人家教他认那上头的字。一次不敢多学，只学一句。而后便死记死背，记牢后，才去学第二句。一年下来，头一卷竟全都会认会背了。

可就在这时，他听到一个讯息：俞芳出嫁了。

如同房梁折断，砸中脑顶。一连三天，他不吃不睡，缩在自己那张破床上，死了一般。到第四天，心里生出一个念头，我便是死，也该先去瞧瞧她究竟嫁给了哪家，丈夫是什么样等的人。于是他挣扎着起来，出去买了两个馒头，喝了一碗粥，才缓回口气。慢慢挪着，找见上回那个媒婆打问。那媒婆说，俞芳命苦，她爹娘为贪一注财礼，将她嫁给了个痨病汉。

他一听，心头又亮了起来，痨病汉好，痨病汉活不久，等痨病汉死了，我又能有盼头。他忙又抖擞起来，一边继续苦学那部《营造法式》，一边每晚烧香，乞求诸天神灵保佑，让那痨病汉早些超生。

《营造法式》一共三十多卷，三万多字。起先艰难，但熟记了前几卷后，认得的字便越来越多，后头的越学越快，总共用了三年，他终于将那部书从头至尾全都背诵下来，随意一节，张口便来。而这时，那个痨病汉竟真的死了。

他狂喜无比，头一回觉着老天终于顾怜到他。他忙跑到李宅，敲开院门，大声唤师傅。李度出来看到他，一时间没认出来。他忙跪下来说："师傅，《营造法式》我全都背下来了！"说着，他便高声诵读起来。

李度惊望半晌，才感慨道："原来是你，你起来吧。你既然诚心拜师，我就收你。只是，我也不知该如何教你，从明天起，若有营造工程，你便跟我一起去。”

他忙连磕了几个头，道了几十声谢，才爬起身，拜别了这位年轻师傅，急忙又去寻见那个媒婆。那媒婆听了，先不肯信，后来才说：“这娶妻又不是租驴子，你才骑罢，我接手便骑。那妇人热孝在身，哪能紧赶着谈婚论嫁的？至少也得半年后。你若真的拜了师，就唤你师傅来提亲。”

他只得忍耐。好在拜了师，每天都跟着李度去照管工程，李度又时常同时要监看几处楼宇房宅，极少得闲。白岗自小便在这一行，于楼宅营造原本就不生疏，加之这三年苦学《营造法式》，见识又猛长了许多。李度并不教他工技，只教他丈量、估算、构造、料例、工限和图样绘制。

他发觉其间有大学问，让他从井底猛然攀到了井口一般，无比豁朗振奋。于是，他便下死力用心去学。李度又极耐心，一个疑难，不论问多少遍，都仍像头一遍，细细讲给他听。原本，拜这个小自己十来岁的人为师，让他始终有些难堪，但见识了李度的学问、品格后，他在心底里真正尊仰李度为师了。

转瞬之间，半年已过。他求李度去替自己提亲。李度听了，有些为难。正巧李度的好友作绝张用来访，听到这事，张用忙嚷着一起去，并拽着李度便走。

白岗已经见识过张用发癫，怕他坏了好事，却又不好阻拦。只得跟着，寻见那个媒婆，一起来到俞家。张用进了门就大呼：“来相亲了！当爹的、当娘的，都快出来！”

俞芳的爹认出是张用和李度，又喜又惊，不知所措。张用高声说：“李痴的老徒弟等了你家女儿十年，再等下去，要等成把老扫帚了。你若答应，就点头，若不答应，我们就去下一家，还有二三十家新鲜女儿等着相看。我知道你女儿躲在帘子里瞅。这是聘金，你赶紧收下，若不然女儿老死在你家中，银子却飞去别家箱子里了。”张用说着从袋中摸出两锭新银铤，一锭五十两。

白岗看到，又惊又叹又感念，恨不得立即给张用狠磕几个头。

俞芳的爹则笑着连声说：“答应！答应！哪里能不答应？”

于是，白岗终于将俞芳娶进了门。

然而，成亲头一夜，俞芳便不许白岗近身，让他将两只椅子拼起来睡。白岗只瞧着烛光下，那张粉艳艳的脸儿，便已千足万足，哪里敢多贪一寸？听了圣旨一般，一连几夜，都是在椅子上睡。

过了几天，李度怕徒弟新婚用度不够，叫人送来五贯钱、一大篮子鸡鸭鱼肉。白岗立即将那五贯钱全都交给了俞芳，俞芳这才微露出些笑意，当晚，许白岗上床睡了。那夜，白岗如同登上了仙界。

俞芳爱吃、爱穿、爱和人争胜。她只唤白岗作“老扫帚”，让他拼命学艺，好生挣出些名堂来，莫让她白嫁了他。娶到这样一位仙姑，白岗哪里会惜命？几年间，便像换了一个人。跟着李度学到了许多本事，已能独自掌管工程，在京城营造行，也有了名位，银钱自然早已不愁。

即便如此，俞芳仍嫌不够，说营造行里最顶上那三人霸着位儿，白岗始终只是李度的徒弟，而且是个老徒弟。只有攀到和那三人齐名了，才真算得上人物。

白岗虽然从不愿让妻子失望，这一条，他却从不敢想。俞芳胸怀远胜过他，早在前年，就已开始思谋艮岳这桩御差。上个月李度偏又忽然失踪。俞芳四处打探，隐约探到，李度似乎是惹了大麻烦。她顿时有了主意，这正是白岗顶缺的绝好时机。若是能挣到艮岳御差，便能占到营造行头一把交椅。

白岗听了，也不禁心动起来。李度留了一半图稿，那殿头官命白岗续完。剩下一半，若能尽力续好，未必没有胜算。旋即，那殿头官要将白岗、黄岐、云戴三人拘进艮岳宿院，俞芳有了更惊人的主意：黄富贵和云野逸多年不和，两个徒弟又各自对师傅心怀不满，借这敌对，设法除掉黄、云两人，嫁祸给他们的徒弟，白岗便无人可争了。

白岗一听，唬得胆都要裂破。俞芳却搂住他的脖颈，在他耳边反复说：“这事一旦做成，你便是营造行的帝王爷。那时，这满京城的匠人见了你，哪个不奉承？再说，这事又不难，你只需这般、这般……天不知，鬼不觉，轻轻巧巧便得手了……”

白岗越听越动心，渐渐不再怕，反倒盼起来。

照俞芳的谋划，今晚，他必须下手……

第六章　天命

意旁通者高，心执一者卑。

——《棋经》

清明正午，崔秀独自在汴河湾闲逛。

崔秀今年三十三岁，名字和形貌极不相称。他体格强壮，又生了一圈络腮胡须。这样貌本该显得极雄壮，他瞧上去，却总有些郁郁愁容，大病才愈一般。他这苦弱之相，自小便有。

他父亲名叫崔升，原本是个营造匠，因仰慕名臣沈括，做了沈括的亲随家仆。后来沈括贬放随州，行动被拘管。崔升跟随主人，陪侍左右，吃了三年的闷苦。哲宗皇帝登基后，沈括才改迁秀州，并准许在境内自由走动。崔升便是在秀州成的亲、生的子，因此给儿子取了单名一个秀字。不过，崔秀从没见过自己的父亲。他娘怀孕那年，沈括编制完成《守令图》，天子特许进京上呈。崔升也跟了去，结果一去不回。

沈括回来后，原本要留下崔秀母子，但沈括的妻子张氏极凶悍，常凌辱打骂丈夫。她疑心崔秀他娘和沈括有苟且之事，抵死不许，甚而将沈括的胡须连皮带肉扯烂。崔秀他娘只得抱着幼儿离开沈家。那时，崔升在京城还有些亲族，沈括便偷偷资助了些盘缠，让崔秀的娘去京城投靠。到了京城，崔秀的娘寻见了丈夫的几个亲兄弟，虽有沈括亲笔书信为证，那几人却全都不信，没一个肯收留。

崔秀他娘无依无靠，京城诸事都贵，带的那些盘缠旋即用尽。实在无法，受牙人所诱，沦落到妓馆中卖色为生，一个人辛苦抚养崔秀。崔秀长到十三岁时，他娘害了血痨，一命归天。那妓馆不愿白养一个孤儿，要撵崔秀走。幸而他娘的一个恩客在皇城做书吏，心善，认崔秀为义子，带携他去做了小吏，教他识了些字。过了几年，崔秀身体长起来，瞧着够雄健，便被选为皇城门值。营生得靠，他一个人倒也过得自在，但只要念及爹娘，心里便始终觉着冤愤。他只听娘说，他爹那年到了京城，便不知所终。

他曾问过许多回："爹是不是还活着？"

"你爹是个实心人，那时节对我极疼惜呢。秀州那地方冬天湿寒，我这手脚又常冰凉凉的。只要天稍冷些，你爹嫌汤婆子暖不遍，每晚都先钻进被窝，用自己身子暖好了铺盖，才许我上床，整夜替我搌手捂脚。等我怀了你，他更是小心小意。我跨个门槛，他都要跑过来搀扶。你娘我活了这将近三十年，唯有嫁了你爹那大半年，才真算个人。你爹若还活着，便是跨刀山、钻火海，也会来寻我们娘儿两个。"

"爹是被人害了？"

"谁知道呢？怨只怨我这百克命，身边但凡有些好，都要克走……"

最后这句话，他娘最爱叹念，却总是只敢说一半。崔秀知道下半句是说他，他娘最怕的是，连他也克走，每晚都在菩萨面前偷偷烧香祷告，宁愿用自己的命换儿子平安。最后，她果真克走了自己。

崔秀却不愿信这命。自己的爹若仍在，娘就不会沦落到这田地，他们一家三口也不会这般零落凄凉。成年后，崔秀便开始四处打问当年那桩悬案。那官司早已搁下，当年查办这案的人也大都不在开封府了。他费了几年时间，才算问出个大概。知道他爹失踪那天，和两个故友去金明池相会，那两人都是营造行的名匠，一个黄岐，一个云戴。那天，三人在船上起了争执，扭打到一处。之后，各自愤然离去。他爹却没回到沈括那里，就此不见了踪影。

官府当时疑心是黄岐或云戴做下的，却查不出丝毫证据。这案子便一直悬在那里。崔秀自己追查许多年，能找见的人全都找遍了，包括开封府衙吏、他爹回去时沿路的店家，却没能寻出丝毫线头。他怕惊动凶手，唯独没去问过黄岐和云戴。但他越查越坚信官府的推断，他爹当时离开京城多年，即便曾有过什么仇人，仇怨也该淡释了，至少不会仍仇到要害取他性命。此外，他爹一个大活人怎么会平白不见？若没死，为何不去寻自己妻儿？若死了，尸首也该被发觉，除非是被埋在了某处。

黄岐和云戴都是营造师，若说埋尸藏迹，唯有他们最便利。只要把尸首埋进地基，盖上楼，谁还能发觉？崔秀曾想过找见那两人，逼他们说出实情。然而再一想，这事毫无证据，又是杀人大罪，他们怎肯轻易招认？他思来想去，始终寻不到个好主意。时日一久，自己也疲了，渐渐丢开了这事。

后来，他成了家、生了子，虽不算多富足，却妻子娇美，儿子聪健，一家和和乐乐、亲亲暖暖。他心满意足，除了尽职守好差，拿稳月钱，护好这个家，其他再无所求。谁知去年，有天清早，他当完夜值回到家，却见妻儿都死在床边，家中柜子箱笼尽都打开，里头银钱衣物被洗劫一空。官府来勘查过后，断定是两三个贼钻进房中偷盗，恐怕是被他妻子发觉，贼人为防她叫喊，情急之下勒死了他妻儿。

崔秀痴傻了大半年，不时想起他娘说的“百克命”。或许他们一家真的注定了这命，无论如何也挣不脱。一旦信了这一条，他再没有丝毫气力去活，买了包鼠药，洒进酒里，灌了个大醉，昏睡过去。第二天，他却好端端醒来，竟没死。从地上找见包鼠药的草纸，尝了尝上头沾的粉末，才发觉，那鼠药只是白石灰。

他气苦之极，独自走到金明池，坐在他爹当年下船的岸边，呆怔到深夜。他不会游水，等四周无人时，便一步步向湖中走去。湖水渐渐没过头顶，他猛呛了几口，不由自主挣扎起来。正巧一只游船经过，船上有人发觉，将他救了上来。

连寻死都不许，他不知道该如何是好，趴在那船板上失声痛哭起来。那船主极热心，不住拿些道理来劝他。可这世间哪有什么道理解释得了命？

他再没气力去寻死，更没有心力去活，每日只如活尸一般。他的上司可怜他，正巧有个轻省新差事，便派给了他，拨他去艮岳宿院看守。

到了那里，一眼看到黄岐和云戴，他顿时惊住：我两回寻死不成，莫非是老天有意阻拦，让我报这父仇？他立即有了气力，心想：不论是否老天安排，我都不能这么轻易弃命。

他不再去费心寻思，那两人究竟是谁害死了自己的爹。老天从来不讲公道，恶者不惩，善者不护，随意拨弄人、摧折人。我又何必讲什么公道？何况，这两人活到如今，真没做过恶事？他们风光一世，也活得尽够了。我爹那般忠诚，却落得生死不知、踪影不见。我娘那般柔善，又落了个什么下场？我妻那般贤淑，我儿更是那般幼小，能有什么过错，竟死得这般凄凉？这里头哪有半分公道？

他横下了心，要杀那两人。唯一顾虑的是，自己只有一个人，那两人身边还有徒弟，就算自己杀得了一个，第二个恐怕再难得手。要杀得两个一起杀，这是我的公道。

他想了几天，才想到下毒，立即去另一处买了砒霜。他怕又碰上假药，用舌尖尝了尝，并无味道，他立即质问那卖药的。卖药的说，砒霜原就没有味道，除非拿水蒸后，才有股蒜臭气。又问他买这砒霜做什么，他直说："杀人。"那卖药的听了，唬得面色大变，慌忙提起药箱子逃走了。

他拿了那包砒霜回去，分了一些，倒在篾片上，拿到炉子上蒸了蒸，果然微微散出些蒜臭气。他这才放了心。

只是，先前那个难处仍不好处置。

黄岐和云戴分别在各自小院中吃饭，饭食都由那个庖厨置办，由他浑家端送。极难寻机下药，更难给两下里饭食中同时下药。就算同时下得了药，每一处，都是师徒两个同吃，那两个徒弟也难免赔上性命。

他仔细留意寻漏，钻进厨房和那厨子攀话，瞧那厨妇送饭的次序，又寻各般由头去黄岐和云戴各自的小院，瞅里头的布局路径……越看越觉得难，再有智谋，恐怕都难做到同时毒死黄岐、云戴两人，又不伤及两个徒弟。

他气馁之极，却绝不肯放手，自己如今活着，便是为做成这桩事。每天每夜，他都在苦思这个难题，却始终寻不出一个好法子。转眼间，一个月过去，明天艮岳图稿上呈官家，黄岐和云戴便要各自回去了。

昨天晚上，崔秀回到家，家中到处灰尘，一片空冷。他疲乏之极，饭都没吃便躺倒在床上，可哪里睡得着？只剩最后一天，再不下手，便永难让那两人凑到一处了。他烦躁之极，不住用拳头捶打床板，咚咚咚，擂鼓一般。

忽然间，他想到一桩旧事：儿子刚出生没几天，正当炎夏，天气极热闷，妻子在给儿子喂奶，唤他打些水来，倒在大木盆里给儿子洗澡。他忙拿了一个小铜盆去舀水，想少跑两回，便将水舀满，结果漾了一路。妻子见了笑他："人一贪心便犯笨，舀那么满，哪有不漾出来的？"

忆起妻子这句话，他猛然坐了起来：果真是人一贪心便犯笨，我又不是诸葛调兵布阵，何必求什么尽善之策？老天杀人，哪里讲过善不善、辜不辜？我爹、我娘、我妻、我儿，哪个是有罪该死的？我杀黄岐、云戴，连带上那两个徒弟，又算得了什么？他豁然开朗，再无疑虑，沉下心来，谋划该如何下药。

想了半夜，前后都盘算清楚后，他才安心睡去，睡得极沉，直到日头高照，才醒来。今天傍晚才轮值，还早，他无事可做，便出门一路来到汴河湾，走进梢二娘茶铺要了一碗杂辣羹。

他头一次来汴河湾，还是七岁那年，也是清明这天。那天有个客官约朋友到东郊赏春，请他娘去陪酒侍欢。他娘念着儿子极少出去玩耍，便带了他一起去。到了这汴河湾，那客官见到他，自然不乐意。他娘只好把他寄放在这间茶铺里，又给了他十几文钱。那时这茶铺的店主是个老汉，却也卖杂辣羹。那是他头一回吃，吃得一头大汗，香爽无比。喝了个净光后，他又买了一包韵姜糖，在汴河湾四处走耍，走累了，就靠坐在这茶铺后的柳树下，瞧河上的船，瞧着瞧着便睡着了，直到傍晚被他娘唤醒。

今天这碗羹吃起来却十分寡淡，他只吃了半碗便丢下，走到茶铺后头河岸边。当年那棵柳树已成老柳，极龙钟古茂。他靠着树坐下来，恍然又回到儿时。只是，当时虽然被独自丢下，却又有钱又有吃食，也不担心娘回不来，快活得很。而今天，独坐在这里，像是被这世间遗弃了一般，若是睡着，再没有人来唤醒自己。

他心里一阵悲寒，再坐不住，爬起身回到街头。厢厅门前许多人围着一个书摊，听那摊主讲说哲宗年间旧事。他爹的命，便是因哲宗登基而变，因此崔秀对哲宗皇帝格外留意。他听了一阵，见那书摊上有一摞旧书，是哲宗元祐年间的旧邸报，便蹲下来翻，无意中翻到其中一页，看到上头一行字，他顿时惊住……

第七章　气性

古之人不虚劳其心力。

——欧阳修

清明一早，蔡氏回到娘家去看望爹娘。

蔡氏是艮岳宿院的厨妇，今年三十岁。她面容生得秀婉，气性却极大。她爹娘住在汴河北街最东头，卖豉酱蓝婆家正对面，靠磨麸面为生。蔡氏已经一个多月没回娘家，原本是趁着今天空闲，日头又好，过来替爹娘浆洗冬衣，再把被卧也都换洗一下。进了门，和娘没说两句话，两人又斗上嘴。她娘一赌气，提了袋麸面，出门给面馆送去了。她爹则照旧一言不发，埋头在后边驱驴磨面。

蔡氏独自坐在桌边气闷，来之前，她告诫自己今天万莫和娘斗气，谁知一见面，又是这般。她忽而伤心起来，等下午回到艮岳宿院，不知还能不能再见着爹娘。

蔡氏这气性传自她娘。她娘因生得有些姿容，寻常人等闲瞧不进眼里，却只嫁了个磨麸面的，半辈子在面粉飞尘里打转儿，姿容生得再好，也整日被面粉蒙满，哪里来的好气性？主顾跟前又不好撒这气，便全都施放到那个闷头丈夫身上。蔡氏从小便瞧着她娘整日骂她爹，她爹却像是个土坑一般，多少粗言狠话都容得下。她暗暗告诫自己：等我长大，万万不能如娘这般。

然而，这根骨脾性比命还强，如同梨树开不出桃花，再拧再扭，等春来时，仍是满树白。

蔡氏因模样生得好，手又巧，且勤进，从十五岁起，便有许多人家来求亲。蔡氏早早拿定主意，不能如娘这般，要嫁便嫁个能仰着看的丈夫，因此，不论娘如何逼骂，她咬死了牙关，一定要自己选。但凡有人来相亲，她都躲在帘子后面瞅，前后几十个人中，终于选定一个各处瞧着都入眼的，那人是个造卖发烛的经纪。在细长薄木片上涂了硫黄，用来取火点灯烛，只有富户人家才用得起，这营生自然不愁过活。再看那人，身材高大，眉眼清朗，见人有礼有节，言谈也挥洒得开。

蔡氏欢欢喜喜嫁了过去，起先万般都好，夫妻两个你惜我敬，异常和美。对着这样的丈夫，莫说发气，话语稍重一些都舍不得。可渐渐地，那丈夫便现出不好来，头一个便是好吃酒，常在外头吃得烂瘫烂倒。每回蔡氏都要满街去寻，寻到又得出钱求人，帮着抬回家。回到家后，却又不安生去睡，嘴里骂个不住。骂父母偏心、骂两个哥哥瞒占家财、骂那些富贵主顾欺人辱人、骂这世道尽是势利鬼……骂到性起，更要点火去烧后院库房，里头都是硫黄、木料。几回都幸亏蔡氏手快，赶紧提水泼熄。

夫妻之间，从此再难和气。尽管生了儿子，丈夫也始终不听劝，酒从没稍减过。蔡氏气性越来越大，丈夫被她骂得还不赢口，便动手来打。蔡氏自然敌不过，吃过两回亏后，再不愿白挨，身边随时藏着两把小锥子，一旦丈夫来打，便疯了一般乱扎乱刺。丈夫手没有她快，被痛扎过一回后，再不敢轻易动手。但这等胜，何尝是她所愿，哪里会有一丝可喜？她宁愿是自己违了妇道，被丈夫痛打。

她万万不想如她娘一般，却偏偏沦落到和她娘无二。其间气苦，无人可说，也难与人说。

有天，丈夫又吃得大醉，蔡氏狠骂了一场，丈夫却趴在廊下长凳上，一声都没有回。她再骂不动，流着泪哄儿子睡觉去了。后半夜，她被一阵噼噼啪啪声惊醒，睁眼一瞧，后窗映得火红，丈夫又烧库房了！她忙爬起身要去提水救火，火焰却已经从后窗燃了进来，浓烟随即腾滚而至。儿子也被呛醒，大哭起来。她忙抱起儿子奔出院子，回头再一瞧，火势已经漫到堂屋，丈夫却不见踪影。她放下儿子，冲进去要寻丈夫，却被火焰逼住，根本进不去，叫也不应。

左右邻舍发觉，一起提水来救，又急唤了左近的军巡铺兵，才一起扑灭了大火。她家烧成炭场，连左右邻居的房屋都被烧掉大半。丈夫的尸首在后面库房边，也已变作焦炭。左右邻居怨她丈夫纵火，告到官府，官府将她家房址空地判给两家邻居，以偿烧毁之损。她只从灰烬里寻出几贯铜钱、两锭二十两的银铤、几件烧变形的首饰。

蔡氏并没有多伤痛，反倒觉着，烧干净也好，从此不必再和谁斗气，我一个人清清静静好生把儿子养大。

她抱着儿子回了娘家，没住两天，便和娘拌了几十回嘴。短住都难，何况常住？她便拿了那四十两银子，去寻买房舍。见安远门一带地近皇城，直通马行街，人烟辐辏，最好谋生，房价又比城内州桥等处略低些，便托了牙人，典买到安远门内窄窄一小间当街小铺屋，只够放一张小床、砌一座灶台，再摆一张木桌。对她母子两个来说，栖身和营生，都尽够了。她用剩余的那几贯钱买了几件旧家什，将这个小家粗粗置办了起来。

自七八岁开始，她娘就催督她学烹煮。她最善蒸黄糕糜，心想百好不如一精，便买了上等黍米，泡软后捣得细细融融，再加些蜂蜜、乳酪、香药，每天只蒸黄糕糜卖。再没人跟她斗气，她一心一意只做这件事，蒸的黄糕糜细滑香糯。没上三个月，“安远桥蔡娘子黄糕糜”的名头便已传开。

生意上了路，她再无顾虑，唯一担忧的是儿子的身体。她儿子那时才两岁多，生下来体格便有些虚弱，那场大火里，由于蔡氏惊慌，略耽搁了些，儿子的小肺被烟呛坏，时常哮喘犯病。蔡氏只能头天夜里将黍米泡好捣细，第二天赶早蒸好三笼，到午后卖完，不管还有多少人想买，都不再管。关了铺子，抱着孩子四处去求医，想把儿子这病根除掉。

谁知这病症非但没有治好，反倒一年年加重。蔡氏挣的钱，只有小半用于衣食，大半都拿去求医寻药。钱倒在其次，儿子这病症每犯一回，蔡氏都像是要陪着死一回。母子两个都被这病磨得面色灰白、身子枯瘦。连她蒸的黄糕糜，那些老主顾都说不如当初香甜，似乎渗出一丝苦味。她不知道这苦味是从何而来，制法配料从没变过，莫非是泪水滴到里头了？她自己已经全然尝不出苦或不苦，也不知道这等煎熬哪天到头。

她没料到的是，四年前，朝廷忽然下了一道诏令，说景龙门内以东、安远门内以西要建造艮岳，这一带房舍全部拆除，住户给地迁到城北郊酸枣门外。才过了几天，便有许多厢军来拆屋。那天偏生她儿子的病症发作，喘得几乎背过气去。蔡氏让儿子躺到床上，慌忙带上门，赶忙去抓药。等她抓了药，飞赶回来时，她那间小铺房已经被拆倒。她疯了一般扑过去，哭喊着掀开瓦砾木椽，却见儿子已死在底下，满头满身都是厚厚灰尘，连眉眼都看不清楚……她顿时昏倒在瓦砾堆上。

一年多，她都像死了一般。她爹将她接回家，她娘也再不对她发气，尽心尽意照料她。瞧着爹娘这般疼怜自己，她不忍去死，也不忍再这般麻麻木木，只得强使自己活动起来，卖力替爹娘做活儿。只有累极，她才吃得下、睡得着。

又过了半年，有个人托了个媒人来提亲。她原本没有半毫心思，但听媒人说那人是皇城御厨，心里不由得一动。她虽然生来气性大，却从没有真恨过谁，除了一个人——当今官家赵佶。她日夜想的只有一件事，自尽之后变作厉鬼，将赵佶撕扯成碎片，给自己儿子报仇。既然那人是御厨，不须自尽恐怕也能寻机报仇。

于是，蔡氏答应了那门亲事。

嫁过去之后，她才知道，那人只是给皇城内侍们烹煮饭食，而且并非侍奉天子后妃的北司内侍，只是外廷供奉的南班内侍。莫说接近天子，便是天子身边近侍，想见也如登天。

蔡氏后悔不已，但意外的是，这新丈夫对她极疼惜，说话从不大声，进出都轻手轻脚，生怕惊扰到她。更从她爹娘那里仔细问来她的脾性喜好，每天换着烹煮她素来爱吃的菜肴。她的心原本早如寒冰，竟被这丈夫一天天、一点点化开。一两年后，她渐渐重又活了过来。

正当她要好生和丈夫过活时，一桩事忽然撞过来。一位内侍殿头官差拨她丈夫去艮岳宿院，给几位匠师烹煮饭菜。她一听“艮岳”二字，心忽又割开一道深口。再一问，那几位匠师是给艮岳谋划馆阁殿亭。她顿时生出一个念头：赵佶，我杀不得你，但我也不能让你轻易造楼造殿。

于是，她让丈夫去求那殿头官，让她也一起去艮岳宿院帮厨，没有工钱都成，只求我们夫妻在一处。她丈夫听了这话，喜得直搓手，忙去求告那殿头官。那殿头官原本也要另差一个仆妇帮厨端菜，一听便应允了。他们夫妻便顺利进了那艮岳宿院。

到了那里，蔡氏迅即打问出，原来是三个匠师分别绘制图稿，官家再从中选取最优。蔡氏顿时有了主意，她借端菜送茶之际，先极力笼络那两个徒弟，慢慢瞧出他们各自对师傅都心怀不满，便用言语点火浇油，让两人越发愤恨，令两对师徒仇怨激增。

接着，她又去拨弄黄岐、云戴、白岗三人。云戴和白岗两个人都不好下手，她便着力激怒黄岐，从他徒弟陈宽那里打问到"羊幼"的典故，便专门蒸羊肉馒头，端去时，有意高声叫唤"羊幼"。又假意看黄岐的图稿，谎称和云戴画的一模一样。黄岐果然越来越恼恨。

蔡氏本想以此来扰乱这几人心神，让他们绘不成画稿。然而，黄岐、云戴、白岗三人仍然如期完成，明天三人画稿便要上呈给赵佶。蔡氏无比沮丧，从前的气性和冤仇全都涌起，再难克制。她也猛然醒悟：自己错了，他们就算这个月画不出来，下个月仍能画。除非他们全都死了，赵佶便再难找见如他们一般高超的匠师。

一个念头随之生出：杀掉这几个人，就在今晚……

第八章　龙女

万事早知皆有命，十年浪走宁非痴。

——苏轼

庞七想杀陈宽，想杀周耐，想杀白岗，想杀崔秀，想杀黄岐，想杀云戴，但他最想杀的是蔡氏。他已准备好，今晚下手。

庞七是蔡氏的丈夫，艮岳宿院的厨子，今年三十二岁，短脖子、圆胖脸，却生了一对小眼睛，自小人都笑他是“脂麻团子”。他被取笑的地方远不止于此。他家世代为厨，上头六个哥哥，一个是御厨，一个是蔡太师府的头厨，剩下四个，全都在京中名店掌厨。京城有句童谣，“周家衣，庞家饭，银钱尽在秦家店”，其中的庞家便指他家。众兄弟中唯有庞七，最不成事，又是侧室所生，他的哥哥们都耻于认他。

庞家子弟，六岁便要开始练厨艺。头一门功是刀功，刀又分为切、削、片、剜、剔、旋、雕、砍、剁九种，样样都极难。庞七生来就有些虚怯，自小又被哥哥们嘲唬，看见刀就怕，拿起刀便抖，哪里练得好？他父亲因他是幼子，起先还能疼惜容让，后来听了其他娘的风言，疑心他不是庞家的正种，便渐渐冷了心肠。一见他刀法不对，随手抓起物件就朝他摔过来，有肉摔肉，有菜摔菜。他越发慌怕，又不敢哭躲，只能咬牙硬学。练刀法最要心气平和，才能感知刀性、按准刀律。刀刃虽锋利，其性却如水，越顺它，便越轻畅；越怕它，便越拙重。庞七这般惊怕，哪里能寻见轻畅？手指不知被割破多少回，有天练剁功，甚而险些连四根指头齐齐斩断。

他娘又是几个娘中最卑弱的一个，常日里大声都不敢出。见他挨骂、受伤，只敢没人处流着泪悄声安抚他，让他莫信那些风话，他是庞家的嫡亲骨血。他却越来越不信，哥哥们握起刀，像是生在手臂上，随意舞弄。唯独自己，与刀有世仇一般。

不过，不管疑不疑、怕不怕，他都得练。他也愿意练好，让父亲相信自己是他亲骨肉。不过，几年下来，虽然吃尽了苦，他也只练到勉强有了些模样。

刀功未练熟，又得练官功。眼辨色、耳听声、鼻嗅气、舌尝味、手触物。一道菜在锅中，他父兄们眼一看或耳一听便知火候，鼻一嗅、舌一尝，便能细说出十来种味料中哪样多了几分、哪样欠了几成。一小片精瘦肉，闭眼一摸，便知是那种禽畜，更能说出雌雄、老幼、出自哪个部位。

庞七却诸种官能都极昏蒙，只能粗粗尝出咸淡。五味中，只要混杂三种，便顿时失了分辨。何况，名虽为五味，只要味料不同，味道便大不同。同样是咸，盐咸与豉咸、酱咸便相差极大。即便同为盐咸，东南海盐、河北池盐、陇西青盐、四川井盐，又各个不同。

庞七头一回试练舌功，他父亲便是拿了这四样盐，让他蒙了眼分辨。头两样，他还能辨出一丝不同，尝了第三样后，顿时晕乱，哪里还分辨得清？正在迟疑，脑顶已被父亲扔过来的萝卜砸中。

好不容易练过五年刀功、官功，到十一岁开始上灶，练诸般厨艺。蒸、煮、煎、炙、漉、燠、烧、炸、糟、腌、拌……他性子慢，蒸煮还易上手，其他便颠东倒西、忙左忘右，每天不知要挨多少骂。偶尔做对一两回，见父亲怒气稍散，他心里都无比欢喜，盼着这样的欢喜能更多些，于是练得极卖力。

然而，才过了三年，他父亲就亡故了。其他几个娘立即撺掇大娘，将他们母子逐出了庞家，只许他们带走自己穿的几件衣裳。他娘原本就是抵债卖过来的侍妾，娘家早已败落。母子两个无处可去，流着泪茫茫然在街头乱走，一路走到东水门外汴河北街。天又下起了雨，他们便躲在旁边一个磨房的房檐下避雨。房檐很窄，半身都被淋透，母子两个缩在一处发抖。

这时，旁边传来个甜嫩声音：“婶婶，你们到棚子里头来避避吧。”

他回头一瞧，是个十二三岁的小女孩儿，梳了两个小鬟，穿了件淡绿衫裙，生得娇娇甜甜。只是头脸和身上都落了些面粉，像是雪里一个美瓷娃。

他和他娘瑟缩着绕到棚子下头，立在一张旧木桌边，小女孩儿笑着说：“婶婶你们坐啊。我爹娘给桥那头的面馆送面粉去了，这是新煎的茶水，还滚着呢，你们喝一碗。这是我才蒸的黄糕糜，娘骂我蒸得黏嗒嗒的，可惜了黄黍米。婶婶你们尝尝。”

小女孩给他们各倒了一碗热茶，又各塞了一块黄糕糜在手里。庞七正又冷又饿，忙喝了几大口热茶，两嘴吞下那块黄糕糜。他在庞家这十四年，虽然挨骂受气吃苦，却从来不缺精好饭食。然而，自小吃过的所有可口之物，都不及那天那碗煎茶和那块黄糕糜。

小女孩儿一直笑瞅着他，那笑并非嘲笑，是欢喜待客的笑。那对眼珠又黑又灵，笑起来，露出一排小牙齿，又雪白莹亮。庞七不敢正眼瞧她，心里偷偷叹想，这小女孩儿怕是观世音菩萨身边抱净瓶的那个龙女。

他娘和那小女孩攀谈，庞七在一旁悄悄听着，心里说不出地受用。小女孩儿说她姓蔡，名叫柳儿。庞七越发信了，观音净瓶里插的不正是柳枝吗？

过了一阵，雨停了，他娘不敢久待，忙连声谢过蔡柳儿。庞七却有些舍不得，走了半截回头一瞧，蔡柳儿仍站在棚子底下望着他们，见他回头，又露出莹白牙齿笑了一下，庞七也忍不住回了一笑。

这一笑，他心底里一甜、一颤又一痒，似乎有一粒种子冒出了芽。

那天，母子两个一路询问，天黑前总算寻到一家酒肆肯雇他们。

他娘在庞家这些年，学到不少手艺。他在庞家虽然最笨，到外头寻常酒肆，却已是个好厨子。那店主试过母子两个的手艺，有些意外，忙将后院一间空房腾出来让他们歇宿。他们母子从此安顿下来，有吃有住，那店主也极善待他们，倒比在庞家舒心了许多。

庞七心里始终忘不掉那个蔡柳儿，只要得空，便跑到汴河北街，躲在斜对面店旁树后偷瞧。蔡柳儿却再难得露出那龙女般的莹亮亮的笑，常里里外外地忙做活儿。她娘脾性极不好，时常骂蔡柳儿，蔡柳儿有时受不得便要回嘴。她娘越发恼怒，抓起扫帚撵着打她。庞七瞧着心里极难受，恨不得跑过去护住蔡柳儿，却也只能心里骂一阵，而后闷闷回去。

过了三四年，蔡柳儿已经出落得嫩柳枝一般，只远远瞧一眼，庞七便立即要醉倒。有回他瞧见一个穿了件黄褙子、打着把清凉伞、媒人打扮的老妇人进了蔡柳儿家，他心里大惊，蔡柳儿要说亲了？他慌忙跑到蔡家斜对面瞅着，半晌，那媒人走了出来，看神色似乎不乐。他才放了心，旋即却又担心起来，慌忙跑回去，求娘也寻个媒人替他去蔡家说亲。

那年他已经十八岁，他娘已在攒钱筹备这事。但听他说是当年那个小女孩儿后，仍极意外。随即却又笑起来，说那个女孩儿好，不但模样生得俏，心肠更好。于是他娘去寻了个媒人去蔡家探探情，媒人回来后说，那女孩儿人物出众，争的人家多，你这家境，就莫去讨嫌了。况且，除了家室，蔡家还得先相看过女婿，才做定准。他娘便求那媒人带庞七去撞一撞，说不得正凑了缘分呢。那媒人得了钱，才带了他去。可见了蔡柳儿的娘，没说两句话，蔡柳儿的娘便冷着脸说不成。

他出来后，明明大晴天，却再看不见一丝日光，只觉着天灰沉沉压下来，将他压到地底深处，出不得气。他娘百般开导，他却一个字都听不进去，也没有一丝气力和兴味再去活。生性偏又虚弱，狠不下心去死，每日便昏蔫蔫苟活。

其间，他又去偷瞧过几回蔡柳儿，每看一回，心里便更渴痛一层。却也无可奈何，只有暗自伤心。一年多后，重阳那天，他又去了汴河北街，还没走到蔡家，便一眼望见蔡家门外人群喧闹，随后，许多人簇拥着一顶花檐子走了过来。他惊呆在路边，那花檐子经过时，他拼力睁大眼睛朝轿帘缝里望去，却只瞅见一双嫩白的手交叠搭在红锦袍上。那双手几年来他偷望过许多回，绝认不错，是蔡柳儿的手。等那花檐子走远后，他才木木然走到河边，蹲下来，把头埋在膝盖上，扯心扯肺痛哭了一场。

接下来几年，他娘接连帮他物色其他女孩儿，让他选，他却毫无兴致。这辈子，他只动一回心，如今心已经成了灰。那场大哭之后，他已是死人了。

心死之后，他只一心烹煮菜肴，厨艺随之越来越精。

有一回，有几个内侍出宫干办公事，来他店里歇脚吃饭，吃了他烹制的菜肴，连声夸赞。其中一个殿头官到后厨来问他，可愿去宫里当厨。他记起当年被父亲怀疑是否亲生，心想能进宫当厨，也算争回一口气，便点头答应了。

于是，他进了宫。虽只是给南班前省的内侍当厨，离官家仍然相隔万重，远不及他的哥哥，但毕竟也挂了御厨的名号。

几年后，他娘病逝，他越发孤单，无数回，他想去打探蔡柳儿的信息，但知也枉然，徒增伤悲，便一直强忍着。忍得久了，心事也渐渐淡去，淡成了天上月影一般，夜静人孤之时，抬头总能望见，虽然难免惆怅，却不会妄图。

有天午后，他忙完厨事，心里发闷，便出了皇城角门，独自去街头闲走。正走着，一间酒楼上传来琴曲声，接着一个歌伎唱道："此去经年，应是良辰好景虚设。便纵有千种风情，更与何人说……"以往他极少留意这些词曲，可那天却心里一动，不由得站住了脚，觉着这句词似乎在说他一般。随即便想起，今天是重阳，蔡柳儿出嫁之日，已经整八年了。

他心里凉茫茫一片，不由自主向东城外走去，来到了汴河北街，快走近蔡家磨房时，一眼瞧见一个妇人坐在棚子下面发呆，虽然年岁已长，形貌有变，他仍立即认出，是蔡柳儿。

他心里猛一撞，顿时停住了脚，浑身发颤，惊怔在那里。半晌，他才留意到，蔡柳儿身形僵木，神色痴怔，丝毫没有了当年灵秀神采。他不敢过去，便向旁边酒肆店主打问，那店主叹口气说，蔡柳儿丈夫先被烧死，儿子又被压死，好好一个妇人如今成了死人一般。

庞七先一阵伤感，随即却暗暗涌起一阵欣喜。他忙离开那里，一路急急打问，寻见了个媒婆，让她替自己去蔡家提亲。

那媒婆极纳闷，说提亲又不是买米下锅，哪里有这么火急火燎的？他却一刻不愿等，忙将身上带的几百文钱、一条银丝镶边腰带、一根银耳挖全都给了那媒婆，又许了她三贯钱。那媒婆才骑了驴子赶往蔡家。庞七焦了近一个时辰，那媒婆总算回来，在驴子上欢嚷道："成了！"

这些年庞七只挣钱，难得有开销，已经积蓄了近八十贯钱。有钱诸事便宜，蔡家那边也望省事，才二十来天，他便已赁好房舍，将蔡柳儿娶了过来。

旁人都笑庞七娶了个失了心魂的痴妇人，庞七心里却正要这样，蔡柳儿痴了才不会嫌弃他，他也才能尽心尽力疼她惜她，照料她的饮食起居，让她一天天好起来。

过去几年，他一直住在宫中后厨一间窄宿房里，一旦闲下来便不知该如何是好。如今，每天忙忙应完宫中厨役，他便急急赶回家中。虽然蔡柳儿痴痴怔怔，连正眼都不瞧他，他却满心慰足，细心替她煮饭烹菜、烧水洗脚，给她添买各色衣裙珠翠，忙完，便静静坐在她旁边，悄悄瞧着她的秀脸。

这么过了一年多，蔡柳儿的脸渐渐有了血色，目光也回暖了，也愿意看他，跟他说些话，两个人渐渐像一对夫妻了。庞七暗暗觉得，老天原来是将他的福分全都攒到了一处，这时才一齐赐给了他。

正当他心里圆满无比，再无一丝他求时，他被差往艮岳宿院。去了那里，便不能和蔡柳儿天天见面。他哪里割舍得下？他正在烦忧，蔡柳儿却说愿跟他一起去。他听了欣喜无比，去求那殿头官，竟也被应允，于是他们两口儿一起去了艮岳宿院。

谁知到了那里，蔡柳儿竟性情大变，有事无事总去寻那几个营造匠师和门值，不是说笑逗趣，便是眉眼传情，继而你掐我弄，做出诸般不堪。

庞七起先只能忍着，丝毫不敢劝阻。过了几天，见蔡柳儿越来越无顾忌，才小心说了两句。蔡柳儿听了，竟冷冷说“你莫管我”，随即点了两盏茶，端着又去黄岐那个院里了。

庞七再不敢多言，心里怒火却越燃越烈。蔡柳儿则视如不见，浑似没有这个丈夫一般。最后这两天，她甚而深夜里都要去寻那些人。嬉笑声、低语声，锉刀铁锯一般，无休无止割向心头，让庞七日夜受尽熬煎苦楚。

昨晚，蔡柳儿又跑去寻那些人，四鼓天了，都仍不见回来。庞七气恨欲死，几乎撞墙。但随即，他恨恨想道：我为何要死？该死的是那些人！

第九章　疯癫

不必取悦当时之人，垂名于后世，要于自适而已。

——欧阳修

张用又钻进自家工坊，开始制模、熔铜、铸造。

他买了几十斤黄蜡、牛油搬回家中，放到大锅中烧融拌匀。等凝冻后，照着画好的图样尺寸，用这蜡油一件件细细雕制模子。他先雕的是仪象台下层钟鼓时辰楼各个构件，枢轮、钟鼓轮、初正轮、司辰轮、金钲轮、轮轴、辐条……模子都雕好后，他一一复核尺寸，钟鼓轮和司辰轮差了两厘，便又重新各雕制了一个。最后又复核一道，确定无误。

他哼着曲儿，去河边挖了一筐细土，又从厨房舀了半盆炭末，一起倒进大石臼里。而后将水车和木槌架的链杆拴牢，随水车转动，木槌一上一下舂杵起来，不多时，炭土便已舂细。他解开水车链杆，又拴到旁边筛架的链杆上，筛子随即左右来回筛抖。他抓过一只簸箕，将石臼里的炭土粉舀到筛子上，细筛了一道。筛完后，他解开链杆，倒了半桶水在炭土粉里，抓过铁锹正要拌泥，却见一个人走了进来，是犄角儿，闷着头、沮着脸，自然是为了阿念。

他忙唤道："傻角儿，你的活儿我替你做了大半，快来拌泥！苦着脸做什么？女孩儿家，心上有你才会恼你。她不恼你了，你才该哭。"

“可阿念是真恼了。”

“她说什么了？”

“她说：‘你不必睬我。’”

“你说什么了？”

“我说，对不住，我说错话了——她问我哪句错了。我说我不该不信她说的话。往后无论她说什么，我一定句句都信。她又问：‘那我刚刚说的那句呢？’我忙问哪句。她越发恼了，说她说的话，我从来没存过心、当过真。我忙说，她说的每句话我都死死记在心底里，一个字都不敢忘。她立即说：‘我才说的话你都记不得，却敢当面对眼，发这些假誓诓人。难怪我家小娘子说，男人话如窗上影，听听罢了，何必戳破。’说着，她竟哭起来，让我赶紧走……”

“你就听话走了？”

“嗯……”

“傻角儿。这女孩儿们，说恼便一定没恼，说你走便一定不想你走，你却句句尽顺着她。你一顺，她便一定气难顺，你一真，她便一定当不真。你该事事都反过来才对。”

“啊？她让我走，我偏不走，那她不是更恼了？”

“哪里会恼？你若趁势再亲香一口，她才越发欢喜呢，哈哈！放心吧，她让你走，便一定盼着你回去。可你若这时节回去，她一定嫌你回得太快。你先拌好这泥，跟我一起制模子、铸铜件。等忙完了，时候便差不多了，那时你再去见她。”

“她会不会嫌我回得晚了？”

“那是自然。”

“早也不成，晚也不成，那我啥时候回去才正好？”

“没有正好的时候，除非她变成男人。女子该有个别名叫‘嫌’，她们心中总得有些嫌才过得。哪怕一切刚好，若再能嫌上两句，才算真好，这叫大成若缺，大好若嫌，哈哈！另外，女者兼也，兼者并也。世上万事，得了一边，便得舍另一边。向东，便得舍西；取左，便得舍右。女子们却两头都想要，两头都舍不得。得了东，立即想西；占了左，又忙望右。她们便是这般来来回回，永无宁时。”

“若真是这样，不论我做什么、说什么，阿念都要立即往相反处看？那我便永没有对的时候？”

“正是。”

“那我该咋办？”

“你已做得很好，继续照办就是了。”

“啥？”

“她们要的并非对错之对，而是应对之对。她们心中想的是，你既与她配成了一对，便该时时想她所想、应对得当。她说左，你便左，但该立即想到右；她转右，你便右，又该立即预备折回左。只要你肯陪她来来回回地嫌。她嫌，你不嫌，那便是最好之对。怕了，是不是？哈哈！铁锹给你，身累解心乏！”

犄角儿接过铁锹，皱起眉，瞪着小眼珠，眼里无比迷惑，垂着头慢慢拌起泥来，半晌都不再出声。

张用忙了许久，有些疲乏，便坐到河岸边，望着河景，不由得想起朱克柔。不知道朱克柔去了哪里，是否还活着？他当初便是因怕这累，才不愿成亲。这时念及朱克柔种种孤傲特立之举，他心里暗想，她和其他女子或许不同，不会这么多嫌？但随即想到，越傲之人，嫌起来恐怕越冷峭，欲和她登对，怕是大不易，他顿时哈哈大笑起来。

半晌，犄角儿拌匀了炭土泥。张用让他去将炼炉里石炭添足，把水车链杆拴到风箱柄上，自己则将那些雕好的油蜡模子搬过来，用炭土泥将模子一个个封裹严密，只在顶上留一个小孔。等他全都封完，犄角儿也已燃起了炼炉，风箱柄被水车带动，不住推拉，风力吹得炉中石炭火焰飞腾、呜呜作响。

张用将那些泥模子整齐放进铁盘中，而后塞进炉膛里。烤了不多时，取出来一瞧，泥模子已经干硬，里头的油蜡也沿着小孔渗尽。接下来，便是炼熔铜液，由模子孔注入，充满内腔，待冷却后，敲去外头泥壳，铜件便铸成了，这叫作“拔蜡铸模法”。

张用正要让犄角儿去搬铜块，却听见外头有人闷声闷气唤“张作头”，出去一瞧，竟是程门板。

程门板是来向张用求助的。

上午张用在彩画行议事厅里，又是片言之间，便解开了焦船案。那案情之错杂险怖，固然让他震惊不已，张用智识之高，更是让他绝望。他忙吩咐胡小喜和范大牙将彩画行那几人暂押在议事厅中，自己立即前往开封府，将案情呈报给推官。推官听了，也大惊，忙派人前去拘捕一干嫌犯，着手立案审问。

程门板才拜辞出来，便碰见一个熟人，也是左军巡使府吏，名叫王烩，比他小两岁，人却极精明，一双大斜眼时时溜转不停，最善应变，吏阶已比程门板高出一级，今年刚升为副史。每回见到王烩，程门板心里都要扯痛一番，因此极不愿见此人。他装作没见，转身刚想躲，却被王烩高声叫住。

“程老哥，我正在到处寻你。顾大人差了我一桩案子，我去了一问，那案子的嫌犯竟也是程老哥那桩萝卜案的嫌犯，所以这案子自然该归并到程老哥这里，我已经将这事禀告给顾大人，顾大人也应允了，吩咐我来交接好。程老哥，我这就带你过去瞧瞧？”

程门板听了，顿时一阵厌恨。这案子自然是极难查办，否则王烩岂肯轻易转交给我？但他又不好流露，只沉声问：“什么嫌犯？”

“你那萝卜案里不是有个叫麻罗的裱画匠？这新案的嫌犯便是他。”

“他做了什么？”

“清明那晚，艮岳宿院中死了八个人。”

“哦？都是些什么人？”

“五个营造名匠，一对后厨夫妻，一个门值，都是中毒身亡……”

王烩将那五个营造名匠的来历讲了一遍，程门板听了大惊，竟是京城营造行最头等的大匠，黄富贵师徒、云野逸师徒和楼痴李度的徒弟白岗。五人在那艮岳宿院中，是为官家绘制艮岳楼馆亭轩图。

程门板听了，越发惊惧。这案子事关官家，稍有不慎，前程顷刻断送，难怪王烩要极力躲开，这时又掩住庆幸，特意将案子说得轻巧无事。程门板瞅着他那双大斜眼，心头忽然狂跳，反倒涌起一阵暗喜。

这案子虽说艰重，但若能办好，其功便不止是升一两级吏职了。他暗暗踌躇了半晌，最后拳头一紧，定下主意，与其这般死挨慢熬，不若拼一回，闯得过自然不必说，即便闯不过，也好歹算是雄烈过一场。

于是，他立即让王烩带自己去艮岳宿院。艮岳是皇家园林，自然严禁常人出入。不过，由于艮岳尚未竣工，那宿院又位于东南角，上个月才修好，是预备给内侍宫人们居住。那几个营造匠住进来前，院子尚空着，通往艮岳的门也锁着。进出那院子，只能经由艮岳东南角门，角门上日夜都有卫卒轮流看守，四人一班，那宿院又分派了三个门值轮守。

程门板到了那宿院一瞧，幸而王烩未敢擅作主张，八具尸首都未搬移，仍留在原处，分倒在各自房中。八人死状全都一样，都是中了砒霜之毒。

宿院另两个门值、案发当晚角门轮班的四个卫卒，都被监押在那宿院中，另差了一个卫卒看守。程门板大略盘问了一番。原来，那天是八个死者留在艮岳宿院的最后一天。黄富贵、云野逸、白岗三人的图稿都已完成，由内侍殿头官派人拿到崔家裱画坊装裱。清明傍晚，崔家店工麻罗将三幅画稿送到艮岳宿院。他有那殿头官给的符牌，四个卫卒查看过符牌后，放了麻罗进去。两盏茶工夫，麻罗便出来了，将符牌交给卫卒后便离开了。那晚再无第二个人进过那宿院。次日清早，殿头官来取画稿时，发现院中八人全都丧命。

程门板听后略松了口气，这案子虽然关涉御前，案情却不繁难，只需捉到麻罗，一问便知。

然而，王烩随即说："这案子还有个古怪之处，相比那八人，三幅画稿才更要紧。麻罗将画稿送了进去，那殿头官第二天一早来取画稿时，让人翻遍了宿院，也没寻见那三幅画稿。"

"麻罗没有将画稿留下，又带走了？"

"我和那殿头官反复盘问了角门上四个卫卒，他们都说麻罗进去时，背着个袋子，他们查看了那袋子，里头是三轴画。麻罗出来时，手里攥着空袋子。那三轴画都有五尺长，胳膊粗，身上是绝藏不下。"王烩溜转着大斜眼，笑着说，"这案子我查到的便是这些，这是仵作验尸簿录，有劳程老哥了。我手头还有一桩更扎手的案子压着，我就先告辞了！"

程门板接过簿录，望着王烩洋洋走开，心里又恨又愁。杀人，窃画，又没有人出入，也没有活口。这是一桩鬼案，从何查起？

他独自闷了许久，忽然想起了张用。前两桩案子若是凭自己，恐怕几个月都难查明，张用却三两天便轻易解开。萝卜案时他还无比嫉妒张用，到焦船案，便再没有气力嫉妒，生平头一回，他从心底里真正折服一个人。

他原先绝不肯服输，怕一旦服了输，便如泥人浸水，再难立起，更无气力往前走一步。然而，折服于张用，虽然沮丧，却并未瘫痪，心里反倒随之一轻，如同勒紧脖颈的绳索，忽而松开了一般，竟觉无比轻畅。这令他大为意外，也有些手足无措。

愣了半晌，他猛然想起那句禅宗公案："谁缚汝？"也顿时明白，这么多年来，捆缚自己的，正是自己那不肯服输之执念。有如舟子撑船，若非要笔直前行，不许稍有回旋，自然处处吃力。水未为难你，风未为难你，全是你自己为难自己。

豁然大悟后，他不由得嘿嘿发出两声笑。由于多年未笑过，那声音极涩闷，如同一只笨牛从栅栏间硬行撞出。那两个门值和四个卫卒原本都呆站在一旁，听到这笑声，全都惊望过来。程门板回望过去，又嘿嘿笑了两声。那几人越发纳闷，程门板却浑不理会，转身离开那宿院，快步去寻张用。

张用见程门板站在院子中间，微咧着嘴，似笑又不似笑，模样极古怪，如同老木讷娶到了个浪媳妇一般。

他大为好奇，拱手笑问："咦？程介史，是哪阵携花带雨、邀莺唤燕、催蜂送蝶的香风把您吹到寒舍的？"

程门板不但没有着恼，嘴反倒咧得更开，露出两排结实齐整白牙："张作头，之前多有失礼，还请……还请海涵。在下……在下又……"

"又有新案子了？成！难得程介史放下泰山尊贵、沧海体面，我就再效一回力！"

"多谢张作头！"程门板忙拱手一揖，既笨拙，又诚恳。

"谢字不必，案子得难。"

"很难。能否请张作头跟在下去那案发地，去了才说得清。"

"好！"张用回头唤道，"犄角儿，你莫一个人在家里傻念呆嫌，一起去。"

三人随即出门，路上，程门板先将案情说了一道，又将仵作验尸簿录给他看。张用边走边细看过后，见萝卜案里不见的麻罗竟在这里现身，不由得笑起来。再听程门板连连提及这案子关涉到艮岳，他更是仍不住怪笑了几声。他与艮岳早有渊源，他这疯癫正是因艮岳而起。这世间，不必天网恢恢，一张小网，便能让人兜来转去。

张用自小放任难羁，却并不疯癫。四年前，艮岳开始兴建，天子命最宠信的宦官检校太傅梁师成监造。艮岳除去山水花木和楼殿馆阁，自然少不得桌儿器物。梁师成便命后苑造作所一位殿头官寻见张用，委任他督造艮岳一应木器。

张用目睹“花石纲”因一人之奢而虐害万姓，早已厌极，哪里肯接这等助虐之任？然而，那时父母皆在，违抗此令，势必会激怒梁师成、遗祸给父母。他顽性一动，不等那殿头官说完，忽地装起疯来。他知道只胡言乱语、抖抖跳跳瞒不过，便怪叫乱跳到外面，当街脱下裤子，屙起屎来，引得众人又笑又骂。他偷瞅了一眼，那殿头官眼中仍有些疑色，得再加些力。他忽然想到，自己还从未尝过屎，不知除了臭，还有些什么滋味，便侧转身子，伸出指头蘸了一坨，放进自己嘴里，细细品咂起来。他这才知道屎味近于硫黄，有些苦、有些涩、有些麻，还有些辣口。四周的人越发惊怪，全都笑嚷起来，那殿头官惊得眼珠鼓胀。张用想，文章须足诗须扬，便又捞起一捧屎，朝街边的人跑去，请他们尝。那些人全都慌忙逃避，他大叫着追撵，闹得满街哄乱。回头一瞧，那个殿头官惊张着双眼，呆立在院门前。他心里暗笑，伸开黏臭双手，怪笑着朝那殿头官奔过去。那殿头官尖叫一声，疯母鸡一般急急逃走了。

张用不但轻巧避过了艮岳差事，更从中发觉一桩大乐趣：人人都被世间规矩捆住，若非逼不得已，谁都不愿也不敢挣破。那天他无意间跳出，顿感无比自在。往昔那些不当为、不能为之规矩，尽都化为虚影。众人笑他疯癫，他笑众人堪怜，如同家禽与飞鸟互笑。而且，众人一旦认定他疯癫，无论他做什么，都不再惊怪，也不敢禁管，因此，这几年他为所欲为，愈来愈自在。

第十章　画稿

神游局内，意在子先。

——《棋经》

艮岳离张用家只有四五里地，在家中抬头南望，便能遥见青郁山影。

他们由安远门进了内城，再向西一拐，便到了艮岳东南角门。一带琉璃瓦朱红宫墙，一座朱漆门楼。守门卫卒出来，见是程门板，便放了他们进去。

张用走进去一瞧，两边沿墙种了一带高柳绿槐，中间一条青砖直道，通向一大块空阔场地。场地北面纵横布列几十座门庭独院，由于不见人影，看过去极荒寂。程门板带他穿过空场，来到正中间那座庭院，半扇门开着，还未走近，里头响起狗吠之声。

张用当先走了进去，里头是一个四方清净庭院，正面一间厅堂，两边是回廊厢房。皆漆了丹粉刷，素白明红，十分鲜明。台阶两侧各摆了三盆西府海棠，花虽已谢了，枝叶却正鲜茂。

狗吠声仍未停止，是从后院传出，那里随即响起一个人的尖声呵斥：“丧狗，莫乱嚷！”接着一阵脚步声，一个人从前厅侧门走了出来，头戴黑冠，身穿紫锦衫，身形瘦高，面皮白润，虽已中年，却无一根髭须。张用一眼瞧见，顿时笑起来，此人正是四年前寻他去应艮岳木器官差的殿头官，名叫刘鹤。

“张用，你来这里做什么？你的疯症好了？”刘鹤也一惊。

“多谢刘殿头记挂，我这病阴天犯，晴天好，今天正好是晴天。这里死的那几位营造师是我朋友，我来拜祭拜祭。”

“这里岂是你随意出入的？”刘鹤转头望向程门板，“你是左军巡使新差来查案的那个姓程的？张用是你带来的？皇家地界岂容尔等如此轻亵？”

程门板忙拱手拜揖：“请恕卑职擅作主张。只因张作头与那几位营造师相熟，且又智识超群，因而卑职请他来相助。”

刘鹤来回瞅了两眼，语气稍缓了些：“今天已是第五天。那三轴画稿若再寻不见，我吃罪，你们也休想避过。”

“是。卑职一定尽力。”

张用插嘴问道：“这后头的狗一直养在这里？”

“那几人搬进来第二天，我便让人牵了来看这院子。楼痴李度已经不见，再不能有闪失。谁知不但闪了失，连命都闪走了。”

“哈哈！若是为防里头的人逃走，养几天，狗便和他们相熟了；若是为了防外贼，这狗那晚偏生又没叫？”

“对啊，若是那晚有外贼，这丧狗该叫才对！走！去问问那几个蠢头！”刘鹤立即转身向后院走去。

张用几人一起跟着穿过侧门，来到后面，一座小小后院，三面粉白矮墙，各开了一个月洞门，里头各有一座小院。左手边靠墙角还有一扇小门。一只健壮黄狗拴在院边一棵柳树下，见到他们狂扑猛吠起来。刘鹤又尖声骂了一句，快步走进中间那个月洞门，一个佩刀卫卒守在那院里。刘鹤吩咐开门，那卫卒忙取钥匙将侧边一间房门的门锁打开。刘鹤唤了声：“都出来！”里头慌忙走出六个人来，两个黑绢吏服门值，一高一矮。四个绯绢戎服卫卒，神色都极委顿。

“你们四个那天晚上守角门，听到这丧狗叫了没有？”

“没有。”其中一个卫卒忙说，“这狗才来头几天还不时叫唤，后来熟了，这宿院又没有外人出入，便极少叫了。出事那晚也没听到它叫。”

“先前，它叫唤了——”另一个卫卒小心插言，“那天傍晚，我们放那个裱画匠进来后，我听着狗叫唤了一阵子。裱画匠走后，那一整晚便再没听见了。”

张用在一旁问："这狗常日间都拴着？"

"是。"高壮门值忙答道。

"那天清早是谁先进来的？"

"是小人。那天清早该小人来替崔秀的班。小人到这里时，院门从里头闩着，敲了半晌，又大声唤崔秀，里头始终没人应，只有这狗在叫。小人便有些疑心，忙去前头角门那里唤了两个卫卒来。我们又捶了半天门，仍没人应，那两个卫卒才用刀撬开门闩。小人进来后，先闻见一股酒气，而后小人忙跑进门边宿房去看崔秀，却见崔秀躺在地上，嘴歪咧着，鼻孔出血，嘴角挂满秽物，人已经死了。我们三个忙去看其他人，满院的人竟全都死了。"

"你闻见的那酒气是从崔秀房中传出来的？"

"嗯……不是，似乎是从前厅那里传来的。"

"那几个营造师常日都在前厅吃饭？"

"不是。他们都在各自房里吃，每天都是蔡嫂分别端进三个小院里，从没有谁在前厅吃饭。"

"那天前厅桌上没有酒菜？"

"没有，跟常日一样，干干净净的。"

"你再仔细想想，那酒气是从哪里传来的？"

"嗯……容小人想想……看到崔秀死了，小人和那两个卫卒忙去后边院子查看，临上前厅台阶时酒气似乎最浓……对，似乎是从台阶左边那几盆花树那里传来。"

"好！"张用笑着低头略想了想，又问，"中间这院子是白岗住吗？"

"是。"

"簿录上说，他的尸首是在井里被发觉的，井在哪里？"

"请随小人来。"

那门值引着众人出了月洞门，走进左侧墙角那扇小门，里头是一个小侧院，并排三间房舍，院子左边有一口青砖砌的圆井。张用过去趴到井边，朝里探头望去，井不算深，井底清幽水面上斜浮着一只水桶，提柄上隐约可见拴着井绳。

他扭头问："发现尸首时，桶也落在里头？"

“嗯。当时其他人的尸首都寻见了，唯独不见白作头。后来小人发觉水桶不在井边，便朝井里望了望，见井底除了水桶，似乎另有样东西。那两个卫卒忙去柴炭房里寻了条绳子，拴在小人腰上，把小人坠下去，小人到了井底一摸才知道是具尸首，拽上去后才看清是白作头……”

“白岗的尸首现在哪里？”

“外头怕太阳晒，尸首存不住，便搬到厨房旁边这间柴炭房里了。”

张用走过去一把推开门，一股尸臭味扑鼻而至，柴炭旁边空上用芦席盖着一具尸首。他俯身掀开芦席，第一眼险些没认出是白岗。白岗原本身材干瘦，此时尸身却灰白肿胀，身边地上流了许多乌臭尸水，眼睛突鼓，嘴巴大张，露出发黄牙齿，齿龈也已经灰紫。

张用仔细看过后，盖上了芦席，转身问：“厨师庞七、厨妇蔡氏的尸首在隔壁？”

“是。”

张用随即出去，拐进旁边厨房。里头十分凌乱，门边一只小凳前一堆葱头菜叶蒜皮鸡毛，被踩得污烂四散。灶台上遍是油污，摆满锅铲、油瓶、盐钵、酱碗……墙边一张小矮方桌上摆着碗筷酒盏酒壶，两碗吃剩的菜，已经霉臭。桌两侧各一只凳子，凳子边各躺着一具尸首，一男一女。两具尸首也都已发乌发臭，嘴都微微龇开，嘴角残留有口沫污迹。

那个门值看着地下脏污，低声感叹：“蔡嫂原本极爱干净，见不得一点脏，每回她丈夫庞七整办完饭菜，她都要将厨房立即清扫干净，一刻都不愿拖。”

旁边那个矮门值忙也点了点头，应和了一声。

“哦？”张用望着地下尸首，又略想了想，而后回头问刘鹤，“刘殿头，我瞧这验尸簿录上说，菜里没有毒，毒是下在酒里？”

“嗯，我一共叫人搬了十坛子碧香御酒来，原本是犒劳那几个营造匠。这对馋痨夫妻和三个贼门子也趁机伙在一处偷嘴，清明前一天我来看，还有两坛子，如今只剩墙边那小半坛子。仵作查过了，毒就是下在那酒坛子里。这对夫妻若不偷嘴，也不会这般短命。”

两个门值听了，一起忙惶愧垂头。

张用笑起来：“未必。”

“未必什么？”

“眼下还说不得，咱们去瞧其他尸首。”

那三个宿院格局相同，都是一带三间房，青瓦粉壁，黑漆门窗楹柱。正中一间大堂屋，左右两间小卧房。张用先走进左边小院，推开了堂屋门。

屋中十分宽阔，左边横摆一张长案，上头摆着笔墨颜料、一叠长幅画纸。右边一张黑漆八仙桌，上头摆着一套红瓷茶壶茶盅、一只白瓷酒壶、两副碗盏匙箸。三盘吃剩的菜，一尾残鱼、半碟腊肉、一钵糟黄芽。

两侧椅脚边躺着两具尸首，张用过去一瞧，是黄富贵和弟子陈宽，死状和厨师夫妇相似，尸首也已经有些乌臭。张用想起清明中午在虹桥那里，自己还逗要过这师徒两个，黄富贵当时那般疾言厉色，凛然难犯，这时却仰着下巴，龇着嘴，神色凝住几分寒碜悲怯，竟有些似冻僵的乞丐。而他的徒弟陈宽，则眉头紧拧，嘴角歪咧，如同笼里困兽愤然撞死于铁栏边。张用瞧着，心头不禁升起一阵诡谑荒寒之感。人纵有千种执拗、万般狂志，于生死之际，都只如一点雨水落于无边沙漠，哪里有丝毫可凭可恃？

他不愿多想，转身走到那张长案前，翻了翻那叠长卷稿纸。厚厚一沓，约有百余张，每页都已画满，皆是不断调改的艮岳楼馆殿阁草图。面上那张画得最工整精细，应该是成稿前最后一幅。虽未设色，纯以墨线勾描，却已满纸富丽雍雅。细看那些楼殿馆阁，无不精雕细构、极尽华奢，果然不负“富贵”二字。

不过，张用旋即觉到，这些楼殿都过精过奢，即便置于皇城宝殿之中，恐怕都有些烁眼，放到这山水之间，更如绿树镶金、野草嵌银一般，物景两隔，素绚难谐。张用不由得笑起来，黄富贵终究是穷寒出身，只知堆富营贵，始终未能领会“丽质天生”四字。当今官家虽爱奢，却绝非蠢俗之人，尤精于艺文，其书其画，华而不失清，贵而能兼逸。黄富贵的画稿即便未丢，也难合官家旨趣。

他正要转身，殿头官刘鹤在旁边问道：“若那成稿寻不回来，我拿这画稿去装裱装裱，不知能否应付得过？”

“否。”张用摇头一笑，随即大步向外，走进对面云戴师徒的宿院。

屋内布置和黄岐那边完全相同，只是八仙桌上摆的剩菜不同，半碗肚羹、几截灌肠、半碟莴苣笋。云戴师徒两个尸首也躺倒在八仙桌下、座椅旁边，尸状也大致相似，只是面目表情略有差异。云戴眉头上蹙，既像忍痛一挣，又像是即将飞升。他的徒弟周耐，则五官撮挤到一处，似在拼命攥力，即将爆开。张用瞧着，笑了一下，这师徒二人，师傅一生散淡，临死如同蝉蜕。徒弟常年硬挨，死得像个炮仗。

张用细瞧一阵，看不出有何特异，便走到画案边。案上也是厚厚一摞画稿。最上面一张，一眼望过去便和黄富贵的迥然不同。高楼大殿只有两座，且构造雄浑，样貌古朴，其他则皆是高亭远榭、低馆小轩，满图萧朴淡远，似有山野清风拂面来。云戴半生野逸，却始终只能在园林一隅略抒襟怀，此次得逢高山阔水，总算是荡开神思，意接天地，将平生志趣尽兴畅写了一回。

这画境倒是颇合张用脾胃，不过他立即想到，云戴这画稿去尽奢丽，务求朴淡，简直如同一篇无字劝谏文，恐怕更加难入官家之眼。

张用轻叹一声，见其他人跟在身后，都茫然望着他，如同一群待哺呆犬一般，不由得哈哈笑起来："孩儿们，巡游第三院去也！"说着仰头大步走了出去，全不管刘鹤面色顿时一变，程门板脸上也显出尴尬之色。

张用笑着走进中间那座宿院，一把推开堂屋门，里面飘出些秽臭之气。房中布局仍一样，只是没有尸体。八仙桌上，酒壶、酒盅、碗箸之外，摆着两样剩菜，半钵蹄子烩、一碟脂麻辣菜，还有两块焦蒸饼。一只白瓷茶壶摔碎在桌边地上，旁边还有一摊呕吐秽物，已经干凝。

张用回头问那个高壮门值："你们进来时，这茶壶已摔碎在地下？"

"嗯。"那门值忙点点头。

张用点点头，略一沉思，随即笑着走到画案边。来的路上，程门板已告诉他，上个月李度忽然失踪，艮岳画稿只完成一半不到，殿头官便命令李度的徒弟白岗续完师作。张用低头望向最上面那幅画稿，第一眼便觉舒服。再细细看去，不由得赞叹起来，果然还是楼痴子李度高明。

那画稿绘得极精细，并且上了些淡色，一派青峰碧水，几十处楼台错落。画中央，一座巍峨大殿，背倚山势，高阔正得其宜，不但没有与山彼此压抢，反倒互增了宏壮。楼形构造既不过于繁细，又不失于粗简，度取其中，因而显得雍雅堂正，正是皇家当有之气度。至于其他馆阁亭台，或正或崎、或显或隐、或雄或秀、或拙或巧……极尽变化，又尽都依照山形水势，或点题、或映衬、或呼应、或对峙，犹如右军行书，韵出自然，逸态天成，又似东坡文章，能豪能媚，洒落不拘。

看到画尾，白岗还在角上绘了三只鹤，一只昂首展翅，一只垂首敛翼，另有一只将飞未飞，笔法虽略有些拙硬，却给这营造图添了几分山水画的意趣。

“好！妙！绝！”张用不由得连连击掌赞叹。

自汉武帝开凿太液池，堆筑蓬莱、方丈、瀛洲三山，创制了“一池三山”格局以来，历代皇家园林沿袭不绝，直至艮岳建成，才突破旧范，另创新格。二山相望、泉瀑汇湖，于平地之上造出八百亩山水奇景。若不论奢靡虐民，张用也不得不赞叹当今官家这一奇思巨构。他更没料到，白岗这幅殿阁楼馆画稿，竟能与艮岳胜景如此合衬。

那三幅成稿失窃，他原本毫不介意，反倒有些乐祸。这时却极想瞧一瞧白岗那幅成稿。不过，他随即想到，白岗三十多岁才拜李度为师，学艺尚不足十年，虽然他极勤力，却非绝顶之才，以他的修为，绝画不出这幅营造稿，这构画自然是来自李度。李度恐怕也不止留了一半画稿，应该还口授了一部分给白岗，而且，即便是李度本人，也得倾尽平生才情，全然忘我，才能臻于此等自然无迹之境。

念及李度，他不由得又笑了起来，为自己这个痴友得意，同时竟有些想李度了。不知道这痴子去了哪里？

旁边那几人见他又赞又笑，全都茫然不解，一群呆鸟一般。他回头一看，又哈哈笑了两声：“只剩最后一处了，去瞧那守门的。”

他大步走出，穿过前厅，下台阶时，猛然停住了脚。刘鹤等人紧紧跟在后头，一串人险些撞成一堆。张用转头笑道：“哈哈，这是要贴烧饼吗？”刘鹤听了，顿时恼起来。张用不等他发作，偏过头问后头那个高壮门值：“你那天清早闻到酒气，是这左边？”

“是。”那人忙点头。

张用走到台阶左边，廊沿下摆了三盆海棠花树，花早已谢了，焦枯花瓣散落一地。他凑近那花盆，挨着嗅了嗅，过了五天，已嗅不出酒气。不过，最里头一盆微多了些酸腐气。他仔细瞧了瞧，那花盆中落的枯瓣上略有些浅白污痕，还有几点灰白颗粒，似是酒中糟米残渣。他笑着点了点头，直起身便往大门处走去。那些人越发纳闷，一群呆鹅一般跟了上来。

张用推门走进大门左侧的宿房，里头有些窄，只有一张床，靠里一张方桌。门值崔秀的尸首躺在方桌下，也是龇着牙，微咧着嘴。房间小，尸臭气比其他几处浓重一些。桌上一盏油灯、一碟吃剩的七宝脍、一副碗筷、一只大酒盅。

张用看了，笑着微点点头："我知道那三轴画稿去了哪里。"

第十一章　欢宴

赧莫赧于易，耻莫耻于盗。

——《棋经》

“那三轴画稿在哪里？”殿头官刘鹤忙尖声问。

其他几人全都挤在门边，也都惊望向张用。张用笑了笑，推开那些人，走出门值宿房，大步走到厨房，寻见两只大铜盆、一个竹编白纱罗筛子，摞在一起端了出去，出来见那些人全都跟了过来，他大声吩咐犄角儿：“去打半桶水来。”说着又大步穿过前厅，来到台阶旁的那株海棠花树边，将两只铜盆分开放在地下，又吩咐跟过来的那个高壮门值：“把那株花树连根带土倒进这铜盆里。”

“画稿在这里头？”刘鹤又尖声怪问。

“否。大壮哥，莫愣着，快些！”

那高壮门值忙过去弯下腰，双手攥紧树干，花树不高，树干也只有酒盅粗，并不费力，便连土带根轻易提了起来，放进了一只铜盆里。

“将花树连根抖掉，只留泥土。”张用又吩咐一句，随后对那矮门值说：“再去取个大碗来。”

矮门值忙跑去厨房，高壮门值抓住花树上下蹾摇一阵，泥土随即碎裂脱落，他又用力抖净了残土。这时犄角儿提着半桶水赶了过来。

"倒进盆里，略没过土便成。"

犄角儿依言将水小心倾入盆中，张用从那花树上折下一根粗枝，伸进盆里搅拌，让水浸透土，拌成了稀泥。这时，矮门值已经取了一只白瓷大碗来。

刘鹤等人尽都纳闷无比，张用却浑不理会，又吩咐："你们一个端泥盆，一个抓好筛子，将水沥进另一个盆里。"

两个门值忙端盆、倒泥、沥水，半晌，底下铜盆里沥出了一些浊水。张用静等那水澄清后，轻轻端起铜盆，将面上的清水倒进大碗里，总共有小半碗水。他端起碗，穿过前厅，来到后院，那狗一见他，又凶吠狂扑起来。张用转身将碗递给跟过来的矮门值："给那狗喝。"

矮门值忙将水碗放到狗身前，那狗吠了许久，正渴，埋头伸舌急舔了起来。张用瞅着它饮至一半，笑着叫了声："倒！"那狗又舔了几口，忽而低咽一声，身子晃了几晃，随即侧身躺倒，嘴微张，四爪缓蹬，像是醉倒了一般。

张用哈哈大笑起来，其他人则全都睁大眼，惊恍不已。

"好，可以去寻那三轴画稿了。"

他大步穿过侧门，走进厨房，来到灶台前，抓起旁边的火钩，蹲下身子，把灶洞里头的炭灰全都刨了出来，灰烬中大半是烧白的石炭，另有十几块燃剩的木炭烬。他拨出那些木炭烬，见其中有一小段大体呈圆棒状，他拈起那段炭烬，起身回望刘鹤，笑着说："这便是您要寻的画稿。"

"什么？！"刘鹤尖嚷起来，"都烧了？谁烧的？为何要烧？"

"忙了这一下午，口干了。犄角儿烧水，煎一壶茶，咱们到厅里坐下来慢慢说。"

张用昂着头、踱着步、哼着曲儿，往外走去，刘鹤恨得鼻翼抽搐，却只得跟着，其他人也忙尾随过来。出了侧门，张用见那狗仍躺着，四腿踢蹬，却爬不起来。他笑了笑，抬腿走进前厅。

厅中央摆着张黑漆大方桌，围摆了八张黑漆木椅。张用先弯腰探头向桌下椅边望去，见地上隐约浸了几片油渍。又走到廊边，瞅了瞅那盆拔出来斜靠在台沿的海棠花树，心里猜测越发确凿了。

他笑着走到左侧靠外的椅子上坐下，招呼大家："都累了，坐下歇一歇。"

刘鹤气哼哼坐到了正面主座，程门板则想到身份位次，微一犹豫，仍站在张用对面，没好坐。其他人更不敢坐，全都围立左右。张用也不勉强，用手指叩着桌面，略沉想了片刻，笑着说："死的八个人中，我只认得五个，其他三个有什么故事，知道的说来听听？"

众人互望了片刻，程门板沉声开口道："那个门值崔秀我认得，大概七八年前，他在府门前拦住我，求我帮忙查问一桩旧案的簿录。这般冒失，我自然没有理会。他却缠住我苦苦哀求，我骂不走、甩不开，只好问他情由。原来他父亲原是一个营造匠人，后来追随沈括沈大人，做了贴身家仆，更协助沈大人编定了《守令图》。元祐三年，天子命沈大人进京献图，崔秀父亲也跟随到京。他父亲寻见两个故友，一起去金明池上吃酒叙旧。席间却争执扭打了一场，他父亲下船后，便不知下落，这成了一桩悬案，至今未解。崔秀多年来始终耿耿于怀，不断来府吏搅缠，并怀疑是那两个故友害了他父亲性命。巧的是，那两个故友也在这宿院中……"

"是哪两个？"刘鹤尖声惊问。

"黄富贵和云戴？"张用笑问。

"嗯。"

"杀人毁图的是崔秀？！"刘鹤声音越发尖利，"可他也被毒死了啊。"

张用并不睬他，笑着问那几人："这个疑窦解了，还剩那厨子庞七和厨妇蔡氏，你们有谁知道这对夫妻的来历？"

那个胖壮门值低声懦言："这么说，那个蔡氏也有些不尴尬。"

"哦？你知道什么，放心说。"

"小人也不知详情。只是听说来的。前几天小人遇见一个旧友，闲谈起来，无意间说起蔡氏，他竟认得。说这艮岳兴造时，安远门到景龙门一带的房舍都要拆除，蔡氏那时正在安远门内开着间黄糕糜铺子。拆她铺子时，她的儿子在屋里着病，捂在被窝里。那些厢军没听见声响，便将房舍拆了，她儿子便被压死在里头……"

张用听了，点头道："她自然深恨艮岳，连带那三幅画稿。"

"画稿是这贼婆娘烧的？"刘鹤又尖声问。

张用仍不睬他，又问：“她丈夫庞七如何？”

那个矮门值挪了挪身子，小心说：“自从进了这宿院，她丈夫便腌在了醋坛子里头。那蔡氏为人极活泛，跟我们这些人全都说得来、笑得开。她丈夫只要见她跟我们说笑，脸便黑皱起来，腌瓜一般。我跟他攀话，他只用鼻孔喷气……”

张用笑道：“又一个一肚子恨气的。”

“凶手难道是这厨子？”这回是程门板发问，“他是先杀人，后自尽？若说施毒，他最便利。”

“有杀心的，不止这三人——”张用笑着说，“那五个营造匠，谁不愿抢中艮岳这天下第一等御差？黄富贵和云戴常年敌对，黄富贵的徒弟陈宽已经一把年纪，却被师傅死死攥住，不肯放他自立。云戴的徒弟周耐性子急跳，却被师傅牢牢压住，不许他蹿跳。白岗，师傅李度消失不见，他来续稿，图稿若能被选中，那便如中头等状元一般，自然会拼死力争……”

众人都惊怔在那里，唯有刘鹤尖声嚷道：“谁杀谁死，我懒得问。究竟是哪个贼虫烧了那三轴画稿？”

“杀人者，即是烧画者。”

“这贼虫去了哪里？”

“就在这宿院里。”

“可宿院里八个人全死了。”

“这狗极灵觉，若有外人来，只要接近这宿院，它便会叫。那一晚，它却一声都没叫，自然没有外人进来。”

“那究竟是哪个死鬼做的？”

“那个死得和众人不一样的。”

“白岗？若其他七个人都是被他毒杀，他又是被谁推到井里的？”

“没人推，他应该是失足掉进去的。”

“他为何要杀人，为何要烧画？”

“为了画稿。”

“为了画稿？为画稿他为何又连自家的画稿一起烧掉？”

“他正是为自家的画稿……”

这时，犄角儿端着个红漆茶盘过来放到桌上，里面一套白瓷茶瓶、茶盏。

“犄角儿，你去把白岗画案最上面那张画稿取来。”

犄角儿忙小跑着去了。刘鹤和众人都望着张用，惊愕不已。

张用起身取过茶瓶，斟了一盏热茶给刘鹤，而后自己也斟了一盏，随即将茶盘推向程门板：“程介史，还有各位，都吃杯茶，润得口舌甘，再听咱慢谈。”

他龇唇咂舌地连饮了几口，声响极大。其他人全都盯着他，有些厌，有些焦，又有些盼。一盏茶全都喝尽，他这才抹抹嘴，慢悠悠地讲起来：“其实，那晚，就在这厅里，这张桌上，办过一场欢宴。”

“欢宴？宴谁？欢啥？”刘鹤尖声问。

“说起来，应该是庆功宴。”

“庆什么功？”刘鹤越发焦躁。

这时，犄角儿抱着那卷画稿跑了过来。张用将茶盏放回茶盘，用袖子揩净桌面，这才接过那画卷，从画尾展开了一段。

“他们要庆的正是这幅画稿。”

“这不是白岗之前的草稿？为何要庆？”

“这不是草稿，而是清明那晚才完成的新稿，而且，这也并非白岗独自所作，而是黄富贵、云戴、白岗三人合力完成。”

“什么?！”刘鹤尖叫一声，身子随即一跳。

“将才见到这图稿，我便疑心这通篇谋划，全都出自其师李度。即便李度本人，也极难独自做出这样一篇圆满宏构。只是，这营造图稿不似画师作画，全是界画，以尺勾线，很难分辨手笔差异。不过，你们看这画尾的三只鹤——我方才忽然想到，白岗本不是个灵动之人，向来极守规矩，为何要在这营构图稿上贸然乱添这样一笔？其中自然有其不得不画的原委……”

张用掀起画尾，对着夕照，从纸背透观那三只鹤，墨黑重拙笔画中，渐渐能看出一些端倪：头一只鹤展开之翼中，能隐隐辨出一个“田”字，一只腿爪则隐现一个“支”字；中间那只弯曲脖颈中藏了一个“厶”，敛起的翅翼则也似有个“田”，腿爪则仿佛一个“戈”；最后那只脖颈则有个“子”，双脚则是个“又”。

张用一一指着说："田与支，正是黄岐二字的偏旁；厶与田、戈，是云戴；子和又，则是李度，这恐怕不是巧合。"

众人一起恍然"哦"了一声。

张用笑着放下画纸："那是一晚极险之夜，八个人恐怕都藏了杀心。若任这杀心冲出，那一晚不知会惨烈到何等模样。不过，人心中其实始终吊着个'或'字，或，一人执一戈，守护一方土。有守便有争，有争也便有和，人心便始终在这或字上摇荡，或守或侵，或夺或予，或争或和。说起来，和，终究最好，只是，一念既生，便极难放下。尤其欲与愤，最难消去，除非有外因牵转。

"我不知那晚究竟有何外因，消去了这些人的争心、愤心。只猜测，那晚麻罗将三轴画稿送来时，发生了一个谬误。黄岐、云戴、白岗恐怕拿到的并非自家画稿。另外，那个蔡氏和满院的男人说笑，也恐怕是有意为之，她痛恨艮岳，自然想搅扰这几个营造师，挑拨他们互斗，最好的办法莫过于暗地里向一个诬指另一个剽窃他构思。这仇恨一旦点起，便极易引向斗杀。

"我若猜得没错，当三人拿到的是他人图稿，便可发觉，并没有谁剽窃，怒火必定大降，同时，三个各有所长，又各有局限。人在竞争之中，尤其于重大关头，得失心最重，往往更能见敌手之强、忧自己之弱。三人看到彼此图稿后，恐怕都极忐忑心虚。如今已无法得知究竟是谁倡议，或者是三人不约而同想到一处——与其争无胜算，不若合荣共益。更何况，至少黄岐、云戴二人，不论志趣如何，都算是一行宗师，于名利之外，皆有守艺求道之心。于营造师而言，艮岳既是名利之巅，也是艺境之巅。以他二人各自功力，皆难让这图稿圆满无憾，但合二人之力，再加李度先前构画，富贵、野逸、自然，三者互补所短，便有望臻于至美。

"于是，那晚便有了这幅圆满之作。黄岐、云戴各署名于卷尾，白岗自然不敢和二人并列，便代签了师傅李度之名。画稿完成之后，诸人便一起来到这厅中庆功，团坐一桌，其乐融融。"

"说得如真见了一般，证据在哪里？"刘鹤撇起嘴问。

"证据有二。其一，他们一直只在自己房中用饭，从没用过这前厅。然而，清明那晚，这地上却留下油渍污迹。凶手事后为掩藏痕迹，虽清扫过，但仓促之间哪里能清掉油印？其二，是菜肴——”张用抬头问那两个门值，“他们常日用饭，三处饭菜应该都是一样？”

“嗯。都是一式三份，白作头只有一人，分量要少一些。”胖壮门值忙答道。

“然而，看那晚三个宿院，菜式各个不同，没有一样重复。这自然原本是一桌宴席，凶手为遮掩罪行，将桌上菜肴分别端到三处宿院，造出分别用饭假象。他或许是疏忽，或许是不善烹饪，无法照着厨子庞七那般做出一式三份的菜肴。此外，凶手最大疏忽是门值崔秀桌上那道七宝脍。你们常日间吃什么？”张用又问那门值。

“匠师们吃什么，厨房便给小人端一些来。”

“凶手那晚只顾分开菜肴，却忘了那七宝脍，肝肺肠肚腰蹄筋，七样同烹，是道筵宴主菜，怎会摆到门值的桌上？”

“他是在庆功宴上毒杀了其他人？”

“不是。庆功宴上用的是蒙汗药，而非毒药。”

“什么？”

“席上用毒药，极难同时毒死所有人，何况厨师夫妇在厨房中。一旦某人先死，其他人惊嚷起来，这事便难做成了。便是蒙汗药，凶手先也不敢用，只能等诸人吃过几巡酒，肠热兴酣后，才趁机下药。这时即便有人倒下，旁人也不会起疑。他再端了这药酒，去劝那门值崔秀、厨子庞七、厨娘蔡氏饮几杯。这样，七个人便先后昏倒，任由他施为了。”

“那蒙汗药酒没有喝完，他为掩藏痕迹，才浇到了那海棠花盆里？你将才又将那药沥进水里，喂了那狗吃？”刘鹤总算有了些智。

“是。所谓欲盖弥彰，这反倒留下了把柄，我正是从此处入手，寻出了线头。他将七人迷昏，搬到各自房中，这时才配好砒霜药酒，一个一个灌下。若是醒时中了这毒，人必定百般挣扎，而且也会腹泻呕吐。然而，那七具尸首全都仰躺在地，由于昏迷之中喂的毒，面部也并无剧烈扭扯，只嘴巴微张，嘴角流沫。”

“他费这些周章做什么？那些人死在一处和分开死有什么分别？”

“大有分别。若是死在一处，一看便知黄岐、云戴与他都已和好。他若将最后那幅合力之作上交，自然会让人生疑，极易瞧破此乃为独占名利而杀人。而将诸人分开，情势如旧，他再烧掉那三轴画稿，将三人合稿卷尾名字用仙鹤隐去，等刘殿头您来取画，寻不见三轴画稿，他再趁势将那三人合稿呈上。这画稿今世无双，官家料必也会赞叹，这名利便尽归他一人。”

“可他却也死了。”

“这是最可惊可笑之处。七人都死了，只有他一人活着，凶手当然便是他了。为了藏匿凶迹，他自己也服下少量毒药，只要保住不死便可。可他又并非医者，这分寸哪里把得精确？他恐怕是喝得略微多了些，毒药入腹，发作起来。八个人中，唯有他房中有呕吐秽物。那疼痛烧灼自然极难忍受，他受不得，忙去抓桌上茶壶，可惜茶壶里水恐怕不够，茶壶也跌碎在地。

“人到那生死之际，名利富贵顿成虚妄，能想的唯一之事便是保命，为此，他奔到侧院井边，急急去打水。可剧痛之下，手脚皆软，他没吊上桶来，反倒被桶一坠，失足落井，去井底独享那镜花水月……”

第十二章　自了

区区于此，遂成一役之劳，岂非人心蔽于好胜邪！

——欧阳修

——清明正午

蔡氏坐在娘家磨坊棚子下，河里闹声如雷，她却一点瞧的心思都没有。

她摸了摸怀里那包砒霜，心里麻乱不止，再坐不住，准备去后院跟爹说一声，便回那艮岳宿院，准备下手。可才起身，她娘便回来了。大日头下跑了一趟，她娘有些疲乏，面色干枯，一缕头发从鬓边溜下，被汗水粘在额侧，发梢竟已灰白。瞧着那缕头发，蔡氏心里忽然无比难过。娘也曾如桃花一般娇艳，到如今却已被挫磨成了一束枯草。蔡氏眼睛一酸，眼泪险些掉落，她不愿被娘发觉，忙侧转了身子。

“如今你连正眼瞧我一下都不愿了？”她娘坐到了对面的粗木长凳上，强作说笑，语气间却透出许多倦乏、伤怜。

“眼里落灰了……”她忙揉了揉眼，这才勉强笑道，“我得走了，怕那些匠师们回得早，要茶要水的。”

“女儿，娘将才在路上一直在琢磨，有些话娘还是得跟你说。”

“说啥？”

“那几个匠师，你是真心愿意服侍，还是有啥别的心思？”

“我能有啥心思，接了人的钱串子，不服侍人，难道反倒叫人服侍？你没给我生那娇贵命。”她心里暗惊。

“我们母女斗了这些年的气，今天娘不愿再斗了。你就容娘多啰嗦几句。娘一辈子百般的不遂心，这些时日，静下来想了想，才明白，遂不遂心，都在自家。你若始终强扭着心，那事事物物都扭着，哪里能遂心？好比一面铜镜，若是扭斜着，能照见端正的好影儿？娘若不是始终硬梗着心肠，哪得那些气？”

“明白就好。明白了，便能和爹和和气气过几天顺心日子。”

“娘明白了，你也该明白明白。”

“我明白啥？”

“我那外孙，你那儿。”

“你说啥？我不明白。”

“你是他娘，我是你娘，都是做娘的，哪里能不明白这里头的苦和难？那孩儿自小那病症，磋磨了你那些年，又没丝毫盼头，只能苦挨。虽说是做娘的，可也是人啊。是人，便会累，便会厌，想甩下挑不动的重担逃开。女儿啊，你得记住，得明白，你从没真盼过儿子死，你只是太疲太累，想躲口气。”

蔡氏听了，如同一道霹雳裂穿了头颅。

那天厢军来拆房，已拆到隔壁第三家，儿子病症偏又发作，她原本要背着儿子去寻郎中，可一看儿子那枯瘦小脸，那小命如同风里头挂的一根蛛丝，眼瞧着便要飘断。这些年，无数郎中都摇头说保不住，她也实在没有气力再这么熬下去。一个念头忽然从心底闪过：儿子能不能活，看看老天的旨意。我去抓药，留他在这里，老天若让他活，就让那些拆房的厢军发现他。

于是，她将儿子安顿在床上，捂严被子，随即揣了钱，从后门出去，硬咬着牙，一路跑一路哭，赶去抓药。途中，她心里似乎有把刀，一刀将她的心肠斩断，如同当年生下儿子时，脐带被稳婆一剪剪断。她猛然站住，哭叫了一声“儿”，随即飞快转身，疯了一般往回跑去。可到了一瞧，自己那间小小铺房已经化作瓦砾……

这桩心事，她从不敢跟人说。她恨艮岳、恨天子赵佶，如今连带着更恨起那几个营造匠师，但她其实知道，自己心底里最恨的是自己，只是她从来不敢想，更不敢承认。没想到娘竟早已看穿，一语说破。

这些年积压的泪水顿时涌出，她起身扑到娘的怀里，号啕痛哭起来："我盼过，我盼过，娘，我盼过他死……"

崔秀翻开书摊上那册旧邸报。

那并非书商印售的市贩本，而是朝官内传的手抄本，外间绝难看到。这一册是哲宗元祐四年抄本，时隔已三十多年，早已黄旧，因而才得以散落民间。

崔秀一眼看到其中一段，顿时惊住：

"皇城司捕得一西夏间谍，化名郑十三，冒作金明池游船船主，往来刺探朝廷机密，尝窃得军政机要数十条……又招认，因偶闻一船客乃沈括家仆，详知《守令图》，便行绑劫，逼问未得，遂勒杀沉尸。此事绝密，勿得外传……"

——清明下午

陈宽跟着师傅黄岐回到艮岳宿院。

一路上，师傅神色异常，他更是不自在。进了院，师傅走到卧房门口，忽然停住脚，像是想起了什么。半晌，才咳了一声说："我那道吉符掉进床缝里头了，你去唤厨子两口子一起来帮着搬开床。"

师傅说话并没有看他，他也不敢看师傅，忙应了一声，跑去唤庞七夫妇。快到厨房门前时，一眼瞧见两口儿膝对膝，坐在门边小凳上。庞七望着浑家蔡氏，眼里满是疼惜，嘴唇嗫嚅，却说不出话。蔡氏则微垂着头，眼睛红肿，显是哭过。这一个月来，蔡氏时时跟陈宽说笑打趣，有意无意碰手抹肩的。陈宽从未亲近过妇人，被这妇人撩得火胀。不过，这时，他全无那些心思，放重了脚步，走过去唤两人。两口儿忙站起身，跟了过来。

进了师傅卧房，三个人一起搬挪开大床。陈宽探头寻看，果然见那吉符落在墙脚，他伸臂拈了起来，才要站起，又一眼瞧见那墙脚还有一样物事，似乎是一本书。他又费力取了出来，翻开一看，是本记事簿，师傅的笔迹。他心里微动，忙抬头看门边，师傅不知何时，竟已不见，怕是去堂屋歇息了。他忙让那两口儿将床搬回原位，等他们走了，他躲到窗角，急急翻看起来。

上头记的是师傅历年造楼心得，其间竟不断出现“陈宽”二字。看到自己名字，他心头猛撞，忙一条条翻寻与自己相关的文字：

元符三年九月十七，收得徒儿陈宽。此儿手眼灵，好强，能忍苦，似我，可造。

元符三年十月初三，陈宽小锯练成，不慢，甚慰。

崇宁三年四月初九，陈宽诸样器具练完，只刨功略弱，难得。甚欢，吃酒自乐。

大观三年六月十二，陈宽小木作已成，窗和藻井两样胜我，甚喜。

政和四年五月廿八，陈宽大木作可出师矣，已是一等匠材。大喜。此儿之才，不止于此。多磨才成大器。

政和七年六月初二，陈宽已能独自造楼，然根基少虚，加力培之。

宣和元年四月十九，造童枢密别院秋兴楼，陈宽新创卍字铺作，神巧，特记一笔。

宣和二年一月初七，造王丞相杏园金紫楼，陈宽之力占七成。三年之后，将胜我。压之，勿使骄。

他越读越心颤，读到后头，泪水早已不知不觉涌出……

周耐跟着师傅云戴回到艮岳宿院。

师傅今天始终闷闷的，到了后，便进到卧房，关起了门。周耐也走进自己卧房，心里又重又乱，扭头看到桌上那座小木楼，便坐到桌前，拿起一片小指甲大小的木块，用刀削了起来。

那年师傅给他瞧过那个能立在珠子上的小楼，并说他若制得出，便许他出师，他屡试屡不成，丧气之极，便丢下了。来这艮岳后，师傅画稿时，不许打扰。他躲在自己卧房里，想起珠立楼，忽又赌起气，便又开始制作起来。尤其是心里渐渐生出那杀意后，更觉着，至少在师傅死前让他瞧一瞧，这个他笑了这么多年的徒弟，一样能让小楼立到珠子上。

一个月下来，那栋小楼已大致完成，还只剩一小半屋脊。他将那些小木片全都削成筒瓦形状，而后用细毛笔蘸了胶，一片片挨次小心粘到屋脊之上。每粘好一片，都用细竹签裹着白帕，将多余的胶水仔细拭净，全部粘完后，他又用扇子轻轻扇干，这样，小楼终于完工。虽然不足一尺高，却用了三百多块小木件，每块都极尽精微，费尽心力。

他端详了一阵，从自己包袱里取出买好的那颗佛珠，用帕子擦得净亮，放到桌子中央。而后他闭起眼，长舒了一口气，这才轻端起小楼，将底台中央的圆形凹洞对准佛珠，放置稳当，细细感知手底平衡，微微细调了许久，这才屏住呼吸，全身绷紧，极轻、极慢，一点点松开了手。

小楼稳稳立住，静止不动！

他张大了嘴，一丝不敢动。过了许久，小楼仍静立未倒。他抑住狂喜，踮着脚，一步一步慢慢挪到门边，轻轻拉开了门，小心走了出去。走到师傅卧房门边，不敢出声，只用指节轻轻叩门。半晌，师傅云戴开了门，诧然望向他。

一刹那间，周耐似乎又回到七八岁，初拜师的那个年纪。

师傅刚要开口，他忙用食指竖在嘴边，轻嘘一声，随即拉住师傅的手，全然忘了师徒避忌，牵着师傅慢慢向自己卧房走去。师傅竟也未再出声，跟着他走了过去。到了卧房门边，他悄悄探头一看，那楼仍立着！

他忙伸指示意，师傅侧过身子、偏过头，朝里望去。一望之下，顿时睁大眼睛，随即露出了笑，不是淡笑，不是轻笑，更不是嘲笑，而是惊喜之笑。那双眼望向他，眼里满是光亮。

这光亮，他足足等了二十二年。

他顿时哭了起来。

——清明傍晚

黄岐呆坐在画案前，心里翻腾不息。

将才，他如愿将那对厨子夫妇调离厨房，一起去自己的卧房搬床。他急忙走进侧院，见院里无人，快步进到厨房中，来到墙边那两只酒坛子前。一坛已经开封，他伸出右手小心揭起陶盖碗，手竟有些抖。他沉了口气，右手从怀里摸出那个手帕包。右手被占着，他忙又将盖碗轻轻搁到脚边，赶紧打开了手帕，取出药包。手抖得越发厉害，心里也涌起一阵惧怕。自出生以来，从没这么怕过，脸和手都有些抽筋。

不成！我不能这么做！

他心里猛喝一声，随即慌忙揣起药包，盖好坛盖，急步转身向外逃去，幸而外间无人。他快步走进自己那个宿院，绕到房后、钻进茅厕、取出药包，抖着手将药粉全都洒进粪池里，又将那纸撕个粉碎，丢了进去。而后才吃醉了一般，摇摇晃晃走进堂屋，抓起茶壶，连倒了几杯冷茶水，一气灌下，这才坐到了画案前，再动弹不得。

这时，自己卧房那边传来陈宽和那厨子的说话声，接着厨子夫妇离开了。黄岐呆坐在那里，如同大病了一场。半晌，徒弟陈宽走了进来，神色极怪，又似要哭，又似要笑。黄岐这时一个字不愿说，更不愿听，便抬手摆了摆。陈宽犹豫片刻，小心出去了。

黄岐直坐到夕阳落下，屋里渐渐昏暗，心绪才渐渐平复。这时，外头那狗吠叫起来，半晌，院门开了，有人说话，而后院门又关上了。接着，脚步声从前厅传来，一直走进他的堂屋，是门值崔秀。

“黄大作头，画稿送来了。”崔秀将一个贴锦长木盒小心放到画案上，望着黄岐，犹疑片刻，忽然又开口，“黄大作头恐怕不知道，小人父亲曾与您相识，他名叫崔升。小人一直疑心父亲的死与您有关，今天才知道是被当年那船主害的。小人错怪了黄大作头，实在是对不住您。”

崔秀说完便转身离开了。黄岐愣了半晌，才想起崔升是谁。他苦笑一下，伸手取过那画匣，见拦腰系着一根绿绸，上头用墨笔标了个“黄”字。他解开绿绸绳，打开木盒，将里头的画轴拿了出来，放到画案上慢慢展开，才看了一小截，他顿时惊住，这画稿不是他的。

他忙展开全卷，从头至尾浏览一道，随后便怔在了那里——这是云戴的手笔。虽然他和云戴多年来已经没了交往，但云戴所造那些园林胜景，黄岐看过许多，早已熟稔。这幅艮岳楼馆亭台图，虽仍是云戴野逸之风，却清旷淡远许多，令人一看，便胸襟大开，尘虑顿消。

黄岐不由得暗暗赞叹一声，但随即发觉，这图上没有任何一处与自己的相似，更勿论抄袭剽窃。是那厨妇说谎？他顿时一阵后怕，冒出一身冷汗，幸而将才及时住手，没将毒药投进酒坛里。

他怔怔坐回到木凳上，望着云戴那图出神：自己虽以富贵二字成名，但其实出身穷寒，这些年一直强求强挣，生怕露出穷寒气让人耻笑，而自己心底里爱的，其实是这等朴淡，只是从来不敢。

想到此，他有些愧，有些心酸，更有些委屈，良久，才长吁一口气。无论如何，先将这图稿送还给云戴。至于输赢，由天去定吧。

他卷好画，放回盒中系好，抱起来向外走去，刚走到月洞门口，迎面却见云戴也恰好走出来，怀里也抱着一个画盒。两人顿时一齐停住脚，虽然天色已昏，还是能依稀望见对方目光。云戴眼中似有无限感慨，唯独没有敌意。

黄岐胸中一热，似乎是故交多年分别，于此偶然重逢。

——清明午夜

白岗的妻子俞氏睁开眼一看，自己躺在自家卧房里。

油灯光昏昏摇摇，一个妇人坐在床边，是隔壁的阿嫂。俞氏猛然想起那事，顿时哭嚷着要爬起来，可头脑昏痛，嗓子也发不出声，还未挣坐起来，头一剧痛，又倒了下去。

下午，丈夫白岗送了孩子回来，她又悄声细细嘱咐了一道后，才送丈夫出门。她牵着儿子，站在院门边，望着丈夫慢慢走出巷子。白岗微佝着背，那弯瘦影映着夕阳，竟像是秋后一根枯草。俞氏心里不禁涌起一阵怜来。成亲几年来，这是头一回。

她被父母耽搁，为些财礼，先嫁了个痨病汉，接着又嫁给白岗。这个男人要样貌没样貌，要风流没风流，只知死心塌地地服侍，不似个丈夫，竟如奴仆一般。这不是俞氏想的盼的。她要的是丈夫，一个又雄武、又俊朗、又会说甜话、又能逗趣的丈夫。既然命里遇不着称心的丈夫，便该有个人前说得去、人后看得过的男人。

因此，她才百般思谋，设下计策，让丈夫去争那艮岳图稿。每一处行事次序、要紧关节，她都细细想好，反复交代给了白岗。那计谋里，白岗最后要自己服下一些砒霜。她已仔细打问和称量过，特地包了一小包，让白岗吃下后，瞧着既中了毒，又能保住命。

可白岗却始终有些畏怯，她最恨的便是男人这等畏怯样。人一畏怯，便难成事。都布置得这般谨细了，若再做不成，那我宁愿守寡，也不愿守着这等没出没息的男人。

这时，丈夫已转过街角，再望不见，她牵着儿子转身进了门。儿子忽然问：

“爹明天回来不？”

“嗯。”

“我都三岁半了，爹还把我当小奶娃儿。”

“哦？爹说啥了？”

“爹在街上说：你要好生听娘的话，你娘是世上最美最好的娘。出了城门，他又说。到了坟地，他又说。进了城门，他又说。快到家了，他又说……”

俞氏顿时怔住，心里一阵翻涌，手竟微微颤抖，有些怕起来，不由得低声自语：“我得唤他回来，莫让他做那等事……”

连连念叨了几遍后，她猛然转身，急往门外追去。可脚步太慌，竟忘了门槛，被绊了一个踉跄，门外正巧驶过一辆牛车，她的头重重撞向车轮，脑顶正撞中轮轴，登时昏死过去。

等她醒来，已是夜半。

白篇

秘阁案

第一章　报信

战未合而算胜者，得算多也。

——《棋经》

张用回到家中，立即吩咐犄角儿往熔炉里添炭燃火，准备熔铜铸模。

他自己走到炉侧，将水车链杆拴到了风箱拉柄上，拉柄随之来回掣动，劲风一阵一阵吹进炉膛。犄角儿正蹲在炉膛前，打不燃火石。风吹起炉灰，扑了他一脸。他又叫又嗽，跌滚到一边，不住抹脸揉眼。

张用笑骂着解开链杆："叫你点火，你便点火，又分心念你那个阿念？她虽叫阿念，也不必时时念。何况，女孩儿万嫌之中，最嫌二心。你还是坐到门槛上，专一念她去。一念，她便来了……"话音未了，前头院门忽被重重撞开，一个女孩儿的尖亮声音大叫"张姑爷"。

张用哈哈笑起来，犄角儿先惊望了一眼，随即慌忙跑到水桶边，捞起水，飞快抹净头脸，又用力拍去身上炉灰，这才嗽嗽嗓、挺挺背，迎了出去。

阿念已奔到后院来，仍跑得像只受惊的小母鸭一般："张姑爷，来了！有人来了！"她见犄角儿迎向自己，装作不见，绕了过来。

"来报信讨银子的？"

"嗯！将才来了一个人，说清明那天傍晚瞧见我家小娘子坐的那顶王家的轿子去了哪里，也知道我家小娘子下了那轿子之后又去了哪里。不过，他要先得拿了五十两银子和那幅《香稻逗雀图》才肯说。娘忙吩咐我取五十两银子和《香稻逗雀图》给那人。银子倒是有，可小娘子才没绣过什么《香稻逗雀图》呢。姑爷您随口乱逗人，逗得娘又哭嚷了一场，忙撵着我来唤姑爷。我见那个人歪斜着一双眼儿，瞧着有些不正。小娘子又教过我，看一个人有没有说谎，只看他的手指。说谎的人，藏得再像，手指头始终有些异样，或是硬绷，或是发颤，或是抠挠。我偷偷一瞅，见那人说话时，右手食指尖一直在抠大腿，一定是心虚在说谎。我就跟娘说，来回跑怕耽搁了正事，不如我带了那人去见姑爷……”

“那人在外间？”张用笑着走了出去，见一个中年瘦汉子站在前院杏树下，穿了身布衫，面皮手臂都晒得油黑，衣襟上有些油渍。两眼果然生得有些斜，右手食指不停在腿侧抠挠，除了发虚，还有些期盼难耐。张用一瞧便知他只说了一半真话，便回头唤犄角儿：“钱袋。”

犄角儿跟在阿念身边，一直偷瞅着，听到唤，忙从腰间解下钱袋，递给张用。张用打开袋口，从里头拣了三颗小碎银，笑着回到那汉子面前。先将最大一颗递了过去：“这银子有五钱左右，尽够你搅用几天。好，说吧。”

“五钱？你们说的是五十两！还有那幅……”

“五十两是寻见人，五钱是瞧见人。你只瞧了一眼，就得一贯钱，这价都追得上‘念奴十二娇’了。不要？”张用收回碎银，假意回头吩咐，“犄角儿，等这位抠腿大哥走了，你去南城外街市口闲逛逛，看他在哪里摆油煎食摊，就去他摊子坐坐，帮衬帮衬他的买卖。朱家小娘子便是在那一带下的轿子。”

“你？”那人惊异无比。

张用又拈起一颗银子：“这三钱银子是谢你另一眼。朱家小娘子到了那里，想必是有人接她。你在守摊子，那时又不知这五十两银子的大买卖，自然不会撇下摊子跟过去。给，总共八钱，银子你都收着。只需告诉我，她是又上了一顶轿子，还是一辆车？”

那人犹疑着接过银子：“是一辆厢车。”

“那车子什么样？”

“寻常厢车，并没啥特异。”

"那车上有人没有？"

"似乎有，我只晃了一眼，没瞧清楚。"

"车夫什么模样？"

"一个寻常汉子，年纪和我一般，衣着倒是鲜亮齐整，像是富户家的仆役。"

"车子往哪里去了？"

"往南。"

"城南哪座门外？"

"戴楼门外，桥市口……大官人，你咋知道小人在南城外摆煎食摊？"

"寻常人哪得你这满身满脸的油？一般厨子又哪里会晒得炭一般？这另外二钱银子，你拿去多买几块肥皂团，每天把头脸衣裳洗干净些，买卖会兴旺许多，不必再寻趁这些有鼻没眼的钱。另外，再买根牙剔子。"

"牙剔子？"

"往后若是心虚，莫抠大腿，装着剔剔牙。人都觉着，吃饱了肚的人一般不说谎。"

"哦……多谢大官人。"那人接过三颗碎银，酱红了脸转身走了。

阿念立即嚷起来："戴楼门外？我们赶紧寻小娘子去！"

"鸟已飞走五天了，鸟屎都没了……"张用抬头望向杏树，寻思起来。那枝叶映着光，一片斑驳，如同一张地图一般。一个念头忽然一闪，他笑着说："你们两个去戴楼门外查问那厢车，我得去拜望岳母大人。"

程门板去开封府回禀过艮岳宿院凶案后，先顺路前往大相国寺。

大相国寺每月开放五次，任百姓在寺里买卖交易，吃食耍戏、衣冠珠翠、茶药笔墨、日用器皿……样样皆有。程门板想去给妻子儿女选买几样东西，除了前两天随手买的那四个燋酸豏，他已经许久没在这上头留过心了。可到了一瞧，寺前人不多，只有些香客进出，尚未到交易日。他不甘心，进去瞧了瞧，三道大门两边，只有些卖香蜡、经书、绣作的。大殿前，更没有人卖货，只有僧人敲磬诵经、香客烧香求签。

程门板站在庭中，有些失望，扭头一瞧，旁边有个小道院，忽想起里头有个王道人制的蜜煎极好。妻子要守店，走不开，这一两年跟他说过几回，让他顺路买一些，他却总忘记。他忙走了进去，还好，正堂前一架凉棚下支着张长木桌，上头排着一色青瓷大钵，堆放着各色蜜煎果子，一个头陀坐在那里看着。程门板过去看了一道，蜜枣儿、橄榄、木瓜、乌梅、薄荷、琥珀蜜……总共有二十来样，他不知妻子和儿女爱吃哪样，心里顿时有些惭愧。转念一想，这些瞧着都不错，何不各样都买一些，让他们都尝一尝？可要摸钱时，才记起来，这个月月钱府里一直拖着，尚未关领。他忙解下钱袋，顾不得那头陀一直蔑着眼在瞅，低头数了数，总共只有三十八文钱。再一问价，里头唯有煎蜜枣儿价最低，一斤也要三十文钱。他又算了半晌，才终于选了四样，每样只要四两，整好凑成了三十八文钱。

他提着那一包蜜煎，甚是快慰，见夕阳将落，暮色渐起，忙离了大相国寺，快步望家里赶去。今天心头畅快，走快了腿也不觉得吃力。

路上，他忍不住又回想艮岳宿院那桩案子。自己虽已领略过张用那超群智力，但不到一个时辰，张用又轻巧破解了那桩死案。他在一旁，惊叹得说不出一个字，殿头官刘鹤更是一声尖过一声地不住惊叫。细想当时情景，他忍不住竟笑了起来。迎面几个路人见到，眼里都露出些异样。他自己也知道，由于常年不笑，脸很僵，笑容一定极丑怪，不过，他不再介意。

他常听人说“胸怀”二字，却始终想不来那究竟是何物。这时觉着，自己胸中似乎空阔亮堂了许多。这便是胸怀？先将心空出来，才能容、才能明？当年他读《道德经》，虽然那五千言他字字都认得，却几乎没有一句能解。这时却不由得记起好几句：“凿户牖以为室，当其无，有室之用……自见者不明，自是者不彰……不自见，故明……知人者智，自知者明……”

他似乎豁然明白：自己心头原先时刻只念着自己，胸中也如一间房填满了杂物，里头一片闷黑，哪里容得下、看得明什么？今天总算腾空了一些，透进些光亮，才算有些瞧得清自己、容得下旁人了。才有了这容，旁人的好便不再是妨碍，反倒是助力，成了自己的好一般。

他不由得极感激张用，这人像是上天差的针砭师，专来刺醒、解救自己一般。他正在感慨，身后忽然有人唤“程老哥”，又是那同府衙吏王烩的声音。他回头一望，见王烩从州桥上急匆匆赶了下来。

“程老哥，那艮岳宿院的案子真的解开了？”王烩喘着气赶到近前，面上带着惯笑，语气却含着些酸妒，极力想掩都掩不住。

程门板只点了点头，心里却极畅快，自己总算在王烩跟前胜了一回。

“哦？那实在该恭喜一番。不过，眼下太忙，等闲了，一定得痛饮一场——噢，对了，先说正事。程老哥，我手头另有一桩案子和你那萝卜案又撞到一处了。我禀告了顾大人，他说你办事稳重，仍转交给你来查办。”

“什么案子？”程门板心里一沉，王烩看来是绝不肯轻易放过自己。不过，此时他有了许多底气，心里倒也不如何抵拒了。

“清明那晚，蔡河下湾有幢楼望空飞走了，程老哥该是听说了吧？”

“那和萝卜案有何干连？”

“你那萝卜案里一个卖肥皂团的不是死在蔡河岸边？那飞走的楼正在河对岸，这该不是巧合吧？”

“你查得如何了？”

“我费力查了五天，发现了许多证据，都交代给吴扁嘴了。这几天他一直守在飞楼那院子里，详情你去了问他便知。我还有几桩案子要跑，都累成螃蟹了。这飞楼案就拜托程老哥了。”

王烩要笑不笑，拱手一揖，旋即转身走了。程门板愣在那里，心里一片空，却并非将才那能容、能明之空。

胡小喜几天没有回家吃过饭，怕父母记挂，便先赶回了家。

饭桌上，他父亲先是盘问他这几天去向，接着又开始教导他，为人莫懒更莫贪，尤其是非分之财，一文钱都莫沾手，一旦沾上，休想再有片刻安宁。胡小喜自小便已听得起腻，若这些话语是个有形有迹的物事，他恐怕早已趁父亲熟睡，从他肚里偷偷连根拽出，撕个粉碎，烧成灰，撒进了茅厕。如今他已历练了几年，再听，便越发躁烦，却不敢制止，只小声咕哝：“爹说得这般入情入理，像是自己沾过许多一般。”他父亲被噎住，面色顿时沉下来。胡小喜忙埋头扒饭，不敢再出声。若是早些年，他父亲已起身去拿那根戒尺了，这时却只狠瞪了他一阵，饭也没心再吃，啪地放下碗箸，气呼呼转身进卧房换了公服，出门去皇城值夜差了。

他娘先也被唬住，这时才数落了起来，那话语更加琐碎絮烦，犹如破织机搅乱线，半夜都拉扯不完。胡小喜全当坐在草丛里听蜂蝇嗡嗡，一边嗯嗯应着，一边只顾夹菜刨饭。吃饱后，见桌上那盘脆螺只剩几个，忙问："娘，这脆螺还有剩的没？"

"有，节过完，价落了不少。有个贩子挑子里还剩小半篮，你们父子两个又都爱吃，我便全买了下来。一锅不费二油，一起煎好了，存在厨房那口红坛子里呢。要吃，自己去取。"

他忙去了厨房，果然有小半坛子，本想拿碗盛，怕路上不好端，便去父亲书房里寻纸来包。他父亲肚里虽没几滴文墨，却好静爱读书，学那些文士，也给自己辟了间书房。胡小喜走进去，昏暗中见桌上有一沓子纸，用镇石压着，他抽了一张，却见上头写有东西，仔细一瞧，写的并非字，尽是横竖笔画，密密写满了整张纸。父亲常嫌自己书法拿不出手，怕是又从头开始苦练了。他忙放回去，又去书柜上翻寻了一阵，总算找见一张白纸。拿着回到厨房，包了一包脆螺，朝房里喊了声："娘，我还有公事得跑一趟。"说着赶忙出门，往城北快步赶去。

到蔡市桥时，天色已经麻黑。一穿进巷子，他不由得便咧嘴笑了起来。等走到银器章家院门前，心更是咚咚跳起来。他舒了舒气，才抓住门环，轻叩了两下，里头没有声息，倒是觉得身后似乎有动静，他忙扭回头瞧，并没有人。他随即想起，一定是对门那个尖耳朵胡老鸮在自家门后偷窥。

他有些心虚起来，自己顶着公帽来探私情，虽说算不得大碍，被人瞧见却终究不好。他略一犹疑，迅即便有了主意，再次抓起门环，用力叩响。半晌，里头传来阿翠的声音："谁？"

他特意放大声："开封府公差，有桩公事要问！"

院门吱呀打开半扇，阿翠端着盏油灯立在门内，脸盘被灯光照得越发明艳，那双大眼睛水闪闪、莹亮亮的。才一天没见，胡小喜却觉着像是隔了一年。尤其见她眼中藏着些欣喜，自然是盼着他来。他越发欢醉。

“公差大哥，有什么要问的？”阿翠也扫了一眼对面，显然已经会意。

“我奉命来查看一下你家主人的书柜。”

“公差大哥请进。”

胡小喜抬腿要跨那门槛时，心里犯悸，抓稳了门框才迈了进去。阿翠旋即关上了大门，两人偷偷相视一笑，如同两个孩童一起偷到香糖果子一般。

胡小喜忙将手里的脆螺递了过去：“昨晚给你买了油煎蛤蜊，却被人抢去吃了。这是我娘煎的脆螺，你尝尝，不知合不合口？”

阿翠笑着接过，先嗅了嗅：“隔着纸都这么香呢。多谢胡哥哥记着我。”

“嘿嘿……”胡小喜顿时变作了胡大喜，喜得不知该如何对答。

阿翠朝院门外使了使眼色，随即高声说：“公差大哥，我带你去主人的书房。”

胡小喜忙跟着她走进了书房，一眼瞅见自己前晚睡的那张竹榻，他心底里顿时涌起一阵热潮。阿翠将油灯搁到桌上，坐到了桌边，胡小喜忙也过去坐到她的对面。两人互相瞧着，都有些羞窘，随即又一起笑了起来，笑过后，却越发尴尬了。

“你快尝尝那脆螺。”胡小喜紧忙想到这个话头。

“这脆螺吃起来，又吸又嘬、滴油滴水的，吃相好不羞人，等小喜哥哥走了，我再自自在在吃。”

“嗯……往后你怎么打算？”

“唉，我也正在愁呢。等了两天，都不见主人回来。家乡已没了亲人，这京城又再认不得谁，一个人孤撇在这里，可怎么是好？”阿翠说着，眼里泛出泪来。

胡小喜险些脱口说“有我”，又怕太冒失，硬咽了回去，转而问：“你义父母呢？”

“义父母总归是义父母，毕竟不是亲的。一半个月见一回，说说话，吃顿饭，倒也亲热。可人都是远香近臭、短亲长仇，若真去投靠，便又是一番情景了。”

“可你这么等也不是办法。银器章恐怕是做下了些见不得人的大勾当，才举家逃了。你恐怕是等不回他们了。”

"他究竟做了些啥勾当？哥哥至今仍没查出来吗？"

"没有。你也替我再仔细想想，他逃走之前，有没有什么异常举动？"

"这两天我一直在想，可这两个月来，除了'天工十八巧'来这里碰面议事，再没有其他异常。"

"对了，那个工部的宣主簿呢？他最后来这里是哪天？"

"宣主簿？我想想……他最后来是这个月初一。那天，'天工十八巧'来了十五个，接着宣主簿也来了，他们仍在堂屋里议事……哦，对了！那天他们似乎争得有些凶。我和小娘在后院摘花，都听见吵嚷声了。小娘最爱打听事，忙让我出来瞅瞅，等我到前头来时，宣主簿正出门，似乎有些气恼。我家主人也不像常日那么恭敬，只送到院门口，台阶都没下。他转身回来时，冷着脸，似乎有些气恨，朝管家比了个手势……"

"啥手势？"

"这样……"阿翠将右手掌展得平直，朝下用力一砍。

"哦？那管家如何应答的？"

"管家忙点了点头，脸色也重沉沉的，忙快步去了旁边那个小宿院，像是去预备什么大事一般。"

"嗯……"胡小喜心里暗惊，那个宣主簿失踪多日，恐怕是被银器章派人杀掉了，但银器章为何要杀宣主簿，那天究竟因何起了争执？

第二章　守令图

博弈之道，贵乎谨严。

——《棋经》

范大牙慢吞吞往家里走去。

昨天他便有意拖到很晚才回家，他娘却仍点着灯，坐在铺子等他。一见他，立即叨念起来："儿啊，你咋才回来？娘不是叮嘱了你许多遍？你爹傍晚又来了，特地来见你。等到天快黑，实在等不得了，他才走了。他说明天傍晚再来，明天再不许你这么晚才回来，听见了没有？"

他只闷头听着，连头都不愿意点，心里却想：你既然来看娘，你们又分别二十一年，来了，为何不住下，偏要去外面住？来去又匆匆忙忙，这哪里像夫妻重聚？你到底想做什么？

对那个人，除了一对大板牙，此外他一概不知。只瞧着娘这两天连着换了两套衣裙、两个特髻，人也陡然变了，脸发红，眼发亮，脚步轻了许多，话语更是夏风一般，热拂拂的。范大牙瞧在眼里，心中甚不是滋味。对那人，则又愤又有些怕，娘若再被他骗一回，不知道会跌垮成啥模样？可看着娘这般兴致，他又不忍心多劝，唯一能做的，便是躲。

这时，天刚刚黑下来，他不知道那人今天来了没有、会不会仍在等。出了新郑门，到家附近那个街口时，他先隐在街角那棵槐树后探头一看，自家的特髻铺子里亮着些灯光，却望不见店里头。但若再往前走些，他能望见里头，里头恐怕也能望见他。

正在犹疑，铺子里走出两个人，一个是他娘，另一个则是个中年男子。一看到那男子身影，他心里顿时重重一撞，虽然从未见过，他却立刻能辨出那正是他的父亲。他慌忙侧转身，藏到树后，再不敢看，心紧得几乎喘不过气来。

那人走到了街口，离他只有几尺远，他吓得一动不敢动。幸而这树后黑影重，那人并未发觉，径直往城里行去。半晌，他偷偷回瞧，见他娘仍立在铺子前，虽早已瞧不见那人，却仍在伸脖张望。

他心里一阵麻乱，不知该如何是好。这时，一辆高棚牛车慢慢行了过来，他忽然生出一个念头，忙绕到那车后，隔开娘的目光，朝那人大步追去。看到那人背影后，他放慢了脚步，小心盯跟着。

那人中等身量，走路时肩略有些斜，虽然瞧着还算康健，却已隐隐现出些老态。范大牙远远望着，心里竟有些失望，这全不是他自小所想的那个父亲。那个父亲心肠虽冷，却倜傥风雅，如大词家柳永一般。这人却平庸无奇，每日在街上都能见到许多：心事满怀，行事慎重，手脚像是被捆了多年，戴着无形之枷，在赶远役一般。

失望之余，范大牙心里随之也松了口气。自小，他便恨这人，恨里又夹着盼。盼他能回来，如其他父亲一般，当起一家之主，惜护他们母子。可这时瞧着这人背影，即便他当年并没有抛妻弃子，他也并非事事皆能、处处高强。他不过是个常人，常人便难免时常虚弱、无能。

心中松了一口气，他浑身却忽然生出一股气力。如同怕走不好路，一直在寻拄杖，等寻见时，却发觉，再强的拄杖也不过竹竿木棍，稍一用力便会折断，哪里及得上自己双腿？

范大牙不由得笑起来，从未觉得自己这般强壮过。他默默告诉前面那人：你虽然回来了，我却已经不需。

有了这底气，他便不怕了，只慢慢跟着那人，一路进了新郑门，沿着内城城墙边大道，一路来到朱雀门外。这里是果子行、麦面行、纸画行聚集之处，更有猪羊趁夜进城，御街两边往来车马商贩不绝，正是每天最热闹之时。范大牙怕跟丢了，忙急步赶了上去，离那人只有几步远。人多，并不怕被发觉。这时凑近了，两边又有许多灯笼，看得越发清楚。那人脑后半旧黑帽下，露出的发根已经有些花白，一领半旧青锦衫，肩膀脖颈挺着，头却微微往前勾，一看便是隐忍受气许多年，才算勉强挣出些头。范大牙瞧着，心里说不出是何等滋味，像是丢了一样贵重物件，许多年后，终于寻见，却已残破不堪。

那人挤过人流，来到御街上，街道宽阔，人顿时少了许多。范大牙不敢再跟近，便躲在一个食摊旁望着。那人走向路旁一棵大柳树，那树下似乎有个人影。那人走到人影跟前，停住了脚，似乎在说话。隔得远，听不清。半晌，那人转身离开，进朱雀门去了。范大牙正要追，却见树下那黑影向他这边走了过来，是个年轻瘦书生。范大牙忙停住脚，这两人自然相识，与其暗地跟踪，不如先从书生这里探一探。

于是他顺了顺气，昂头迎了上去："这位秀才，我是开封府公差，有些公事向你打问。"

"什么事？"那书生略有些惊慌。

"贵姓尊名？"

"牛慕。"

宁孔雀搭了只客船，准备去江南。

那晚，宁孔雀独自在十千脚店吃得昏醉，等醒来一瞧，自己躺在一张床上，身上盖着一条薄被，房间陈设尽都陌生。她吃了一惊，忙掀开被子，见自己衣裙都穿着，才稍放了些心。赶紧起身下床，穿好鞋子，开门出去一瞧，才知道自己是在十千脚店后院的客房。正巧一个仆妇过来，一问才知道，伙计见她吃醉，忙去告诉了店主周长清。周长清听了，不许男仆动手，另唤了两个使女，将宁孔雀小心扶到后院客房里安顿好。

宁孔雀既感激又后怕，忙去前面谢过周长清。周长清连声谦让，让管账的取出宁孔雀昨夜丢在桌上那锭银子，将酒钱算好，找还了剩余的。宁孔雀心里羞愧，见周长清眼露关切，越发难堪，收好银子，忙道个万福，匆匆离开了那里。

走到汴河边，见河上往来客船不断，宁孔雀心里想，人都说江南好，却从没去过。如今自己无家可恋、无处可去，不如就去江南，身上带的这些银钱，够到哪里算哪里。她去河岸边问了一圈，方知如今方腊正在江南造乱，没有哪只客船敢去。水路最远只到淮南楚州。她一听，想起楚州产一种孔雀布，年年上贡御前，自己从没见过，既然叫了这些年的“宁孔雀”，不如就去当地瞧瞧。一问船资，要五两银，将才在十千脚店刚好找还了一块五六两的，她便付给那船主，上了船。

她呆坐在小舱室里，倚在窗边，望着岸上嫩柳树一株株向后退却，心头一阵怅倦。那些柳树就如自己的青春年月一般，未及细看，更无人怜惜，便已这般一天天消逝，只剩凉风兀自在吹，吹得人虚飘飘、空茫茫，不知道人活一场，活出了些什么？

泪水不由得涌了出来，她不去擦拭，任由它流，自己已经许久没有这么任情任绪了。哭过之后，心里轻畅了许多。

她忽而想起临出嫁前一晚，和姐姐两个人坐在后院里望着月亮，乘凉说话。她极少怕什么，那天却真的怕起来。姐姐也觉察到了，将她搂在怀里，轻抚着她的肩膀柔声说：“我这样一个好妹子，再没眼没心的男子，见了，也只有爱怜的，哪个敢对她有一些儿不好？就算真有不好的，也会被我妹子这双柔起来似泉水、凶起来像剪刀一般的娇眼活活瞪死……”姐妹俩一起笑了起来，怕意也随之而散。这时回想起来，她又忍不住露出笑来，但旋即便被伤叹淹过。自己要强了这么些年，在婚姻上，却一丝气力都使不出，更莫说要强。直到最后，才要强了一回，却是要着强偷偷走开，连去哪里都不晓得。

孤寂随着黄昏雾霭漫将起来，她忽而极想念姐姐，世上唯一一个能慰抚她的人。这时，船泊向岸边，舱板上传来船主的声音：“各位客官，咱们今晚就在这应天府宿泊。”听到“应天府”三个字，她心里一动。姐夫姜璜便是在应天府病亡，姐姐接到信慌忙就赶了来，都未来及跟她商议。姐夫姜璜体魄一直康健，怎么会忽然得病身亡？由于一直未见姐姐，这里头的详情宁孔雀始终不知。这船要泊一夜，何不去问一问？

她说动便动，背好包袱，立即起身出去，跟船主说了句，便上岸雇了顶轿子，让抬到石马街的陈家锦帛铺。陈家和她家算是世交，从父辈起，便有买卖往来。宁家的彩缎发卖到应天府，只交给陈家。这个月初，宁孔雀的姐夫正是押了一批彩缎来应天府交付给陈家。

到了石马街，宁孔雀下了轿子，抬头一瞧，路边果然有家锦帛铺，檐上挑出一盏红绢灯笼，上头大大写着个“陈”字。宁孔雀虽未来过这里，但和店主陈大郎在汴京见过。她刚走进那铺子，一眼便瞧见陈大郎坐在桌边翻看账簿。陈大郎抬眼见是她，大吃一惊，忙起身迎了上来：“宁二妹？你如何到来的？”

“陈大哥，我是来问件事。”

“啥事？”

“我姐夫是染了什么病？”

“姜妹夫染了病？”

“嗯？你不知道？我姐夫不是在你家染的病？”

“姜妹夫正月来送彩缎，在我这里住了两天，好生生回汴京去了，没有染病啊。”

“正月间？这个月他没来？”

“没有啊！”

“那我姐姐呢？你见到没有？”

“也没有啊！”

张用独自晃到染院桥岳母家。

岳母一见他，便扑过来拽住他的袖子，连声问女儿的下落。张用见廊下仍摆着拣豆子的竹箩，便半哄半骗，将岳母搀到那竹箩边：“岳母大人，您还是好生拣豆子，您若不用心，神佛自然也不会用心佑护。”

“我已经拣了五口袋了，都搬到静室里给神佛供上了。”

“才五口袋？你娇生生一个女儿只值这些？怪道仍寻不见你女儿。这点豆子，在神佛那里只勉强凑足你女儿一根手指头。”

“一只手就得二十五口袋？”

“您忘了算手掌——您想算清楚究竟要多少口袋？容易！无非是先学通《周

髀算经》和《九章算术》，而后修习《海岛算经》《孙子算经》，若仍算不清，就再花几年，寻《夏侯阳算经》《五经算术》《缉古算经》这些书来读一读，不需十年，就能算清楚了。您想不想学？想学的话，从明早开始，我教您。”

岳母张着嘴，呆怔在那里。

“就是嘛，百算不如一诚，只要诚心到，神佛定相报。您还是安安生生拣豆子吧。”

“嗯……”岳母苦着脸点点头，坐下来，又默默拣起豆子。

张用则去点了盏油灯，端着来到后院，走进朱克柔的书房，他是来看朱克柔桌案上那张天下丝织地图，那天未全部展开，若展开的话，这桌案恐怕铺不下。他将油灯搁到案边，抓起那画卷，俯身铺展到地上，竟将书房地面占去一半，他用脚步在边上丈量了一下，长有一丈二，宽有一丈。

望着地上这一大幅地图，张用略略思忖了片刻，随后蹬掉鞋子，赤脚站到图上，拿过灯盏，半跪在图中央，用灯照着细细查看。发觉地图勾线的墨色、地名与各地丝织名目的墨色不同，前者要乌暗一些，后者则莹亮如漆。他又俯身凑近鼻子嗅了嗅，前者气味浓重，略带些墨臭气，后者则散出一丝龙麝幽香。

“一个是鲁地松烟墨，一个是歙州潘谷墨。”他笑着自语，爬起身，走到桌案边，见那方鱼戏莲纹端砚边上搁着半锭墨条，取过来一看，墨身雕有描金兰叶纹，中间铭文只剩最下头“谷墨”二字，凑近一闻，龙麝之香越发沁人，料必是制墨名家潘谷所制之墨，潘谷被苏东坡誉为“墨仙”，已过世几十年，所遗宝墨如今极其珍稀，极难购得。

这么说来，这地图是一个人所绘，朱克柔只在图上标注各路州丝织出产名目。这地图是从哪里来的？张用到此，便是想查明白这件事。

他又蹲下身，细细看那地图。先前他只留意了朱克柔所标注的文字，这时才发觉，这地图绘制得极精细，河流山川、城池道路、乡野村寨，全都历历可辨，哪怕方寸之间，都绘得一丝不苟。张用从未见过如此精细的天下州县地图，民间也绝不许私传私印这等地图。平日所见地图，都只有粗略概貌，他不由得想，这难道是前朝名臣沈括所绘《守令图》？

几年前，他读沈括《梦溪笔谈》，见里面记述了《守令图》：“以二寸折百里为分率，又立准望、牙融、傍验、高下、方斜、迂直七法，以取鸟飞之数。图成，得方隅远近之实，始可施此法。分四至、八到为二十四至，以十二支、甲乙丙丁庚辛壬癸八干、乾坤艮巽四卦名之。”

历朝历代都极重地图，掌国者若无精确地图，犹如一个人不知自家田地房舍尺寸边界。不过古时地图，只以东南西北四个点立准，某一方位到这四点距离叫“四至”。这一标法极粗陋，只能标明大致方位，误差自然极大。后人又加入东北、东南、西南、西北四个角点，扩展为“八到”，以八点合测一处方位，精确了不少。

有宋以来，朝廷每十年便要重修一次全国地图。到熙宁年间，神宗皇帝令有“带脚书楼”之称的集贤校理赵彦若监制天下州县图，赵彦若沿用西晋裴秀所创“制图六体”，费时六年，制成《十八路图》，然而其中错讹极多。天子又命沈括重新绘制。沈括前后耗费十二年时间，才绘成《守令图》。

沈括不但增益古法，更超越古人，将“八到”每一方位点又分为三点，如东北角，分为西东北、正东北、南东北三点，这样便有了二十四个校准点，将地图精准度提升了三倍。沈括将它称为“二十四至”，自云：“使后世图虽亡，得予此书，按二十四至以布郡邑，立可成图，毫发无差矣。”

果然，此图一出，三十多年来，朝廷再无须重修。张用当时看了沈括笔记，大为羡叹，极想瞧一瞧这《守令图》，尤其沈括所言二十四至之书。可惜这图和书，均是国家重大机密，哪里能轻易见到？赵彦若所绘《十八路图》张用倒是看过一回。

那是五年前，皇城翻造藏书秘阁，朝廷委任李度营造，阁中书柜则由张用监制。当时那位秘阁监久羡张用技艺，屡屡请他给自己家中造几件家具，张用便趁势讨要《守令图》看看。

那秘阁监忙说：“即便在下敢冒死答应，《守令图》藏柜钥匙也一直由内侍掌管，在下哪里摸得着？张作头若真想瞧，这秘阁中所藏《十八路图》已无大用，在下倒是可以背着人取出来，却也只能在阁中窃观一眼。”

张用便用一副燕几换了仓促一观，看过之后甚觉无味，尤其是一眼瞅见蜀道，便知道这图虽用了“飞鸟法”，对重峦叠嶂仍测算不足，图上里数显然远短于实际里数。他端着油灯，再次蹲到朱克柔那张大图上，将灯照向褒斜道一带。若这图真是《守令图》，里数便应该不会相差太多。

褒斜道穿越秦岭，是连通秦川与巴蜀的要道。早在武王伐纣之时，蜀人便是经由此道，出川助周。秦国时，又凿山架木，营造出千里栈道，此后历代增修不已。张用曾听一位朋友细说过褒斜道。

这朋友姓韩，善造车，人称“韩车子”，名列“天工十八巧”。

自古以来，有两样车最神妙。一是记里鼓车，能够计数里程，车上载一木人，手臂与轮轴相连，面前放一只鼓。车子每行一里，木人便敲鼓一通；二是指南车，能够指引方向，车上也载一木人，无论车子转向何方，木人手指始终指向南方。这两样技艺早在先秦两汉便有记载，中间却相继失传。到了大宋，工艺精进，才又重新造出。

韩车子独运巧思，将记里鼓车与指南车合二为一。那辆车，一辕驾四马，四面雕刻云纹星辰图，车分两层楼台，每层立一仙人，手执木槌；四角则各站一仙童；车中暗藏关戾、齿轮、铁坠子，将车轴、车轮与仙人、仙童手臂辗转关联。车辆行走时，每行一里，上层仙人击鼓一次；十里，则次层仙人击锣一次。车子转向时，四个仙童的手臂则交替指向正南方。

韩车子曾驾着那辆车，亲自去测量过蜀道，算出褒斜道栈阁共二千九百八十九间，总计四百七十四里。

张用没有带尺子，便用手指去测量那图上褒斜道，他的中指中间一节正好长一寸。从北头眉县到南头汉中，共量了九节，外余小半节，加起来有九寸四分左右。他又量了量汴梁到陈留，正好一节，这两地相隔约五十，看来这图比例和《守令图》相同，都是二寸折百里。那么这图上的褒斜道便是四百七十里左右，与实际里数只差几里！能精确到这地步，当今天下，唯有《守令图》。

第三章　难

自始至终，着着求先。

——《棋经》

犄角儿和阿念去街头车马铺里租了两头驴子。

犄角儿先牵住一头，小心说："我牵着，你骑上去吧。"阿念始终不瞧他，攀住鞍垫，费力往上爬。那驴有些脾性，往旁边一躲，阿念惊叫一声，险些仆倒。犄角儿忙一把扶住她，触手之处，那肩背竟无比柔嫩，他的心顿时狂跳起来，旋即一阵愧惧，阿念刚站稳，他便忙收回了手。阿念回头瞅了他一眼，忽而笑了起来，他一愣，忙也跟着嘿嘿赔笑了几声。

阿念皱了皱鼻头，嗔道："我笑我的，你乱笑什么？还不赶紧帮我拽稳这犟驴子？"

他忙又抓牢驴绳，等阿念爬上去坐稳后，才小心放手，去骑自己那匹。阿念却已驱动驴子，走在前面。他忙喝驴追了上去，偷偷瞅了阿念一眼，想着小相公教的那"嫌"字，忙思忖该如何开口。

阿念却忽又笑了起来："我知道你在想啥。"

"啥？"

"你想逗我笑。"阿念侧过脸，笑得极得意。

“嗯？”犄角儿慌忙想着该往“嫌”的哪一头转。

“我家小娘子说的果然没错。”

“她说啥了？”

“她说男子之所以叫男子，就在一个‘难’字。男子们从来都是越难便越爱、越易便越厌。好比，男子想吃羊肉，你若立即送到他嘴边，他胡乱吃了，并不觉着多好。但你若偏不给他吃，只端着羊肉让他白瞧，他便越瞧越觉着好。我家小娘子教我说——阿念啊，你若是遇见一个男子，千万莫让他一口吃尽了，要省着些，一小口，一小口，让他慢慢尝，这样才一世都觉着你好。我就照着她教的试你，偏不睬你。小娘子说的果然对，我越不睬你，你越想跟我说话、逗我笑。可是呢，这里头也有一样不好……”

“哪样不好？”

“开始时，我还觉着好笑，到后头，便渐渐不好笑了，脖子也酸了，眼睛也乏了，心里头就更受不得。我已经照着小娘子说的试过了，往后便不必再试了。你若想吃羊肉，我便让你吃饱，你饱了，我才欢喜。有天你若是厌了，不愿睬我了，那也是你的心，我随你便是了。不过，我恐怕得狠狠哭一场。小娘子也说过，有花开，便有花落。爱一样，末后便少不得伤一场。哭就哭吧，总好过从来没笑过，石头块一般过一世。”阿念笑着，眼里却闪出泪花。

犄角儿慌得不知该如何是好，忙说：“我一辈子不会厌你！我若背负了这句话，就让老天罚我有眼看不得、有嘴说不得、有脚行不得、受尽活罪却死不得！”

“你莫说这种歹话！我知道你！我人虽笨傻，心里却有一双眼亮得很，绝不会看差。再说，小娘子不是说了，世上最好的那些都不可说？咱们就这么好生在一处，不乱逗，不乱猜，也不乱说。那些蝴蝶、甲虫，它们一对一对在一处，哪里如人这般又说又猜、又哭又恼过？”

“嗯！就像小相公说的，咱们两个叉叉对叉叉，就好好生生做一对独角仙！”

夕阳下，两人相视一笑，顿时甜作了两颗霜蜂糖。

然而出了城西南的戴楼门，他们便笑不出来了。

两人骑着驴来到城门外的市口，果然瞧见街角上摆着一个煎食摊子，下午来报信的那个中年汉子坐在木凳上，正在等客发呆。犄角儿刚过去，那汉子便看见他们，忙站起了身。

犄角儿下了驴子打问："大哥，你那天看见那辆轿子停在了哪里？"

"那边，斜对街那两棵大柳树下。那辆厢车先停在那里，过后那顶轿子才过去停下，那个小娘子从轿子里下来，走到厢车后面，厢车车夫要去扶那小娘子，那小娘子摆手不让他近身，自己攀着木框上了车子。而后那车子便往南去了。"

"你如何认得那是我家小娘子？"阿念忙问。

"我不认得那小娘子，却认得那两个轿夫，乌扁担和任十二，他们两个租住的房子跟我在同一条巷子。两人但凡走这条道路，都要在我这里吃些煎鱼、煎肉，却总是赊账不付钱。两人那般凶蛮，我哪里敢触犯？只得忍着。那天他们两个放下那小娘子后，又来我摊子上，一人吃了两片煎肺、两根煎肠，钱却仍赊着，说过两日还。这些天了，却再没见人影。我隐约听着，两人似乎是被人杀了，这才真正叫作恶人自有天来收。"

"你又从哪里得知我家小娘子失踪的？"

"我表弟在染院桥修幞头帽子、补角冠。昨天他闲耍过来，说起了这事，我才知道。"

犄角儿谢过那汉子，和阿念一起走到对街那两棵大柳树下。这里是大道边，每天不知多少人往来，哪里能瞧出什么踪迹。阿念急得没法，几乎要哭出来。犄角儿忙连声安慰，心里却也暗暗叫苦。

他思谋了一阵："眼下至少清楚了两件事。"

"啥事？"

"一、那些人是把朱家小娘子接到了南郊；二、朱家小娘子似乎是情愿的，若不然怎么肯自己下轿又上那厢车。"

"我家小娘子怎么会情愿？她在家里事事由己，自在无比，为啥要偷跑？"

"这个我也不清楚，不怕，咱们先沿路打问打问。"

两人一路往南，只要见到店肆食摊，便过去打问。然而，一直到天黑，都没问出一丝踪迹，只得先闷闷回去。途经那个煎食摊时，那个中年汉子唤住了他们：

“还有件事我忘了说，不知有用没用？那天傍晚，停在那两棵柳树下的车子不止一辆，总共有三辆，瞧着一模一样，恐怕是租车铺里租的。那个小娘子上车后，另两辆仍停在那里。过了一阵，又来了几顶轿子，里头的人也分别上了车。两辆厢车先后都往南去了。”

牛慕望着那个拦住自己的年轻衙吏，心里暗暗有些吃惊。

年轻衙吏龇着一对大板牙，其中一颗还缺了一块，样貌和那个姓范的铜镜商极像，一眼看过去便是父子。他斗胆一问，年轻衙吏也姓范，自然更无疑了。可这衙吏却来盘问那铜镜商的来历，似乎两人并不相识。再看那衙吏神色，似乎有些遮遮掩掩。

不过，牛慕也无心多猜，他心里唯一记挂的是姨姐宁妆花的下落。看到那衙吏，他猛然想起，姨姐不见了，自己和妻子宁孔雀四处乱寻，为何不立即去报知官府？不过旋即便想到，除非命案或重大冤情，谁敢轻易去招惹官司？即便去了，又没有几多证据，官府哪里肯理会？这衙吏既然自己找了过来，倒正好求他相帮查找。

于是他将姨姐被绑劫的前后经过全都告诉了那衙吏。那衙吏起先并没有多在意，及至听到姓范的铜镜商，才格外用心起来。牛慕讲到那铜镜商的女儿也被绑劫，衙吏更像是被刺到一般，目光一颤。牛慕越发好奇，这衙吏和那姓范的铜镜商，究竟有什么干连？

牛慕顾不得这些，继续讲自己破其中关窍，虹桥甘家面馆的熊七娘得了那帮贼人的钱，替他们遮掩，用油布遮挡周围人眼目，将姨姐宁妆花和姨姐夫的尸首从车轿中暗挟到面馆里，又从面馆后门出去，用车偷偷载走。

这两天，牛慕和那姓范的铜镜商约好，两人分头去寻找那车子下落，每天傍晚在这里碰面，互通信息。然而，那只是一辆普通厢车，当时又立即驶走，他们两人打问了整整两天，只知道那车穿过后街，向进城方向去了。至于进了哪座城门，没有一个人瞧见。

那年轻衙吏听完后，低头默想了一阵，才说：“我帮你查这案子，不过，不能让那人知晓。”

牛慕正巴不得，忙一口答应。那衙吏跟他约好，明早从虹桥甘家面馆重新查起，而后便转身走了。牛慕又纳闷了一阵，才慢慢往家走去。这两天，他无时无刻不在念着宁孔雀，晚上一进家门，第一眼便是寻看妻子回来的迹象。可迎上来的总是他娘那句话：“媳妇没回来？”

他知道，夫妻情分真的已尽，只能躲进卧房里，一声接一声长叹。

胡小喜别过阿翠，离开了银器章家。

怕对门那个胡老鸮在盯看，阿翠只送他到了院门口，连话都不敢说，这时天已黑了，阿翠又站在门里暗影中，神情看不清楚，胡小喜却能觉到阿翠目光中含着不舍。阿翠关上院门后，他怔了片刻，才慢慢转身离开。他望了一眼对门，院里透着些灯光，门缝里有个黑影一闪，那老贼鸮果然在盯着。胡小喜恨不得过去一脚蹬开那院门，狠骂几句，却只是想想而已，只能朝那里干瞪一眼，转身往巷子外走去。

一路上，他都不住念着阿翠，那双水亮的大眼睛不停在心里闪动。这么好一个女孩儿，孤零零守着一座大空宅，不知夜里有多凄寒？又无亲无故，连个投奔之处都没有。胡小喜心中从来没这般怜过谁，虽然已经成年，他却始终觉着自己还是个半生的青瓜，不知何时才能长成个男儿汉大丈夫。因这怜，他忽而觉着自己似乎猛长了几岁，心底里更生出一种愿盼，想去扛、去担、去慰护人。一个念头也随之跳出：他想娶阿翠。

这念头让他心咚咚剧跳，不由得咧嘴笑了起来。随即想到爹娘已在商议自己的婚事，不知相中了哪家。与其四处去寻那些不知模样性情的女孩儿，何如娶了阿翠。虽才见过几回，可单凭那晚我扭了腿，她那番照料，便知是个心热、手巧、勤快的好女孩儿，何况模样又生得端秀可人，像是大户人家的女儿一般。爹娘见了一定欢喜。不过，想到父亲那小心谨重性子，若知道阿翠无父无母，又是仆婢出身，恐怕会嫌弃。

他犯起难来，想了一阵，忽然记起阿翠的义父母，议亲时若有他们出面应承，父亲恐怕便不会太生计较。阿翠说她的义父母前年才到汴京，住在南城，造车为业，去造车行一打问便知。这个念头一旦动起，再抑不住。他忙沿着御街赶到城南，寻见了个车铺，一打问，那人果然知道，给他指了路，就在看亭街街口。

他快步来到看亭街，寻见了那个车铺。一个五十来岁的匠人坐在油灯下，正在检弄桌上一堆铁钉。胡小喜走进去问候："老伯，您可是阿翠的义父？"

"是……阿翠遇了什么事吗？"

"哦，没有。我是开封府公差，今天来，不是为公事，是想跟老伯问问阿翠的私事。"

"啥事？这女娃两个多月都没来瞧过我们了。"

"两个多月？寒食清明那两天她不是来这里养病？"

"没有啊，正月她来过一回，以后再没见过了。"

胡小喜顿时惊住。

张用离开岳母家，独自前往东水门。

他又细看过朱克柔所留那张天下丝织图草稿，越发确信所用地图是沈括所编《守令图》。《守令图》藏在宫中秘阁，除天子和机要重臣，一般朝臣都难有资格观览，朱克柔自然更应当无从得见，她这张地图自然是从工部那位主簿处得来。一个区区工部主簿，又是从何处得来？他召集"天工十八巧"编订百工图谱，虽说是一桩大事，以《守令图》为底能更详备精确，但《守令图》毕竟事关国家机密，本该极隐秘才对，为何敢让一个民女轻易便携带回家？

张用原本觉着，朱克柔失踪不过是一桩平常绑劫案。这时发觉，此事恐怕大不寻常。

回家途中，他忽然想起一事：萝卜案中，力夫店那个解八八脖颈割伤，店主单十六先请了邻街的葛大夫来治，葛大夫医力太低，救不得。单十六又赶到赵太丞家，去请他的儿子赵敢，赵敢却不在，只得求了赵太丞去救治。若是赵敢去，那个解八八或许能保住性命。

赵敢自幼跟随父亲学医，十三岁考入太医局。大宋医分九科，大方脉、小方脉、风科、眼科、疮肿科、口齿咽喉科、针灸科、金镞及书禁科。赵敢遍习诸科，犹精于金镞科，善治刀剑枪箭等金刃伤，现为翰林医官。医官职位分为二十二阶，赵敢曾去陕西边地，救过许多将校性命，不到四十岁便已累次连升，现已升至第二十阶成安大夫。

他治伤时，针、线、刀、镊、剪、凿、钳、锥、锤等诸般器械错杂并用，或切、或刺、或灸、或烙、或熨、或缝，手法轻捷，用药精微，因此满京城人都称他“赵金镞”。原先“天工十八巧”中有一位是翰林名医钱乙，钱乙亡故后，民间公论将赵敢填补了上去。

张用一向爱胡乱翻看医书药典，尤其好奇人体内脏形状样貌。仁宗庆历年间，广西有个叫欧希范的强人率众谋反，被官府诱杀。行刑后，州吏命医人剖开五十具尸体，仔细参研比照，又让画工绘成图谱，名为《欧希范五脏图》。至此，世人方才大体知晓人体内脏构成。十多年前，又有位名医杨介著成《存真图》，从咽喉到胸腹，对各脏腑形状位置、经脉联络、精血运转等均一一精细描绘。赵敢曾师从杨介，得其传授。

张用听说后，立即寻见赵敢，求他讲解内脏详情。赵敢脾性有些傲冷，又极珍视医术，见张用并非真心学医，更不肯吐露一个字。张用花心思替他造了一架圆柱形药柜，不需走动，站在原地转动药柜，便能找齐药材。赵敢见了，大是喜爱，便给张用大略讲解了一番。张用听了极其受用，两人由此成为朋友。

清明那晚，赵敢不在家中，他和朱克柔均名列“天工十八巧”，莫非也和朱克柔一样失踪了？

张用想到这疑问，立即赶到东水门赵太丞医馆。到了一瞧，店里冷冷寂寂，柜台上点着盏孤灯，赵太丞独自坐在暗影里，垂着头，神情极落寞。张用立时明白自己猜中了。他走进去连唤了两声，赵太丞才抬起头，目光疲倦失神。

“赵老伯，赵大哥是如何不见的？”

“张用？你为何仍在？”赵太丞眼中忽然闪出惊异。

“我？我虽叫张用，却毫无用处，那些人也就懒得带我。”

“你知道那些人？”

“我正在寻。赵老伯，你说说，赵大哥是如何不见的？”

赵太丞目光又黯了下去，半晌才慢慢开口：“清明那天上午，我儿子照例进城去银器章家赴会，那一去，便再未回来。开始，我错以为他恐怕是去太医局应公差，便没理会。过了两天，仍不见他回来，我才叫小厮去太医局打问，才知道他竟不知去向。这几天，我们四处找寻，没寻见一丝踪迹。只打听出，‘天工十八巧’里，除了你和典如磋，其他那十六人也全都不见了……”

张用听了，险些笑出来。那十六巧是全京城最聪敏机巧的一伙人，竟被人捆柴火一般，卷作一堆扛走了？

他转而又问：“赵大哥这一向有没有绘什么图？”

“有。他在绘制天下药材分布图。”

“有没有留下草稿？”

“没有。”

“他绘的图，赵老伯可看过？”

“没有。他说等绘制完毕再拿给我看，可这几日，我翻遍了他的屋子，也没找见……”

张用再无可问，赵敢一定也用了《守令图》，而且，不止赵敢和朱克柔，其他十五巧恐怕也都用这《守令图》绘制了各自行当图谱。私传《守令图》已是大罪，何况誊抄这许多份？难道真是得了朝廷许可？

第四章　生根

误人者多方，成功者一路而已。

——《棋经》

天才微亮，程门板就醒来了。

他坐起身，觉着床里头没有一丝声息，伸手摸了摸，妻子竟不在。随即便听到厨房里传来火钩拨火的声响，妻子已经在给他备早饭了。他不禁咧嘴笑着叹了口气。

昨晚，他回到家，女儿和儿子正在铺子门边候他。他咧嘴笑了笑，将那包蜜煎递给了女儿。女儿仍有些发怯，他又轻声说了句："拿去跟弟弟吃，给你娘也尝尝。"他想尽力温和些，语气却仍有些硬涩。即便这样，女儿怯生生的眼中顿时闪出亮、露出笑来，一手抱着纸包，一手牵住弟弟，欢跑着进去了。等他走到后边，见那些蜜煎已经高高堆在一只海棠红瓷盘里，一对儿女笑嘻嘻跪在桌边凳子上，一起鼓着腮帮咂嚼着，手里又都各拈着一颗。而妻子则站在门边望他，脸上笑着，眼里却露出些惊异。他又咧嘴笑了笑，走进门，压着声气说了句："你念了许久，今天路过大相国寺，总算记起来了。"妻子目光一颤，顿时怔住，眼中似乎闪出泪光。她忙笑着避开他的目光，低下头替他掸了掸衣袖上沾的灰，轻声说："饭菜已经备好了，你先把公服换了，我这就端上来。"说着扭头往厨房去了，程门板见她脚步比常日轻快许多，背影也透着欢悦，心里一阵感慨翻涌。

那顿晚饭，一家四口脸上都含着笑，却没一个出声，桌上略有些尴尬，似乎一同偷吃了蜜一般。饭到一半，小儿子忽然笑着说："娘的脸红了。"妻子一听，脸越发红了，笑着骂道："吃饭乱说话，当心歪了嘴。"儿子却又小声说："爹的脸也红了。"程门板一愣，脸登时涨红，不由得嘿嘿笑了两声。妻子和女儿先是一惊，见他笑，才放了心，一起跟着笑了起来。他一边笑，一边暗自感慨，这才算一家人。

晚上，夫妻两个回到卧房中，越发有些尴尬，目光一碰，便要一起笑一下，却一个字都说不出。等吹灯上了床，手才试探着牵到了一处……

想着昨夜的恩爱，程门板心潮又涌，暗地里不禁笑了起来。他穿好衣裳，走到院里一看，盆架上已经舀好洗面水，于晨曦微光中飘着热气。妻子含着笑、端着托盘从厨房里走了出来，上头是热鲜的羹汤、裹蒸和两样菜蔬。两人对视，又一起笑了起来。

程门板觉着竟像是重新与妻子成亲、从头生养儿女一般，而且，这一回比上一回更加欢欣。

用过早饭，他想到身上一文钱都不剩，得带些备用，只能跟妻子开口。可犹豫再三，这口都始终张不开。没想到妻子竟取出三陌钱交给他："我听胡小喜说，府里这个月的月钱还没关，这些钱你带着。去蔡河湾来回几十里路，你骑驴去吧，昨晚我已经跟对面轿马店说好了，你过去牵就成。"

他望着妻子，费了半晌力，才说了句："这些年，我对不住你。"

"莫乱说，赶紧办正事去，一家全靠你呢。"妻子从他腰间解开钱袋，将钱塞了进去，又盯着他笑着说，"你若是觉着亏欠了我，就慢慢还，还到白头。"

他说不出话，重重点了点头。虽然他事事谨重，但从未如此时般郑重。妻子仍笑着，眼中却忽地泛出泪来。他忙抓住妻子的手，重重握了握，而后起身离开。

一路上，他胸中一直热涌不止，原本孤寒僻冷之心，雪一般融尽，渗到心底，培出一颗种，并生出了根。当年读《论语》，读到"君子务本，本立而道生"，他始终不太明白其中真义。这时却忽然领悟，人心若没有根，便永难安宁，更莫论有何建树。而这心根，旁人无法给予，只能自己生出。《论语》那句讲的是君子以孝悌为本，可他上无双亲，下无兄弟。他的本，不在父兄，而在妻儿。从前，他极不屑“仁者爱人”这句话，这时也顿时明白：爱人，实乃救己。由这爱，一己之心才能深入他人之心，并由此汲得气力、寻得稳靠、获得生长。

以往独自行在路上，他眼中似乎蒙了暗雾，什么都瞧不见，这时那雾忽然散去，顿觉丽日高照、暖风轻拂，这街市人群、河水草木竟都如此鲜亮明朗。自己前往去查的案子也不再是重负，驴铃叮当，身子轻晃，竟如去赴宴一般。

一路畅快，来到蔡河湾，他寻见了那座院落。从外头瞧，那院落临河而建，一带青瓦粉墙，和一般高官富室的别院并无分别。只是院子一角开了一个水门，将蔡河引进了院里，又从另一角引出。他驱驴来到正门前，由于并非官户，院门没有门楼匾额，只有两扇黑漆门板。他正要下驴，门忽然打开半扇，里头迎出个人来，一身皂服，正是王烩说的吴扁嘴。

“程介史，王副史吩咐小人在这里候着您。小人五更天就赶了来，候了您足足两个时辰，想着您恐怕不来了，正在犹豫，是再等一个时辰好，还是索性等到中午……”吴扁嘴四十来岁，年纪虽不小了，却似乎缺些心智，生了一张宽扁嘴，一开口便乱滑乱溜，为吏二十来年，至今却仍只是个五等衙皂。

程门板一向不喜此人，今天却不愿恶待任何人，便尽量放和气问：“这院子主人是什么人？”

“房主姓韩，造车子的那个巨商。小人有个远房姑父一直想买他家的车，小人不许，一听这姓，小人心里便信不过这人，结果真被小人看准。瞧瞧，他这院里果然出了这等邪事。”

“那个‘韩车子’？”程门板知道韩家世代造卖车子，这一代家主韩进，技艺越发精奇，宫中指南车、记里鼓车皆由此人所造，名列汴京“天工十八巧”。

吴扁嘴忙答：“就是他！家宅原在西城，偏生又在这南城河边典买下这园子，盖个楼，飞上天，如今人又不知游到哪里去了。小人这几天四处寻死了，都寻不见。昨天倒是碰见个姓韩的，却是个种花匠人，小人的大堂妹最爱芍药花，二堂妹却只爱吃……”

程门板再听不得，下了驴子，交给吴扁嘴，自己走进了那院子。里头十分宽阔，才平整过，尚未种花植树，望过去有些空落。唯有中间开了一大片池子，从蔡河引进水，由一条弯曲水道将水注入池中，又由东南墙角流出。池子北岸，有一个大木台，水中用木柱支撑，架在水面。周回两级台阶，台上空空荡荡，木桩边拴了两只小船。池子南岸也有一座木台，上头则是一排新修的临水房舍，前厅、中堂、耳房共有五间，门窗顶瓦俱全，构形极精巧。不过，全都是净木料，尚未涂饰彩绘。

程门板回头问："这院中原先真有一座楼？"

"怎么没有？就在那池子北边大木台子上，跟池子南边那排房舍一起修的，周围人都说好不宏壮。姓韩的去年典买了这院子，将里头的旧房舍全都拆了，地也重新平整了，又引水挖了这片大池子。原先的房主是个造铜器的，他家的铃铛最好，小人岳父的驴铃就是买他家的……"

"那楼是何时盖造的？"

"立春动的工，到清明那天，刚刚造好。谁承想，天一黑，那楼竟飞走了，附近许多人都见了。小人倒是没有亲眼瞧见，那时小人一家子正在城北，小人的堂叔在北郊有个庄子……"

程门板走到池子北边，走到那大木台上，见木台极宽阔，长有六丈，宽有二丈。上头散落了几样物件：一件绿锦褙子、一领白绢衫、一只黑丝鞋、两块绢帕、一本旧书、几张揉皱的纸。经了几天风吹日晒，前天又淋了雨，都已萎皱灰败。

吴扁嘴站在池边高声说："这些物件都是那楼里人飞走时掉落的，王副史吩咐小人一件都不许动，小人自然知道其中紧要，连台子都没敢上，只在这台子四周打转儿。小人的娘常说，饭后消胀肚，莫如转百步，小人吃过饭，常爱围着桌子转几圈……"

程门板低头环视，无论如何也不能信，这空台上曾矗立一幢新建的楼，而那楼竟凌空飞走……

宁孔雀留在了应天府。

昨晚，她去老主顾陈家锦帛铺，原本是去打问姐夫的病状死因，谁知姐夫和姐姐竟都没有去过陈家。而月初，姐夫姜璜是为送一批缎子给陈家，才来的应天府。姐夫走之前，宁孔雀还过去帮着查点过货样。

她姐夫姜璜是个锦帛商之子，家里兄弟多，他又是侧室所生，自小常受排挤。宁孔雀的父母因没有子嗣，只想招赘一个女婿。他们见姜璜模样端正，人也勤进，便请了媒人去说。姜璜早就知道缎子宁家，一说就肯，他几个兄长也巴不得家中少个人争财，几下里撺掇，促成了这桩婚事。姜璜来到宁家后，事事都尽力争着去做，尤其外头那些生意往来，他一向惯熟，料理得比宁孔雀更周全。过了两三年，渐渐接过宁孔雀的担子。宁孔雀出嫁后，那个家里外更得靠他，他自然成了家主。

宁孔雀一直庆幸能有这么一个姐夫，这样自己便不必再担忧父亲和姐姐。令她唯一略有些不喜的是姐夫那性情，或许是自小受多了欺压，窝屈了许多年，如今总算能昂起头，说话行事间，不时露出些悻悻之色、得志之骄。这虽算不得大过，有时却难免招人厌嫉。

难道姐夫在应天府招惹了什么人，遇了什么歹事？他身子明明十分康健，怎么会着病身亡？难道是去陈家锦帛铺途中，被人打成了重伤，才不治身亡？

宁孔雀昨晚想了一夜，越想越不对。她一直以为姐夫是死在陈家，托人报信的也是陈家，因此没有细问。可既然陈家锦帛铺的人并不知情，姐夫的死讯又是谁送到汴京姐姐那里的？姐姐扶了姐夫灵柩刚回到汴京，便被人劫走。这前后两桩横灾难道是同一伙人做的？

她惊得坐起来，哪里还睡得着？天一亮，她便去跟那船主说，自己不去楚州了，就在应天府下船，得退还些船资。那船主却立即磨缠推托起来，不肯退钱。宁孔雀实在没有心思气力争，狠瞪了一眼，背起包袱转身下了船。

她站在岸边，左右望了一阵。姐夫遇了什么不好打问，姐姐到应天府，下了船自然得去雇轿子。她便一个一个挨着去打问那些轿夫，问了一上午，居然真的问到了。其中一个轿夫说：

“我见过那位小娘子，寒食前一天傍晚下的船。眼睛哭得红肿，身边还跟着个使女。有人已备好了轿子，在岸边接她。”

“哦？什么人？”

“人我记不清了，只记得那个小娘子上了轿子，那个使女问前头那个轿夫，是去哪里，那轿夫说三井巷。”

“三井巷？”

范大牙一早便赶到虹桥，在桥头等着牛慕。

牛慕说那人的女儿也被劫走，范大牙听了，心里一阵翻涌，有酸有苦，又有些快意。你抛弃了我们母子，娘却难得怨你，反倒觉着是自己生来命孤，留不住人。你自自在在回乡，娶妻生女，样样俱足，如今你女儿被人劫走，你却知道焦心，四处找寻，这怕是老天责你负心忘义，特地来罚你。

然而，快意过后，他心里又涌起另一番滋味。其实不止娘，他自己心里也始终暗藏着一个念头，一定是自己不好，才被父亲抛弃。这些年来，他一直尽心卖力做事，想让自己强过旁人。可费尽了气力，也没有什么大作为，到如今仍只是个庸常之人。这令他极沮丧，却不肯、也不敢服输。一旦输了这口气，自认了庸常，那便不只是被父亲抛弃，连自己都要被自己抛弃。

他想争回口气，替那人找回他女儿，将他女儿交还给他，当面告诉他：“你不配为人父。”

他正在思忖，牛慕来了。这个书生也是满腹心事，瞧着有些失魂。范大牙心里暗暗感叹，这世上满眼尽是失意人，恐怕没几个人能心满意圆。

两人一起来到甘家面店，店门才刚刚打开，熊七娘拿着块抹布，正在擦拭店里桌子，瞧着也是萎萎顿顿、全无神气，又是一个失魂人。听到脚步声，她扭头望过来，见到两人，眼里顿时一惊，随即露出厌惧。

范大牙板着脸进去，放硬了声气：“我是来查问清明正午绑劫妇人那桩案子。你若好生对答，便不将你记进案簿。那些绑匪一共几个人？”

“一共八个。一个带头，两个抬轿子，两个赶车，还有三个没去河岸边，一直候在我店里。那妇人和棺材过来后，一个用刀逼住那妇人，两个从那棺材里搬出尸首。”

“你以前见过他们没有？”

“没有。”

“真的没有？这之前，他们还劫走了一个年轻女子。”

“真的没有！我天天在这里看店，那天是头一回见那些人，悔不该贪那些钱……”熊七娘说着要哭起来。

“他们将那妇人和尸首弄到后门时，你在哪里？”

“我在这店前头。等前面那几个抬了空轿、拉着空棺走了后，我才赶忙跑去后院，先从门缝里张了张，什么都没张见，只听见车轮声，我忙打开门，探头小心望了望，一辆厢车往西边巷子口去了，只瞧见灰布帘子。”

“那厢车何时停在那里的？”

“前头那些人来时，我便听到后头有车声，就停在了后门外。我那时还以为是对门那家搬货，便没理会，哪里知道他们是用来劫人搬尸首的？”

范大牙听了，犯起难来。这伙人显然是早已谋划好了。只是，被劫的妇人宁妆花虽说织缎手艺极好，在京城名头颇响，但毕竟只是个弱女子，听牛慕讲，性情又柔善。要劫她，不难下手，何必做这么大阵仗？更奇怪的是，这伙人为何要将那尸首也一起劫走？

他更在意的是他父亲那女儿，也被这伙人劫走，但熊七娘之前并未见过这伙人。看来这伙人极谨慎，从不在同一家做两回。那么上一回，他们是在哪一家做的？这个恐怕不好查。

而且，他隐隐觉着，这伙人似乎不像是寻常劫匪，他们究竟是什么来路？

胡小喜奔走了整整一夜。

他兴冲冲去见阿翠的义父，原本想探探口风，好谋划提亲。谁知道竟问出一句谎话来：阿翠说清明前几天在义父母家中养病，她义父却说已经两个多月没见过阿翠。阿翠为何要说谎？

胡小喜慌忙离开了那个车铺，茫茫然在街头乱走，心里又惊又凉。忽然想起了萝卜案中那个最先死的泥炉匠江四。自己带张用去查看江四的尸首时，发现了一张帕子、一绺发丝、一块肥皂团、一盒胭脂。那张帕子是阿翠的，那绺头发难道也是阿翠的？还有那胭脂和肥皂团，都是新买的，是买给阿翠的？江四赁住在那户人家里，原本住得好好的，忽然便搬走了。难道是为了阿翠？清明前几天，他们两个难道在一处？若是真的，江四的死，必定和阿翠有关……

胡小喜越想越怕，且觉着自己并非胡乱攀扯。阿翠说的那个小谎必定有缘故，小谎背后往往藏着大谎。

不成！我得把这事查明白！

他浑身抖个不住，在深夜大街上走了许久，走到州桥时，实在累极，坐倒在河岸边歇了一阵，才渐渐平复下来。他又从头至尾，将事情细细理了一道，凝神想了一阵，忽然想到一条线头：江四的尸首是在封丘门外护龙河边发现的，那里虽不显眼，却也不隐蔽。凶手除非是为了掩藏证据，否则绝不会冒险费力将尸首搬到远处，更不会随意丢在那等地方。

另外，那几天江四若真是和阿翠在一处，仓促之间，应该不会也不敢去赁人的房宅住。他们恐怕是藏身在客店之中，这样才不易被人发觉和怀疑，而且，江四出去买肥皂团和胭脂，自然不会走得太远，应该是买好之后，返回途中被杀。他们所住客店应该就在封丘门一带。

想明白之后，胡小喜立即爬起来，赶到了北城封丘门。那一带城内外有不少客店，这时已近午夜，大半都已经吹灯歇息，他顾不得这些，一家一家敲开查问。幸而他穿着公服，那些店家不敢怠慢。城门内的客店挨家问遍后，东方已经微亮，却一无所获。他却像是着了魔怔一般，毫无疲累，接着便出了城，又挨家敲门去问。一直问到一个小市口，终于听街角一家客店店主说："是有这么一对男女。男的二十七八岁，穿着布衫布裤，模样诚诚朴朴的。女的年纪二十左右，一双水闪闪大眼睛，穿了件绿绢衫……"

胡小喜听了眼睛顿时睁圆，至少样貌对了，他忙问："他们说什么没有？"

"两人说是来京城投靠亲戚。不过，住进店里后，那年轻妇人整日窝在客房里，关着门窗不出来。只有那汉子偶尔出来一回，出来也只是买些吃食日用，迅即就又进去关起了门。我瞧着有些古怪，可两人又交足了房钱，不好多问。我那浑家偷偷去他们窗下听过，说那妇人是个水火性子，一时'四哥、四哥'地甜口儿唤，一时又'你如何、你如何'地抱怨。

"寒食头两天，那汉子又出去了，可一去再没回来。第二天，另有个男子来了我店里，说来接他妹妹。他一说模样，正是那年轻妇人。我带他去了那间客房，连敲了几下，那男子又高声唤了两声妹妹，那妇人才开了门。一见到那男子，十分欢喜，忙收拾了包袱，兄妹两个一起走了。”

胡小喜先听着两人同住一屋，心里顿时酸搅不已。再听到“四哥”两个字，心里一沉，自己恐怕猜对了，那汉子应该正是江四。他忙问：“她那哥哥生得什么模样？”

“其他的已经记不清了，只记得一处，那男子看年纪不过三十多岁，头发却已经花白了……”

“麻罗？！”胡小喜越发震惊。

第五章　笨慢

夫智者见于未萌，愚者暗于成事。

——《棋经》

张用一直忙到凌晨，才困极睡去。

从赵太丞家回来路上，他琢磨了一阵朱克柔、赵金镞以及《守令图》的怪事，却毫无头绪。无头绪的事，他向来懒得费神，只用一个“丢”字处置。就如浑水难照影，不如丢开一会儿，等水澄清，纤毫自现。

回到家，不见犄角儿。他点了盏灯，走到后边工坊，见到那些制好的泥模排在木案上，他便将那些外事抛开，抱了几锭铜块搁在坩埚中，燃起炉火，接上风箱，守在炉边熔炼起来。这些铜一半是去年他用“胆铜法”自炼的，这法子虽好，出铜却慢。他正在想其他主意，李度寻见了他，说城南红绣院要给一个叫梁红玉的名妓造一座绣楼，请李度营建。李度刚领了艮岳御差，无暇旁骛，便向红绣院引荐了张用。张用建楼虽然不及李度，却也胜过许多一等大匠，又有作绝的名头。因此，红绣院十分乐意。张用听了，便说不要工酬，只要一百斤铜。红绣院的妈妈门路广，迅即买到，叫人搬了一百斤铜块来。张用也便替她督工，造起了那座楼。

张用等那锅铜熔化后，拿过自制的雀嘴钢勺、细颈漏斗，舀了那铜汁，慢慢注入泥模中。这道工序要极细稳，等他全部浇铸完，天已微亮。他撂下钢勺，躺倒在炉边地下，旋即睡去。

睡了不知有多久，前院忽然传来一阵尖声尖气的叫喊，是那殿头官刘鹤的声音。他被叫醒，爬起来出去一看，除了刘鹤，还有一个内侍，都身穿紫锦衫，头戴黑纱冠。

“张作头，我们见院门没关，就进来了。这位是杨殿头。”

“两位颠头闯进民宅，是内急要借茅厕？”张用随口将“殿”念作“颠”。

“不是，不是。这位杨殿头是我好友，专责监管秘阁图籍……”

“秘阁？”张用心头一亮。

“嗯。前两天，杨殿头发觉秘阁中有件怪事，百般想不明白。昨天我在艮岳宿院见识了张作头的锐眼奇智，便邀了杨殿头来向张作头请教。”

“什么怪事？”

“这事说起来有些难开口，杨老弟，还是你自己来说。”

杨殿头比刘鹤要稳静些，略一沉吟，才开口说：“前两天，我奉旨去秘阁取图，进到阁中，闻到一股臊臭气，寻了一阵，发觉书柜顶上有个皮袋子，里头竟是秽物。”

“什么秽物？”

“粪便。”

“人屙的屎？”

“嗯……看着似乎是人粪。”

“哈哈，你莫不是去取《守令图》？”

“哦？张作头从何得知？”

“那图还在吗？”

“图倒锁得严密，完好无损。只是，那楼上阁子只有我一人能进，不知那皮袋子为何会丢在那里。”

“我知道。”张用笑起来。

“哦？张作头请讲。”

“眼下还说不真切，得去秘阁看过才成。”

“能否请张作头现在就去？”

“好，走！”

刘鹤上下扫着张用，插了一句：“张作头不换件衣裳、梳洗梳洗？”

“身净则心不静，换不得。”张用笑着便往外走，却见一个人站在院门前，是那个猫窝匠柳七，瞧着神色有些犹豫。

张用忙说：“两位颠头先走，我马上来。”

“我们在车上等张作头。”两个殿头出了门，上了一辆朱壁厢车。

张用笑望向柳七：“有话要说？请进。”

柳七犹豫了片刻，才抬腿走进来，盯着张用又踌躇了一会儿，才慢慢开口说：“我是来告诉你江四的死因，杀江四的是麻罗。”

“那个裱画匠？很好。”

“麻罗一直不愿再提当年那桩旧事，江四却时时挂在嘴边，两人为此争过几回。去年，有个姓章的银器商要裱画，麻罗去过几回他家宅子，似乎和他家的一个使女搭上话、生了情。有天我经过大相国寺，见他们两个在寺里买花翠……”

“那个使女又勾上了泥炉匠？”

“我不知道江四和那个使女有没有瓜葛。不过，江四偏巧也去银器章家泥过炉灶。这个月头，那个使女和江四都不见了。”

“嗯。而后呢？”

“寒食头两天，我师傅唤我去封丘门外帮着做活儿，回来时，天已经晚了。快进封丘门时，我远远瞧见江四和麻罗一起出了一家酒肆，往护龙河那边去了。我不愿出声，便没有唤他们。等我快走到护龙桥时，却见麻罗快步返回来，瞧着神色不对。我忙躲到一边，见他急忙忙往北走去。等他走远后，我才走到护龙河边去看，结果发现江四死在河岸边……”

“萝卜是从哪里得来的？”

“我赶忙离开了那里，走了一段路，见一家菜蔬店门口放着一筐萝卜，忽然想起当年那桩事，便买了一根，回到江四那里，将萝卜插进了他嘴里……我要说的就这些。”

柳七又望了张用一眼，目光冰冷消沉，随即便转身出门，枯柳条一般，寞寞然走了。

犄角儿独自没情没绪赶往戴楼门外。

昨晚他和阿念查问了一圈，没找见任何线头。天又黑了，他便先将阿念送到了染院桥朱家门口，正要转头回去，阿念忽然说："这么晚了，你就睡在这里吧，客房空着呢。张姑爷又不是小娃儿，一晚上丢不掉、要不坏。"犄角儿听了，犯起难来，他自然极愿留下，又怕小相公独自一个人，不知会做出些什么祸事来。可再一看阿念瞅着他，满眼的舍不得，他的心顿时化了，忙笑着点了点头。心里暗想，小相公惹祸就让他惹吧，他是个滴溜仙，这么些年惹了多少祸，还不是照旧好端端的？

两人进到院里一瞧，朱克柔的娘仍坐在廊下，点着灯，在拣豆子，边拣边低声念诵，极专注，他们进来都没见到。阿念悄悄引着他走到后院，搬出一副秀巧藤桌藤椅，摆在海棠花树下，又去厨房烫了一瓶酒，寻了几样现成小馔、一碟蜜糕，用一套白釉剔花的定瓷盛装，摆在藤桌上，而后斟了一盏酒，笑嘻嘻递给犄角儿："这酒是小娘子最爱的蔷薇露，宫里造的御酒，便是十两银子也买不到这一小瓶呢。你尝尝。"

"小娘子不在，我们偷吃她的酒恐怕……"

"啥叫偷吃？小娘子在时就常叫我吃，还说，你既跟了我，各样好物事你都尝一尝、用一用，往后嫁了人，才不必像那等少见缺识之辈，缩手缩脚、馋眉痨眼的。"

犄角儿这才小尝了一口，入口果然异常甘洌香滑，不由得连声赞叹。阿念笑着又劝他喝，不住给他夹菜。两人又怕被外头朱克柔的娘听见，都压着声气，偷乐个不住。一晃眼，两人竟将一瓶酒喝尽。犄角儿原本酒量不高，吃得头脑晕热，都不记得自己是如何去的客房，又是如何睡到那张香软的床上。醒来时天已大亮，低头一看，自己外头的衣裤都被脱了，幸而汗衫和里裤仍在。一想，自然是阿念替他脱的，他的脸顿时涨红，心却又甜又醉。

他忙爬起身，穿好衣裤，走出去一瞧，朱克柔的娘又已坐在廊下拣豆子，却不见阿念。他在庭里张望了一会儿，那个厨妇笑着过来轻声说："哥儿起来了？你先去洗脸，早饭已煮好了。"

"阿念呢？"

"她娘一早就来敲门，说家里有急事，扯着她就走了。临走她让我告诉你，让你自己去戴楼门外寻那三辆车子，还说她想出了个法子，那三辆车怕是租车铺里租的，让你挨家去问，一下里租三辆车，车铺的人应该忘不掉。"

犄角儿听了，暗暗赞叹，自己怎么没想到这法子？白跟了小相公这些年。继而，他又担心起来，不知阿念家里出了什么急事。心里胡猜乱想着洗过脸、吃过饭，谢过了那厨妇，没敢惊扰朱克柔的娘，牵着两头驴，悄悄出来。他先赶回去还掉了一头驴，又去家里瞧了瞧，院门虚掩着，小相公却不在，不知又游荡到哪里去了。寻又没处寻，心想，寻朱家小娘子最要紧，便骑了驴赶到了戴楼门外。

没了阿念相伴，这一路走得没盐没醋，寡汤一般。可又想得在阿念回来之前，寻见那三辆车的下落，便打起精神，沿着大路，挨个儿去问租车铺子。城外租车铺不多，这一带总共只有几家，走到第四家时，果然问到了。

那店主姓蔡，说三辆车是清明正午租走的，那主顾他没见过，是个四十来岁的男子，样貌并没什么特出之处，唯有耳垂又厚又长，极有福相，衣着也精贵。他不要车夫，说自己带了三个。那三个车夫就候在门外。连马带车，三辆押了一百五十两银子。

最奇怪的是，已经过了八天，那人一直没来还车。

程门板又来到那个楼飞走的空院子。

昨天他先去左右邻院细问了一道。左边是个马鞍商，常日都在城里照看买卖，晚间才回来，家中只有妻子和三个孩儿，还有一个养娘、一个厨妇。隔壁院子盖楼，三个妇人和三个孩童天天都看着，船运来的尽是上好木料，锯割刨凿成的现成木件。平地、挖池、搬运木料花了一个多月，盖楼用了大半个月。至于那家主人和工头，她们都是妇人，从没说过话。家主回家又晚，更没见过面，因此并不相识。飞楼那天傍晚，隔壁院子来了不少客人，全都进到那楼里，说话声极大。有人还上到二楼，推开窗往外望。究竟是些什么人，她们并没去瞧。

晚上，他们一家正在吃夜饭，忽然听到隔壁一阵巨响，牛吼一般。他们全都跑到院子里看，却见隔壁那座楼居然浮在半空中，还不住往上升。楼里灯火通明，人影晃动，还有咿咿呜呜的笛声。若不是亲眼瞧见，绝不敢信。

右边邻居则是个官户，不过那位官员去了蜀地赴任，家中留了年老父母和几个仆人。那个老父闲常便在河岸边看隔壁盖楼，还和那房主韩车子攀谈过几回。韩车子说那楼叫“百艺楼”，是建来收藏天下百工器物和技艺图籍。修造这楼的，是京城第一造楼师李度。等四月初二鲁班祭日那天，由工部主祭，召集京城名匠，办一场大醮，以兴盛天下工艺。

那老父听了极振奋，天天巴望着能瞧一瞧那场盛事。眼见那楼修好了，房主原先说，要请京城第一彩画匠、“天工十八巧”的典如磋来上漆绘色。谁知道，彩画还没绘，清明那天傍晚，那楼竟飞走了。他们夫妻两个和仆人也是在院子里，望着那楼飞上天去。

程门板听了两家讲述，始终不太肯信。他又去两岸查问其他人家，其中十之七八都亲眼瞧见了这桩异事，他不由得不信了。回到家中，他将这事讲给妻子听。这是他头一回跟妻子说起公事，妻子听了，笑着说她也听街坊议论过这件异事，起初也不信，没想到竟是真的。

程门板却犯起愁来，如此一来，这桩异事便是天降神迹，该从何查起？而且，这其中又没有什么命案凶杀，又何必查办？

妻子在一旁劝解：“你明天再去那里仔细看一看，若真的查不出什么，便径直去回禀左军巡使。这样，你也尽了心，他也好做处置。”

程门板一听，顿时豁然。见妻子如此通达事理，欢欣之外，更生出一分敬意。

今天早上，他仍早早起来，赶到了那个空院。吴扁嘴还没有来，他便独自在院子里慢慢走看。走到院墙的西南角时，发觉那里有一片土比四周略松一些，他蹲下身子，仔细看了看。太阳光正照到这里，泥土中似乎有一点闪亮，他用手指拨开泥土，是一片捻了银线的缎子。他扯了扯，却扯不动，用力一拽，才拽起来一些，底下仍坠着，似乎有一大片。他越发好奇，用双手一起攥紧，狠力又拽，终于又拽出一截。一样东西跟着也被带了出来：一只手。

范大牙和牛慕穿过甘家面馆后门，走到后面的巷子。

这条巷子很窄，一辆厢车勉强能过，朝东通到虹桥北街，朝西则是进城方向。熊七娘说宁妆花和她丈夫的尸首搬上那厢车后，去了西边。范大牙便向西走去，曲曲拐拐穿出小巷，迎面一行垂柳、一道河水和一带城墙，是护龙河，往南是东水门，往北是新宋门。范大牙左右望望，心里暗自犯难，一辆寻常厢车，不论往南，还是往北，只要进了城，就再难查找。

牛慕在一旁说："我和范先生约好，我往北边，他往南边，各自分头沿路打问。原先打问一乘轿子和一辆运棺木的太平车，倒还有人留意。单单一辆厢车，根本没有一个人记得，奔波了两三天，毫无所获。鱼入汪洋，如何寻得见？"

"这后街的邻居都问过了？"

"前后几家都挨着问过了，都不曾留意。"

"我再去问一道。"范大牙自知心思迟钝，难如那些聪明人一般想出些巧主意，唯有用笨法子，以勤补拙。而且，他渐渐发觉，这世上之事，大半其实都无法取巧。比如吃饭、行路，总得一口口吃、一步步行，一口便是一口，一步便是一步，再巧也绕不过去，差别只在快慢，而且快并非全然好，慢也并非全为坏。草倒是长得轻快，可哪里及得上笨生慢长的大树？他想这该是上天公道之处，否则赢的全是巧快人，笨慢的全没了活路。

他又回到巷子里，先去敲甘家面馆的后街对门。半晌，门开了，是个老妇，穿着旧布衫裙，牵着个三四岁大的孩童，孩童手里捏着一颗红盐荔枝，嘴里含着一颗，嘴唇被红汁染得鲜红。

那老妇先看了一眼范大牙，接着又望向牛慕，顿时撇起嘴："又是为那车子的事？我上回不是说过了？那天正午，河岸边呼呼嚷嚷的，我赶紧牵着孙儿瞧去了，啥妇人汉子的，半眼都没瞧见。"

"那天是私下打问，今天我来是公干。这事已在开封府录了案簿，你还是好生对答，莫要隐瞒，否则连你也牵扯进去——"范大牙板起脸唬了唬，见老妇有了畏色，才开口问道，"正午之前，那车子先已停在你家门口，你也没见？"

"那车子……倒是见了。可我们这里虽是城郊，却也不是乡下，这巷子里常有车子进出，哪个会见个车子就稀奇？那车子又不是挂锦金车、碾玉银辂，见是见了，却没仔细张看。”

“甘家正门当着汴河北街，若有车子，一般只会停在前头。那天那车子却停在后门，又停了许久，正挡住你家的门，你也没觉着不妥？”

“前街车多，有时行不开，便常绕到这后街。再说，我们两家对门对户的邻居，这些子小事都要计较，哪里能得安生？”

“这么说，你真是什么都没留意到？”

“若是真瞅见啥了，老婆子我瞒它做什么？又不添肥，又不生膘，反倒还得个欺瞒朝廷的罪名儿。”

范大牙只得作罢，又去问隔壁人家。左右连着问了十来家，没有一个人留意过那车。范大牙问得口干舌燥，只得先去街口茶铺里坐下，和牛慕各要了碗茶水，坐着歇息。

歇了一会儿，他忽而想到一件事，他忙跳起来，快步走进那巷子，敲开了那老妇家的门。老妇见又是他，一愣，微有些慌。范大牙却不管她，蹲下身子，放轻声气，笑着问那孩童：

“那天河里的神仙你见没见？”

孩童嘴里仍含着荔枝，蒙然摇了摇头。

第六章　秘阁

弈棋布置，务守纲格。

——《棋经》

张用和刘、杨两个殿头官坐着那辆厢车来到皇城。

车停在了东华门外，三人下了车，来到左边侧门，两个殿头官向禁卫出示腰牌，只说禁中有修缮事宜宣召张用。张用之前便来过数回，禁卫也认得，没有多言，便点头放他进入。进了门，迎面一座巍然门楼，是左承天祥符门，门内一条宽阔大道，直贯东西，将皇城分为南北二区。北面是后宫，南面是御殿及三省、枢密等诸司，两边皆以丹粉高墙屏障，禁中买卖物货均在东华门外，因此大道两侧紫衣内侍往来不断。

三人沿着路边红墙行了一段，左侧出现一座黑漆朱额大门，是左银台门，门口也有禁卫把守。杨殿头朝那几个禁卫只略扬了扬手，便引着刘鹤和张用走了进去。里头一条南北直道，青石铺地，两边仍是丹粉高墙，不见一个人影，顿时显得空寂肃然。三人沿着路右侧向南行去，脚步声异常响。这里张用来的次数最多，知道右边朱墙内分成南北两院，北边是银台司，南边则是秘阁。

秘阁的院门在正南边，沿着直道走到底，再右拐。门口立着四个佩刀禁卫，杨殿头这回径直走了进去，张用和刘鹤跟在他身后，里头一个四方庭院，正面是高大厅堂，两边各一排厢房。庭中种了两棵古柏，碧叶正鲜。四下里十分宁静，满院古雅沉寂。一个着绿锦官袍、戴黑纱幞头的官员迎了出来，张用知道是秘阁监。杨殿头不等他开口，轻声说了句："楼上阁子转轮有些涩了，我唤了张作头去查看查看，没有其他事。黄大人只管去忙公事，不必相陪。"那位秘阁监点了点头，拱手一揖："杨殿头请自便。"

杨殿头引着张用、刘鹤穿过前厅，沿着中庭侧廊走向后院，沿途两边都是书库。自太宗皇帝登基以来，广收天下图书、字画、文物，收藏于昭文馆、集贤院、史馆中。后因图书典籍过多，三馆已不够用，又精选典籍文物珍品，藏于秘阁。这些书库虽都上了锁，仍散出一阵阵书墨幽古之气。

后院用墙隔开，开了一道黑漆木门，门口又有两个佩刀禁卫看守，见到杨殿头，两人一起躬身低首。杨殿头视若不见，大步走了进去。张用和刘鹤并肩跟上，进了那门，迎头便见秘阁藏书楼赫然矗立于院子正北，内诸司房舍中，此楼最宏壮。

这楼五年前才翻修，由楼痴李度督造，彩画则是史大雅、何飞龙、典如磋等名匠合力绘就，型格宏峻，彩绘精雅。张用走到楼门前，抬头望向门额，中间是太宗御赐飞白书"秘阁"二字，左右两侧则各绘一条青龙，何飞龙当年漏画的龙睛早已由史大雅补上。那两条龙怒瞪着张用，张用瞪了回去，心里暗骂：你个有眼无珠、虚张声势的丑长虫。

杨殿头见到，有些纳闷。张用朝他挤了挤眼，做了个怪相。杨殿头不知该如何应对，移开眼，抬手说了声"请"，随即引着张用、刘鹤迈过高槛，进到楼厅中。楼厅中间一根直径一丈的朱漆圆柱，两边各有四排黑漆书案，十来个文吏分别坐在案边，各执毛笔，在书册上记写。后面靠墙立着一大排黑漆木柜，几个文吏在架子前整理书册簿记。楼厅两侧各有四扇门，都是书库，全都锁着。

门后靠墙则各有一道木梯，通向二楼。杨殿头朝左案边一个年轻瘦文吏唤了声"楼上开门"。那个文吏忙站起身，快步过来，朝杨殿头躬身一礼，而后从楼梯旁一个小铜架上取过一支雕花细铜管和一根发烛，急忙上了左边的楼梯，腰间一串钥匙不住碰响。杨殿头引着张用、刘鹤一起上到二楼，眼前顿时豁朗，一带栏杆，一道长廊，凭栏而望，几十座皇城大殿尽在眼前，长天阔碧，殿宇耀金。

那个文吏从腰间选出一把钥匙，打开了二楼正门，而后躬身侍立门侧。三人进了门，厅内十分阔敞，左右两边整齐摆了两排黑漆桌凳，桌上皆有文房四宝和铜烛台，是供文吏抄录典籍。正中靠里墙有一间正方秘库，无窗，只有一道云纹铜门，一把雕龙大铜锁锁着。

那个文吏走到门后一只黑漆柜子边，上头有几支铜烛台。他拔开将才拿的细铜管的盖子，将发烛伸进去，里头藏有火种，迅即燃着发烛，点亮了一支蜡烛，而后躬身将烛台递了过来，张用顺手接过。杨殿头则从怀里掏出一把铜钥匙，那钥匙用青绿彩络细绳挂在脖颈上。他没有取下钥匙，只微弯下腰，将钥匙插进铜锁，打开锁头，拉开了铜门，随后又说了声“请”，三人一起走进那秘库。

库中十分幽暗，中间立着一根巨大圆柱，是秘柜，柱上用铜条分隔出一列列方格暗屉，都挂着雕龙小铜锁，里头藏放珍本古籍字画，周围墙壁及天花都用铜皮包了一层。地上木板也与别处不同，中间是一个大圆盘，环绕着圆柜。杨殿头往左边走去，脚底下的圆盘随之转动起来。

这是张用所作。秘阁翻修时，张用被召来制作秘藏书柜。张用顽兴忽生，想出这转盘之法：立一根圆轴，贯穿两层楼，在地面和楼顶做两个转枢，圆柜悬空固定于转轴，圆盘中央则与转轴以齿咬合。这样，人行转盘上，脚带动转盘，转轴与圆柜也随之转动，转向却正相反，寻找图籍时便能省一些力。

杨殿头在前，三人踩着转盘走向左边。张用闻到这秘库的阴闷气息中隐隐有股臭味。杨殿头走到墙角，停住脚，指了指角上：“便是这物事。原先在柜子顶上，我取下来，藏到了这墙角。”

张用将烛台照向墙角，见一个羊皮袋子搁在角落，袋口用皮绳扎着，臭气便是从那里头散出来的。他将烛台交给刘鹤，弯下身子解开皮绳，打开了袋子口，一股恶臭顿时浓熏出来，屎臭混着尿臊。两个殿头官忙用衣袖捂住了鼻子，张用却毫不在乎，将那袋口朝向烛光，探头望里仔细瞧去：“是人屎。底下屎棒子粗些、黏些，越往后屎越少，也越干，最上头比羊粪还小。”

“什么人竟敢把这腌臜物丢在秘库里头？可是，这秘库钥匙只由我一人保管，取放图籍也只有我一人进出，他人绝不许靠近。这物事如何能放进来？放在这里做什么？”

张用蹲在那屎袋边，笑着想了想，抬头问：“这库里所藏，最贵重的是什么？”

“最贵重自然是历代书画珍品，王羲之、王献之、欧阳询、颜真卿、怀素、柳公权等人书作，以及顾恺之、薛稷、吴道子、韩幹、戴嵩等人画作。几代官家遍天下搜寻，一百来年，也才收到百来幅，每一幅都是无价宝。不过昨天，我将这库里的秘柜一个一个全都打开，仔细查看了一道，并没有丢失一件。”

“《守令图》呢？”

“张作头为何屡屡问起《守令图》？”

“你先说，《守令图》可在？”

“我也查看过了，都在。”

“真的？”

“这个我绝不敢大意。”

“现在能不能再瞧瞧《守令图》是否仍在？”

“这……”

“没带钥匙？这些秘柜的钥匙又是如何保管的？”

“秘柜钥匙由另一个殿头官保管，每把钥匙挂一个木牌，写有图籍名字。官家要看哪样图籍，我得了旨意，才能去那殿头官处领取相应钥匙，再来秘阁开门寻取。”

“《守令图》的钥匙如今在哪个殿头官那里？”

“没有，在我这里。这几个月，东南军情紧急，西夏也不安宁，官家时常要取地图召集枢密院商讨军情，钥匙便一直留在我这里。”

“带在身上？”

“嗯，始终贴身藏着，不敢放在别处。”

“那就打开那柜子，再查验查验？”

“这恐怕……张作头，你为何对《守令图》如此执着？这腌臜物事和《守令图》有关？”

“眼下我下不得任何定论，先瞧瞧《守令图》再看。”

杨殿头仍犹豫难定，刘鹤在一旁说：“这事太蹊跷，若真是有人进到这库里，将这物事丢在这里，往后不知还要做出些什么祟事祸害来。张作头又不是要看图，只是瞧瞧那些图是否仍在。”

杨殿头这才解开衣襟，掀起汗衫，汗衫里头缝了一个小袋，他从那袋里掏出一个锦袋，锦袋上拴着一根白丝细绳，又系在腰带上。他解开细绳，从锦袋里摸出一把铜钥匙，钥匙上用铜环挂着个黑漆描金的小木牌，上面雕着隶书“守令图”三字。三人绕着转盘向里又走了半截，停在一个秘柜前头。

刘鹤举烛照着，张用见那柜腰上镶着块木牌，上写柳体“守令图”三字。杨殿头用钥匙打开铜锁，搁到柜子边的木隔板上，而后拉开了柜门。柜子高有一丈多，里面分了一个纵长格，五层方格，纵长格里立着一轴长卷。方格中每层放了四卷图轴，只有中间一层少一卷，但多了一本书册。

杨殿头指着里头说：“《守令图》一共二十幅，全国总图一幅，各路分图十九幅，另有一本图录注记，都在……”

张用挤开杨殿头，伸出手将那轴长卷抱了出来。不管杨殿头拉拽阻止，解开绳扣，将卷轴横放到地板上，用手一拨，画幅随即展开。这图高有一丈二，画轴滚到墙根，也只展开了三分之一。张用又从刘鹤手中要过烛台，照着地图，俯身望去。初一瞧，这图面貌和朱克柔那幅全然不同，然而，他盯着褒斜道那一带仔细一看，方位、地形、距离尽都相同，再看图上其他地方，精细准确程度也都几乎一样。

张用不由得笑起来：朱克柔所用那幅地图果然正是《守令图》。

胡小喜看到自家那间小铺子，才发觉自己竟回到家了。

他查问到封丘门外那家客店，阿翠竟和江四藏身在那里。寒食头两天，江四出去后再未回去。第二天他的尸首倒在封丘门外护城河边，裱画匠麻罗竟寻到客店，自称是阿翠哥哥，两人一起离开。

胡小喜心里翻搅不已，自己白滚热了一场，原来根本不知阿翠究竟是个什么样的女子。她为何会与江四、麻罗搅到一处，又为何独自回到银器章家？他昏昏怔怔一路边走边想，但这事太过缭乱，哪里想得明白。不知不觉间，走到家门口，才猛然醒来，如同做了场乱梦。人虽然醒了，心里却闷沉沉地泛涩。

他娘正在铺子里扫地，一见他，忙撂下扫帚，赶过来问："这一夜，你都去哪里了？大半夜鬼都歇了，你办啥公差？"

"真的是查案子去了。"胡小喜见娘脸上竟带着喜色，有些纳闷。

"你也只好诓诓我，幸好你爹当夜值还没回来，不然又是一场拷问。我的儿，眼见着你是要成家立业的人了，行事也该稳重些，再莫要这般浮东浪西的。等一会儿周嫂和刘嫂就要来了，和你爹再商议商议，便要写帖儿、上门了。"

"上啥门？"

"娘不是跟你讲了？跟你说话，全没入耳。我和你爹相中了一个女孩儿，是固子门外制卖棋子棋盘、牌骰子的曾家的女儿，今年十七岁，粉圆的脸儿，模样娇娇秀秀的，性情也和顺，一瞧就有几分福相。又在上户人家闺房里做贴身使女，经见过世面，知礼知节的，配你是足足有余。我和你爹打算把这门亲事定下来。"

"啊！？"胡小喜瞪大了眼，"这么大的事，你们都不问问我！"

"哪里没问？你这两天失张失致的，魂儿被大风刮走了一般，也不知在鬼想些啥。昨天我还问你，觉着如何，你嗯嗯嗯地直点头。"

"我没听清！我哪里知道你说的是亲事？"

"没听清，你乱点啥头？再说，这婚姻大事，从来都是父母做主。我做娘的敢不经心？从去年起，选了七八十家，才选定这一个，聘礼钱都得二百贯……"

胡小喜心里乱得像沸了汤锅一般，昏了半晌，才从心底里吐出一句话："我得去问问她！"

"问谁？"

他转身便走，一路奔向银器章家。到那条巷子时，他已经累得抬不动腿，见巷口有间茶肆，便走过去，一屁股坐到临街的凳子上，弓着背不住喘气。店家来问他吃什么茶，他答不上话，连连摆了摆手。歇息了好一阵，才算顺过气，刚起身，却见一个老者走出巷子，一对尖耳朵极抢眼，是胡老鸮。

胡小喜忽然醒了过来，心里想，若是这般直直去问，阿翠定然不会承认，不能急，莫要慌。这个胡老鸮天天盯着银器章家，应该会瞅见些东西。

他走过去叫住了胡老鸮，胡老鸮一眼便认出了他，神色微有些慌怯。

“胡老伯，推官大人命我再来向你查问查问。”

“查问啥？”

“你真的没瞧见银器章家有什么异常？”

“上回不是说了？那家人连主带仆，那天忽然全都走了，除了那个使女，一个都再没回来。其他的，老朽再不知情。”

“你可见过一个裱画匠，三十左右年纪，头发却有些花白？”

“裱画匠？似乎见过，进出过几回。”

“最后一回见，是什么时候？”

“大约是正月。过节前，银器章四处夸口买到一幅怀素的真迹，让那裱画匠裱好送了过来。”

“你有没有见到他和那个使女阿翠说话？”

“有两回是那使女送他出来的。”

“两人神情瞧着如何？”

“那个阿翠，但凡见着年轻些的男子，便使娇耍媚……”胡老鸮说着，瞅了一眼胡小喜，眼里露出嘲意。胡小喜心里一刺，忍着没有发作，继续听他说。

“她和那裱画的也是这般，麻哥哥、麻哥哥地叫，听着老朽脊梁发麻。”

“还有泥炉匠，你见过没有？”

“见过，二月初，他家唤了个泥炉匠去重新泥过炉灶。”

“这泥炉匠和阿翠有没有什么？”

“这倒没见过。不过，那泥炉匠做完了活儿后，没过几天又来了，装作寻活儿，来回走过几道。”

“阿翠那天回来后，有没有人来寻过她？”

“有。”

“什么人？”胡小喜一惊。

“你。”

“除了我！”

“再没人了。门整日都关着。”

宁孔雀租了那轿夫的轿子，让他把自己送到了三井巷。

到了那里，她下了轿子，多付了些轿钱，谢过那轿夫，而后站到那巷口朝里张望。巷子不深，里头大约有二十来户人家。那轿夫说寒食前一天，她姐姐宁妆花到应天府下船后，有人用轿子接到了这三井巷。若是真的，这巷子里自然有人瞧见。她立在巷口等了片刻，见有个中年妇人拎着个包袱走了出来。她忙上前问询。

那妇人听了，瞅着她反过来问道："你和那宁家娘子是姐妹？"

"是，我是她妹妹。"

"怪道瞧着面善。你家姐姐扶着灵柩已经平安到汴京了吧？你是来拜谢史大郎的？"

"史大郎？"

"你家姐姐没跟你讲？亏得史大郎一力帮扶，若不然你家姐夫死在路上都没人知晓。"

"我只听丫头说了两句，那丫头又说不清，所以才赶过来问问详情。嫂嫂，我姐夫究竟遇了什么事？"

"那天，你姐夫经过这巷口，忽然犯了急症，倒在地上，不住抽搐。路过的人都不敢理会，正巧史大郎出来，见到后，叫人将你姐夫抬到自己家里，又赶忙去请大夫来看治。等大夫赶来时，已经迟了。那大夫说恐怕是吃滚烫饭食，又饮了冷酒，激得肠胃痉挛。幸而，你姐夫死前，史大郎问到了你姐姐的名姓，他忙托了一个正好去汴京的朋友，捎急信，唤了你姐姐来。又雇了轿子，候在河边，将你姐姐接到这里。你姐姐见了丈夫尸首，哭得昏了几回，哪里还能料理其他事。又是史大郎帮着买了棺木，装殓好，雇觅了船只，将你姐姐送上了船。"

"嫂嫂，这史相公家是哪个门？"

"左边那第三家。不过，你不必去了。史大郎一直没有子嗣，行了几年善，总算得了个儿子。今年整一岁，他们夫妻抱着孩儿，去泰山烧香还愿去了。"

宁孔雀听了，心里顿时空落落，不知道下一步该去哪里。

第七章　奴

虚则易攻，实则难破。

——《棋经》

程门板从那空院子墙角挖出了一具尸首。

他先发现土里埋了一只人手，再一刨，下头露出衣袖肩膀。他忙去墙边寻见一把铁锹，费力挖起来。土里渐渐显出整个身体。他许久没有做过力气活儿，等刨尽那尸首周围的泥土时，已经累得手脚直抖。

那尸首侧躺在土中，虽已散出臭气，却未腐烂，面目双手蒙满泥土，但大致都还能辨认。是个男子，中等身量，年纪不到三十，头戴销金青绸头巾，身穿绿缎长衫，脚上丝鞋绢袜，看着至少是中等以上人户子弟。身上看不到伤处，唯有头顶有些乌黑血迹，头巾也被浸染发乌，看来是被人重击脑顶致死。

程门板不住喘着气，原以为不见凶杀劫夺，这桩怪事便无需再查。如今真的变作凶案，必须得查下去了。他望着那尸首，思忖了一会儿，大致理出了两条：

其一，去唤这院子主人韩车子的家人来认尸，先弄清楚此人身份，才好查找死因；

其二，这院里造楼，自然需要许多匠人，去寻见修楼匠人，先确认是否真的造起过一座楼。

这得分头去办，至少还得一个人。早上他想着这事要交卸了，便没有去唤胡小喜和范大牙，这时只剩自己单个一人，连个帮手都没有。好在这两天豁然而悟后，他已不再如以往一般焦躁，没有帮手，至多自己多跑一趟。

他正要转身，背后猛然响起一声怪叫，像是驴子被烫到一般，唬得他一哆嗦。回头一瞧，是吴扁嘴，瞪圆了那双小眼珠，瞅着地上尸首。那张扁嘴噗嗒噗嗒不住掀动，不知在说什么。程门板最恨自己在人前露怯现丑，瞪起眼就要呵斥，嘴刚张开，随即醒悟，忙顿了一下，收回了怒气，脸色却一时缓转不过来，便沉声说："这尸首才发觉的，被人杀后，埋在土里。看尸状，死了已有六七天，恐怕正是发生异事那天死的。你知道这院子主人住址？赶紧去他家，唤他家人来认这尸首，查明白此人身份。"

"娘喽！小人这几天独个儿在这院子里，上午这里日头最好，小人还坐在这墙根打过盹儿。难怪小人的祖母说，孤魂常把光棍儿候。小人没娶妻那时节，半夜里常听见床边有脚步声，唰唰，唰唰的，像是牛皮底的鞋子。那时节，小人只有麻鞋穿，活到快三十岁，才买了双牛皮底的鞋子，还是一个江西人卖给小人的，那江西人那一撮胡须生得实在是……嚯咕咕……"吴扁嘴忽然捂着嘴笑起来，笑得咕咕鸟一般。

"快去唤韩车子家人来认尸！"程门板怒气重又冲了出来。

"是……嚯咕咕……是，程介史！"吴扁嘴强忍住笑，转身赶忙走了。

程门板顿时想起胡小喜那一回笑，心里随即一揄，他忙长呼了几口气，消去这些无谓烦恼。扭头一看，旁边地上有块破油毡，便扯过来盖住那尸首，而后骑上驴子，出了院门。吴扁嘴也才走到院门边，仍在嚯咕咕地笑个不住。

程门板大声吩咐："把这院门拴好，莫让人进去乱动那尸首。"

"是，程介史……嚯咕咕……"

程门板不再理他，骑着驴往进城方向行去。他忽然想到，京城营造行的行首是云野逸的兄长，云野逸的死讯前天才报给他家，这时云家恐怕正在理丧，不好去打问。除了云家，该去哪里查问那些工匠？他想了一阵，记起来，许多工匠并非依靠营造行寻活儿，有些只在街头等人雇募，还有些又是靠牙人转介。若说牙人，门路最广的自然是牙绝冯赛，程门板几年前因为一桩讼案，和冯赛相识。但那天在军巡府院里听其他衙吏私语，冯赛似乎牵连进一桩大案，正在四处奔命乱撞，只能另寻其他牙人，这些人个个东串西联，多问几个，应该能辗转查出些线头。

于是他进了城，找见了一个认得的牙人，那人带他去见了另一个常在营造行走动的牙人，这牙人说他只在城北谋营生，又转荐了一个城南的。程门板返回城南，寻见那个牙人，那牙人说，他只给人家户寻募工匠。那楼既然是楼痴李度营建，他自己有一班常用的工匠团。他认得其中一个团头，给了一个住址。程门板照着那住址寻过去，那团头不在家中，他浑家说自己丈夫这几个月都在延庆观里做修缮，并没有接李度的活儿。不过，那妇人又给了另一个团头的住址。程门板只得又寻过去，等到了那里，天已经快黑了。好在，这回总算真的找见了，那个团头刚回家。

程门板一问，那个团头立即说："对，那百艺楼是小人带了徒弟去造的。不过，那楼工期紧，四月鲁班爷的祭日之前就得造好，搭建三月就得完工，好留一个月绘彩画。若只靠小人这一团，六月都未必做完，因此，李相公又寻了三个团头。两团凿锯木材构件，一团和小人这团轮班搭建。这四团人都是常年跟着李相公出工做活儿，规程都是惯熟了的。哪怕这样，人工仍觉着不够，那房主后来又去寻了一个团，才算赶在清明完了工。可那楼为啥会飞走？小人听说后，哪里肯信，忙赶去看。那院门被封禁了，不许进去，小人只在外头扒着门缝瞅了瞅，那么宏壮一栋楼居然真的不见了。莫不是玉皇大帝也爱上李相公的楼，搬到天庭去享用了？"

程门板听了，仍不太肯信，又问了其他三个团头的名址，不顾天黑，一一去查访。三个都寻见了，果然都接了那工程，一起轮班造了百艺楼。程门板还是不愿死心，又让那几个团头各唤来几个做过那工的匠人，一一都盘问过。回答全部一样。

程门板不得不信了。若是几个人，还能串供瞒骗，左右邻舍、对岸住户、建楼工匠，加起来上百人，神通再广大，也绝没有办法操弄这么多人一起说谎。

那楼真的造了起来，而且也真的飞走了。

胡小喜站在银器章家院门前，犹豫许久，还是抓起了门环，轻轻叩响。

许久，阿翠才来开了门，一见是他，那双水亮大眼睛顿时露出欢喜：“小喜哥哥，快些进来！”称呼又亲近了一步。

胡小喜尽力笑了笑，抬腿走了进去。阿翠忙关上了院门，随后笑着说：“我猜小喜哥哥今天要来，已煎好了茶。那天小喜哥哥说爱吃辣菜饼，厨房里还有半坛子芥辣瓜儿，我一早便和了麦面，烙了些辣菜饼。最巧的是，小喜哥哥敲门时，最后一张饼将将烙好。小喜哥哥，你坐一会儿，我赶紧去给你端来！”

阿翠欢欢喜喜向厨房走去，胡小喜木木然坐到院里大柏树下那张小桌边，望着阿翠那娇秀欢欣的背影，仍不敢相信自己查问到的那些，更不忍把阿翠想作那等水性善骗的人。心想，她说谎自然有她的缘由，等问明白了再说。

阿翠很快便端着个黑漆托盘轻快回来，里头是几张新烙的小饼子，油润焦黄，散出一阵阵辣香，配了两碟小菜，醋姜和糟黄芽。另有一只茶瓶、两只茶盏，尽是汝窑豆绿瓷皿。阿翠抿嘴笑着，摆好了饼菜碗箸，抓起茶瓶，斟了一盏热茶，双手递给胡小喜：“小喜哥哥，喝口茶。”

胡小喜接过茶盏，略喝了一小口，又尽力笑了笑。阿翠拿起箸夹了一块饼，搁到胡小喜面前小碗里：“这饼趁热吃才最脆口，凉了面皮便软沓粘牙了。”胡小喜只得抓起箸，低下头夹起那饼咬了一口，嘴里虽嚼着，却全不知滋味，心里不住忐忑该如何开口。

“吃着如何？赶得上你说的郑家饼吗？”阿翠坐到对面，又笑着问。

胡小喜忙“嗯”着点了点头，一抬眼，见阿翠头上戴着特髻，插了几朵珠翠。他忽然想起江四怀里藏的那绺头发，那头发若真是阿翠的，应该瞧得出来。自己剪，一般不会从鬓边剪，往往是抬起手，从头顶一侧剪。阿翠顶上头发被这特髻遮着，若是能摘下来便好了。他正想着，忽然有一溜物事从树上掉落，正落到阿翠头顶，是鸟粪。胡小喜暗叹侥幸，忙说：“鸟粪落到你头上了。”

阿翠听了，顿时惊“啊”了一声，慌忙拔掉两侧的铜簪子，将那特髻取下来看。胡小喜忙朝她头顶急急寻看，一根绿丝绳扎束成一朵圆髻，脑顶的头发全都拢在里头，根本看不见。阿翠找见特髻上的鸟粪，顿时皱起眉抱怨起来：“这瘟鸟，呱喳呱喳吵人不算，又这样来腌臜人。”说着，从袖管里抽出帕子，低头去揩那鸟粪。她的头略一侧，靠近脑后处发髻缝里钻出一丛短发。胡小喜一眼看到，心里顿时重重一坠。

他望着阿翠，惶了半晌，才一字一字吐出口：“阿翠，你得跟我说实话。”

“嗯？”阿翠才揩净那鸟粪，猛抬起头，愣了一下，随即笑问，“小喜哥哥，说啥实话？”

“你头顶有一绺头发剪断了。那绺头发在哪里？”

“哪里有？我平白剪头发做什么？”阿翠目光一抖，随即又笑起来。

“江四死后，从他怀里寻见了一绺头发。你若不说实话，我现在就去开封府里拿来。人的头发粗细浅淡都不一样，一比对，便知道。”

阿翠再笑不出，目光颤了片刻，神情旋即变得愧悔哀怜：“那头发是我的。我是想求他救我……”

“救你？”

“我不仅在这上头说了谎，另一件事也说了谎。我知道我家主人为何要逃走，他杀了人。”

“那个工部的宣主簿？”

“嗯。不是在外头杀的，是在这宅子里杀的。”

“啊？”

“二月初一那天，‘天工十八巧’在这里相聚，宣主簿怒气冲冲过来吵嚷，说图如何如何，又说这是欺君叛国的大罪。”

“什么图？”

“我也不清楚。吴管家就把他杀掉了。”

“当着‘天工十八巧’？”

“嗯。我和二娘在后院听到吵嚷，二娘打发我到前面看，我躲在大厅后头偷听，吴管家和两个仆人把宣主簿的尸首搬出来时，一眼看见了我，我吓得不知道该咋办。其实，我家主人和吴管家以前就在家里杀过人。那时二娘还是另一个人的娘子，我家主人迷上了二娘，便将她丈夫诱到家里，让吴管家杀掉了。这事被另一个使女小丰瞧见，小丰偷偷告诉了我。过了两天，小丰就不见了。我怕我也落得和小丰一个下场，谁都不敢告诉。

“那两天，厨房里正巧请了江四来泥炉子，我见他是个诚实人，便趁着没人，偷偷求他救我。他先不信，我忙剪下一绺头发，哭着求他，若能救了我，我便嫁给他。他这才信了。第二天半夜，偷偷从后院翻墙，把我救了出去。我和他假扮夫妻，躲到了北郊的一家小客店里。他说不愿在难中占我的身子，借口怕冷，向店主多讨了一床铺盖，每晚只在地上睡。可是过了几天，他出去给我买肥皂团，去了便再没回来——我正在焦忧，不知道该投奔谁，一个叫麻罗的裱画匠不知如何找见了我，我便又求他带我离开那里，另寻了个客店藏了起来。”

“你和那个麻罗又有什么原委？”

“我家主人爱藏古人墨迹，常让崔家裱画店装裱。去年麻罗来送过几回画，他见了我，似乎生了情，还向我家主人求亲，想娶我，被我家主人嘲骂了一顿。”

“你和麻罗那两天又同住一室？”

“没有。他没住那家客店，说自己有住处。过了两天，他来看我，说我家主人全家都不见了。我猜他们是畏罪逃命去了，所以，便回来了。”

“你回来做什么？”

“小喜哥哥，前头的都说了，剩下的，我也全都说出来吧。你若嫌憎我，我也不怨你。我生下来就在这章家做奴仆，万事都由不得自己。我家主人性子又暴，说打便打，说踢便踢，从不顾惜。莫说我，连我家二娘也是一样。主人迷上她时，杀人都不怕。这两年，已经厌了，连话都懒得说两句。有个姓姜的缎子商人来家里商谈买卖，无意中撞见了二娘，顿时瞪直了眼。过了两天，我端茶时，无意中听我家主人跟那缎商说，‘你若做成这桩事，我便把小妾白送给你’。我家主人在这个二娘之前，其实已有过好几个二娘，全都不是送人，便是卖掉。

“自小我便盼着，哪天才能逃离这囚笼，像其他人一般，自家做主，好生过两天昂头的日子。可就算我逃了出去，一个女孩儿，无亲无故，又没有钱，到哪里存身？我听麻罗说我家主人逃走后，忽然生出一个念头。我家主人自然再不敢回来，我家大娘子在大名府，也毫不知情。我若谎称是他收养的义女，便能回来做这宅子的主人，设法卖掉它，便再不必怕没钱、没倚靠。

“若不然，像我这等人，事事都得听命，一辈子都由不得自己，连句心头话，都只能夜里偷偷跟自己讲。直到那天傍晚，第一眼瞧见小喜哥哥，不知怎么，我心里便又委屈又欢喜，像是盼了许久，终于盼来了一个亲人一般。可我知道自己只是个家生的婢女，哪里敢想什么，更不敢吐露什么。若是我能卖掉这宅子，能自己做主时，我便敢跟小喜哥哥说——小喜哥哥，你若不嫌弃我丑陋粗笨，我愿意嫁你为妻，与你同欢同悲，同福同祸，同生同死！”

胡小喜顿时惊住，望着阿翠，险些掉下泪来。他忙眨了眨眼，逼回泪水，又长舒了两口气，才说：“阿翠，我也想娶你，不管你是不是奴婢。这宅子是别人的，即便得了，也难安生。你听我的，莫要贪这些。”

“小喜哥哥，我不是贪钱，我是赌一口气。人人都是父精母血生养的，为何有些人生来便是财主，有些人却只能做穷奴？我听人说过，有人使些钱，打通关节，便能改动户籍，将旁子改成义子，将义子改作亲子。主人家留了一些银器，若是卖了，拿去疏通人情，一定能做成这事。

“再说，我若这般嫁过去，莫说妆奁，连个小包袱都备不起。小喜哥哥的父母哪里会答应？就算答应，我也一辈子抬不起头、说不得话。我要嫁你，便得堂堂正正、风风光光地嫁。”

胡小喜再说不出话，也已辨不清是非对错了，半晌才说：“这件事我得回去细细想想……”

范大牙大感庆幸，自己竟识破了那老妇人的谎。

问到甘家面馆后门的那辆厢车，老妇人声气极硬，话语又利。她穿着旧布衫裙，家里自然并不富裕，那个孩童吃的却是红盐荔枝。老妇说清明正午，那辆厢车停在门前巷道里时，她牵着小孙子去了虹桥瞧神仙。范大牙蹲下问那孩童，是否看见了神仙，那孩童摇了摇头。

范大牙顿时站起身，盯向老妇人，老妇人顿时慌起来，忙说：“小孩儿家，知道什么？团儿，那天祖母不是带你去瞧那神仙了？你还拍着手说神仙的胡子长。”

小童忙摇头嚷起来：“那不是神仙，是庙里的罗汉！”

范大牙提高声量，瞪向老妇：“你莫再说谎了！你恐怕只是贪钱替人捂藏，你若照实说出来，府里审问时，我便替你遮掩过去。你若仍要瞒骗，那就等着夹棍夹折你这几根老指头！”

老妇慌愧半晌，才怯怯说：“我是瞧见那车了，也瞧见他们把那妇人和那具尸首抬上车，往西头去了。公差哥哥，你得体恤体恤我们，我们不过是小户人家，每天忙着讨生活还不够，哪里敢惹这些强人？我只好扯谎说没瞧见。”

“他们给了你钱，让你莫乱说？”

“嗯……”

范大牙见老妇神色间仍有些闪烁，似乎还瞒了些什么。他盯着看了片刻，随即想到，这老妇人若只是收了那些人的封嘴钱，并非多大罪责，随口否认，只说没瞧见就成了，一开始何必搬出那许多话语来遮掩？她恐怕还帮着那伙劫匪做了其他事情。会是什么事情？

他忙喝道：“你还瞒了些什么？”

“没有啊！天老爷，老婆子哪里敢再隐瞒？”

牛慕早已追了过来，站在旁边一直未出声，这时才忽然说：“狡兔三窟……”

“什么？”范大牙忙问。

“那伙人布排如此谨慎周密，自然是想保万无一失。他们先明修栈道，在面馆前街用油布遮挡，将我姨姐和姨姐夫尸首暗度陈仓，用空车空轿诱人追赶，但前街往来人多，一旦有人看见，穿过面馆，追到后街，立即便能捉住他们。更稳便的法子是狡兔三窟，在这后街故伎再施，看似将我姨姐和姨姐夫尸首搬上了车，其实走的又是空车。他们又一次暗度陈仓，穿过这老妇家，从她家后门，用另一辆车接走。”

范大牙听了大惊，再看那老妇，更是满面惊慌，他忙大声喝问：“是不是?！”

老妇挣扎片刻，终于点了点头。

“在你家后门外等的是什么人？”

“我没见人，只见了车子。”

“什么车子？”

“我也没瞧真切，只见那车子后帘上绣着个鹿。”

第八章　亡魂

持重而廉者多得，轻易而贪者多丧。

——《棋经》

张用想：朱克柔所用地图一定是盗自这秘阁中的《守令图》。

只是，《守令图》二十幅和一本图记全都在这里，并没有失窃。秘阁内外又有几道关锁，就算是阁中之人，进阁要腰牌，出阁需搜身，盗图之人盗的自然并非原图，而是摹写了一份，所摹写的是那张最大的全国总图。若是寻常书画，用一张薄纸覆在上头，至多一两天，便能摹完，也好夹带，但这幅全国总图长一丈二，宽一丈，上头绘有全国十八路、四百州军、一千二百县，没有半个月时间哪里摹写得完？何况这么一大张纸，再薄，折起来仍是厚厚一块，绝难带出秘阁。

当然，也可分步摹写，分成二三十次，一次只摹几寸，这样一片小纸，想夹带出去倒是不难。只是，这秘库铜门，偷进一次都几无可能，更莫说二三十次。

他卷起那幅地图，放了回去，眼角扫到旁边那本图记，心里一动，伸手去拿。那书册比通常尺寸大一倍多，又极厚，一只手险些没抓住。他忙伸出另一只手托住。杨殿头在一旁又要阻止，张用笑着“嘘”了一声，随即抱着那书，凑向刘鹤手里的烛光，一页页翻开浏览。里面记的是各路州军监府县的二十四至，一个地名便有二十四个方位数值，每一页密密麻麻尽是数字。这书如果抄录出去，照沈括所言，可以依照这些数字将地图复画出来。不过，要抄录这么一大本数字，比直接摹写地图更难，也更不易带出宫去。

张用将书放回原处，又注视了片刻，随后关起柜门，拿过搁在旁边格板上的雕龙铜锁，将柜子锁牢，拽了两拽，而后将钥匙交还给杨殿头：“您仔细瞧瞧，钥匙可对？”

杨殿头果然细瞧了瞧，才又揣回内袋，用丝绳拴到腰间，而后问道：“张作头，你是怀疑《守令图》被盗了？你这疑心从何而来？”

“哈哈，疑从爱来。你爱王羲之，我爱《守令图》。若起疑心，自然先想到自己心头最爱。”

“可那墙角的秽物究竟从何而来？为何会丢在这里？莫非有人窃入过这秘库？”

“只要物件没丢，你就莫急。待我再仔细瞧瞧……”

张用知道杨殿头所疑不错，朱克柔那张地图便可为证，《守令图》的确被人盗摹出宫。

墙角那一袋屎也可证明，的确有人曾潜入这秘库中。那会是什么人，竟能从如此严密的防守中盗摹这么大一张地图？他又是如何盗摹、如何带出宫的？

张用斗志被激起，低下头，不住弹响舌头，急急思忖：若是我来盗这《守令图》，会用什么法子？可是，想了几十种法子，都无法安然从这里盗出图去。大致而言，绝无可能。

他抬头又问：“杨殿头，这几个月，你总共来过几回秘库？”

“前几年来得极少，官家偶尔兴起，要观览那些墨宝珍品时，才命我来取一回。自从去年十月底，方腊在东南作乱，要常商议军机，须得看《守令图》，我便来得多了，几乎每隔两三天就得来一趟，有时隔天便得来取一回。这五个月，来来回回了恐怕有几十回了。”

“其间可有什么异常？”

“异常？没有。若有异常，我便早就发觉了。唯一异常便是墙角那秽物。”

“你再仔细想想？”

“嗯……十二月底，有回来这里，倒是受了一场虚惊。”

“哦？什么事？”

“那天我来取江南东路的分图，刚打开锁，才伸手要开柜门，库门那边忽然传来一阵声响，惊了我一跳。我忙走过去看，是一只斑鸠，飞进来撞到了铜柜上，在地上乱扑腾。我好不容易才捉住它，丢到了外间。”

“那秽物会不会是鸟粪？”刘鹤在一旁忽然说，“库门开着，人若是偷偷溜进来，只要一走动，这转盘便会转，立刻便能发觉。鸟倒是能四处乱飞，自从艮岳建起来后，这皇城的鸟越发多了，四处的鸟粪每天都扫不尽。”

“不是鸟粪，鸟如何能屙到那袋子里？”杨殿头忙摇头，“不过，我受那鸟惊之前，才上到二楼，楼前恰好飞过一群乌鸦，好不晦气，我只顾着骂那乌鸦，没留神脚下，竟踩到满脚鸟粪。低头一看，门前地上积了许多鸟粪，忙叫那开门的文吏拿来许多纸才揩净鞋底。恼得我骂了那文吏一通，让他赶紧将地上那些鸟粪也全都清扫掉……”

“骂得好，这些人白生一对眼珠子，眼里只见得到势和利，哪里辨得清腌臜不腌臜？一块肉掉进粪里，他们捡起来擦抹擦抹便能送进嘴里。你这些还算好的呢，我在那造作所修楼盖舍，整日见的尽是汗臊泥臭的蠢腿子……”

张用见两人如同妇人般絮扯起来，笑着从刘鹤手中拿过烛台：“冰清鞋底碰见玉洁腿子，好一对绝尘并蒂莲。你们慢慢清香，我再去瞅瞅那屎袋子。”

他举着蜡烛绕着秘柜，先细看了一圈，锁都上得完好。他走动时，脚下转盘也随之转动，回到原处时，那两人正在尖声争论袜子的香臭，兴致极高。张用笑着转过，举烛又照向墙壁和天花，铜面反照烛光，莹莹闪耀，映出他的身影来。他上下细细照看，一步步慢慢移动，走到后墙中间时，发觉那铜壁上有两小片污迹。他用指甲划了划底下那片污迹，抠去面上污斑，底下铜皮露出一个小孔，约有黄豆大小，里面填满泥垢。他从袋里掏出耳挖，朝洞里捅了捅，泥垢有些松动。再一用力，竟捅穿了外头的木板，外头的光亮透了进来。他又抠上头，又是一个小孔。

张用不由得笑起来，这两个小孔，小些的苍蝇倒是能钻进来。他对着小孔朝外面瞅去，下面五六尺外一道青瓦红墙，是秘阁的后墙。墙北是银台司的院子，一座楼宇矗立在正前方，琉璃瓦，青绿装，端雅清逸。楼上并没有人，十分寂静。此外，视线便被遮挡，再难看得更宽。

张用弹舌想了想，似乎摸到些脉络，便笑着摸了摸袋子，他时常随处躺卧，袋底尽是土渣碎粒，他用土渣将那两个小孔重新堵了起来。随后俯下身子，用蜡烛照着，去查看墙根地板。转盘将地板四角切分出四个圆弧，他细细瞅看四个弧角，尤其是墙角。查到东北角时，见墙角也有一片污垢，他忙又用指甲抠去，再用耳挖一戳，底下木板也露出一个小孔，只是底下很昏暗，只透上来一点弱光。

他笑着直起身，脚踩转盘，回到两个殿头那里，高声说："走，下楼去！"

宁孔雀又搭了一只回汴京的客船。

从十一二岁起，她便觉着自己事事都能料理好，不论去到哪里，只要不懒，都能站稳脚跟，并不须倚靠任何人。然而，当她打问完姐夫姜璜的死因，发觉自己只是妄猜一场，顿时有些无着无落。独自在应天府街头闲走，如同一片叶子在水面上漂荡，不但无处可去，也没有哪里能停住脚跟。

茫茫然走了许久，想起姐姐宁妆花仍下落不明，便告诉自己，回去寻姐姐吧。如今你可做的事，唯有这一件了。

于是，她又回到河边，搭了一只去汴京的船。她仍要了一个小舱，独自坐在里头，趴在床边，望着河水出神。

船到考城时，船上有人下货，便泊在了岸边。这时，天已黄昏，漫天云霞像是燃着了一般。她轻叹了一口气，不由得想起儿时暮春的一天，晚霞也是这般红灿，她和姐姐搬了梯子，偷偷爬到房顶上，两人并肩坐在屋脊上，一人含了一块韵姜糖，笑眯起眼，甜甜地看那晚霞。那时的心真如一滴水一般，映着晚霞便是晚霞，映着花朵便是花朵，哪怕映着的是泪水，也清亮明澈。人越长，心里积的尘土便越多，这心渐渐成了泥团，再映不见什么了。如今更是变作一块坚石，多少泪水恐怕都融不化、冲不净。

她正在发怅，忽然听到有人唤"宁家小娘子"，扭头一看，是她家一个老主顾，常年在汴京和考城两地发卖锦缎。宁孔雀这时不愿见人，更不愿攀谈，只勉强笑着点了点头。那人也知道她脾性，微有些尴尬，又不好立即走开，便随口寻了个话头："寒食第二天，我见你家姐夫了。"

"寒食第二天？"宁孔雀听了一惊，姐夫寒食之前就已死了。

"嗯，还是夜里。"

"夜里？"

"嗯，就在这河边，再往前二里多路。离河岸不远有片杏花园，我和一班朋友去那里吃酒赏春，直要到快半夜才散了。我骑着马，挑着灯笼沿河岸往回走，河里有只去汴京的客船，那船行过去后，我听见一阵扑腾划水声，忙勒住马扭头瞧了瞧，才看清是个人。那人游到岸边爬了上来，我忙挑着灯笼去照他，一眼看到他的脸，险些惊死，那人竟是姜兄弟！"

"你莫不是看花眼了？"

"我连姜兄弟都能认错？他左边眉毛斜缺了一道子，还能有假？他身上穿的那绿缎衫子，除了你家，谁还织得出来？"

"你们说话没有？"

"怎么没说？他说在船上吃了酒，出来解手，脚有些不稳，栽进河里，呛了水，喊不出声，船上人也没发觉。他的钱袋子还在那客船上，问我借马去追，我能不借？他骑了我的马就追那船去了。我想着马追船快，便等着，谁知等了两个多时辰，天都亮了，他仍没回来……"

宁孔雀惊得后背一阵阵发寒，莫非是姐夫的亡魂？

程门板又回到了那空院子。

他拴好驴子，走到池边，望着北边那个大空台子，一阵阵发怔。今年年景似乎极不好，开春以来，四处异事不断，没想到自己也碰到一桩。那些邻居和匠人全都做证，这台子上的的确确建起了一座高楼，也亲眼瞧见那楼凌空飞走，莫非真的是妖邪作怪或神仙施法？可他毕竟自幼攻书，书虽未读通，却记住了孔子所言"不语怪力乱神"，加之性子直硬，从来不爱听那些传言惑语，因而，他心里始终有些不肯信。

可不论信不信，那楼都不见了，此事也根本无从查起。还是听妻子之言，已细细查问过，明日便可去府里回禀，交了这差。这等邪诡之事，不须再纠缠，倒是挖出来那具死尸，该好生查查。

他转身走到西南角，掀开破油毡，顾不得脏臭，伸手去那尸身腰间怀里摸寻，找出一个绿缎面的钱箧子，里头排了二三百个铜钱；一个青缎绿穗子香包，香气仍在；一个花绸腰袋，里头有个青绢小包，极沉，打开一看，是两锭十两银铤；另有一根银管。程门板一见那银管，心里一动，忙拿起来细看，管子两头都塞了个薄银嘴子，一长一短，嘴子上都穿了个小细孔，通到管子里。他拔开短嘴子，里头散出一些怪异香气，他一闻便知，是迷香。管子里头似乎有些粉末，他倾了些在手掌上一看，全是烧尽的细黑渣，这是迷烟管。程门板以往见过的都是竹管，这银的头一次见。他忙望向土坑里的尸首，此人不是端良之辈。

这时，院门那边忽然传来唤声，是吴扁嘴，身后跟着个身穿青绢褙子的年轻后生。吴扁嘴引着那后生快步走到近前："程介史，这人是韩车子的儿子。"

程门板见那后生面相朴厚，却一脸忧色，便指着身后说："你来认认这尸首。"

那后生一眼瞅见尸首，唬得顿时变了色。他小心往前两步，略望了一望，忙避开眼睛："我不认得！"

"你再仔细看看。"

后生又慌慌看了一眼："真的不认得，从没见过。"

程门板看那后生不似在说谎，大感失望，自己又朝那尸首望去，忽然发觉尸首左边的眉毛有些异常，他忙凑近伸手，抹去那左眉上的泥土，再一细看，那眉毛中间似乎曾被磕破过，留下斜斜一道口子。

胡老鸮扒在银器章家院门边，侧耳听着里头两人说话。

听到那个衙吏胡小喜说得先回去想想，跟着响起挪凳子声、脚步声，他忙转身快步跑回自己家，关上了院门，又扒在门缝边瞅。对面的院门开了，那个衙吏走了出来，瞧着有些失魂。阿翠送到了门边，虽笑着，神色也有些犹疑。胡老鸮瞧着两个嫩娃儿这般经不得事，心里不由得暗乐。

胡小喜垂着头，慢嗒嗒地走了。阿翠在门边探望了一阵，才微皱着眉关上了院门。

"老贼，又在瞅啥？"身后传来浑家的声音。

“你莫管。”胡老鸮回身笑着走进屋里，拿起茶壶，倒了盏冷茶，坐下来望着大门，喜滋滋盘算起来。

胡老鸮的性情随了自己的娘。当年，人都唤他娘叫“偷针眼”，街坊邻居无论大事小情，她都能瞅探得清清楚楚，手里攥了人家无数短处，因此人都有些怕她。凭着这怕，他娘不知白得了多少便宜。只可惜，有回夜里，他娘溜进人家后院猪圈，扒在后窗下偷听，没留神那屋里的人猛地开窗，他娘额头正被磕中，顿时仰倒在地，又不敢出声。偏生那猪圈里一头肥猪又拱了过来，一侧身躺倒在他娘头上，他娘挣扎不出，活活被压死了。

胡老鸮记住了这教训，不论如何瞅探，平安第一。如今银器章家只剩这一个使女阿翠，身子恐怕都没破过，竟想贪占主人家宅院。不过，听起来，这使女也算得上有些智谋，知道笼络那衙吏，帮她一起做成这事。胡老鸮咂了一口茶水，心里想，这一注财，是天上掉的，沾者有份。两个嫩娃儿未见过阵仗，好好一锅羊肉汤，若不当心，碰翻倒了，未免太可惜，少不得我这长者去提携提携。

他慢慢品着茶，等天色暗下来时，才站起身，扭头跟浑家说：“夜饭莫等我，有人请我吃辣菜饼。”随后慢悠悠出去，带好院门，走到对面，抓起门环叩响。

过了一阵子，门才开了，阿翠有些诧异：“胡老伯？”

“闺女，我有些要紧话跟你说。”

“啥话？”

“你和那小衙吏商议的那桩买卖。站着不好说，咱们得进去慢慢讲。”

阿翠先一惊，慌了半晌，才小声说：“老伯请进。”

胡老鸮笑着走了进去：“院子里仍不方便，咱们到里屋去说吧。”说着便径直走向院子一侧的书房，进了门左右瞅了瞅，又笑问，“小衙吏那晚就睡在这里？你没让他去你卧房？”

“胡伯伯莫要乱说，他腿扭了，走不得，我才让他借宿的。你若说事便说事，莫闲叨噪。”阿翠走进屋中，朝着门坐到桌边。

“不说笑了，我们爷女两个就说正事——”胡老鸮坐到了她的对面，“这宅院，凭你们两个嫩娃儿、四只小嫩手，决计扛不动。我是来帮扶你们，这事我来谋划，我去寻人，得了手，我也不多要。除去各处打点人情钱，剩余的，你们两个一半，我一半，大家喜喜乐乐、平平安安把这大果子分了。”

阿翠猛地笑起来：“胡老伯牙都没剩几颗，这么大果子吞下去一半，不怕把老喉咙硌破了？”

“呵呵，不怕不怕。我这几颗老牙还坚牢得很，便是银果子也能咬出个坑来——”他瞅着阿翠笑得妩妩媚媚，不由得动起兴来，“你莫看我老了，不但上头坚牢，下头也仍是个雄武将军。那小衙吏乳牙都没脱尽，哪里靠得住？听他那声气，也不愿沾这事。不若索性丢开他，咱们爷女两个做成这事，有钱同使，有床同暖……”

他忽然听到身后有脚步声，忙闭住口，才回头，脑顶便挨了重重一击，旋即仰倒在地。见一个身影立在面前，手里握着根石杵，三十左右，头发却有些花白，是那个裱画匠！他忙开口要嚷，那石杵又重重砸落……

第九章　钱

临时变通，宜勿执一。

——《棋经》

张用和两个殿头官一起下到秘阁一楼。

杨殿头不住询问，张用却浑不理会，到了一楼厅堂，大步朝东北角走去。两个殿头官和掌钥匙的年轻瘦文吏忙跟在后面。东墙边一排都是书库，张用走到最里头一间库门前，见上了锁，便回头唤那文吏：“打开。”

“这……”年轻瘦文吏忙望向杨殿头，杨殿头点了点头，那文吏只得从腰间钥匙环上寻出一把，打开了门锁。

张用一把推开库门，里头一股霉灰气顿时冲了出来。张用猛地打了个喷嚏，在这幽静之所，听着极震耳。他揉了揉鼻头，笑着走了进去。里头极昏暗，只有北墙上开着两扇小窗，不过仍能瞧见书架一排排摆满库房，上头凌乱堆满了书卷，全没有珍品之相。

张用回头问那年轻文吏：“这里头的书为何是这般模样？”

“民间收来的书籍图册，古籍善本精选出来，分门别类藏入其他库中。剩下的，或品相不佳，或重复，或破损了，便暂收在这一库里，隔一两年清理一道。”

“哦。”张用绕过那些书架，走到库房东北角落。那里高高低低堆了许多木箱，墙角处一直垒到了屋顶。

“这里头都是古旧残破字画。”那个文吏跟了过来。

张用没有答言，踩着那些箱子，爬到最顶上，幽暗中见墙角里似乎有一根细管。他伸手扯了出来，是一根芦苇管，上头正插在顶上秘库地板角落那个小孔中。他笑了笑，将最高处那只箱子挪了一半出来，见箱盖角上也有一个小孔，芦苇管从那小孔穿进了箱子。再揭开箱盖一看，里头是一个空皮袋，芦苇秆插在袋嘴上，用胶粘得很牢实，用了些力，才拔开。他凑近袋嘴嗅了嗅，是酒。

他再无疑义，笑着盖上箱盖，推了回去，而后左跳右蹦下到了地面。

杨殿头已经站在下头，忙问：“那上头究竟有什么？”

“珍宝，可惜瘪了。”张用拍着手上的灰尘，随口笑应一句，随后转头问那文吏，“你叫什么？”

“班升。”

“这几个月，你们秘阁里这些干事人有没有不见了的？”

“不见了的？有两个，一个正月看灯，被车子碾折了腿，再应不得差事，回家养病去了；另一个上个月转到集贤苑书馆去了。”

“告假的呢？”

“告假的……告假的要多一些，小人便告过假，其他人得查看一下应卯簿记。”

“一天半天的不说，只说告了长假的，这该记得吧？”

“长假？去年年末，小人因父亲病重，便告过一个月的假。”

“其他人哪？”

“还有两个，一个二月间因妻子生产，告了十天的假；另一个上个月染了伤寒，告了半个多月的假。”

“好。”

杨殿头在一旁慌问：“张作头，你是疑心这秘阁里有内贼？”

“秘阁又没丢东西，哪里来的贼？”

“你问这些是为……”

“若有人异常失踪，上头的屎便是那人屙的。看来这里人都好端端的，那便是贪看墨宝真迹的狐仙野鬼。这些狐仙野鬼从来都是有急便屙，哪里像两位颠头这般爱洁净？好啦，这遗屎案只能查到这里了。”

“这？”杨殿头顿时语塞，面上有些失望微恼。

张用并不管他，大步向外走去。到了秘阁院门，侍卫伸手将他拦住，上下细细搜了一道，连帽子里都掀开摸了一圈，这才放他出去。

张用原路返回，行到秘阁北面的银台司院门前，银台司掌管奏章案牍，虽也有门禁，却远不如秘阁严密。张用见有两个文吏从里面出来，侍卫并没有搜身，只是盯着看了两眼。张用停住脚，笑着问那侍卫：“这位威武、雄健、英拔的哥哥，银台司的夜值可在？”

“这时尚早，还未来。”

“夜值有几个？叫什么？”

“只有一个，名叫胡石。”

“他几时当班？”

“亥时到卯时。”

“多谢！”

张用回头一瞧，两个殿头官也走了过来，头凑在一处，不停朝他指指戳戳，自然是在骂他。他哈哈一笑，转身向外，大步走出银台门和东华门，离开了皇城。

他已知道谁是盗图人，也知道他是如何潜入秘阁那铜墙秘库，但尚未想出，那样一张大图是如何盗摹，又是如何偷传出宫。无论如何，这法子一定极高妙。活到如今，他头一次遇见智力比自己高强的人，心里无比欢喜振奋。

他哼着小曲，踏着斜阳，一路晃回家中，见犄角儿坐在廊边小凳上，双手托着腮帮，苦皱着眉，一脸疲态。

看到他，犄角儿忙站起来：“小相公，朱家小娘子上了那辆厢车，再不知去了哪里。我跑了一整天，也找出一丝踪迹。只问到，那厢车是从车铺租的，一共租了三辆，不只朱家小娘子，还有一些人也被厢车接走了。租车那人也问不出是什么人，只知道耳垂又肥又厚。”

“不怕，我也遇到一桩大难题。热山芋烫嘴，先晾一晾，咱们先弄水运仪象台去。底下一层报时铜件我已经铸好了，上头两层浑仪和浑象构件要少许多，只是天球、三辰仪、天运环要费些气力。”

他快步走到后面工坊，伏到桌案尺寸图上，先琢磨天球的铸法。犄角儿跟了进来，站在一旁，极不情愿。他摆手吩咐：“快去筛炭土，这天球……”

话未说完，外头忽然传来阿念的叫嚷声，张用扭头一瞧，见阿念像是被火燎了的小鸭一般奔了进来，满脸忧急，眼睛红肿。

“阿念，又是什么惊天大事？”

“我爹娘要逼我嫁人！”

“啊？！”犄角儿在一旁惊呼一声。

“嫁谁？”

“那个鼻泡衙吏胡小喜！”

“哦？他？哈哈！”

“我娘把我当皇宫里的帝姬，乱跟人要财礼，说至少得二百贯。胡小喜的爹娘竟一口答应了。今天我娘一早便把我拽回家，胡家的媒人来相看。他们一说就合，明天就要来下定。我哭死了求娘，娘却说养我这么大，二百贯能够？我从后窗爬出来，才逃到这里。张姑爷，犄角儿，我咋办？呜呜……”

犄角儿急得眼看也要哭：“我爹娘便是卖尽家里的衣裳器具物件，怕也至多只能凑出五十贯钱……”

张用忙笑骂道：“两个傻叉叉。别人拎只兔子，咱们叉只羊去，不就成了？”

阿念哭得更大声了：“我一年工钱才二十六贯，又全都交给娘了。哪里寻那么多钱去？”

“莫哭，莫哭。犄角儿，去钱箱里瞧瞧，咱们有多少钱？”

“这是我自家的事，哪里能让小相公出钱？”

“阿念若嫁了别人，你还能好生听话做活儿？你若走了，我哪里再去找你这么呆傻的小厮去？”

“可小相公也只剩三十六贯钱了。”

“只有这么点了？”

"嗯，这两年，小相公没怎么好生接过活计，帮人又帮了许多出去。"

"我想想……"张用弹响舌头，思忖起来，眼睛转来转去，转到墙边堆的那些铜块，猛地笑起来，"这些铜不就是钱？"

"这些铜？这是拿来造水运仪象台的啊。"

"我若是造不出那水运仪象台，自然要留着这些铜，一定要造出来才快活。可如今我已经将它完完整整画了出来，各个尺寸也都算得清清楚楚，能画出来、算清楚，自然能造出来。既然能造出来，还造它做什么？这些铜有三百多斤，一斤至少值三百文钱，总共能有一百贯。还有，我娘床脚砖头下面埋了一块十两的金子，值二百贯，你去挖出来……"

"那是老相公一辈子积攒下来的，老夫人过世前，还特地交代我，让我死死看好它，莫让小相公又随手胡乱用掉。不到万不得已……"

"眼下不就是万不得已？明天阿念便是别人家的媳妇了，整日和那鼻泡小哥笑成一对蛐蛐啦！你赶紧挖出来，再去雇头驴子，把这些铜全都驮回家去，让你爹立刻去寻媒人，他们出二百贯，咱们就出三百。快！去啊！"张用抬起脚，连连踢到犄角儿的屁股上。

犄角儿和阿念一起哭起来，双双跪下，连声叩谢。

"起来，起来！住声，住声！我肚子饿了，吃酒去啦！"张用飞快逃了出去。

范大牙和牛慕进城来到陆家车铺。

甘家面馆后街对门那老妇说，载走宁妆花和她丈夫的车子后帘上绣了只鹿，范大牙和牛慕同时想到了陆家车铺。陆家车铺算是汴梁城的大车铺，在城里有十来家店铺。他家为了让人容易记，以"陆"字谐音"鹿"，自己铺子的车后帘上都绣了个鹿图。

不过，范大牙和牛慕商议了一阵。陆家有十来家店，租车的人，若是自己驾车，便难以知道车子去向，查问起来恐怕很难。

牛慕原本极消沉，因想出了那个"狡兔三窟"，似乎顿时有了些信心，他低头想了一阵，细细解释道："那伙人行事如此周密，自然会自己驾车，不令车铺知道自己去向。不过百密总有一疏，首先，我猜测他们最多提前一天去租车，甚而是当天上午，这样，查问的日期便短了，只需问这一天半租出去的车；其次，陆家车铺虽大，一天半内至多恐怕也不过二三百辆，其中大半恐怕都是让车铺驾车，咱们只需打问自己驾车的，这样，打问数目又减了不少；最后，这伙人不惜用三道迷关来摆脱追踪，我猜测他们为省去多余的麻烦，恐怕不会为了区区押金而去还车，因此，咱们先打问那一天半租出去没有还的车。这数目就更少了，甚而只有一辆。”

范大牙听了大为赞叹，毕竟是读书人，一旦这心思开启，则远胜白丁。他忙和牛慕一起进了东水门，先从最近的下土桥那家问起。让他们惊喜的是，居然一问即中，果然有人在清明那天上午租了辆车，至今没还回来。

而且，那店主接着又说了一连串古怪：“那人样貌记不大清了，年纪不到三十，说话语气却极傲冷，多一个字都不愿讲。我们店里厢车都是套一匹马，他却让驾两匹，说押金付双倍。我便吩咐伙计给他套了两匹马，他驾了车子往东门方向去了，过了几天，仍不见来还。有押金，我倒也不担心。巧的是，我有个外甥，在蔡河湾造卖肥皂团的刘家做主管，前天顺路来探望我，闲聊起来，我提到那辆没还的车。他听了笑着说，清明那天下午，他去外头收了账回去，见蔡河对岸一座院子前停了辆我们陆家的车，那车便驾了两匹马。更古怪的是，那天天黑后，那院里一座新修的楼竟然飞上半空不见了……”

宁孔雀回到了汴梁。

客船泊在虹桥北头的米家客店前，她下了船，看着岸边的店肆房舍、往来行人，心里有些恍惚。才离开两天，竟像是离开了许多年，她心里顿生人走茶凉之感。不，不是人走茶凉，是茶热人凉。一圈人围坐，烧水煎茶，你起身离开，他们照旧坐在那里说笑品茶，你空出的座椅，自然有人填上。平日想着自己如何如何紧要，身边的人全都离不得你。其实，多你一个，少你一个，有什么大碍？就如满树绿叶，偶尔掉落一片，至多让瞧见它的人叹息一声。这叹息有多长，你在这世间留的余响便是多长，可再长，也只是一口气而已。

她怔在那里，茫然自失，竟挪不动脚步。

“这位娘子，进来吃杯茶？”米家客店那个胖厨妇笑着唤她，才将她惊醒，她也才发觉自己眼里竟有了泪水。她尽力笑着点了点头，趁那厨妇转身，才忙抹掉了泪水。

坐在那店里，吃了会儿茶，她才渐渐缓过了神。心里暗暗自责：乱想这些没味没益的事做什么？死死活活，不过如此，倒是姐姐，真的得尽力去寻。考城那人说见到姐夫半夜爬上河岸，借了他的马骑走了。难道是见鬼了？将信将疑间，先前的怀疑重又浮了起来。若考城那人见的不是鬼，而真是姐夫姜璜的话，这桩事情便极骇人了。只是，之前便已到处寻遍，又空了这两三天，更加没处去寻姐姐的下落了。

她想了许久，都没想出个办法，只能先回姐姐家去看看，唯愿姐姐已经回去了才好。她忙付了茶钱，雇了顶过路的空轿，赶到了保康桥姐姐家。开门的是使女小涟，一问，姐姐没回来。接着，父亲和后娘也迎了出来。父亲瞧着又老了几岁，那个后娘原本有些怕她，这时神色越发畏谨。两人都不说话，望着她，像是在等她下旨一般。若是以往，见到这等神情，她顿时便要恼起来。这时心里却一阵哀乏，她轻唤了声“爹、姨”，便走到后头自己卧房里。

她出嫁后，姐姐仍一直给她留着这间房，时时都清扫得整整洁洁。今天进来一瞧，四处都灰暗暗、冷寂寂的。她苦笑了一下：我这心和这房，如今正配。

她觉着极困极乏，关上门，躺倒在床上，胡乱扯了一角锦被盖在身上，便睡了过去。这一睡，像死过去一般，不知睡了多久，一阵轻轻的叩门声敲醒了她。

她本不愿理睬，可敲门声停一停，重又响起，如是再三。她只得爬起身，过去打开了门，暮色里，一个人怯立在门前，是牛慕。

她顿时惊住，望着这个无能无志无恩无德的男人，心里怨不起来，涌起的，竟是伤怜和委屈。而且，牛慕目光中似乎多了些什么，她一时分辨不清，却隐隐觉得是自己从前一直盼的。

牛慕踌躇了半晌，才小心翼翼开口：“我找见姐姐的去向了，开封府一个姓范的衙吏跟我约好，明早便去那里查寻，我一定会把姐姐找回来……另外……我也向他询问了夫妻和离的事项，他说两方若都无过犯，便很简便。我告诉他，你没有一丝一毫过错，我却罪过极多，无论如何也偿补不过。他说那就更简便，只需一纸和离书便成。我提笔写了几回，可都写不下去……你再稍待几天，等我找见姐姐后，一定写好给你……”

牛慕眼里滴下泪来，宁孔雀则早已泪涌如涟。

胡小喜快要走进家门时，猛然停住了脚。

一路上，他心里都昏昏麻麻，什么都分辨不清，更不知该如何才对。这时，望见自己家那间小铺子，他忽然想到自己的爹娘。爹一辈子做个文吏，并没有多少银钱；娘开个小杂铺子，辛辛苦苦，也只能略帮补一些家用，可他们两人从来都安安心心、稳稳靠靠。端起碗，知道这米面来得清白；躺上床，不必担忧欠了谁什么。若没有这安心稳靠，两人哪里能这般同心同意、恩情笃实？

不成，我不能让阿翠做那等事，一旦做下，这辈子恐怕再难安宁。

他立即转身又望银器章家赶去，赶到那里时，天已黑了。他用力敲门，过了半晌，阿翠才来开了门，没有灯，面容看不清："小喜哥哥？我猜你就要回来！快进来！"

他忙走了进去，阿翠刚关上门，他一把抓住阿翠的手："阿翠，你莫要做那等事！你放心，我会尽力上进，决不让你冻饿！"

"小喜哥哥……"阿翠将手抽了回去，"莫站这里说话，咱们进去说。"

胡小喜忙跟着她走进那间书房，房里点着油灯。阿翠转过身望向他，目光映着灯火，闪烁不定。她的嘴角破了个口子，左脸微有些肿。

胡小喜刚要开口问，阿翠却已先笑着说："小喜哥哥，你莫把事瞧得这么坏。主人杀了朝廷命官，已经畏罪逃走了。这宅院便成了无主房，将来自然会被官府收没。官府平白能占，我在他家服侍这么多年，为何不能占？"

"无论如何，这终究不是自家辛苦挣来，即便得了钱，也难安心。"

"你在山路上走，又饥又渴，望见旁边有棵野桃树，结了许多桃子，你不摘来吃？吃了会不安心？"

"这……这不一样……"

"哪里不一样？"

"野桃子，你吃了，别人不会说什么，但若占了别家的房宅，人自然会说，官府也要查办。"

“野桃子若只有一个，被我吃了，其他人见了，一样会说。就为不让他们说，我便不吃那桃子？若吃了这桃子，被那些人打死，也是个饱死，我也甘愿！”

胡小喜顿时噎住，半晌才说：“我说不过你。我只问你一句，我和这房宅，你选那样？”

“我两样都要。”

“只能选一样！”

“我自然想选你，可是，你没听过一句话，贫贱夫妻百事哀？哪怕我跟了你，苦累久了，你哪里会如这会儿一般，始终疼我怜我？我娘常偷偷哭着说，我爹当初娶她时，如何如何爱她怜她。可我见到的爹，从来难得对我娘笑一笑，张口贱婆娘，闭口丑婆子。我自小就打定主意，决不能做我娘这样的可怜人，决不依靠男人。我得自己有银钱，吃什么、穿什么，得由自己做主。男人，也得由我自己选。我决不许男人骂我，更不许打我。男人若对我不好，我也决不会像娘一样哭着抱怨一辈子，我要让男人后悔一辈子！”

胡小喜惊望着阿翠，说不出一个字。

“小喜哥哥，你怕了？”阿翠忽然笑起来，“你和钱，两样我都想要。这桩事你若是真的不愿做，我们就撂下。我还有另一桩事，你瞧瞧愿不愿做？”

“啥事？”

“你端着油灯，在这里……”

阿翠走到书架边，书架横梁上镶着缠枝菊纹铜雕。她伸出手抓紧最中间那朵铜菊花，用力一拧，里头咔嗒一声响。阿翠又向左边走了两步，伸手用力一推，那书架竟旋转起来，里面露出一间暗室。

阿翠笑着回头说：“小喜哥哥，你进来瞧。”

胡小喜又惊又怕，犹豫了一阵，才端着油灯小心走了进去，见里面是小小一间空房，散出一股阴霉味。再一看，地上躺着两个人，他忙用油灯一照，顿时惊得一哆嗦。其中一个是胡老鸮，满头满脸的血，一动不动，显然已经死去。另一个是三十左右的汉子，头发却已花白，胸口有一处伤口，浸满血污。

“裱画匠麻罗？”

“嗯。我说过，决不许男人打我，他却打了我的脸。”

“你杀了他?！”胡小喜越发震惊。

阿翠却仍笑着：“先不说他。那块板子下，还有个密室。我说的那些钱就在那下头。”说着，她走到墙角，扣住地上一块木板边缘，将那板子拉了起来，“小喜哥哥，别待在那里，你过来瞧瞧。”

胡小喜已经惊傻，端着油灯茫茫然走了过去，朝下面一望，里头黑洞洞什么都瞧不见，一股腐臭气直冲鼻。

“你拿灯照照，那个宣主簿的尸首就在下头。”

胡小喜举着灯刚要去照，阿翠忽然在他后背重重一推，他惊呼一声，顿时栽进了那黑洞中……

第十章　孔

是故棋有不走之走，不下之下。

——《棋经》

张用从梦里猛地笑醒，顿时解开了秘阁盗图之谜。

他腾地坐起来，大声自言自语：盗图的是秘阁那个掌钥瘦文吏班升。他在去年年末告了一个月假，其实并没有回家，而是一直藏身在秘阁二楼那间铜墙秘库里！

这桩窃案非同小可，班升一定谋划许久。他掌管钥匙，可进二楼外间的书库，里头的铜墙秘库则无法进入，只能等杨殿头开库时趁机溜进去。去年年底方腊生乱，官家频频要取《守令图》商议军情，他正是选好了这一时机。不过，若是盗走《守令图》原图，一来极难带离秘阁，二来也很快会被察觉，因此，只能盗摹。要盗摹这样一张繁复巨图，绝非短期可就，必须潜藏在那秘库中，最快也得一个月。

首先，饮食便是个难关。干粮不能多带，否则潜入时极累赘。水更紧要，但那时天气正寒，水要结冰，酒却不冻，既可当水解渴，略以疗饥，还能御寒。进入秘阁时，并不搜身，他便每天带些干粮和酒进去，用一个大皮袋子将酒一点点灌满，藏在一楼东北角废书库的木箱中，在房顶钻出那个孔，插一根芦苇秆在酒袋嘴上，伸到二楼秘库中。干粮和其他所需物件则可预先藏在二楼外库的柜子中。

其次，如何溜进二楼秘库？杨殿头那天进库前，踩到满脚鸟粪绝非偶然。班升预计好杨殿头要来当天，拣些鸟粪偷偷丢在二楼书库门前，而后告好假，将钥匙交付给其他文吏，再借故收拾物件等，有意拖延不走，在一楼等候。杨殿头来后，和新掌钥文吏从一边楼梯上二楼，他趁人不备，从另一边楼梯偷偷上去，在楼梯口等候。杨殿头踩到鸟粪，呵斥文吏去清扫地上鸟粪，那文吏收拾了鸟粪，自然要拿到楼下去丢。而那时，杨殿头已打开秘库门，进去取图，他便可趁机钻进外间书库，从柜子里拿出藏好的袋子，紧忙钻进秘库中。

最后，如何盗图？杨殿头每回取了图，旋即便将柜子上锁。班升即便顺利潜入秘库，没有钥匙，便拿不到图。若是撬开那锁，下一回杨殿头来，立即会发觉。唯有一个办法—— 换掉钥匙和锁。秘阁书库中所用的锁均是雕龙铜锁，形制都相同，要寻一套不难，难在如何偷换掉《守令图》柜子上的那一套锁钥，而不被杨殿头发觉？那只斑鸠忽然飞撞进秘库，也非偶然，自然是班升预先捉好一只，弄得气息奄奄，连同干粮一起藏在袋中。杨殿头进到库中，是走向左边去取图。他溜进秘库后，立即将斑鸠取出来，重重抛向书柜，撞出声响，而后迅即向右边疾行。这里难的是那转盘，他不能踩动转盘，必须紧贴着墙，踩着边沿地板，快速绕到书柜后面。这时，杨殿头听到响动，到门前来看，他趁机绕到《守令图》书柜前。杨殿头开了锁，都是放在柜子边的隔板上。班升拿出自己备好的一套锁钥，换掉原先那套，尤其是钥匙上挂的木牌，得快速换到新钥匙上。

等杨殿头丢掉斑鸠，回来取了图，锁上柜门，离开秘库后，班升便可以用备用钥匙打开图柜，任意看取《守令图》了。楼下那些人，知道他已告假，不见了他，只会以为已经离开回家去了。至于杨殿头，只要能照旧打开那柜门，便不会察觉锁钥被人偷换。

班升在那秘库中整整潜藏一个月，杨殿头来，他便轻轻躲到书柜另一侧。只是屎尿味会引起怀疑，他才屙在那皮袋中。所带干粮有限，因此，那屎袋中的屎先粗大后细小。后半个月，他恐怕全靠吸食藏在一楼角落那袋酒，才得以保命。

剩余最紧要的事，便是如何将盗摹到的图带出秘库。

班升倒是可以将《守令图》分片，一块块摹写下来，再钻个孔，塞到楼下，但那些图纸至少有几十页，出院门时要搜身，仍带不出秘阁。

张用昨天在秘库后墙上发觉那两个小孔，自然是班升带了钻子和铁锥进去钻的，他猜测，《守令图》恐怕是从那小孔中传送出去的。但那孔只勉强能塞进一粒黄豆，如何能把那么大一幅图送出去？即便塞了出去，也是落在秘阁后院，不但容易被发觉，也一样带不出秘阁。

他又想到另一个法子，秘阁北边是银台司，若是和银台司的夜值串通起来，从后墙的一个小孔中穿出一根细丝，越过院墙，悬空拉到银台司楼上。另一个孔用来看视。夜深无人时，将摹写的图纸一页页卷成细管，传送到银台司。但这里有个难处，唯有先潜入秘库，才能钻孔穿线，秘阁中还得有一个帮手，在楼后扯住细丝，抛到墙那边，再由银台司的夜值接住，扯到楼后。这其中环节太多，秘阁中夜间有侍卫巡视，这事又是国家重罪，多一人，便多一分险，极易暴露。而且时日稍久，细丝上极易落上鸟粪、沾到灰尘、结出蛛网，或纸管略有变形，都会卡在中间，难以确保每一页都能顺利传到。

张用昨晚思忖了一夜，都没能想出更好的法子。刚才在梦里，他梦见自己化作一只大鹏，遮天蔽日。大地之上，只剩他无边巨影。官家以为是天降凶谴，忙率百官僧道，大作法事，乞福禳灾。他伸出一只爪子，将影子投向官家，作势去抓，官家慌忙逃避，一头撞到了钟上。张用便是被这钟声震醒，先是哈哈大笑，随即想到了一段文字，随即顿时猜破了秘阁盗图的关窍。

那段文字也是出自沈括《梦溪笔谈》：“若鸢飞空中，其影随鸢而移；或中间为窗隙所束，则影与鸢遂相违，鸢东则影西，鸢西则影东……”鸢在空中飞行，影子投于地上，不住移动。鸢影若是恰好经过一道窗缝，影子便会从窗缝中钻入，投射到房中地面或墙上，只是影子会倒转过来。

其实，早在千年之前，墨子便已发现这一趣事。人立于太阳之下，若屋墙上有个小孔，人影便能从那小孔钻进房内，投到对墙上。不过，是头朝下、脚朝上。

张用曾在一块板上钻过一个小孔，板子立在桌上，一边点燃一根蜡烛，而后伸出手，让蜡烛照出影子，将手移至烛光和小孔正中，手影便会穿过小孔，投到对面墙上，上下正好颠倒。

班升用的一定便是这小孔投影之法，在那个小孔前燃一根蜡烛，向北面银台司墙上投影，银台司的夜值再将这影子摹写下来。难处只在于，这地图之影，该如何投照。

他想了片刻，又大笑起来。沈括绘制《守令图》用的是“二十四至”标注法。图上每一个州军县镇，皆有二十四个方位数。只要记下这些数字，便能在白纸上绘制出一幅《守令图》，这些数字正记在那本图记书册中！班升不必摹图，只需将图籍书册中的数字全部传送出去。

而自古算术之中，自有一套计数之法，一为一横、二为两横……五为五横，六到九，则为一竖底下一横到三横，零则为圈。

班升只需用黑纸片剪出十个数字，借烛光小孔，将图记中的数字之影一个个传到对面。银台司夜值则打开窗，让影子投到墙面。他只需将这些数字全都记下，而后携带出宫。银台司门禁要松许多，即便被搜出，也无人认得这些横横竖竖竟会是《守令图》。

班升在秘库里头足足藏了一个月，每天只吃一点干粮、吸几口酒，每晚夜深时，拿备用钥匙从书柜中取出《守令图》图记书册，以烛光与对面楼上的夜值打讯号，而后一页一页传送上头数字，等天亮时再将书册放回柜中。其间冻恶困乏，常人绝难承受。

那些数字全部传完，他将小孔封住，等杨殿头开门进去取图时，偷偷从另一边溜出库门。外门虽有掌钥文吏，却不是侍卫，不会始终死守在那里。他再伺机溜出，偷偷下楼。若有人看到，便谎称假满了，刚刚回来应差。秘阁中文吏不少，只要时机把好，难得有谁留意他是何时进来的。就算有人发觉不对，他身上除了火石、蜡烛等物，并没有违禁书册，全然不怕。

至于那袋屎尿，若随身带出来，容易招来疑问，不好解释，因此，他丢在了秘库书柜上头。他出来时是正月底，天气尚寒，屎尿全都冻住，又用皮袋包裹，因此臭气没散出来。直到开春解冻后，臭气散出，才被杨殿头发觉。

张用若不是事先发觉朱克柔所用地图正是《守令图》，到了秘阁，没见任何物件失窃，自然绝不会想到《守令图》被盗摹，更不会由此去追查盗窃踪迹。

就如好不容易买到些各色珍奇果子，舍不得吃，藏进一只铜柜锁好。再打开时，却发现里头有颗老鼠屎。忙看果子，一个不少，也没被咬过。只会庆幸老鼠并没有动那些果子，疑惑老鼠是如何钻进钻出。就算查出老鼠是锁柜子时钻进去，又是开柜子时溜走，也绝不会想到，老鼠是为其中的荔枝而来。而且，它只是嗅了嗅荔枝的香气，便在外头种了棵荔枝树，收了许多荔枝。

张用坐在床上，不由得击掌赞叹这设计之人。有人能胜过自己，让他顿觉人间有趣。

不过，他随即想，设这计谋的恐怕不是秘阁那个掌钥的班升，他应该只是听命行事，设计者另有其人。那人得到《守令图》全部二十四至数字，将图复原出来，又摹写数份，分给朱克柔、赵金镞等人，让他们各自标注天下丝织、医药等分布图。看来此人所图，绝不仅是一张《守令图》。

这幕后之人是谁？为何要这么做？

张用重新躺倒，用被子蒙起头，又思忖起来。想得困倦，不知不觉间重又睡去，直到犄角儿将他唤醒。

“小相公，我爹娘昨晚寻了媒人去阿念家，让媒人许了三百贯礼金。阿念的娘听了，立即便答应了！”

“好！往后莫让阿念一时惊，又一时哭就成。”张用笑着翻身起来，见天已微亮，“走，我们去东华门。”

他脸也不洗，随意一披衣裳，便往外走，犄角儿忙跟在后面。到了街上，他觉着有些饿，见旁边有家小饼店，便让犄角儿付钱，买了两个胡饼，一人一个，边吃边走。犄角儿忽然说：“小相公，载走朱家小娘子的那车，不是一个耳垂肥厚的人租的吗？昨晚阿念说，银器章家的管家就生了一对大耳垂子，他们会不会是一个人？”

“哦？似乎铆得上。”张用琢磨起来，这张乱网子似乎越理越清楚了。

来到东华门时，皇城钟楼尚未敲响卯时钟声。门外却已经人流如潮，上朝的文臣武将、应值的文吏侍卫、采买的黄门内侍、卖货的商贾牙人……四处闹声一片。张用见官员都是由正门进入，其他人则是从两边侧门洞左进右出。他便让犄角儿去右门洞附近，只要见文吏出来，便唤一声“胡石”，若有人答应便叫住那人。犄角儿有些难为情，却仍走到那门边，不住唤“胡石”。

张用自己则跑到左门洞附近瞅着，等了半晌，见秘阁那个年轻瘦文吏班升走了过来，他忙大声叫住，随即过去扯住他，不管他愿不愿意，拽到旁边没人处。

这才笑着问：“你是原本就这么瘦，还是在秘库那一个月熬瘦的？”

“什么？”班升目光一紧。

“你恐怕要问我证据在哪里，恭喜，没有。这事险极难极，你却做得极周密，根本无从查证。”张用见班升目光一缓，又笑着说道，“起先我怀疑你是贪钱，才甘冒这国家头等重罪。不过随即想到，若真是为钱，你告假时，恐怕不会借父亲病重这个由头。你父亲若真病了，亲友去探病时，始终不见你，必然要问，若是和秘阁两下里对起话头，这谎便破了；你父亲若没病，这谎更不好圆，得买通大夫，还得瞒过邻居、亲朋。许多双嘴眼，哪里能全部封住？

“这桩事首尾谋划得如此严密，要紧处却如此含糊。就如辛辛苦苦雕了一件玉器，怎会随意搁到一个歪斜不稳的座子上？除非是——逼不得已。

“想到这四个字，我忽然记起一件事——工部召集‘天工十八巧’共同商议《百工谱》，除了我，酒巧班老浆也没有去。接着，那十六巧手里都有了摹写的《守令图》，而后，十六巧全都失踪不见，包括班老浆。他姓班，你也姓班，这么巧？班老浆是不是你父亲？”

班升垂下眼，并不回答。

“你父亲不是病了，而是被人劫走。那人以此来胁迫你，要你潜入秘阁窃传《守令图》。其他环节都是那人谋划，唯独父亲病重这告假由头，恐怕是你自己寻的。这由头立不稳，正可见逼不得已之处。你虽替那人盗了图，他却并没有放还你父亲。其实，他原本便不想放还……”张用见他颓然欲丧，又笑道，“你放心，我一不讨赏，二不生事，这事我并没有告诉其他人，秘库那三个小孔我也已经填死。不过，这事情牵连太大，你得跟我说实情，我才能设法找回你父亲和其他十五巧，将这些窟窿全都填回去。你先告诉我，那人是谁？”

班升犹豫半晌，才低声道：“我并不认得，只见过一面。去年腊月初八，我回家过节，他在路上拦住我，说我父亲在他们手里，我得替他做成一件事。他细细交代了一遍，而后给了我一个小布袋，里头装着要用的器具——我先不信，回家后不见父亲，等了一整夜，都没见回来。我这才慌了，忙去宫中法酒库打问，库监说，头天我娘托人来告了病假。我不敢多问，忙又四处去寻，却到处寻不见，才知道那人所言是真的。”

"那人什么模样？"

"四十来岁，精瘦男子。"

"你是用烛光照数目字，投影到对面银台司的墙上，是吗？"

"嗯……"

"刚才在路上，我忽又想起来，烛火照影即便能投到对面墙上，毕竟相隔有两丈远，烛光有些弱，那影子一定极暗淡，难看得清。你点蜡烛投影时，蜡烛后头还立了一面小铜镜？凹面的？"

"嗯。我在秘库里摸索了两三天，才学会将影子投过去。"

"你用小孔明暗，跟银台司的夜值打讯号？他是用手势？"

"嗯。"

"那夜值的模样你认得出吗？"

"每天都是夜里见他，他在房里打开窗，那楼上太暗，始终没瞧清楚面目，只隐约瞧着是个五十多岁的老吏……"

"小相公！"犄角儿忽然高声唤他。

张用扭头一看，犄角儿和一个老吏走了过来，他笑着跟班升说："你先进去。那人对秘阁制度构造如此精熟，里头恐怕另有暗线。你只装作无事，莫跟任何人讲。"

"多谢张作头。"班升满眼感愧、满怀心事地走了。

犄角儿引着老吏走到近前："小相公，这是银台司的胡老伯。"

张用笑着拱手："恭喜胡老爹！"

"啥？你是？"

"恭喜你正月间夜夜辛苦，得了那些钱。"

老吏越发惊愕："你究竟是什么人？"

"一个知情人。不过，你放心，你的事，除了买通你的那人，便只有我一人知晓。我又是个没开嘴的葫芦，任何事只装在肚里，不会跟任何人讲。"

"你究竟想做什么？"

"你恐怕并不知道那些横横竖竖是什么，所以我估计，那人给你的价，最多不过一二百贯钱。可那秘阁里头任一样物件都是无价之宝，何况你帮着窃取的又是军国机密。这事一旦揭开，不但你，连你的儿女也难逃死罪。”

老吏脸色顿时蜡白。

“老爹莫怕，我只是来问那人是什么人。这背后牵连了许多条人命，我必须找见那人。”

老吏垂下头，几次要开口，又都吞咽回去。正在这时，旁边忽然奔来一个老妇人，气喘吁吁，面色慌急：“孩儿爹！将才一辆车子停在咱们铺子前，车上一个大眼睛女娃儿掀开帘子，说咱们孩儿小喜在什么银器章家书房的书架后头，让我们赶紧找去。说完，那车子就走了。”

张用不等老吏答言，大笑起来：“那鼻泡小哥原来是你们的儿？难怪出得起二百贯聘礼钱，哈哈。一个鼻泡爆出四瓣花！我知道银器章家，你们跟我走。”

他仰头便走，那两个老夫妻惶惶跟在后头。到了银器章家，伸手一推，院门没关。他大步跨过门槛，穿过庭院，走进书房，站到那书架前，上下左右细细看了一道，随后笑起来：“原来在这里！”他伸手握住书架中间镶的那朵铜菊，用力旋了旋，听到咔嗒一声。他走到书架一侧一推，书架应手旋转，露出一间暗室。

暗室里躺着两具尸首，都不是胡小喜。他又环视室内，见墙角地上有块木板，边上有个木锁扣，他拨开锁扣，抠住木板沟槽，一掀，板子应手而起，底下是个黑洞。他高喊：“犄角儿点灯！”

这时，那对老夫妻也赶了进来，一见地上尸首，老妇惊唤一声，随即哭叫起来：“小喜！小喜！”

这时，那地洞里忽然冒出个头来，正是胡小喜，面色瞧着极委顿哀悴。张用大笑着伸出手将他扯了上来。

老妇人立即哭着扑过来抱住胡小喜：“儿啊，唬死娘了！你咋会在这底下？若不是那个大眼睛女娃儿报信，你死在这里头，哪个能晓得？”

胡小喜先有些发木，听到“大眼睛”三字，忽然一颤，随即呆住，神情又伤又怕，似乎被一只花雀啄伤，却又舍不得它飞走一般。

张用在一旁瞧着，不由得笑着叹了口气。从这神情看，这鼻泡小哥往后恐怕再也笑不出鼻泡了。

第十一章　理

太祖皇帝尝问赵普曰："天下何物最大？"
普熟思未答间，再问如前，普对曰："道理最大。"
——《梦溪笔谈》

张用租了两头驴子，带着犄角儿，来到南城外蔡河湾。

胡小喜说宣主簿的尸首被丢在那个地洞中，他父亲也承认了自己传送那些数字，让他做这事的人生了一对肥厚耳垂。张用听了之后，整桩事件的脉络顿时清楚分明了许多。他立即想起李度监造的那座飞走的楼，诸多头绪恐怕都收束在那里。

还未走近那院子，便已见院外围了许多人，挤满了河岸，都在朝里张望议论，连对岸都站了不少人。张用高声叫着，挤出一条路，挨近了院门边。院门关着，张用伸手用力拍门，门打开了一道缝，伸出个头来探看，是个中年衙吏，嘴生得又宽又扁。他一见张用，忙将门拉开了半扇，咧嘴赞叹起来："张作头？程介史才打发了一个小厮去请您，您这么快就到了？金牌急脚递都没这么神速，我有个表弟就是递夫，他娶的是广备桥蚊烟张家的女儿，我这弟媳诸般都好，就是那一口牙生得有些像狼牙……"

张用见这衙吏扁嘴一开，竟如河溃，不由得哈哈大笑起来，和犄角儿驱驴走了进去。那个扁嘴忙关起了门，隔着门大声给外头围拥的人讲他婶娘的鞋子如何掉进隔壁家的锅里。张用无比好奇，正要回头去听，却见阿念快步奔了过来。

“张姑爷，今天早上刘嫂跑到我家，说有个人去报信，清明那天傍晚，他在蔡河湾见到小娘子进了韩车子家的院子。娘赶忙叫刘嫂去唤我，让我赶忙去寻你，一起赶忙去寻小娘子！我赶忙去了你那里，你却不在。我只得一个人赶忙来了这里。可是这里原有座楼，他们都说小娘子进了那楼，那楼又飞走了。张姑爷，小娘子上天上去了！”

“哈哈，去天上做仙姑，岂不更好？”

“那有啥好？小娘子早就说过，凄凉莫过织女，寂寞唯有嫦娥。神仙不吃不喝，不走不动，整日坐在那里，石头枯木一般，有什么好？小娘子才不愿过那等日子。她还说过，假僧藏山中，真佛走红尘。既然同是梦，何必择凉温？”

“哦？这么说来，我们还是把她从天上唤回来。”

“那些人是‘天工十六巧’的家人，他们也都接了信，说十六巧那晚全都进了那座楼，一起飞走了。”

“哦？这样最好，一齐说完，省得跑腿。”张用刚才一进院门就已瞧见，院中间一大片水池，池子北边水上搭了个大木台，台子上聚集了一大群人，围在一起争嚷。他笑着驱驴来到池边，那些人有一大半他都认得，果然是十六巧的家人，全都面色忧急，围挤在一起，争着向中间一个人问话。那人身材高挺，是程门板，他被众人问得有些发昏，不过，竟然没有恼，脸上反倒尽力带着些僵笑。

“张相公？”人群里一个人忽然瞧见张用，忙走过来，是李度的家仆，“张相公，他们说我家小相公飞走了，你知不知道这事？”

“我也才听说。我这就去瞧瞧。”张用跳下驴子，笑着走到木台上。

那些人也大半认得他，转而向他围过来，纷纷争问：张作头，你没进那楼？你为何没飞走？这是不是真的？丢在台子上的这件绿锦褙子是我父亲的！这本《瓷器谱》是我哥哥的，上头有他写的批注！这只黑丝鞋是我弟弟的！这张帕子是我丈夫的……张用被吵得头皮直跳，他将拇指、食指撮个圈，含在嘴里，用力吹了一声尖锐响哨，那些人才一起住了嘴，四周顿时安静下来。

张用笑着高声说：“大家莫慌莫吵，一人叫，惊飞鸟；两人吵，吓跑猫；三人以上，鬼神遁逃。不管这楼是鬼搬走，还是神召去，你们这般吵闹，哪里还寻得见？程介史，请你说一说这楼的原委。”

程门板眼露感激，清了清嗓，才沉声开口：“这院子的主人是车巧韩车子，他请了楼巧李度，在这平台上盖起一座高楼，名叫百艺楼。这楼打算用来收藏百工技艺和精奇器具，原定是四月鲁班祭日开楼。楼才修好，彩画都未及绘，清明那晚便凌空飞走，周围许多人都目睹，楼飞上半空时，还能瞧见楼里有人影飞舞。此两人是修造这楼的工匠团头，这楼一共招了五个团头，两个凿锯木构件，三个造楼。”程门板指了指身边一高一矮两个中年男子。

张用问那两人：“你们真的在这木台上盖起了一座楼？”

“嗯。我们两个匠团轮班修造的。那房主原本是要在北岸这里起一座楼，南岸那边造几间房舍。到二月底时，楼还没造完，根本没有余力修南边的房舍。房主便另寻了一个匠团，去修对岸那几间屋舍。”

“你们各自轮到最后一班时，那楼修造到哪一步了？”

“我最后那回出工是檐顶，那檐顶是歇山式，正脊和垂脊已经造好，我们那天将戗脊、出檐、套兽做完了。”高个子说。

“我是铺瓦，三月初九傍晚铺完了最后一片瓦，整座楼便全部完工了。”

“好。”张用听后，低下头默想，见自己站在台子正中间，两只脚刚好在中缝两边。他环视四周，又望了望水池和对岸那几间临水房舍，而后踩着那中线走到木台边沿，见这木台周边有两级台阶，中缝下面有两根木桩并排支撑，并用一块横木钉住两根木桩加固。横木上拴着一只小舟，他跳到舟中，见舱里搁着几把锤斧凿锯和几捆麻绳，船身边斜靠着一支长篙。他解开缆绳，抓住长篙，用力一撑，池水七八尺深，小船行起来极轻快，几篙便到了池子中央。

他停住船，见水波倒映南边那一带房舍，景致甚佳。他又回身望向那个大平台，台子搭在池子正中间，宽度正好是池子的一半。若是真有一座高楼，从此处望去，自然更是峻阔。

他想象那飞楼景象，在心中演练了几十种方法，皆不可行。远远望见刚才那块固定两根木桩的横木，心中一动，顿时解开，不由得哈哈大笑起来，这飞楼的法子一定是李度所设。

他忙又执篙，撑船回到大木台边，那些人全都聚到台子边望着他。他大声问那两个工匠团头：“这平台是你们搭造的？”

“不是。我们来时，这池子已经挖好，台子也搭造好了。”

“原先有几阶？”

“原先是三阶，楼便是建在第三阶上。”

“好！”张用将船里的麻绳抱了两捆，扔到木台上，“劳烦两位老兄各拿一捆，到木台左右两边，把麻绳拴到最中间的木桩上，拴牢一些，而后牵着绳头走到池子两边去。”

两人都有些纳闷，却没有多问，各自抱起一捆麻绳，分头走到木台一侧，趴下来，把麻绳一头拴到下面的木桩上。张用见他们都拴好后，便从船里抓起一把铁锤，用力将那块固定两根木桩的横木砸落，而后高声喊道：“大家都离开木台，到岸上去。劳烦年轻力壮的各分几个，到两边岸上，和两个团头一起用力拉拽麻绳！”

那些人尽都茫然惊愕，程门板忙在一旁高声说：“请各位照张作头所言，回到岸上去！”那些人这才随着他一起离开木台，站到了岸上。一些青壮男分了两拨，走到两头池岸边。

张用高喊了一声：“拽！”两拨人各自用力拽起来，木台竟从中间裂开，移向两边，岸上的人全都惊呼起来。那两拨人越加用力，片时之间，两半木台各自移到了两岸。

张用将船撑到空出来的水面，笑道：“那楼不是上了天，而是下了水。”

“楼沉在这下面？”程门板和众人忙向水里望去。这水是引自蔡河，有泥沙，看不清水下。

“非也。这池子水深最多八尺。”张用扭头向池东岸大声问，“团头，那楼高几尺？”

“一丈七尺！”那个高个团头跳到木台上，凑近了张用。

程门板越发纳闷：“你说下了水，却又不是沉在水底，那能去哪里？”

“大家往池子南边看，那排房舍便是那座飞走的楼！”

“啊?！”众人一起惊望惊呼。

“一楼沉在水底，二楼则立在水面。”

“这?！”众人惊惑之极。

张用见矮个团头也凑近，便问：“你们初九最后完工那天，南岸的房舍建得如何了？”

“才将梁柱运来，正在立柱子。”

“哈哈，这便是了。初九才立柱子，十一是清明，才两天便盖好几间房？”

“张作头这么一说，南岸那房舍，间架、檐顶的确和这边二楼极像。我们两个去瞧瞧。”两个团头分别回到岸边，一起快步向池南走去。

程门板问道：“张作头是从哪里看出破绽的？”

“哈哈，这世上哪里有能飞的楼？这便是最大破绽。”

“可是有上百人看到那楼飞走了。”

“万事万物，外有迹，内有理，迹可骗人，理却骗不得人。在此处，理便是世上无能飞之楼，只有能烧、能沉的楼。若是在水上，则还有能漂的楼，那座楼并没有烧，也没有沉，那便只剩漂。漂又有散漂与整漂，散漂是拆散它，任它顺流漂走。可这么大一座楼，大大小小有数万块木件，若是漂进蔡河，自然会被人察觉。整漂则是让整座楼漂到某处，那座楼自然无法漂到外头，那便只能漂到这院子某处。”

“这只是理，若没有迹，依然无法查寻。”

“自然有迹可循。第一个迹象是那块横木。刚才我见大平台中缝下面两根木桩离得极近，便觉得奇怪。通常立桩，都是平均相隔，哪里会挨得这么近？都这么近了，仍怕不牢，还要钉一块横木加固。一般匠人都不会如此蠢，李度哪里会蠢到这地步？其间自有不得不蠢的缘由。这块横木其实在蠢叫：‘千万莫坏了我！一旦坏了我，这台子便要裂开！’那我便反其蠢而行之，坏了它试试，哈哈。”

“原来如此。”

“第二个迹象是，李度并没有请这两个匠团造这木台，而是自己先造好，再请人来造楼，这又是在蠢叫‘我这台子见不得人！’。

“第三个迹象是，木台宽度正好是池子的一半，这是第三声蠢叫：‘我这尺

寸是算好的，刚好够把木台往两边完全拉拽开！'

“第四个迹象是池南那几间房舍。李度造楼无数，若是有心盖造南岸的房舍，自然知道所需工时，便会预先筹划好，哪里会等到工期将尽，才想到另招匠团赶工？这是第四声蠢叫：'我根本没造那几间房舍！'

“于是，我就照着前三声蠢叫，把这木台拉拽开了。第四声蠢叫则自行告诉人，飞走的那座楼在池南！哈哈！

“另外，我猜池底自然夯得极平，木台桩子下装有轮子，像是两辆天平车一般。否则，这几个人哪里拖得动？韩车子制这等轮子，再简易不过。水性好的人，可以下去瞧瞧。”

“我去！”一个精瘦男子说着便脱了外衫，一头扎进了水底。

“可是这台子随意滑动，如何在上头建楼？”

“将底下轮子卡住，再多用几块横木将两块平台钉牢，便是一个稳固台基。这木台原先有三级，第三级是单独台子，先用钉子钉牢在木台上，便好盖楼。到清明傍晚，拆掉固定横木，拔出钉子，拉拽开平台，那楼连同第三级台子便落进水里。楼体皆是木头，而且有底层木台，不会立即下沉。趁它未沉之前，用船拖拽到池子南边，摆端正，再凿穿底台，让它沉下去。一楼正好被水淹没，二楼则立在水面。再将一楼壁板敲掉，只剩柱子。这样，柱子变木桩，两层楼变作一层房，二楼游廊则变成水面观景台。”

这时，那个精瘦汉子浮出了水面，抹掉脸上的水，大声道：“木桩子底下果然有小木轮！”

接着，那两个工匠团头也快步奔了回来。

高个子喘着气说：“那几间房舍果然是这边的二楼，我为算工时，每个木件角上都用墨笔标个数字，我刚才细细瞧过，壁板、窗格、斗拱上都有我标的数字。连淹在水里的那根柱子头上也有！”

矮个子跟着说：“我有个癖好，铺瓦时，爱数数，每铺一百片，便在那片瓦的头上画一道。刚才看了那几间房舍的檐瓦，果然找见了七八处！”

岸上众人听了都惊叹起来，程门板却接着问：“那天晚上上百人瞧见那楼飞上天，又作何解释？”

“五代时有一位奇女子，名唤莘七娘。她随夫出征，想出个奇法，用竹篾扎方架，糊作纸灯，底盘燃松脂，这灯便能飞上夜空，传送军信暗号，远比古时烽火更妙。蜀地托名诸葛亮，将之称为孔明灯。”

“你是说那楼是一只方灯笼？”

“除此之外，当今世间并无第二个法子能让一座楼凌空飞去。”

“灯笼燃松脂能飞起，那楼何止大百倍？也能飞起？”

“无关大小，只关火量，灯笼大，火便须大，这亦是一理。”

“如何能让灯笼像一座楼？”

“一须大，二须真。‘天工十八巧’中，有灯巧梅镇云，那年正月灯会，他曾造过三丈高灯，远高过一座楼。他制作诸般人物花鸟巧样，形神皆妙，仿制一座楼其实更易；纸巧何仕康，能制三至五丈楮皮纸，韧如细绢。原本恐怕还要彩画巧典如磋，典如磋却中途遇事离开。不过，没有彩画，反倒更加容易。”

“楼里那些飞舞的人影呢？”

“走马灯。”

“那楼飞走之前，周围人还听到一阵巨响，如同牛吼一般。”

“哈哈，那不过是第五声蠢叫，在喊：大家快来瞧！快来看！俺们要飞啦！”

“但那等巨吼声，如何造得出？”

“这个有何难？《淮南万毕术》有载，铜瓮中注水烧热，水沸时密闭其口，急沉入水中，则发声如牛吼雷鸣。他们恐怕用的正是这一法子……”

“水底是有两只大铜瓮！我将才下去见着了！”刚才潜水那个精瘦汉子大声说。

程门板听了，拧眉沉思了片刻，才又问：“他们为何造出这些异象？”

“绕了许久，终于回到正题。这些失踪的人里头，有一个最紧要的——银器章。”

“银器章？”

“这整桩事情恐怕都是由银器章谋划。他先用名利诱使工部那个宣主簿，让他说动上司，由朝廷出头，编定《百工谱》。借这由头，将‘天工十八巧’聚集到一处。这原本是一桩工界千古未有之盛事，论起工匠一行，上至天子王公，下到凡民百姓，哪个能须臾离得了工之力、工之器？可工匠却自古卑贱，除鲁班以外，哪有几位工匠能够留名史册，为世人所敬？《百工谱》正可一补千古之憾，为工匠正名，为后世存技传艺。只可惜，银器章真正图谋恰恰相反，他并非要振兴工界，而是搅乱工界。京城百行听说此事，贪名之心、求利之欲纷纷被引动。只以彩画行而言，各家之间明争暗夺，生死相搏，甚而不惜戕害亲人。我猜，绝不是只有彩画行是这般？”

“嗯，这两个多月来，工界已经有数十起凶案。”

“《百工谱》不但害了许多工匠，那个宣主簿也为此送了性命。”

“宣主簿死了？”

“嗯，被银器章杀害，尸首现在银器章暗室地窖里。”

“银器章究竟为何要这么做？”

“他真正意图有二，一是《百工图》，二是‘天工十八巧’。”

“《百工图》又是什么？”

“是天下工艺分布图。银器章以天下大义之名，诓骗‘天工十八巧’为他绘制天下工艺图。据我所知，朱克柔绘制了《天下丝织图》，赵金镞绘制了《天下医药图》，在场的诸位，请说说各家还有没有其他图？”

“我爹绘了《天下果蔬图》。”

“我哥哥绘的是《天下造纸图》。”

“我父亲绘了《天下瓷图》！”

“我伯父绘了《天下矿图》！”

……

张用虽然已经料到，但看到十六巧几乎全都绘制了地图，仍有些心惊：“银器章将全国各地物产、矿藏、工艺，尽都攥入自己手中。”

“他拿这图有什么用？”程门板也极吃惊。

“此人绝非寻常商人。谁才会觊觎这天下工艺矿藏？”

“他难道是间谍？”

“恐怕是。而且，他不但要图，更要人，艺由身教，技需人传，这是他召集

‘天工十八巧’的第二个缘由。十六巧现在他手中。”

“啊?！”岸上众人听了，全都惊呼，更有人啼哭起来。

“他诱骗诸巧造出飞楼异象，并自信无人能识破，因此，今天派人分别给十六巧家人报信，一起来到这里，是想让众人相信十六巧已经随楼飞去，不再追寻下落。即便想追，已经过了七八天，他恐怕胁迫十六巧，早已到了千里之外……”

尾声：水龙吟

张用骑着驴子沿蔡河慢慢向东行去。

他让犄角儿和阿念回去料理定亲的事，自己则漫无目的，随意游走。秘阁盗图、空院飞楼两个迷局虽已解开，银器章、“天工十六巧”却不知下落。程门板急忙去开封府回禀此事，催请缉捕银器章、追寻十六巧。

张用暂时瞒住了《守令图》被盗传一事，十六巧据《守令图》绘制了天下工艺物产地图，朝廷一旦知晓，这罪非同小可，追究起来，先祸及的便是十六巧家人。张用已告诫了秘阁书吏班升和银台司夜值胡石，莫要泄露此事。他想先暗中查出银器章的踪迹，追回那些地图。

不过，他暂时还未想出办法，便先丢开，一路且赏春景。这一向被诸般杂事缠绕，许久没有这么轻惬过，看到春水漾漾、细柳拂风，他不由得想吟一阕《水龙吟》抒怀。可心里有些郁塞，半晌都想不出一句，他哈哈一笑：你也有憋堵之时？

他旋即丢开这个词牌，换了另一个。换来换去，始终没寻见一句中意的，心想，今天宜解谜，不宜填词，于是不再去填，想了些旧词，随口哼着，继续乱走。

行了一段，到了官道之上，见一个人骑着匹白马，在前头缓缓而行。一看到那马的尾巴，他顿时笑起来，那是他丢的那匹叫李白的马。上个月将那马尾剪成了狐尾形状，一眼便能瞧出。张用正没事做，便慢慢跟在那马后头。

快到戴楼门时，那人转进了一条巷子，牵马走进了一座宅院。张用也慢慢行到那院门前，见门虚掩着，留了一道缝，露出里头庭院，十分幽静。他下了驴子，上前轻轻推开门，走了进去。庭院不大，院中种着两株古梅，绿叶茂盛，一排五间房，只有堂屋门开着。阶前墙边生了许多野草，瞧着十分荒寂，似是许久没有人住过，静悄悄不见人影、不闻人声，只听见旁边传来一阵呼哧声，是李白，在院角一座马厩里，正埋头吃槽中草料。马厩边停着一辆旧篷车。

张用笑着朝屋里大声唤道："有客来！"里面却无声响，更不见人出来。他便走进了那堂屋中，屋里一张乌木大方桌，四把椅子，墙上挂着松梅古画。到处都蒙满灰尘，桌面上有一道指印，是新留的，斜斜划至右角，指向旁边一个门洞。张用又唤了两声，仍没人应，便走进那门洞。里头有些昏暗，摆了一个木橱、一副桌椅，也都灰扑扑的。后墙边有扇门，半掩着。张用拉开那门，又探头走了进去，里面越发暗，只隐约能辨出似乎是间卧房，床沿上似乎坐着个人，身量极小，似是个孩童，一动不动，面容也看不清楚，只隐约看到目光一闪，盯向张用。张用轻唤一声，那孩童并不答言，也不动。他走了过去，凑近一瞧，那个孩童头发花白蓬乱，满脸老皱，眼窝深陷。

张用不由得笑起来，可才笑了一声，身后忽然传来响动，未等他回头，头顶上猛然罩下一个麻袋，倏地套到脚跟。后背又被重重一推，顿时扑倒在那个老孩童怀里。随后双脚被抬起来，塞进麻袋，袋口迅即被扎紧。而后两个人一头一脚抬着他行走起来，似乎被抬到院子里，搬到了那辆旧篷车上。

张用笑着心想，正好，便一直没有动弹，任由他们施为。李白似乎被套在车辕上，随后一阵拽马、拉车、开门声，车子行驶了起来。张用躺在麻袋中，身子随车一震一颠，晃得有些悠哉。他又捡起刚才没填成的《水龙吟》，这回略一想，便脱口而就——

起程莫问归程，浮云万里身如寄。长天泼墨，大风走笔，漫书狂意。明月来时，江湖别后，单衫独骑。任东西南北，轻摇征辔，终不改，逍遥志。

棋里江山欲坠，论白黑，孰真孰戏？笛吹巷陌，燕寻故里，尘埋旧地。灯火当年，斜阳此刻，几重梦寐？待人间雪落，千悲万喜，不堪一醉。

（第四部　完）

读客

激发个人成长

多年以来，千千万万有经验的读者，都会定期查看熊猫君家的最新书目，挑选满足自己成长需求的新书。

读客图书以“激发个人成长”为使命，在以下三个方面为您精选优质图书：

1. 精神成长

熊猫君家精彩绝伦的小说文库和人文类图书，帮助你成为永远充满梦想、勇气和爱的人！

2. 知识结构成长

熊猫君家的历史类、社科类图书，帮助你了解从宇宙诞生、文明演变直至今日世界之形成的方方面面。

3. 工作技能成长

熊猫君家的经管类、家教类图书，指引你更好地工作、更有效率地生活，减少人生中的烦恼。

每一本读客图书都轻松好读，精彩绝伦，充满无穷阅读乐趣！